陈斐 主编

清词

三百首

钱仲联 选注

浙江教育出版社·杭州

图书在版编目（CIP）数据

清词三百首 / 钱仲联选注. -- 杭州 ： 浙江教育出版社，2025. 1. --（中华好诗词 / 陈斐主编）.
ISBN 978-7-5722-8835-7

Ⅰ. I222.849

中国国家版本馆 CIP 数据核字第 2024TZ3697 号

中华好诗词 清词三百首
ZHONGHUA HAO SHICI QING CI SANBAI SHOU
钱仲联　选注

责任编辑	赵清刚
美术编辑	韩　波
责任校对	马立改
责任印务	时小娟
产品监制	王秀荣
特约编辑	郭　城
装帧设计	郝欣欣
出版发行	浙江教育出版社
	地址：杭州市环城北路177号
	邮编：310005
	电话：0571-88900883
	邮箱：dywh@xdf.cn
印　　刷	天津盛辉印刷有限公司
开　　本	880mm×1230mm　1/32
成品尺寸	145mm×210mm
印　　张	14.75
字　　数	482 000
版　　次	2025年1月第1版
印　　次	2025年1月第1次印刷
标准书号	ISBN 978-7-5722-8835-7
定　　价	55.00元

总序

今天，我们和诗词打交道的方式，大致可概括为"说诗"和"用诗"两种。对于这两种方式，王国维在《人间词话》中做过区分、说明。他用晏殊、欧阳修等人写爱情、相思的词句，比拟"古今之成大事业、大学问者，必经过"之"三种境界"，可视为"用诗"。他所下的转语"然遽以此意解释诸词，恐为晏、欧诸公所不许也"，则承认了"说诗"的存在。

春秋时期，我国即有了频繁、成熟地引用《诗经》来含蓄、典雅地抒情达意的"用诗"实践。"用诗"可以"断章取义"，将诗句从原先的语境剥离出来，另赋新意。"说诗"则应以探求作者原意为鹄的，尽管作者原意可能并不是唯一的、封闭的，尽管探求的过程也需要读者"以意逆志"、揣摩想象，但不能放弃这种探求。正如仇兆鳌在《杜诗详注》自序中所云："注杜者必反覆沉潜，求其归宿所在，又从而句栉字比之，庶几得作者苦心于千百年之上，恍然如身历其世，面接其人，而慨乎有余悲，悄乎有余思也。"

通常，我们对诗词的阅读和研究，属于"说诗"，应尽量探求作者原意；在作文或说话时引用诗词，则是"用诗"，最好能符合原意，但也不妨"断章"。接触诗词，首要的是"说诗"，弄清原意；

然后举一反三、触类旁通地"用诗",让诗点化生活、滋养生命。

我们"说诗",应怎样探求作者原意呢?愚以为,必须遵从诗词表意的"语法",通过对文本"互文性"的充分发掘寻绎。《文心雕龙·知音》云:"夫缀文者情动而辞发,观文者披文以入情。""作诗"是抒志摛文、将情志外化为文字的"编码"过程;"说诗"则是沿波讨源、通过文字探求情志的"解码"过程。作者"编码"达意,有一定的"语法";读者"解码"寻意,也必须遵从这些"语法"。同时,作品是一个"意脉"贯通的有机整体,承载的是作者自洽的情意,反映在文本上,即是字、句、篇、题乃至诗词书写传统之间彼此勾连的"互文性"。这些不同层次的"互文性",构成了人们通常所说的"语境"。"说诗"应充分考虑文本的"互文性",理顺"意脉",重视作者言说的"语境"。凡此种种,既限定了阐释的边界,也保证了阐释的效力,将专家、老师合理的"正解"和相声、小品、脱口秀演员搞笑的"戏说"区别开来。

散文语言"编码"达意,比较显豁、连贯,诗词语言则讲究含蓄、跳跃,故"言在此而意在彼""言有尽而意无穷""无理有情""笔断意连"之类的话语常见诸诗话、评点。用书法之字体比拟的话,散文似楷书,诗词则是行书或草书。由于"五四"新文化运动的猛烈抨击,传统文体的书写和说解传统,在当下已命若悬丝。从小学到大学,哪怕是专业的中文系,也没有系统教授传统文体写作的课程。即使是职业的研究者,也普遍缺乏传统文体的书写体验。这种"研究"与"创作"的断裂,直接导致了今日的新生代研究者对诗词的感悟力和解读力普遍不高。因为诗词表意往往含蓄、跳跃，如果没有深切的创作体验，就很难把握住全篇的"意脉"，解说难免支离破碎、顾此失彼。就像一个人如果没有拿过毛笔，面对楷书还大致可以辨识，但如果面对的是一幅行书或草书，他连怎么写出来的（笔顺、笔势）都很难弄明白，更不要说鉴赏妙处、品评高下了。

　　说到这里，也许有朋友会说，现在社会上喜欢写诗词的人可是越来越多了呀！的确，这对于中华优秀传统文化的传承来说，是好现象。不过，很多朋友是因为爱好而写作，就他们自学的诗词素养，写出一首符合"语法"且"意脉"贯通的诗词来说，还有不小的距离。记得数年前，当能够"写"诗词的计算机软件被开发出来时，有朋友问我怎么看待？如何区别计算机和人创作的诗词？我说：我能区别计算机和古人创作的诗词，但没法区别计算机和今人创作的诗词，甚至计算机创作的比我看到的绝大多数今人创作的还要好，起码平仄、押韵没有问题。因为古人所处的时代，古典文脉传承不成问题，诗文书写是读书人必备的技能，生活、交际常常要用，他们所受的教育中有系统、大量的创作训练，既物化为教材，也可能是师友父子间口耳相传的"法门"、技巧。因此，古人写诗词，就像今人说、写白话文一样，不论雅俗妙拙，起码是符合"语法"且"意脉"贯通的。而在传统文体被白话文体大规模取代的今天，我们已成了诗词传统的"局中门外汉"（张祖翼《伦敦竹枝词》初版自署），不论是写作还是说解，如果不经过刻意、系统的训练，要做到符合"语法"和"意脉"贯通，都非常困难。想必大家都有过学习外语的体验，之所以感觉困难、进展缓慢，是因为缺乏"习得"这种语言的文化氛围。计算机"写"诗词，不过是根据事先设定的平仄、押韵程序，提取相关主题的关键词排列、拼凑，绝大多数今人也差不多，都很难做到符合"语法"且"意脉"贯通。以上是我数年前的回答。ChatGPT（人工智能的语言模型）的诞生，使我的看法略有改变，但它要写出合格的诗词作品，尚待时日。

今人对诗词的感悟力和解读力普遍不高，除了缺乏创作体验，还由于时势变迁，所受专业化的教育训练，使他们的国学素养一般比较浅狭。而诗词又是作者整个生命和生活世界的映射，可能涉及作者生活时代的社会风俗、礼乐制度、思想观念、地理区划乃至自然科学方面的知识。如果对诗词生成的文化背景缺乏了解，自然难以充分发掘文本的意蕴及其"互文性"，无法还原作者言说的"语境"，解说难免隔靴搔痒、纰漏百出。

今天，我们对传统文体的看法已经和"五四"先贤有了很大不同。很多人意识到，传统文体未必没有价值，未必不能书写、表达当代人的生活、情感。尤其是诗词，与母语特性、民族审美、文化基因的关系更为密切。最近几年，《中国诗词大会》《经典咏流传》等与传统文化相关的娱乐节目的热播，更是彰显了中华优秀传统文化根于人心、超越时空的永恒魅力。

那么，我们应该如何提升诗词创作和说解的水平呢？窃以为，就学术、教育体制而言，应该恢复诗词创作教学，适当修复"研究"和"创作"之间良好互动的关系。在古代，文学创作教学的传统源远流长，不仅指授诗文作法、技巧的入门书层出不穷，而且那些以传世为期许的诗话、文评，比如《文心雕龙》《沧浪诗话》等，也以提升创作能力为鹄的，带有浓厚的教科书特征；文学活动的主体，通常兼具创作者、评论者和研究者"三位一体"的身份。"五四"新文化运动打倒了传统文体，并从西方引进了一套崭新的现代文学研究和教育机制。这套机制将"研究"和"创作"断为二事，从此，中文系不以培养作家为使命，而以传授用西方现代文论生产出来的"文学知识"为主要职责。一定程度上说，这些知识不仅忽视了中国古代文学的"中国性"及其生成的古典语境，未能很好地阐发中国古代文学的文化基因、民族审美和母语特性，而且完全不涉及传统文体的创作。诚然，伟大的作家不是仅靠学校培养就能造就的，但文学创作的能力却是可以培养、提升的，中文系的研究和教学不应该放弃对文学创作能力的培养。职是之故，我们有必要修复"研究"和"创作"之间良好互动的关系，特别是亟待从创作视角阐释我们的文学遗产，并以研究所得去丰富、深化传统文体的创作教学。这既可以填补研究空白，推动学科、学术、话语这"三大体系"的建设，也可以反哺当代传统文体创作，是赓续中华文脉的当务之急！

就个人而言，细读、揣摩国学功底广博深厚、"研究"和"创作"兼擅的前辈名家的"说诗"论著，必不可少，特别是钱仲联、羊春秋等现代诗词研究泰斗。他们前半生接受教育的时候，诗词还以"活态"传承着，在与晚清民国古典诗人的交往中，他们"习得"

了诗词创作与说解的能力。同时，他们后半生主要在高校执教，颇了解当代读者的学习障碍和阅读需求。因此，由他们操刀撰写的诗词读物，往往深入浅出，言简意赅，既能传达古典诗词的神韵，又契合当下读者的阅读需要。

作为中华学人，我们对诗词的研究，毕竟不能像有些汉学家那样，偏重理论"演练"。我们有着赓续文脉的重任，必须将研究奠基于对作品的准确解读之上。这势必要求我们尽快提升对诗词的感悟力和解读力。另外，作为"80后"父亲，自从儿子出生以后，我的"人梯"之感倍为强烈，想从专业领域为儿子乃至普天下孩子的成长奉献涓滴。基于这两个方面的考虑，在编纂"民国诗学论著丛刊""名家谈诗词"等丛书之后，我计划再编纂一套"中华好诗词"丛书，把自己读过而又脱销的现代学术泰斗撰写的诗词经典选本，以成体系的方式精校再版，和天下喜欢或欲了解诗词的朋友分享。这个设想，得到了诗友、洪泰基金王小岩先生的热情绍介，以及新东方集团俞敏洪、周成刚和窦中川三位先生的垂青、支持！编校过程中，大愚文化的王秀荣、郭城等老师，付出了很大辛劳。我们规范体例、核校引文、更新注释中的行政区划，纠正了不少讹误，并在每本书的书末附录了一篇书评、访谈录或学案。对于以上诸位师友的热情襄赞，作为主编，我心怀感恩，在此谨致谢忱！

这套丛书，是我们抱着"发潜德之幽光，启来哲以通途"的传承目的编的，乃2024年度教育部哲学社会科学研究重大专项项目"古典诗教文道传统的当代阐释及教育实践"（2024JZDZ049）的阶段性成果。每个选本，都是在对同类著作做全面、详尽调查的基础上精挑细选出来的。选注者不仅在相关研究领域有精深造诣，而且许多人本身就是著名诗人。他们选诗，更具行家只眼；注诗，更能融会贯通；解诗，更能切中肯綮。每册包括大约三百首名篇佳作及其注释、解析，直观呈现了某一朝代某一诗体的精彩样貌。诸册串联起来，则又基本展现了从先秦到近代中华诗词的辉煌成就。读者朋友们通过这套丛书，不仅可以在行家泰斗的陪伴、讲解下，欣赏到中华数千年来最为优美的古典诗词作品，而且能够揣摩到诗词创作和欣赏的基本"法门"。而诗歌又是文学王冠上最耀眼的明珠，是所有文体中最难懂、表现手法最丰富的。诗歌读懂了，其他文体理解起来不在话下。诗歌表情达意的技法，也能迁移、应用到其他文体的写作中。缘此，身边的朋友不论是向我咨询如何提升孩子的阅读水平，还是请教怎样提高学生的作文分数，我开出的药方都是"好好儿读诗，特别是诗词"。

孔子说，"不学诗，无以言"，往极端说，甚至"无以生"。诗人不仅能说出"人人心中有，口中无"的话，还是人类感觉和语言的探险家。读诗是让一个人的谈吐、情操变得高雅、优美、丰富起来的最为廉价、便捷的方式。你，读诗了吗？

陈斐
甲辰荷月定稿于艺研院

前言

一代曼珠谁作史？

万海千桑，如此尊词体。

断尽楚魂缘底事？

人间为有情难死。

多少刚肠多少泪。

檀板红牙，铁板铜琶里。

三百名篇收拾起，

放他光焰惊天地。

调寄《蝶恋花》

　　清词，号称词的中兴。中兴，既是对词的初、盛期唐、五代、两宋而说，也是对词的相对衰落期元、明两代而说的。中兴，意味着不可能超越。然而，从文学发展的观点考察，如果不能超越，甚至不过是初、盛期词作的复制品。那么，这个"中兴"，就没甚意义，可有可无。

　　对清词，应该怎样评价呢？

　　一种看法，是有褒有贬，贬多于褒。文廷式在《云起轩词钞序》

中说：

> 词家至南宋而极盛，亦至南宋而渐衰。其衰之故，可得而言也。其声多喑缓，其意多柔靡，其用字则风云月露、红紫芬芳之外，如有戒律，不敢稍有出入焉。迈往之士，无所用心。沿及元、明，而词遂亡，亦其宜也。有清以来，此道复振。国初诸家，颇能宏雅。迩来作者虽众，然论韵遵律，辄胜前人，而照天腾渊之才，溯古涵今之思，磅礴八极之志，甄综百代之怀，非窘若囚拘者所可语也。词者，远继风骚，近沿乐府，岂小道欤？自朱竹垞以玉田为宗，所选《词综》，意旨枯寂。后人继之，尤为冗漫。以二窗为祖祢，视辛刘若仇雠。家法若斯，庸非巨谬。二百年来，不为笼绊者，盖亦仅矣。曹珂雪有俊爽之致；蒋鹿潭有沉深之思；成容若学《阳春》之作，而笔意稍轻；张皋文具子瞻之心，而才思未逮。然皆斐然有作者之意，非志不离于方野者也。

又一种看法，是褒义性的总结。沈曾植在《彊村校词图序》中说：

> 词莫盛于宋，而宋人词为小道，名之曰诗余。及我朝而其道大昌。秀水朱氏，钱塘厉氏，先后以博奥淡雅之才，舒窈窕之思，倚于声以恢其坛宇，浙派流风，泱泱大矣。其后乃有毗陵派起，张皋文、董晋卿《易》学大师，周止庵治《晋书》为《春秋》学者，各以所学益推其谊，张皇而润

色之，由乐府以上溯《诗》《骚》，约旨而弘思，微言而达旨，盖至于是而词家之业乃与诗家方轨并驰，而诗之所不能达者，或转藉词以达之。周氏退姜、张而进辛、王，尊梦窗以当义山、昌谷，其所据异于浙派者，岂亦置重于意内，以权衡其言外，诸诸焉有国史吟咏之志者哉。昔者吾友鹜翁王给谏，以直言名天下，顾其闲暇好为词，词多且工，复校刻其所得善本词于京师，以诏后进。方是时，彊村与相唱和，若钟吕之相宣，前后喁于，而曲直归分也。……《离骚》之辞本《易》象，刘勰言之；宋玉多微辞，世或以谓铎椒《春秋》之裔绪。辞与词古今字。……世变浸淫乎文字，是亦非张、董诸先生所及知。

这段话，最后侧重到晚清王鹏运、朱祖谋一派，他们正当清王朝政治昏乱，内忧外患纷至沓来的时候，已经不是冯煦在《东坡乐府序》中所说"世非怀、襄，而效灵均《九歌》之奏；时非天宝，而拟杜陵《八哀》之篇。无病而呻，识者恫之"的情况。沈氏总结晚清词派的要旨，基本上符合文学作品植根于社会历史现实基础之上的观点。

现在，我从清词发展新变的角度来阐述一下我的看法。

王国维氏在《宋元戏曲史》自序中，以为：唐之诗，宋之词，皆所谓一代之文学，而后世莫能继焉者也。按照王氏的观点，清词当然不能继宋词，事实是不是这样呢？一代之文学，后世真是莫能继吗？如果是这样，那么清词继宋词且不够格，还谈得上发展它、超越它吗？

　　《庄子·养生主》说："指穷于为薪，火传也，不知其尽也。"火传之得以绵延无尽，是由于生命力的存在。生命力在，便能发展。文学作品生命之火所以不至于熄灭，其本身的关键在于变。"穷则变，变则通。"就词来说，宋代，譬如人的少壮期，生命力正当旺盛，但也未必没有疾病。清代，譬如人已在中年以后日趋于老。老当益壮，原因在于生命之火未到衰竭，光焰还是万丈。这是善变的效果。为什么说词在宋代未尝没有疾病？我们只需观察一下，宋词所表现的，很多是词家个人"小己"的生活，局限于相思、欢会、饮宴、伤春等内容，大抵用以消遣有闲阶级的光阴，用以粉饰封建王朝的"太平"。苏轼拓大了词境，而亦难免杂厕消沉颓废之作。南宋爱国词人辈出，而更多的是醉生梦死于销金锅中的人物。宋词之美，在于韵律、艺术之精。就素质论，《全宋词》前言明确指出："从思想内容的角度说，宋词的成就不如唐诗，也不如宋诗。其致命的弱点，就在于反映的社会生活过于狭窄。"我们不妨用清词来比较一下。如发扬爱国精神，则邓廷桢、林则徐为民族英雄，岂在岳飞、文天祥之下。而客观上邓、林的爱国性质已属于中华民族反对帝国主义列强侵略的范畴，已不同于抗金抗元那种中华民族内部矛盾的性质。而自屈大均、王夫之、金堡等反映民族内部斗争的词作到清后期张景祁、王鹏运、文廷式、朱祖谋、黄遵宪、秋瑾等表现反帝斗争的词作，以及其他大量的爱国词篇，以视南宋十余家屈指可数的作品，倍蓰而不止。这是评价清词最基本的一条。并不是说清词不存在宋词所有的毛病，但是较量一下大量精英的方面，则弊病便退居于次要。何况清词开拓的境界至为阔大，突出体现在陈维崧、文廷式等射雕手的创作上，它们内容之真、善、美，颇不易企及。这是清词承宋之绪而后来居上者一。

清代词人之主盟坛坫者或以词著称者，颇多是学人。前面所引沈曾植的文中，已约略指出，可以数一下：王夫之是清学开山的顾、黄、王三大宗师之一；朱彝尊是顾炎武赞服的人，撰《经义考》巨著的经学家；洪亮吉是经学、史学、地理学的专家；张惠言是《周易》虞氏学的专家；张琦是舆地学家；周济是史学家；龚自珍是公羊学家、佛学天台宗专家；陈澧是声韵学、算学等学问广博，汉、宋兼采的通儒；谭献是浙东学派专家；李慈铭是多面博学的名家；王闿运是经学、史学专家；沈曾植是兼精音韵、西北地理、辽金元史、律法、版本、佛学、道藏，为王国维所钦服的大师；文廷式是兼通经学、纬候、玄学、宋元儒学、史学各方面，为沈曾植赞誉为"有清元儒、东洲先觉"的学者；梁启超通史学、佛学；张尔田是史学家；王国维是兼通西方哲学、殷商古史、甲骨文，开创现代治学新风气、新道路的大师。这些是最著名的，即使如厉鹗，也是辽史专家，王鹏运、朱祖谋也是词籍版本专家，郑文焯是词律研究专家。清人惩明代文人空疏不学之弊，昌明实学，迈超唐、宋，陈衍论晚清诗，有"学人之诗与诗人之诗合"的说法，一代词苑，也可以说是"学人之词与词人之词合"。回头来看宋词，情况便不是这样。周敦颐、二程、张载、陆九渊不写词，朱熹词仅存十三首，[1] 叶适不过一首，比较清词苑学人云集的盛况，何只是曹、邵小邦之望泱泱大国楚。这是清词根茂实遂、膏沃光晔高出于宋词者二。

复次则是清词流派的众多。其中已经约定俗成，有开派的宗师，有共同的审美倾向，有一定理论纲领，有丰硕的创作成果的，可以列举如下：

一、云间派：这派的领袖是幾社的倡导人陈子龙、李雯、宋徵舆以及陈子龙弟子夏完淳。标举的宗旨是以南唐、北宋为法。此派形成于明末崇祯年代，活动延及清顺治朝，余辉远霭远及康熙年代。陈子龙、夏完淳于南明永历元年（1647）即殉明牺牲，不入清词苑。宋、李二家虽亦死于那一年，[2] 但他们已入仕于清，在顺治朝已有创作生活四年，论清词范围内的云间派，便托始于此二人。陈子龙门下，又有西泠十子，如沈谦等的词，也属于云间派。

二、阳羡派：这派的领袖是宜兴陈维崧，形成于顺治中期，极盛于康熙二十年（1681），余波及于康熙后期。万树、蒋景祁、陈维岳等都属此派。主要倾向在学习辛弃疾、蒋捷，并能融会南北宋词家的长处。多感叹沧桑、关心民生的作品，兼"跋扈""清扬"两种特色，而以前者为主。

三、浙派：此派分前后两期。前期领袖是朱彝尊，宗尚南宋，

---

[1] 新版校：胡迎建《论朱熹词》（《词学》第29辑，华东师范大学出版社2013年版）云："朱熹生平作词仅十八首，《朱文公文集》卷十载词十六首，唐圭璋辑《全宋词》，辑录朱熹词十八首，谓'以上俱见《宋元十五家词》本中《晦庵词》'。"
[2] 新版校：宋徵舆卒于康熙六年（1667）。

以姜夔、张炎为师法，标举"清空"风格与"醇雅"宗旨，对明词的颓靡风气有廓清的作用。朱氏本人亦有感叹沧桑之作，其抒情之词，也婉约动人，但比起阳羡派的陈维崧，悲歌慷慨和题材的进步性都不如陈。此派作者有李良年、李符等人。后期的领袖是厉鹗，其创作活动，后于朱氏二三十年，时已在雍正朝及乾隆前期，文字狱繁兴，士大夫处于窒息的情况下，故在厉鹗词中，已听不到朱氏词中微弱的时代现实感，而大量出现了写景咏物之作，佳者似乎不食人间烟火。后来继厉氏而起执浙派词坛牛耳的是吴锡麒，其活动年代已在乾隆后半期和嘉庆时期。以后姚燮、黄燮清，下迄晚清李慈铭、王诒寿等，法乳未曾断绝。阳羡、浙西两派，对树旗帜，影响所及，不仅嘉庆以前为陈、朱二家牢笼者十居八九（谭献《箧中词》语），下迄清末民国，还有冒广生为其尾声。

四、常州派：这派开始于嘉庆二年（1797）常州张惠言、张琦兄弟编选《词选》。它的宗旨，一是揭橥经学家所谓"意内言外谓之词"（《说文》："词，意内而言外也。"）的说法，强调词主要有"意"；二是重视比兴寄托，认为"《诗》之比兴，变风之义，骚人之歌"是作词的典范。这是常州派所谓"尊词体"，是为了纠正浙派"清空"词风的缺点而发。传这派衣钵的，有张惠言的外甥董士锡。中坚人物为周济，他提出了一套词的创作理论："非寄托不入，专寄托不出。"但他自己的词作与其理论还有很大差距。发展到晚清，谭献成为此派的结局，高谈力尊词体，选《箧中词》六卷，续三卷，以示承学者圭臬。但常州派的"尊词体"，不过在儒家诗学观的封建传统领域中高自位置，并不是在词作本身的现实性、进步性方面看待问题。

五、彊村派：这派的中心领袖是朱祖谋，影响从清末直到民国二十年（1931）以至朱的身后。彊村是朱氏因家乡湖州祖居埭溪镇位于上彊山麓而取名。这派的领导人物和成员，除朱氏外包括王鹏运、郑文焯、况周颐、张尔田、陈锐等，他们并不是湖州人。王鹏运、况周颐是临桂人，早期同官京师，切磋词学，时人有"临桂派"之称。但王、况词风并不相近，二人说不上派。朱氏之所以成为该派的中心领袖，一则他在京师时与王鹏运共同探讨词学，趋向基本一致；再则朱氏晚年卜居苏州，郑、张、陈诸人都聚集于吴下，形成风气。朱氏继王鹏运精刻四印斋善本词籍之后，校辑刊行《彊村丛书》总别集合一百七十九种，还辑《湖州词征》《国朝湖州词征》和《沧海遗音集》等扩大影响。郑文焯不但久为吴下寓公，而且在审音定律方面与朱氏一样精严，其词学周邦彦，与朱氏学吴文英，比较接近。况周颐词风虽与朱氏不同，但前期在京师时，与朱氏交游，民国后寓上海，朱氏亦自苏迁往，踪迹更密。因此，这许多词家，围绕在朱氏周围，成了"彊村派"的群体。陈曾寿、夏敬观也是声气相应求，况氏在词学理论上更有建树，提倡"重、拙、大"，与朱氏词作相契合。朱氏门弟子众多，宣传标榜，其声势超过了常州派。

还要进一步说明的，清代杰出词人，并非限于此五大派。清初的杰出词人屈大均、王夫之、曹贞吉、顾贞观、满族词人纳兰性德，清中期项鸿祚、周之琦、蒋春霖、龚自珍以迄晚清的张景祁、文廷式、王国维、黄人、金天羽，都没有派。不以词的专家出现的郑燮，女词人徐灿、吴藻、顾春、秋瑾、吕碧城，都不属于何派。此外，本书选及的作家，不少也与五派拉不上关系。但五大派在纵深与横贯方面，使清词呈现了众流归海的大观。

回头来看宋词，所谓"豪放""婉约"，不过词论家区别风格特征之名，在宋代并不称派，二晏不是派，苏、辛不是派，姜、张不是派，二窗不是派，不像宋代诗家明白标出"江西诗派""续派"之名，列为宗派图，刊为宗派集。这是清词流派之多不同于宋词者三。

复次，清词于宋词之后，所以能变而益上，在于有丰富的词学理论，给词人启迪。前面已经提到，浙派论"醇雅"，常州派论"意内言外"，论"比兴"，论"非寄托不入，专寄托不出"，以及刘熙载论流变，况周颐论词境词心，王国维论境界，论有我之境与无我之境，论理想与写实，等等，都深入奥窔，发前人所未发。其他，大量的清人词话，其中蕴有宝贵的理论矿藏，也曾发生过作用。较之宋人李清照"词别是一家"说之断简，张炎《词源》之论乐律和作品赏鉴者，其精粗广狭的程度，大不相同。这是由于清人词论之深邃高卓，词乃不复蒙"小道"之讥者四。

复次，词人总数量之多，宋也非清敌。《全宋词》收作者仅一千三百余人，清词仅以《全清词钞》初选作者计，已达四千余家，这还不过是选录而已，比宋已多出三倍。将来《全清词》问世，则其数无疑要多得多。这是清词作者之众多远超于宋人者五。

综合上述五端而论，可知词至于清，生命力还旺盛，光芒还是万丈，并不像"一代有一代文学"论者断言宋词莫之能继。此所以梁启超《清代学术概论》有"清词中兴"之论。何止中兴，且又胜之。文廷式以为词之境界至清方开拓，朱祖谋以为清词独创之处，虽宋人亦未必能及（俱见叶恭绰《全清词钞》序）。文、朱二家，是清末词坛尊宿，其论断如此，无疑是犁然有当于人心。

　　以上论述了清词流派、作家、理论以及和宋词的比较等纵的、横的各方面，还得进一步指出它最基本的一面。作为意识形态领域的词，它的产生基础，主要是社会现实。它是"时代的镜子"。清代，作为中国封建社会的最后历程，基于其特定的政治、经济、文化关系，产生了具有鲜明时代特色的文学艺术。清词，超越元明，上继两宋，青出于蓝。二百六十余年间，伴随着清王朝的兴盛衰亡，词坛上呈现了万紫千红、争奇斗艳的新貌。从提倡气节的遗民词人奏起序曲，到号召推翻帝制的民主主义革命词人降下帷幕，其间重大政事如前期南明抗清、三藩兵事、科场大案，直至近代鸦片战争、中法战役、甲午之战、戊戌变法、八国入侵、辛亥革命等等，无不成为词人们从正面、侧面、大的、小的进行歌咏的题材，表现了作者对国事的正确认识与褒贬，凝聚了作者的血泪。清词的优秀篇章，植根于社会现实生活的土壤，其思想内容的进步性和艺术技巧的独创性，都已达到了很高的水平，不愧为深刻反映中国封建社会末期到半封建半殖民地这一历史过程的词史，是进行历史唯物主义和爱国主义教育的生动教材、有声图画。

这是清词的主流、主线。当然，优秀的作品，并不限于此。有如朱彝尊、纳兰性德、周之琦、项鸿祚、蒋春霖、况周颐、王国维诸人的缘情抒爱之作，厉鹗、蒋士铨、洪亮吉、吴锡麒、孙尔准、陈澧、郑文焯、赵熙、陈曾寿诸人的山水写景之作，李雯、王夫之、朱彝尊、曹贞吉、张惠言、张维屏、文廷式、朱祖谋、况周颐、梁启超诸人的咏物之作，吴锡麒、顾春、黄遵宪、吴梅的题画之作，龚鼎孳、陈维崧、曹贞吉诸人的赠艺人之作，以及陈维崧、朱彝尊、陈锐诸人为清代杰出词人塑造形象之作，沉沉夥颐，加重了清词内容多样性的分量。

我们不能不看到清词作者，绝大多数都是封建士大夫，作品中精华和糟粕俱有，甚至如蒋春霖，污蔑太平天国革命的词，大量存在。因此，我们必须"剔除其封建性糟粕"，"吸收其民主性的精华"，批判地继承发掘这份珍贵的遗产，作为我们发展社会主义文学艺术的借鉴。这本《清词三百首》，就是试图给有志于清词研究者和爱好者提供一个导游性质的东西。

清代词人众多，作品浩繁，《全清词》尚未问世，至于选本，规模最大的，无过于《全清词钞》，较精的无过于《箧中词》与《广箧中词》，它们都是旧时代的选本，观点与我们有一定距离。为此，我们编选了这本《清词三百首》，计收录词人九十四家，词三百首。与上述选本，同其所不得不同，异其所不得不异。

本书的编选体例是：

一、所选作家、作品，尽可能顾及清代各种流派及派外名家、名篇，体现作家的各种风格，部分佳作，则不限于名家。

二、坚持思想性与艺术性统一的标准，所选作品，力求内容健康，而又确为艺术上的上乘，各种题材，全面照顾，词调的大、中、小各类型，基本平衡。凡内容反动或艺术性差的一律不选。

三、作家按其人的出生年先后为序，生年未详的个别作家，按其生活年代列于相近的作家前后。

四、作家小传，列于各家词选之前，介绍作家主要的仕历、词学主张、词作特点，比较有代表性的他人评论，著作名称。详略按各家的具体情况，不求一律。

五、每篇作品内容和艺术性的评说，载于每篇注释之后，详略不求一律，亦引述他人评论。

六、注释方面，解题、本事、地理、历史、典故、化用前人辞句、难解词语，一律详注。引文易懂或不太长的引原文，加引号；古奥难懂或原文过长的，简约概述，仍注明出处于后。注释中必要时有串讲，有的还做必要的考证。

由于清词缺乏完善的选注，或虽有选注而多错误，只能吸取其正确的部分。更由于本人学识所限难免讹漏，希望读者匡正。

钱仲联
于苏州大学
1990.11.20

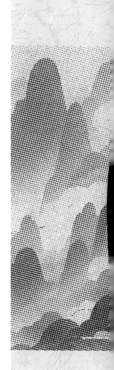

李雯
(1607—1647)

字舒章，江南华亭（今上海松江）人。明崇祯十五年壬午（1642）举人。入清，由廷臣荐，授弘文院撰文，中书舍人，充顺天乡试同考官，以父丧归卒。著有《蓼斋集》，附词一卷。

雯少与陈子龙、宋徵舆齐名，创立幾社，称"云间三子"。词宗南唐北宋，形成云间派，为明末清初词坛盟主。子龙抗清殉国，不属清词人。今选清词，取雯为首。雯词作于仕清后者，多身世自伤之辞。谭献《箧中词》有"亡国之音""《九辩》之遗""客子畏人"诸评。

浪淘沙

杨 花

李 雯

金缕晓风残[1]，素雪晴翻[2]，为谁飞上玉雕阑[3]？可惜章台新雨后，踏入沙间！[4]　　沾惹忒无端[5]，青鸟空衔[6]，一春幽梦绿萍间[7]。暗处消魂罗袖薄，与泪轻弹[8]。

◎ 注释

[1] 金缕：金黄色的柳丝。晏殊《蝶恋花》："杨柳风轻，展尽黄金缕。"晓风残：本柳永《雨霖铃》词："杨柳岸，晓风残月。"

[2] 素雪：雪白色的杨花。晴翻：在晴空中翻腾。

[3] 玉雕阑：用白玉雕饰的栏杆，指贵族家。

[4] "可惜"二句：章台：在汉、唐时首都长安。台下有街，名章台街。《汉书·张敞传》："走马章台街。"又《全唐诗话》韩翃："世传翃有宠姬柳氏，翃成名，从辟淄青，置之都下。数岁，寄诗曰：'章台柳，章台柳，颜色青青今在否？纵使长条似旧垂，也应攀

折他人手。'柳答曰:'杨柳枝,芳菲节,可恨年年增离别。一叶随风忽报秋,纵使君来岂堪折。'后果为蕃将沙吒利所劫。……"作者参用此两典,以切柳絮。章台雨后,柳花飘落,被走马践踏入土,用以比喻身仕清朝,玷辱名节。

[5] 沾惹:雨沾风惹。

[6] "青鸟"句:杜甫《丽人行》:"杨花雪落覆白萍,青鸟飞去衔红巾。"《山海经·大荒西经》:"西有王母之山……有三青鸟,赤首黑目,一名曰大鸳,一名少鸳,一名曰青鸟。"郭璞注:"皆西王母所使也。"按:此暗喻引荐李雯的清臣。

[7] "一春"句:苏轼《水龙吟·次韵章质夫杨花词》:"晓来雨过,遗踪何在,一池萍碎。"自注:"杨花落水为浮萍,验之信然。"杨花与浮萍都是漂泊之物,故春梦回旋其间。

[8] 轻:《箧中词》作"偷",较"轻"为佳。

◎ 评析

　　这首词,借杨花自伤身世,用比兴手法。上片以杨花之飞上玉阑,暗喻自己仕于清廷。"为谁"表示非出自愿。章台雨后,被踏入土,喻名节扫地,与飞上雕阑成为鲜明对比。下片"沾惹"二句,紧承上片"为谁"句。"忒无端",怨青鸟之多事,"一春"句表结局。末二句用赋体实写,仍以女子罗袖薄自比。"暗处",自愧处于阴暗角落,无颜见人,泪珠只得偷弹了。谭献《箧中词》评曰:"哀于堕溷。"吴伟业、龚鼎孳、宋徵舆、曹溶,皆可作如是观。

吴伟业
(1609—1672)

字骏公，号梅村，江南太仓（今属江苏）人。明崇祯四年辛未（1631）进士第二名，由翰林院编修历官左庶子，弘光朝任少詹事。入清后被迫应召，官至国子监祭酒，乞病归。有《梅村诗余》二卷。

伟业长于诗，各体皆工。七言歌行纪事之作，后人名之为"梅村体"。与钱谦益、龚鼎孳合称"江左三大家"。亦工词，王士禛曰："娄东祭酒长短句，能驱使南北史，为体中独创。流丽稳贴，不徒直逼幼安（辛弃疾）。"尤侗《梅村词序》曰："诗人与词人，有不相兼者。……兼人之才，吾目中惟见梅村先生耳。……词……虽不多作，要皆合于国风好色、小雅怨诽之致。"陈廷焯《白雨斋词话》曰："吴梅村词，虽非专长，然其高处有令人不可捉摸者，此亦身世之感使然。"又曰："梅村高者，有与老坡（苏轼）神似处。"

满江红

感 旧

吴伟业

满目山川[1]，那一带、石城东冶[2]。记旧日、新亭高会[3]，人人王谢[4]。风静旌旗瓜步垒[5]，月明鼓吹秦淮夜[6]。算北军天堑隔长江，飞来也。[7]　暮雨急，寒潮打[8]。苍鼠窜，宫门瓦。[9]看鸡鸣埭下，射雕盘马。[10]庾信哀时惟涕泪[11]，登高却向西风洒[12]。问开皇将相复何人？亡陈者。[13]

◎ 注释

[1]"满目"句：李峤《汾阴行》："山川满目泪沾衣，富贵荣华能几时？"

[2]石城：南京城西石头山有石头城，后汉建安十七年（212），孙权所筑。东冶：冶城在南京，《舆地纪胜》云："东冶亭在城东八里。"

[3]新亭高会：《世说新语·言语》："过江诸人，每至美日，辄相邀新亭，借卉饮宴。周侯（颛）中坐而叹曰：'风景不殊，正自有山河之异。'皆相视流泪。唯王丞相（导）愀然变色曰：'当共勠力王室，克复神州，何至作楚囚相对？'"新亭，在今江苏南京江宁南。

[4]王谢：晋代随元帝渡江的贵族。新亭会中，有王、谢。

[5]"风静"句：瓜步：《太平寰宇记》：瓜步在江宁府六合县东南二十里，东临大江。六朝皆都建业，南北往来，以瓜步为通津。这句指高杰事。《明史·高杰传》："福王封杰兴平伯，列于四镇，领扬州，驻城外。杰固欲入城，扬州民畏杰不纳，杰攻城急。……阁部史可法议以瓜州予杰，乃止。"旌旗静，刺杰拥兵自固，不图抗清。

[6]"月明"句：秦淮：河名。源出江苏溧水东北，西流经今南京市入长江。河为秦时所开，凿钟山以疏淮水，故名秦淮。这句指福王小朝廷，官们只知寻欢作乐，犹杜牧《泊秦淮》所云"商女不知亡国恨，隔江犹唱后庭花"也。

[7]"北军"二句：《南史·恩幸·孔范传》："隋师将济江。……范奏曰：长江天堑，古来限隔，虏军岂能飞度。"天堑，天然的堑坑。靳荣藩《吴诗集览·读史杂感》第七首注：《纪事》："顺治二年（1645）五月八日，大兵抵江浒，九日昧爽，顺流下，潜从龙潭竹哨渡。十日，马士英犹有长江天堑之对。十一日，都城破。"

[8]寒潮打：刘禹锡《石头城》："潮打空城寂寞回。"

[9]"苍鼠"二句：杜甫《玉华宫》："苍鼠窜古瓦。"

[10]"鸡鸣"二句：鸡鸣埭：在南京玄武湖北。南齐武帝数幸琅琊城，宫人常从，早发，至湖北埭，鸡始鸣，故呼为鸡鸣埭。见《南史》。射雕：《北史·斛律光传》："邢子高叹曰：此射雕手也。"盘马：《魏书·傅永传》："犹能驰射，盘马奋矟……年逾八十。"这二句谓清军占领南京后事，射雕盘马，为北人所擅长。

[11]"庾信"句：庾信：南朝诗人，出使北朝后被留，著《哀江南赋》。杜甫《咏怀古迹》有"词客哀时且未还。庾信平生最萧瑟，暮年诗赋动江关"诸语，为此词所本。作者以庾信自比，盖同为出仕北朝者。

[12]"登高"句：杨无咎《锯解令》："应将别泪洒西风。"

[13]"开皇"二句：开皇：隋文帝杨坚年号。二句问隋朝将相是些什么人，那就是曾使陈朝亡国又出仕于隋的陈朝旧臣，这里指仕清的明臣。

◎ 评析

　　这首词，反映弘光朝的国事与作者身世。借用南朝史事以伤今，写法是赋体，容易领会词意。上片发端二句点明南京之地。第三句以下写小朝廷诸臣的动态，他们对清军南下，漠不关心。下片写清军占领南京后情况，与上片对照。"暮雨"二句，急转直下。"苍鼠"二句，写故宫的荒凉，下与北军的横行对比。"庾信"二句，接入自己的身世之感。末两句以讽刺降清的明臣结束，又与上片"人人王谢"楚囚对泣者紧相呼应。通首结构严密，风格属辛弃疾、刘克庄一派。

满江红

蒜山怀古[1]

吴伟业

　　沽酒南徐[2]，听夜雨、江声千尺[3]。记当年、阿童东下[4]，佛狸深入[5]。白面书生成底用[6]，萧郎裙屐偏轻敌[7]，笑风流北府好谭兵，参军客。[8]　　人事改，寒云白。旧垒废，神鸦集[9]。尽沙沉浪洗，断戈残戟。[10]落日楼船鸣铁锁[11]，西风吹尽王侯宅[12]。任黄芦苦竹打荒潮[13]，渔樵笛。

◎ 注释

[1] 蒜山：在江苏丹徒西的长江口。题为怀古，实借古以咏时事。

[2] 南徐：南朝刘宋元嘉八年（431）以江南晋陵地为南徐州，治京口，历齐、梁、陈，至隋开皇年间废。后世以南徐为镇江的代称。

[3] 江声千尺：苏轼《后赤壁赋》："江流有声，断岸千尺。"

[4] 阿童东下：张如哉曰："此词俱切镇江说。《晋书·王濬传》：'太康元年（280）正月，濬发自成都，率巴东监军、广武将军唐彬攻吴丹阳，克之。'又'濬上书自理曰：……臣被诏之日，即便东下。'阿童东下用此。"这里指清兵南下。王濬，小字阿童。

[5] 佛狸深入：张如哉曰："《南史·宋文帝纪》：'元嘉二十七年（450），魏太武帝（拓跋

泰）率大众至瓜步，声欲渡江。都下震惧……内外戒严，缘江六七百里舳舻相接。……二十八年（451）春正月丁亥……太武……俘广陵居人万余家以北。'佛狸深入用此。"这里指清兵南下。佛狸，拓跋焘小字。

[6]"白面"句：张如哉曰："《南史·沈庆之传》：元嘉二十七年，文帝（刘义隆）将北侵，庆之固陈不可。时丹阳尹徐湛之、吏部尚书江湛并在坐上，使难庆之，庆之曰：今欲伐国，而与白面书生辈谋之，事何由济。'白面句'用此。"

[7]"萧郎"句：《北史·邢峦传》："萧深藻是裙屐少年。"张如哉曰："此词则借指萧斌也。《沈庆之传》：'庆之与萧斌留守碻磝，王玄谟攻滑台，积句不拔。魏太武大军南向，斌遣庆之将五千人救玄谟，庆之曰：少军轻往，必无益也。'又'庆之曰：萧斌妇人不足数'。萧郎裙屐偏偏轻敌用此。"

[8]"风流"二句：山谦之《南徐州志》："旧徐州都督以东为称，晋氏南迁，徐州刺史王舒加北中郎将，北府之号，自此始也。"张如哉曰："《晋书·郄超传》：'超为桓温参军，时父愔在北府，温恒言：京口酒可饮，兵可用。'又：'谢安笑曰：郄生可谓入幕之宾矣。'笑风流北府二句兼用此。阮亭所云"能驱使南北史为词也。"以上四句，俱指杨文骢以书生将兵在镇江抗清。

[9]神鸦：辛弃疾《永遇乐·京口北固亭怀古》："佛狸祠下，一片神鸦社鼓。"

[10]"沙沉"二句：杜牧《赤壁》："折戟沉沙铁未销，自将磨洗认前朝。"

[11]"落日"句：楼船：有叠层的大船、大战船。《史记·平准书》："越欲与汉以船战逐，乃大修昆明池，列观环之，治楼船，高十余丈，旗帜加其上，甚壮。"铁锁：《晋书·王濬传》："拜益州刺史。武帝（司马炎）谋伐吴，诏濬修舟舰。濬乃作大船连舫，方百二十步，受二千余人。以木为城，起楼橹，开四出门，其上皆得驰马来往。……太康元年（280）正月，濬发自成都……攻吴……吴人于江险碛要害之处，并以铁锁横截之。又作铁锥，长丈余，暗置江中，以逆距船。先是，羊祜获吴间谍，具知情状。濬乃作大筏数十，亦方百余步。缚草为人，披甲持杖，令善水者以筏先行。筏遇铁锥，锥辄著筏去。又作火炬，长十余丈，大数十围，灌以麻油，在船前。遇锁，燃炬烧之。须臾，融液断绝，于是船无所碍。……濬自发蜀，兵不血刃，攻无坚城……于是顺流鼓棹，径造三山。"

[12]"西风"句：用辛弃疾《永遇乐·京口北固亭怀古》"舞榭歌台，风流总被，雨打风吹去"词意。

[13]黄芦苦竹：白居易《琵琶行》："黄芦苦竹绕宅生。"

◎ 评析

这首词，咏镇江史事，借指杨文骢抗清事。《明史·杨文骢传》："杨文骢，字龙友，贵阳人。浙江参政师孔子。万历末，举于乡。崇祯时，官江宁知县。……福王立于南京，文骢戚马士英当国，起兵部主事，历员外郎、郎中，皆监军京口。以金山踞大江中，控制南北，请筑城以资守御。从之。文骢善书，有文藻，好交游。干士英者多缘以进。其为人豪侠自喜，颇推奖名士，士亦以此附之。明年迁兵备副使，分巡常、镇二府，监大将郑鸿逵、郑彩军。及大清兵临江，文骢驻金山，扼大江而守。五月朔，擢右佥都御史，巡抚其地，兼督沿海诸军。文骢乃还驻京口，合鸿逵等兵南岸，与大清兵隔江相持。大清兵编大筏，置灯火，夜放之中流，南岸军发炮石，以为克敌也，日奏捷。初九日，大清兵乘雾潜济，迫南岸。诸军始知，仓皇列阵甘露寺。铁骑冲之，悉溃。文骢走苏州。"其后文骢殉难于浦城。据《明史》以证词，则白面书生、裙屐、风流、轻敌，北府谭兵等语，皆得以落实。全首由南徐总冒发端，上片写抗清兵，下片写清兵占领后荒芜景象，前后对照。靳荣藩谓"此首咏镇江事，声情悲壮，不必沾煞明末事也。"说得不全对。借怀古以反映当时事，宋人词早已有之，辛弃疾《永遇乐·京口北固亭怀古》即是。伟业此词，亦写京口事，可以前后辉映。谭献《箧中词》评曰："涩于稼轩。"亦可与《永遇乐》对参，掉书袋的积习相同，悲壮风格相同，而辛词疏放，是不同于涩处。

贺新郎

病中有感

吴伟业

万事催华发。论龚生、天年竟夭，高名难没。[1]吾病难将医药治，耿耿胸中热血。待洒向、西风残月。剖却心肝今置地，问华佗解我肠千结[2]。追往恨，倍凄咽。　　故人慷慨多奇节[3]。为当年、沉吟不断，草间偷活。[4]艾灸眉头瓜喷鼻[5]，今日须难决绝。早患苦，重来千叠。

脱屣妻孥非易事[6]，竟一钱不值何须说[7]。人世事，几完缺[8]。

◎ 注释

[1]"龚生"二句：《汉书·龚胜传》："后为太中大夫。王莽秉政，胜与（邴）汉俱乞骸骨。……于是胜、汉遂归老于乡里。……莽既篡国……遣使者即拜胜为讲学祭酒，胜称疾不应征。……（胜云）吾受汉家厚恩，亡（无）以报。今年老矣，旦莫入地，谊岂以一身事二姓，下见故主哉！……遂不复开口饮食，积十四日死，死时七十九矣。"

[2]"华佗"句：《后汉书·方术传》："华佗字元化，沛国谯人也……精于方药……（疾）若在肠胃，则断截湔洗，除去疾秽，既而缝合，傅以神膏，四五日创愈。"《吴越春秋》："肠千结兮服膺。"

[3]"故人"句：伟业朋友，明亡时抗清慷慨死节者，如陈子龙、杨文骢等皆是。

[4]"沉吟"二句：沉吟：犹豫不决。不断：无决断。《世说新语》刘峻注："《晋阳秋》曰：'王敦既下，六军败绩，（周）颛长史郝嘏及左右文武劝颛避难，颛曰：吾备位大臣，朝廷倾挠，岂可草间求活，投身胡虏耶？'"刘向《战国策序》："偷活取容。"

[5]艾灸眉头瓜喷鼻：中医古代治疾之一法。《隋书·麦铁杖传》："及辽东之役，（铁杖）请为前锋，顾谓医者吴景贤曰：'大丈夫性命自有所在，岂能艾炷灸颈，瓜蒂歕鼻，治黄不差，而卧死儿女手中乎？'"《资治通鉴》胡三省注："黄热病也。热则头痛，故燃艾以灸之，热则上壅，瓜蒂味苦寒，故喷鼻以通关。"

[6]脱屣妻孥：屣：鞋。妻孥：妻子。脱屣：喻轻易。《史记·封禅书》："于是天子（汉武帝刘彻）曰：嗟乎！吾诚得如黄帝，吾视去妻子如脱躧耳。"《汉书·郊祀志》作"脱屣"。

[7]一钱不值：《史记·魏其武安侯传》："（灌）夫无所发怒，乃骂临汝侯（灌贤）曰：'生平毁程不识不直一钱。'"

[8]几完缺：完：指"慷慨多奇节"的人，是完人；缺：指名节有亏者，作者自谓。

◎ 评析

这首词，尤侗《艮斋杂说》、靳荣藩《吴诗集览》、陈廷焯《白雨斋词话》都说是伟业临终绝笔。今考谈迁《北游录·纪闻上》：骏公先生又工诗余，善填词……尝作《贺新郎》一阕"万事催华发……"据黄宗羲《谈孺木墓表》，迁卒于顺治十三年丙申（1656）十一月（《辞海》作1658卒）。其北游在顺治十年癸巳（1653），十二年乙未（1655）南归。

《北游录》是纪癸巳到乙未间到北京的经历见闻。在京与伟业频繁往来，录中载有伟业录示他的作品不少。可知《纪闻上》所载这词，便是谈迁在京时所亲见。下距康熙十年辛亥（1671）伟业之卒（据旧历），还有十五年之久。靳荣藩评析这词曰："按《汉书·龚胜传》，有'旦莫人地，岂以一身事二姓，下见故主'语，故赞为'守死善道，胜实有焉'。所谓'高名难没'也。梅村以不能如龚胜之夭天年为恨，故洒血无地，剖心无术耳。'问华佗'，即'难将医药治'之意。次段言不能如龚生之夭天年，而天年已尽，竟卧死儿女手中（按：词用麦铁杖语，'卧死'是反语虚说，靳氏坐实说伟业竟卧死儿女手中，是从绝笔说，非是），如麦铁杖所云也。'一钱不值'，正与'高名难没'反对，'难诀绝''非易事'，词意相承。"陈廷焯《白雨斋词话》曰："悲感万端，自怨自艾。千载下读其词，思其人，悲其遇，固与牧斋（钱谦益）不同，亦与芝麓（龚鼎孳）辈有别。"

◈ **杜　濬**
（1611—1687）
本名诏先，字千里、于皇，号茶村，湖北黄冈人。明崇祯十一年戊寅（1638）副贡生。入清不仕，侨寓江宁者四十年，贫不易志。工诗，学杜甫，尤长五言律。阎若璩称为"诗圣"。有《变雅堂遗集》二十卷。

浣溪沙

红桥纪事[1]

杜　濬

曲曲红桥涨碧流。荷花荷叶几经秋。谁翻水调唱凉州[2]。更欲放船何处去，平山堂下古今愁。[3]不如歌笑十三楼[4]。

[1] 红桥：吴绮《扬州鼓吹词序》："红桥，在城西北二里，崇祯间形家设以锁水口者，朱栏数丈，远通两岸。"

[2] 水调：杜牧《扬州》诗："谁家唱水调，明月满扬州。"水调，商调曲，唐曲凡十一叠。凉州，唐乐曲名。王灼《碧鸡漫志》：天宝乐曲，皆以边地为名，若凉州、甘州之类。……凉州在天宝时已盛行，西凉所献。唐史云，其声本宫调，今凉州见于世者凡七宫调。

[3] "更欲"二句：放船：解去船缆，任船前行。平山堂：在扬州城西北蜀冈上，北宋庆历时郡太守欧阳修所建。登堂远眺，江南诸山，平列堂下。

[4] 十三楼：《西湖志》："十三间楼在石佛院，东坡（苏轼）守杭州，每治事于此。苏轼杭州端午《南歌子》词：'游人都上十三楼，不羡竹西歌吹古扬州。'"苏轼词谓杭州胜扬州，这里翻用其语，谓扬州多愁，不如歌笑在杭州。

◎ 评析

　　这首小令，通过游览以表达对世事的伤感。"谁翻水调唱凉州"，水调是隋、唐时我国旧有歌曲，而凉州则是西域边地之歌，翻水调而唱凉州，暗示明亡清兴，又兼慨歌唱者大似"商女不知亡国恨，隔江犹唱后庭花"者。语微而婉。"古今愁"是点睛之笔。古愁是古调体现之愁，今愁是明亡之恨。末句以反语作结，倍见沉痛。

❖ 归　庄
（1613—1673）

一名祚明，字尔礼，又字玄恭，号恒轩，又号归藏、归妹、归乎来、元功、园公、悬弓、普明头陀、鏖鏊钜山人，晚年居僧舍，又号圆照。江南昆山（今属江苏）人。归有光曾孙。明诸生，尝举崇祯十三年庚辰（1640）特用榜。入复社。明亡，奔走江湖，以反清为事。诗文并工，《万古愁》曲子，最称奇作。有《归玄恭遗著》不分卷。

锦堂春

燕子矶[1]

归　庄

半壁横江矗起，一舟载雨孤行。凭空怒浪兼天涌[2]，不尽六朝声[3]。　　隔岸荒云远断，绕矶小树微明。旧时燕子还飞否？今古不胜情。[4]

◎ 注释

[1]燕子矶：在南京北郊观音门外，濒临长江，山石直立，三面临空，形似飞燕展翅，故名。

[2]"凭空"句：本杜甫《秋兴》："江间波浪兼天涌。"兼天，连天。

[3]六朝：孙吴、东晋、宋、齐、梁、陈，都建都于南京，称六朝。

[4]"旧时"二句：明建文帝（朱允炆）时，有童谣曰："莫逐燕，逐燕日高飞，高飞入帝畿。"建文用廷臣议削藩，燕王朱棣起兵反，攻破南京，建文死难。燕王自立为帝，迁都北京，即明成祖。其子孙崇祯帝朱由检，以李自成破京死国，福王朱由崧又以清兵破南京亡国。旧时燕子已不能高飞了，象征燕王子孙势力已尽，故有"今古不胜情"之痛。

◎ 评析

　　《明词综》卷七引王士禛说，谓归庄"小词疏快，直逼六一（欧阳修）"，可以说明这首词的艺术特点。感慨兴亡处，声泪俱下，自是遗民词本色。

❖ 曹 溶
(1613—1685)

字秋岳，一字洁躬，号倦圃，浙江秀水（今嘉兴）人。明崇祯十年丁丑（1637）进士，考选御史。入清，历官河南道御史、户部侍郎、广东右布政使、山西按察副使，丁忧不复出。康熙中，举博学鸿词，以疾辞。荐修《明史》，亦不赴。家富藏书，朱彝尊纂《词综》，多从其家藏宋人遗集中录出。自为词亦工，是浙派词先河。朱彝尊从之游，受其影响。有《静惕堂词》。

满江红

钱塘观潮[1]
曹 溶

浪涌蓬莱[2]，高飞撼、宋家宫阙[3]。谁荡激、灵胥一怒[4]，惹冠冲发[5]。点点征帆都卸了，海门急鼓声初发[6]。似万群风马骤银鞍[7]，争超越。　　江妃笑[8]，堆成雪。鲛人舞[9]，圆如月。正危楼湍转，晚来愁绝。城上吴山遮不住[10]，乱涛穿到严滩歇[11]。是英雄未死报仇心[12]，秋时节。

◎ 注释

[1] 钱塘观潮：杭州湾钱塘江口的涌潮，每年阴历八月十八日，州人聚观。

[2] 蓬莱：海上三神山之一。

[3] 宋家宫阙：南宋建都临安府（杭州），在其东南凤凰山东麓建筑皇城，方圆九里之地，利用自然山水和地形布置宫殿，大庆殿、垂拱殿在南，在丽正门内；东北部是东宫。

[4] 灵胥：春秋时吴国大将伍子胥的灵魂。据《吴越春秋》载："越王葬种于国之西山，……葬一年，伍子胥从海上穿山胁而持种去，与之俱浮于海，故前潮水潘侯者，伍子胥也。后重水者，大夫种也。"

[5] 惹冠冲发："怒发上冲冠"，语见《史记·廉颇蔺相如列传》。

[6] 海门：周密《武林旧事》："浙江之潮……方其远出海门，仅如银线，既而渐近，则玉城雪岭，际天而来，大声如雷霆，震撼激射，吞天沃日，势极雄豪。"

[7] 风马：《汉书·礼乐志》："灵之下，若风马。"

[8] 江妃：刘向《列仙传》："江妃二女，游于江滨。"

[9] 鲛人：任昉《述异记》："鲛人，水居如鱼，眼泣成珠。"

[10] 吴山：山在杭州西湖东南。《名胜志》："春秋时为吴南界，以别于越，故名吴。或曰：以祠伍子胥，讹伍为吴，故郡志亦称胥山。凡城南隅诸山，蔓衍相属，总曰吴山。"

[11] 严滩：即七里滩，在浙江建德城东北三十六公里处，起自梅城镇双塔凌云，止于桐庐县严子陵钓台，全长二十三公里。

[12] "英雄"句：指伍子胥。

◎ 评析

这首词，表面写钱塘潮，气势雄壮，形象鲜明。开头说潮撼宋家宫殿，激起灵胥之怒，末尾以"英雄未死报仇心"回应。可知词意隐含清兵南下，荡灭南明江山，抗清志士报国复仇雄心高涨之意。

◈ **金　堡**

（1614—1680）

字道隐，一字蔗余，号卫公，浙江杭州人。明崇祯十三年庚辰（1640）进士。永历二年戊子（1648）诣肇庆，谒永明王（朱由榔），授礼科给事中，立朝侃侃，每持正论，曾下狱，谪戍清浪卫，未达，留客桂林，桂林留守大学士瞿式耜馆之。桂林破，出家为僧，法名今释，号澹归，又号性因，自称借山野衲、茅坪衲僧、跛阿师。著有《遍行堂集》。

八声甘州

金 堡

卧病初起，将还丹霞谒别孝山[1]

算军持、频挂到于今，已是十三年。[2]便龙钟如许，过头拄杖，缓步难前[3]。若个唤春归去，高柳足啼鹃。[4]有得相留恋，也合翛然[5]。　　况复吟笺寄兴，似风吹萍聚，欲碎仍圆。只使君青鬓[6]，霜雪又勾连。叹人间支新收故[7]，尽飞尘、赴海不能填[8]。重相惜，后来还得，几度相怜。

◎ 注释

[1] 丹霞：广东韶州丹霞山寺，金堡出家后住此。孝山：金堡诗友，《遍行堂集》中《木兰花慢》词题有"次融谷读孝山新词来韵"。

[2] "军持"二句：军持：梵语，即净瓶，僧徒用以贮水随身洗手。自永历四年（1650）金堡出家为僧，经十三年，已是桂王朱由榔殉国之年壬寅（1662）。

[3] 龙钟如许：龙钟，身体衰老貌。如许，这样。

[4] "若个"二句：若个：疑问词。义同"那个"，亦可作"何处"解。唤春归去：意指永历王朝亡灭，永历帝魂归天上。鹃：杜鹃鸟，古谓蜀王杜宇魂魄所化，其鸣声为"不如归去"。

[5] 翛然："翛然而往"（见《庄子》），轻快貌。

[6] "使君"句：使君：指友人孝山。青鬓：年轻人的鬓发。

[7] 支新收故：指当时人支持新的清王朝，抛弃旧的明王朝。

[8] "飞尘"句：意本葛洪《神仙传》："麻姑自说云：'接侍以来，已见东海三为桑田，向到蓬莱，水又浅于往者，会时略半也，东海行复扬尘乎，岂将复还为陵陆乎？'"

◎ 评析

这首词，写于作者出家后十三年，南明永历帝殉国之年。永历死于三月，故词中以高柳啼鹃点染，更见贴切。上片由一身说到国，下片由友人写到国。"叹人间"数句，感慨世变沧桑，人情反复。不能填海尘，深沉地表达了人力难以回天的悲愤，一句有千钧笔力。

满江红

大风泊黄巢矶下[1]

金 堡

激浪输风，偏绝分、乘风破浪[2]。滩声战，冰霜竞冷，雷霆失壮。鹿角狼头休地险[3]，龙蟠虎踞无天相[4]。问何人唤汝作黄巢，真还谤。　　雨欲退，云不放。海欲进，江不让。早堆垛一笑[5]，万机俱丧[6]。老去已忘行止计，病来莫算安危帐[7]。是铁衣着尽着僧衣[8]，堪相傍[9]。

◎ 注释

[1] 黄巢矶：矶在长江边。黄巢，唐末农民起义军领袖。

[2] 乘风破浪：喻志向远大。《宋书·宗悫传》："悫年少时，炳问其志，悫曰：愿乘长风，破万里浪。"金堡依永明王从事抗清复明工作，而桂林破后，出家为僧，故云"绝分、乘风破浪。"

[3] 鹿角狼头：在四川省瞿塘峡附近。杜甫《白帝城放船出瞿塘峡……》："鹿角真走险，狼头如跋胡。"

[4] 龙蟠虎踞：像龙盘曲，像虎踞坐。形容地势险要。《太平御览》卷一五六引《吴录》："刘备曾使诸葛亮至京（南京），因睹秣陵山阜，叹曰：钟山龙盘，石头虎踞，此帝王之宅。"

[5] 堆垛：同"堆豗"。坐貌。辛弃疾《水调歌头·元日投宿博山寺，见者惊叹其老》词："坐堆豗，行答飒，立龙钟。"

[6] 万机俱丧：世间一切事都已忘掉。

[7] 安危帐：国家存亡的大计。

[8] "铁衣"句：陶谷《五代乱离纪》："黄巢败后为僧，依张全义于洛阳，曾绘像题诗云：'记得当年草上飞，铁衣着尽着僧衣。天津桥上无人识，独倚阑干看落晖。'人见像，识其为巢云。"赵与时《宾退录》："此乃元微之（稹）《智度师》诗。审易磔裂，合二为一。元集可考也。其一云：'四十年前马上飞，功名藏尽拥禅衣……'其二云：'三陷思明三突围，铁衣抛尽纳禅衣。天津桥上无人识，闲凭阑干望落晖。'"

[9] 堪相傍：谓自己也换上僧衣，可与黄巢做伴。

◉ 评析

　　这首词，借歌咏黄巢矶以感叹身世。据金武祥《粟香随笔》，金堡为僧后，"往来庐山丹崖间"，故得到江边。上片正面写大风泊矶时情景，气象雄伟。一起便从自己说入。下片全面写自己，为恢复不遂，出家为僧，勉强忘怀世事而年事已老，尾句仍缩结到黄巢。题新而辞益新，开词坛未有之局。不徒风格浑雄悲壮，追踪辛弃疾。

风流子

上元风雨[1]

金　堡

东皇不解事[2]，颠风雨、吹转海门潮[3]。看烟火光微，心灰凤蜡[4]；笙歌声咽，泪满鲛绡[5]。吾无恙，一炉焚柏子，[6]七碗覆松涛[7]。明月寻人，已埋空谷；[8]暗尘随马，更拆星桥。[9]　　素馨田畔路[10]，当年梦，应有金屋藏娇[11]。不见漆灯续焰[12]，蔗节生苗[13]。尽翠绕珠围[14]，寸阴难驻[15]；钟鸣漏尽[16]，抔土谁浇[17]？问取门前流水[18]，夜夜朝朝。

◉ 注释

[1] 上元：阴历正月十五日为元宵节日，即上元节。

[2] 东皇：春神。

[3] "风雨"句：颠风雨：狂风暴雨。海门潮：见曹溶《满江红·钱塘观潮》注。曹词是实指其地，这里虚指海口。

[4] 凤蜡：绘有凤鸟的蜡烛。皇甫松《抛球乐》词："几回冲凤蜡，千度入香怀。"凤烛焚尽，则烛心成灰。心灰语意双关。

[5] 泪满鲛绡：鲛人泪，见曹溶《满江红·钱塘观潮》注。任昉《述异记》：南海出鲛绡，

一名龙纱，以为服，入水不濡。

[6]"无恙"二句：无恙：平安无病。苏轼《十月十四日以病在告独酌》诗："铜炉烧柏子，石鼎煮山药。"

[7]"七碗"句：卢仝《走笔谢孟谏议寄新茶》："七碗吃不得也，唯觉两腋习习清风生。"苏轼《试院煎茶》："蟹眼已过鱼眼生，飕飕欲作松风鸣。"又《汲江煎茶》："茶雨已翻煎处脚，松风忽作泻时声。"叶颙《仲春雨窗书怀》："茶鼎松涛翻细浪。"松风、松涛，指茶水煎沸泛起水花时发出的声响，代指茶。覆，倒。覆松涛，犹俗言"倒茶"。

[8]"明月"二句：苏轼《月夜与客饮杏花下》："明月入户寻幽人。"埋空谷，谓因风雨，不见明月，明月像沉埋于空山之中。

[9]"暗尘"二句：苏味道《正月十五夜》："火树银花合，星桥铁锁开。暗尘随马去，明月逐人来。"星桥，元宵的灯桥。

[10]素馨田：屈大均《广东新语》："素馨斜，在广州城西十里三角市，南汉葬美人之所也。有美人喜簪素馨，死后遂多种素馨于冢上，故曰素馨斜。至今素馨酷烈，胜于他处。以弥望悉是此花，又名曰花田。"素馨，常绿灌木，花似茉莉，其种来自西域。

[11]金屋藏娇：班固《汉武故事》："胶东王（汉武帝刘彻）数岁，长公主抱置膝上，问曰：'儿欲得妇不？'胶东王曰：'欲得妇。'长公主指左右长御百余人，皆云不用。末指其女问曰：'阿娇好不？'于是乃笑对曰：'好！若得阿娇作妇，当作金屋贮之也。'"陈阿娇，即武帝陈皇后。

[12]漆灯：《江南野史》："沈彬居有一大树，常曰吾死可葬于是。及葬，穴之乃古冢，其间一古灯台，上有漆灯盏，铜牌篆文曰：'佳城今已开，虽开不葬埋。漆灯犹未爇，留待沈彬来。'"

[13]蔗节生苗：《群碎录》："宋神宗问吕惠卿曰：'何草不庶生，独于蔗？庶出何也？'对曰：'凡草种之则正生，此蔗独横生，盖庶出也。'"

[14]翠绕珠围：元王子一《误入桃源》第四折："依旧有翠绕珠围。"翠，翡翠；珠，珍珠。本为妇女华丽妆饰，比喻随侍女子之多。

[15]寸阴：《晋书·陶侃传》："尝语人曰：大禹圣人，乃惜寸阴。"一寸光阴，指很短时间。

[16]钟鸣漏尽：崔寔《政论》："钟鸣漏尽，洛阳城中，不得有行者。"《三国志·魏书·田豫传》："年过七十而以居位，譬犹钟鸣漏尽而夜行不休，是罪人也。"漏，漏，滴漏，古代计时之铜壶滴漏。晨钟已鸣，夜漏亦尽，指夜尽，比喻寿命将尽或终结。

[17]"抔土"句：抔土：墓地。用酒洒在墓地上祭奠，称浇酒。李贺《浩歌》："有酒唯浇赵州土。"

[18]门前流水：《旧唐书·方技·僧一行传》："初，一行求访师资，以穷大衍。至天台山国清寺，见一院，古松十数，门有流水。一行立于门屏间，闻院僧于庭布算声而谓其徒曰：'今日当有弟子自远求算法，已合到门，岂无人导达邪？'即除一算，又谓曰：'门前水当却西流，弟子亦至。'一行承其言而趋入，稽首请法，尽受其术焉。而门前

水果却西流。"金堡词用此典，不是泛设，而是切合本人僧徒身份，而门前水西流，则因永历王朝原在西南，清起自辽东，西流含不忘故国之意。

◉ 评析

　　这首词，题为上元风雨，上片即从佳节及风雨落笔。"烟火光微"，"笙歌声咽"，指南明王朝的结束；"心灰凤蜡"，"泪满鲛绡"，表作者怀念宗国的悲伤。"吾无恙"以下专写自己已逃禅出世，"柏子"兼用禅家参柏子禅的故事。"明月"四句翻用苏味道诗语，扣紧上元，"已埋""更拆"切两景，同时暗喻亡国。下片侧重写广州，作者身在韶州丹霞寺，而写素馨田宫女埋香事，则是暗指南明唐王败亡后，其弟聿锷至广州，大学士苏观生、何吾驺等拥立为君，改元绍武，招海上郑、马、石、徐、四姓盗授总兵。清署两广总督佟养甲攻下广州，聿锷投缳死，周、益、辽诸王宗室世子等死者，复二十余人。其后又有降清之明将李成栋据广州反正之事，成栋终亦败亡。词中"当年梦"云云至"钟鸣漏尽"，正是这些历史事件的概括。最后作者对门前流水的发问，即是问流水何时向西，明祚何时恢复，夜夜朝朝，厥志不移，字里行间，渗透斑斑血泪，所以叶恭绰《广箧中词》评之曰"痛切"。

小重山

得程周量民部诗却寄[1]

金　堡

落落寒云晓不流[2]。是谁能寄语，竹窗幽。远怀如画一天秋。钟徐歇，独自倚层楼。　　点点鬓霜稠[3]。十年山水梦，未全收。相期人在别峰头。闲鸥意，烟雨又扁舟。

◉ 注释

[1] 程周量，名可则，号湟溱，又号石臞，广东南海人。顺治九年壬辰（1652）会试第一，以磨勘不得与殿试。越十年，试授中书，历户、兵两部曹，出为桂林知府，著有《海日堂集》，为清初广东著名诗人。

[2] 落落：稀疏貌。《文选·叹逝赋》李善注："落落，稀貌。"又众多貌。《老子》："落落如石。"河上公注："落落喻多。"

[3] 鬓霜：鬓发变成白色。李贺《还自会稽歌》："吴霜点归鬓。"稠：密。

◉ 评析

这首词，疏远潇洒，与前三首风格不同。程可则很早就出仕清廷，而作者是明遗民，并非同路人，而仅是文艺来往。这词于淡静之中，隐含深意。倚层楼听钟的只是作者"独自"，闲鸥之意，只是"扁舟"；而远途寄诗的却是"人在别峰头"，别峰不仅谓不在一处，而是说可则站在清王朝一方。但词意和平，自掩其悲凉之迹。

◈ **宋　琬**

（1614—1674）

字玉叔，号荔裳，一号无今，山东莱阳人。顺治四年丁亥（1647）进士，授户部主事，累迁永平兵备道，宁绍台道。擢按察使。族子因宿怨，诬其与闻于七变乱密谋，下狱三年，久之得白，流寓吴、越间，寻起四川按察使。琬以诗名，学杜甫。与宣城施闰章齐名，号"南施北宋"。二人又与王士禛、朱彝尊、赵执信、查慎行有"清初六家"之目。亦工词。有《安雅堂集》《二乡亭词》。

蝶恋花

旅月怀人

宋　琬

月去疏帘才数尺。乌鹊惊飞，一片伤心白。[1]万里故人关塞隔，南楼谁弄梅花笛[2]？　　蟋蟀灯前欺病客。清影徘徊，欲睡何由得？墙角芭蕉风瑟瑟，生憎遮掩窗儿黑[3]。

◎ 注释

[1]"乌鹊"二句：曹操《短歌行》："月明星稀，乌鹊南飞，绕树三匝，何枝可依。"伤心白，指月色凄凉。

[2]"南楼"句：南楼：古代有多处，南楼笛的楼指今武昌的黄鹤楼。李白《与史郎中钦听黄鹤楼上吹笛》："一为迁客去长沙，西望长安不见家。黄鹤楼中吹玉笛，江城五月落梅花。"落梅花即《梅花落》，郭茂倩《乐府诗集》："《梅花落》本笛中曲也。"

[3]生：语助词。窗儿黑：李清照《声声慢》："守着窗儿，独自怎生得黑。"

◎ 评析

　　这首词是宋琬客旅武昌时所作，心情在忧伤不安之中。"梅花笛"用李白诗，与迁客有关。怀人而又不寐，蟋蟀芭蕉，都成作弄病客之物。词中透露的，正是谭献《箧中词》评语所说的"忧谗"。

龚鼎孳
（1615—1673）

字孝升，号芝麓，安徽合肥人。明崇祯七年甲戌（1634）进士，官兵科给事中。李自成入京城，授直指使。入清，历官至礼部尚书。卒谥端毅。龚氏贵显，而修布衣之节，倾囊恤穷，出气力以荫庇遗民志节之士，士论往往谅其堕节。工诗，为世祖福临所赏识，尝在禁中叹曰：龚某真才子也。与钱谦益、吴伟业并称"江左三大家"。亦工词，有《香严词》，又名《定山堂诗余》。

贺新凉

龚鼎孳

　　和曹实庵舍人赠柳叟敬亭[1]

鹤发开元叟[2]。也来看、荆高市上，卖浆屠狗。[3]万里风霜吹短褐，游戏侯门趋走[4]。卿与我、周旋良久[5]。绿鬓旧颜今改尽，叹婆娑、人似桓公柳。[6]空击碎，唾壶口[7]。　　江东折戟沉沙后[8]。过青溪、笛床烟月[9]，泪珠盈斗。老矣耐烦如许事，且坐旗亭呼酒[10]。判残腊、销磨红友[11]。花压城南韦杜曲[12]，问球场、马骁还能否[13]？斜日外，一回首。

◎ 注释

[1] 曹实庵：详后曹贞吉词选小传。柳敬亭：泰州人，本姓曹，年十五，犯法当死，变姓柳，于盱眙市中，为人说书。久之过江，住松江、杭州、南京，名闻于缙绅间。客左良玉幕，人称为柳将军。左死，复上街头理故业。事迹详黄宗羲《柳敬亭传》。曹贞吉原唱见后曹贞吉选词，龚鼎孳次曹韵。

[2] "鹤发"句：李洞《绣岭宫词》诗："绣岭宫前鹤发翁，犹唱开元太平曲。"鹤发，白发。

开元，唐玄宗李隆基年号。

[3]"荆高"二句：《史记·刺客列传》："荆轲既至燕，爱燕之狗屠及善击筑者高渐离。荆轲嗜酒，日与狗屠及高渐离饮于燕市，酒酣以往，高渐离击筑，荆轲和而歌于市中，相乐也。已而相泣，旁若无人者。"又《信陵君列传》："薛公藏于卖浆家。"

[4]"游戏"句：柳敬亭先后游左良玉及松江提督马逢知幕。

[5]"卿与我"句：《世说新语》："桓公（温）少与殷侯（浩）齐名，常有竞心，桓问殷：卿何如我？殷云：我与我周旋久，宁作我。"

[6]"绿鬓"两句：绿鬓：少年时黑发。吴均《闺怨》："绿鬓愁中改。"婆娑：《世说新语》："槐树婆娑，无复生意。"桓公柳：《晋书·桓温传》："温自江陵北伐，行经金城，见少为琅邪时所种柳，皆已十围，慨然曰：木犹如此，人何以堪。攀枝折条，泫然流涕。"

[7]击碎唾壶：《北堂书钞》引《语林》："王大将军每酒后辄咏'老骥伏枥，志在千里，烈士暮年，壮心不已'，便以如意击珊瑚唾壶，壶尽缺。"

[8]折戟沉沙：杜牧《赤壁》："折戟沉沙铁未销，自将磨洗认前朝。"这里指福王朝灭亡。

[9]"青溪"句：青溪：《清一统志》："青溪在上元县东北。"笛床：杜甫《数陪李梓州泛江有女乐在诸舫戏为艳曲》："白日移歌袖，清宵近笛床。"

[10]旗亭：酒店，亭上挂酒旗，故名。张衡《西京赋》："旗亭五重。"

[11]红友：酒名。罗大经《鹤林玉露》："苏轼南迁北归，至宜兴县黄土村，当地人携酒来饷曰：此红友也。"

[12]"花压"句：唐代长安城南有韦曲、杜曲，贵族所居，当时有"城南韦杜，去天尺五"之谣。

[13]"球场"句：《宋史·礼志》："打球本军中戏……除地竖木东西为球场。"马弰，弓末曰弰。

◎ 评析

　　这首词，主要写柳敬亭，上片以荆轲、高渐离相比，显示敬亭乃一悲歌慷慨之士，游戏侯门，而非寻常的说唱艺人。用"卿与我、周旋良久"说人柳与自己的关系。绿鬓以下，回应开端"鹤发开元叟"，击碎唾壶，与荆高市上的行径，同为豪侠人物的特征。下片写南明亡国后的沧桑之感，笛床烟月，旗亭呼酒，城南韦杜，球场驰射，包含无限的今昔对照，兴亡之泪，不堪回首，通篇顿挫跌宕，感动读者心弦。

余 怀
（1616—1695？）

字澹心，一字无怀，号曼翁，又号曼持老人，福建莆田人。侨寓南京。与杜濬、白梦鼎相唱和，时号"余杜白"，谐"鱼肚白"。晚隐居吴门，征歌选曲，有如少年。工诗，才情艳发，生明清之际，辞多凄丽，曾赋《金陵怀古》诗，王士禛《渔洋诗话》以为"不减刘宾客（禹锡）"。邓汉仪《诗观》谓"澹心诗，纯以气象胜，是初唐沈（佺期）、宋（之问）之遗。"又工词曲。吴伟业曾谓"澹心词大要本于放翁（陆游）而藻艳轻俊。又得之梅溪（史达祖）、竹山（蒋捷）。"所著《板桥杂记》三卷，多存故事，并述曲中事甚悉。著作甚多，有《三吴游览志》一卷、《味外轩诗辑》《研山堂集》等。词有《研山词》《秋雪词》，总称《玉琴斋词》。

桂枝香

和王介甫[1]

余 怀

江山依旧，怪卷地西风，忽然吹透。只有上阳白发[2]，江南红豆[3]。繁华往事空流水[4]，最飘零、酒狂诗瘦[5]。六朝花鸟[6]，五湖烟月[7]，几人消受？　　问千古、英雄谁又。况霸业销沉，故园倾覆。四十余年，收舞衫歌袖。莫愁艇子桓伊笛[8]，正落叶乌啼时候[9]。草堂人倦，画屏斜倚，盈盈清昼。

[1] 王介甫：王安石。这首词是和王安石《桂枝香》"登临送目"一首。王词内容，是金陵怀古。这词是伤金陵今事。不次王词原韵。

[2] 上阳：唐宫名，在东都洛阳皇城西南。白居易有《上阳白发人》。

[3] 江南红豆：王维《相思》："红豆生南国。"红豆，植物名，果实扁圆，色殷红。一名相思子。本出南海，江南各地亦有之。

[4] "繁华"句：参用杜牧《金谷园》："繁华事散逐香尘，流水无情草自春"及王安石《桂枝香》"念往昔、繁华竞逐……六朝旧事随流水"之语。

[5] 酒狂诗瘦：《汉书·盖宽饶传》："宽饶曰：无多酌我，我乃酒狂。丞相魏侯（相）笑曰：次公（宽饶字）醒而狂，何必酒也。"孟启《本事诗》载李白戏赠杜甫诗："饭颗山头逢杜甫，顶戴笠子日卓午。借问别来太瘦生，总为从前作诗苦。"又贾岛诗被苏轼《祭柳子玉文》中称为"郊寒岛瘦"。

[6] 六朝：见归庄《锦堂春·燕子矶》注。

[7] 五湖：《后汉书·冯衍传》李贤注："虞翻云：太湖有五道，故谓之五湖，滆湖、洮湖、射湖、贵湖及太湖为五湖，并太湖之小支，俱连太湖，故太湖兼得五湖之名，在今湖州东也。"

[8] 莫愁艇子：南京水西门外有莫愁湖。古乐府《莫愁乐》："莫愁在何处？莫愁在城西。艇子打两桨，催送莫愁来。"周邦彦《西河》词："莫愁艇子曾系。"桓伊笛：《晋书·桓伊传》："善音乐，尽一时之妙，为江左第一。有蔡邕柯亭笛，常自吹之。"

[9] 落叶：古人称帝王的世代为叶，又称宗室人物为金枝玉叶，落叶象征国祚沦亡。乌啼：李白诗有"乌啼白门柳"句；杜甫诗有"长安城头头白乌，夜飞延秋门上呼"句，写京城被敌人侵占时景象。这里参用以指南京福王朝的亡灭。

沁园春

和刘后村[1]

余　怀

老去悲秋[2]，菊蕊盈头，竹叶盈杯[3]。正洞庭木落[4]，宫莺乍别[5]；楚天云净，旅雁初回[6]。天许闲人，人寻韵事，高筑栽花十丈台。催租吏，纵咆哮如虎，如我何哉！　　东篱更葺茅斋。邺架上藏书万卷堆[7]。叹年将半百，须髯如戟[8]；运逢百六[9]，心事成灰。莫话封侯，休言献策，只劝先生归去来[10]。平生恨，恨相如太白[11]，未是奇才。

[1] 刘后村：名克庄，南宋著名词人，有《后村长短句》。集中《沁园春》词，有二十五首之多，余怀所和，当是《沁园春·癸卯佛生，翼日将晓，梦中有作，既醒，但易数字》一首，二家都押哈、灰韵，风格词旨亦相近。

[2] 老去悲秋：杜甫《九日蓝田崔氏庄》："老去悲秋强自宽。"

[3] 竹叶盈杯：《韵语阳秋》："酒之种类多矣，有以绿为贵者，白乐天（白居易）所谓'倾如竹叶盈尊绿'是也。"《本草》："竹叶酒治诸风热病，清心畅意，淡竹叶煎汁，如常酿酒饮。"

[4] 洞庭木落：《楚辞·九歌·湘夫人》："袅袅兮秋风，洞庭波兮木叶下。"

[5] 宫莺：杜甫《奉送严公入朝十韵》："宫莺罢啭春。"

[6] 旅雁：王贞白《九日长安作》："归心随旅雁。"

[7]"邺架"句：唐李泌封邺侯，富藏书，分甲乙丙丁四部。韩愈《送诸葛觉往随州读书》："邺侯家多书，插架三万轴。"

[8] 须髯如戟：《南史·褚彦回传》："君须髯如戟，何无丈夫意？"

[9] 运逢百六：《汉书·律历志》："三统闰法《易》九厄曰：初入元，百六，阳九。"注："孟康曰：所谓阳九之厄，百六之会者也。"《文选·袁宏〈三国名臣序赞〉》吕延济注："四千六百一十七岁为一元，一百六岁曰阳九之厄。"这里指身逢明王朝灭亡的厄运。

[10]"只劝"句：陶渊明《归去来兮辞》："归去来兮，田园将芜胡不归！"

[11] 相如太白：司马相如、李白。

摸鱼儿

和辛幼安[1]

余 怀

最伤情、落花飞絮，牵惹春光不住。佳人缥缈朱楼下[2]，一曲清歌何许？莺无语。谁传道、桃花人面黄金缕[3]。霍王小女。恨芳草王孙，书生薄幸，空写断肠句。[4] 　　江

南好，花苑繁华如故。画船多少箫鼓。吴宫花草随风雨[5]，
更有千门万户[6]。苏台暮[7]。君不见、夷光少伯皆尘土[8]。
斜阳无主。看鸥鸟忘机[9]，飞来飞去，只在烟深处。

◎ 注释

[1] 幼安：辛弃疾字。这首词和弃疾《摸鱼儿·淳熙己亥自湖北漕移湖南，同官王正之置酒
小山亭，为赋》，同押御、遇韵。

[2] 缥缈：高远隐约貌。

[3] "谁传道"句：桃花人面：孟启《本事诗·情感》载崔护诗："去年今日此门中，人面桃
花相映红。人面不知何处去，桃花依旧笑春风。"黄金缕：见李雯《浪淘沙·杨花》注。

[4] "霍王"四句：蒋防《霍小玉传》："故霍王小女，字小玉，王甚爱之。母曰净持。净
持，即王之宠婢也。王之初薨，诸弟兄以其出自贱庶，不甚收录。因分与资财，遣居于
外。易姓为郑氏，人亦不知其王女。资质秾艳，一生未见，高情逸态，事事过人，音乐
诗书，无不通解。"芳草王孙，《楚辞·招隐士》："王孙游兮不归，春草生兮萋萋。"薄
幸，无情。书生薄幸事，载《霍小玉传》，陇西李益初与小玉相恋，同居多时。得官后，
聘表妹卢氏，与小玉断绝。小玉日夜思念成疾，后得知李益负约，愤恨欲绝，誓言死后
必为厉鬼报复。这词上片所写佳人事，疑有寄托。如当时李香君许身侯方域，互以节概
相重，而侯晚节不终，出应清廷科举。对明王朝为不忠，对佳人是辜负了。如此类事，
明末清初当尚有之。作者熟知妓院故实，特借以寄慨。

[5] "吴宫"句：李白《登金陵凤凰台》："吴宫花草埋幽径。"

[6] 千门万户：《史记·孝武本纪》："于是作建章宫，度为千门万户。"这里意为千家万户。

[7] 苏台：陆广微《吴地记》："姑苏台在吴县西南三十五里，阖闾造。经营九年始成。其
台高三百丈，望见三百里外，作九曲路以登之。"

[8] "夷光"句：夷光：西施之名。少伯：范蠡之字。二人都是致吴于亡者。辛弃疾《摸鱼
儿·淳熙己亥……》："玉环飞燕皆尘土。"

[9] 鸥鸟忘机：《世说新语》刘峻注引《庄子》："海上之人好鸥者，每旦之海上，从鸥游，
鸥之至者数百而不止。其父曰：吾闻鸥鸟从汝游，取来玩之。明日之海上，鸥鸟舞而
不下。"《宋书·谢灵运传·山居赋》注引《庄子》："海人有机心，鸥鸟舞而不下。"

◎ 评析

　　以上三首，选自余怀《感遇词》六首中。余怀于六首前有小引云：
"白香山（居易）云：'四十九年身在日，一百五夜月明天。'苏子瞻

（轼）云：'嗟我与君同丙子，四十九年穷不死。'余今年四十九，身既老矣，穷犹未死。追想生平，六朝如梦。每爱宋诸公词，倚而和之，聊进一杯。正山谷（黄庭坚）所云'坐来声喷霜竹'也。"引中说"余今年四十九"，那是康熙四年乙巳（1665），已是南明桂王朝亡灭后三年。"追想生平，六朝如梦"，点明《感遇词》是凭吊亡明之作，"遇"不仅是就个人说，而是指经历的沧桑变故，因而"感"是表现词人的家国之痛。《桂枝香》一阕，着重写南京福王朝的覆亡，《沁园春》一阕，写本人的遗民生活，"运逢百六"，点明时代，恨相如太白是文人，无补于国事，以比本人的未能献身复明大业，只能以笔墨抒愤，所以算不得奇才。《摸鱼儿》一阕，上片是对不能坚持民族气节者的鞭挞，下片是对故国荒凉、人物殂谢的悲悼，并表现本人避世逃名、独善其身的心态。词风刚健中含婀娜，于王夫之、屈大均等遗民词外，别具一格。

❖ 宋徵舆

（1618—1667）

字直方，一字辕文，江南松江（今属上海）人。明诸生，与陈子龙、李雯号"云间三子"，加入幾社。清顺治四年丁亥（1647）成进士，官至副都御史。有《林屋诗文稿》《海闾香词》。

小重山

宋徵舆

春流半绕凤凰台[1]。十年花月夜[2]，泛金杯。玉箫呜咽画船开。清风起，移棹上秦淮[3]。　　客梦五更回。清砧迎塞雁，渡江来。景阳宫井断苍苔[4]。无人处，秋雨落宫槐[5]。

[1] 凤凰台：在南京。刘宋元嘉时，王颙见异鸟集于山，时谓凤凰，遂于山起台。

[2] 花月夜：唐张若虚有《春江花月夜》诗，词语本之。

[3] 秦淮：见吴伟业《满江红·感旧》注。

[4] 景阳宫井：《南畿志》："景阳井在台城内，陈后主与张丽华、孔贵嫔投其中以避隋兵。"

[5] "秋雨"句：王维《菩提寺禁裴迪来相看说逆贼等凝碧池上作音乐……》："秋槐叶落空宫里，凝碧池头奏管弦。"陈鸿《长恨歌传》："宫槐秋落。"

◎ 评析

　　这首词，上片写明亡前南京之游的欢娱场面；下片写清兵南下福王朝倾覆后的悲凉景色。前后对比，凄丽悱恻，风格颇与陈子龙词相近。

忆秦娥

杨　花

宋徵舆

黄金陌[1]，茫茫十里春云白[2]。春云白，迷离满眼，江南江北。　　来时无奈珠帘隔，去时著尽东风力。东风力，留他如梦，送他如客[3]。

◎ 注释

[1] 黄金陌：即杨柳陌。柳条如黄金缕，见李雯《浪淘沙·杨花》注。

[2] 春云白：李贺《蝴蝶舞》诗："杨花扑帐春云热。"

[3] 他：指杨花。

◎ 评析

　　这首词，借咏物以抒情。谭献《箧中词》评云："身世可怜。"妙在含蕴不露。可与李雯《浪淘沙·杨花》参看。更可与陈子龙《浣溪沙·杨花》对比，陈词云："怜他飘泊奈他飞"，节概不同，吐辞便异，所谓言为心声，于此可证。

❖ 徐　灿

字明霞，号湘蘋，江南长洲（今江苏苏州）人。徐子懋女，海宁陈之遴继妻。之遴未第时，以丧偶故游苏州，避雨徐氏园，徐翁遂以女许配。之遴为明崇祯进士，官中允。入清，累官弘文院大学士，加少保。坐结党营私，以原官发辽阳居住。寻召还，以贿结内监吴良辅论斩，免死流徙，卒于徙所。灿随夫谪迁塞外。灿工诗词，精书画，词得北宋风格，工艳流丽而绝纤佻之习。陈维崧称之为"南宋后闺秀第一"。（《清史稿·陈之遴妻传》）朱祖谋《望江南·杂题我朝诸名家词集后》题灿词云："双飞翼，悔杀到瀛洲。词是（李）易安人（谢）道韫，可堪伤逝又工愁！肠断塞垣秋。"有《拙政园诗余》三卷。

踏莎行

徐　灿

芳草才芽，梨花未雨，春魂已作天涯絮。晶帘宛转为谁垂[1]？金衣飞上樱桃树[2]。　　故国茫茫，扁舟何许？夕阳一片江流去[3]。碧云犹叠旧山河，月痕休到深深处。[4]

◎ 注释

[1] 晶帘：水晶帘。李白《玉阶怨》："却下水晶帘，玲珑望秋月。"

[2] 金衣：黄莺鸟。《开元天宝遗事》："明皇于禁苑中见黄莺，呼为金衣公子。"

[3]"夕阳"句：这句跟"故国茫茫"句来，夕阳指南明王朝，江流去，谓国亡。

[4]"碧云"二句：意谓江山信美，旧国已非，明月有情，岂堪临照。

◎ 评析

　　这首词，写于早春时节，于念旧伤离之中，寄沧桑变革之叹，故谭献《箧中词》评云："兴亡之感，相国愧之。"

唐多令

感　怀

徐　灿

玉笛摩清秋[1]，红蕉露未收。晚香残、莫倚高楼。寒月多情怜远客，长伴我、滞幽州[2]。　　小苑入边愁[3]，金戈满旧游[4]。问五湖、那有扁舟[5]？梦里江声和泪咽，频洒向、故园流。

◎ 注释

[1] 摩（yè）：以指按物。元稹《连昌宫词》："李謩摩笛傍宫墙。"

[2] 幽州：古地名，今北京市、河北省东北一带。陈之遴发辽阳居住，在顺治十三年（1656）。是年冬，令回京入旗。十五年（1658），复以罪流徙。这词应是作于顺治十四年（1657）居京时，故云滞幽州。

[3]"小苑"句：杜甫《秋兴》："芙蓉小苑入边愁。"本词的边愁，指南方边境军事。顺治十三年，李定国奉桂王朱由榔赴云南，孙可望部署军队进攻李定国。

[4]"金戈"句：戈：古代兵器，铜铁所铸，闪耀着金光，故称金戈。《新五代史·李袭吉传》："金戈铁马，蹂践于明时。"指战事。顺治十四年（桂王永历十一年），桂王封郑成功为潮王。郑治兵谋大举，戈船之士十七万，张煌言导之抵浙，师次羊山，会飓发，乃还守厦门。陈之遴是海宁人，徐灿婚后，浙江自然是旧游之地。

[5]"五湖"句：五湖：见余怀《桂枝香·和王介甫》注。《史记·货殖列传》："范蠡既雪会稽之耻……乃乘扁舟，浮于江湖。"正义："《国语》云：'遂灭吴，反至五湖，范蠡辞于王曰："君王勉之，臣不复入于越国矣。"……遂乘轻舟，以浮于五湖，莫知其所

终极。'"

◎ 评析

　　这首词，通过秋日留滞幽州时的思乡心情，扩展到对国事的忧伤。时陈之遴处在贬谪回京的忧危处境，故有"晚香残、莫倚高楼"的警惕语。下片实写边愁金戈，慨叹负罪之身，无缘归隐吴门。结尾声泪俱下，尺幅有千里之势。

❖王夫之
（1619—1692）

　　字而农，号姜斋，湖南衡阳人。明崇祯十五年壬午（1642）举乡试。明亡时，曾在衡山举兵抗清。兵败后退居肇庆，任南明桂王朝行人司行人。从瞿式耜军，瞿殉难后，遂决心隐遁，转辗于湖南、广东一带，最后居衡阳之石船山，从事著述，学者称船山先生。其学兼精经、史、子、诗、文、词皆工。词芳悱缠绵，风格道上，往往冲破音律的限制。朱祖谋《望江南·杂题我朝诸名家词集后》题船山词云："苍梧恨，竹泪已平沈。万古湘灵闻乐地，云山韶濩入凄音。字字楚骚心。"揭示了其怆怀故国的深心。著作有一百多种，后人合编为《船山遗书》三百五十八卷，中有词集《鼓棹初二集》《潇湘怨词》。

青玉案

忆 旧

王夫之

桃花春水湘江渡[1]，纵一艇，迢迢去。落日赪光摇远浦[2]。风中飞絮，云边归雁，尽指天涯路。　　故人知我年华暮，唱彻霸陵回首句[3]。花落风狂春不住。如今更老，佳期逾杳，谁倩啼鹃诉？

◎ 注释

[1]"桃花"句：潇湘小八景之一为"东洲桃浪"。《宋史·河渠志》："二月三月，桃花始开，冰泮雨积，川流猥集，波澜盛长，谓之桃花水。"湘江：湖南省境内最长最大的河流。

[2]赪：赤色。

[3]"唱彻"句：王粲《七哀诗》："南登霸陵岸，回首望长安。"李善注："《汉书》曰：'文帝（刘恒）葬霸陵。'"

◎ 评析

　　这首词，上片写早期在湖南的活动，不是一般漂泊，"落日赪光摇远浦"，点明心在南明桂王朝，古时常以日比君。下片写后期活动，分二层，一是依桂王朝瞿式耜军抗清目击战乱情景，故用王粲《七哀诗》典。"花落风狂春不住"，则桂王朝已覆亡。然后接入第二层的"佳期逾杳"，即是恢复无望，自己也年华更老，归隐船山，隐遁以终。"谁倩啼鹃诉"含双重义，鹃鸣声似"不如归去"，怨问谁来召唤自己回去，言外是局势使然；鹃即杜鹃，传说为古蜀王杜宇之魂所化，这里有闻鹃而思故君之意。通首皆哀怨之词。

更漏子

本 意

王夫之

斜月横，疏星炯[1]。不道秋宵真永。声缓缓，滴泠泠，双眸未易合[2]。　　霜叶坠，幽虫絮[3]，薄酒何曾得醉。天下事，少年心。分明点点深。

◎ 注释

[1]炯：光亮。

[2]双眸：双眼。合：闭上。

[3]絮：言语叨絮。

◎ 评析

　　这首词，兼婀娜与刚健而有之，天下事，少年心，正以直达为佳。

清平乐

咏 雨

王夫之

归禽响暝[1]，隔断南枝径。不管垂杨珠泪迸，滴碎荷声千顷。　　随波赚杀鱼儿[2]，浮萍乍满清池。谁信碧云深处[3]，夕阳仍在天涯。

◎ 注释

[1]"归禽"句：言归鸟鸣声，响彻了暮空。

[2]"随波"句：暗用杜甫诗"细雨鱼儿出"意。

[3]"谁信"句：江淹《休上人怨别》："日暮碧云合，佳人殊未来。"

◎ 评析

这首小令，表面写雨，轻灵可喜。从"隔断南枝径""夕阳仍在天涯"句中，逗出隐指桂王南奔人缅后音信杳然。而"归禽响暝"、萍满清池，无疑是指抗清失败后归隐的遗臣遗民了。其中有作者。

玉楼春

白 莲
王夫之

娟娟片月涵秋影，低照银塘光不定[1]。绿云冉冉粉初匀[2]，玉露泠泠香自省。　　荻花风起秋波冷，独拥檀心窥晓镜[3]。他时欲与问归魂，水碧天空清夜永。

◎ 注释

[1]银塘：水流皎白的池塘。梁简文帝萧纲《和武帝宴诗》："银塘泻清渭。"
[2]绿云冉冉：贺铸《青玉案》："碧云冉冉蘅皋暮。"冉冉，渐渐貌。
[3]檀心：苏轼《黄葵》诗："檀心自成晕。"这里指莲花蕊如檀色。

◎ 评析

这是一首咏物词，亦是抒情词，于末二句见之，托归魂于水碧天空，正是屈原荷衣蓉裳（《离骚》："制芰荷以为衣兮，集芙蓉以为裳。"《九歌·少司命》："荷衣兮蕙带，倏而来兮忽而逝。"），魂归湘水的深意。不仅切白莲之形象而已。船山湘人，此正是朱祖谋题词所谓"字字楚骚心"者。

蝶恋花

衰 柳

王夫之

为问西风因底怨[1]？百转千回，苦要情丝断[2]。叶叶飘零
都不管，回塘早似天涯远。　　阵阵寒鸦飞影乱。总趁斜
阳，谁肯还留恋？梦里鹅黄拖锦线[3]，春光难借寒蝉唤。

◎ 注释

[1] 底：底事，什么事。

[2] 苦：极力，硬是要。

[3] 鹅黄：浅黄色，春天柳叶初生的颜色。王安石《南浦》："弄日鹅黄袅袅垂。"赵孟頫
　　《早春诗》："闲倚阑干看新柳，不知谁为染鹅黄。"

◎ 评析

　　这词也是怀念亡明之作。"叶叶飘零都不管，回塘早似天涯远"，
"春光难借寒蝉唤"，寄托亡明局势已定，回天无力。"都不管"与寒鸦
影乱，无肯留恋，可与《清平乐·咏雨》参看。

绮罗香

王夫之

　　读《邵康节遗事》：属纩之际[1]，闻户外人语，惊问所语云何？且
云："我道复了幽州[2]。"声息如丝，俄顷逝矣。有感而作。

流水平桥，一声杜宇，早怕洛阳春暮。[3]杨柳梧桐，旧
梦了无寻处。[4]拼午醉、日转花梢，甚夜阑、风吹芳树。
到更残、月落西峰，泠然蝴蝶忘归路。[5]　　关心一丝

别挂，欲挽银河水，仙槎遥渡。[6]万里闲愁，长怨迷离烟雾。任老眼、月窟幽寻[7]，更无人、花前低诉。君知否？雁字云沈，难写伤心句。

◎ 注释

[1]《邵康节遗事》：指《邵氏闻见录》《闻见后录》。邵康节，北宋邵雍，卒谥康节。属纩：纩，丝絮之新者。古人临终之际，置纩于口鼻之上，以测气息，曰属纩。

[2]幽州：见徐灿《唐多令·感怀》注。北宋时，幽州为辽所据。

[3]"流水"三句：邵伯温《闻见前录》："康节先公治平间与客散步天津桥上，闻杜鹃声，惨然不乐。客何其故，则曰：'洛阳旧无杜鹃，今始至，有所主。'客曰：'何也？'康节先公曰：'不二年，上用南士为相，多引南人，专务变更，天下自此多事矣。'"邵雍此语，原指王安石为相，将乱天下，这里借指南明桂王朝的衰亡。杜宇，即杜鹃鸟，传说蜀王杜宇之魂所化。

[4]"杨柳"二句：李白《扶风豪士歌》："梧桐杨柳拂金井。"萨都剌《凤凰台》："凤凰飞去梧桐老，燕子归来杨柳青。"梧桐象征帝王，《韩诗外传》："黄帝……致斋于中宫，凤乃蔽日而至……凤乃止帝东园，集帝梧桐。"作者同时之三山何是非有《风倒梧桐记》二记，记桂王朝事，亦取此义。作者曾仕桂王朝，而旧梦已非，故云无寻处。

[5]"到更残"二句：更残月落西峰，谓桂王死于西南。泠然，轻妙貌。《庄子·齐物论》："列子御风而行，泠然善也。"又："昔者庄周梦为胡蝶，栩栩然胡蝶也，自喻适志与，不知周也。俄然觉，则蘧蘧然周也。"胡蝶忘归路，作者自指。

[6]"欲挽"二句：银河：天河。张华《博物志》：天河与海通，近世有人居海渚者，年年八月有浮槎去来不失期，人有奇志，立飞阁于槎上，多赍粮乘槎而去。至一处，有城郭状，居舍甚严，遥望宫中多织妇，见一丈夫牵牛渚次饮之，此人问："此是何处？"答曰："君还至蜀郡，访严君平则知之。"后至蜀，问君平，曰："某年月日有客星犯牵牛宿。计年月，正是此人到天河时也。"这里作者谓欲上天求桂王之魂。

[7]月窟：指月宫。挚虞《思游赋》："扰毚兔于月窟兮，诘姮娥于蓐收。"

◎ 评析

　　这首词，借康节事以感时。上片写桂王一边，更残月落，桂王殉国，自己失去归宿，末句过渡到本人。下片写本人不忘故君，欲乘槎银河，幽寻月窟以求之，然而"上穷碧落"，"茫茫不见"（《长恨歌》语），云沉雁杳，同心诉恨者亦难得。结语回肠九折。诚如叶恭绰《广箧中词》所评："缠绵往复，忠厚之遗。"

摸鱼儿

东洲桃浪[1]

王夫之

剪中流、白蘋芳草，燕尾江分南浦[2]。盈盈待学春花靥，人面年年如故。[3]留春住，笑几许浮萍[4]，旧梦迷残絮。棠桡无数[5]。尽泛月莲舒，留仙裙在，[6]载取春归去。　佳丽地[7]，仙院迢遥烟雾，湿香飞上丹户。[8]醮坛珠斗疏灯映[9]，共作一天花雨[10]。君莫诉！君不见、桃根已失江南渡[11]。风狂雨妒。便万点落英，几湾流水，不是避秦路[12]。

◎ 注释

[1] 按：此为《潇湘小八景词》之三。东洲：在今湖南衡阳内湘江中。

[2] 燕尾：江流南北分岔，形如燕尾。南浦：江淹《别赋》："送君南浦。"

[3] "盈盈"二句：盈盈：《古诗十九首》："盈盈楼上女。"靥：脸颊上的酒窝儿。二句用人面桃花典，见余怀《摸鱼儿·和辛幼安》注。

[4] 几许浮萍：《船山遗书》本作"浮萍轻狂"，不协律，兹从《广箧中词》。

[5] 棠桡：沙棠木所做的桨，这里以局部代全体，指船。李白《江上吟》："木兰之枻沙棠舟。"

[6] "泛月"二句：李白《陪侍郎叔游洞庭醉后》："船上齐桡乐，湖心泛月归。"刘缓《江南可采莲》："春初北岸涸，夏月南湖通。卷荷舒欲倚，芙蓉生即红。楫小宜回径，船轻好入丛。……江南少许地，年年情不穷。"伶玄《赵飞燕外传》："帝临太液池，后歌舞《归风送远》之曲，曰：'仙乎仙乎！去故而就新乎！'中流歌酣，风大起。帝令冯无方持后裙。风止，裙为之绉，他日，宫姝或襞裙为绉，号留仙裙。"

[7] 佳丽地：谢朓《入朝曲》："江南佳丽地，金陵帝王州。"周邦彦《西河·金陵怀古》："佳丽地，南朝盛事谁记？"

[8] "仙院"二句：仙院：指设坛作醮的道场。烟雾、湿香：俱指醮坛的香烟缭绕。丹户：即丹房，道士所居。

[9]"醮坛"句：醮坛：道士诵经设祭之坛。戎昱《送王明府入道》："孤猿傍醮坛。"珠斗：星斗。王维《同崔员外秋宵寓直》："月迥藏珠斗。"

[10]一天花雨：《大般涅槃经·后分》："大觉世尊入涅槃已。……于是时顷，十方世界，一切诸天，遍满虚空，哀号悲叹，震动三千大千世界，雨无数百千种种之上妙天香天花，遍满三千大千世界。"词句是哀悼南明诸王之亡，故用此典，非泛用佛经中常见之天雨花事。

[11]"桃根"句：谓南京早已为清所占领，引申为唐王、桂王统治之地俱已沦亡。《乐府诗集》引《古今乐录》载：王献之妾，名桃叶。献之尝临渡歌以送之曰："桃叶复桃叶，渡江不用楫。但渡无所苦，我自迎接汝。"又曰："桃叶复桃叶，桃树连桃根，相连两乐事，独使我殷勤。"后人名南京秦淮、青溪合流处为桃叶渡。

[12]避秦路：陶渊明《桃花源记》："自云先世避秦时乱，率妻子邑人来此绝境，不复出焉，遂与外人间隔。"

◉ 评析

　　这首词，也是吊明亡之作。上片写盛时情况，从东洲桃浪着笔。泛月三句，过渡到好景难留，故国春光的消逝。下片用醮坛设奠，凭吊亡国，佳丽地，江南渡，点明南方大片国土的丧失。最后归宿到避秦无路，仍紧扣桃花本事。叶恭绰《广箧中词》评云："故国之思，体兼《骚》《辨》。船山词言皆有物，与并时批风抹露者迥殊，知此方可以言词旨。"

蝶恋花

岳峰远碧[1]

王夫之

　　自衡阳北三十里，至湘潭南六十里[2]，岳峰浅碧，宛转入望。见说随帆瞻九面[3]。碧藕花开，朵朵波心现。晓月渐飞金碧颤[4]，晶光返射湘江练。　　谁遣迷云生绝巘[5]？苍水仙踪，雾锁灵文篆。[6]帝女修眉愁不展[7]，深深未许人间见。

◉ 注释

[1] 按：此为《潇湘十景词》之六。岳峰：南岳衡山。

[2] 衡阳：在湖南省南部，湘江所经。湘潭：在湖南省中部，湘江所经。衡阳与湘潭之间，为衡山所在。

[3] “见说”句：《水经注》：“衡山东南二面，临映湘川，自长沙至此，江湘七百里中有九背，故渔者歌曰：帆随湘转，望衡九面。”

[4] 金碧巅：谓衡山闪耀着金碧异彩。《图绘宝鉴》卷二：李思训“画皆超绝，尤工山水林泉”，“用金碧辉映，为一家法”。

[5] 嶻：高险之山。

[6] “苍水”二句：《吴越春秋》：“禹乃东巡登衡岳……因梦见赤绣衣男子，自称玄夷苍水使者……东顾谓禹曰：欲得我山神书者，斋于黄帝岩岳之下。三月庚子，登山发石，金简之书存矣。禹退又斋，三月庚子，登宛委山，发金简之书。”世传南岳岣嵝山之禹碑，云雷诘屈，有似缪篆，亦称符篆，韩愈《岣嵝山》诗所谓“岣嵝山尖神禹碑，字青石赤形摹奇……事严迹秘鬼莫窥”者，宋人碑刻七十七字，明杨慎有释文，朱熹、姚范、叶昌炽皆辨其为伪。

[7] “帝女”句：帝女：谓舜妃尧之二女娥皇、女英。《水经注》：“湖水西流，径二妃庙南，世谓之黄陵庙也。言大舜之陟方也，二妃从征，溺于湘江，神游洞庭之渊，出入潇湘之浦。”

◉ 评析

　　这首小令，上片写湘江中望岳峰远碧的景色，灵秀超脱，可谓仙乎仙乎之笔。下片通过南岳苍水仙踪与舜妃故事，表达对南明故国的哀思。灵文深锁，帝女眉愁，语隐微而深婉，仍是船山词本色。

沈 谦

(1620—1670)

字去矜，号东江子，浙江仁和（今杭州）人。明诸生。六岁即能辨四声，长益笃学，入清不仕，隐于医。为"西泠十子"之一。诗词俱继承陈子龙"云间派"，其师陆圻，以为"循汉、魏之规矩，踏初盛之风致，其意贞而不滥，其声和而不流"（《明诗综》引）。柴绍炳评其诗"如秦川织女，巧弄机杼，心手既调，花鸟欲话"（《西泠十子诗选》）。词为彭孙遹所推许。有《东江集钞》九卷，《别集》五卷。

东风无力

南楼春望[1]

沈 谦

翠密红疏，节候乍过寒食[2]。燕冲帘，莺睨树，[3]东风无力[4]。正斜阳楼上独凭阑，万里春愁直。[5]　　情思恹恹[6]，纵写过新诗，难寄归鸿双翼[7]。玉簪恩[8]，金钿约[9]，竟无消息。但蒙天卷地是杨花，不辨江南北。

◎ 注释

[1] 南楼：在杭州。沈谦与同郡毛先舒、张丹号"南楼三子"，盖为三人吟唱之地。

[2] 寒食：冬至后一百五日为寒食节，为清明节的前一二天。《荆楚岁时记》："去冬节一百五日，即有疾风甚雨，谓之寒食，禁火三日。"

[3] "燕冲"二句：谓燕子扑帘，春莺窥树。冲、睨见选词之工。

[4] 东风无力：李商隐《无题》："东风无力百花残。"

[5] "斜阳"二句：凭阑幕直望去，春愁万里无边，故云"直"。

[6] 恹恹：精神不振的样子。欧阳修《定风波》："年年三月病恹恹。"

[7] 归鸿：即归雁，古称雁可传递书信。

[8] 玉簪恩：明万历间，杭州高濂撰《玉簪记》传奇，写宋潘必正之父居官之日，与同僚陈某之女指腹为婚，互以玉簪与鸳鸯扇坠为证。其后杳无消息者十六年。陈父早死，金兵南侵，母女避难相失，女为人所救，入金陵城外女贞观为女道士，名妙常。潘应临安会试落第，耻不归乡，因金陵女贞观主，为潘姑母，遂往暂居。见妙常，爱之，结不解缘。姑母促潘再赴会试，令其乘船南去。妙常私雇一小舟追及之，以玉簪为不变心之表记赠潘，潘酬以鸳鸯扇坠，以为鸳鸯表记而别。潘及第得官后，与妙常成婚。

[9] 金钿约：白居易《长恨歌》写杨妃死后，方士奉唐明皇命至海上仙山见到杨妃，云杨妃"含情凝睇谢君王，一别音容两渺茫。昭阳殿里恩爱绝，蓬莱宫中日月长。回头下望人寰处，不见长安见尘雾。惟将旧物表深情，钿合金钗寄将去。钗留一股合一扇，钗擘黄金合分钿。但令心似金钿坚，天上人间会相见。"钿合，用珠宝镶嵌的金盒，金钗，首饰，置在钿合中。

◎ 评析

　　沈雄《柳塘词话》说："去矜列名于'西泠十子'，填词称最。……贻我《东江别集》有云：'野桥南去不逢人，濛濛一片杨花雪。'此即小山'梦魂惯得无拘检，又踏杨花过谢桥'也。谁谓其仅仅言情者乎？"这词也就杨花寄恨（指斥新朝）作结。通首关键在"玉簪恩，金钿约，竟无消息"数语，封建社会时期，文人常用夫妇关系比喻天子与臣民，沈谦身为遗民，不忘故君，而南明诸王，时已亡灭，无缘实现恢复河山的心愿，故有无消息之感伤。

毛奇龄

（1623—1713）

又名甡，字大可，一字初晴，一字于一，又号齐于、秋晴、晚晴，别号河右，又号西河，浙江萧山人。康熙十八年己未（1679）举博学鸿词，授翰林院检讨，预修《明史》。著书数百卷。精音律，工骈文诗词，词学《花间集》，兼有南朝乐府遗意。陈廷焯《白雨斋词话》云："西河经术湛深，而作诗却能谨守唐贤绳墨，词亦在五代、宋初之间；但造境未深，运思多巧；境不深尚可，思多巧则有伤大雅矣。"朱祖谋《望江南·杂题我朝诸名家词集后》题云："争一字，鹅鸭恼春江。脱手居然新乐府，曲中亦自有齐梁。不忍薄三唐。"有《西河合集》，附《桂枝词》六卷。

相见欢

毛奇龄

花前顾影粼粼[1]，水中人，水面残花片片绕人身。　　私自整，红斜领，茜儿巾[2]。却讶领间巾底刺花新[3]。

◎ 注释

[1] 粼粼：水清貌。《诗经·唐风·扬之水》："扬之水，白石粼粼。"

[2] 茜：多年生草本植物，根红色，可作染料。因作红色解。

[3] 刺花：刺绣成的花朵。

◎ 评析

　　这首小令，写一女子在水边照影时的情态。水面花片与水中人影交相辉映，构思从王安石《北陂杏花》"一陂春水绕花身，花影妖娆各占春"及《杏花》"石梁度空旷，茅屋临清炯。俯窥娇饶杏，未觉身胜影。

嫣如景阳妃，含笑堕宫井。怊怅有微波，残妆坏难整"二诗化出。由人花交映而具体到领巾刺花，则与温庭筠《菩萨蛮》"照花前后镜，花面交相映。新贴绣罗襦，双双金鹧鸪"相同。

南柯子

毛奇龄

　　淮西客舍接得陈敬止书，有寄[1]

驿馆吹芦叶[2]，都亭舞柘枝[3]。相逢风雪满淮西。记得去年残烛照征衣。　　曲水东流浅[4]，盘山北望迷[5]。长安书远寄来稀[6]，又是一年秋色到天涯。

◎ 注释

[1] 淮西：淮河以西之地。《元史·地理志》："庐州路，宋为淮西路。"陈敬止，未详。

[2] 驿馆：古代称驿站所设之客舍。芦叶：即芦笳。以芦叶为管，口安哨簧之吹器。

[3] 都亭：客人们停集之处。《史记·司马相如列传》："相如往舍都亭。"索隐："郭下之亭也。"柘枝：舞曲名。《宋史·乐志》："小儿舞队有柘枝。"柘枝舞因《柘枝引》曲为名。

[4] 曲水：唐代长安有曲水，这里借指北京城中御河水。

[5] 盘山：在天津蓟州，亦名东五台。

[6] 长安：汉唐俱都于长安，前人因以长安作首都的代称。这里指北京，承上曲水、盘山而来。

◎ 评析

　　这首小令，写客馆中怀念北京友人。上片写去年在淮西相逢，下片写今年北京书到。谭献《箧中词》评云："北宋句法。"

❀ 陈维崧
(1625—1682)

字其年，号迦陵，江苏宜兴人。明末四公子陈贞慧之子，少负才名。诸生。康熙十八年己未（1679），召试鸿词科，授翰林院检讨，与修《明史》。工骈文、诗、词，骈文宗唐，诗为吴伟业派，词最工，为阳羡词派的开山，一生所作，有一千六百二十九阕之多，为古今词家所未有。谭献《箧中词》以为"锡鬯（朱彝尊）、其年出，而本朝词派始成。顾朱伤于碎，陈厌其率，流敝亦百年而渐变。锡鬯情深，其年笔重，固后人所难到。嘉庆以前，为二家牢笼者十居七八。"陈廷焯《白雨斋词话》以为"国初词家，断以迦陵为巨擘。""迦陵词沉雄俊爽，论其气魄，古今无敌手，若能加以浑厚沉郁，便可突过苏、辛，独步千古。"谭、陈所论，犹偏于艺术上说，至于其年关心民瘼，以杜诗和元、白乐府精神为词，以及大量反映明末清初国事之词，尤足当"词史"而无愧。盖虽导源辛弃疾，而自拓疆宇，所以为大手笔。著有《湖海楼全集》五十一卷。《湖海楼词》单行，又尝与朱彝尊合刊《朱陈村词》。

点绛唇

夜宿临洺驿[1]

陈维崧

晴髻离离[2]，太行山势如蝌蚪[3]。稗花盈亩[4]，一寸霜皮厚[5]。　　赵魏燕韩[6]，历历堪回首。悲风吼，临洺驿口，黄叶中原走。

◎ 注释

[1] 临洺：县名。在今河北邯郸永年西。驿：驿馆、驿站。

[2] 晴髻：晴空中山峰如女子发髻。辛弃疾《水龙吟·登建康赏心亭》："遥岑远目，献愁供恨，玉簪螺髻。"离离：分布貌。

[3] 太行山：在山西。

[4] 稗：一年生草本植物，稻田中的主要杂草。

[5] 一寸霜皮厚：谓大片稗花变成白色如霜的草皮。

[6] 赵魏燕韩：战国时四个诸侯国家，在今山西、河南、河北等地。维崧弟宗石序其词集，谓其"中更颠沛，饥驱四方"，故历游河南河北各地。

◎ 评析

　　这首小令，设想奇特，笔力健挺。陈廷焯《白雨斋词话》云："其年诸短调，波澜壮阔，气象万千，是何神勇。如《点绛唇》云云。"

清平乐

陈维崧

　　夜饮友人别馆，听少年弹三弦[1]

檐前雨罢，一阵凄凉话。城上老乌声哑哑，街鼓已经三打。　　漫劳醉墨纱笼[2]，且娱别院歌钟[3]。怪底烛花怒裂[4]，小楼吼起霜风[5]。

◎ 注释

[1] 别馆：别墅。三弦：乐器名，古代的方头琵琶、龙首琵琶、直颈琵琶，均为三弦。

[2] 漫：助辞，唐人诗常用。纱笼：王定保《唐摭言》载：王播客扬州木兰院，随僧斋食。僧厌之，寺院例以击钟进食，至是，饭后始击钟。播题诗。后播出镇扬州，访旧游，向之所题，已以碧纱笼之矣。播又题诗，有"惭愧阇黎饭后钟"及"二十年来尘扑面，

而今始得碧纱笼"之句。此故事言僧之势利。

[3] 别院：别馆。歌钟：歌唱时所击之钟。

[4] 底：为什么。

[5] 霜风：秋风。此形容三弦弹奏的激楚声音。

◎ 评析

　　凄凉，是这首小令的眼目，统摄全篇。家国兴亡，个人身世，都融结于凄凉话中，与檐前雨之凄凉背景交织为一。城上乌啼，街鼓三打，加重凄凉气氛。下片反用王播故事，意谓自己无意仕官，宁听歌钟自娱，点明题目。结尾二句，高唱入云，一怒一吼，具见锤炼匠心。作者《贺新郎·冬夜不寐写怀》亦云"学龙吟，屈煞床头铁。风正吼，烛花裂。"艺术构思与此相同。

南乡子

邢州道上作[1]

陈维崧

秋色冷并刀[2]，一派酸风卷怒涛[3]。并马三河年少客[4]，粗豪，皂栎林中醉射雕[5]。　　残酒忆荆高[6]，燕赵悲歌事未消[7]。忆昨车声寒易水[8]，今朝，慷慨还过豫让桥[9]。

◎ 注释

[1] 邢州：今河北邢台。作者于康熙七年戊申（1668）秋，自北京往游开封、洛阳，这首词当作于这次客游途中。

[2] 并（bīng）刀：古代并州在今山西太原一带，产剪刀，以锋利著称。杜甫《戏题王宰画山水图歌》："焉得并州快剪刀，剪取吴淞半江水。"姜夔《长亭怨慢》："算空有并刀，难剪离愁千缕。"

[3] 酸风：李贺《金铜仙人辞汉歌》："东关酸风射眸子。"

[4] 三河：王应麟《小学绀珠》："三河：河南、河北、河东。"此说与《史记·货殖列传》以河东、河内、河南为三河者不同。邢州在河北，故此云"三河年少客"。

[5]"皂栎"句：杜甫《壮游》："呼鹰皂栎林，逐兽云雪冈。"

[6] 荆高：见龚鼎孳《贺新凉·和曹实庵舍人赠柳敬亭》注。

[7] 燕赵悲歌：《汉书·地理志》："赵、中山地薄人众……丈夫相聚游戏，悲歌慷慨。"韩愈《送董邵南序》："燕赵古称多感慨悲歌之士。"

[8] 车声寒易水：《史记·刺客列传》载，燕太子丹伐荆轲于易水之上。荆轲为歌曰："风萧萧兮易水寒，壮士一去兮不复还。"易水，在河北，源出易县。

[9] 豫让桥：豫让为春秋末刺客，《史记·刺客列传》载：豫让晋国智伯家臣，智伯为赵襄子所杀，豫让欲为智伯报仇，漆身变容，以谋行刺，一日襄子出行，豫让伏于桥下。当襄子至桥，马惊。豫让为襄子所执，后伏剑自杀。豫让桥，在山西太原西南二十四公里赤桥村。

◎ 评析

　　这首小令，为怀古之作。但所写是作者在邢州道上驰马射雕的活动。词中对荆、高、豫让等为国为主的报仇行动，虽不加议论，而透过"悲歌事未消""慷慨还过豫让桥"的抒情笔触，自足激发读者轩昂意气。作者并非明遗民，但继承家教，并与同时明遗民接触来往很多，民族意识强烈，这词字里行间，透露着复明心情，期望有刺秦的荆、高其人者出。

虞美人

无 聊

陈维崧

无聊笑捻花枝说[1]，处处鹃啼血[2]。好花须映好楼台，休傍秦关蜀栈战场开。[3]　　倚楼极目添愁绪，更对东风语。好风休簸战旗红[4]，早送鲥鱼如雪过江东[5]。

◎ 注释

[1] 捻：用手指搓物。

[2] 鹃啼血：白居易《琵琶行》："其间旦暮闻何物？杜鹃啼血猿哀鸣。"用此以寄个人身世之感。李山甫《闻子规》："断肠思故国，啼血溅芳枝。"用此以寄故国沦亡之感。

[3] "好花"二句：秦关：指陕西一带的关隘，如大散关、潼关等。蜀栈：指汉中到四川的栈道。《战国策》："栈道千里于蜀、汉。"岑参《行军九日思长安故园》："遥怜故园菊，应傍战场开。"此化用其语。

[4] 簸：上下摇动

[5] 江东：长江以东之地。宋代有江南东路。

◎ 评析

这首小令，写于清初多次对陕西、四川一带采取大规模军事行动之时，对清军欲扑灭南方各族人民反清烈火，表现一种厌恨和反感。题为"无聊"，不过是托词。感情激烈而措辞委婉，好花休傍战场，好风休簸战旗，反战之意，反复言之。

醉落魄

咏　鹰

陈维崧

寒山几堵[1]，风低削碎中原路[2]。秋空一碧无今古。醉袒貂裘[3]，略记寻呼处[4]。　　男儿身手和谁赌？老来猛气还轩举[5]。人间多少闲狐兔[6]？月黑沙黄[7]，此际偏思汝[8]。

◎ 注释

[1] 堵：座。

[2] "风低"句：谓秋风卷地，草木凋零，一望郊原，好像被风刮得破碎不堪。

[3]"醉袒"句:乘着酒兴,敞开貂袍。袒,袒露。古人行猎,往往栖鹰于臂,袒开貂袍,臂便露出,这句写此神情,非泛言。

[4]寻呼:指一声胡哨,召鹰寻猎。

[5]轩举:飞举。

[6]狐兔:鹰所要猎击的动物,暗比各式各样的衣冠禽兽、邪恶势力。

[7]月黑沙黄:黑夜荒野,是狐兔猖獗的时地,借自然景色暗喻政治社会黑暗险恶的环境。

[8]汝:谓鹰。

◎ 评析

　　这首小令,借物抒怀,总摄猛鹰之神,而不于正面描绘其形,笔势健举,表现作者疾恶如仇的英迈气概。陈廷焯《白雨斋词话》评云:"声色俱厉,较杜陵'安得尔辈开其群,驱出六合枭鸾分'之句,更为激烈。"

夜游宫

秋 怀[1]

陈维崧

一派明云荐爽[2],秋不住、碧空中响[3]。如此江山徒莽苍[4]。伯符耶[5]?寄奴耶[6]?嗟已往。 十载羞厮养[7],孤负煞、长头大颡[8]。思与骑奴游上党[9]。趁秋晴,跖莲花,西岳掌。[10]

◎ 注释

[1]《秋怀》共四首,这里所选是第四首。

[2]荐爽:献爽。

[3]"秋不住"句:指秋声。

[4]莽苍:旷远壮阔的样子。苍,读上声。

[5]伯符:孙策字。策为孙坚之长子,孙权之兄,封吴侯。

[6] 寄奴：南朝宋开国之君武帝刘裕小字。

[7] 厮养：厮役。旧时代剥削阶级对被奴役的杂工的侮辱性之称。

[8] 长头：《后汉书·贾逵传》："身长八尺二寸，诸儒为之语曰：'问事不休贾长头。'"大颡：大的前额。李颀《送陈章甫》："陈侯立身何坦荡，虬须虎眉仍大颡。"

[9] 骑奴：跨马的随从。上党：战国时韩地，在今山西。

[10] "跖莲花"二句：跖：践踏。莲花：峰名，西岳华山三峰之一。张衡《西京赋》："缀以二华，巨灵赑屃，高掌远跖，以流河曲，厥迹犹存。"华山北面，有巨灵神掌迹。

◎ 评析

　　这首词，是作者中年以后客游北方时所作。寓情于景，并借古人以抒发自己辜负长头大颡、事业无成的感慨。然而意气又毫不消沉，结尾高唱入云，有壁立千仞的雄伟气概。陈廷焯《词则·放歌集》评云："四章无一语不精锐，正如干将出匣，寒光逼人。"末一首尤为廉悍。

满江红

秋日经信陵君祠[1]

陈维崧

席帽聊萧[2]，偶经过、信陵祠下。正满目、荒台败叶，东京客舍[3]。九月惊风将落帽[4]，半廊细雨时飘瓦。柏初红[5]、偏向坏墙边，离披打。　　今古事，堪悲诧。身世恨，从牵惹[6]。倘君而尚在，定怜余也。我讵不如毛薛辈[7]，君宁甘与原尝亚[8]？叹侯嬴、老泪苦无多[9]，如铅泻[10]。

◎ 注释

[1] 作者四十四岁时曾去北京求仕，半年后失意出京，客居河南各地，本词为此时所作。信陵君，战国时魏昭王少子，封信陵君。《史记·魏公子列传》："高祖（刘邦）始微少

时，数闻公子贤，及即天子位，每过大梁，常祠公子。"据题，清初犹有信陵君祠，祠在河南开封，古大梁。

[2] 席帽聊萧：形容士人不第的落拓生活。吴处厚《青箱杂记》载：宋初"犹袭唐风，士子皆曳袍重戴，出则以席帽自随"。李巽累举不第。乡人侮之曰："李秀才应举，空去空回，知席帽甚时得离？"巽及第后，遗诗乡人曰："当年踪迹困泥尘，不意乘时亦化鳞。为报乡闾亲戚道，如今席帽已离身。"作者应乡试在三十岁后，到这时，十数年中大致已参加乡试四次，而犹失利，久困场屋，过此南北漂泊的生活，故有萧索之感。

[3] 东京：今河南开封。

[4] 落帽：《晋书·桓温传》附《孟嘉传》："后为征西桓温参军，温甚重之。九月九日，温燕龙山，寮佐毕集。时佐吏并著戎服，有风至，吹嘉帽堕落，嘉不之觉。温使左右勿言，欲观其举止。嘉良久如厕，温令取还之。"

[5] 柏：落叶乔木，又名乌柏树，种子红色，远望疑梅花。

[6] 从：任。

[7] 毛薛：《史记·魏公子列传》："公子闻赵有处士毛公藏于博徒，薛公藏于卖浆家，公子欲见两人，两人自匿，不肯见公子。公子闻所在，乃间步往从此两人游，甚欢。"

[8] "君宁"句：宁：岂。甘：甘愿。原：平原君，赵国公子。尝：孟尝君，齐国公子。亚：次。这句谓信陵君岂肯自居于平原君、孟尝君之下。据《史记·魏公子列传》，信陵君曾经批评平原君为"平原君之游，徒豪举耳，不求士也"。而孟尝君，王安石《读孟尝君传》认为门下不过是些鸡鸣狗盗之徒。故二人都不足与信陵君比。《史记·魏公子列传》司马迁亦称"天下诸公子亦有喜士者矣，然信陵之接岩穴隐者，不耻下交，有以也。名冠诸侯，不虚耳"。这都是陈词持论之所本。

[9] 侯嬴：《史记·魏公子列传》："魏有隐士曰侯嬴，年七十，家贫，为大梁夷门监者。……公子从车骑，虚左，自迎夷门侯生。……至家，公子引侯生坐上坐，遍赞宾客，宾客皆惊。"又载侯嬴为信陵君出谋，遣朱亥盗魏王虎符，夺晋鄙军，击秦存赵。信陵君得虎符往晋鄙军时，"过谢侯生，侯生曰：'臣宜从，老不能。请数公子行日，以至晋鄙军之日，北乡（向）自刭，以送公子。'公子遂行"。

[10] 如铅泻：李贺《金铜仙人辞汉歌》："忆君清泪如铅水。"本是写魏明帝欲把汉武帝时所铸金人承露盘，从长安徙到洛阳，拆盘时，金人泣下，因留于灞水之边。后人用这典故，常以表达亡国之痛。陈氏集中，表现怀念亡明的作品很多，铅泪之泻，不无沧桑之感在内。

◎ 评析

　　这首词，借怀古以表现其怀才不遇的身世之恨、不平之鸣。感叹不遇的同时，又抒发其愤世嫉俗之情，并交织一些沧桑之痛在内。词句写得意气兀傲，感喟淋漓。合于其《沁园春·赠别芝麓先生》所谓"仆本恨人，能无刺骨"者。陈廷焯《词则·放歌集》评云："前半阕淡淡着笔，而凄凉呜咽，已如秋商叩林，哀湍泻壑。"又《白雨斋词话》评云："慨当以慷，不嫌自负。如此吊古，可谓神交冥漠。"

念奴娇

读屈翁山诗有作[1]

陈维崧

灵均苗裔[2]，羡十年学道，匡庐山下。[3]忽听帘泉豗冷瀑[4]，豪气轶于生马[5]。亟跳三边，横穿九塞，[6]开口谈王霸[7]。军中球猎[8]，醉从诸将游射。　　提罢匕首入秦[9]，不禁忍俊，缥缈思登华[10]。白帝祠边三尺雪[11]，正值玉姜思嫁[12]。笑把岳莲[13]，乱抛博箭[14]，调弄如花者[15]。归而偕隐[16]，白羊瑶岛同跨[17]。

◎ 注释

[1] 屈翁山，名大均，详后屈大均词选小传。翁山诗富于民族意识，关怀人民疾苦，诗风高浑雄肆，兼有杜甫、李白之长。与陈恭尹、梁佩兰并称"岭南三大家"。屈为三大家之冠。不仅冠三大家，清初明遗民中，当与顾炎武、吴嘉纪鼎足而三，风格各异。金天羽《答樊山老人论诗书》论："清代之诗，以不佞居常平议，谓亭林端委，能抉经心，翁山奇服，别具仙骨。……此其特绝者也。"有《道援堂集》《翁山诗外》行世。

[2] 灵均苗裔：屈原《离骚》："帝高阳之苗裔兮……皇览揆余初度兮，肇锡余以嘉名；名余曰正则兮，字余曰灵均。"王逸章句："苗，胤也；裔，末也。"苗裔，远末子孙。番禺屈氏，自谓屈原后代。其世居之新订"其地滨扶胥江，多细沙，又念先大夫怀沙而死，因名乡曰沙亭"（汪宗衍《屈翁山先生年谱》）可证。龚自珍《夜读番禺集（即翁山集，乾隆时遭禁毁，故龚氏隐其称为〈番禺集〉）书其尾》亦云："灵均出高阳，万古两苗裔。郁郁文词宗，芳馨闻上帝。"

[3] "十年"二句：匡庐：江西庐山，殷周时有匡俗兄弟七人结庐于此，故名匡庐。见《水经注》卷三十九《庐水》。汪宗衍《屈翁山先生年谱》：永历七年，顺治十年癸巳（1653）二十四岁。是年，盖入庐山，从兄士煌有《送一灵上人之匡庐》诗。程可则

有《送灵上人之庐山》诗。按《年谱》，翁山于顺治七年庚寅（1650）二十一岁入番禺雷峰海云寺为僧，法名今种，字一灵。顺治八年辛卯（1651）二十二岁，自言："予年二十二学禅，既而又学玄。"其学道之年，合入庐山之年计之，不过四年，在庐山之年，至多两年，顺治十二年乙未（1655），即归住广东罗浮矣。词云"十年学道"，夸张之辞。

[4]"忽听"句：帘泉：庐山康王谷有谷帘泉瀑布，翁山于顺治十年在庐山时，有游览诗二十余首，其中有《康王谷观谷帘泉》诗，载于《翁山诗外》八。瓯：相击。

[5] 轶：超越。生马：杜甫诗："能骑生马驹。"

[6]"亟跳"二句：亟：急。跳：疾走。《史记·荆燕世家》："遂跳驱至长安。"裴骃《集解》引《汉书音义》曰："跳驱，驰至长安也。"三边：《史记·匈奴列传》："冠带战国七，而三国边于匈奴。"《后汉书·乌桓鲜卑列传》："幽、并、凉三州缘边诸郡。"又："鲜卑寇三边。"本词三边，亦指河北、山西、陕西一带沿边之地。九塞：《吕氏春秋·有始》："山有九塞……何谓九塞？大汾、冥阨、荆阮、方城、崤、井陉、令疵、句注、居庸。"本词专指边塞。据《年谱》，顺治十五年戊戌（1658）二十九岁，在蓟门，东出榆关，周览辽东西名胜，吊袁崇焕废垒而还。康熙四年乙巳（1665）三十六岁，岁暮至陕西、三原，次年历游泾阳、华阴、富平，入山西，至代州、太原，六年丁未（1667）至雁门、广武，七年戊申（1668），自代州至昌平。八年己酉（1669），南归至番禺。

[7] 开口谈王霸：屈大均《军中》诗亦云："平生王霸略，尽付酒家胡。"梁佩兰《寄怀屈翁山客雁门》诗亦云："平生论王霸，中具胆与识。"

[8] 球猎：见龚鼎孳《贺新凉·和曹实庵舍人赠柳叟敬亭》注[13]。

[9] 匕首入秦：《史记·刺客列传》荆轲传："荆轲怒叱太子曰：……且提一匕首，入不测之强秦。"翁山入陕西在康熙四年，见注[6]。屈大均《同杜子入秦初发滏阳作》诗云："平生一匕首，为子入秦来。"

[10] 登华：据汪宗衍《屈翁山先生年谱》，康熙五年丙午（1666）三十七岁，王弘撰邀为太华山之游。三月，弘撰令其子宣辅导翁山上山，四月朔下山。华，读去声。

[11] 白帝祠：《洞渊集》："少昊为白帝，主西岳。"《华阴县志·秩祀》："西岳庙……自汉武帝始，唐增雄丽，今制：灏灵正殿六楹，寝殿四楹，两翼司房八十余间，历代秩祀之所，真称巍然宇内矣。"

[12] 玉姜思嫁：汪宗衍《屈翁山先生年谱》："永历二十年，康熙五年丙午三十七岁：先是有传先生《登华》长律至西安，（李）因笃见而惊服，即再拜定交。……六月，偕李因笃自富平同至代州，客副将陈上年（祺公）尚友斋中。……秋，继室王孺人来归。先是有榆林王壮猷者，顺治二年乙酉（1645）秋，建义旗于园林驿，战败投城下而死，余一女养于侯某家，侯之先妻，王之诸姑也。侯与继室赵钟爱之，姓以侯，以为己女，而托其妻弟代州参将赵彝鼎为求婚，彝鼎以李因笃言，爱先生，遂以妻之，陈上年为纳币，彝鼎留之幕府。时王居固原，使至入萧关，出潼谷，逾于黄河，

登赖霍太山之坂，轩车行三千里至代而归焉。王好驰马习射，诗画琴棋，无所不善，伉俪甚笃。先生以古丈夫毛女玉姜避秦之地，而己所由得妻，因字之曰华姜，而自号曰华夫。"

[13] 岳莲：西岳有莲花峰。

[14] 博箭：《韩非子》："秦昭王令工施钩梯上华山，以松柏之心为博，箭长八尺，棋长八寸，而勒之曰'昭王常与天神博于此'矣。"

[15] 如花者：指华姜。

[16] 归而偕隐：康熙七年戊申（1668）屈翁山三十九岁，八月，携家离代州。八年己酉（1669）八月，归抵番禺故里。次年（1670）正月，华姜病卒，年二十五。

[17] 白羊：钱易《南部新书》："旧志：吴修为广州刺史，未至州，有五仙人骑五色羊负五谷而来。今州厅梁上，画五仙人骑五色羊为瑞，故广南谓之五羊城。"五仙人各骑一色之羊，其中有白羊。用此典以切翁山故乡。

◎ 评析

　　这首词，当是作于康熙八年八月翁山偕华姜自山西回到广州以后至岁暮的一段时间中，九年正月，华姜逝世，而这词中无一语涉及翁山悼亡，故应是上年所作。上片从翁山学道匡庐写到北行边塞，文而谈王霸，武而能球射，极写其不平凡的经历。下片写与华姜缔婚偕隐的韵事，颇富浪漫色彩。刻画翁山，极绘声绘影之妙。词风亦颇近翁山。

贺新郎

陈维崧

　　赠苏昆生[1]。苏，固始人，南曲为当今第一。曾与说书叟柳敬亭同客左宁南幕下[2]，梅村先生为赋《楚两生行》[3]。

吴苑春如绣[4]。笑野老、花颠酒恼，百无不有[5]。沦落平生知己少，除却吹箫屠狗。算此外，谁欤吾友？[6]忽听一声河满子，也非关、泪湿青衫透。[7]是鹃血，凝罗袖。[8]　　武昌万叠戈船吼[9]。记当日、征帆一片，乱遮樊口。[10]隐隐舵楼歌吹响[11]，月下六军搔首[12]。正乌鹊、南飞时候[13]。今日华清风景换，剩凄凉、鹤发开元叟。[14]我亦是，中年后[15]。

◎ 注释

[1] 苏昆生：吴伟业《楚两生行》序："蔡州苏昆生，维扬柳敬亭，其地皆楚分也，而又客于楚。左宁南，驻武昌，柳以谈，苏以歌，为幸舍重客。宁南没于九江舟中，百万众皆奔溃。柳已先期东下，苏生痛哭削发入九华山，久，出从武林汪然明。然明亡，入吴中。"南曲：此指昆曲。

[2] 柳敬亭：见龚鼎孳《贺新凉·和曹实庵舍人赠柳曳敬亭》注。左宁南：左良玉，南明福王朝四大镇将之一，镇武昌，封宁南侯。马士英、阮大铖当国，与良玉互相敌视。弘光元年（1645）三月，良玉驰檄具疏，声讨士英七大罪，举兵东下，自汉口达蕲州二百里，战舰相接。四月初，过九江，病重呕血死。良玉死后七日，左军东下，取湖口、建德、彭泽、东流、安庆。黄斌卿、黄得功与左军战，左军败，良玉子梦庚率所部降清。

[3]《楚两生行》：吴伟业名篇，载于《梅村家藏稿·后集二》，作于顺治十七年（1660）以后的数年中。

[4] 吴苑：苏州。

[5] 野老：杜甫《哀江头》："少陵野老吞声哭。"花颠酒恼：为花而颠狂，为酒所困扰烦恼。百无不有：什么样的人物都有。

[6]"沦落"四句：写自己半世漂泊凄凉的沦落生涯。除"吹箫屠狗"一流人物而外，算得上知心朋友的却不多。吹箫，伍子胥故事，子胥父兄为楚平王所杀，子胥出奔，吹箫乞食于吴市。屠狗，见龚鼎孳《贺新凉·和曹实庵舍人赠柳曳敬亭》注。

[7]"忽听"二句：指听苏昆生的歌唱。何满子，唐明皇开元年代沧州的歌者，因犯死罪，临刑前进乐府求赎死，仍不免刑。所唱的曲子，即名《何满子》。事见段安节《乐府杂录》。《何满子》，一作《河满子》。唐张祜《宫词》："故国三千里，深宫二十年。一声《河满子》，双泪落君前。"这首词即用张祜诗语，并暗示泪落原因，引起下句所云不同于青衫之泪。"雨湿青衫"，用白居易《琵琶行》："座中泣下谁最多？江州司马青衫湿。"白居易的泪湿青衫，是由于自己与弹琵琶的商妇"同是天涯沦落人"；而作者之闻昆生歌而下泪，却是南明亡国之恨引起的共鸣。所以词句用"非关"二字。

[8]"鹃血"二句：点明这个泪是鹃血，"是"与"非关"相对。鹃血，见《虞美人·无聊》注。

[9] 戈船：古代战船的一种，船上建立戈矛。见《越绝书》卷八、《西京杂记》卷六。

[10] 记当日："记"字领起"当日"句以下，也倒领上面"武昌"句，因为那也是记忆中的

事。遮：形容帆樯林立，连樊口都被遮掩着。樊口：在今湖北鄂州西北。

[11] 舵楼：双层船的尾部。

[12] "月下"句：六军：周代军队的数目，见《周礼·夏官·司马》，后世用作军队的泛称。此连上句写苏昆生在左良玉军幕唱昆曲的情景。在万叠战船中，隐约地飘来其中某一舵楼上的歌声簫声，军士们在明月照射下听了都禁不住搔首踌躇，表示昆生歌声感人之深。

[13] 乌鹊南飞：见宋琬《蝶恋花·旅月怀人》注，此句点明六军搔首的内心原因，南飞时候，结束上文的回忆。曹操诗大意说乌鹊在寻找依托，但何处才是托身之所。用此典，暗示左良玉东征马、阮，也有犯上之嫌，而那时北方清兵正在南下，江南处于危境，良玉以及六军的心情，都有乌鹊绕树无依之感。自武昌句以下至此，是写左军当年东下时的情况。

[14] "今日"二句：华清：宫名，在陕西临潼骊山，为唐玄宗、杨贵妃游宴之地。借以指旧时明朝宫阙，正像唐玄宗当时的华清宫那样，风景全非。幸存下来的，只有白发飘萧的老翁苏昆生，好像唐开元未乱前的老歌人。鹤发开元叟：见龚鼎孳《贺新凉·和曹实庵舍人赠柳曳敬亭》注。

[15] 中年后：中年为四十岁，作者写这词时，年当在四十五六岁以后了。《世说新语》："谢太傅（安）语王右军（羲之）曰：'中年伤于哀乐，与亲友别，辄作数日恶。'王曰：'年在桑榆，自然至此，正赖丝竹陶写，恒恐儿辈觉，损欣乐之趣。'"

◉ 评析

　　这首词，从上片写自己的沦落孤独到听苏昆生歌曲的同病相怜，凄楚悲凉。终于撇开这一切，结束到对故国的感伤，并为下片左良玉举兵事过渡。下片从良玉自武昌举兵东下写起，绾合到苏昆山的歌唱，六军听歌后的彷徨无依，大敌当前，内乱导致了华清景换的结局，言外对左良玉撞坏好家居进行了指责。然后再归结到昆山，再归结到自己，与上片相呼应。结构严密，波澜壮阔，气象万千。至于把层叠的典故、词语，一气包举，毫无堆砌的毛病，更是作者的长技了。

贺新郎

纤夫词[1]

陈维崧

战舰排江口[2]。正天边[3]、真王拜印[4]，蛟螭蟠钮[5]。征发棹船郎十万[6]，列郡风驰雨骤[7]。叹闾左[8]、骚然鸡狗[9]。里正前团催后保[10]，尽累累、锁系空仓后[11]。捽头去[12]，敢摇手[13]。　　稻花恰称霜天秀[14]。有丁男、临歧诀绝，草间病妇。此去三江牵百丈[15]，雪浪排樯夜吼[16]。背耐得、土牛鞭否[17]？好倚后园枫树下[18]，向丛祠、巫倩巫浇酒。神佑我，归田亩。[19]

◎ 注释

[1] 纤夫：挽舟的船工。

[2] 江口：长江口岸。

[3] 天边：天子那边。

[4] 真王拜印：《史记·淮阴侯列传》："汉四年，遂皆降平齐，使人言汉王曰：'齐伪诈多变，反覆之国也，南边楚，不为假王以镇之，其势不定，愿为假王便。'……汉王……曰：'大丈夫定诸侯，即为真王耳，何以假为？'"这里指清圣祖遣郡王亲王等讨吴三桂事。《清史稿·吴三桂传》载：康熙十二年（1673）十一月，三桂举兵反，自号周王，天下都招讨兵马大元帅，十二月，上"命顺承郡王勒尔锦为宁南靖寇大将军，率师讨三桂。""十三年正月，三桂僭称周王元年，部署诸将"陷常德、澧州、衡州、岳州。"六月，命贝勒尚善为安远靖寇大将军，与勒尔锦分道进兵。""先后遣经略大学士莫洛、大将军康亲王杰书、贝勒董额等四出征抚。""上趣尚善攻岳州，三桂……分道拒战，又遣兵窥江西。……上命安亲王岳乐为定远平寇大将军，徇江西，简亲王喇布为扬威大将军，镇江南。……上复趣尚善速攻岳州。"这是作者写词时真王拜印的事实。

[5] 蛟螭蟠钮：谓亲王帅印的印钮雕刻作蟠龙形状。钮，印鼻。

[6] "征发"句：征发十万壮丁为船夫。《汉书·邓通传》："（邓通）以濯船（棹船）为黄头郎。"颜师古注："棹船，能持棹行船也。土胜水，其色黄，故刺船之郎，皆著黄帽，因号黄头郎也。"棹，船桨。

[7] 风驰雨骤：谓征发令一下，各地拉壮丁服役，雷厉风行。

[8] 闾左：秦代居里门左侧的贫民。《史记·陈涉世家》："发闾左适戍渔阳，九百人屯大泽乡。"

[9] 骚然鸡狗：鸡狗不宁。骚，动乱不安。

[10] 里正：里长。唐制，百家为里，设里正一人。团：军队编制单位名。隋制，一团有二十队，团有偏将一人。保：旧时户籍编制单位。十家为一保。

[11] 锁系空仓后：把抓来的壮丁锁缚在空仓后面。

[12] 捽头：揪住壮丁的头。

[13] 敢：不敢。摇手：表示抗争。

[14] 秀：吐穗开花。

[15] "此去"句：以下三句，是病妇问夫的话。三江之说颇多，此指湖南岳阳之三江，为当时吴三桂军与清军争持之地。详见注[4]。《水经注·湘水》："巴陵西对长洲，其洲南分湘浦，北届大江，故曰三江也。三水（指湘水、长江、洞庭）所会，或亦谓之三江口矣。"指湖南岳阳北，洞庭湖水入长江处。百丈，用以牵船的篾缆。《宋书·朱超石传》："时军人缘河南岸牵百丈。"

[16] 樯：船上桅杆。

[17] 土牛鞭：土牛，即春牛，古时泥塑之以迎春。《礼记·月令》："季冬之月，出土牛以送寒气。"《魏书·甄琛传》："赵修小人，背似土牛，殊耐鞭杖。"

[18] "好倚"句：以下四句，是丈夫叮嘱病妻的话。丛祠，破庙。《史记·陈涉世家》："又间令吴广之次近所旁丛祠中。"亟倩，急请。巫，古代妆神作舞以降神灵的巫婆。

[19] "神佑"二句：请巫婆代乞神灵保佑归还田里。

◎ 评析

　　这是一首叙事的词，它反映了清廷强征壮丁服役的生离死别场面。上片写抓壮丁的原因，真王拜印的声势以及里胥的暴行。下片用展视的笔法，描绘纤夫与病妻诀别的惨景，最后表述生还田里的希望。全首只是客观叙述，夫妻对话，如泣如诉，一字一泪，抒情即于叙述中流露，不着议论，而作者的态度，对统治者控诉，自在其中。这是运用杜甫《新安吏》《石壕吏》的乐府精神与艺术手法以入词，前此词坛所不多见，显示《湖海楼词》的创新。

贺新郎

五人之墓[1]，再用前韵

陈维崧

古碣穿云罅[2]。记当年、黄门诏狱，群贤就鲊[3]。激起金阊十万户[4]，白棓霜戈激射[5]。风雨骤、冷光高下。慷慨吴儿偏嗜义[6]，便提烹、谈笑何曾怕? 抉吾目，胥门挂。[7] 铜仙有泪如铅泻[8]。怅千秋、唐陵汉隧[9]，荒寒难画。此处丰碑长屹立，苔绣坟前羊马。敢轻易、霆轰雷打? 多少道旁卿与相，对屠沽[10]、不愧谁人者! 野香发，暗狼藉[11]。

◎ 注释

[1] 五人之墓：在苏州虎丘山塘。《吴县志》载：明天启六年（1626）三月，宦官魏忠贤矫诏逮捕东林党人周顺昌，十八日，吴民闻周顺昌将就槛车，倾城而赴。时文震孟谓巡抚毛一鹭："今日人情如此，何不据实上闻。"毛漫应之。缇骑（魏忠贤东厂特务）见议不决，即手掷银铛于地，曰："东厂逮人，鼠辈敢尔。"众益怒，谓始以为天命，乃东厂耶? 遂蜂拥冲入官府，击杀旗尉，并在胥门外濠焚毁缇骑官船。事后官府捕人，市民颜佩韦、杨念如、马杰、沈扬、周文元挺身就义。苏州士民为之合葬在虎丘山塘，称"五人之墓"。今故迹犹存。康熙十三年（1674）夏，作者来苏州，赋此词。

[2] "古碣"句：五人墓立碑，时在作者写此词前五十年左右，词云"古碣"，以示碑为前代所立，以别于新朝之清。穿云罅，形容其高。罅，隙缝。

[3] 黄门：宦者（太监）之称。东汉黄门令中黄门诸官，皆宦者任之，故称。诏狱：古称奉天子诏命关押犯人的牢狱。《史记·杜周传》："廷尉及中都官诏狱逮至六七万人。"鲊：刘熙《释名》："鲊，滓也，以盐米酿之，如菹熟而食之也。"此以指魏忠贤陷害东林党人魏大中、周顺昌等事。

[4] 金阊：苏州。因苏州西门名阊门，故云。

[5] 白棓：白棒。霜戈：戈锋利而光白，故以霜喻之。

[6] "慷慨"句：吴地儿女，向以柔软著称，而五人慷慨嗜义，故云"偏"，是赞辞。

[7] "抉吾目"二句：《史记·伍子胥列传》载：吴王夫差赐子胥死，子胥告其舍人曰："抉吾眼，悬吴东门之上，以观越寇之入灭吴也。"卢熊《苏州府志》："胥门，西门也，在阊门南，一曰姑胥门。"又引《祥符图经》："子胥家于此，后以谏死，抉目悬于门，因

名。"《姑苏志》:"子胥云悬目东门,而此门在西,又门名即子胥所命,亦不应以己居
称。"这里借用此事,意谓五人即使断首剜目,也要看到凶逆的下场。

[8]"铜仙"句:见《满江红·秋日经信陵君祠》注。

[9]隧:陵墓中的通道。

[10]屠沽:屠户和卖酒者。《淮南子·说林》:"然酤酒买肉,不离屠沽之家。"旧时称出身
寒微的人。

[11]狼藉:《玉篇》:"草纵横也。"又有饶多与丰盛义,见焦循《孟子正义》。

◎ 评析

　　这是一首歌颂之词。歌颂对象是慷慨嗜义的下层人民,难能可贵。
上片着重描写五人的抗暴斗争,歌颂其生前;下片着重描写其坟墓丰
碑,歌颂其死后。通首善用对比手法,生前与死后对比,古碣穿云、高
坟屹立与唐陵汉隧对比,白楯霜戈激射与雷霆不敢轻易轰打对比,黄门
与吴儿对比,卿相与屠沽对比,荒寒难画与野香喷发对比,融成完整的
整体。气势飞腾,风骨高挺,极抑扬纵送之能事。陈廷焯《白雨斋词
话》:"其年《贺新郎》调,填至一百三十余首之多,每章俱于苍莽中见
骨力。"这里选录三首,聊可尝鼎一脔。

朱彝尊
（1629—1709）

字锡鬯，号竹垞，又号金风亭长、小长芦钓鱼师，浙江秀水（今并入嘉兴）人。壮年尝作客山阴祁氏，共图复明，几祸及。事解，南游广东，北上河北、山西，以布衣负重名。康熙十八年己未（1679）举博学鸿词，授翰林院检讨，寻入直南书房，参加纂修《明史》，罢归后，殚心著述。博通经史，擅长诗词古文。诗宗明七子，晚参黄庭坚，尝选《明诗综》以标宗旨，与王士禛真齐名，有"南朱北王"之称，又有"王爱好、朱贪多"（赵执信《谈龙录》语）之诮。词为浙派开山祖，宗姜夔、史达祖、张炎，以醇雅清空为归。其咏物、集句之作，有偏重形式之病。尝选辑唐、五代、宋、元人词为《词综》，可见其宗趣。陈廷焯《白雨斋词话》云："竹垞词，疏中有密，独出冠时，微少沉厚之意。"又云："艳词至竹垞，仙骨珊珊，正如姑射神人，无一点人间烟火气。"有《曝书亭集》八十卷，其中第二十四至第三十卷为词，分《江湖载酒集》《静志居琴趣》《茶烟阁体物集》《蕃锦集》四种。单行《曝书亭词》，有李富孙注本。

高阳台

朱彝尊

　　吴江叶元礼，少日过流虹桥[1]，有女子在楼上，见而慕之，竟至病死。气方绝，适元礼复过其门，女之母以女临终之言告叶，叶入哭，女目始瞑。友人为作传，余记以词。

桥影流虹，湖光映雪，翠帘不卷春深。一寸横波[2]，断肠人在楼阴。游丝不系羊车住[3]，倩何人、传语青禽[4]？最难禁。倚遍雕阑，梦遍罗衾[5]。　　重来已是朝云散[6]，怅明珠佩冷[7]，紫玉烟沉[8]。前度桃花，依然开满江浔。[9]钟情怕到相思路，盼长堤、草尽红心[10]。动愁吟。碧落黄泉，两处谁寻？[11]

◎ 注释

[1] 叶元礼：名舒崇，吴江人，清初诗家。流虹桥：即垂虹桥，在吴江。

[2] 一寸横波：傅毅《舞赋》："目流睇而横波。"李白《长相思》："昔日横波目，今成流泪泉。"赵令畤《蝶恋花》："恼乱横波秋一寸。"目广一寸，横波表示目光之清澈流动，中含深情。

[3] 游丝：春柳摇漾的晴丝，丝，谐音为相思之思。羊车：《世说新语》刘峻注引《卫玠别传》："龀龀时，乘白羊车于洛阳市上，咸曰：'谁家璧人？'于是家门州党号为璧人。"

[4] 青禽：李白《寓言》："婉娈三青禽。"青禽即青鸟，见李雯《浪淘沙·杨花》注。指传信之人。

[5] 罗衾：丝罗的被子。

[6] 朝云：宋玉《高唐赋序》述巫山神女自言"旦为朝云"。

[7] 明珠佩冷：刘向《列仙传》：郑交甫至汉皋台下，见二女佩两珠，不见，佩珠亦失。

[8] 紫玉烟沉：干宝《搜神记》载吴王夫差小女名紫玉，说（悦）童子韩重，私许为妻。王不与，玉结气死。后魂归见，王夫人闻之，出而抱玉，如烟然。

[9] "前度"二句：见余怀《摸鱼儿·和辛幼安》注。

[10] 草尽红心：《异闻录》："王生梦侍吴王，闻葬西施，生应教为诗曰：'满地红心草，三层碧玉阶。春风无处所，凄恨不胜怀。'"

[11] "碧落"二句：白居易《长恨歌》："排空驭气奔如电，升天入地求之遍。上穷碧落下黄泉，两处茫茫皆不见。"道家称天为碧落，《度人经》："昔于始青天中碧落空歌。"注："始青天乃东方第一天，有碧霞遍满，是云碧落。"

◎ 评析

　　这首词，写的是一出爱情悲剧。这种悲剧出现在旧时代封建礼教束缚之下，并不少见，因而颇具有代表性。在朱彝尊的词作里，是有数的名篇。上下两片，分写男女两方，一生一死。上片写女方对过路青年的爱慕，痴情不遂，为相思而死，全写女方，男方只有"羊车"二字，暗中一点。下片专写男方，因"复过其门，女之母以女临终之言"相告而引起的伤感，结拍以天上地下两处谁寻表达无尽的绵绵长恨。痴情男女，栩栩如生地活现于纸上。全首写得哀感缠绵，回肠荡气，在开放社会的今天，读来仍有一定的艺术魅力。

桂殿秋

朱彝尊

思往事，渡江干。[1]青蛾低映越山看[2]。共眠一舸听秋雨[3]，小簟轻衾各自寒[4]。

◎ 注释

[1]"思往事"二句：全首所写，都是往事的回忆。往事，指作者与其小姨冯氏，随妇家冯氏避地村居时事。顺治二年乙酉（1645），竹垞年十七，赘于冯教谕镇鼎家，其小姨小于冯孺人四岁。是年，清兵至嘉兴，竹垞随妇翁徙居冯村五儿子桥，在练浦塘东，嘉兴县治东南三十里。小姨是年十一岁。后因盗贼四起，乃移居梅会里，里有市曰王店，在练浦塘西北，其时小姨年已十五。此词所云渡江往事，当是竹垞随妇家自冯村经练浦塘西北行至王店的路程中。其后小姨于顺治十年癸巳（1653）年十九，嫁于苏州富室。以上参据姚大荣《风怀本事表微》所述。江干，江边，即指练浦塘。

[2]"青蛾"句：青蛾：女子眉黛。嘉兴平原之地，只有瓶山，一土墩耳，故云"低映"。嘉兴，春秋时吴越两国交界地，故云"越山"。山的眉黛与女子的眉黛相映，故词语如此。看：是作者在看。

[3]"共眠"句：舸：小船。共眠：谓避乱时挤住在一船。听：显示不曾眠着。

[4]"小簟"句：簟：竹席。衾：被子。各自：与上句"共眠"对比；寒：从上句"听秋雨"引出。二人近在咫尺，却如隔天涯，显示双方无越礼活动。

　　这是写爱情的小词，韵味绵绵，含蓄不露。谭献《箧中词》评云："单调小令，近世名家，复振五代、北宋之绪。"况周颐《蕙风词话》云："或问国朝词人，当以谁氏为冠？再三审度，举金风亭长对。问佳构奚若？举《捣练子》(即《桂殿秋》) 云云。"

卖花声

雨花台[1]

朱彝尊

衰柳白门湾[2]，潮打城还[3]。小长干接大长干[4]。歌板酒旗零落尽[5]，剩有渔竿。　　秋草六朝寒[6]，花雨空坛。更无人处一凭阑。燕子斜阳来又去[7]，如此江山！

◎ 注释

[1] 雨花台：在江苏南京城南，据冈阜最高处，遥眺长江，俯临城市。相传梁武帝时，有云光法师在这里讲经，上天为之感动而降花如雨，故名。

[2] "衰柳"句：白门：《南齐书·王俭传》："宋世外六门设竹篱，是年初，有发白虎樽者言：白门三重门，竹篱穿不完。"此言刘宋都门事，刘宋都建康，即今南京，后世因以白门代指南京。白门湾：即白门附近的长江边。白门古多种柳树，李白《金陵酒肆留别》："白门柳花满店香。"

[3] 潮打城还：见吴伟业《满江红·感旧》注。

[4] 小长干接大长干：左思《吴都赋》："长干延属，飞甍舛互。"刘逵注："江东谓山冈间为干，建邺（南京）之南有山，其间平地，吏民居之，故号为干。中有大长干、小长干，皆相属，疑是居称干也。《韩诗》曰：'考槃在干。地下而黄曰干。'"

[5] 歌板：即拍板，用以定歌曲节拍的打击乐器。杜牧《八月十二日得替后移居霅溪馆因题长句四韵》："处处楼台歌板声。"酒旗：即酒帘，旧时酒家的标记，代指酒店。陆龟蒙《怀宛陵旧游》："酒旗风影落春流。"

[6] 六朝：见归庄《锦堂春·燕子矶》注。王安石《桂枝香·金陵怀古》："六朝旧事随流水，但寒烟衰草凝绿。"

[7]"燕子"句：刘禹锡《乌衣巷》："朱雀桥边野草花，乌衣巷口夕阳斜。旧时王谢堂前燕，飞入寻常百姓家。"刘诗所写，都是南京事，故作者化用其语。

◎ 评析

　　这首小令，写雨花台，但不是一般的登临怀古，而是借古以伤今。南京是雨花台所在地，既是明太祖开国建都之地，也是福王建都与灭亡之地。明代开国功臣徐达、常遇春的子孙，也世居在这里，正像刘禹锡《乌衣巷》诗中所说的王、谢。清军南下后，疮痍遍地，荒凉满目，徐、常子孙，沦在厮贱。作者生丁易代之际，感喟沧桑，凭栏之际，发出"如此江山"的惊呼，视野开阔，意蕴无尽。化用李后主《浪淘沙》"独自莫凭阑，无限江山"之语，有神无迹。谭献《箧中词》评云："声可裂竹。"

消　息

度雁门关[1]

朱彝尊

千里重关，凭谁踏遍，雁衔芦处[2]？乱水滮沱[3]，层霄冰雪，鸟道连句注[4]。画角吹愁[5]，黄沙拂面，犹有行人来去。问长途、斜阳瘦马，又穿入，离亭树[6]。　　猿臂将军[7]，鸦儿节度[8]，说尽英雄难据[9]。窃国真王[10]，论功醉尉[11]，世事都如许！有限春衣[12]，无多山店[13]，酹酒徒成虚语[14]！垂杨老，东风不管，雨丝烟絮。

◎ 注释

[1] 雁门关：在山西代县北部雁门山上，为长城要口之一。两山夹峙，形势雄壮。古时重兵戍守，为征战之地。康熙三年甲辰（1664）九月作者北上大同，在山西按察司副使同乡先辈曹溶处为幕友。次年二月，随同曹溶西出雁门关。秋，再经雁门关至太原。这首词是二月间初过雁门时所写。《消息》本名《永遇乐》，宋晁补之词用此名。

[2] 雁衔芦处：崔豹《古今注》："雁自河北渡江南，瘦瘠能高飞，不畏缯缴。江南沃饶，每至还河北，体肥不能高飞，恐为虞人所获，尝衔长芦可数寸，以防缯缴。"《代州志》："雁门山岭高峻，鸟飞不过。惟有一缺，雁来往向此中过，号雁门。山中多鹰。雁至此，皆相待两两随行，衔芦一枝，鹰惧芦，不敢促。"

[3] 滹沱：河名，发源于山西繁峙县，流经雁门东南，横流乱注，故词云"乱水滹沱"，东流经河北入海。

[4] "鸟道"句：《华阳国志》："鸟道四百里，以其险绝，兽犹无蹊，特上有飞鸟之道耳。"这里借用，指山之高。《淮南子·地形训》"句注"高诱注："句注在雁门。"唐薛思渔《河东记》："句注以山形勾转，水势注流而名，亦曰陉岭。"句注山即雁门山。

[5] 画角：古代军乐器，以竹或铜为之，外加彩绘。

[6] 离亭：即长亭短亭，指送别之地。

[7] 猿臂将军：西汉名将李广。《史记·李将军列传》："广为人长，猿臂。其善射亦天性也。"《集解》："如淳曰：臂如猿通肩。"又《列传》："后广转为边郡太守，徙上郡，尝为陇西、北地、雁门、代郡、云中太守，皆以力战为名。"故本词因其与雁门有关而及之。

[8] 鸦儿节度：唐末藩镇李克用，《五代史·唐本纪》载：李克用少骁勇，军中号曰李鸦儿。中和元年（881），任代州刺史、雁门以北行营节度，故称为"鸦儿节度"，亦因其与雁门有关而及之。

[9] "说尽"句：这句包含两重意：一是说一世之雄，而今安在，不单指前二人，所以云"说尽"；一是说这些所谓"英雄"，是否都算得英雄，还很难有可靠的论据作证。

[10] 窃国真王：《庄子·胠箧》："彼窃钩者诛，窃国者为诸侯。"真王，见陈维崧《贺新郎·纤夫词》注。这句紧接"鸦儿节度"句来，李克用率沙陀兵击败黄巢农民起义军，被任命为河东节度使，唐昭宗封克用为晋王。作者这里暗指吴三桂，三桂于明末为总兵镇守山海关。崇祯十七年甲申（1644），农民起义军李自成自山西进军，占领太原等地。崇祯帝封三桂为平西伯，征三桂入卫，自成破北京，三桂乞师于清，清封三桂为平西王，进军击败自成，自成走山西，三桂追击之。事详《清史稿·吴三桂传》、萧一山《清代通史》。三桂与克用，有相关之点三，一为与山西有关，二为镇压农民起义，三为封王。故此处以"窃国真王"斥之，窃国之国，不过是侯公之国，而三桂则叛国投敌，更算不上真王。窃国是正言之，真王是反言之。

[11] 论功醉尉：《史记·李将军列传》："广以卫尉为将军，出雁门击匈奴……胡骑得广……（广得脱）至汉，汉下广吏。……当斩，赎为庶人。……屏野居蓝田南山中射猎。尝夜从一骑出，从人田间饮，还至霸陵亭，霸陵尉醉，呵止广。广骑曰：故李将军。尉曰：今将军尚不得夜行，何乃故也。止广宿亭下。"其后广以前将军出击匈奴，迷失道而还。大将军使长史急责广至幕府对簿，广乃自杀。词意谓李广防卫边地、抗击匈奴有功，而论功不及反受罚，醉尉亦得辱之。这里盖隐指与雁门有关之周遇吉死事。《明史·周遇吉传》载：崇祯十五年（1642）为山西总兵，李自成破太原，遂陷忻州，围

代州。遇吉先在代遏其北上，乃凭城固守，而潜出兵奋击，连数日，杀敌无算。会食尽援绝，退保宁武。自成踵至，明军力尽，城遂陷，遇吉力战被执死之。这里似以李广死事与周遇吉类比，然李广因抗击匈奴失败而死，而遇吉因抗拒农民军作战而死，性质不同，但作者限于阶级立场，不妨以两者相比，而我们也不妨以此悬测其词中寓意所在。

[12] 有限春衣：欲典衣买酒而恨春衣无多。杜甫《曲江》二："朝回日日典春衣，每日江头尽醉归。"

[13] 无多山店：欲向山店沽酒，而恨山店亦少。

[14] "酹酒"句：因典衣买酒与山店沽酒，都不易办到，所以要向古人如鸦儿节度、猿臂将军致祭也只是空话一句了。酹酒，古人祭奠时把酒洒在地上。

◎ 评析

　　这首词，是登临怀古，借以伤今之作。上片写雁门关的险要雄峻和行客来往跋涉的艰苦，以荒凉的色调描绘，景中有情。下片进入怀古，对李广、李克用的怀想，隐寓对周遇吉、吴三桂等的褒贬，如果无此托意，单纯即景抒思古之幽情，词意便不深。最后六句，仍写入本人，回应上片。全首属对工整，境界开阔，起伏跌宕，语无平衍，犹是余事。以陈维崧怀古的词作相比，陈豪壮而朱沉郁，也有不同。

迈陂塘

题其年填词图[1]

朱彝尊

擅词场[2]、飞扬跋扈[3]，前身可是青兕[4]？风烟一壑家阳羡[5]，最好竹山乡里[6]。携砚几，坐罨画溪阴[7]，袅袅珠藤翠[8]。人生快意，但紫笋烹泉[9]，银筝侑酒[10]，此外总闲事[11]。　　空中语[12]，想出空中姝丽[13]，图来菱角双髻[14]。乐章琴趣三千调[15]，作者古今能几？团扇底[16]，也值得尊前[17]，记曲呼娘子[18]。旗亭药市[19]，听江北江南[20]，歌尘到处[21]，柳下井华水[22]。

◎ 注释

[1] 其年：见陈维崧小传。

[2] 擅：据有。

[3] 飞扬跋扈：杜甫《赠李白》："痛饮狂歌空度日，飞扬跋扈为谁雄？"

[4] "前身"句：《宋史·辛弃疾传》："僧义端者，喜谈兵。……义端一夕窃印以逃。……急追获之。义端曰：'我识君真相，乃青兕也，力能杀人。幸勿杀我。'弃疾斩其首。"其年词豪放处学弃疾，故彝尊即许其为弃疾后身。兕，兽名，似牛，独角，色青。

[5] "风烟"句：杜牧《正初奉酬歙州刺史邢群》："一壑风烟阳羡里。"阳羡，即其年家乡宜兴。

[6] 竹山：南宋词人蒋捷号。蒋宜兴人。

[7] 罨画溪：《太平寰宇记》："圻溪，今俗呼为罨画溪，在（宜兴）县南三十六公里，源出悬脚岭，东流入太湖。"

[8] 珠藤：《本草拾遗》："斑珠藤生山谷中，不凋，子如珠而斑。"

[9] 紫笋：茶名，产于太湖之滨浙江省长兴县顾渚山谷，唐代列为贡茶。为最早驰名中外的历史名茶之一。长兴张岭亦产紫笋茶。

[10] 银筝：刘禹锡《伤秦姝行》："插花女儿弹银筝。"筝，小瑟类弦乐器。侑酒：劝酒。年稍少于其年的阳羡派词人蒋景祁在其词注中曾云："填词图中旁画仕女。"

[11] "此外"句：这句意谓除烹茶听歌以外，其他的事，都可以等闲视之，无足重视。

[12] 空中语：惠洪《冷斋夜话》："法云师尝谓鲁直（黄庭坚）曰：'诗多作无害，艳歌小词可罢之。'鲁直曰：'空中语耳，非杀非偷，终不坐此堕恶道。'"

[13] 空中姝丽：空幻中的美女。具体描绘的美女，本质上也属空幻。

[14] 菱角：洪迈《跋白乐天诗》："世言乐天（白居易）侍儿惟小蛮、樊素二人，予读其《小庭亦有月》一篇云：'菱角执笙簧，谷儿抹琵琶，红绡信手舞，紫绡随意歌。'自注云：'菱、谷、紫、红，皆小臧获名。'然则红、紫二绡，亦女奴也。"

[15] "乐章"句：乐章、琴趣：均指词集。宋人柳永词集称《乐章集》，黄庭坚、晁补之的词集都称《琴趣外编》，故云。三千调：言词调之多。其年词共有四百一十六调、一千六百二十九阕。

[16] 团扇：《古今乐录》载：晋王珉好捉白团扇，其嫂婢谢芳姿善歌《团扇歌》。

[17] 尊：同樽，酒樽。

[18] 记曲呼娘子：《乐府杂录》："张红红唱歌乞食于市，韦青纳为姬。敬宗召入宫，号记曲娘。"

[19]"旗亭"句:旗亭:见龚鼎孳《贺新凉·和曹实庵舍人赠柳叟敬亭》注。陆游《老学庵笔记》:"成都药市以王局化为最盛。"《成都古今记》:"九月药市。"市:指墟市,集市贸易。

[20]江北江南:宋向之词分为江南新词、江北旧词。

[21]歌尘:刘向《别录》:"鲁人虞公,发声清哀,盖动梁尘。"

[22]柳下井华水:叶梦得《避暑录话》:"予仕丹徒,尝见一西夏归朝官云:'凡有井水之处,即能歌柳词。'"柳,北宋词人柳永。《本草》:"井华水,平旦第一汲者,令人好颜色。"

◉ 评析

朱陈齐名,这首《题其年填词图》,为其年写照,绘声绘影,惟妙惟肖。上片就图写实,由其人到其地,到其闲放的生活,从总体到局部,从大到小,从外到内。下片就填词写,从歌女到填词,到其词的广泛影响。重复"空中"一语,正如陈廷焯《放歌集》所云:"其实朱、陈非真空也。"为友人写传记式的歌赞,可和其年《念奴娇·读屈翁山诗有作》匹敌,一写词,一写诗,其实都是写人。而《念奴娇》一阕,豪放轩昂,盖其年词导源辛弃疾,较与翁山相近。而朱氏此词写其年,词风仍是朱氏本色,不近其年,则由朱、陈虽旗鼓相当,而流派殊异之故。朱祖谋《望江南·杂题我朝诸名家词集后》题其年词云:"迦陵韵,哀乐过人多。跋扈颇参青兕意,清扬恰称紫云(姓徐,广陵人。冒襄家歌童,与维崧相狎)歌。不管秀师诃。"可以概括彝尊这首词的要旨。

解佩令

自题词集

朱彝尊

十年磨剑[1],五陵结客[2],把平生、涕泪都飘尽。老去填词,一半是、空中传恨[3]。几曾围、燕钗蝉鬓[4]?　　不师秦七[5],不师黄九[6],倚新声、玉田差近[7]。落拓江湖[8],

且分付、歌筵红粉^[9]。料封侯、白头无分！

◎ 注释

[1] "十年"句：贾岛《剑客》："十年磨一剑，霜刃未曾试。今日把似君，谁为不平事。"

[2] "五陵"句：五陵：谓长陵、安陵、阳陵、茂陵、平陵，是西汉皇帝的陵墓，在咸阳以东。五陵多豪侠少年。曹植《结客篇》："结客少年场，报怨洛北芒。"郭茂倩《乐府解题》："《结客少年场行》，言轻生重薄，慷慨以立功名也。……言少年时结任侠之客。"

[3] 空中传恨：见《迈陂塘·题其年填词图》注。

[4] 燕钗蝉鬓：指美丽少女。《洞冥记》载：元鼎元年，起招仙阁，有神女留一玉钗，帝以赐婕妤。至昭帝时，宫人犹见此钗。黄诮欲之，明日发匣，有白燕飞升天，宫人学作此钗，因名玉燕钗。这里以饰物代人。蝉鬓，古代女子发式。魏文帝宫人莫琼树始制为蝉鬓，望之缥缈如蝉翼，故曰蝉鬓。见马缟《中华古今注》。薛道衡《昭君辞》："蛾眉非本质，蝉鬓改真形。"这里以局部代全体，指女子。

[5] 秦七：北宋秦观排行第七。

[6] 黄九：北宋黄庭坚排行第九。朱彝尊词宗南宋，不师法北宋，故此二句云尔。

[7] 玉田：南宋末年进入元代的词人张炎的号。朱彝尊开始的浙派，都宗法张炎。

[8] 落拓江湖：杜牧《遣怀》："落拓江湖载酒行，楚腰纤细掌中轻。"朱彝尊词的一种名《江湖载酒集》。

[9] 分付、歌筵红粉：吩咐歌女为之唱歌劝酒。

◎ 评析

　　这首自题词集的小令，主要写自己的壮志不遂，以填词听歌排遣以及写词师法张炎的宗旨。是一首慷慨愤激，自抒怀抱的词，而不仅是表明词风追踪张炎"清空"一派的旨趣。《云韶集》评云："字字精警而夭矫。幻影空花，《离骚》变相。眼光如炬，不独秦、黄避席，即玉田亦当却步。"是就艺术特色立论，但说是"《离骚》变相"，似疑词别有深意。彝尊早期，从事抗清活动，客山阴祁氏，与魏耕、屈大均等抗清志士相结纳，这词发端三句，写的就是这一内容。所谓"空中传恨"，并不停留在《迈陂塘》一词所提到的词是"空中语"一点，更重要的是用这"空中语"以"传恨"，所谓恨，也不仅是个人失意之恨，失意之恨是与亡国之恨联系在一起的。倚新声而玉田差近，也与这一问题相关联。张炎是宋遗民，而于元世祖至元二十七年（1290）与沈尧道等被迫屈辱赴元都，为元政府书写金字《藏经》，次年从北方回到南方。张炎的经历，恰和朱彝尊相近似。彝尊本也是明遗民，复明计划破灭后，南北漂泊。五十一岁时举博学鸿词，北上做官，后来又因事罢职南归。因而"玉田差近"的内涵意义，是身世差近。最后罢官，只落得"料封侯白头无分"了。当然，更重要的是复明无望，谈不上早年建功立业的希望了。词的中心思想在此，如果只把它看作以词论词的词论，不免失之皮相。

忆少年

朱彝尊

飞花时节，垂杨巷陌，东风庭院。重帘尚如昔，但窥帘人远。　　叶底歌莺梁上燕，一声声伴人幽怨。相思了无益[1]，悔当初相见[2]。

◎ 注释

[1] 相思了无益：李商隐《无题》："直道相思了无益，未妨惆怅是清狂。"

[2] 悔当初相见：姜夔《鹧鸪天·元夕有所梦》："当初不合种相思。"

◎ 评析

　　这词单纯抒情，可联系《桂殿秋》本事。上片写物在人非，构思本于崔护诗"人面不知何处去，桃花依旧笑春风"。下片悔当初相见，即与其小姨在冯家相见，其后小姨他嫁而死，则相思无益，并悔当初之相见了。短幅善用拗折之笔，上下片结尾都如此，都转进一层说。其情愈深，其味弥永。

长亭怨慢

雁

朱彝尊

结多少、悲秋俦侣，特地年年，北风吹度。紫塞门孤[1]，金河月冷[2]，恨谁诉？回汀枉渚[3]，也只恋江南住。随意落平沙[4]，巧排作、参差筝柱[5]。　　别浦[6]，惯惊移莫定，应怯败荷疏雨。一绳云杪[7]，看字字悬针垂露[8]。渐敧斜、无力低飘，正目送、碧罗天暮[9]。写不了相思，又蘸凉波飞去[10]。

◎ 注释

[1] 紫塞：崔豹《古今注》：秦筑长城，土色皆紫。汉塞亦然。一曰雁门草皆色紫，故名紫塞。

[2] "金河"句：杜牧《早雁》："金河秋半虏弦开，云外惊飞四散哀。仙掌月明孤影过，长门灯暗数声来。"金河，在今内蒙古呼和浩特南。

[3] 回汀：回旋的小洲。枉渚：《楚辞·九章·涉江》："朝发枉渚兮，夕宿辰阳。"枉渚今属湖南常德市武陵区，在南辰溪之南。

[4] 落平沙：平沙落雁，古琴曲名。

[5] 参差筝柱：参差，有前有后。筝：乐器。上有十三弦，支弦的柱，参差排列。这里指雁落平沙，排成像参差的筝柱。

[6] 别浦：《风土记》谓大水有小口别通曰浦。

[7] "一绳"句：雁群飞时，排成"一"字形，笔直似拉开的绳子。云杪，云端。

[8] 悬针垂露：东汉曹喜喜作悬针篆，形似悬针，故名。孙过庭《书谱》："悬针垂露之奇。"二者是十体书中的两体。这里借以形容雁字。

[9] 碧罗天：刘禹锡《春日书怀，寄东洛白二十二杨八二庶子》："游丝撩乱碧罗天。"碧罗，犹言碧云。

[10] 蘸：拿东西在液体里沾一下。

这不是一首单纯咏物之词。陈廷焯《白雨斋词话》云："感慨身世。"是什么身世？陈氏说："渔洋（王士禛）《秋柳诗》云：'相逢南雁皆愁侣，好语西乌莫夜飞。'同此哀感。一时和作，所以远不逮者，不在词语之不工，在所感之不同耳。""新城《秋柳》四章，纯是沧桑之感。""'相逢南雁'，实有所指也。"陈氏此论，道出了这词秘密。上片一起，"结多少悲秋俦侣"，借雁点明了这一批悲秋俦侣，有共同的遭遇，又有后面所说的"只恋江南住"的共同目标。紫塞、金河，都是北方清统治者的所在地，枉渚、江南、平沙，则是指南方桂王朝抗清活动的所在地。作者对雁群从北方飞度向南，经过紫塞、金河的寒冷环境而发出"恨谁诉"的同情；而对它们在南明王朝根据地得到"随意""巧排"而表示安慰，其立场界线是分明的，而这正是作者前期也是南方抗清活动事业中一员的缘故。下片"败荷疏雨""碧罗天暮"，描写南明小朝廷腐败无能、抗清失利、日薄西山的局面。包括作者在内，对此"惊疑莫定"，畏怯得"无力低飘"，目送天暮，离此而去，写不尽相思，说不尽悲痛。这里，也透露了作者复明信念的动摇，后来终于出仕清廷的主客观因素。陈廷焯《云韶集》评云："起笔神来。竹垞咏物诸篇，大率寓身世之感，以凄切之情，发为哀婉之调，既悲凉，又忠厚，读之久而其味愈长。"又《词则》评："来势苍茫。是竹垞直逼玉田之作，集中亦不多见。"

屈大均
（1630—1696）

字翁山，初名邵龙，号非池，又曰绍隆，字骚余，又字介子，自号泠君、华夫、三外野人、八泉翁、髻人、九卦先生、五岳外史。广东番禺人。明诸生。清顺治七年（1650）为僧，法名今种，字一灵。中年还俗，更今名。曾周游各地，联络志士。北游关中和山西，与顾炎武、李因笃等订交。其生平及诗学成就互详前陈维崧《念奴娇·读屈翁山诗有作》注。大均词具有辛弃疾悲壮风格，小令学《花间集》。著作很多，乾隆中遭禁毁。清末以来，又陆续刊行。词集单行者曰《道援堂词》，亦称《骚屑》。

紫荫香慢

送　雁

屈大均

恨沙蓬、偏随人转[1]，更怜雾柳难青。问征鸿南向，几时暖返龙庭[2]？正有无边烟雪，与鲜飙千里[3]，送度长城。向并门少待[4]、白首牧羝人[5]，正海上、手携李卿[6]。　　秋声，宿定还惊。愁里月不分明。又哀笳四起，衣砧断续[7]，终夜伤情。跨羊小儿争射，恁能到、白蘋汀？[8]尽长天、遍排人字[9]，逆风飞去[10]，毛羽随处飘零，书寄未成。

◎ 注释

[1] 沙蓬：蓬是野草，秋晚枯萎，风沙卷之四飞，以喻人的行踪漂泊无定。鲍照《芜城赋》："孤蓬自振，惊沙坐飞。"

[2] 龙庭：古代匈奴的王庭，这里泛指西北边地。

[3] 鲜飑：江淹《杂体诗·许徵君询自叙》："曲浸激鲜飑。"谢月兆《夏始和刘潺陵》："洞幌鲜飑入。"都是指西风。《尚书大传》"鲜方"为西方，《汉书·王莽传》"鲜海"为西海，故鲜义为西，这里泛指西北风。

[4] 并门：并州为山西，雁门在山西，故称并门。

[5] 白首牧羝人：羝，公羊。《汉书·李广苏建传》载苏武出使匈奴，为匈奴拘留，武不肯降，单于"乃徙武北海上（今贝加尔湖一带）无人处，使牧羝，羝乳（公羊产子）乃得归。""武既至海上……杖汉节牧羊，卧起操持，节旄尽落。"此处作者借坚持民族气节的苏武以比忠于明王朝的自己，因作者此时在并门，这句承上句而来。咏雁而用苏武事，因苏武传有雁足传书一节而联系及之。

[6] 海上手携李卿：李陵，字少卿。《汉书·李广苏建传》载："初，武与李陵俱为侍中，武使匈奴明年，陵降，不敢求武。久之，单于使陵至海上，为武置酒设乐。"劝武降，武不从。后武归汉，"李陵置酒贺武……因与武决。"李陵《与苏武诗》："携手上河梁，游子暮何之。徘徊蹊跡侧，良良不能辞。"这里疑指李因笃。因笃此时并非降清之人，但与屈大均同游雁门，故借用同姓之少卿及少卿与苏武之至交关系。然不料后来因笃亦出仕于清。

[7] "衣砧"句：砧：古代捣练用的器具。后人误解为河边洗衣，敲打衣服之石。李煜《捣练子令》："断续寒砧断续风。"

[8] "跨羊"二句：《汉书·匈奴传》："儿能骑羊引弓射鸟鼠。"恁，怎么。柳恽《江南曲》："汀洲采白蘋，日暖江南春。"这里以匈奴跨羊小儿争射大雁，大雁难以到江南，隐喻清人将加害汉人之忠于南明者，自己随时受到暗箭伤害的危险，不易返回南方家园。

[9] 人字：雁行排成人字形群飞。

[10] 逆风：按汪宗彦《屈翁山先生年谱》康熙五年（1666）"六月，偕李因笃自富平同至代州……八月初六日，游五台山。秋，继室王孺人来归"。《长亭怨·与天生冬夜宿雁门关作》一词，年谱编于是年。《送雁》词如果是六七月间所作，这时正当南风时节，北雁南飞逢逆风。但一般雁南飞不在夏令，故这词上片有"鲜飑"语。此处云"逆风"，别有深意，谓自己回南，路途多险峨，如逆风而行。

◎ 评析

　　这词写于康熙五年冬游雁门时，作者年方三十七岁。为复明大计，作者来游陕西、山西一带，与顾炎武、李因笃诸人订交。雁门之游，与李因笃相偕。在雁门见大雁南飞，触发自己身世之感，处境之危，写下这词。联系古人处，未必事迹完全相同，或取其对汉族的忠贞并与雁的故事有关，或取友朋姓氏相同，无需看煞。佳处正如叶恭绰《广箧中词》所评："声情激越，喷薄而出。"

长亭怨

屈大均

屈大均

与李天生冬夜宿雁门关作[1]

记烧烛雁门高处。积雪封城，冻云迷路。添尽香煤[2]，紫貂相拥夜深语[3]。苦寒如许。难和尔，凄凉句。一片望乡愁，饮不醉、炉头驼乳。　　无处问长城旧主。但见武灵遗墓[4]。沙飞似箭，乱穿向、草中狐兔。那能使、口北关南[5]，更重作、并州门户[6]。且莫吊沙场，收拾秦弓归去[7]。

◎ 注释

[1] 李天生：名因笃，一字子德，陕西富平人，祖籍山西洪洞。康熙十八年己未（1679），召试博学鸿词，授检讨。天生应征，出于母劝，授官后，旋乞养归。雁门关，见朱彝尊《消息·度雁门关》注。

[2] 香煤：煤炭。因本为古代女子画眉用品，故云香煤。

[3] 紫貂：貂，兽名，尖嘴长尾。皮毛珍贵，是我国东北地区特产之一。紫貂，这里指用紫色貂皮做成的衣裳。

[4] 武灵遗墓：赵武灵王，为战国时赵国第一代称王号的赵雍。胡服骑射，西略胡地至榆中，拓地北至燕、代，西至云中、九原。死于沙丘宫，事详《史记·赵世家》。《史记集解》："应劭曰：武灵王葬代郡灵丘县。"按：今为河北平乡东北。

[5] 口北关南：指张家口以北，雁门关以南。

[6] 并州门户：并州，治所今山西太原。雁门一带是并州的门户。

[7] "收拾"句：秦弓：见《楚辞·九歌·国殇》："带长剑兮挟秦弓，首身离兮心不惩。诚既勇兮又以武，终刚强兮不可凌。身既死兮神以灵，子魂魄兮为鬼雄。"洪兴祖补注："《汉书·地理志》云：'秦地迫近戎狄，以射猎为先。又秦有南山檀柘，可为弓干。'"作者要收拾秦弓归去，表示南归要继续抗清，以国殇自誓。

◎ 评析

这首词，汪宗衍《屈翁山先生年谱》，编在康熙五年（1666）。这年冬，大均婚后偕夫人华姜及李因笃同游雁门关。李因笃《寿祺堂诗集》是年有《小至雪中同翁山自雁门旋郡》诗。上片写夜宿雁门关的情况，着重写寒、夜、宿、饮，以"望乡愁"引起下片。下片从吊古写到伤今，"且莫吊沙场，收拾秦弓归去"，撇开吊古，回应上片"望乡愁"，表明自己矢志复明之心。叶恭绰《广箧中词》评曰："纵横排荡，稼轩神髓。"

梦江南（四首）

屈大均

悲落叶，叶落落当春[1]。岁岁叶飞还有叶，年年人去更无人。[2]
红带泪痕新。

悲落叶，叶落绝归期。纵使归来花满树，新枝不是旧时枝。
且逐水流迟[3]。

清泪好，点点似珠匀。蛱蝶情多元凤子[4]，鸳鸯恩重是花神。
怎得不相亲[5]？

红茉莉，穿作一花梳[6]。金缕抽残蝴蝶茧，钗头立尽凤
凰雏[7]。肯忆故人姝[8]。

◎ 注释

[1] 叶落落当春：叶落一般在秋天，春天叶落，是因树有病。

[2] "岁岁"二句：刘希夷《白头吟》："年年岁岁花相似，岁岁年年人不同。"此化用其语。

[3] 且逐水流迟：姑且让流水慢慢地流逝吧！似含两层意：一是让时光慢慢地消逝；一是悲落叶的心情，慢慢地消失，是"无可奈何花落去"伤感的勉强宽慰。

〔4〕凤子：崔豹《古今注》："蝶……大者曰凤子，一名凤车。"

〔5〕恁：见《紫萸香慢·送雁》注。

〔6〕穿作一花梳：用茉莉花穿贯成串，作为插在头上的饰物。

〔7〕"钗头"句：小凤凰式样的钗。于溃《古宴曲》："凤凰钗一只。"

〔8〕故人姝：姝，女性美好貌。引申作美女。汉《古诗》："上山采蘼芜，下山逢故夫。长跪问故夫：新人复何如？新人虽言好，未若故人姝。"

◎ 评析

　　这四首小令，主题可做两种理解。一是可看作悼亡诗，可能是悼继室王华姜，王华姜事见陈维崧《念奴娇·读屈翁山诗有作》注。据汪宗衍《屈翁山先生年谱》，翁山于康熙五年秋与华姜结婚后，至七年八月携家自代州出发，八年八月，抵达番禺故里。九年正月二十七日，华姜病卒。故这词第一首说叶落当春，也兼寓悲悼华姜青春年华过早逝世，如叶落当春一样。第二首说到"新枝不是旧时枝"，则是寄痛于花落还可逢春重开，人死永绝归期，可以重娶，已非原来的人了。《年谱》载华姜死后，次年康熙十年（1671），"小除，继室黎氏来归"。第三首仍是追悼华姜，所以清泪如珠。第四首由新人而回忆华姜，所以云"故人姝"。这是一种理解。但也可以把这种夫妇关系比作君臣关系，（翁山于桂王永历三年，曾于肇庆行在，行将官中秘之职）四首全是寄托。叶落当春，指南明桂王于永历十六年（即康熙元年壬寅）三月被吴三桂绞死于云南，所以云叶落当春。借兴于落叶者，古人以王朝一代天子为一叶之故。桂王被害之月，各书记载，有三月、四月之殊，此据钱谦益《投笔集》所记。即使是四月，仍是余春。第二首云新枝，第三首云故人，颇疑作词时已是康熙十三年（1674）以后。吴三桂于十二年十一月举兵，自号周王，以反清号召天下。《年谱》载康熙十三年，翁山"从军于广湖，与吴三桂言兵事。以广西按察司副司，监督安远大将军孙延龄军于桂林"。十五年"二月，谢桂林监军，归至佛山"。此后，察觉三桂有称帝野心，遂与之绝，而三桂果于十七年称皇帝改元昭武。翁山之先与三桂合作，是出于反清的大业。而三桂毕竟不是南明诸王之比，所以云"新枝不是旧时枝"，并不能忘怀南明桂王，而以忆故人姝作结。这样理解，也不能算作穿凿。况周颐《蕙风词话》云："末（"且逐水流迟"）五字，含有无限凄恍，令人不忍寻味，却又不容已于寻味。""（三、四首）哀感顽艳，亦复可泣可歌。"叶恭绰《广箧中词》评云："一字一泪。"

◈ **彭孙遹**
（1631—1700）

字骏孙，号美门，又号金粟山人，浙江海盐人。顺治十六年己亥（1659）进士。康熙十八年己未（1679）召试博学鸿词，以第一人授编修。历官吏部右侍郎，兼掌院学士。孙遹七岁即有神童之号，工诗，于唐人中最近刘长卿，为王士禛、尤侗诸家所推重。其词多写艳情，工小令，王士禛称其"吹气如兰，每当十郎，辄自愧伧父"（《晚晴簃诗汇·诗话》引）。严绳孙称其小词"啼香怨粉，怯月羞花，不减南唐风格"（《清代词学概论》引）。丁绍仪云："或推为本朝第一，或訾为浪得才名，皆非笃论。""旨趣颇近欧、晏，微乏风骨，且未精纯耳。"（《听秋声馆词话》）陈廷焯谓其"意境较厚，但不甚沈著，仍是力量不足"（《白雨斋词话》）。著有《松桂堂集》《延露词》《金粟词话》等。

临江仙

遣 信

彭孙遹

青琐余烟犹在握[1]，几年香冷巾簧[2]。此生为客几时休？殷勤江上鲤[3]，清泪湿书邮。　　欲向镜中扶柳鬓[4]，鬓丝知为谁秋[5]？春阴漠漠锁层楼[6]。斜阳如弱水，只管向西流。[7]

◎ 注释

[1] 青琐：闺房内刻镂为连环文涂以青色的窗格子。余烟：夫妇熏香散发的剩余烟气。在握：犹言在手。

[2] 巾簧：熏笼。

[3] 鲤：指书信。汉《古诗十九首》："客从远方来，遗我双鲤鱼。呼童烹鲤鱼，中有尺素书。"

[4] 柳鬓：鬓发丝丝，下垂如柳。

[5] "鬓丝"句：《礼记·乡饮酒义》："秋之为言愁也。"古人多云愁鬓，如戴叔伦《除夜》诗："愁颜与衰鬓，明日又逢春。"

[6] 漠漠：弥漫貌。韩愈《同水部张员外曲江春游寄白二十二舍人》："漠漠轻阴晚自开。"

[7] "斜阳"二句：《山海经·大荒西经》："西海之南，流沙之滨，赤水之后，黑水之前，有大山名曰昆仑之丘。……其下有弱水之渊环之。"斜阳如弱水西流，谓时光的流逝。

◎ 评析

　　这首小令，写怀念远人的离别之愁。上片由怀念者写到对方的久客不归，下片写怀念者在离愁中度过孤独的时光。能道出缠绵往复之情。题与词意俱托之闺人。

柳梢春

感 事

彭孙遹

何事沉吟？小窗斜日，立遍春阴。翠袖天寒[1]，青衫人老[2]，一样伤心。　　十年旧事重寻，回首处、山高水深。两点眉峰[3]，半分腰带[4]，憔悴而今。

◎ 注释

[1]"翠袖"句：杜甫《佳人》："天寒翠袖薄，日暮倚修竹。"

[2]"青衫"句：白居易《琵琶行》："座中泣下谁最多？江州司马青衫湿。"青衫，本是唐代八品、九品文官的服色。当时白氏为江州司马，从九品，所以着青衫。这里似借指中秀才时的青衿。

[3]眉峰：《西京杂记》："卓文君姣好，眉色如望远山。"按：远山亦有云远峰者，如谢灵运《游南亭》："远峰隐半规。"故此云眉峰。

[4]"半分"句：《梁书·昭明太子传》："体素壮，腰带十围，至是减削过半。"

◎ 评析

　　这首小令，写被冷落的美人。十年旧事，回首重寻，与憔悴而今相对照。中插"青衫人老，一样伤心"语，为这词中眼目。考作者于顺治十六年（1659）成进士，时年二十九岁。既成进士，为推官，罢归。至康熙十八年（1679）始以博学鸿词科第一人入翰苑，时年四十九岁。这词当是罢官以后举博学鸿词以前的时间内所写，或年已届四十岁左右，故有"青衫人老"之语，云"十年旧事"者，回溯中进士之年有十年之隔了。四十而自称"人老"，古人未全老而言老者很多，不足怪。谭献《箧中词》评云："不嫌太尽。"

生查子

旅　夜

彭孙遹

薄醉不成乡[1]，转觉春寒重[2]。鸳枕有谁同[3]？夜夜和愁共。　　梦好却如真，事往翻如梦。起立悄无言，残月生西弄[4]。

◎ 注释

[1]"薄醉"句：唐王绩有《醉乡记》，必大醉才可深入醉乡，薄醉不过略有酒意，所以云"不成乡"。

[2]"转觉"句：大醉可以觉得体暖，小醉反有酒寒，所以觉得春寒也加重了。

[3]鸳枕：夫妇合衾之枕。

[4]弄：巷。

◎ 评析

　　上片写独醉孤眠时的愁，下片写入梦到梦醒后的情境。善用曲笔，一波三折。谭献《箧中词》评云："唐调。"

吴兆骞

（1631—1684）

字汉槎，江苏吴江人。顺治十四年丁酉（1657），参加江南乡试，中式为举人，以科场舞弊案，被仇人诬告牵连，次年赴北京复试，除名，流放宁古塔，十六年己亥（1659）出塞。在戍所二十余年。康熙二十年辛酉（1681）经纳兰性德、徐乾学、徐元文、顾贞观等为之醵金二千，以输少府佐将作，遂得循例放归。兆骞工诗，自称其师为吴伟业，传伟业法乳。出塞后所为诗词多写塞外风光及思乡情绪，凄怨中有悲壮。有《秋笳集》八卷。

念奴娇

家信至有感[1]

吴兆骞

牧羝沙碛[2]。待风鬟、唤作雨工行雨[3]。不是垂虹亭子上[4]，休盼绿杨烟缕。白苇烧残，黄榆吹落，也算相思树[5]。空题裂帛[6]，迢迢南北无路。　　消受水驿山程，灯昏被冷，梦里偏叨絮[7]。儿女心肠英雄泪，抵死偏萦离绪。锦字闺中[8]，琼枝海上[9]，辛苦随穷戍[10]。柴车冰雪[11]。七香金犊何处[12]？

◎ 注释

[1] 吴兆骞于顺治十六年到达宁古塔戍所后，师友及亲人，常在他怀念之中。十八年（1661）"二月，初一日，有家书一封"。（李兴盛《吴兆骞年谱》）这首词，当作于是时。

[2] "牧羝"句：牧羝：见屈大均《紫萸香慢·送雁》注。沙碛：沙漠。

[3] "风鬟"句：《太平广记》引《异闻集·柳毅》："风鬟雨鬓，所不忍睹。"又载柳毅于泾

083

阳遇洞庭龙君小女，牧羊于道上，毅问："吾不知子之牧羊，何所用哉？"女曰："非羊也，雨工也。""何为雨工？"曰："雷霆之类也。"时龙女为泾阳龙君所贬谪，托柳毅捎带书信至其父洞庭龙君处乞救。这里用雨工行雨典，有期待朝廷施恩放归之意。

[4] 垂虹亭：《吴郡图经续志》："吴江利往桥，庆历八年，县尉王廷坚所建也。东西千余尺，用木万计，萦以修阑，甃以净甓，前临具区，横截松陵。河光海气，荡漾一色。乃三吴之绝景也。……桥有亭曰垂虹。"

[5] 相思树：左思《吴都赋》："相思之树。"刘逵注："相思，大树也。……其实如珊瑚，历年不变，东冶有之。"

[6] 裂帛：撕裂布帛，于其上写信。《汉书·李广苏建传》："天子射上林中，得雁，足有系帛书，言武等在某泽中。"

[7] 叨絮：说话不停、不断。《董西厢》："叨叨的絮得人怎过？"《虎头牌》一折："为什么叨叨絮絮？"

[8] 锦字闺中：前秦苏蕙字若兰，织锦为回文诗，寄夫窦滔。《楚辞·离骚》："闺中既以邃远兮。"后人以妇女深居闺房之内为闺中。兆骞妻葛采真。顺治十八年，兆骞友徐元文，有书寄兆骞，告知葛氏将来戍所与兆骞同住。但写这词时，葛氏尚在家。盖康熙元年（1662）"春，葛氏采真自吴江启行至京师，赴刑部，准备出塞"（李兴盛《吴兆骞年谱》）也。其后康熙二年（1663），始到宁古塔。

[9] 琼枝海上：《楚辞·离骚》："折琼枝以为羞兮。"王逸注："琼树生昆仑流沙滨……其华食之长生。"这里琼枝代指书信，与上句意同。李端《长安书寄薛戴》："千里寄琼枝，梦寐青山郭。"海上，指宁古塔戍地，这词屡用《汉书》苏武事，苏武居北海上牧羝，见屈大均《紫萸香慢·送雁》注。宁古塔亦北方极远穷边之地，近鱼皮岛，故这词亦称之为海上。琼枝海上，家信到达戍地也。

[10] "辛苦"句：穷戍：穷荒戍所。随穷戍：谓家信及寄诗，常随着我在戍地。

[11] 柴车：粗陋的车。冰雪：《研堂见闻杂记》："宁古塔在辽东极北……其地重冰积雪，非复世界。"

[12] 七香金犊：曹操《与太尉杨彪书》："今赠足下画轮四望通幰七香车一乘。"韦庄《延兴门外作》："芳草五陵道，美人金犊车。"古人用牛拉车，金犊，指毛色金黄之牛。这句谓闺人所乘华丽之车，不知在何处。

◎ 评析

这首慢词，上片以塞北沙漠，白苇已经烧残，黄榆且复吹落的荒寒境界，与江南垂虹亭、绿杨丝、相思树相对照，而以南北分隔，寄书迢承上启下。下片通过怀人梦、闺中书的抒情，柴车和金犊的对照，表达了缠绵悱恻的柔情。在全首中，对雨工行雨的期待，沙碛处境的危苦，抑塞磊落地作了尽情的倾诉。"儿女心肠英雄泪"，请即以此语评此词。

✤ 吴文柔
（1638? —?）

字昭质，江苏吴江人。吴兆骞妹，行七，与兆骞为同母侧室李氏所生。杨焯（字俊三、杨维斗之子）室。顺治十年（1653）焯病逝，寡居以终。康熙元年（1662），其嫂葛采真北行赴刑部，文柔跋涉长途陪同至北京，龚鼎孳誉为"缟綦义烈"，顾贞观填《声声慢》词以颂之。文柔工诗，尤擅填词。有《桐听词》。

谒金门

寄汉槎兄塞外[1]

吴文柔

情恻恻[2]，谁遣雁行南北[3]？惨淡云迷关塞黑[4]，那知春草色[5]。　　细雨花飞绣陌，又是去年寒食。[6]啼断子规无气力，欲归归未得。[7]

◎ 注释

[1] 见吴兆骞小传。

[2] 恻恻：悲伤貌。杜甫《梦李白》："死别已吞声，生别常恻恻。"

[3] 雁行：《礼记·王制》："兄之齿雁行。"谓兄弟出行，弟在兄后。群雁相次飞行有行列，故云雁行。

[4] 关塞黑：杜甫《梦李白》："魂来枫林青，魂返关塞黑。"

[5] 那知春草色：江淹《别赋》："春草碧色，春水绿波，送君南浦，伤如之何！"这句谓塞外阴沉，怎能知江南春色。

[6]"细雨"二句：绣陌：指江南陌上，美如锦绣。寒食：见沈谦《东风无力·南楼春望》注。

[7]"啼断"二句：子规啼声为"不如归去"，故这里说子规用尽力气唤汉槎南归，而汉槎无法归来。

◎ 评析

这首小令，婉转而又劲直地抒发了怀兄之情，为历来女词人怀念兄弟之作所未有。"谁遣雁行南北"，矛头直指清统治者。

✤ 王士禛
（1634—1711）

字子真，一字贻上，号阮亭，又号渔洋山人，山东新城人。顺治十五年（1658）进士，由扬州推官累官至刑部尚书，谥文简。士禛少年时为钱谦益所称赏，康熙时继钱谦益而主盟诗坛。论诗创神韵说，影响直到乾、嘉年代。以余力填词，特长小令。唐允甲《衍波词序》云："贻上束其鸿博淹雅之才，作为《花间》隽语，极哀艳之深情，穷倩盼之逸致。"陈廷焯《白雨斋词话》云："渔洋小令，能以风韵胜，仍是做七绝惯技耳。然自是大雅，但少沉郁顿挫之致。渔洋词含蓄有味，但不能沉厚，盖含蓄之意境浅，沉厚之根柢深也。"朱祖谋《望江南·杂题我朝诸名家词集后》题阮亭词云："消魂极，绝代阮亭诗。见说绿杨城郭畔，游人争唱冶春词。把笔尽凄迷。"著有《带经堂集》。词集单行刻本名《衍波词》《阮亭诗余》。

浣溪沙（二首）

王士禛

红桥[1]同籜庵、茶村、伯玑、其年、秋崖赋[2]

北郭青溪一带流，红桥风物眼中秋。绿杨城郭是扬州。　　西望雷塘何处是[3]？香魂零落使人愁。澹烟芳草旧迷楼[4]。

白鸟朱荷引画桡[5]，垂杨影里见红桥。欲寻往事已魂销。　　遥指平山山外路[6]，断鸿无数水迢迢[7]。新愁分付广陵潮[8]。

◎ 注释

[1] 红桥：见杜濬《浣溪沙·红桥纪事》注。王士禛《红桥游记》："出镇淮门，循小秦淮而北，陂岸起伏多态，竹木蓊郁，清流映带。人家多因水为园亭树石。溪塘幽窃而明瑟，颇尽四时之美。挐小艇，循河西北行，林木尽处，有桥，宛然如垂虹下饮于涧，又如丽人靓妆袨服，流照明镜中，所谓红桥也。游人登平山堂，率至法海寺舍舟而陆，径必出红桥下。桥四面皆人家荷塘，六七月间，菡萏作花，香闻数里，青帘白舫，络绎如织，良谓胜游矣。予数往来北郭，必过红桥，顾而乐之。登桥四望，忽复徘徊感叹。当哀乐之交乘于中，往往不能自喻其故。王、谢冶城之语，景、晏牛山之悲，今之视昔，亦有怨耶？壬寅季夏之望，与籜庵、茶村、伯玑诸子倚歌而和之。籜庵继成一章，予亦属和。嗟乎！丝竹陶写，何必中年？山水清音，自成佳话。予与诸子聚散不恒，良会未易遘，而红桥之名，或反因诸子而得传于后世，增怀古凭吊者之徘徊感叹，如予今日，未可知也。"

[2] 籜庵：袁于令号，吴县（今苏州）人，诸生，著《西楼记》等传奇。茶村：见杜濬小传。伯玑：陈允衡字，江西南昌人。诗人，曾刻《诗慰》等书。有《宝琴馆集》。其年：见陈维崧传。秋崖：朱克生字，江苏宝应人，家有环溪别业。

[3] 雷塘：在扬州西北，汉之雷陂。唐武德五年（622），改葬隋炀帝于雷陂南平冈上，雷塘至宋代已湮废。杜牧《扬州》诗："炀帝雷塘土，迷藏有旧楼。"

[4] 迷楼：《古今诗话》："炀帝时，新宫既成，帝幸之，曰：'使真仙游此，亦当自迷。'乃名迷楼。"故址在今扬州西北。

[5] 白鸟：指白鸥。画桡：船桨之画有花纹者。

[6] 平山：见杜濬《浣溪沙·红桥纪事》注。

[7] 水迢迢：杜牧《寄扬州韩绰判官》："青山隐隐水迢迢。"

[8] 广陵潮：广陵，即今扬州。《古长干曲》："妾家扬子住，便弄广陵潮。"

◉ 评析

　　二词俱写扬州红桥一带风景，"绿杨城郭是扬州"，名句传诵一代。吊古之余，又杂以新愁。所谓新愁，国事则郑成功进军长江后至写词的康熙元年壬寅（1662）夏之间江南北一带的动荡局势，断鸿，哀鸿满地之谓。个人则与同游诸友有"聚散不恒"之感。谭献《箧中词》评云："第一首名贵，第二首风人之旨。"

蝶恋花

和《漱玉词》[1]

王士禛

凉夜沉沉花漏冻[2]，欹枕无眠，渐觉荒鸡动[3]。此际闲愁郎不共，月移窗罅春寒重[4]。　　忆共锦绸无半缝[5]，郎似桐花，妾似桐花凤。[6] 往事迢迢徒入梦，银筝断绝连珠弄[7]。

◉ 注释

[1]《漱玉词》：宋李清照词集名。此词是和《漱玉词》中的《蝶恋花》"暖雨晴风初破冻"词韵之作。

[2] 花漏：漏，古代计时器。《翻译名义集》："远公（慧远）之门，有僧慧要，患山中无刻漏，乃于水上立十二时芙蓉，因波而轮，以定十二时，晷景无差，今曰远公莲花漏是也。"

[3] 荒鸡：《晋书·祖逖传》："与司空刘琨，俱为司州主簿，情好绸缪，共被同寝，中夜闻荒鸡鸣，蹴琨觉曰：'此非恶声也。'因起舞。"胡侍《真珠船》："余谓凡鸡夜鸣不时，

皆谓之荒。"周亮工《因树书屋书影》："古以三更前鸡鸣为荒鸡。"

[4] 犟：见陈维崧《贺新郎·五人之墓，再用前韵》注。

[5] "忆共"句：锦绸：锦被。《乐府·合欢诗》："寝共无缝裯。"

[6] "郎似"二句：李德裕《书桐花凤扇赋序》："成都夹岷江玑岸，多植紫桐，每至春暮，有灵禽五色，来集桐花，以饮朝露，谓之桐花凤。"伊世珍《瑯嬛记》："桐花凤小于玄鸟，春暮来集桐花。"

[7] "银筝"句：银筝：见朱彝尊《迈陂塘·题其年填词图》注。连珠弄：曲名。河间杂弄有此曲。

◎ 评析

　　这首艳词，描绘女人独守空闺苦思郎君的情态，谭献《箧中词》评云："深于梁、陈。"

点绛唇

春　词

王士禛

水满春塘，柳绵又蘸黄金缕^[1]。燕儿来去，阵阵梨花雨。　　情似黄丝，历乱难成绪。^[2]凝眸处，白蘋红树，不见西洲路^[3]。

◎ 注释

[1] 黄金缕：见李雯《浪淘沙·杨花》注。

[2] "情似"二句：鲍照《拟行路难》："剉檗染黄丝，黄丝历乱不可治。"

[3] "不见"句：古辞《西洲曲》："鸿飞满西洲，望郎上青楼。楼高望不见，尽日栏干头。"

◎ 评析

　　这首小令，是用李清照《点绛唇》的原韵所写，哀艳情盼，可以嗣响。绝代消魂王阮亭，诗词同颂。

曹贞吉
（1634—1698）

字升六，号实庵，山东安丘人。康熙三年甲辰（1664）进士，官礼部郎中，以疾辞湖广学政归里。诗格遒炼，为宋荦所推许。其论词谓"离而得合，乃为大家。若优孟衣冠，天壤间只生古人已足，何用有我？"（《珂雪词话》），自为词能副其所言。王炜《珂雪词序》云："珂雪词肮脏磊落，雄浑苍茫，是其本色，而语多奇气，悁恍傲睨，有不可一世之意。至其珠圆玉润，迷离哀怨，于缠绵款至中自具潇洒出尘之致，绚烂极而平淡生，不事雕镂，俱成妙诣。"陈廷焯《白雨斋词话》云："珂雪于国初诸老中，才力不逮朱、陈，而取径较正。"朱祖谋《望江南·杂题我朝诸名家词集后》题其词云："《留客住》，绝调《鹧鸪》篇。脱尽词流芜泽习，相高秋气对南山。骎度《衍波》前。"有《珂雪词》。

蝶恋花（十二首选一）

曹贞吉

读《六一集》十二月鼓子词[1]，嫌其过于富丽。吾辈为之，正不妨作酸馅语耳[2]。闲中试笔，即以故乡风物谱之。

五月黄云全覆地[3]。打麦场中，咿轧声齐起[4]。野老讴歌天籁耳[5]，那能略辨宫商字[6]。　　屋角槐阴耽美睡。梦到华胥[7]，蝴蝶翩翩矣[8]。客至夕阳留薄醉，冷淘饦馎穷家计[9]。

[1]《六一集》:《六一居士集》,宋欧阳修撰。

[2] 酸馅语:酸腐的话。《调疟编》载:苏轼赠惠通诗:"气含蔬笋到公无?"常语人曰:
"颇解蔬笋语否,为无酸馅气也。"

[3] 黄云:指麦子成熟时盖地的景象。王安石《自白上村入北寺诗》:"畦稼卧黄云。"高启
《打麦词》:"行割黄云随手断。"

[4] 咿轧:象声词。陆游《天竺晓行》:"笋舆咿轧水云间。"

[5] 讴歌:歌咏。《孟子·万章》:"讴歌者不讴歌尧之子而讴歌舜。"天籁:自然的声音。
《庄子·齐物论》:"汝闻人籁,而未闻地籁;汝闻地籁,而未闻天籁夫。"

[6] 宫商:古五音分宫、商、角、徵、羽。

[7] 华胥:《列子·黄帝》:"黄帝昼寝而梦游于华胥氏之国。其国无帅长,其民无嗜欲,不
知亲己,不知疏物,故无爱憎。"

[8] 蝴蝶翩翩:见王夫之《绮罗香·读邵康节遗事》注。

[9] 冷淘:食物名,过水面及凉面之类。王溥《唐会要·光禄寺》:"冬月,量造汤饼及黍
臛,夏月冷淘、粉粥。"饦馎:饼类食物。贾思勰《齐民要术》"饼"注:"饦馎,授大
如指许,二寸一断,著水盆中浸,宜以手向盆旁授使极薄,皆急火逐沸煮食。"欧阳修
《归田录》:"汤饼,唐人谓之不托,今俗谓之馎饦矣。"

◎ 评析

　　这首词写农村麦子丰收季节的情景。上片写打麦场上的打麦声、唱
歌声,一片闹腾。下片写个人悠闲的村居生活,与上片相对照。不雕
琢,不学古,但恰和苏轼、辛弃疾同类词风相近。

留客住

鹧　鸪[1]

曹贞吉

瘴云苦[2]!遍五溪[3]、沙明水碧[4],声声不断,只劝行
人休去[5]。行人今古如织,正复何事关卿,频寄语。空
祠废驿,便征衫难尽,马蹄难驻。　　风更雨,一发中原,

杳无望处。[6]万里炎荒，遮莫摧残毛羽[7]。记否越王春殿，宫女如花，只今惟剩汝？[8]子规声续，想江深月黑，低头臣甫。[9]

◉ 注释

[1]鹧鸪：《重修政和证类本草》："鹧鸪生江南，形似母鸡，鸣云钩辀格磔者是。"

[2]瘴云：南方山川湿热蒸郁之气。

[3]五溪：《水经注》："武陵有五溪，谓雄溪、构溪、无溪、酉溪、辰溪。"古时湖南西部及贵州北部一带，皆五溪地。

[4]沙明水碧：钱起《归雁》："潇湘何事等闲回？水碧沙明两岸苔。"

[5]"只劝"句：李时珍《本草纲目》："鹧鸪多对啼，今俗谓其鸣曰'行不得也，哥哥。'"

[6]"一发"二句：苏轼《澄迈驿通潮阁》："杳杳天低鹘没处，青山一发是中原。"

[7]遮莫：什么、莫要。

[8]"记否"三句：李白《越中怀古》："越王勾践破吴归，战士还家尽锦衣，宫女如花满春殿；只今惟有鹧鸪飞。"

[9]杜甫《杜鹃》："我见常再拜，重是古帝魂。"传说杜鹃为古代蜀国望帝之魂所化。杜甫诗中常自称"臣甫"，如《北征》："臣甫愤所切。"

◉ 评析

这首词，借鹧鸪起兴，为吊南明桂王而作。作者于康熙三年（1664）举进士，入仕清廷，其年已三十一岁。这词当作于康熙元年壬寅（1662）桂王被害于云南之后，未应试之时。词中写鹧鸪是南方之鸟，"五溪""沙明水碧""一发中原"诸语，指南方桂王所曾统治的地区。万里炎荒，摧残毛羽，是指桂王入缅，最后被送交吴三桂而殉国。寄托非常明显。歇拍表示了作者故国之思。谭献《箧中词》评曰："投荒念乱之感。"

满庭芳

和人潼关^[1]

曹贞吉

太华垂旒^[2]，黄河喷雪，咸秦百二重城^[3]。危楼千尺^[4]，刁斗静无声^[5]。落日红旗半卷^[6]，秋马急，牧马悲鸣^[7]。闲凭吊，兴亡满眼，衰草汉诸陵^[8]。　　泥丸封未得^[9]，渔阳鼙鼓，响入华清。^[10]早平安烽火^[11]，不到西京^[12]。自古王公设险^[13]，终难恃、带砺之形^[14]。何年月，铲平斥堠^[15]，如掌看春耕^[16]。

◉ 注释

[1] 潼关：关在陕西，东汉建安中建，西薄华山，北距黄河，形势险要。

[2] "太华"句：太华：西岳华山。华，去声。在潼关之西。垂旒：王冠前的垂玉。此以状远望华山之形。

[3] "咸秦"句：秦都咸阳，故称陕西为咸秦。《史记·高祖本纪》："秦形胜之国，带山河之险，悬隔千里，持戟百万，秦得百二焉。"《集解》："苏林曰：得百中之二焉。秦地险固，二万人足当诸侯百万人也。"重城，内外城。

[4] 危楼：高楼。指潼关的城楼。

[5] 刁斗：古行军用具，以铜为之，昼以煮饭，夜击之，以警众报时。

[6] 红旗半卷：王昌龄《从军行》："红旗半卷出辕门。"

[7] "牧马"句：苏武《答李陵书》："牧马悲鸣。"

[8] 汉诸陵：见朱彝尊《解佩令·自题词集》注。

[9] "泥丸"句：《东观汉记》："隗嚣将王元说嚣曰：'……元请以一丸泥，为大王东封函谷关。'"

[10] "渔阳"二句：白居易《长恨歌》："渔阳鼙鼓动地来，惊破霓裳羽衣曲。"又："春寒赐浴华清池。"《新唐书·地理志》："蓟州渔阳郡下，开元十八年析幽州置。"华清，宫名，有华清池，在临潼骊山。

[11] 平安烽火：《唐六典》："镇戍每日初夜，放烟一炬，谓之平安火。"周煇《清波杂志》："沿江烽火台，每日平安，即于发更时举火一把；每夜平安，即于次日平明举烟一把。

缓急盗贼，不拘时候，日则举烟，夜则举火，各三把。"

[12] 西京：指长安。

[13] 设险：《易·坎》："王公设险以守其国。"

[14] 带砺之形：《史记·高祖功臣侯者年表》："封爵之誓曰：'使河如带，泰山若厉，国以永宁，爰及苗裔。'《集解》：'应劭曰：封爵之誓，国家欲使功臣传祚无穷。带，衣带也；厉，砥石也。河当何时如衣带，山当何时如厉石，言如带厉，国乃绝耳。'"

[15] 斥堠：《书·禹贡》："五百里侯服。"孔安国传："侯，候也，斥候而服事。"孔颖达《正义》："斥候，谓检行险阻，伺候盗贼。"《史记·李将军列传》："然亦远斥候，未尝遇害。"《索隐》："许慎《淮南》云：'斥，度也。候，视也，望也。'"堠，同候。

[16] 如掌：杜甫《乐游园歌》："秦川对酒平如掌。"

◎ 评析

　　潼关，陕西东部门户，而这词所写，由潼关扩展到以长安为代表的全秦。是借凭吊古迹以反映时事。自清统治者入主中国，明遗臣孙守法、王光恩、武大定、贺珍等起兵兴安、汉中，屡破农民军，克凤翔，窥西安，受南明唐王封爵，关中响应。顺治三年（1646）春，清任肃亲王豪格及平西王吴三桂以川陕军务，豪格以三月至西安，总督及都统已收定若干州县，五月，豪格进军汉中。顺治五年（1648），明参将王永强据延安，明故官李虞庆、白璋、张万全等据潼关等地。六年（1649），吴三桂自汉中北上，败王永强于同官。陕西略定。康熙十三年（1674），陕西降将王辅臣响应吴三桂之变，起兵陕西，任三桂之陕西东路总督，与清军作战相持至十五年（1676）始败降。陕西平定，自应有许多善后工作要做，这词歇拍，期待春耕，即杜甫《洗兵马》诗"安得壮士挽天河，净洗甲兵长不用"的用意。作者写词时，年已在四十岁以后，出仕清廷，也已经十二年了。故凭吊兴亡处，只用"衰草汉诸陵"借指明王朝，沧桑之感，淡淡着笔，不同于遗民口吻。词笔"雄浑苍茫，是其本色"，诚如王炜的总评。

贺新凉

再赠柳敬亭[1]

曹贞吉

咄汝青衫叟[2]！阅浮生、繁华萧瑟，白衣苍狗[3]。六代
风流归抵撑[4]，舌下涛飞山走[5]。似易水、歌声听久[6]。
试问于今真姓字，但回头笑指芜城柳。[7]休暂住，谭天
口[8]。　　当年处仲东来后[9]。断江流、楼船铁锁[10]，
落星如斗[11]。七十九年尘土梦[12]，才向青门沽酒[13]。更
谁是、嘉荣旧友[14]？天宝琵琶宫监在[15]，诉江潭憔悴人
知否[16]？今昔恨，一搔首！

◎ 注释

[1] 柳敬亭：见龚鼎孳《贺新凉·和曹实庵舍人赠柳叟敬亭》注。考吴伟业曾为《柳敬亭
传》，吴死于康熙十年（1671），龚词即次贞吉此词韵。龚死于康熙十二年（1673），而
能次贞吉此词之韵，则此词之作，当早在康熙十年以前。

[2] 青衫：犹言青衣，卑贱者之服，或称青裳。不同于唐制文官八品九品之官服。

[3] 白衣苍狗：比喻世事变幻无常。杜甫《可叹》："天上浮云如白衣，斯须改变如苍狗。
古往今来共一时，人生万事无不有。"

[4] "六代"句：六代：见归庄《锦堂春·燕子矶》注。抵撑：《战国策·秦策》："抵掌
而谈。"

[5] "舌下"句：黄宗羲《柳敬亭传》："每发一声，使人闻之，或如刀剑铁骑，飒然浮空，
或如风号雨泣，鸟悲兽骇。亡国之恨顿生，檀板之声无色。"

[6] 易水歌：见陈维崧《南乡子·邢州道上作》注。

[7] "试问"二句：黄宗羲《柳敬亭传》："柳敬亭者，扬之泰州人。本姓曹，年十五，犷
悍无赖，犯法当死，变姓柳，之盱眙市，为人说书。"按：清泰州县属扬州府，鲍照有
《芜城赋》，芜城，清之扬州，故此云"芜城柳"，扬州以杨柳著称，见王士祯《浣溪沙》
第一首。

[8] 谭天口：《史记·孟子荀卿列传》："邹衍之术迂大而闳辨……故齐人颂曰：'谈天衍
（邹衍）……'"

[9] 处仲东来:《晋书·王敦传》:"王敦,字处仲。""寻加荆州牧……固辞州牧……听为刺史。时刘隗用事,颇疏间王氏。……初敦……既素有重名,又立大功于江左,专任阃外,手控强兵……遂欲专制朝廷,有问鼎之心。帝(元帝)畏而恶之。……帝乃以刘隗为镇北将军,戴若思为征西将军。悉发扬州奴为兵,外以讨胡,实御敦也。永昌元年(322)。敦率众内向,以诛隗为名。……敦至石头……王师败绩。此引五敦事借指左良玉举兵东下讨马、阮事,很切合。事见陈维崧《贺新郎·赠苏昆生》注。

[10] 楼船铁锁:见吴伟业《满江红·蒜山怀古》注。

[11] 落星如斗:《太平寰宇记》:"落星石在江州庐山东,周回一百五步高丈许。"左良玉东下时,至九江,呕血死,故用九江地名。兼用诸葛亮事以切其死,《三国志·蜀书·诸葛亮传》陈寿注:"《晋阳秋》曰:'有星赤而芒角,自东北西南流,投于亮营,三投再还,往大还小,俄而亮卒。'"

[12] 七十九年:指柳敬亭此时的年龄,以敬亭死于康熙十年前计算,其生盖早在明万历十八至二十年(1590—1592)间,故龚鼎孳和贞吉此词,首句即云"鹤发开元叟"也。

[13] 青门:《艺文类聚》:"《史记》曰:邵平故秦东陵侯,秦灭后为布衣,种瓜长安城东。种瓜有五色,甚美,故世谓之东陵瓜。又云青门瓜,青门,东陵也。"

[14] 嘉荣旧得:刘禹锡《与歌者米嘉荣》:"唱得凉州意外声,旧人唯数米嘉荣。"

[15] 天宝琵琶:元稹《连昌宫词》:"宫边老人为予言……夜半月高弦索鸣,贺老琵琶定场屋。"贺老,贺怀智,唐玄宗天宝时善弹琵琶的著名艺人。宫监在,犹元稹《行宫》诗所谓"白头宫女在,闲坐说玄宗"之意。借以指曾听柳敬亭说书的南明宫监。

[16] "诉江潭"句:庾信《枯树赋》:"昔年移柳,依依汉南;今看摇落,凄怆江潭。"用此典,暗切敬亭柳姓,并暗切敬亭旧客于武昌左良玉幕府。黄宗羲《柳敬亭传》:"无何,国变,宁南死,敬亭丧失其资略尽,贫困如故时,始复上街头理故业。"

◎ 评析

　　这词为柳敬亭写照,从敬亭"繁华萧瑟"的一生,"今昔恨"的对照着眼。上片写其昔时的得意,下片从左良玉之死,过渡到敬亭的沦落憔悴,歇拍总摄全首。比较龚鼎孳的和作,龚词沉郁苍凉,曹词疏宕开阖,各有特色,一时瑜、亮。

李良年
（1635—1694）

字武曾，浙江秀水（今并入嘉兴）人。少与朱彝尊齐名，又与兄绳远、弟符号"浙西三李"。以诸生游食四方。康熙十八年己未（1679）举博学鸿词，被摈落。徐乾学开书局于洞庭西山，聘任分修《大清一统志》。曹贞吉《秋锦山房词序》谓"秋锦论词，必尽扫蹊径，独露本色。尝谓南宋词人，如梦窗（吴文英）之密，玉田（张炎）之疏，必兼之乃工"。可见其宗尚。浙派初期，称为名家。有《秋锦山房词》。

暗　香

绿萼梅

李良年

春才几日，早数枝开遍，笑他红白。仙径曾逢，萼绿华来记相识[1]。修竹天寒翠倚[2]，翻认了、暗侵苔色[3]。纵一片、月底难寻，微晕怎消得？　　脉脉，清露湿。便静掩帘衣，夜香难隔。吴根旧宅[4]，篱角无言照溪侧[5]。只有楼边易坠[6]，又何处、短亭风笛[7]？归路杳，但梦绕、铜坑断碧[8]。

◎ 注释

[1] 萼绿华：《真诰》："萼绿华者，自云是南山人，不知是何山也。女子年可二十上下，青衣，颜色绝整，以升平三年十一月十日夜，降于羊权家，自此往来，一月辄六过来。"这里以女仙名字切绿萼梅，又词作于苏州，李商隐《无题》有"闻道闾门萼绿华……偷看吴王苑内花"之语，兼切其地。

[2] "修竹"句：见彭孙遹《柳梢青·感事》注。

[3] 苔色：姜夔《疏影》有"苔枝缀玉"句，苔梅为梅之名贵品种，苔色谓苔枝的颜色。

［4］吴根：指家乡秀水，春秋时吴越分界地。杜牧《昔事文皇帝三十二韵》："溪山侵越角，封壤尽吴根。"

［5］篱角无言：姜夔《疏影》："篱角黄昏，无言自倚修竹。"

［6］"只有"句：以石崇姬人绿珠坠楼事比喻花落，并切"绿"字。杜牧《金谷园》："日暮东风怨啼鸟，落花犹似坠楼人。"

［7］短亭风笛：短亭，古有长亭短亭，十里一长亭，五里一短亭，离别处所。郭茂倩《乐府诗集》："梅花落，本笛中曲也。"

［8］铜坑：山名，在江苏吴县（今苏州）光福之西南，为梅花著名胜地。断碧：指青山。

◉ 评析

　　这是咏物词，但兼怀人之意。写梅花处，高雅脱俗；抒情处，隐约含蓄，此中有人，呼之欲出。言"吴根旧宅"，谓秀水旧宅。前用萼绿华事，后用绿珠事，这两事一般不用于夫妇，似作者在乡有相爱的人。词用"铜坑"，知作于苏州，殆即写于作客徐乾学洞庭书局之时。归路杳，指归乡的路遥隔，只能梦绕于铜坑梅花间，故用"但"字作转笔。《暗香》《疏影》，是姜夔咏梅所创的词调，浙派词人，瓣香姜氏，故李词亦用《暗香》调。谭献《箧中词》评云："白石故以幽胜。"即刘熙载《艺概》评姜词所谓"幽韵冷香"。

✿ 顾贞观
(1637—1714)

字华峰，号梁汾，江苏无锡人。康熙十一年壬子（1672）举人，官内阁中书。曾馆纳兰明珠家，与其子性德交契。工诗，清微婉笃，上追韦应物、柳宗元。而世特传其词。尝云："吾词独不落宋人圈缋，可信必传。"取《华严经》弥勒弹指，楼阁门开之义，自名其词集。其词有传至朝鲜者。杜诏《弹指词序》云："弹指与竹垞、迦陵垺名。……弹指则极情之致，出入南北两宋，而奄有众长，词之集大成者也。"陈廷焯《白雨斋词话》云："顾华峰词，全以情胜，是高人一著处。至其用笔，亦甚圆朗，然不悟沉郁之妙，终非上乘。"

青玉案

顾贞观

天然一幰荆关画[1]，谁打稿，斜阳下？历历水残山剩也[2]！乱鸦千点，落鸿孤咽，中有渔樵话。　　登临我亦悲秋者[3]，向蔓草平原泪盈把。自古有情终不化。青娥冢上，东风野火，[4]烧出鸳鸯瓦[5]。

◎ 注释

[1]"天然"句：幰：《广韵·四十三映》："幰，开张画缯也。出《文字指归》。"荆：唐末人；关：五代人。郭若虚《图画见闻志》："荆浩，河内人，博雅好古，善画山水，自撰《山水诀》一卷。……关全北面事之。"又："关全，长安人，工画山水，学从荆浩，有出蓝之美，驰名当代，无敢分庭。"

[2]"历历"句：杜甫《陪郑广文游何将军山林》："剩水沧江破，残山碣石开。"这里变换用之。

[3]"登临"句：《楚辞·九辨》："悲哉秋之为气也……登山临水兮送将归。"

[4]"青娥冢上"二句：《归州图经》："胡中多白草，王昭君冢独青，号曰青冢。"这里青娥借用，泛指女子。白居易《赋得古原草送别》："离离原上草，一岁一枯荣。野火烧不尽，春风吹又生。"

[5]鸳鸯瓦：白居易《长恨歌》："鸳鸯瓦冷霜华重，翡翠衾寒谁与共。"屋瓦一俯一仰扣合在一起叫鸳鸯瓦。

◎ 评析

这词疏朗之中，含悲凉之思。打稿在斜阳之下，意指已没落沦亡的王朝，水残山剩，蔓草平原，都是凭吊沧桑的话。南明桂王朝覆亡时，作者已二十五岁，后又旅途"阅遍战垒遗屯"（《石州慢》），不能无"泪盈把"的伤感。

石州慢

御河为漕艘所阻[1]

顾贞观

一月长河，奈阻崎岖，玉京犹隔[2]。满身风露，夜寒谁问，扣舷孤客[3]。不如归去，从教锦缆牙樯[4]，钓丝莫负秋江碧。何事访支机？悔乘槎踪迹。[5]　　凄绝！无端阅遍，战垒遗屯，邮亭败壁[6]。只得几行宫柳，似曾相识[7]。琵琶响断，那须月落回船，曲终始下青衫滴。[8]晓镜待重看，有霜华堪织[9]。

◎ 注释

[1]御河：运河，旧时北行的水道。漕艘：官家的运粮船只。艘，本是量词，此指船。

[2]玉京：《魏书·释老志》："上处玉京，为神王之宗。"本指天上仙都，代指京都，唐卢储《催妆》诗："昔年将去玉京游，第一仙人许状头。"

[3] 扣舷：拍着船舷。

[4] 锦缆牙樯：杜甫《秋兴》："锦缆牙樯起白鸥。"

[5] "何事"二句：《太平御览》引《集林》："昔有一人寻河源，见妇人浣纱，以问之，曰：'此天河也。'乃与一石而归。问严君平，曰：'此织女支机石也。'"寻河源上天河之人，乃乘槎者，见王夫之《绮罗香·读邵康节遗事》注。

[6] 邮亭：邮，驿舍。《说文》："邮，境上行书舍。"《汉书·薛宣传》："桥梁邮亭不修。"

[7] "似曾"句：晏殊《浣溪沙》："似曾相识燕归来。"

[8] "琵琶"三句：白居易《琵琶行》："浔阳江头夜送客……别时茫茫江浸月。忽闻水上琵琶声，主人忘归客不发。寻声暗问弹者谁，琵琶声停欲语迟。移船相近邀相见。……转轴拨弦三两声，未成曲调先有情。弦弦掩抑声声思，似诉平生不得意。低眉信手续续弹，说尽心中无限事。……曲终收拨当心画，四弦一声如裂帛。东舟西舫悄无言。唯见江心秋月白。……却坐促弦弦转急……满座重闻皆掩泣。座中泣下谁最多？江州司马青衫湿。"

[9] 霜华：白发如霜。堪织：谓白发之多。

◎ 评析

　　明清江南士人赴京应试，水行必取道运河。这词大概是作者北上应试途中所作。字里行间，对科举已有厌倦之情。旅途所经，不特是接触到邮亭败壁的凄凉，更难忘战垒遗屯的故国之思，那是清兵南下以来，历历战斗的遗迹。似曾相识的宫柳，当然也是前代的东西了。所以这词写身世之感中，也透露着一些沧桑之恨。谭献《箧中词》评，则说是"贫士失职"。

夜行船

郁孤台[1]

顾贞观

　　为问郁然孤峙者，有谁来、雪天月夜？五岭南横[2]，七闽东距[3]，终古江山如画[4]。　　百感茫茫交集也[5]！憺忘归[6]、夕阳西挂。尔许雄心[7]，无端客泪，一十八滩头流下[8]。

◎ 注释

[1] 郁孤台：在江西赣州西北隅的田螺岭。建于唐广德至大历年间。隆阜郁然孤峙，故名。南宋绍兴十七年（1147）增建二台，南曰郁孤，北曰望阙。后屡废屡建。

[2] 五岭：在两广。《裴氏广州记》："大庾、始安、临贺、桂阳、揭阳，是为五岭。"

[3] 七闽：《周礼·职方氏》贾公彦疏：叔熊避难于濮蛮，随其俗，后分为七种，故谓之七闽。今福建及浙江的温州、台州。

[4] 江山如画：苏轼《念奴娇·赤壁怀古》"江山如画，一时多少豪杰"。

[5] "百感"句：《世说新语·言语》："卫洗马（玠）初欲渡江，形神惨悴，语左右云：'见此芒芒，不觉百端交集。苟未免有情，亦复谁能遣此！'"芒芒，同茫茫。

[6] 憺忘归：憺，安。《楚辞·九歌·东君》："观者憺兮忘归。"又《山鬼》："留灵修兮憺忘归。"

[7] 尔许：如许。

[8] 一十八滩：江西赣江流经赣县、万安县境，有滩十八，水流湍险。

◎ 评析

　　这词上片写郁孤台形势景物，境界开阔。下片即景抒情，雄心与客泪交错，所以云百感交集。足以嗣响辛弃疾《菩萨蛮·书江西造口壁》名作。

金缕曲（二首）

顾贞观

　　寄吴汉槎宁古塔，以词代书，丙辰冬寓京师千佛寺冰雪中作[1]。季子平安否[2]？便归来、平生万事，那堪回首？行路悠悠谁慰藉[3]？母老家贫子幼[4]。记不起、从前杯酒[5]。魑魅搏人应见惯[6]，总输他、覆雨翻云手[7]。冰与雪，周旋久。　　泪痕莫滴牛衣透[8]。数天涯、依然骨肉[9]，几家能够？比似红颜多命薄，更不如今还有。[10] 只绝塞、苦寒难受[11]。廿载包胥承一诺[12]，盼乌头马角终相救[13]。置此札，君怀袖。[14]

我亦飘零久。十年来，深恩负尽，死生师友。宿昔齐名非忝窃[15]，试看杜陵消瘦[16]，曾不减、夜郎僝僽[17]。薄命长辞知己别[18]，问人生、到此凄凉否[19]？千万恨，为君剖。 兄生辛未吾丁丑[20]。共些时、冰霜摧折，早衰蒲柳。[21] 词赋从今须少作[22]，留取心魂相守。但愿得、河清人寿[23]。归日急翻行戍稿[24]，把空名料理传身后[25]。言不尽，观顿首。

　　二词容若见之[26]，为泣下数行，曰："河梁生别之诗[27]，山阳死友之传[28]，得此而三。此事三千六百日中，弟当以身任之，不俟兄再嘱也。"余曰："人寿几何？请以五载为期[29]。"恳之太傅[30]，亦蒙见许，而汉槎果以辛酉入关矣[31]。附书志感，兼志痛云。

◎ 注释

[1] 吴汉槎：见吴兆骞小传。宁古塔：地名，满语，宁古为六，塔为个，宁古塔即六个之意。此名称最早出现于明万历三十六年（1608），当时努尔哈赤已在此设防。顺治十六年（1659），巴海镇守此地，统辖黑龙江地区。康熙元年（1662）改为宁古塔将军。将军治所原设于石城（今黑龙江海林），康熙五年（1666）改徙新城（今宁安）。丙辰：康熙十五年（1676）。千佛寺：北京戒坛寺有千佛阁，故名。寺在北京门头沟区马鞍山，距市区七十里。唐武德五年（622）建，后多次重修，千佛阁今已拆除。贞观这首词，是康熙十五年十二月托苗焦冥（名君稷，字有郗，昌平人。道士，居盛京之三官庙）所寄，并在词后附一短束。内云："塞外恐未必有词谱，望我汉槎之暇，按调为之，便中寄我。万里唱酬，真词场佳话也！"见《秋笳余韵》卷上。

[2] 季子：伯、仲、叔、季，旧时称兄弟排行列之一至四，兆骞行四，故称之为季子。李兴盛《吴兆骞年谱》云："父名晋锡。晋锡子女共八人。先娶沈氏，生长子兆宽（弘人）、次子兆宫（闻夏）。沈氏卒，继娶杜氏，生五子兆宜（显令）。复娶侧室李氏，生

四子兆骞、六子兆宸、七女文柔（昭质），八子兆穹。其三子，可能生而即殇。"春秋吴季札称"延陵季子"，兆骞姓吴，故又用季札之称谓之。吴伟业有《悲歌赠吴季子》诗。

[3] 悠悠：众多、随波逐流。《史记·孔子世家》："悠悠者，天下皆是也。"慰藉：《后汉书·隗嚣传》："所以慰藉之良厚。"李贤注："慰，安也，藉，荐也，言安慰而荐藉之。"

[4] 母老：继母杜氏，生母李氏。子幼：李兴盛《吴兆骞年谱》："子女四人，子桭臣（南荣）。长女、次女生于吴江县，三女、四女生于塞外。"按《年谱》，兆骞结婚在顺治六年（1649），顺治十五年吴晋锡寄兆骞书，有"汝大女已读书"之语，则其他子女在出塞前年尚幼。而自出塞至康熙十五年，已隔十八年，出塞前生子女，已皆长大，幼小者塞外所生两女耳。词语盖泛言之。

[5] 杯酒：司马迁《报任安书》："未尝衔杯酒，接殷勤之余欢。"鲍照《代雉朝飞》："握君手，执杯酒，意气相倾死何有。"

[6] 魑魅搏人：杜甫《天末怀李白》："文章憎命达，魑魅喜人过。"这里指兆骞科场一案，为仇人所诬陷事。其父认为是"仇人一纸谤书"（《归来草堂尺牍》）所致。其子吴桭臣《秋笳集跋》认为是"为仇家所中，遂至遣戍宁古。"康熙年间三次所修之《吴江县志》均谓其"遭谣诼之祸"。吴兆骞寄父书谓："我遭文、昌贼奴陷害，家破人离……""昌、发二贼，因文社恨儿，遂乘机构毒。"（《归来草堂尺牍》）其具体之人，则翁广平认为："有吴超士者，汉槎族属也。自谓有才，而厌于汉槎。又，汉槎弱冠时，与两兄弘人、闻夏入慎交社，而超士不得与，心衔之。至是，科场事起，超士遂以汉槎告当事。汉槎乃与弘人、闻夏同系狱。"（《秋笳余韵》附录）而邓之诚《清诗纪事初编》则谓兆骞"稍长，与慎交社昌目，与同声社章在兹、王发，争操选政有隙。顺治十六年罹科场之狱，遣戍宁古塔，章、王所告发也。"考同声社发起人为章在兹，名素文，佐之者为王发，按之兆骞所云"文、昌贼奴""昌、发二贼"，邓说可信，唯昌贼未详何人耳。

[7] 覆雨翻云手：杜甫《贫交行》："翻手作云覆手雨，纷纷轻薄何须数！"比喻反复无常。

[8] "泪痕"句：《汉书·王章传》："初，章为诸生，学长安，独与妻居。章疾病，无被，卧牛衣中，与妻决，涕泣。"颜师古注："牛衣，编乱麻为之，即今俗呼为龙具者。"

[9] 天涯依然骨肉：兆骞妻葛采真于康熙二年（1663）到宁古塔，随兆骞居戍所，在塞外生二女。详吴兆骞《念奴娇·家信至有感》注。

[10] "比似"二句：谓当时因文字狱而遭祸者，不在少数。

[11] 绝塞苦寒难受：吴兆骞《与计甫草书》："塞外苦寒，四时冰雪。陶陶孟夏，犹着敝裘。身是南人，何能堪此。每当穷庐夜起，服匿晨持，鸣镝呼风，哀笳带雪，萧条一望，泪下沾衣。"见《秋笳集》。

[12] 包胥：申包胥，春秋时楚国大夫。《史记·伍子胥列传》："始伍员与申包胥为交，员之亡也，谓包胥曰：'我必覆楚。'包胥曰：'我必存之。'及吴兵入郢……于是申包胥走秦，告急求救于秦，秦不许，包胥立于秦廷，昼夜哭，七日七夜，不绝其声。秦哀公

104

怜之……乃遣车五百乘救楚击吴。"诺：许诺。

[13] 乌头马角：《史记·刺客列传》："太史公曰：世言荆轲，其称太子丹之命，'天雨粟，马生角'也，太过。"《索隐》："丹求归，秦王曰：'乌头白，马生角，乃许耳。'"

[14] "置此"二句：《古诗十九首》："客从远方来，遗我一书札。上言长相思，下言久离别。置书怀袖中，三岁字不灭。"

[15] "宿昔"句：《感旧集》引顾震沧云："贞观幼有异才，能诗，尤工乐府。少与吴江吴兆骞齐名。"李兴盛《吴兆骞年谱》："顺治十一年甲午（1654），二十四岁。春，与顾贞观结识。"自注："张廷济《秋笳余韵》卷上顾贞观书。"

[16] 杜陵消瘦：杜陵，指杜甫。杜甫《自京赴奉先县咏怀五百字》："杜陵有布衣，老大意转拙。"又《醉时歌》："杜陵野客人更嗤，被褐短窄鬓如丝。"又《喜达行在所》："所亲惊老瘦，辛苦赋中来。"这句作者自指。

[17] 夜郎僝僽：《旧唐书·文苑·李白传》："禄山之乱，玄宗幸蜀，在途以永王璘为江淮兵马都督扬州节度大使。白在宣州谒见，遂辟从事。永王谋乱兵败，白坐长流夜郎，后遇赦得还。"僝僽，有烦愁、苦恼、折磨诸义，宋、元人常用语，周紫芝《宴桃源》词："方寸不禁僝僽。"《罗李郎》三折："许多时离乡背井，将你来僝僽死。"这句指吴兆骞。

[18] "薄命"句：顾贞观《弹指词》有《金缕曲·悼亡》一首，编次在这二首之后，知为同时。知己别，指与兆骞远别。

[19] "人生"句：江淹《恨赋》："人生到此，天道宁论。"

[20] "兄生"句：辛未，明崇祯四年（1631）。丁丑，明崇祯十年（1637）。

[21] "共些时"二句：些：量词，表示不定的数量。《世说新语·言语》："顾悦与简文同年，而发早白。简文曰：'卿何以先白？'对曰：'蒲柳之姿，望秋而落；松柏之质，经霜弥茂。'"本年顾贞观四十岁，吴兆骞四十六岁。顾贞观《金缕曲·丙午生日自寿》云："三十成名身已老。"兆骞寄贞观书亦有"弟年来摇落特甚，双鬓渐星"之语。

[22] "词赋"句：兆骞工词，兼擅赋，"童时作《胆赋》，累千余言"。（见李元度《国朝先正事略》）又有《秋雪赋》《羁鹤赋》《兰赋》《萍赋》《长白山赋》等。

[23] 河清人寿：王嘉《拾遗记》："黄河千年一清，至圣之君，以为大瑞。"《左传·襄公八年》："俟河之清，人寿几何。"

[24] 行戍稿：指兆骞在黑龙江戍所所写之稿。今传世者为《秋笳集》八卷。

[25] "空名"句：杜甫《梦李白》："千秋万岁名，寂寞身后事。"

[26] 容若：纳兰性德之字，见后纳兰性德小传。

[27] "河梁"句：见屈大均《紫萸香慢·送雁》注。

[28] 山阳死友：向秀《思旧赋》："将命适于远京兮，遂旋反而北徂，济黄河以泛舟兮，经山阳之旧居。……践二子之遗迹兮，历穷巷之空庐。……栋宇存而弗毁兮，形神逝其焉如？"李善注："《汉书》，河内郡有山阳县。""二子，谓吕安、嵇康也。"

[29] 梁令娴《艺蘅馆词选》："汉槎既入关，过容若所，见斋壁大书：'顾梁汾为吴汉槎屈膝处'，不禁大恸。"

[30] 太傅：明珠，性德之父。袁枚《随园诗话》记贞观求救时，"太傅方宴客，手巨觥谓曰：'若饮满，为救汉槎。'华峰素不饮，至是一吸而尽。太傅笑曰：'余直戏耳。即不饮，余岂不救汉槎耶？虽然，何其壮也！'"

[31] 辛酉入关：事详吴兆骞小传。

◎ 评析

　　这首词，写于康熙十五年冬并寄出，十六年丁巳（1677），吴兆骞四十七岁，三月，得接顾贞观去岁十二月所寄之短札及此词（据李兴盛《吴兆骞年谱》）。顾贞观营救吴兆骞，是清代轰动文坛的一件大事，而《金缕曲》二首，则是清代词苑万口流传的名篇。用词代信，体属新创。语语发自真情，入人肝脾。全篇对吴兆骞远戍的艰苦，人情的鬼蜮，对友人的安慰，以身营救的承诺，两人身世凄凉的对照，写得深到感人。谭献《箧中词》评云："使人增朋友之重，可以兴矣！"陈廷焯《白雨斋词话》："华峰《贺新郎》两阕，只如家常说话，而痛快淋漓，宛转反复，两人心迹，一一如见，虽非正声，亦千秋绝调也！"又曰："二词纯以性情结撰而成，悲之深，慰之至，丁宁告戒，无一字不从肺腑流出，可以泣鬼神矣！"

◈ **李　符**
（1639—1689）

原名符远，字分虎，一字耕客，号桃乡，浙江秀水（今并入嘉兴）人。少与兄绳远、良年齐名，号"三李"。曾受知于曹溶，又与朱彝尊等结诗社。彝尊序其词集，称其"精研于南宋诸名家"，"愈变而愈工"。陈廷焯《白雨斋词话》云："三李词绝相类，大约皆规模南宋，羽翼竹垞者。武曾较雅正，而才气则分虎为胜。"有《香草居集》《耒边词》。

钓船笛

李 符

曾去钓江湖，腥浪粘天无际^[1]。浅岸平沙自好，算无如
乡里。 从今只住鸭儿边^[2]，远或泛苕水^[3]。三十六
陂秋到^[4]，宿万荷花里。

⊙ 注释

[1] 粘天无际：韩愈《祭河南张员外文》："洞庭漫汗，粘天无壁。"

[2] 鸭儿：朱彝尊《鸳鸯湖棹歌》："水上家家养鸭儿。"自注："乐府《阿子歌》注：'嘉兴
人养鸭儿，作此歌。'"

[3] 苕水：一名苕溪，在浙江湖州，水岸多苕花，秋时花飞如雪。

[4] 三十六陂：陂，池塘。王安石《题西太乙宫壁》："杨柳鸣蜩绿暗，荷花落日红酣。三
十六陂烟水，白头想见江南。"姜夔《惜红衣·吴兴号水晶宫荷花盛丽》："问甚时同
赋、三十六陂秋色。"此承上"泛苕水"句来，切湖州，与三十六陂之实指中牟县或扬
州者无关。

⊙ 评析

　　这首小令，表现作者对江湖生活的向往，特别是对家乡风景和近邻
湖州秋光的热爱。"宿万荷花里"，是何仙境！

✦ 孔尚任
(1648—1718)

字聘之，号东塘，别号岸堂，自署云亭山人，山东曲阜人。孔子六十四代孙。诸生。纳赀为国子监生。康熙二十四年（1685）入京为国子监博士。后迁户部主事、户部广东司员外郎。不久罢官，出游山西、河南、湖北、江苏各地。康熙三十八年（1699）写传奇名著《桃花扇》，借侯方域与秦淮名妓李香君的爱情故事，反映南明福王朝的覆亡历史。与钱塘洪昇《长生殿》传奇齐称，有"南洪北孔"之目。传世诗文有《湖海集》《石门山集》《长留集》等，近人汇为《孔尚任诗文集》。

鹧鸪天

孔尚任

院静厨寒睡起迟，秣陵人老看花时[1]。城连晓雨枯陵树，江带春潮坏殿基。　　伤往事，写新词。客愁乡梦乱如丝。不知烟水西村舍，燕子今年宿傍谁[2]？

◎ 注释

[1]秣陵：古地名，治今江苏南京江宁。常作为南京之称。

[2]"燕子"句：翻用刘禹锡《乌衣巷》诗："旧时王谢堂前燕，飞入寻常百姓家。"

◎ 评析

这词录自《桃花扇》传奇，表现了作者对南明福王朝亡国的感慨。谭献《箧中词》评云："哀于麦秀。"

❖ 万 树

(1625? —1688)

字红友，号山翁，江苏宜兴人。国子监生。康熙时曾入两广总督吴兴祚幕。精究词律，撰《词律》二十卷，号称精审，为填词者所遵依。著有《堆絮园集》《璇玑碎锦》《拥双艳三种曲》《香胆词》等。

杨柳枝

万　树

不合临池起画楼，断烟疏雨叶飔飔[1]。谁能数得垂杨叶？一叶垂杨一点愁。

◎ 注释

[1] 飔飔：形容寒气。

◎ 评析

　　这首小令，中心写愁，却通过杨柳来写，通过"不合临池起画楼"的发问，融合杨柳与画楼的境界来写，既有画楼，自有呼之欲出的楼中人。楼中人在愁，愁些什么，词中不作交代，但言其愁之多。愁多不用"落红万点愁如海"的套语来表达，而用"一叶垂杨一点愁"以形容其数不清，更用"谁能"以加重语气。全首以少许胜多许，人、柳、境、感觉融成一体，给人以"愁"不落抽象的感受。

❊纳兰性德
（1655—1685）

初名成德，字容若，号楞伽山人，满洲正黄旗人。武英殿大学士明珠之长子。康熙十五年丙辰（1676）进士，官至一等侍卫。善骑射，好读书，爱宾客，一时名士，颇多往归之。词工小令，顾贞观谓："容若天资超逸，翛然尘外，所为乐府小令，婉丽凄清，使读者哀乐不知所主，如听中宵梵呗，先凄惋而后喜悦。"（《通志堂词序》）陈维崧谓："饮水词哀感顽艳，得南唐二主之遗。"（榆园本《纳兰词评》）况周颐曰："容若承平少年，乌衣公子，天分绝高。适承元、明词敝甚，欲推尊斯道，一洗雕虫篆刻之讥。独享年不永，力量未充，未能胜起衰之任。其所为词，纯任性灵，纤尘不染。甘受和，白受采，进于沉着浑至何难矣。"（《蕙风词话》）王国维曰："纳兰侍卫以天赋之才，崛起于方兴之族。其所为词，悲凉顽艳，独有得于意境之深，可谓豪杰之士，奋乎百世之下者矣。"（托名樊志厚《人间词乙稿序》）又曰："纳兰容若以自然之眼观物，以自然之舌言情。""北宋以来，一人而已！"（《人间词话》）刻《通志堂经解》，表彰理学，著《通志堂集》，后附《通志堂词》，为顾贞观所定。清季许增汇集诸家刊本为《纳兰词》，刊入《榆园丛刻》。

台城路

塞外七夕

纳兰性德

白狼河北秋偏早[1]，星桥又迎河鼓[2]。清漏频移，微云欲湿，正是金风玉露[3]。两眉愁聚。待归踏榆花[4]，那时才诉。只恐重逢，明明相视更无语。　　人间别离无数。向瓜果筵前，碧天凝伫。[5]连理千花[6]，相思一叶[7]，毕竟随风何处？羁栖良苦。算未抵空房，冷香啼曙[8]。今夜天孙[9]，笑人愁似许。

◎ 注释

[1] 白狼河：古称白狼水，即今辽宁的大凌河。

[2] "星桥"句：《荆楚岁时记》："天河之东，有织女，天帝之子也。年年织杼劳役，织成云锦天衣。天帝怜其独处，许嫁河西牵牛郎。嫁后，遂废织纴。天帝怒，遂令归河东，唯每年七月七日夜，渡河一会。"《岁华纪丽》"七夕鹊桥已成，织女将渡"注："《风俗通》云：'织女七夕当渡河，使鹊为桥。'"李商隐《七夕》："星桥横过鹊飞回。"河鼓，即何鼓，《尔雅·释天》："何鼓谓之牵牛。"

[3] 金风玉露：李商隐《辛未七夕》："由来碧落银河畔，未要金风玉露时。"秦观《鹊桥仙》："金风玉露一相逢，便胜却、人间无数。"

[4] 归踏榆花：曹唐《织女怀牵牛》："欲将心就仙郎说，借问榆花早晚秋。"

[5] "瓜果"二句：《荆楚岁时记》："七夕，妇人结彩缕穿七孔针，陈瓜果于庭中以乞巧。"凝伫，等待。

[6] 连理：白居易《长恨歌》："在地愿为连理枝。"两棵树不同根而枝干结合在一起的名"连理枝"。

[7] 相思一叶：《青琐高议》："唐僖宗时，于祐于御沟中拾一叶，上有诗。祐亦题诗于叶，置沟上流，官人韩夫人拾之。后值帝放宫女，韩氏嫁祐成礼，各于笥中取红叶相示曰：'可谢媒矣。'"

[8] 冷香啼曙：谓独居空房中的妻，怀念塞外未归的夫，一夜未眠，香已冷了，哭泣到天亮。

［9］天孙：《史记·天官书》："织女，天女孙也。"

◎ 评析

　　这首慢词，借七夕的神话故事，以抒发在塞外怀念闺人的深情。首句点明塞外七夕，上片就牛郎织女方面说，下片就人间别离方面说，侧重到作者本人，又把自己的羁栖，对比闺人的空房啼，云"未抵"，情意更深透一层。歇拍又绾结到上片。后五句构思颇与清初董元恺《浪淘沙·七夕》的"莫为见时难，锦泪潸潸。有人犹自独凭阑。如果一年真一度，还胜人间"相近。全首辞藻清丽，富有浪漫色彩。真如杨芳灿《饮水词序》所说的"韵淡疑仙"之妙。谭献《箧中词》评云："逼真北宋慢词。"

长相思

纳兰性德

山一程，水一程，身向榆关那畔行[1]，夜深千帐灯。　　风一更，雪一更，聒碎乡心梦不成，故园无此声。

◎ 注释

［1］榆关：亦作渝关，即山海关，隋开皇三年（583）筑城阙，设榆关总管。在今河北秦皇岛。

◎ 评析

　　《康熙起居注》：康熙二十一年二月十五日"上以云南底定，海宇荡平，前诣永陵、福陵、昭陵告祭"，"二十三日辛丑，上出山海关"，"三月初四日壬子，上至盛京"。性德以侍卫随行。此词是尚未出山海关时途中所作。写千军露宿，万帐灯火的壮观和风雪交加的旅途感受。

如梦令

纳兰性德

万帐穹庐人醉[1]，星影摇摇欲坠。归梦隔狼河[2]，又被河声搅碎。还睡，还睡，解道醒来无味。

◎ 注释

[1] 穹庐：毡帐。《史记·匈奴列传》："匈奴父子乃同穹庐而卧。"
[2] 狼河：见《台城路·塞外七夕》注。

◎ 评析

　　此词与前首同一旅役中作，此则作于已出山海关过大凌河以后。壮阔背景中主要写乡思。王国维《人间词话》云："'明月照积雪'，'大江流日夜'，'中天悬明月'，'长河落日圆'，此中境界，可谓千古壮观，求之于词，唯纳兰性德塞上之作，如《长相思》之'夜深千帐灯'，《如梦令》之'万帐穹庐人醉，星影摇摇欲坠'差近之。"

蝶恋花（四首）

纳兰性德

辛苦最怜天上月[1]。一昔如环，昔昔都成玦。[2]若似月轮终皎洁，不辞冰雪为卿热。　　无那尘缘容易绝。燕子依然，软踏帘钩说。唱罢秋坟愁未歇，春丛认取双栖蝶。[3]

眼底风光留不住。和暖和香，又上雕鞍去[4]。欲倩烟丝遮别路，垂杨那是相思树[5]！　　惆怅玉颜成间阻。何事东风，不作繁华主？断带依然留乞句，斑骓一系无寻处[6]。

又到绿杨曾折处，不语垂鞭，踏遍清秋路，衰草连天无意绪，雁声远向萧关去[7]。　　不恨天涯行役苦，只恨西风，吹梦成今古。明日客程还几许？沾衣况是新寒雨。

萧瑟兰成看老去[8]。为怕多情，不作怜花句。阁泪倚花愁不语，暗香飘尽知何处！　　重到旧时明月路[9]。袖口香寒，心比秋莲苦[10]。休说生生花里住[11]，惜花人去花无主。

⊙ 注释

[1]"辛苦"句：性德《沁园春》（瞬息浮生）小序云："丁巳（康熙十六年、1677）重阳前三日，梦亡妇淡妆素服，执手哽咽，语多不能复记，但临别有云：'衔恨愿为天上月，年年犹得向郎圆。'妇素未工诗，不知何以得此也？"

[2]"一昔"二句：《左传·哀公四年》："为一昔之期。"环，圆形玉璧，象征月圆。《列子·周穆王》："昔昔梦为人仆。"玦，半环形的玉佩，象征月缺。

[3]"唱罢"二句：李贺《秋来》："秋坟鬼唱鲍家诗，恨血千年土中碧。"情侣化蝶的传说，古代多次出现。梁山伯祝英台故事，其最著者。

[4]雕鞍：欧阳修《蝶恋花》："玉勒雕鞍游冶处，楼高不见章台路。"

[5]相思树：见吴兆骞《念奴娇·家信至有感》注。

[6]"斑骓"句：李商隐《无题》："斑骓只系垂杨岸，何处西南待好风。"

[7]萧关：《汉书·匈奴传》："匈奴单于十四万骑入朝那萧关。"关在古原州，这里泛指边关。

[8]"萧瑟"句：杜甫《咏怀古迹》："庾信平生最萧瑟，暮年诗赋动江关。"兰成，庾信字。性德悼亡时才二十四岁，而亦云"看老去"，古人往往未老言老。

[9]旧时明月：姜夔《暗香》："旧时月色，算几番照我，梅边吹笛。"

[10]心比秋莲苦：李群玉《寄人》："莫嫌一点苦，便拟弃莲心。"黄庭坚《赣上食莲》："莲心政自苦，食苦何能甘。"

[11]"休说"句：李贺《秦宫诗》："秦宫一生花里活。"

◎ 评析

　　四首是悼亡之作。性德原配卢氏，乃两广总督卢兴祖之女，于康熙十三年（1674）成婚，婚后三年，卢氏死于难产。继娶官氏。这当是悼念卢氏。第一首首句，已有作者《沁园春》小序，点明悼念亡妻。其余秋坟鬼唱，化蝶双栖，斑骓无寻，梦成今古，暗香飘尽，惜花人去等，都是死别之词。缠绵悱恻，哀怨凄厉，诚有如杨芳灿所云"思幽近鬼"（《饮水词序》语）者。谭献《箧中词》评曰："势纵语咽，凄淡无聊，延巳（冯延巳）、六一（欧阳修）而后，仅见湘真（陈子龙）。"

蝶恋花

出　塞

纳兰性德

今古河山无定据，画角声中[1]，牧马频来去[2]。满目荒凉谁可语？西风吹老丹枫树。　　从前幽怨应无数，铁马金戈[3]，青冢黄昏路[4]。一往情深深几许？深山夕照深秋雨。[5]

◎ 注释

[1] 画角：见朱彝尊《消息·度雁门关》注。

[2] 牧马：贾谊《过秦论》："胡人不敢南下而牧马。"

[3] 铁马金戈：见徐灿《唐多令·感怀》注。

[4] "青冢"句：青冢：见顾贞观《青玉案》注。杜甫《咏怀古迹》："群山万壑赴荆门，生长明妃尚有村。一去紫台连朔漠，独留青冢向黄昏。"

[5] "一往"二句：用欧阳修《蝶恋花》"庭院深深深几许"笔调。

◉ 评析

　　这首小令，是性德侍从康熙帝出塞之作。表面是吊古，但有伤今之意，刚健中含婀娜。说从前幽怨，也不是很古的从前，铁马金戈，青冢黄昏，隐约透示着满清入关以前各族间的战事痕迹。"今古河山无定据"，含而不露，不让人得以指摘。纳兰氏与爱新觉罗氏是世仇，性德虽仕于清廷，怕还是"别是一般滋味在心头"。

金缕曲

赠梁汾[1]

纳兰性德

德也狂生耳[2]！偶然间、缁尘京国[3]，乌衣门第[4]。有酒惟浇赵州土[5]，谁会成生此意[6]？不信道、遂成知己。青眼高歌俱未老[7]，向尊前、拭尽英雄泪。君不见，月如水。　　共君此夜须沉醉。且由他、蛾眉谣诼[8]，古今同忌。身世悠悠何足问，冷笑置之而已[9]！寻思起、从头翻悔。一日心期千劫在[10]，后身缘、恐结他生里[11]。然诺重[12]，君须记。

◉ 注释

[1] 梁汾：见顾贞观小传。

[2] "德也"句：德：性德自称。狂生，《史记·郦生陆贾列传》："骑士归，郦生见谓之曰：……若见沛公，谓曰，臣里中有郦生，年六十余，长八尺，人皆谓之狂生，生自谓我非狂生。"

[3] "缁尘"句：陆机《为顾彦先赠妇》："京洛多风尘，素衣化为缁。"李善注："毛苌《诗传》曰：'缁，黑色。'"吕延济注："言尘染衣黑也。"

[4] 乌衣：《南史·谢弘微传》："混风格高峻，少所交纳，惟与族子灵运、瞻、晦、曜以文义赏会，常共宴处，居在乌衣巷，故谓之乌衣之游。"乌衣巷，在今南京东南。从东晋

以来，王、谢两大贵族都住在这里，世称乌衣门第。纳兰家亦满洲贵族，故云。

[5]"有酒"句：李贺《浩歌》："买丝绣作平原君，有酒惟浇赵州土。"赵国古多慷慨悲歌之士，赵平原君又为贤公子，故李贺与性德都向往之。

[6]"谁会"句：成生：性德原名成德，故自称成生。徐乾学《纳兰君墓志铭》称性德所交游皆一时俊异，于世所称落落难合者，若无锡严绳孙、顾贞观、秦松龄、宜兴陈维崧、慈溪姜宸英，尤所契厚。坎坷失职之士，走京师，生馆死殡，于资财无所计惜。可知性德之意，盖以平原君自居。

[7]"青眼"句：《晋书·阮籍传》："籍能为青白眼，见礼俗之士，以白眼对之。"嵇康"赍酒挟琴造焉，籍大悦，乃见青眼"。杜甫《短歌行赠王郎司直》："青眼高歌望吾子，眼中之人吾老矣。"

[8]蛾眉谣诼：《楚辞·离骚》："众女嫉余之蛾眉兮，谣诼谓余以善淫。"杨芳灿为纳兰词序云："或者谓（性德）高门贵胄，未必真嗜风雅，或当时贡谀者代为操觚（执笔）耳。今其词具在，骚情古调，侠肠俊骨，隐隐奕奕，流露于毫楮（笔纸）间，斯岂他人所能摹拟乎？且先生所与交游，皆词坛名宿，刻羽调商，人人有集，亦正少此一种笔墨也。嗟乎！蛾眉谣诼，没世犹然。真赏难逢，为可累息。"

[9]"冷笑"句：《北史·崔瞻传》："何容读国士议文，直此冷笑。"杨万里《观水叹》："出处未必一，一笑姑置之。"

[10]"一日"句：心期：心相期许，成为知己。千劫在：谓千万年而仍在。《大毗婆沙论》："有一苾刍……白世尊言：'佛恒说劫，此为何量？'佛言：'苾刍！劫量长远，非百千等岁数可知。'""劫有三种：一、中间劫；二、成怀劫；三、大劫。"

[11]后身缘：他生再世的因缘。

[12]然诺重：《新唐书·哥舒翰传》："家富于财，任侠重然诺。"谓说话算数，答应了的，决不食言。

◎ 评析

　　这首慢词，赠顾贞观，风格便与贞观的《金缕曲》二首相近。为自己写照，也为其交游写照，中间又交错着对蛾眉谣诼的感叹，歇拍云"重然诺，君须记。"可以参证性德身任救吴汉槎入关一事。读此令人增风谊之重。徐釚《词苑丛谈》云："词旨嵚崎磊落，不啻坡老、稼轩，都下竞相传写。"

金缕曲

亡妇忌日有感

纳兰性德

此恨何时已？滴空阶、寒更雨歇，葬花天气[1]。三载悠悠魂梦杳，是梦久应醒矣！料也觉、人间无味。不及夜台尘土隔[2]，冷清清、一片埋愁地[3]。钗钿约[4]，竟抛弃。　　重泉若有双鱼寄[5]，好知他、年来苦乐，与谁相倚？我自终宵成转侧，忍听湘弦重理[6]？待结个、他生知己。还怕两人俱薄命，再缘悭剩月零风里。清泪尽，纸灰起[7]。

◎ 注释

[1] 葬花：曹霑《红楼梦》写林黛玉葬花事及黛玉葬花诗中"侬今葬花人笑痴，他年葬侬知是谁？"，穿凿者因有《红楼梦》写性德家事之说，殆因性德词中早出现"葬花"之语而附会之。

[2] 夜台：李白《哭宣城善酿纪叟诗》："夜台无李白，沽酒与何人？"

[3] 埋愁地：仲长统《述志诗》："寄愁天上，埋忧地下。"

[4] 钗钿约：见沈谦《东风无力·南楼春望》注。

[5] 双鱼：见彭孙遹《临江仙·遗信》注。

[6] 湘弦：自战国以来，舜死苍梧，二妃死湘水之说，流传至广。后人悼亡之作，亦常用二妃之典。《楚辞·远游》云："使湘灵鼓瑟兮。令海若舞冯夷。"瑟有二十五弦，故有湘弦之称，李商隐诗中常见。悼亡习惯上称断弦，李商隐《锦瑟》诗云："锦瑟无端五十弦，一弦一柱思华年。"旧说都作悼亡解。夫妇和谐，一般称为琴瑟调和。今湘弦不忍听其重理，盖合诸典实而用之。

[7] 纸灰：封演《闻见记》："纸钱，蔡伦所造。魏、晋以来，始有其事。古用帛，今则烧之，所以示不知神之所在也。"高圭诗："纸灰飞作白蝴蝶。"

◎ 评析

　　悼亡词，要用血和泪写成，情感真挚，哀思缠绵，语言要自然朴素，不尚涂泽。说真挚，但不要庸俗，著名的元稹《遣悲怀》诗，虽真实，但夹杂一些庸俗的东西。千古的词家绝作，只有苏轼的《江城子·记梦》了，情挚而又形象突出，双方人物活动在梦中与梦外。饮水词中悼亡之作较多，有人物活动，更突出的是主观抒情，极哀怨之致。这一阕可为代表。语言方面，有些典故和代词，但比较为人们所熟知和常用，于全词无碍。

菩萨蛮（四首选二）

纳兰性德

催花未歇花奴鼓[1]，酒醒已见残红舞。不忍覆余觞[2]，临风泪数行。　　粉香看欲别[3]，空剩当时月。月也异当时，凄清照鬓丝。

晶帘一片伤心白[4]，云鬟香雾成遥隔[5]。无语问添衣，桐阴月已西。　　西风鸣络纬[6]，不许愁人睡。只是去年秋，如何泪欲流？

◎ 注释

[1] 花奴鼓：乐史《杨太真外传》："汝阳王琎，小名花奴，尤善羯鼓。帝尝谓侍臣曰：'召花奴将羯鼓来为我解秽。'"

[2] 覆：见金堡《风流子·上元风雨》注。

[3] 粉香：代指女子。

[4] 晶帘：李白《玉阶怨》："却下水精帘，玲珑望秋月。""水晶""水精"同。

[5] 云鬟香雾：杜甫《月夜》："香雾云鬟湿，清辉玉臂寒。"

[6] 络纬：崔豹《古今注》："莎鸡，一名络纬，一名蟋蟀，谓其鸣如纺纬也。"今俗名纺织娘，与蟋蟀有别。

◎ 评析

这是在塞外怀念其爱侣之作。原词第一首有"春归归不得，两桨松花隔"之句，松花是松花江，流经黑龙江、吉林两省。盖自春至秋，久在东北。短幅而语多曲折，能透过一层写。

沁园春

纳兰性德

丁巳[1]重阳前三日，梦亡妇淡妆素服，执手哽咽，语多不复能记，但临别有云："衔恨愿为天上月，年年犹得向郎圆。"妇素未工诗，不知何以得此也？觉后感赋。

瞬息浮生[2]，薄命如斯，低徊怎忘？记绣榻闲时，并吹红雨[3]；雕栏曲处，同倚斜阳。梦好难留，诗残莫续，赢得更深哭一场。遗容在，只灵飙一转[4]，未许端详[5]。　　重寻碧落茫茫[6]，料短发朝来定有霜。便人间天上[7]，尘缘未断；春花秋叶，触绪还伤。欲结绸缪[8]，翻惊摇落[9]，减尽荀衣昨日香[10]。真无奈！倚声声邻笛[11]，谱出回肠。

◎ 注释

[1]丁巳：康熙十六年（1677）。这年作者二十三岁。

[2]"瞬息"句：瞬息：一眨眼一呼吸的极短时间。陶潜《感士不遇赋序》："寓形百年而瞬息已尽。"浮生：《庄子·刻意》："其生若浮，其死若休。"

[3]红雨：指桃花，李贺《将进酒》："桃花乱落如红雨。"

[4]灵飙：谓亡灵像风一样飘动。

[5]端详：仔细审视。

[6]"重寻"句：见朱彝尊《高阳台》注。

[7]人间天上：白居易《长恨歌》："天上人间会相见。"

[8]绸缪：《诗经·唐风·绸缪》毛传："绸缪，犹缠绵也。"李陵《与苏武诗》："与子结

绸缪。"

[9] 摇落：宋玉《九辩》："悲哉秋之为气也！萧瑟兮草木摇落而变衰。"

[10] "减尽"句：汉末荀彧，为汉侍中，守尚书令，其衣有香，李商隐《韩翃舍人即事》诗："桥南荀令过，十里送衣香。"这里以荀令衣香事融合其孙荀粲悼亡事为《三国志·魏志·荀彧传》裴松之注："何劭为粲传曰：'粲，字奉倩……粲常以妇人者才智不足论，自当以色为主，骠骑将军曹洪女，有美色，粲于是聘焉。容服帷帐甚丽，专房欢宴历年。后妇病亡未殡，傅嘏往喭粲，粲不哭而神伤。……岁余亦亡，时年二十九。'"

[11] 邻笛：向秀《思旧赋》："邻人有吹笛，发声寥亮，追思曩昔游宴之好，感音而叹。"向秀思旧，是思其亡友嵇康、吕安被害之事，这里是借用邻笛一词，只含思念逝者之意。

◎ 评析

　　苏轼《江城子·记梦》是记梦中相见之词。性德这词，也说"梦好难留"，不是说梦，而是指过去团圆日子，即"记绣榻闲时"四句所写的情景，一去不返。全首都是就醒时说。情词深挚，可与前面几首参读。

❖ **曹　寅**

(1658—1712)　字子清，号荔轩，又号楝亭、雪樵。原籍丰润（今属河北），为满洲贵族之包衣，隶正白旗。康熙十年辛亥（1671），寅年十三，挑御前侍卫。后以郎中差苏州织造，改江宁织造。四十三年（1704），兼巡视两淮盐务。官至通政使。寅天资隽异，善骑射，能文学。尝汇刻前人文字、音韵书为《楝亭五种》，汇刻前人文艺杂著为《楝亭藏书十二种》。自著有《楝亭诗钞》《楝亭词钞》及剧本《续琵琶记》等。

浣溪纱

曹　寅

曲曲蚕池数里香[1]，玉梭纤手度流黄[2]。天孙无暇管凄凉[3]。　　一自昭阳新纳锦[4]，边衣常碎九秋霜[5]。夕阳冷落出高墙[6]。

◎ 注释

[1] 蚕池：作者自注："蚕池，明时宫人纳锦之所，今有故基云机庙。"

[2] "玉梭"句：玉梭：白色的织布梭。纤手：细长柔美的手。《古诗十九首》："迢迢牵牛星，皎皎河汉女。纤纤擢素手，札札弄机杼。"度流黄：指织绢。古乐府《相逢行》："大妇织罗绮，中妇织流黄。"《词林海错》："流黄，谓绢也。"程大昌《演繁露》则谓流黄为黄茧之丝。

[3] 天孙：见纳兰性德《台城路·塞外七夕》注。

[4] "一自"句：昭阳：汉殿名，这里泛指后妃居住的地方。《三辅黄图》："（汉）武帝后宫八区，有昭阳殿。"纳锦：织锦女工向皇家交纳锦缎。

[5] "边衣"句：谓边防士兵霜降季节经常穿的是破烂衣衫。九秋，秋季九十天。《初学记》引梁元帝《纂要》："秋……亦曰三秋、九秋。"

[6] 高墙：《礼记·祭义》："古者天子诸侯，必有公桑蚕室，近川而为之，筑宫仞有三尺（古代七、八尺称一仞，仞有三尺，约丈余），棘墙而外闭之。"有棘的高墙，所以隔断封闭，使其中的织女们难以逾越。

◎ 评析

　　徐陵《咏织妇》诗："弄机行掩泪，弥令织素迟。"杜甫《自京赴奉先县咏怀五百字》："彤廷所分帛，本自寒女出。鞭挞其夫家，聚敛贡城阙。……朱门酒肉臭，路有冻死骨。"寇准家侍妾蒨桃《呈寇公》诗："一曲清歌一曲绫，美人犹自意嫌轻。不知织女萤窗下，几度抛梭织得成？"织女生活的悲苦，不同阶级生活的对照，在古人诗歌里，就有如上的一些反映。曹寅此作，则是用词的形式写出的杰构。通过昭阳殿里贵人和女工的对比，和士兵的对比，婉而多讽地揭示了对立的矛盾。特别是作者对管理织造的人员，对女工织锦的甘苦，有一定的感受，所以寥寥短章，内涵却十分深刻。

◈ 蒋景祁
（1646？—1695）

字京少，一作荆少，江苏宜兴人。贡生，康熙时举博学鸿词，未遇。官至府同知。为词师事乡前辈陈维崧，维崧病逝时，付以遗稿。景祁自为词亦豪壮悲凉，步趋其师。曾辑顺治、康熙间词人五百零六家、词二千四百七十四首为《瑶华集》。自著词为《梧月亭词》《罨画溪词》。

瑞鹤仙

慈仁寺松[1]

蒋景祁

何年冰雪贮？看烧节为烟[2]，团枝作塵[3]，沧桑几经度[4]。对伊浑不记，金元风雨。苍然如许。听涛声、鳞鬐夜怒[5]。未须愁、化石空坛[6]，莫便吟龙飞去。　　无据。王孙草尽[7]，贤士台荒[8]，大夫封处[9]。衣冠太古。青磷夜，赤虬语[10]。叹支离相伴[11]，一篝佛火[12]。沸彻僧寮鱼鼓[13]。做年年、送客长亭，销魂此树。[14]

◎ **注释**

[1] 慈仁寺松：寺在北京西城广安门内大街北。建于辽，先为报国寺，明初塌毁。成化二年（1466）因周太后之弟吉祥在此出家，重修旧寺，改名慈仁寺。清乾隆十九年（1754）重修，改名大报国慈仁寺。戴璐《藤阴杂记》云："殿前双松，当时已称数百年物，东一株高四丈余，偃盖三层，涛声满天；西一株仅二丈余，低枝横荫数亩，鳞皴爪攫，以数十红架承之。"此二松在康熙二十年（1681）起先后枯槁。作者此词，作于十八年

（1679）以前，陈维崧亦有一首《瑞鹤仙》咏此松，蒋氏此作是唱和之词。

[2] 烧节为烟：烧松枝为烟墨，为墨中上品。

[3] 团枝作麈：麈是麈尾的简称，古以驼鹿尾为拂麈，因称拂麈为麈尾。魏、晋名士清谈，常持麈尾。这里谓松枝可以屈以代麈尾。《南史·张讥传》："(陈)后主幸钟山开善寺，召从臣坐于寺西南松林下，敕讥竖义，时索麈尾未至，后主敕取松枝，手以属讥曰：'可代麈尾。'"

[4] 沧桑：比喻世事变化巨大，旧时亦用以指改朝换代。见金堡《八声甘州·卧病初起》注。

[5] 鳞鬣：谓松皮如龙鳞，松针密布如须鬣。

[6] 化石空坛：孙国敉《燕都游览志》："大慈寺殿前二松，相传元时旧植。台石一株尤奇。"

[7] 王孙草尽：见余怀《摸鱼儿·和辛幼安》注。

[8] 贤士台荒：战国时燕昭王即位，为了招揽人才，采纳了郭隗的建议，建了一座高台，置千金于其上，叫黄金台，为招贤纳士之处。其所在地有各说。《上谷图经》云在易水东南十八里。因当时燕的下都在易县。一说在今朝阳门外东南；还有说在今永定门外东南。有碑原立于朝阳门外约五里的关东店，现在的金台路，就在关东店附近。

[9] 大夫封处：五大夫松，在泰山云步桥北。《史记·封禅书》："始皇之上泰山，中陂遇暴风雨，休于大树下。"此不言封五大夫松事。《太平御览》引应劭《汉官仪》："秦始皇上封泰山，逢疾风暴雨，赖得松树，因封其树为五大夫，泰山去岱宗小天门，犹有秦时五大夫松。"按：原树已被山洪冲失，今之三株，为清雍正八年（1730）补植。

[10] 赤虬：指松。

[11] 支离相伴：陆友仁《研北杂志》："鲜于枢于废圃中得怪松一枝，移植所居旁，名之曰支离叟。"支离乃形体不全怪异之称，语本《庄子·人间世》："夫支离其形者，犹足以养其身，终其天年，又况支离其德者乎。"

[12] 一簝佛火：簝：竹笼，引申为灯笼。佛火：佛像前灯罩中的烛光。

[13] "僧寮"句：僧寮：僧房。鱼鼓：和尚敲木鱼击鼓的声音。

[14] "年年"二句：作者自注："送客广宁门者，率置酒松下祖饯。"广宁门，广安门的原名，清道光年间因避宣宗旻宁讳改今称。地在北京西城。长亭，见朱彝尊《暗香·绿萼梅》注。江淹《别赋》："黯然消魂者，惟别而已矣。"吴莱《杜鹃花》："中官移植消魂树。"

◎ 评析

这首咏物词，是借物抒怀之作。慈仁寺松，几历沧桑，备受摧折，而岸然独立，龙吟怒吼，不会飞向天外，与世离绝。从古松的落寞和五大夫松的显赫对比中，看到最后还不是一灯佛火，暮梵晨钟的同样归宿。松中有人，词外有旨，一结是人是松，悠然不尽。

❖孙朝庆

江苏宜兴人。康熙二十一年壬戌（1682）进士。其词风格豪壮，学南宋辛弃疾、陈亮、刘过诸家，与蒋景祁同属阳羡派词人。有《望岳楼词》，已佚。

满江红

过黄河

孙朝庆

怒浪如山，正急桨、黄河争渡。看滚滚、来从天上[1]，建瓴东注[2]。手挽狂澜原不易[3]，石填大海终何补[4]？最堪怜、断岸泣遗黎[5]，悲难诉。　待议浚[6]，茫无路；待议塞[7]，浑无绪。问年来谁是，济川才具[8]？细雨绨袍全湿透[9]，斜风破帽惊吹去。恁艰辛[10]、犹是喜身闲，同鸥鹭。

◉ 注释

[1] 来从天上：李白《将进酒》："君不见黄河之水天上来，奔流到海不复回。"

[2] 建瓴东注：建，通瀽，倒水，泼水。瓴，盛水的瓶子。将瓶水从高处向下倾倒。比喻居高临下，不可阻遏的形势。语本《史记·高祖本纪》："（秦中）地势便利，其以下兵于诸侯，譬犹居高屋之上建瓴水也。"

[3] 挽狂澜：韩愈《进学解》："障百川而东之，回狂澜于既倒。"

[4] "石填"句：《山海经》：发鸠之山有鸟焉，名曰精卫，常衔西山之木石，以堙于东海。自"看滚滚"至此，《瑶华集》作：知儿费、增卑培薄，补苴拮据。竹棰空营鱼鳖宅，金钱只助蛟龙怒。

[5] 遗黎：剩余下来的老百姓，指遭河患而幸存者。

[6] 浚：疏浚河道。

[7] 塞：堵塞黄河的决口。

[8] 济川：《尚书·说命》："若济巨川，用汝作舟楫。"这里指治理黄河。

[9] 绨袍：《史记·范雎蔡泽列传》："乃取其一绨袍以赐之。"《索隐》："绨，厚缯也。"《正义》："今之粗袍。"这里用粗袍义。

[10] 恁：那么。

◉ 评析

　　这首慢词，气势开阔，不以粗犷为嫌。对因治河官吏的无能，而给人民带来的痛苦，作了猛烈的鞭挞与反映。丁绍仪《听秋声馆词话》说："时康熙中，黄河屡决，故有'石填大海'语，深致感喟。我朝漕运、河工二事，岁靡金钱无算，泥古之士，目击流弊，或拟改海运，或议复古道，或请治西北水田，大抵皆眉睫之见。"孙氏这词的愤激，正是感此而发。自己作为绨袍湿透、破帽风吹的渡河人，却"喜身闲，同鸥鹭"，不是自我慰藉，而是反话讽刺。

◆❀ **杜 诏**　　字紫纶，号云川，别号浣花词客，江苏无锡人。康熙五十一年壬辰（1712）进士，改庶吉士，荐举博学鸿词。工诗，学晚唐体。曾与楼俨同入武英殿辑《历代诗余》，并修《词谱》。自著《凤髓词》三卷，《浣花词》《蓉湖渔笛谱》各一卷。

满江红

过渌水亭 [1]

杜 诏

一带寒汀 [2]，问是处、谁家庭馆？可记得、水晶帘下 [3]，绿荷香满？尽日不教东阁闭 [4]，无时肯罢西园宴 [5]。十年间、海内几词人，同游宦。[6]　　奈侧帽[7]，风情断。觉弹指[8]，韶光换。便飘香秀笔[9]，总随云散。何事庄生迷晓梦[10]，重来楚客逢秋怨[11]。正萧萧、落叶冷燕山[12]，霜华晚。

◎ 注释

[1] 渌水亭：纳兰性德家中园亭。

[2] 汀：水中央或水中的平地。

[3] 水晶帘：见徐灿《踏莎行》注。

[4] 东阁：《汉书·公孙弘传》："元朔中，代薛泽为丞相……于是起客馆，开东阁以延贤人。"纳兰性德之父明珠康熙时为大学士，故称其家为东阁。

[5] 西园：曹丕《芙蓉池作》："乘辇夜行游，逍遥步西园。"刘良注："此诗未即位时作。"张铣注："邺都之西园。"曹植《公宴诗》："公子敬爱客，终宴不知疲。清夜游西园，飞盖相追随。"吕延济注："此宴在邺宫，与兄丕宴饮。"刘良注："时武帝（曹操）在，故称丕为公子。"曹操为汉丞相，其公子丕与客宴于西园。这里指性德为明珠之子，宴客于家园。

[6] "海内"二句：见纳兰性德《金缕曲·赠梁汾》注。

[7] 侧帽：性德词集名。

[8] 弹指：性德友人顾贞观词集名。本《俱舍论》："如壮士一疾弹指顷，六十五刹那。"指极短的时间。此处所用弹指意，与贞观原意有别。

[9] 飘香秀笔：宋之问《灵隐寺》："桂子月中落，天香云外飘。"

[10] "何事"句：李商隐《锦瑟》："庄生晓梦迷胡蝶。"庄周梦蝶事见王夫之《绮罗香·读邵康节遗事》注。

[11] 楚客秋怨：宋玉悲秋事见纳兰性德《沁园春·丁巳重阳前三日……》注。宋玉为战国时楚人，故云楚客。此句作者自指。

[12] 燕山：燕山脉在河北北部。

◎ 评析

　　这词从纳兰家盛时的父子好客，园亭的良辰美景，写到主客的谢世，繁华的云散以及作者来游时的伤感，语言清丽，情致凄婉。

陈　嶰　字咸京，号岇岚，晚号慧香，江苏华亭（今上海松江）人。贡生，以荐充纂修诗经馆分校，议敍知县。遽乞归，杜门著述。著有《祖砚堂集》《呵壁词》。

大 酺

王府基怀古[1]

陈　嶰

记白驹兵[2]，齐云火[3]，一晌繁华何处[4]？宫基春草绿，任莺歌花笑，更无人妒。石马苔缠[5]，铜仙泪滴[6]，麋鹿也曾游否[7]？英雄消沉尽，问当年割据，霸图谁误[8]？但赢得凄凉，五更霜角[9]，满城风絮[10]。　　乾坤真逆旅[11]！看濠泗楼橹横江渡[12]。又转眼、灰飞玉座[13]，雨冷金沟[14]，叹神京不堪重顾[15]。万朵愁云涌，还悄把、蒋陵遮住[16]。接直北煤山路[17]。兴亡弹指[18]，何况张王非故？江南庾郎一赋[19]。

◎ 注释

[1] 王府基：《吴县志》等载：伍子胥筑吴城时，又在城内筑子城，八里二百六十步。自秦置会稽郡，历汉、唐、宋，皆为郡、州、府治所。元至正十六年（1356），吴王张士诚改建为王府。明初兵毁，俗称王废基。

[2] 白驹兵：张士诚是泰州白驹场（今属江苏大丰）人，贩盐为业。元末，江淮以南出现了韩林儿等群雄起兵的局面。至正十三年（1353），士诚率盐丁起义，攻占高邮等地。次年称诚王，国号周。十六年定都平江（今苏州），改为隆平郡。二十三年（1363）自立为吴王。割据范围南到浙江绍兴，北到山东济宁，西到安徽北部。至正二十七年（1367），朱元璋攻克平江，国遂亡。

[3] 齐云火：《吴县志》载：在郡治后子城上，即古月华楼。唐恭王李明（唐太宗十四子，调露元年出任苏州刺史）建，白居易取古诗"西北有高楼，上与浮云齐"意，改名齐

云楼。后屡加增修。元至正二十七年九月，明兵破苏州城，张士诚自缢未遂，后在舟中自缢死。其妻与妾登齐云楼，令养子辰保纵火焚烧，并自缢死。

[4] 一晌：片时，李煜《浪淘沙令》："一晌贪欢。"

[5] 石马苔缠：旧时王侯贵官坟墓前都有石人石马。这里指张士诚母亲曹氏的墓，《吴县志》载：张士诚母曹太妃墓，在盘门外吴门桥南。

[6] 铜仙泪：见陈维崧《满江红·秋日经信陵君祠》注。

[7] 麋鹿游：《史记·淮南王列传》载：伍子胥谏吴王，不听，说："臣今见麋鹿游于姑苏台也。"

[8] 霸图谁误：指张士诚宠信文士误国。《百城烟水·王府基》注："阅野史，士诚最好文学，开宾贤馆招徕俊彦，至者如归，及其亡也，无一人死难。"

[9] 五更霜角：杜甫《阁夜》："五更鼓角声悲壮。"

[10] 满城风絮：贺铸《青玉案》词中名句。

[11] 乾坤逆旅：天地是万物暂宿的旅舍。李白《春夜宴桃李园序》："夫天地者，万物之逆旅。"

[12] "濠泗"句：濠水、泗水是朱元璋家乡安徽凤阳附近的两条水道。濠州、泗州是朱元璋起兵地方。楼橹：古代军中用以侦察、防攻的高台。《三国志·吴书·朱然传》："起土山，凿地道，立楼橹临城，弓矢雨注。"这里指战船。这句写朱元璋的水军阵容，显示其强大的军事力量及其胜利进军的形势。这是写明朝的兴起。

[13] 玉座：皇帝的御座，就明朝皇帝说。

[14] 金沟：皇宫旁的御沟，庾肩吾《侍兰亭曲水宴》诗："柳叶暗金沟。"

[15] 神京：帝京之尊称。

[16] 蒋陵：原指三国时吴孙权陵，因钟山以为名。蒋山，原名钟山，孙权避祖讳，改名蒋山。见《初学记》。这里指南京钟山的明孝陵，即明太祖朱元璋坟墓。

[17] 煤山：在北京城内，今北京故宫神武门对面的景山。明永乐十四年（1416）为营建宫殿，将拆除元代宫城和挖掘紫禁城护城河的渣土加堆土丘之上，取名万岁山。相传皇宫曾在此山下堆存煤炭，俗称煤山。明崇祯十七年（1644）三月十九日拂晓，李自成率农民军攻入北京，崇祯帝仓皇出逃，在煤山东麓一槐树上自缢身死。

[18] 弹指：极短的时间。见杜诏《满江红·过渌水亭》注。

[19] "江南"句：庾信有《哀江南赋》。

◎ 评析

这首怀古词，上片写王府基，是吊张士诚，为题目的正面，但不是怀古的目的。下片写灭掉张士诚的朱元璋所建立的明王朝，兴起时的盛，灭亡时的可悲，前后对照。又以明王朝的近三百年弹指兴亡与张士诚的一晌繁华相对照，用"何况张王非故"结住。词的实质是吊明王朝，欲写明朝，先写吴王，写吴王是为写明朝开路。两个一兴一亡，是词中的眼线。以"江南庾郎一赋"归结到作者自己，《哀江南赋序》所谓"不无危苦之词，惟以悲哀为主"，弦外之音，似对清王朝有"亦使后人而复哀后人"（杜牧《阿房宫赋》）的诅咒。

❀ 厉 鹗
（1692—1752）

字太鸿，号樊榭，浙江钱塘（今杭州）人，康熙五十九年庚子（1720）举人。乾隆初举博学鸿词，报罢。扬州马曰琯、马曰璐小玲珑山馆富藏书，延鹗馆其家，尽探其秘笈。大江南北，主盟坛坫，凡数十年。学问渊博，诗词兼工，尤熟于辽史、两宋朝章典故，向称为朱彝尊以后的浙西词派的重要作家。谭献《箧中词》曰："填词至太鸿。真可分中仙（王沂孙）、梦窗（吴文英）之席。世人争赏其饾饤纤弱之作，所谓'微之识'也。""浙派为人诟病，由其以姜（夔）、张（炎）为止境，而又不能如白石之涩，玉田之润。"陈廷焯《白雨斋词话》曰："厉樊榭词，幽香冷艳，如万花谷中，杂以芳兰，在国朝词人中，可谓超然独绝者矣！""大抵其年、锡鬯、太鸿三人，负其才力，皆欲于宋贤外别开天地。""樊榭词拔帜于陈、朱之外，窈曲幽深，自是高境。然其幽深处在貌而不在骨，绝非从楚骚来，故色泽甚饶，而沉厚之味终不足也。"著作宏富，以所辑《宋诗纪事》一百卷最为巨帙。自著《樊榭山房集》。

齐天乐

吴山望隔江霁雪[1]

厉　鹗

瘦筇如唤登临去[2]，江平雪晴见小。湿粉楼台[3]，酽寒
城阙[4]，不见春红吹到。微茫越峤[5]，但半沍云根[6]，
半销沙草。为问鸥边，而今可有晋时棹[7]？　　清愁几
番自遣，故人稀笑语，相忆多少？寂寂寥寥，朝朝暮暮，
吟得梅花俱恼。将花插帽，向第一峰头[8]，倚空长啸。
忽展斜阳，玉龙天际绕[9]。

◎ 注释

[1] 吴山：在浙江杭州西湖东南面，山体伸入市区。海拔约百米，山势起伏，绵亘数里。又
　　称胥山、城隍山。登高览胜，左西湖，右钱塘江，杭州全城，尽收眼底。

[2] 筇：筇竹，竹的一种，可以做手杖，因作为手杖之称。

[3] 湿粉：雪色白而带湿，故云湿粉。

[4] 酽寒：浓重的寒气。

[5] 越峤：指钱塘江南岸一带的浙东群山。峤，尖而高的山，这里泛指一般的山。

[6] "半沍"句：沍：冻结。云根：深山高远云起之处。张协《杂诗》："云根临八极。"

[7] "而今"句：从隔江望见浙东各地，因而联想到晋代王徽之雪中访戴之事。《世说新
　　语·任诞》："王子猷居山阴，夜大雪……忽忆戴安道，时戴在剡，即便夜乘小船就
　　之。经宿方至，造门不前而返。人问其故。王曰：'吾本乘兴而行，兴尽而返，何必
　　见戴？'"

[8] 第一峰：吴山下瑞石洞侧，感花岩上刻有北宋米芾手书"第一山"三字。紫阳山西端
　　石壁上又有"吴山第一峰"五个大字，相传为南宋朱熹手迹。

[9] 玉龙：本指雪，这里指带雪的山。西夏张元《雪》诗："战死玉龙三十万，败鳞风卷满
　　天飞。"见《西清诗话》。

◎ 评析

　　厉鹗工山水诗，写浙西山水者尤胜。表现闲逸情致，风格清幽淡

雅。其词亦然。这首写江山雪景，仿佛一幅水墨画。中有抒情，使人意
远。谭献《箧中词》评云："顿挫跌宕。"

百字令

厉　鹗

月夜过七里滩[1]，光景奇绝。歌此调，几令众山皆响[2]。
秋光今夜，向桐江、为写当年高躅[3]。风露皆非人世有[4]，
自坐船头吹竹[5]。万籁生山，一星在水，鹤梦疑重续。[6]
挐音遥去[7]，西岩渔父初宿[8]。　　心忆汐社沉埋[9]，
清狂不见，使我音容独。寂寂冷萤三四点，穿过前湾茅屋。
林净藏烟，峰危限月[10]，帆影摇空绿[11]。随风飘荡，白
云还卧深谷。

◎ 注释

[1] 七里滩：亦名七里泷、七里濑，是富春江的一段，在浙江建德城东北七十二里处，起自
建德梅城镇双塔凌云，止于桐庐严陵钓台，两岸高山连绵不断。

[2] 几令众山皆响：《宋书·隐逸·宗炳传》："凡所游履，悉图之于室。谓人曰：抚琴动
操，欲令众山皆响。"

[3] "桐江"句：桐江：桐庐至严子陵钓台一段的富春江。高躅：高人足迹，指严子陵。子
陵少时与刘秀同学，刘秀即帝位，遣使聘他，三反而后至京，授以谏议大夫官职，不
受，归而耕钓于桐江之滨。

[4] "风露"句：王安石《题画扇》："青冥风露非人世。"

[5] 竹：代指笛、箫。

[6] "万籁"三句：一星：用严子陵客星事。《后汉书·逸民传·严光传》载：光武帝召严光
至，"因共偃卧，光以足加帝腹上。明日太史奏客星犯御座甚急。帝笑曰：朕故人严子
陵共卧耳。"鹤梦：陆游《秋夜》："露浓惊鹤梦。"

[7] 挐音：《庄子·渔父》："孔子弦歌鼓琴，奏曲未半，有渔父者下船而来……曲终……
（孔子）乃下求之，至于泽畔；方将杖拿而引其船。顾见孔子，还乡而立……乃刺船而
去，延缘苇间。颜渊还车，子路授绥，孔子不顾，待水波定，不闻拿音，而后敢乘。"

[8]"西岩"句:柳宗元《渔翁》:"渔翁夜傍西岩宿。"

[9]汐社:厉鹗《宋诗纪事·谢翱》:"信公(文天祥)被执后,避地浙东。……度钓台南地为文冢,名会友之所曰汐社,期晚而信。……葬于钓台,从初志也。"

[10]峰危限月:危,高。桐江两岸皆高山,月光为所蔽,非至月当中时,不能见月。

[11]摇空绿:古辞《西洲曲》:"卷帘天自高,海水摇空绿。"

◎ 评析

这词写出一片清冷境界,使人发生风露非人世之感。中间对严子陵、谢翱的怀念,也透露了作者孤独之意,是康熙至乾隆间文士的孤独。谭献《箧中词》评云:"与于湖(张孝祥)洞庭词,壮浪幽奇,各极其胜。"陈廷焯《白雨斋词话》云:"无一字不清俊。""炼字炼句,归于纯雅,此境亦未易到。"

忆旧游

厉 鹗

辛丑九月既望[1],风日清霁,唤艇自西堰桥[2],沿秦亭[3]、法华[4],湾洄以达于河渚[5]。时秋芦作花,远近缟目。回望诸峰,苍然如出晴雪之上。庵以"秋雪"名[6],不虚也。乃假僧榻,偃仰终日,唯闻棹声掠波往来,使人绝去世俗营竞所在。向晚宿西溪田舍[7],以长短句纪之。

溯溪流云去[8],树约风来,山蹙秋眉[9]。一片寻秋意,是凉花载雪,人在芦碕[10],楚天旧愁多少[11],飘作鬓边丝[12]。正浦溆茫茫[13],闲随野色,行到禅扉[14]。 忘机[15]。悄无语,坐雁底焚香,蛩外弦诗[16]。又送萧萧响[17],尽平沙霜信,吹上僧衣。凭高一声弹指,天地入斜晖[18]。已隔断尘喧,门前弄月渔艇归。

◎ 注释

[1] 辛丑九月既望：辛丑是康熙六十年（1721）。九月既望是农历九月十六日。十五日为望，十六日为既望。

[2] 西堰桥：在杭州西北。

[3] 秦亭：山名。法华山之分脉。《杭州府志》："相传祖龙（秦始皇）驻跸于此。又云：秦少游（观）筑亭其上。"

[4] 法华：山名。《西湖梵隐志》："西湖北山一支，其阳为竺国灵鹫，其阴为法华。"

[5] 河渚：在杭州西溪。《钱塘县志》："本名南漳湖，又名蒹葭深处。……沙屿萦回，秋深荻花如雪。"

[6] 秋雪：庵名。《西湖梵隐志》："水周四隅，蒹葭弥望，花时如雪。明陈继儒题曰'秋雪'。"

[7] 西溪：在杭州西湖西北。《钱塘县志》："西溪溪流深曲……凡三十六里。群山回绕，曲水湾环，沙溆芦汀，重重间隔。"

[8] 溯：逆水而行。

[9] 山翦秋眉：谓秋山修剪得像眉黛一样。

[10] 芦碕：芦塘曲岸。

[11] 楚天：杭州一带，战国时代属楚，故云楚天。

[12] "飘作"句：鬓丝谓白发。白发之生，由于内心的旧愁。又因芦碕一带，芦花如雪，好像飘上了发丝，点成白色。

[13] 浦溆：水边。

[14] 禅扉：佛寺之门。指秋雪庵。

[15] 忘机：李白《下终南山过斛斯山人宿置酒》诗："陶然共忘机。"谓忘掉巧诈之心，与人无争。

[16] "蛩外"句：蛩：《尔雅·释虫》："蟋蟀，蛩。"弦：琴弦，古代唱诗伴以弦音器的音乐。《史记·孔子世家》载，孔子曾取诗三百〇五篇，皆弦歌之，就是配上乐谱去唱与演奏。这句的"弦"字，作动词用。

[17] 萧萧响：指西溪的芦苇，发出萧萧的秋声。

[18] "凭高"二句：《大方广佛华严经》："时弥勒菩萨前诣楼阁，弹指出声，其门即开。"这里的"一声弹指"，又兼用佛家一弹指为短暂时间之义。二句谓一刹那间，天地又进入夕阳西下的时候了。

◎ 评析

　　这首词写深秋时节西溪之游的感受。把外景的特点秋雪，与旧愁、鬓丝融成一片。淡泊之中，显示苍白的色调和秋声肃杀的基调。最后弹指声中，天地也进入死寂，用"隔断尘喧"来取得自我的归宿，情思难免消极。但词笔的清空绝尘，确能使人得到心境两忘的享受。就词的艺术看，谭献《箧中词》所云"白石（姜夔）却步"，并非过誉。

齐天乐

秋声馆赋秋声[1]

厉 鹗

箪凄灯暗眠还起，清商几处催发[2]？碎竹虚廊，枯莲浅渚，不辨声来何叶。桐飙又接。尽吹入潘郎，一簪愁发。[3]已是难听，中宵无用怨离别。　　阴虫还更切切[4]。玉窗挑锦倦[5]，惊响檐铁[6]。漏断高城，钟疏野寺，遥送凉潮呜咽。微吟渐怯。讶篱豆花开[7]，雨筛时节[8]。独自开门，满庭都是月。

◎ 注释

[1] 秋声馆：厉鹗《秋声馆记》："符子圣几（曾）筑馆于所居堂之右偏，地可半亩，有屋，为楹三，翼然其荣，呀然其背，冏然其牖，宜燕坐也。后来以二楹，制狭而幽，宜憩息也。怪石错径，杂花扶阑，前隙地之东西，有二古桐，负垣立，高可造云，不风而风，不雨而雨，歊景赫曦，其外彤彤，其中凄凄，若招拒行节，风至雨归，懰栗刁调，如临空岩而泛凉波，予为赠曰'秋声'，所以志也。"

[2] 清商：古五音之一，商声。《韩非子·十过》："师涓鼓究之。（晋）平公问师旷曰：'此所谓何声也？'师旷曰：'此所谓清商也。'"《淮南子·览冥训》高诱注："商，西方金音也。"故商声引申指秋风，潘岳《悼亡诗》："清商应秋至。"

[3] "尽吹"二句：潘郎：晋潘岳。潘岳《秋兴赋序》："余春秋三十有二，始见二毛。"李善注："杜预曰：'二毛，头白有二色也。'"又赋："斑鬓彯以承弁兮，素发飒以垂领。"

[4] "阴虫"句：阴虫：谓蟋蟀。颜延之《夏夜呈从兄散骑车长沙》："阴虫先秋闻。"李善注："《易通系卦》曰：'蟋蟀之虫，随阴迎阳。'"切切：哀怨。《诗·桧风·素冠》毛传："援琴而弦，切切而哀。"

[5] 挑锦：刺绣。

[6] 檐铁：孟昉词："风弄虚檐檐铁马。"

[7] 篱豆花开：豆花于七八月间开。李郢《江亭晚望》："秋馆池亭荷叶后，野人篱落豆花初。"

[8] 雨筛：韩愈《喜雪献裴尚书》："春雪堕如筛。"

◎ 评析

　　秋声，是一种虚而无形的东西，不易传神。这词处处从实处衬托出秋声，有神无迹。不难抵得欧阳修一篇《秋声赋》，一结更有"不着一字""羚羊挂角"之妙。谭献《箧中词》评之曰："词禅。"可谓世尊拈花，迦叶微笑。

谒金门

七月既望湖上雨后作[1]

厉　鹗

　　凭画槛，雨洗秋浓人淡。隔水残霞明冉冉[2]，小山三四点。　　艇子几时同泛？待折荷花临鉴[3]。日日绿盘疏粉艳[4]，西风无处减。

◎ 注释

[1] 七月既望：阴历七月十六日。湖上：当是指西湖。

[2] 冉冉：渐渐。

[3] "待折"句：陆游《避暑漫抄》载神降于郑泽家吟诗："忽然湖上片云飞，不觉舟中雨湿衣。折得莲花浑忘却，空将荷叶盖头归。"这词写雨，写拟泛艇，故暗中用此折荷花事。鉴，镜子，比喻西湖。

[4] "日日"句：绿盘：指荷叶。粉艳：指荷花。疏：谓凋谢稀疏。

◎ 评析

这首词，上片写湖上雨后景色，轻倩明艳。下片写情，意中有人，期待她艇子同泛，怕荷花的日渐凋谢，暗示佳人的年华冉冉将暮。陈廷焯《白雨斋词话》："中有怨情，意味便厚。否则无病呻吟，亦可不必。"

⬧ 郑　燮
(1693—1765)

字克柔，号理庵，又号板桥，江苏兴化人。乾隆元年丙辰（1736）进士，曾官山东范县、潍县知县，因得罪于豪绅而罢官。做官前后，皆居扬州，鬻画为生，画以写兰竹著称，为"扬州八怪"之一。书法诗词俱工，作品能反映其不满黑暗现实、同情人民疾苦的思想感情和反抗压制、心胸磊落的情操。在《词钞自序》中自称其词"中年感慨学辛、苏"。陈廷焯《云韶集》评云："板桥词摆去羁缚，独树一帜，其源亦出苏、辛、刘、蒋，而更加以一百二十分恣肆，真词坛霹雳手也！"又云："板桥词，粗粗莽莽，有旋转乾坤、飞沙走石手段，在倚声中当得一快字。"又《白雨斋词话》云："板桥词，颇多握拳透爪之处，然却有魄力，惜乎其未纯也。若再加以浩瀚之气，便可亚于迦陵。"有《板桥词钞》，收在《板桥全集》中。

沁园春

恨

郑　燮

花亦无知，月亦无聊，酒亦无灵。把夭桃斫断[1]，煞他风景[2]；鹦哥煮熟，佐我杯羹。焚砚烧书[3]，椎琴裂画，毁尽文章抹尽名。荥阳郑，有慕歌家世，乞食风情。[4]单寒骨相难更，笑席帽青衫太瘦生[5]。看蓬门秋草，年年破巷；[6]疏窗细雨，夜夜孤灯。难道天公，还钳恨口，不许长吁一两声？颠狂甚，取乌丝百幅，细写凄清。[7]

◎ 注释

[1] 夭桃：《诗经·周南·桃夭》："桃之夭夭，灼灼其华。"

[2] "煞他"句：胡仔《苕溪渔隐丛话·前集》卷二十二引《西清诗话》："义山《杂纂》品目数十，盖以文滑稽者。其一曰'杀风景'，谓清泉濯足、花下晒裈、背山起楼、烧琴煮鹤、对花啜茶、松下喝道。"

[3] 焚砚：《晋书·陆机传》："弟云尝与书曰：'君苗见兄文，辄欲烧其笔砚。'"又《文苑传序》："陆机挺焚砚之奇。"

[4] "荥阳"三句：白行简《李娃传》写荥阳郑生本宦家子，与妓女李娃相爱，因金钱用尽遭鸨母设计赶出，靠唱丧歌糊口，其父荥阳公知道之后，怒其有辱门庭，几乎把他打死。郑生苏醒以后，又流落街头，后更沦为乞丐。终得李娃救助，中科举得官，夫妻团聚。郑燮于《道情十首》小序中亦曾说："我先世元和公公 [即荥阳生，元石君宝《李亚仙花酒曲江池》杂剧，明薛近兖（一说为徐霖）《绣襦记》传奇，命他名为郑元和]流落人间，教歌度曲。"

[5] "席帽"句：席帽：以藤席为骨架编成的帽子。青衫：唐代八品、九品低级官吏的服色。太瘦生：见余怀《桂枝香·和王介甫》注。

[6] "蓬门"二句：《艺文类聚》引《三辅决录》：张仲蔚，平陵人。与同郡魏景卿俱隐身不仕，所居蓬蒿没人。

[7] "乌丝"二句：乌丝：即乌丝栏，一种有黑格线的绢素或纸笺。百幅：极言其多，极言恨之深广，非百幅难以"细写"倾吐。

◎ 评析

郑燮于雍正十年壬子（1732）中举人，时为四十岁，这词作于中举之前。题目"恨"字，本身就揭示了题旨。通首痛快淋漓，尽情倾泻满腹牢骚，不顾天公之钳口。对当时森严的文网，恨之次骨而斥之极尽，对慕歌家世，乞食风情的倾倒，反映其蔑视礼法的心态。词笔一气直下，万鼓齐鸣。诚如查礼《铜鼓书堂词话》所评："风神豪迈，气势空灵，直逼古人。"

❖ 蒋士铨
（1725—1785）

字定甫，又字心馀、苕生，号清容，又号藏园，江西铅山人。乾隆二十二年丁丑（1757）进士，改庶吉士，授翰林院编修。归主蕺山、崇文、安定三书院。士铨负海内重名，诗风沉雄有骨力，与袁枚、赵翼并称"江右三大家"。长于剧曲，其《临川梦》等九种合集，称《藏园九种曲》。词亦能品，徐珂《近词丛话》以与郑燮并举，谓"近陈（维崧）者也。"陈廷焯《白雨斋词话》谓二家"金刚努目，正是力量歉处。"有《忠雅堂诗集》二十七卷、《铜弦词》二卷。

苏幕遮

大明湖泛月[1]

蒋士铨

画船游，明月路。古历亭边[2]，面面朱栏护。百顷明湖三万户，如此良宵，一点渔灯度。　　棹开时，香过处，说道周遭、荷叶青无数。却被芦花全隔住，泛遍湖湾，不见些儿露。

◎ 注释

[1] 大明湖：在山东济南旧城北部。由珍珠泉、芙蓉泉、王府池等多处泉水汇成，湖面九十三顷，出小清河流入渤海。大明湖之名始见于《水经注》，记载城西南有泺水，"北为大明湖"。后渐堙塞，半为街市。金代起以今城内湖沿袭大明湖之名。

古历亭：一名历下亭。在大明湖中小岛上。约建于北魏年间。唐天宝四年（745）杜甫在济南与李邕相会，有《陪李北海宴历下亭》诗，中有"海右此亭古，济南名士多"句。宋、元、明均有历下亭，但不在今址，已废。今亭建于清代。

◎ 评析

　　上片写大明湖环境之美丽与静逸。下片写寻找荷叶而不见的心情，不写荷花而写荷叶，荷叶无数，则荷花之多可以想象得之。芦花全隔住，突出大明湖芦苇繁密的特点。泛遍湖湾而不见，含味无尽。

水调歌头

舟次感成

蒋士铨

偶为共命鸟[1]，都是可怜虫[2]。泪与秋河相似[3]，点点注天东。十载楼中新妇，九载天涯夫婿，[4]首已似飞蓬[5]。年光愁病里，心绪别离中。　　咏春蚕[6]，疑夏雁[7]，泣秋蛩[8]。几见珠围翠绕[9]，含笑坐东风？闻道十分消瘦，为我两番磨折[10]，辛苦念梁鸿[11]。谁知千里夜，各对一灯红。

◎ 注释

[1] 共命鸟：一身两头之鸟，《杂宝藏经》谓之共命鸟，《阿弥陀经》谓之共命之鸟。《翻译名义集》："《杂宝藏经》：'雪山有鸟，名为共命。一身二头，识神各异，同共报命。'"

[2] 可怜虫：《企喻歌》："男儿可怜虫，出门怀死忧。"

[3] 秋河：萧纲《七励》："秋河晓碧。"秋河为秋夜的银河，为牵牛织女二星隔离之处，故作者联想及之。泪就妻子方面说。

[4] "十载"二句：谓十年中九年远别。

[5] "首已"句：《诗经·卫风·伯兮》："自伯之东，首似飞蓬。"

[6] 咏春蚕：李商隐《无题》："春蚕到死丝方尽。"

[7] 疑夏雁：盼望雁捎书信，而夏天无雁，故云疑。

[8] 泣秋蛩：谓泣如秋蛩之鸣。陆佃《埤雅》："蟋蟀随阴连阳，一名吟蛩，秋初生，得寒乃鸣。"

[9] "几见"句：几见：几曾见过，意为从未见过。珠：珍珠。翠：翡翠。元王子一《误入桃源》第四折："依旧有翠绕珠围。"形容女子服饰华丽，也比喻随侍的女子很多。这里谓妻子终年操劳，未曾过上富裕的日子。

[10] 两番磨折：按作者在京官翰林院编修，丁母忧，服除，力疾入都补官，逾二年，记名以御史用，未几仍以疾乞休。见《清史列传·文苑传三·蒋士铨》。两番磨折，指两次乞归。作者在仕途上的两次折磨，也引起了妻子为自己而担心。

[11] 梁鸿：东汉人，有贤妻孟光，夫妇相敬重有礼，事详《后汉书·梁鸿传》。作者以梁鸿自比，言外即以妻子比孟光。

◎ 评析

这词写作者羁旅天涯时怀念妻子之情。交错着双方的情感。开头结尾，总涵全篇，完整地表现了"共命鸟""可怜虫"的命运。谭献《箧中词》评："生气远出，善学坡仙。"

✥ 洪亮吉
(1746—1809)

字稚存，号北江，江苏阳湖（今并入常州武进）人。乾隆五十五年庚戌（1790）进士，官翰林院编修，督学贵州。嘉庆时以上书指斥时政，戍伊犁。赦还后，自号更生居士。洪亮吉长于经、史、地理之学，工诗及骈文。少与黄景仁齐名，号"洪黄"，又与孙星衍齐名，人称"孙洪"。诗才气纵横，戍边之作多奇气。著述甚富，有《洪北江全集》。其词集总称《更生斋诗余》，凡二编，曰《机声灯影词》者盖少作，曰《冰天雪窖词》者为后期所写，尤为雄奇。

菩萨蛮

洪亮吉

玉皇宫殿高无极^[1]，东西龙虎更番值^[2]。天上事偏多，仙人鬓亦皤。　　麻姑空一笑，偶自舒长爪。^[3]掐破碧桃花^[4]，花光照万家。

◎ 注释

[1]"玉皇"句：玉皇：天帝之称。《宋史·真宗纪》："祭玉皇于朝元殿。"《宋史·礼志》："上玉帝尊号曰太上开天执符御历含真体道昊天玉皇上帝。"高无极：意谓"天高皇帝远"也。

[2]"东西"句：东西龙虎：《礼记·曲礼》："行前朱鸟而后玄武，左青龙而右白虎。"孔颖达《正义》："前南后北，左东右西，朱鸟、玄武、青龙、白虎，四方宿名也。"《史记·天官书》："东宫苍龙。"又："西宫咸池……参为白虎。"更番值：轮流值班。

[3]"麻姑"二句：葛洪《神仙传》："麻姑手爪似鸟，蔡经见之，心中念曰：'背大痒时，得此爪以爬背，当佳也。'"

[4]碧桃花：《群芳谱》："千叶桃，一名碧桃花，色淡红。"

◎ 评析

　　这是一首游仙词，借天上的神仙境界，以寄托朝廷政治的黑暗。天高皇帝远，权贵们把持朝政，危机四伏，使仙人愁白了头，亦即是使自己伤时忧国，不容自已。作者上书指斥时政，便是麻姑舒爪，目的就是要花光照彻万家，为人们造福。全篇构思奇特，富有浪漫激情。

木兰花慢

太湖纵眺^[1]

洪亮吉

眼中何所有？三万顷，太湖宽。纵蛟虎纵横，龙鱼出没，也把纶竿[2]。龙威丈人何在[3]，约空中同凭玉阑干。薄醉正愁消渴[4]，洞庭山橘都酸[5]。　　更残，黑雾杳漫漫，激电闪流丸[6]。有上界神仙，乘风来往，问我平安。思量要栽黄竹[7]，只平铺海水几时干？归路欲寻铁瓮[8]，望中陟落银盘[9]。

◎ 注释

[1] 太湖：在苏州西南。《吴县志》："太湖东西二百里，南北一百二十里，周五百里，广三万六千顷"；"襟带苏、常、湖三郡"，为"东南水都"。

[2] 纶竿：钓鱼竿。纶，钓鱼用的线。

[3] 龙威丈人：陆广微《吴地记》："《洞庭山记》曰：'洞庭有二穴，东南入洞，幽邃莫测。昔阖闾使龙威丈人寻洞，秉烛昼夜而行，继七十日……石几上有素书三卷，持回，上于阖闾，不识，乃请孔子辩之。孔子曰：此夏禹之书，并神仙之事，言大道也。'"

[4] 消渴：《史记·司马相如列传》："常有消渴疾。"

[5] 洞庭山橘：洞庭东山，在苏州城西太湖滨，隔水与洞庭西山对峙。两处都产橘。

[6] 流丸：指流星。

[7] "思量"句：李商隐《华山题王母祠》："好为麻姑到东海，劝栽黄竹莫栽桑。"

[8] 铁瓮：指镇江城。《镇江府志》："子城，吴大帝（孙权）所筑，内外鳌以甓，号铁瓮城。"

[9] 银盘：指圆月。卢仝《月蚀诗》："烂银盘从海底出。"

◎ 评析

　　这首词，写太湖壮阔而又灵奇缥缈的境界。表现了作者追求自由，与大自然合为一体的旷放情趣。想象能没遮拦地驰骋，仙境与人境杂糅，实写与虚写互用。词句的倚天拔地，更是作者的长技。

吴锡麒
(1746—1818)

字圣征，号谷人，浙江钱塘（今杭州）人。乾隆四十年乙未（1775）进士，官国子监祭酒。曾主讲扬州等地书院。其诗熔唐宋为一炉，而得力于宋人为多。与严遂成、厉鹗、袁枚、钱载、王又曾合称"浙西六家"。词亦属浙派，谭献《箧中词》评云："祭酒名德清才，矜式后起，诗规渔详，词学樊榭，可云正宗。而骨脆才弱，成就甚小。"陈廷焯《白雨斋词话》云："吴谷人古诗骈文，皆未臻高境，""惟词则清和雅正，秀色有余，出古诗骈文之上。"有《有正味斋集》。词集凡五编，总称《有正味斋词》。

齐天乐

游岱宿碧霞宫下 [1]

吴锡麒

丹梯直上凌阊阖 [2]，冥冥欲通天语。白细如萦 [3]，青长不了 [4]，铁索一条来路 [5]。奇松对舞 [6]。早透顶寒涛，暗生云雨。[7] 稳著芒鞋 [8]，采芝常愿伴樵侣 [9]。　　仙灵今夕会好，听瑶环翠玦 [10]，飞响何处？壑引虬吟，林招鹤梦，拓出琼壶如许 [11]。秦碑汉树 [12]，要明月呼来，共论今古。海色晴边，一声鸡报曙。

◎ 注释

[1] 岱：泰山一称岱宗。碧霞宫：又称碧霞元君祠，在泰山极顶南面。祠殿正中供泰山女神碧霞元君铜像。

[2] "丹梯"句：丹梯：指登山石级，石色赭红，故云。谢朓《敬亭山诗》："即此陵丹梯。"

阊阖：《楚辞·离骚》："吾令帝阍开关兮，倚阊阖而望予。"《淮南子》高诱注："阊阖，始升天之门也。"这里实指泰山的南天门，为登泰山盘道尽处。

[3] 白细如綮：谓远望天边流过的黄河，像一条细白的缎带。意本马第伯《封禅仪记》中记登泰山"瞻黄河如带"一语。

[4] 青长不了：杜甫《望岳》："岱宗夫如何，齐鲁青未了。"

[5]"铁索"句：谓回顾登山之路，如一条钩连的铁索。

[6] 奇松对舞：泰山南天门下有对松山，亦称万松山，又称松海。双峰对峙，松生绝壁，云出其间，时隐时现。清高宗有"岱宗最佳处，对松真绝奇"的诗句。

[7]"透顶"二句：谓对松山云生风起时，松涛轰鸣于头上。

[8] 芒鞋：草鞋。

[9] 采芝：芝为仙草，生于绝壁，欲学仙人采芝，愿伴樵夫往来于高山之上。

[10] 瑶环翠玦：美玉做成的圆环和翡翠做成的缺玦，都是仙人佩饰之物。

[11] 琼壶：玉壶。渤海大壑中有五山，其三曰方壶，见《列子》。这里是因泰山有壶天阁而涉及。阁在泰山柏洞以北。明嘉靖时称升仙阁。清乾隆十二年（1747）扩建后改今名，盖阁因山势若壶而得名。明代建阁，门联题"造极顶千重尚多福地，登此山一半已是壶天"。

[12] 秦碑汉树：秦始皇泰山刻石，现已无存。存者仅有秦二世元年（前209）胡亥诏书，由丞相李斯篆书残碑。原立于泰山顶玉女池旁，有二百二十二字。明代嘉靖年间移于碧霞祠东庑时只剩二十九字。清乾隆五年（1740）毁于火。后又于玉女池发现残石二片，仅存十字，今在岱庙东御座院内。汉树，指岱庙东南隅炳灵门内汉柏院中的汉柏。传此柏为汉元封元年（前110）武帝东封泰山时所植，现仅存五株。

◎ 评析

　　这是一首纪游之词，健笔凌云，通过各个具体形象，反映了泰山的壮美及其魅力。想象飞腾，设色清丽，作者昂头天外的神情，呼之欲出。"骨脆才弱"，"未臻高境"的贬义评语，未足概括是篇。

满江红

题唐六如画郑元和像[1]

吴锡麒

百结鹑衣[2]，叹公子、豪华非昨。曾记得，平康旧里[3]，黄金挥霍。阿母但知钱树子[4]，才人惯唱莲花落[5]。幸青娥、俊眼不曾迷[6]，团圆剧[7]。　　《绣襦记》[8]，梨园作[9]。桃花坞，风流托。[10]认先生小影，一般飘泊[11]。图画莫嫌蛇足误[12]，世情都是鹅毛薄[13]。算不如、冷炙与残杯[14]，贫儿乐。

◎ 注释

[1] 唐寅（1470—1524），字伯虎，一字子畏，号六如居士，江苏吴县（今苏州）人。明弘治十一年戊午（1498）应天府乡试第一名。应会试时，因科场案牵连被罢黜。归后遍游江南名山胜水，以鬻文卖画为生涯。唐氏书法学赵孟頫。画师事周臣，山水、人物、仕女、花鸟无所不工，有出蓝之誉，为明代吴门画派的大师。郑元和为明代传奇《绣襦记》中的男主人公，其故事本于唐白行简传奇小说《李娃传》，小说载荥阳公子郑生与李娃恋爱故事，见郑燮《沁园春·恨》注。

[2] 百结鹑衣：鹑：鹌鹑鸟，它的尾秃，如同补缀联结一般；结：悬挂连缀。形容衣服破烂。《荀子·大略》："子夏贫，衣若悬鹑。"清程麟《此中人语·乞丐风流》："鹑衣百结走风尘，落魄谁怜此一身？"

[3] 平康里：唐长安丹凤街有平康坊，是妓女聚居的地方，亦作平康里。因地近北门，又称北里。旧时以此作为妓女所居的泛称。

[4] 钱树子：《警世通言·杜十娘怒沉百宝箱》："别人家养的女儿便是摇钱树，千生万活。"

[5] 莲花落：旧时民间歌曲的一种。以槌鼓，或以竹四片，摇之以为节。多为乞丐所歌。元张国宝《合汗衫》："没奈何，我唱个莲花落。"

[6] 俊眼：高超的眼光。

[7] 团圆剧：以团圆结局的喜剧。

[8] 绣襦记：作者见郑燮《沁园春·恨》注。

[9] 梨园：程大昌《雍录》："开元二年，置教坊于蓬莱官，上自教法曲，谓之'梨园弟

子'。至天宝中，即东宫置宜春北苑，命宫女数百人为梨园弟子，即是。'梨园'者，按乐之地；而预教者，名为'弟子'耳。"梨园，本为唐宫中训练乐队的机构，后人用以作戏班子的代称。

［10］"桃花"二句：桃花坞：在苏州城西北，阊、齐门之间。原为宋枢密章粢别业。唐寅筑宅于此，名桃花庵，又称桃花仙馆。风流托者，唐寅早岁，纵酒浪漫，功名失意后，仍疏狂不羁。其《桃花庵诗》中有"……半醒半醉日复日，花开花落年复年，但愿老死花酒间，不愿鞠躬马车前。……"江南一带流传的"三笑姻缘"，或即因其早岁行径夸张虚构而成。

［11］一般飘泊：谓唐寅的漂泊身世，颇有与郑元和相近之处。

［12］蛇足：画蛇时给蛇添上脚，比喻多此一举。《战国策·齐策二》："楚有祠者，赐其舍人卮酒。舍人相谓曰：'数人饮之不足，一人饮之有余；请画地为蛇，先成者饮酒。'一人蛇先成，引酒且饮之；乃左手持卮，右手画蛇，曰：'吾能为之足。'未成，一人之蛇成，夺其卮曰：'蛇固无足，子安能为之足！'遂饮其酒。"郑生事本出唐人虚构，元、明人衍为戏剧，唐寅又画为图像，愈来愈显得多事。

［13］鹅毛：欧阳修《梅圣俞寄银杏》："鹅毛赠千里，所重以其人。"黄庭坚《谢陈适用惠送吴南雄所赠纸》："千里鹅意不轻。"史容注："《复斋谩录》云：'谚曰……千里寄鹅毛，物轻人意重。皆鄙语也。'"

［14］"不如"句：杜甫《奉赠韦左丞丈二十二韵》："朝叩富儿门，暮随肥马尘。残杯与冷炙，到处潜悲辛。"

◎ 评析

　　这首词，为名画家为小说戏剧中人物绘像而题，可说是题新而词亦新。人物画取材于戏曲人物，当然也有传统。而能引起词人的特殊兴趣而写词，这和词人本身懂得戏曲并能冲破文人轻视戏曲的习惯，不能没有关系。吴锡麒除了这一首词，还写过《金缕曲·题蒋心余先生〈临川梦〉院本》《满江红·调秘戏钱》，可说是词苑中别开生面的。全首写得气机生动，妙趣横生。后半首更寄托着作者愤世的心情，不仅是对戏剧故事做些描绘和对名家画宝致以礼赞。

❖黄景仁
（1749—1783）

字汉镛，一字仲则，号鹿菲子，江苏武进（今常州）人。家贫，早年奔走四方，以谋生计。曾应高宗东巡召试，列二等。后纳赀为县丞，未补官而卒。景仁诗为乾隆时名家，乾坤清气，独往独来。亦能词，王昶《黄仲则墓志铭》云："词出于辛、柳间，新警略如其诗。"吴兰修《黄仲则小传》云："其词激楚如猿啼鹤唳，秋气抑何深也。"张德瀛《词微》云："仲则小令情辞兼胜，慢声颇多楚调，岂以有幽、并士气，而于词一泄之耶！"而持贬义论者，则陈廷焯《白雨斋词话》，讥为"鄙俚浅俗，不类其诗"。郭则沄《清词玉屑》谓其"患在奔放无余"。著有《两当轩集》。词集单行者曰《竹眠词》，亦名《悔存词钞》《两当轩诗余》。

丑奴儿慢

春　日

黄景仁

日日登楼，一换一番春色。者似卷如流春日，谁道迟迟？[1]一片野风吹草，草背白烟飞。颓墙左侧，小桃放了，没个人知。　　徘徊花下，分明记得，三五年时[2]。是何人、挑将竹泪[3]，粘上空枝？请试低头，影儿憔悴浸春池。此间深处，是伊归路，莫惹相思。

◎ 注释

[1] "者似卷"二句：者：同"这"。《诗经·豳风·七月》："春日迟迟。"这里翻用其意。

[2] 三五年时：十五岁的时候。作者《绮怀》云："几回花下坐吹箫，银汉红墙入望遥。……三五年时三五月，可怜杯酒不曾消。"写的大概即是这词中的情景。

[3] 竹泪：传说舜出巡，死于苍梧之野，二妃娥皇、女英追舜不及而恸哭，泪洒湘江竹上就变成后来洞庭湖盛产的有斑痕的湘妃竹。

◎ 评析

　　这首词，是作者对春光的流逝，引起过去一场爱情悲剧的回忆与悲悼。缠绵婉转，表达了入骨的相思。洪亮吉评作者的诗品为"秋虫咽露"，可以移评此词。张惠言《词选》附录，列此于卷首。陈廷焯《白雨斋词话》谓张选冠以仲则一首，殊可不必。……此一词不过偶有所合耳，亦非超绝之作。这未免肆意贬低。谭献《复堂日记》云："春光渐老，诵黄仲则词'日日登楼，一换一番春色。者似卷如流春日，谁道迟迟?'，不禁黯然！初月侵帘，逡巡徐步，遂出南门旷野舒眺；安得拉竹林诸人，作幕天席地之游。"这是别有会心者的说法，当然还没有接触到问题的核心。

金缕曲

观剧，时演《林冲夜奔》

黄景仁

姑妄言之矣[1]。又何论、衣冠优孟，子虚亡是。[2]雪夜窜身荆棘里，谁问头颅豹子[3]？也曾望、封侯万里[4]！不到伤心无泪洒，洒平皋、那肯因妻子？惹我发，冲冠起[5]。　　飞扬跋扈何能尔[6]？只年时、逢场心性[7]，几番不似。多少缠绵儿女恨，廿载以前如此。今有恨、英雄而已。话到从头恩怨处，待相持、一恸缘伊死。堪笑否？戏之耳！

◎ 注释

[1]"姑妄"句：姑：暂且。妄：胡乱，随便。姑妄言之：谓随便所说，内容不一定可靠。《庄子·齐物论》："予尝为女（汝）妄言之，女亦以妄听之奚（奚，何如）？"

[2]"衣冠"二句：优孟：春秋时楚国著名的扮演杂戏的人，擅长滑稽讽谏。原指优孟穿戴楚国故相孙叔敖的衣冠，而模仿其神态，以讽谏楚王于孙叔敖死后，一任其子贫困鬻薪的错误，事详《史记·滑稽列传》。后指演戏。子虚、亡是：虚拟的人名或事物。司马相如《子虚赋》："楚使子虚使于齐，王悉发车骑，与使者出畋。畋罢，子虚过姹乌有先生，亡是公存焉。"

[3]头颅豹子：《水浒传》载，林冲的绰号为豹子头。

[4]封侯万里：《后汉书·班超传》："其后行诣相者曰：'祭酒，布衣诸生耳，而当封侯万里之外。'超问其状。相者指曰：'生燕颔虎颈，飞而食肉，此万里侯相也。'"

[5]发冲冠：见曹溶《满江红·钱塘观潮》注。

[6]飞扬跋扈：见朱彝尊《迈陂塘·题其年填词图》注。

[7]逢场心性：场：演戏的场地。逢场心性：即逢场作戏之心，指遇到机会，偶尔凑趣。《景德传灯录》卷六："竿木随身，逢场作戏。"

◎ 评析

　　这首词，露骨地表示了作者对"官逼民反"事情的态度。上片就林冲故事渲染，下片写到作者本人从儿女恨转化为英雄恨的过程。"惹我发，冲冠起"，是上下片的总枢。

　　这首词，无疑是石破天惊之作，在旧词苑里，还未发现类似的一篇。戏曲之演林冲被陷害故事，明中期李开先已有《宝剑记》，作者所观的《林冲夜奔》剧，未知是何剧种。在旧文人一般鄙视小说戏曲的时代，作者重视戏曲，特别是重视《水浒》戏，也是其进步思想的体现。

摸鱼子

归　鸦

黄景仁

倚柴门，晚天无际，昏鸦归影如织[1]。分明小幅倪迂画[2]，点上米家颠墨[3]。看不得。带一片斜阳，万古伤心色。暮寒萧浙[4]。似卷得风来，还兼雨过，催送小楼黑。　　曾相识[5]。谁傍朱门贵宅？上林谁更栖息[6]？几丛枯木惊霜重，我是归飞倦翮[7]。飞暂歇。却好趁、渔船小坐秋帆侧。旧巢应忆。笑画角声中[8]，暝烟堆里，多少未归客！

◎ 注释

[1] 昏鸦：黄昏时候的归鸦。杜甫《野望》："独鹤归何晚，昏鸦已满林。"

[2] 倪迂画：倪瓒，号云林，无锡人。元代杰出的山水画家，多水墨之作。赋性迂僻，有"倪迂"之称。

[3] 米家颠墨：米芾，字元章，太原人，居襄阳。宋代杰出的山水画家，行止违世脱俗，人目之为"米颠"。其子友仁，亦工山水画，人称其"解作无根树，能描懵懂云"。

[4] 萧浙：寒冷貌。

[5] 曾相识：晏殊《浣溪沙》："似曾相识燕归来。"

[6] 上林：苑名。在陕西西安西，原是秦旧苑，汉武帝扩展之，有离宫七十所。为汉帝游猎之所。

[7] 倦翮：倦飞的鸟。《说文》："翮，羽茎也。"《尔雅·释器》："羽本谓之翮。"亦解作鸟的翅膀。这里以局部代全体。

[8] 画角：见朱彝尊《消息·度雁门关》注。

◎ 评析

　　这首词，是作者借归鸦以寄寓身世之感的。上片展现了一幅寒鸦暝色的水墨画。下片以上林、贵宅栖息的得意和枯木惊霜的失意相对比，显示了云泥悬殊的感伤。已经归飞休歇的倦翮，又和许多未归客相对比，大有人不如鸦之意。全首色调灰冷，情绪低沉，是乾隆"盛世"才人沦落的呼声，是知识分子对当时社会离心倾向的侧面表现。

贺新郎

太白墓，和稚存韵[1]
黄景仁

何事催人老？是几处、残山剩水[2]，闲凭闲吊。此是青莲埋骨地，家近谢家之朓。[3]总一样、文人宿草[4]。只为先生名在上[5]，问青天、有句何能好[6]？打一幅，思君稿[7]。　　梦中昨夜逢君笑。把千年、蓬莱清浅[8]，旧游相告。更问后来谁似我，我道才如君少。有亦是、寒郊瘦岛[9]。语罢看君长楫去，顿身轻、一叶如飞鸟。残梦醒，鸡鸣了。

◎ **注释**

[1] 太白墓：李白墓在安徽当涂采石矶。稚存：洪亮吉字，见前洪亮吉小传。作者与亮吉是同乡好友。

[2] 残山剩水：见顾贞观《青玉案》注。

[3] "此是"二句：青莲：李白号青莲居士。《成都古今记》：李白生于彰明之青莲乡，故号青莲居士谪仙人。谢家之朓：南齐谢朓，为南北朝著名诗人。李白一生，低首谢朓诗，集中屡言及之。采石矶有谢公山，即青山，李白晚居当涂，与谢朓青山相近。

[4] 文人宿草：同归于死之意。《礼记·檀弓》："朋友之墓，有宿草而不哭焉。"宿草，隔年之草。

[5] "只为"句：采石矶太白楼有楹联云："我辈此中惟饮酒，先生在上莫题诗。"

[6] "问青天"句：冯贽《云仙杂记》："李白登华山落雁峰曰：'此山最高，呼吸之气，想通天帝座矣。恨不携谢朓惊人诗来，搔首问青天耳。'"按计有功《唐诗纪事》："崔颢《黄鹤楼》诗云……世传太白云：'眼前有景道不得，崔颢题诗在上头。'"这二句词意，从这里化出。

[7]君：指李白。

[8]蓬莱清浅：见蒋景祁《瑞鹤仙·慈仁寺松》注。

[9]寒郊瘦岛：苏轼《祭柳子玉文》：“元轻白俗，郊寒岛瘦。”

◎ 评析

　　黄景仁诗以学李白著名，在《两当轩集》中，有《笥河先生偕宴太白楼醉中作歌》，便是名动一时之作。洪亮吉作景仁《行状》，载乾隆三十六年辛卯（1771），大兴朱筠督安徽学政，延亮吉和景仁在幕中。次年三月上巳，会宾客于采石之太白楼，赋诗者十数人，景仁年最少，顷刻成数百言，坐客俱辍笔。这首词，是用词的形式，表现了太白楼长诗的精神。后半用问答语，导源于宋人刘过《沁园春》。《笥河先生偕宴太白楼醉中作歌》云：“身后苍凉尽如此，俯仰悲歌亦徒尔。”“高会题诗最上头，姓名未死重山丘。请将诗卷掷江水，定不与江东向流。”可以参证此词，并移评此词。

◈ **左　辅**
（1751—1833）　　字仲甫，一字蔼友，号杏庄，江苏阳湖（今已并入武进）人。乾隆五十八年癸丑（1793）进士，曾任安徽各地知县、知府、浙江按察使、湖南布政使，道光初，官湖南巡抚。有《念宛斋集》。

浪淘沙

左　辅

　　曹溪驿折桃花一枝，数日零落、裹花片片投之涪江，歌以送之。[1]
水软橹声柔，草绿芳洲[2]。碧桃几树隐红楼[3]。者是春山魂一片，招入孤舟。[4]　　乡梦不曾休，惹甚闲愁？忠州过了又涪州[5]。掷与巴江流到海[6]，切莫回头。

◎ 注释

[1] 曹溪驿：约在重庆万州、忠州之间。涪江：涪陵江的省文，贵州乌江下游，自重庆涪陵
入长江。另有专名为涪江的，源出四川松潘，一名内江，与本词所指涪江无涉。

[2] 芳洲：《楚辞·九歌·湘君》："采芳洲兮杜若。"王逸注："香草丛生水中之处。"

[3] 碧桃：见洪亮吉《菩萨蛮》注。

[4] "者是"二句：者是：这是。这二句谓碧桃花为春山之魂，折取一枝入船中供养，是春
魂进入了孤舟。

[5] "忠州"句：忠州：在三峡之西。涪州：重庆涪陵，宋代涪州涪陵郡，治涪陵。在忠州
之西。这句写舟行向西的路程。

[6] "掷与"句：交代题中把花片投之涪江之意。巴江，指涪陵江，在川东，古巴国之地，
故称。

◎ 评析

小题能大开大合，上片就桃花着笔，绮思藻合，人所未言。下片
就乡梦着笔，去家愈远，乡思愈深，而用"惹甚闲愁"，"切莫回头"撇
开，余味不尽。谭献《箧中词》评云："所感甚大。"

南　浦

夜寻琵琶亭[1]

左　辅

浔阳江上[2]，恰三更、霜月共潮生。断岸高低向我，渔火
一星星。何处离声刮起？拨琵琶、千载剩空亭。是江湖倦客，
飘零商妇，于此荡精灵。[3]　　且自移船相近[4]，绕回阑、
百折觅愁魂。我是无家张俭，方里走江城。[5]一例苍茫吊古，
向荻花、枫叶又伤心[6]。只琵琶响断，鱼龙寂寞不曾醒[7]。

◎ 注释

[1] 琵琶亭：在江西九江西长江边。白居易谪官江州司马，曾于秋夜送客江边，遇一嫁作商人妇的京都名妓，赏其琵琶弹奏的技艺，同情其天涯沦落的身世，与自己谪官的遭遇相同，因为作《琵琶行》。后人在此建琵琶亭。

[2] 浔阳江：流经浔阳郡（今九江）北的一段长江，古称浔阳江，白居易《琵琶行》开头说浔阳江头送客，即此。

[3] "江湖"三句：江湖倦客：指白居易等失意流落的人。飘零商妇：指白居易所遇的商人妇。荡：飘荡。精灵：灵魂。

[4] 移船相近：把自己的船移靠到亭边。

[5] "我是"二句：张俭：东汉人，因弹劾宦官侯览，受到讨捕，长期出走亡命，望门投止。事详《后汉书·张俭传》。作者借以自比。李兆洛《湖南巡抚左公辅墓志铭》："癸丑（1793）始成进士，以知县用，签发安徽，补南陵县知县，旋署巢县，调霍邱。以任南陵时钱粮未完五分以上革职，巡抚朱文正公奏以业经全完容部，请免离任，而部议已下。奉旨引见，既引见仍发安徽，以知县用，补合肥县。……而吏部以合肥之补不合例驳斥。巡抚又专折力请。奉旨左辅声名原好，朕素所知，著如所请行。越二年，巡抚王公汝璧以命案取巧规避，特参革职。后抚澍前案，无规避事，请revise复。部驳不准。逾年，巡抚初公彭龄至，以人材可惜，特疏请加录用。"左辅第二次革职时间较长，据《清史稿·疆臣年表》，王汝璧于嘉庆六年十二月任安徽巡抚，直到嘉庆九年冬去职。而初彭龄则在嘉庆十一年九月始来任安徽巡抚。其间左辅之被革职与重加录用，相距五年。此五年中，大概流离奔走，故以张俭自比耳。

[6] 荻花枫叶：白居易《琵琶行》："浔阳江头夜送客，枫叶荻花秋瑟瑟。"荻，芦荻。

[7] 鱼龙寂寞：杜甫《秋兴》："鱼龙寂寞秋江冷，故国平居有所思。"

◎ 评析

　　这首词，作于嘉庆七年（1802）以后到十一年（1806）九月以前一段时间内。这时，作者第二次被革了安徽省知县之职，流离奔走的生活经历了五年。这词借咏怀古迹，以寄慨身世，词中提到的江湖倦客白居易与无家张俭，都和作者有类似的遭遇。上片写江上夜寻琵琶亭，气象苍茫，精灵回荡。而"于此荡精灵"的吊古语中，却已隐含了作者的影子在内。下片转入抒怀的主题，这就和一般的吊古作品，大异其趣。"鱼龙寂寞不曾醒"的煞尾，大气磅礴，与上片相应。谭献《箧中词》评云："濡染大笔，此道遂尊。"这是谭氏从力尊常州派词体的角度而言的。但如果不接触到"知人论世"的内核，则此道也无从尊起。

❀ 张惠言
（1761—1802）

原名一鸣，字皋文，号茗柯，江苏武进（今常州）人。嘉庆四年己未（1799）进士，改庶吉士，授翰林院编修。惠言为著名的经学家、古文家、辞赋家、词家。治经，《易》主虞翻，著《周易虞氏义》，礼主郑玄，有《仪礼图》；古文与恽敬齐名，号称阳湖派的宗师；辞赋学司马相如、扬雄的古赋，选《七十家赋钞》以标宗旨。特别是词，是常州派的开山祖。他以儒学见解论词，强调比兴寄托、意内言外之旨，上接《风》《骚》。与弟琦合辑《词选》，选唐宋词四十四家、一百十六首，示人以准则。常州派出，浙派末流的弊病，有所纠正。清词至此，体格一变，其影响直至清后期。而稍后的潘德舆却对之有争论，其《与叶生书》云："张氏《词选》，抗志希古，标高揭己，宏音雅调，多被排摈，五代、北宋，有自昔传诵，非徒只字之警者，张氏亦多恝然置之。"朱祖谋《望江南·杂题我朝诸名家词集后》题其词云："回澜力，标举选家能。自是词源疏凿手，横流一别见淄渑。异议四农生。"这是折中持平之论。著有《茗柯文编》《茗柯词》。

水调歌头（五首选二）

春日赋示杨生子掞

张惠言

东风无一事，妆出万重花。闲来阅遍花影，惟有月钩斜。
我有江南铁笛[1]，要倚一枝香雪[2]，吹彻玉城霞[3]。清
影渺难即，飞絮满天涯。　　飘然去，吾与汝，泛云槎[4]。
东皇一笑相语[5]，芳意在谁家？难道春花开落，又是春
风来去，便了却韶华[6]。花外春来路，芳草不曾遮。

长镵白木柄，劚破一庭寒。[7]三枝两枝生绿，位置小窗
前。要使花颜四面[8]，和着草心千朵[9]，向我十分妍。
何必兰与菊，生意总欣然。　　晓来风，夜来雨，晚来烟。
是他酿就春色，又断送流年。便欲诛茅江上[10]，只怕空
林衰草，憔悴不堪怜。歌罢且更酌，与子绕花间。

◎ 注释

[1] 铁笛：朱熹《铁笛亭诗序》："侍郎胡明仲，尝与武夷山隐者刘君兼道游，刘善吹铁笛，
　　有穿云裂石之声，故胡公诗有'更烦横铁笛，吹与众仙听'之句。"

[2] 香雪：指花。温庭筠《春江花月夜歌》："万枝破鼻团香雪。"

[3] 玉城：周密《癸辛杂识》："《异闻录》云：'开元中，明皇与申天师、洪都客夜游月中，
　　见所谓广寒清虚之府，下视玉城，嵯峨若万顷琉璃田。'"

[4] 云槎：云中的仙舟。槎，编竹木代舟，如张骞寻河源乘槎，海客乘槎至银河之类。

[5] 东皇：《尚书纬》："春为东皇，又为青帝。"

[6] 韶华：美盛的时光，指春景，亦指人的青春时期。

[7] "长镵"二句：镵：农具。杜甫《乾元中寓居同谷县作歌》："长镵长镵白木柄，我生托
　　子以为命。"劚：砍，斫。

[8] 花颜四面：花颜，花的容光。花颜四面，谓花光焕发，向四面辐射。

[9] 草心：韦应物《春游南亭》："南亭草心绿，春塘泉脉动。"

[10] 诛茅：剪茅草为屋，卜居之意。沈约《郊居赋》："或诛茅而剪棘。"杜甫《枏树为风雨所拔叹》："诛茅卜居总于此。"

◎ 评析

　　张氏五首《水调歌头·春日赋示杨生子掞》，都写春感，在感慨韶光易逝之余，有旷达自遣之意。今选其首末二阕作为代表。谭献《箧中词》评云："胸衿学问，酝酿喷薄而出，赋手文心，开倚声家未有之境。"陈廷焯《白雨斋词话》评云："皋文《水调歌头》五章，既沉郁，又疏快，最是高境。陈（维崧）、朱（彝尊）虽工词，究曾到此地步否？不得以其非专门名家少之。热肠郁思，若断仍连，全自《风》《骚》变出。"推崇未免过当。张氏《词选》序云："恻隐盱愉，感物而发，触类条鬯，各有所归，非苟为雕琢曼辞而已。"则这词还是能实践其言的。

木兰花慢

杨　花

张惠言

　　尽飘零尽了，何人解、当花看[1]？正风避重帘，雨回深幕，云护轻幡[2]。寻他一春伴侣，只断红、相识夕阳间。未忍无声委地，将低重又飞还。[3]　　疏狂情性，算凄凉耐得到春阑[4]。便月地和梅[5]，花天伴雪[6]，合称清寒。收将十分春恨，做一天、愁影绕云山。看取青青池畔[7]，泪痕点点凝斑[8]。

[1] 何人解、当花看：从苏轼《水龙吟·次韵章质夫杨花词》"也无人惜从教坠"意化出。

[2] 云护轻幡：幡，护花幡。郑还古《博异记》载：崔元徽月夜遇数美人，其中有封家十八姨。一日曰：诸女伴皆住苑中，每被恶风所挠，常求十八姨相庇，处士每岁旦作一朱幡，图日月五星，则免矣。崔许之，其日立幡，东风刮地，折木飞花，而苑中花不动。崔方悟众花之精，封家姨乃风神也。

[3] "未忍"二句：从章质夫《水龙吟·杨花》"垂垂欲下，依前被风扶起"意化出。

[4] 春阑：春意阑珊，春光尽头。

[5] 月地：杜牧《七夕》："云阶月地一相过。"

[6] 伴雪：刘禹锡《杨柳枝》："晚来风起花如雪，飞入宫墙不见人。"

[7] 青青池畔：《古诗十九首》："青青河畔草，郁郁园中柳。"

[8] "泪痕"句：苏轼《水龙吟·次韵章质夫杨花词》："细看来、不是杨花，点点是离人泪。"

◎ 评析

　　杨花词，前代作者已多。要超越前人，并非易事，特别是被张炎《词源》评为"压倒古今"的苏轼《水龙吟》一首，更使后人有"崔颢题诗在上头"之感。苏词主要融合闺情写，张氏这词则借以寄托自己的人生感慨，物我一体，表现了鲜明的个性特征，基本上脱去了苏词的窠臼，翻出新意。谭献《箧中词》评云："撮两宋之菁英。""撮"字说到了点子上。

风流子

出关见桃花[1]

张惠言

海风吹瘦骨，单衣冷、四月出榆关[2]。看地尽塞垣[3]，惊沙北走[4]；山侵溟渤[5]，叠𪩘东还。人何在？柳柔摇不定，草短绿应难。一树桃花，向人独笑；颓垣短短，曲水弯弯。　　东风知多少？帝城三月暮，芳思都删。不为寻春较远，辜负春阑。[6]念玉容寂寞[7]，更无人处；经他风雨，能几多番？[8]欲附西来驿使，寄与春看。

◎ 注释

[1] 出关：指出山海关。关在河北秦皇岛市东北三十里。明洪武十四年（1381）大将徐达在此构筑长城，修建榆关设卫，因关在山海之间而取名。

[2] 榆关：见纳兰性德《长相思》注。

[3] 塞垣：边塞的城墙，指长城。杜甫《捣衣》："一寄塞垣深。"

[4] 惊沙：鲍照《芜城赋》："惊沙坐飞。"

[5] 溟渤：指渤海。山海关南临渤海。

[6] "不为"二句：不是为了到较远的关外寻春探花，岂不辜负了将尽的春光。

[7] 玉容寂寞：白居易《长恨歌》："玉容寂寞泪阑干，梨花一枝春带雨。"这里指桃花。

[8] "经他"二句：辛弃疾《摸鱼儿》："更能消几番风雨，匆匆春又归去。"

◎ 评析

　　这首词，写出关看到的暮春景色，抒写惜春的感情。上片描绘关外的荒寒景象和雄伟地突出了一树桃花向人独笑的盎然春意，以与荒凉的背景作对比。下片又以京城桃花的寂寞及难以经几番风雨和上片的一树桃花作对比，欲折枝一枝寄京，捎去春色。抒情细腻曲折，风格壮健与幽美兼具，极见匠心。

✿ **孙尔准**
（1770—1832）

字平叔，一字莱甫，江苏金匮（今并入无锡）人。嘉庆十年乙丑（1805）进士，改庶吉士，授翰林院编修，官至闽浙总督，谥文靖。学问淹博，工诗，尤长于词。有《雕云词》《荔香乐府》《海棠巢乐府拈题》各一卷。

渡江云

登北固亭[1]

孙尔准

枫林红尽处，孤亭涌出，四面瞰秋光。正渴虹饮雨[2]，两点金焦[3]，晴翠满空江。秣陵瓜步，依稀辨、烟树微茫。[4]残钟歇、白头僧到，闲话说齐梁[5]。　　堪伤。酒旗戏鼓[6]，都已飘零，问琼枝谁唱[7]？只为是、一番佳丽[8]，做出凄凉。一拳北固青如画[9]，衔尽了、千古斜阳。题壁罢，潮声打到宫墙[10]。

◎ 注释

[1] 北固山：在江苏镇江东北江滨。北临长江，山壁陡峭，形势险固，因名北固。梁武帝曾登临此山，改名北顾。北固山后峰甘露寺山顶有凌云亭。

[2] 渴虹饮雨：刘敬叔《异苑》：晋义熙初，薛愿家虹饮其釜，愿辇酒灌之，随投随咽，便吐金满釜。

[3] 金焦：金山：在江苏镇江市区西北，原在长江中，由于长江水流变迁，清光绪年间金山开始与南岸相接，现已成陆山。作者写词时，山尚在江中。焦山：在镇江东北长江中，因东汉焦光隐居山中而得名，与金山对峙，相距十里许。

[4] "秣陵"二句：秣陵：南京古名。瓜步：见吴伟业《满江红·感旧》注。这三句词意，从明末著名诗人程嘉燧的名句"瓜步江空微有树，秣陵天远不宜秋"化出。

[5] 齐梁：南北朝时期南朝的萧齐与萧梁。

[6] 酒旗戏鼓：周邦彦《西河》："酒旗戏鼓甚处市，想依稀王谢邻里。"

[7] 琼枝谁唱：琼枝，玉树。南朝陈后主荒淫游乐，制《玉树后庭花》等乐曲。杜牧《泊秦淮》："商女不知亡国恨，隔江犹唱后庭花。"此云谁唱，更翻进一层。

[8] 佳丽：谢朓《入朝曲》："江南佳丽地。"

[9] 一拳：一个拳头样子。《礼记·中庸》："今夫山，一卷石之多。"卷，通"拳"。

[10] "潮声"句：见吴伟业《满江红·感旧》注。

北固亭登临怀古作品，代有佳什。这词后出制胜。写景从空阔到朦胧，红、翠、青色调交错，从近到远，从远到近，从色到声，从虹雨到斜阳；吊古则从上片的僧话齐梁，过递到下片的整幅。虚实交替，波澜起伏，总的形成雄妍壮美的风格。

水调歌头

孙尔准

月夜登包山翠峰绝顶望太湖[1]

今夕是何夕？天上玉京秋。[2]包仙去后[3]，遗却笙鹤在山头[4]。七十二峰烟翠[5]，三万千顷波浪[6]，都作月华流[7]。西子此中去，极目少扁舟[8]。 更何须，银汉水[9]，写双眸[10]。一声吹裂霜竹[11]，唤起玉龙游[12]。我欲乘之东下，看取玉壶天地[13]，何处有瀛洲[14]？身外且休问，醉酌碧花瓯[15]。

◎ 注释

[1] 包山：即洞庭西山，在苏州城西南太湖中，去城一百三十里，高七十丈，周回四百里。山有林屋山洞，为道教所称十大洞天的第九洞天，一称元神幽虚之天。翠峰，乃洞庭东山莫厘峰支脉之一，地有翠峰寺、翠峰坞等，从峰头登高瞭望，可见太湖。包山与翠峰不在一山，且中隔太湖。诗题所云，盖既登包山，又登翠峰。太湖，见洪亮吉《木兰花慢·太湖纵眺》注。

[2] "今夕"二句：苏轼《水调歌头》："不知天上宫阙，今夕是何年？"王京，《魏书·释老志》："道家之原，出于老子，其自言也，先天地生，以资万类。上处玉京，为神王之宗。"李白《庐山谣寄卢侍御虚舟》："遥见仙人采云里，手把芙蓉朝玉京。"

[3] 包仙：西山祇园寺之西，有包山庙，俗称包王庙。《洞庭记》载：越散骑常侍毛朗，死后被封为包山之神。据《苏州府志》，称包王，取卫护包山一境之义。一解，指西山毛公坛的毛公，其人即刘根，字君安，入嵩山学道，成仙后，身生彩毛，故名毛公。毛

公坛为道教四十三福地，坛旁有毛公泉、炼丹井。《吴地记》则引《洞庭山记》称龙威丈人"姓毛名苌，号曰毛公。今洞庭有毛公宅，石室并坛存焉"。又解：范成大《吴郡志》："天后者，林屋洞中之真君。住在太湖包山下，龙威丈人所入得灵宝符处也。"

[4] 笙鹤山头：借用王子晋故事。《列仙传》载：王子晋好吹笙作凤鸣，浮丘公接以上嵩山。二十余年后，于山中谓桓良曰："告我家，七月七日待我缑氏山头。"是日，果乘白鹤驻山巅，望之不得到。举手谢时人，数日而去。

[5] 七十二峰：太湖中小山很多，有七十二峰之称。

[6] 三万千顷：见洪亮吉《木兰花慢·太湖纵眺》注。

[7] 月华：《月令广义》："月之有华，常出于中秋，或十三至十八夜。月华之状，如锦云捧珠，五色鲜荧，磊落匝月如刺锦。"

[8] "西子"二句：指范蠡与西施乘舟入太湖的传说。

[9] 银汉：银河。

[10] 写双眸：写，泻也。《说文解字》段玉裁注："谓去此注彼也。"凡倾吐曰"写"。俗作"泻"者，"写"之俗字。眸：眼中瞳仁，泛指眼睛。

[11] 霜竹：竹笛。

[12] 玉龙：《楚辞·离骚》："驷玉虬以乘鹥兮，溘埃风余上征。"张协《七命》李善注："虬，龙也。"西山的林屋洞，俗呼龙洞。

[13] 玉壶天地：史达祖《喜迁莺》："月波疑滴，望玉壶天近，了无尘隔。"

[14] 瀛洲：海上三神山之一，见《史记·封禅书》。

[15] 碧花瓯：即碧玉瓯。瓯，杯子。苏鹗《杜阳杂编》载：上赐罗浮先生轩辕集以甘子。集曰："臣山下有味逾于此者。"上曰："朕无复得之?"集取碧玉瓯，以宝盘覆之，俄顷撤盘，即甘子至矣。

◎ 评析

　　这词写太湖秋月夜的风光，可谓仙乎仙乎之笔。有声有色，神游象外。乾、嘉"盛世"，这类歌词，能使壮丽湖山，发生清响，便属上乘。

邓廷桢
(1775—1846)

字维周，号嶰筠，江苏江宁（今南京）人。嘉庆六年辛酉（1801）进士。改庶吉士，授翰林院编修。道光十五年（1835），累迁至两广总督。十九年（1839），力助林则徐禁鸦片，屡挫来犯之英舰，终其任英军不得入虎门。次年调闽浙总督。二十一年（1841），与林则徐同被谪戍伊犁。二十三年（1843）召还。后官至陕西巡抚。宋翔凤序其词集，谓"于音律殆由夙授，分刌节度，有顾曲风，而于古人之词，靡不博综。其自制词则雍容和谐，写其一往。""虽所存无多，而所托甚远。"谭献《复堂日记》谓其"忠诚悱恻，呫嗫乎骚人，徘徊乎变雅，将军白发之章，门掩黄昏之句，后有论世知人者，当以为欧（阳修）、范（仲淹）之亚也。"有《双砚斋诗钞》《双砚斋词钞》。

好事近

邓廷桢

云母小窗虚[1]，窗滤金波疑湿[2]。摇曳柳烟如梦[3]，荡一丝寒碧。　　天涯犹有未归人，遥夜耿相忆[4]。料得平沙孤艇，听征鸿嘹呖[5]。

◎ 注释

[1] 云母：片薄而透明的板状矿石，色泽鲜艳。
[2] "窗滤"句：月光如水，因云母的过滤显得潮湿。金波，指月光。《汉书·郊祀志》："月穆穆以金波。"

164

[3]柳烟：温庭筠《菩萨蛮》："江上柳如烟。"

[4]耿：老是想着，忘不掉。

[5]嘹呖：象声词，形容声音响亮清脆。

◉ 评析

　　这首小令，写思妇月夜思念征人的事，代思妇设身处地着想寓情于景。境界幽美。谭献《箧中词续》评云："韵胜。"

水龙吟

雪中登大观亭[1]

邓廷桢

关河冻合梨云[2]，冲寒犹试连钱骑[3]。思量旧梦，黄梅听雨，危栏倦倚。被氅重来[4]，不分明处，可怜烟水。算夔巫万里，金焦两点，[5]谁说与、苍茫意。　　却忆蛟台往事[6]，耀弓刀、舳舻天际[7]。而今剩了，低迷鱼艇、模粘雁字。我辈登临[8]，残山送暝，远江延醉。折梅花去也，城西炬火，照琼瑶碎。[9]

◉ 注释

[1]大观亭：在安庆，为皖城名胜之区，吴汝纶《游大观亭故址记》云："四山回旋，长江接天，览其风景，慨然想见当时之盛。"亭于太平天国军事时期，废为军垒，而邓廷桢游此之时，亭尚无恙。《清史列传·大臣传续编三·邓廷桢》："（道光）六年（1826），授安徽巡抚。""十五年（1835）八月，擢两广总督。"此游当是在安徽巡抚任上时。

[2]梨云：指雪。元人陈樵《玉雪亭》诗："梨云柳絮共微茫。"

[3]连钱骑：《尔雅·释畜》："青骊驎驒。"郭璞注："色有深浅，斑驳隐粼，今之连钱骢。"骑，备有鞍辔的马。

[4]被氅重来：《晋书·王恭传》："尝披鹤氅裘，涉雪而行。孟昶窥见之，叹曰：'此真神仙中人也。'"上三句言旧梦，是黄梅听雨时来，故此云重来。

[5]"夒巫"二句：夒：夒州。巫：巫山巫峡，俱在四川。金、焦：见孙尔准《渡江云·登
　　北固亭》注。金、焦俱在江苏。这二句统长江上下游言之，大观亭介其间。

[6]蛟台：射蛟台，在安徽枞阳县城内。《史记》载，汉武帝巡南郡，"浮江自寻阳出枞
　　阳"。城内有一小石山，传汉武帝在此射蛟。

[7]"舳舻"句：舳舻：船尾和船头。舳舻天际：谓船首尾相连，排得很长，一望无边。

[8]我辈登临：孟浩然《与诸子登岘山》："江山留胜迹，我辈复登临。"

[9]"城西"二句：炬火：陆游《嘉川铺得檄遂行中夜次小柏》："驿近先看炬火迎。"这
　　里指巡抚署中以炬火迎邓廷桢回柏。琼瑶：美玉，指雪。白居易《喜雪》："万室整
　　琼瑶。"

◉ 评析

　　这首词写雪后登临胜地，在横揽万里长江，怀古忧今之时，颇有
"对此茫茫，不觉百端交集"之感。邓廷桢在皖抚任时，省多大狱，且
逢水灾。这词字里行间，分明透露一些并非盛世的消息。主题不在写雪
景，故通篇只略作点染。

月华清

邓廷桢

　　中秋月夜，偕少穆、滋圃登沙角炮台绝顶晾楼。西风泠然，玉轮涌
上，海天一色，极其大观，辄成此解。[1]

岛列千螺[2]，舟横海鹢[3]，碧天朗照无际。不到珠瀛[4]，
那识玉盘如此[5]。划秋涛，长剑催寒；倚峭壁，短箫吹醉。
前事，似元规啸咏，那时情思。[6]　　却料通明殿里[7]，
怕下界云迷，蜃楼成市[8]。诉与瑶闉[9]，今夕月华烟细[10]。
泛深杯，待喝蟾停[11]；鸣画角[12]，忍惊蛟睡。秋霁，记
三人对影[13]，不曾千里[14]。

◎ 注释

[1] 少穆：林则徐字，详后林则徐小传。滋圃：关天培号。天培（1781—1841），字仲因，江苏山阳（今淮安）人。行伍出身，历江南苏松镇总兵，官至广东水师提督。林则徐莅粤查禁鸦片，加强战备，多资其力。道光二十一年（1841）二月初六日，英舰队猛攻虎门，关氏驻守靖远炮台，率将士死战，壮烈殉难，谥忠节。沙角炮台：在广东虎门海口东侧沙角山，与大角炮台东西斜峙，形成虎门海防第一重门户。晾楼：望楼。林则徐《己亥日记》：道光十九年（1839）八月十五日，"午后，制军（邓廷桢）来，即同舟赴沙角，在关提军（天培）舟中查点日来调集兵勇各船册籍，计前后排列兵勇船共八十余只。并携酒看邀关提军、黄镇军同赴沙角炮台上小饮，月出后同登山顶望楼上，玩赏片时，仍与制军乘潮而返"。林则徐《云左山房诗钞》有《中秋，嶰筠尚书招余及关滋圃军门天培，饮沙角炮台眺月有作》七古长诗一首，与此词所写为同一事。

[2] 螺：硬壳有旋线的软体动物之名。螺髻、螺黛也称螺。这里称"岛列千螺"，即谓群岛罗列，如许多螺髻。辛弃疾《水龙吟·登建康赏心亭》："遥岑远目，献愁供恨，玉簪螺髻。"

[3] 鹢：船，亦称鹢首，古画鹢首于船头，故名。鹢为水鸟，形如鹭而大，羽色苍白。

[4] 珠瀛：即珠海，珠江别称珠海，以江中有海珠石而得名。广州在珠江下游。《玉篇·水部》："瀛，海也。"

[5] 玉盘：月。李白《古朗月行》："小时不识月，呼作白玉盘。"

[6] "元规"二句：庾亮：字元规。《世说新语·容止》："庾太尉（亮）在武昌，秋夜气佳景清，使吏殷浩、王胡之徒登南楼理咏。音调始遒，闻函道中有屐声甚厉，定是庾公。俄而率左右十许人步来，诸贤欲起避之。公徐云：'诸君少住，老子于此处兴复不浅！'因便据胡床，与诸人咏谑，竟坐甚得任乐。"

[7] 通明殿：王钦若《翊圣保德真君传》："建隆之初，凤翔周至民张守真，朝礼玉皇大殿，观其额曰通明殿，不晓其由。真君曰：'上帝在无上天，为诸天之尊，常升金殿，殿之光明，照于帝身，身之光明，照于金殿，光明通彻，无所不照，故曰通明殿。'"这里指道光帝所居的清宫。

[8] 蜃楼成市：《史记·天官书》："海旁蜃气象楼台。"旧时以海中呈现的海市幻景，认为是蜃气。这里指英国侵略者。

[9] 瑶闉：天上玉京的城门。

[10] 月华：见孙尔准《水调歌头》注。

[11] "待喝"句：李贺《秦王饮酒》："酒酣喝月使倒行。"蟾，蟾蜍。古代传说月中有蟾蜍，故以之代月。

[12] 画角：见朱彝尊《消息·度雁门关》注。

[13] 三人对影：李白《月下独酌》："举杯邀明月，对影成三人。"这里三人指邓与林、关。邓廷桢对这次中秋赏月，三人对影，印象很深。后来在谪戍伊犁时所作《壬寅伊江中

秋》诗中有句云："今年绝域看冰轮，往事追思一怆神。天半悲风波万里，杯中明月影三人。"

[14] 千里：谢庄《月赋》："美人迈兮音尘阙，隔千里兮共明月。"张铣注："千里，盖言君子远也。"

◎ 评析

  邓廷桢与林则徐在广州的禁烟烧烟，是中国近代史上第一次给侵略者迎头痛击的壮举。道光十九年七月二十七日，英国兵船在九龙附近炮击广东水师兵船，双方炮战，英船遁回尖沙咀。这段时间，正是禁烟抗敌取得初步胜利的时候。邓、林于中秋到沙角炮台，是亲临前线，加强海防。赏月，表示对胜利的信心，对已取得的成功的祝贺。这首词，正是当时历史事迹的见证，也是铙歌奏捷的先声。全词气魄雄壮，设色华丽，为近代词史的不朽篇章。

换巢鸾凤

邓廷桢

  少穆留镇两粤，而余承乏三江[1]，临行赋此

梅岭烟宵[2]，正南枝意懒，北蕊香饶。[3]甚因催燕睥？底事剩鸿遥[4]？头番消息恰春朝[5]。蓼汀杏梁[6]，青云换巢。离亭柳，漫绾线、系人兰棹[7]。 思悄，波渺渺。箫鼓月明，何处长安道[8]。洗手谮姑[9]，画眉询婿[10]，三日情怀应恼。新妇无端置车帷，[11]故山还许寻芳草[12]。珠瀛清[13]，者襟期、两地都晓。

◎ 注释

[1] 少穆：见后林则徐小传。承乏：乏谓缺乏，某官职缺乏胜任的人，因此承其缺乏，暂时充任。《清史列传·大臣传续编三·邓廷桢》："（道光）十五年……擢两广总督。"十九

年"九月，英人兵船复乘间滋扰，我兵水陆叠击，驱出外洋。……时广东省城传播歌谣，廷桢奏言：'臣自缉查鸦片，三载于兹。豪猾之徒，本厚利丰，一经访拿，已获者刑僇及身，未获者逋逃亡命，身家既失，怨仇遂兴。……种种狂悖，无非为烟匪洩忿。'谕曰：'林则徐、邓廷桢皆朕亲信大臣，畀以重任。现在查办吃紧之际，断不可因群言淆惑，稍形懈弛，务当协力同心，勉益加勉，并严拿编选造歌谣之人，从重治罪。'十二月，调两江总督，旋调云贵总督，复调闽浙总督"。题云"临行"，是将行而尚未行，以词中"故山还许寻芳草"句核之，则是已奉调任两江总督之命，而尚未奉后两命之前。盖廷桢为江宁人，而江宁则为两江总督节署所在地也。如是考索，而题中"三江"，亦有着落。盖三江在两江总督辖区内。《汉书·地理志》："三江既入。"颜师古注："三江，谓北江、中江、南江也。"又《汉书·地理志》："（汉水）南入于江，东汇泽为彭蠡，东为北江入于海。""嶓冢道江……过九江，至于东陵，东迤北，会于江，东为中江入于海。""会稽郡，吴，南江在南，东入海，扬州川。"《水经注》：《地理志》曰：'江水自石城东出，迳吴国南为南江。'"南江即之吴淞江。

[2] 梅岭：即大庾岭，古时岭上多梅，故称梅岭。岭在江西南端与广东交界处，江西属两江总督辖地，而廷桢原为两广总督，与梅岭亦有关涉。

[3] "南枝"二句：《白帖》："大庾岭上梅，南枝落，北枝开。"寓有作者从南部的两广总督北调两江总督之意。

[4] 鸿遥：喻自己像征鸿一样远远北飞。

[5] 春朝：旧历正月元日。指接奉调命之时。

[6] 杏梁：司马相如《长门赋》："饰文杏以为梁。"

[7] 兰棹：张正见《后湖泛舟》："泛荷分兰棹。"

[8] "何处"句：李白《观胡人吹笛》："却望长安道，空怀恋主情。"长安，借指京城，这里用李白诗意，希望报效朝廷。

[9] "洗手"句：王建《新嫁娘词》："三日入厨下，洗手作羹汤。未谙姑食性，先遣小姑尝。"

[10] "画眉"句：朱庆余《闺意献张水部》："洞房昨夜停红烛，待晓堂前拜舅姑。妆罢低声问夫婿，画眉深浅入时无？"以上三句，谓摸不透道光帝调任自己新职的意图。

[11] "三日"二句：《梁书·曹景宗传》："今来扬州作贵人，动辄不得，路行开车幔，小人辄言不可，闭置车中，作三日新妇，遭此邑邑，使人无气。"这句谓就新职，怕会受到限制，抱负难以施展。

[12] "故山"句：这句转笔，姑且安慰自己，在家乡做官，可以闲散寻春。王安石在南京所作《北山》诗云："缓寻芳草得归迟。"兼反用《楚辞·招隐士》："王孙游兮不归，春草生兮萋萋。"

[13] 珠瀛清：谓荡平入侵的英军，使海宇澄清。珠瀛，见前《月华清·中秋月夜》注。

◎ 评析

　　邓廷桢与林则徐办广州禁烟事宜，协作得很好。正在对敌斗争不断取得胜利之际，忽然调邓北行，不难使人怀疑，清帝左右的投降派，意图掣肘，以削弱禁烟力量。廷桢在奉调两江总督命令之时，临行之前赋此，从词句中可以看到他"南枝意懒"，"情怀应恼"，"新妇无端置车帷"的怅惘。然而情调并不低沉，仍有"故山还许寻芳草"的自我安慰。更重要的是最后表达两人廓清海宇的共同怀抱，两人同心合作的亲密无间。忠诚悱恻，感人至深。至于词句的雅丽，情感波澜的起伏，用典的纯熟，都属于余事了。

酷相思

寄怀少穆[1]

邓廷桢

　　百五佳期过也未[2]？但笳吹，催千骑。看珠瀚盈盈分两地[3]。君住也，缘何意？侬去也，缘何意？　　召缓征和医并至[4]。眼下病，肩头事，怕愁重如春担不起。侬去也，心应碎，君住也，心应碎。

◎ 注释

[1] 这是道光二十年（1840）春与林则徐分别后寄怀之作。邓廷桢先奉调任两江总督及云贵总督之命，都没有赴任，旋即奉命调任闽浙总督。这是已离广州，将到福建时所写。

[2] 百五：指寒食节，见沈谦《东风无力·南楼春望》注。

[3] "珠瀚"句：珠瀚：即珠海，见廷桢《月华清·中秋月夜……》注。盈盈：《古诗十九首》："盈盈一水间，脉脉不得语。"

[4] "召缓"句：缓、和：春秋时秦国的良医。《左传·成公十年》记载缓曾为晋景公治病。《左传·昭公元年》记载和曾为晋平公治病。这句谓道光帝召用主张禁烟的大臣，如林则徐与邓廷桢等要他们出谋划策，对付英国，医治鸦片给中国人带来的祸害。

◎ 评析

这首短调，写作者与林则徐建立在爱国的共同立场上的战斗友谊。对与挚友分别的依恋与思念，对肩负救国重担责任的担忧，层层说到，抒情深刻，而用笔柔婉。谭献《箧中词续》云："三事大夫，忧生念乱，'敦我'之叹，其气已馁。"评语后两句，似未必然。

❀ 张维屏
(1780—1859)

字子树，一字南山，号松心，广东番禺人。道光二年壬午（1822）进士，历官黄梅、广济知县，权南康知府。能书，通医学，尤工诗。与林则徐、魏源等为旧交，则徐至广东禁烟，曾往访咨询。鸦片战争期间，目睹英国侵略者侵华暴行，写下了一些具有强烈爱国精神的诗篇。著有《国朝诗人征略》，网罗鸦片战争以前清一代诗人颇多。自著有《松心草堂集》。词集曰《海天霞唱》《玉香亭词》凡两种，总称《听松庐词钞》。

东风第一枝

木 棉[1]

张维屏

烈烈轰轰[2]，堂堂正正[3]，花中有此豪杰[4]。一声铜鼓催开，千树珊瑚齐列。[5]人游岭海[6]，见草木、先惊奇绝。尽众芳、献媚争妍，总是东皇臣妾[7]。　　气熊熊[8]，赤城楼堞[9]。光烂烂，祝融旌节[10]。丹心要伏蛟龙，正色不谐蜂蝶[11]。天风卷去，怕烧得、春云都热[12]。似尉佗、英魄难消[13]，喷出此花如血。

◎ 注释

[1] 木棉：落叶乔木，花大而红。广东一带盛产。《永乐大典·广州府三》："木棉树，高四五丈，花殷红大如瓯，类山茶。花时如锦漫天，既谢，有绵飞如柳絮，可为茵褥，一名班枝。"

[2] "轰轰"句：文天祥《沁园春·至元间留燕山作》："人生翕歘云亡，好烈烈轰轰做一场。"

[3] "堂堂"句：堂堂：盛大的样子；正正：整齐的样子。常以形容正大光明。《孙子·军争》："无要（邀击）正正之旗，勿击堂堂之陈（阵）。"

[4] "花中"句：木棉一称"英雄树"，故此云花中豪杰。

[5] "一声"二句：屈大均《广东新语》："南海庙（在今广州东郊）有二铜鼓，大小各一。……盖千余年物也。……岁二月十三，祝融生日，粤人击之以乐神。"又："木棉……南海祠前有十余株最古，岁二月，祝融朝期，是花盛发……光气熊熊，映颜面如赭。"又："自牂牁江而上至端州，自南津、清岐二口上至四会，夹岸多是木棉，身长十余丈，直穿古榕而出，千枝万条，如珊瑚琅玕丛生，花垂至地。……至仲春至孟夏，连村接野，无处不开。"

[6] 岭海：广东地区。

[7] 东皇：春神。见张惠言《水调歌头·春日赋示杨生子掞》注。

[8] 气熊熊：见注[5]。熊熊，盛的样子。《山海经·西山经》："南望昆仑，其光熊熊，其气魂魂。"郭璞注："皆光气炎盛，相焜耀之貌。"

[9] "赤城"句：赤城：山名，在浙江天台北六里。山上赤石屏列如城，望之如霞。"赤城栖霞"为天台八景之一。楼：城楼。堞：城墙。这里借以形容木棉高大赤红之状。

[10] "祝融"句：见注[5]。祝融，传说中的火神。《礼记·月令》孟夏之月："其神祝融。"郑玄注："此赤精之君，火官之臣。"清粤诗人宋湘《木棉花》诗亦有"祝融以德火其树"句以赞木棉。旌，旗。节，竹节。节以牦牛尾作饰。唐代节度使专制军事，给双旌双节，行则建军，树六纛。韩愈《除官赴阙至江州寄鄂岳李大夫》："故人辞礼闱，旌节镇江圻。"

[11] 正色：古代以纯色为正色，两色相杂为间色。《礼记·玉藻》："衣，正色。"赤色为正色，故以称木棉。又正色亦指表情端庄严肃。《尚书·毕命》："正色率下。"孔颖达疏："正色，谓严其颜色，不惰慢，不阿谄。"这里形容木棉颜色并赞扬其精神，故二义兼用。

[12] 春云热：李贺《蝴蝶舞》："杨花扑帐春云热。"

[13] 尉佗：赵佗，秦汉之际，平定粤地，称南越王。他曾为南海尉，故称尉佗。

172

这首慢词，不但刻画了木棉之形与色，而且表现了木棉的精神：正直、热情、坚强等英雄气概。通首气势磅礴，色彩华丽，音调激昂，可称是咏物词的上乘。托意的可贵处，更在于"丹心要伏蛟龙"，这和作者在鸦片战争时期抗英爱国立场，完全一致。

❀ 周 济
(1781—1839)

字保绪，号止庵，别号介存居士，江苏荆溪（今并入宜兴）人。嘉庆十年乙丑（1805）进士，曾官淮安府学教授，后隐居金陵春水园，潜心著述。少与同郡李兆洛、泾县包世臣以经世之学相切磋，通兵家言。又通史学，著《晋略》八十卷。以词及词论名世，继张惠言之后，为常州派又一发展。其论词主张"词非寄托不入，专寄托不出"，撰定《词辨》及《宋四家词选》，标榜周邦彦、辛弃疾、吴文英、王沂孙，陈义甚高，推明张氏之旨而广大之。其自为词，谭献《箧中词》评为"精密纯正，与茗柯（张惠言）把臂入林。"朱祖谋《望江南·杂题我朝诸名家词集后》题云："金针度，《词辨》止庵精。截断众流穷正变，一灯乐苑此长明。推演四家评。"有《味隽斋词》，不全。

渡江云

杨 花

周 济

春风真解事，等闲吹遍，无数短长亭[1]。一星星是恨[2]，直送春归，替了落花声。凭阑极目，荡春波、万种春情。
应笑人、春粮几许，便要数征程。[3]　　冥冥。车轮落日[4]，
散绮余霞[5]，渐都迷幻景，问收向、红窗画箧，可算飘零？
相逢只有浮云好，奈蓬莱东指[6]，弱水盈盈[7]。休更惜，
秋风吹老莼羹[8]。

◎ 注释

[1] 短长亭：见李良年《暗香·绿萼梅》注。

[2] 一星星：一点点。

[3] "应笑人"二句：春粮：捣米。《庄子·逍遥游》："适百里者宿舂粮，适千里者三月聚粮。"这二句谓春风把杨花吹遍短长亭，征程太远了，无法用春粮计算，所以要笑人。

[4] 车轮落日：韩愈《送惠师》："溟波衔日轮。"

[5] 散绮余霞：谢朓《晚登三山还望京邑》："余霞散成绮，澄江净如练。"

[6] 蓬莱：海上三神山之一，见《史记·封禅书》。

[7] 弱水：见彭孙遹《临江仙·遣信》注。盈盈：见邓廷桢《酷相思·寄怀少穆》注。

[8] "秋风"句：《世说新语·识鉴》："张季鹰（翰）辟齐王东曹掾，在洛见秋风起，因思吴中菰菜、莼（据《太平御览》引补此字）羹、鲈鱼脍，曰：人生贵得适意尔，何能羁宦数千里以要名爵！遂命驾便归。"

◎ 评析

　　这首咏杨花词，与前人所咏及本书前面选到各篇，都不相同。前人咏杨花，大抵怜惜她飘零的遭遇。这一首，却以豪壮语及开朗的心情写。对杨花是收向红窗还是飞向仙山，提出问题，不做判断。一结抛出题外，由杨花而直写到人，其意也含而不露。谭献《箧中词》评曰："怨断之中，豪宕不减。"

蝶恋花

周 济

柳絮年年三月暮，断送莺花，十里湖边路。万转千回无落处，随侬只恁低低去[1]。　　满眼颓垣敧病树[2]，纵有余英，不直封姨妒[3]。烟里黄沙遮不住，河流日夜东南注。[4]

◎ 注释

[1]"随侬"句：侬：他，这里指风。只恁：只好这样。句意谓柳絮随风，只能这样低低地飘去。

[2]"满眼"句：颓垣：坏墙。敧：歪斜。敧病树：谓病树斜倚在坏墙上。

[3]"不直"句：直：值得。封姨：见张惠言《木兰花慢·杨花》注。

[4]"烟里"二句：黄沙：指河流。二句惜春光的流逝，昼夜不停。

◎ 评析

　　这词表示对春光流逝的惋惜。全首柔婉，就花絮着眼。结语用大笔回转，别出一境。作者以为"词非寄托不入，专寄托不出。一物一事，引申触类，意感偶生，假类必达，斯入矣。万感横集，五中无主，赤子随母笑啼，野人缘剧喜怒，能出矣"(《箧中词》)。这词应属于后者。谭献《箧中词》评曰："浑灏。"

蝶恋花

周 济

络纬啼秋啼不已[1]。一种秋声，万种秋心里。残月似嫌人未起，斜光直透罗帏底。　　唤起闲庭看露洗，薄翠疏红，毕竟能余几？记得春光真似绮，谁将片片随流水？

◉ 注释

[1] 络纬：见纳兰性德《菩萨蛮》注。

◉ 评析

　　这首小令，也是惋惜时光的流失。上片从听觉的秋声说入，然后写到人；下片从视觉着眼，对着眼中的薄翠残红，回忆到春花似绮的流逝，用今昔对比手法，与前一首可比较研究。

✿ 董士锡

（1782—1831）

　　字晋卿，一字损甫，江苏武进人。嘉庆十八年癸酉（1813）副贡，候选直隶州州判。家贫，常客游。幼从舅父张惠言游，承其指授，治经学，精虞氏《易》。为古文、赋、诗、词，皆精妙。沈曾植《海日楼札丛》曰："《齐物论斋词》，为皋文（张惠言）正嫡。皋文疏节阔调，犹有曲子律缚不住者。在晋卿则应徽按柱，敛气循声，兴象风神，悉举骚雅古怀，纳诸令慢。标碧山（王沂孙）为词家四宗之一，此宗超诣，晋卿为无上上乘矣。玉田（张炎）所谓'清空骚雅'者，亦至晋卿而后尽其能事。其与白石（姜夔）不同者，白石有名句可标，晋卿无名句可标，其孤峭在此，不便模拟亦在此。仲修（谭献）备识渊源，对之一辞莫赞，毗陵词人亦更无能嗣响者，可谓门风峻绝！"有《齐物论斋词》三卷。

木兰花慢

武林归舟中作[1]

董士锡

看斜阳一缕，刚送得，片帆归。正岸绕孤城，波回野渡，月暗闲堤。依稀是谁相忆，但轻魂、如梦逐烟飞。赢得双双泪眼，从教浣尽罗衣[2]。　　江南几日又天涯，谁与寄相思？怅夜夜霜花[3]，空林开遍，也只侬知。安排十分秋色，便芳菲总是别离时。惟有醉将酨醾[4]，任他柔橹轻移。

◎ 注释

[1] 武林：山名，水名，作杭州代称。《汉书·地理志》："钱唐，西部都尉治。武林山，武林水所出，东入海，行八百三十里。"《西湖志》："武林山一名灵隐山。"

[2] "从教"句：从教：任令。浣：污染。

[3] 霜花：沈括《梦溪笔谈》："天圣中，青州盛冬浓霜。瓦屋皆成百花，大者如牡丹、芍药，细者海棠、萱草，皆有枝叶，气象若生。"

[4] "惟有"句：将：把。酨醾：酒名。《抱朴子》："寒泉旨于酨醾。"

◎ 评析

　　这首慢词，写与爱侣离别相见又离别之情。上片从武林归舟一路所见，写到"是谁相忆"，"梦逐轻飞"，然后写到相见时双双泪落。下片写相聚后又别，秋光虽好，难遣离情，最后只能借酒消愁，轻舟出发，这是宋人郑文宝绝句诗所谓"亭亭画舸系春潭，直待行人酒半酣；不管烟波与风雨，载将离恨过江南"的境界。通篇情景交融，缠绵婉转，也正如沈曾植所说，"兴象风神，悉举骚雅古怀，纳诸令慢"。

江城子

里中作

董士锡

寒风相送出层城。晓霜凝，画轮轻。墙内乌啼[1]，墙外少人行[2]。折尽垂杨千万缕，留不住，此时情。　　红桥独上数春星。月华生[3]，水天平。镜里夫容[4]，应向脸边明。金雁一双飞过也[5]！空目断，远山青。

◎ 注释

[1] 乌啼：李端《乌栖曲》："东房少妇婿从军，每听乌啼知夜分。"

[2] 少人行：周邦彦《少年游》："马滑霜浓，不如休去，直是少人行。"

[3] 月华：见孙尔准《水调歌头》注。

[4] 夫容：即芙蓉，谐夫容，双关语。

[5] 金雁：司空图《灯花》："几时金雁传归信，剪断香魂一缕愁。"

◎ 评析

　　这是一首与爱侣离别之辞，与前一首不是同一时。颇极缠绵婉约之致，一结尤有钱起《湘灵鼓瑟》"曲终人不见，江上数峰青"的远神。谭献《箧中词》评云："格高。"

❀ 周之琦

(1782—1862)

字稚圭,号耕樵,又号退庵,河南祥符(今开封)人。嘉庆十三年戊辰(1808)进士。改翰林院庶吉士,散馆,授编修,历官江西巡抚、湖北巡抚、太仆寺卿、刑部右侍郎、广西巡抚。工词,不属浙派、常州派行列。曾选温庭筠、李煜、韦庄、李珣、孙光宪、晏几道、秦观、贺铸、周邦彦、姜夔、史达祖、吴文英、王沂孙、蒋捷、张炎、张翥词为《心日斋十六家词选》,谭献《箧中词》称其"截断众流,金针度与,虽未及皋文(张惠言《词选》)、保绪(周济《宋四家词选》《词辨》)之陈义甚高,要亦倚声家疏凿手。"黄燮清《词综续编》称其自为"《梦月词》浑融深厚,语语藏锋,北宋瓣香,于斯未坠。"朱祖谋《望江南·杂题我朝诸名家词集后》题其词有云:"片席蜕岩分。"蜕岩,即之琦所选十六家词最后的元代词人张翥。著有《心日斋词》,凡四种,第一种为《金梁梦月词》。

好事近（四首选二）

舆中杂书所见，得四阕[1]

周之琦

诗句夕阳山[2],扇底故人曾说[3]。好是固关西去[4],看万山红叶。　翠蛟潭上认题名[5],屐齿为君折[6]。蓦地藓花浓处,出一双胡蝶。

引手摘星辰,云气扑衣如湿。前望翠屏无路,忽天门中

辟。　　等闲鸡犬下方听，人住半山侧。行踏千家檐宇，
看炊烟斜出[7]。

◎ 注释

[1] 嘉庆十八年癸酉（1813）秋，作者奉命充山西乡试副考官，这词是离北京翰林院编修
　　任前往山西，已过井陉关进入太行山区所写。本集这词前有一首《解连环》，有序云：
　　"癸酉秋奉使并门，行次恒山驿，晋豫分道处也。太行山翠，纷来邀客。"即是舆中所
　　见情况。

[2] 夕阳山：杨基诗："牛背夕阳山。"

[3] "扇底"句：作者自注："陈受笙画扇赠行，题诗有'好山都在固关西'之句。"陈受笙，
　　名均，一作筠，初名大均，浙江海宁人。室名松籁阁、十三汉镜斋。

[4] 固关：在河北井陉和山西平定之间，即井陉故关。

[5] 翠蛟潭：在井陉关之西。

[6] 屐齿折：屐齿，木屐的齿。屐齿折，表示内心高兴，行步不慎，不觉折断屐齿。《晋
　　书·谢安传》载谢安与客对棋时，得到前方捷报，"过户限，心喜甚，不觉屐齿之折"。

[7] 作者自注："南天门尤陡峻，人多凿窑而居。"

◎ 评析

　　两词写太行景色，手法不同。前一首虚写处多，从陈受笙画扇题诗
引入，到最后实写，活脱生动，却在小处着笔。后一首实写南天门高峻
的奇景。上片全面描绘，引手摘星、云气湿衣、前望无路，都从自己上
山过程的动作与感觉中显示佳境。下片着重写登高后的俯视，从鸡犬、
檐宇、炊烟以及人住半山等写出下方，有声音，有颜色，有"听"有
"看"于自己行踏其上，托出立足点之高，更托出天门之高。两首对比，
弥见其手法之多样。

踏莎行

周之琦

劝客清尊，催诗画鼓[1]，酒痕不管衣衿污。玉笙谁与唱销魂？醉中只想瞢腾去[2]。　　绮席频邀[3]，高轩惯驻[4]，闷来却觅栖鸦语。城头一角晋阳山[5]，怪他青到无人处。

◎ 注释

[1] 画鼓：指试院中漆有藻绘的大鼓。

[2] 瞢腾：神志不清，蒙眬迷糊。韩偓《格卑》："自抛怀抱醉瞢腾。"

[3] 绮席：美盛而又有女乐侑酒的筵席。

[4] 高轩：对来客之车的尊称。李贺有《高轩过》诗。

[5] 晋阳：古县名，故城在今太原，今即以作太原的代称。

◎ 评析

　　这首词，反映作者任乡试副考官时的一番情景。旧例，正副考官到省城后，先住行馆，当地知县送酒席。入闱后，监临送席，他官送席，都在阅卷以前。翁同龢日记记此甚详。作者这次来太原为乡试考官，便有这些应酬。这首词，表现了作者对这种场面的厌腻，充分表现在"醉中只想瞢腾去"，舍此别无他想。对绮席、高轩的频繁，感到的是"闷"，是"醉瞢腾"的同义语。于是笔锋一转，要把心情换向寻觅枯寒的栖鸦，而怪青翠的晋阳山，不过一角，也只向无人处呈妍，这个"怪"，实际是爱。这里，可以划清作者与那种庸俗官僚的界线。这种主题，可说是化腐朽为神奇，在词苑中是少见的。当然，词笔的清挺绝尘，也决非凡流所能企及。

夜半乐

周之琦

　　夜趋剑关[1]，中途大雷雨，侵晨始抵宿处

暮天畏景将下[2]，轻阴城郭，催唤雕鞍去。到万笏尖峰[3]，晚凉佳处。坏云渐展，狂飙骤发，片时丹嶂冥迷，绛河倾注[4]。更迎面、砰轰震雷鼓[5]。　　暗中磴道曲折，蚁磨惊旋[6]，马蹄愁误。怕小小篮舆[7]，山灵留住。乱波趋壑，崩崖转石[8]，一肩稳载吟魂，等闲偷度。晓钟外、羊肠忍回顾[9]？　　卧想今夕，犯险虚劳[10]，快心终阻。行不得、空惭鹧鸪语[11]。耐炎曦、休恨汗湿齐纨缕[12]。还偻指[13]、几日消烦暑，邵平瓜买青门路[14]。

◎ 注释

[1] 剑关：剑门关，或称剑门。在四川剑阁北五十里的剑门山，为古蜀道要隘。道光元年（1821），周之琦出任四川茶盐道，经此。

[2] 畏景：夏天的太阳。《左传·文公七年》："赵衰，冬日之日也；赵盾，夏日之日也。"杜预注："冬日可爱，夏日可畏。"

[3] "万笏"句：笏：古代朝会时所执的手版。这里以万笏形容剑门山群峰峭立之状，苏州天平山就有"万笏朝天"的胜迹。剑门山脉，共有七十二峰，形若利剑，高刺霄汉。

[4] 绛河：王嘉《拾遗记》："绛河去日南十万里，波如绛色。"

[5] 砰轰：大声。元稹《答姨兄胡灵之见寄五十韵》："夕鼓已砰轰。"雷鼓：《周礼·鼓人》："以雷鼓鼓神祀。"郑玄注："雷鼓，八面鼓也。神祀，祀天神也。"

[6] 蚁磨：《晋书·天文志》："又周髀家云：'天员如张盖，地方如棋局，天旁转如推磨而左行，日月右行，随天左转，故日月实东行，而天牵之以西没。譬之于蚁行磨石之上，磨左旋而蚁右去，磨疾而蚁迟，故不得不随磨以左回焉。'"

[7] 篮舆：竹轿。

[8] 崩崖转石：李白《蜀道难》："砯崖转石万壑雷。"

[9] "晓钟"句：四川剑阁武连驿西里许，有觉苑寺，故得云晓钟外。钟，指佛寺钟声。羊肠，喻指崎岖曲折的小路。曹操《苦寒行》："羊肠坂诘屈，车轮为之摧。"

182

[10] 犯险：《汉书·王尊传》："先是，琅玡王阳为益州刺史，行部至邛郏九折坂，叹曰，奉先人遗体，奈何数乘此险！"

[11] "行不得"句：见曹贞吉《留客住·鹧鸪》注。

[12] 齐纨：班婕妤《怨歌行》："新裂齐纨素，皎洁如霜雪。"

[13] 偻指：屈指而数。《荀子·儒效》："虽有圣人之知，未能偻指也。"

[14] "邵平"句：《水经注·渭水下》："……长安。十二门……第三门本名霸城门……民见门色青，又名青城门，或曰青绮门，亦曰青门。门外旧出好瓜，昔广陵人邵平为秦东陵侯，秦破，为布衣，种瓜此门，瓜美，故世谓之东陵瓜。是以阮籍《咏怀》诗云：'昔闻东陵瓜，近在青门外，连轸拒阡陌，子母相钩带。'指谓此门也。"

◎ 评析

　　这首慢词，写夏晚度剑门关奇景，山川险状，雷雨壮观，旅途困顿，一一腾跃而出于腕下，坚苍之中，笔力纵送自在，具见工力之深。

惜红衣

访姜白石葬处[1]

周之琦

汉渚羁愁[2]，苕溪浪迹[3]，野云谁识[4]？旧说西塍，吟魂寄幽宅。[5]斜阳蔓草，空怅望、春风词笔[6]。凄忆，香暗影疏，掩梅花仙魄。[7]　　漂零楚客[8]，抔土长留，湖山恣游历。[9]繁华事去，故国已无觅。[10]好属小红珠泪[11]，莫向冷枫啼湿。怕洞箫清怨，吹咽六陵秋色[12]。

◎ 注释

[1] 姜白石：名夔，南宋大词人，其葬处相传在杭州北郊西马塍。道光六年（1826）三月至六月，周之琦任浙江按察使，这词当写在这段时间。词中所云"冷枫""秋色"，都是虚拟，渲染气氛，并非指写在秋季。

[2] "汉渚"句：汉渚：汉水之滨。羁愁：作客之愁。姜夔《探春慢》题云："予白孩幼从先

人宦于古沔，女须因嫁焉。中去复来几二十年。"夏承焘《姜夔辑传》："父噩，绍兴三十年进士，以新喻丞知汉阳县，卒于官。"

[3]"苕溪"句：苕溪：水名，在浙江湖州，源出天目山，流入太湖。夹岸多苕花，故名。夏承焘《姜夔辑传》："淳熙间客湖南，识闽清萧德藻……（德藻）以其兄之子妻之，携之同寓湖州。永嘉潘柽字之曰白石道人，以所居邻苕溪之白石洞天也。"据夏承焘《系年》，淳熙十四年夏居湖州，十五年、十六年居湖州，绍熙元年居湖州，三年居湖州。

[4]野云：张炎《词源》评姜夔词如"野云孤飞，去留无迹"。

[5]"旧说"二句：西塍：即西马塍。杭州有东西马塍。《梦粱录》："吴越钱王牧马于钱塘门外东西塍，其马蕃息至盛，号为海马。"苏泂《到马塍哭尧章》"儿时十七未更事，晷日文章能世家。赖是小红渠已嫁，不然啼碎马塍花"幽宅，指坟墓。

[6]春风词笔：姜夔《暗香》："何逊而今渐老，都忘却春风词笔。"

[7]"香暗"二句：《暗香》《疏影》二词，皆姜夔咏梅花之词。

[8]漂零楚客：姜夔是江西鄱阳人，平生往来于汉阳、合肥、湖州、杭州、苏州之间，这些地方战国时为楚国辖地。

[9]"抔土"二句：抔土：一抔土，一掬之坟土，指坟。湖山恣游历：谓西湖山水，可使吟魂尽情游览。

[10]"繁华"二句：谓姜夔时代南宋故国杭州的繁华，已无从寻觅。

[11]"好属"句：属：同"嘱"。小红：婢名。《砚北杂志》："小红，顺阳公（范成大）青衣也，有色艺。顺阳公之请老，姜尧章诣之。一日，授简征新声，尧章制《暗香》《疏影》两曲。公使二妓肆习之，音节清婉。姜尧章归吴兴，公寻以小红赠之。其夕大雪，过垂虹赋诗曰：'自琢新词韵最娇，小红低唱我吹箫。曲终过尽松陵路，回首烟波十里桥。'"

[12]六陵：南宋高宗、孝宗、光宗、宁宗、理宗、度宗六代皇帝的陵墓，都在绍兴。宋亡后，遭胡僧杨琏真加的发掘。

◉ 评析

  访白石葬处，即用白石词笔，瘦笔写柔情，幽窈而峭拔。上片从汉渚、苕溪写入，是陪笔，两地都不是白石葬处，所以云"野云谁识"，野云孤飞，便是浪迹的象征。然后跌入西塍墓地，着重从梅花本事落想。下片是招魂之词。小至小红，大至故国、六陵，也是衬托。以洞箫吹咽六陵秋色作结，仍以小红绾合，也就归宿于白石本身。

青衫湿遍

周之琦

道光己丑夏五，余有骑省之戚，偶效纳兰容若词为此。虽非宋贤遗谱，音节有可述者。[1]

瑶簪堕也[2]，谁知此恨，只在今生？[3]怕说香心易折[4]，又争堪、烬落残灯[5]！忆兼旬、病枕惯蒈腾[6]。看宵来、一样恹恹睡[7]，尚猜他、梦去还醒。泪急翻嫌错莫[8]，魂销直恐分明。　　回首并禽栖处[9]，书帷镜槛[10]，怜我怜卿[11]。暂别常忧道远，况凄然、泉路深扃[12]？有银笺、愁写《瘗花铭》[13]。漫商量、身在情长在[14]，纵无身、那便忘情？最苦梅霖夜怨[15]，虚窗递入秋声[16]。

◎ 注释

[1] 道光己丑为道光九年（1829），是年作者四十八岁，在广西布政使任上。夏五，农历五月。骑省之戚，即是悼亡，《晋书·潘岳传》载，岳官散骑侍郎。散骑侍郎属尚书省，故云骑省，潘岳有《悼亡诗》著名。纳兰容若，见前纳兰性德小传。《青衫湿遍》为纳兰性德许多悼亡词中的一阕自度曲的词牌名。因是自度曲，故云"非宋贤遗谱"。周之琦妻沈氏。周氏有《阮郎归·余以嘉庆癸亥就婚于长沙郡署，阅今三十九年，旧游重历，距先室之殁一星终矣》一词，《阮郎归》是作者六十岁道光二十一年辛丑（1841）所作，据此题可以推知作者与沈氏结婚在嘉庆八年（1803），夫妻共同生活凡二十七年。作者其他一些悼亡词中，亦有"梦缘短，弹指廿七年华，匆匆去如箭"语。

[2] "瑶簪"句：瑶簪，即玉簪，妇女头上饰物。瑶簪堕：此处指人亡。温庭筠《过华清宫》："瑶簪遗翡翠。"

[3] "谁知"二句：翻用元稹《遣悲怀》："诚知此恨人人有，贫贱夫妻百事哀。""他生缘会更难期。"

[4] 香心：李商隐《燕台冬诗》："芳根中断香心死。"

[5] 烬落残灯：倒装句，即残灯落烬，谓残灯的余灰也落尽了，喻人之死亡。烬，灰烬。

[6] 蒈腾：见周之琦《踏莎行》注。

[7] 恹恹：精神不振的样子。欧阳修《定风波》："年年三月病恹恹。"

[8] 错莫：陆游《钗头凤》："一怀愁绪，几年离索。错错错。""山盟虽在，锦书难托。莫莫莫。"这里"错莫"作为一个词，兼含有"错误""莫非"二义的感觉迷糊之意。

[9] 并禽栖处：曹植《种葛篇》："仰见双栖禽。"雌雄共栖止，喻夫妻情重。

[10] 镜槛：李商隐《镜槛》："镜槛芙蓉入，香台翡翠过。"程梦星注："谢朓《咏镜台》诗：'玲珑类丹槛。'此镜槛当是镜台。"

[11] 怜我怜卿：吴伟业《琴河感旧》："青山（衫）憔悴卿怜我，红粉飘零我忆卿。"靳荣藩注："小青诗：'卿须怜我我怜卿。'"

[12] 泉路：地下。杜甫《送郑十八虔贬台州司户……》："九重泉路尽交期。"

[13] "有银笺"句：银笺：素白色笺纸。瘗花铭：庾信有《瘗花铭》。吴文英《风入松》："听风听雨过清明，愁草《瘗花铭》。"

[14] 身在情长在：李商隐《暮秋独游曲江》："深知身在情长在，怅望江头江水声。"

[15] 梅霖：即梅雨，梅子黄熟的夏五月，常阴雨连绵，称梅雨。《初学记》："梁元帝《纂要》：'梅熟而雨曰梅雨。'注：'江东呼为黄梅雨。'"《左传·隐公九年》："凡雨，自三日以往为霖。"

[16] 秋声：谓梅雨声使人愁闷，仿佛是萧瑟的秋声，是就作者的感受而说。

◎ 评析

　　古来悼亡之词，自苏轼《江城子》、贺铸《半死桐》以后，清代词人写得多而且好的，首推纳兰性德，性德以后，便推周之琦所作为绝唱。这词在周氏的悼亡词作中，最有代表性。上片写瑶簪堕、香心折、灯烬落的生离死别的悲哀。下片回忆生前的相怜互爱，加倍衬出悲悼之深，绾结到听雨的实感与气氛渲染。全篇抒情深曲，音调抑扬，扣人心弦。特别是善用透过一层的写法，如"谁知此恨"二句，"怕说香心"二句，病死而猜她"梦去还醒"二句，"泪急""魂销"各一句，常别而犹道远，况"泉路深扃"二句，"身在情在"二句，如此层现迭出，波澜起伏，得未曾有。

✿ 林则徐
(1785—1850)

字元抚，一字少穆，号石麟，福建侯官（今已并入闽侯）人。嘉庆十六年辛未（1811）进士，改庶吉士，授翰林院编修。历任江苏巡抚、湖广总督。道光十八年（1838）任钦差大臣赴广州，禁销鸦片于虎门。次年鸦片战争爆发，任两广总督，痛击来犯之英军。受投降派诬害，被革职谪戍伊犁。二十五年（1845）召回，署陕甘总督。次年，授陕西巡抚。二十七年（1847）升云贵总督。谥文忠。则徐以爱国名臣而儒雅能文，诗词并工。有《云左山房诗钞》，诗余附。其诗集今人增校重编为《林则徐诗集》出版。

高阳台

和嶰筠前辈韵[1]

林则徐

玉粟收余[2]，金丝种后[3]，蕃航别有蛮烟[4]。双管横陈[5]，何人对拥无眠？不知呼吸成滋味[6]，爱挑灯、夜永如年。最堪怜，是一泥丸，损万缗钱。[7]　　春雷欻破零丁穴[8]，笑蜃楼气尽[9]，无复灰燃[10]。沙角台高[11]，乱帆收向天边。浮槎漫许陪霓节[12]，看微波、似镜长圆。更应传，绝岛重洋，取次回舷[13]。

◎ 注释

[1] 嶰筠前辈：嶰筠，邓廷桢号，见前邓廷桢小传。清代习惯，凡同为翰林院庶吉士、编修，其殿试中式时科名不属同一科，则后科中式的称前一科或前几科的翰林为前辈。邓廷桢于嘉庆六年（1801）恩科中进士入翰林，而林则徐则于嘉庆十六年（1811）始中

进士入翰林，后于邓五科，故林称邓为前辈。这词是道光十九年（1839）所作，这年七月，英舰在九龙附近向清水师进攻，双方炮战，英舰失败，遁回尖沙咀。故这词后半阕，反映此事。

[2] 玉粟：作者自注："罂粟，一名苍玉粟。"李圭《鸦片事略》："其地（印度）东南两境产波毕，即罂粟花也……泰西人记载之书，罂粟初产埃及国，周威烈王时，希腊人以其汁入药品食之。……希人名罂粟汁曰阿扁。……自印度南洋展转传至中国，复变阿音为鸦也。"

[3] 金丝：作者自注："吕宋烟草曰金丝醺。"吕宋是菲律宾群岛中的一岛，以产烟草著称，这是指雪茄烟，非鸦片。

[4] "蕃航"句：蕃：与"番"通。蕃航：外国船，主要指英国船。蛮烟：外国商人贩卖的鸦片烟。旧时称南方外国人为蛮。当时英国人在印度大量种植罂粟，制成鸦片，贩运到我国。

[5] "双管"句：抽鸦片者，两人于一榻上相对而抽，故云双管。管，鸦片烟枪。横陈，横卧，宋玉《讽赋》："内怵惕兮徂玉床，横自陈兮君之旁。"

[6] "不知"句：李商隐《安定城楼》："不知腐鼠成滋味。"

[7] "是一"二句：一泥丸：鸦片烟头似泥丸。缗：钱贯。损万缗钱：破费万贯钱。萧一山《清代通史》云："时烟价在印度每箱合二百余元，广州出售辄千八百元。"

[8] "春雷"句：指击败英舰事，见注[1]。欻，忽然。零丁：即零丁洋，在广东珠江口外，并有零丁岛。当时英舰停泊于此。这句谓这次中英炮战，像春雷一样，击破零丁洋上敌军的巢穴。

[9] 蜃楼：见邓廷桢《月华清·中秋月夜……》注。

[10] 无复灰燃：《史记·韩长孺列传》："狱吏田甲辱安国，安国曰：死灰独不复然（燃）乎？"这里反用其语，谓烧鸦片事。据萧一山《清代通史》载：是年二月十四日，英领事义律缴鸦片一万九千七百一十八十七箱又二千二百一十九袋，则徐会同邓廷桢亲驻虎门舟次验收，至四月初六日收毕。诏即交剿徐等率率文武官吏公同查核，目击销毁，俾沿海共见共闻，咸知震叠。则徐因就虎门海岸，凿方塘二……以鸦片投入，然后倾石灰沸之，令随潮出海，凡月余而始毕事。计所缴鸦片除留八箱作检查样品外，凡焚化二百三十七万六千二百五十四斤。……于是英人自领事义律以下，皆怏怏去广州赴澳门，诸外国商民相率从之。故词云"无复灰燃"，谓鸦片燃烧精光，不再有余下的灰烬得以重新烧起。

[11] 沙角台：见邓廷桢《月华清·中秋月夜……》注。

[12] "浮槎"句：时则徐以钦差大臣来广东办烟禁，故言浮槎，谓使臣。邓廷桢以两广总督在广州，故言霓节。官位则邓是地方最高长官，关系则邓是前辈，故"漫许陪"。浮槎，张华《博物志》："天河与海通，近世有人居海渚者，年年八月有浮槎去来不失期。人有奇志，立飞阁于槎上，多赍粮乘槎而去。"这里混合张骞持使节乘槎上天河事用之，以指使臣。霓节：节，符节；霓指符节上装饰物之色彩。吴融《即席》："银河正

清浅，霓节过来无?"总督亦持天子之节镇一方，故总督署称节署。此指邓廷桢。

[13] "取次"句：取次：次第。回舷：返航。舷，船边，代指船。萧一山《清代通史》："一时广州城外二百八十余艘之商船，留者仅二十余艘云。"又："(则徐)于九月十七日下令，限英船于三日内具结入口，或开回本国，不得滞泊于零丁洋面。"

◎ 评析

　　这词是鸦片战争时期，反映初期禁烟取得胜利的画卷。抒情、议论、叙事熔于一炉。上片写鸦片对中国人民造成的祸害，通过形象描绘，表达哀愤心肠，字字饱含血泪。下片转入禁烟抗英的伟大场面，与邓廷桢二人的昂扬斗志和胜利信心，气魄雄壮，风调激荡，足以当词史而无愧。

✿**吴兰修**　　字石华，号荔村，一号古输，室名桐华阁、守经堂。广东嘉应州(治今梅州)人。嘉庆十三年戊辰(1808)举人，官信宜训导。生平致力经史，兼擅算学，构书巢于粤秀书院，藏书数万卷，自榜其门曰"经学博士"。亦工诗词，谢章铤《赌棋山庄词话》、李佳《左庵词话》亟称之。徐世昌《晚晴簃诗汇》谓其"词宗白石(姜夔)、玉田(张炎)，婉约轻灵，天然雅韵"。著《荔村吟草》《桐华阁词钞》各一卷。

卜算子

吴兰修

　　园绿万重，月不下地，夜凉独起，冰心悄然，惜无闲人同踏深翠也。辄倚横竹写之，时甲戌七月十三夜。[1]

绿翳一窗烟，夜漏知何许? 碧月溕溕不到门，竹露听如雨[2]。　　独自出篱根，树影拖鞋去。一点萤灯隔水青，蛩作秋僧语[3]。

◎ 注释

[1] 横竹：笛。甲戌：嘉庆十九年（1814）。

[2] "竹露"句：竹露可听，必当有声。从孟浩然《夏日南亭怀辛大》句"竹露滴清响"化出。

[3] 蛩：见蒋士铨《水调歌头·舟次感赋》注。

◎ 评析

　　姜夔词工于制题，厉鹗仿之，作者此题亦然，然其境则取自苏轼《记承天寺夜游》。上片绿意濛濛，冰心一片。下片更幽清孤寂，似有僧气。全首静中有动，色中有声，在听不到夜漏之时而闻竹露如雨，在篱根独步之时而闻蛩作僧语。读此词，仿佛读贾岛、四灵之诗。作者虽岭南人，此词却瓣香浙派。

✦ 吴　藻

（1799？—1862？）

　　字苹香，号玉藻，号玉岑子，浙江仁和（今杭州）人。同邑商人黄某妻，常郁郁不欢。晚年移居南湖，皈依佛门而终。她是陈文述弟子，嘉、道间颇著词名，文述序其词集、称其"豪宕尤近苏、辛"。魏谦升序其词集说：她所居之地，是昔年厉鹗、吴锡麒先后所曾居，吴锡麒逝后，"或虑坛坫无人，词学中绝，不谓继起者乃在闺阁之间"。灵襟独抱，清光大来，不名一家，奄有众妙。徐珂《近词丛话》谓其"逼真漱玉（李清照）遗音。"著有《花帘词》《香南雪北词》，合称《香雪庐词》。

浣溪沙

吴 藻

一卷离骚一卷经[1]，十年心事十年灯。芭蕉叶上几秋声？　欲哭不成还强笑，讳愁无奈学忘情[2]。误人犹是说聪明[3]。

◎ 注释

[1] 作者有《饮酒读骚图》，图中作男妆，以身为女子而抱恨也。经，指佛经。下句的灯，也是指佛灯。

[2] 忘情：《世说新语·伤逝》："圣人忘情，最下不及情，情之所钟，正在我辈。"

[3] "误人"句：暗用《红楼梦》"机关算尽太聪明，反误了卿卿性命"语。作者于《红楼梦》悲剧有同情，有《乳燕飞·读红楼梦》一词可证。其中对林黛玉悲惨结局，有"有泪和花恸"之句，黛玉亦以聪明著者。故作者借以自伤薄命。

◎ 评析

　　吴藻兼朱淑真的身世与才华，这首小令，是她生平的概括，沉痛的自诉。压抑中的不平之鸣，如闻其声，如见其人。

金缕曲

吴 藻

闷欲呼天说[1]。问苍苍[2]、生人在世，忍偏磨灭？从古难消豪士气，也只书空咄咄。[3]正自检、断肠诗阅[4]。看到伤心翻失笑，笑公然愁是吾家物[5]。都并入，笔端结。　英雄儿女原无别。叹千秋、收场一例，泪皆成血。待把柔情轻放下，不唱柳边风月[6]。且整顿、铜琶铁拨[7]。读罢离骚还酌酒[8]，向大江东去歌残阕。声早遏，碧云裂。[9]

◉ 注释

[1]"闷欲"句:《史记·屈原贾生列传》:"故劳苦倦极,未尝不呼天也。"

[2]问苍苍:《诗·王风·黍离》毛传:"据远视之苍苍然,则称苍天。"蔡琰《胡笳十八拍》:"泣血仰头兮诉苍苍,生我兮独罹此殃。"

[3]"从古"二句:豪士:陆机有《豪士赋》。书空咄咄:《世说新语·黜免》:"殷中军(浩)被废,在信安,终日书空作字,扬州吏民寻义逐之,窃视,唯作'咄咄怪事'四字而已。"

[4]断肠诗:宋朱淑真诗集名。朱淑真又有《断肠词》,紫芝漫抄本存词二十六首,《全宋词》考定增删为二十五首。

[5]"公然"句:《断肠诗》中有《春宵》诗"梦回酒醒春愁怯"句等。《断肠词》见"愁"字凡十处。

[6]柳边风月:指柳永。祝穆《方舆胜览》:"范蜀公(镇)尝曰:仁宗四十二年太平,镇在翰苑十余载,不能出一语歌咏,乃于耆卿(柳永字)词见之。仁宗尝曰:此人任从风前月下浅斟低唱,岂可令仕宦!遂流落不偶。"柳永《雨霖铃》:"杨柳岸、晓风残月。"

[7]铜琶铁拨:俞文豹《吹剑续录》:东坡在玉堂日,有幕士善歌,因问:"吾词比柳(永)词何如?"对曰:"柳郎中词,只好十七八女孩儿执红牙拍板,唱'杨柳岸晓风残月',学士词须关西大汉抱铜琵琶,执铁绰板,唱'大江东去'。"

[8]"读罢"句:本事见前一首《浣溪沙》注。《世说新语·任诞》:"王孝伯(恭)言:名士不必须奇才。但使常得无事,痛饮酒,熟读《离骚》,便可称名士。"

[9]"声早"二句:遏:阻止。二句谓声音响彻云霄,使天上的行云都止住并裂开了。《列子·汤问》:"抚节悲歌,声振林木,响遏行云。"

◉ 评析

　　这词提出的问题,涉及对人生、社会、女子处境等各方面,表现了作者所要追求的东西。呵壁问天,愤慨不平。其中说到愁是吾家物,表明了与朱淑真的身世同悲。赵庆禧序作者词集有云:"花帘主人工愁者也,花帘主人之词善写愁者也。不处愁境,不能言愁;必处愁境,何暇言愁?……不必愁而愁,斯视天下无非可愁之物,无非可愁之境矣。"正是对这词的最好说明。处愁境言愁而终于一切放下,振笔高唱,声振云霄。其思路之开阔,诚有如其师陈文述所云"豪宕尤近苏、辛"者。

❀ 龚自珍
(1792—1841)

字璱人，更名易简，字伯定，又更名巩祚，号定盦，又号羽琌山民，浙江仁和（今杭州）人。道光九年己丑（1829）进士，官礼部主事。自珍幼禀异姿，聪俊异常伦，长而淹贯古今。通经学、小学和史地学。经学谈公羊学派，讲求经世致用，以此为质干。在政治上要求改革。又通佛学，崇尚天台宗。晚清杰出学者沈曾植《书龚定盦文集后》说："定盦之才，数百年所仅有也。""其声非寻常之声也，其色非寻常之色也，其回薄激宕，江海不足以为深，山岳不足以为高。""而其幽灵殊异之心，疏通知远、体物无遗之智，如电入物，如水注地，积微造微，泯然藏密，不可思议。"又在《龚自珍传》中，以与魏源并举，称为"奇才"。谭献《复堂日记》谓其"诗佚宕旷邈，而豪不就律，终非当家；词绵丽飞扬，意欲合周（邦彦）辛（弃疾）而一之，奇作也。"又《箧中词》曰："定公能为飞仙、剑客之语，填词家长爪梵志也。"著有《定庵全集》，其中自定的词集凡五种，题名《无著词选》《怀人馆词选》《影事词选》《小奢摩词选》《庚子雅词》，各一卷。

桂殿秋（二首）

龚自珍

六月九日夜，梦至一处，云廊木秀，水殿荷香，风烟郁深，金碧嵯丽。时也方夜，月光吞吐在百步外。荡瀁气之空濛，都为一碧；散清景而离合，不知几重。一人告予：此光明殿也。醒而忆之为赋两解。[1]

明月外，净红尘。蓬莱幽窅四无邻[2]。九霄一派银河水[3]，流过红墙不见人[4]。

惊觉后，月华浓[5]。天风已度五更钟[6]。此生欲问光明殿[7]，知隔朱扃几万重[8]？

◎ 注释

[1] 这词载《无著词选》，郭延礼《龚自珍年谱》列于嘉庆十五年庚午（1810）编年词目，为作者十九岁的少作。滃气，沆滃之气，夜间的水气和露水。

[2] 蓬莱：海上三神山之一，见《史记·封禅书》。窅：幽暗深远。

[3] 九霄：九天，天空极高之处。《抱朴子·畅玄》："其高则冠盖乎九霄。"银河：天河。杜甫《江月》："银河没半轮。"

[4] "流过"句：红墙，李商隐《代应》："本来银汉是红墙。"不见人，刘禹锡《杨柳枝词》："晚来风起花如雪，飞入宫墙不见人。"

[5] 月华：见孙尔准《水调歌头》注。

[6] 五更钟：李商隐《无题》："月斜楼上五更钟。"

[7] 光明殿：此虽记梦中所见，但其名实本于佛经。《大方广佛华严经》："尔时世尊在摩竭提国阿兰若法菩提场中，始成正觉，于普光明殿，坐莲华藏师子之座。"《金刚峰楼阁一切瑜伽瑜祇经》："时薄伽梵金刚界遍照如来，以五智所成四种法身，于本有金刚界自在天三昧那自觉本初大菩提心，普贤满月不坏金刚光明心殿中……"

[8] "知隔"句：李商隐《无题》："更隔蓬山一万重。"朱扃，红色大门。

◎ 评析

　　这两首小令，通过浪漫主义的想象驰骋，表现了青年时代的作者，向理想境界光明的追求。在美丽而迷离的梦境中，毫不含糊地表明"此生欲问"，也就是要尽毕生精力以赴，而不顾"朱扃几万重"的遥隔。同时也对蓬莱仙境的幽杳，不见一个同路人而有怅惘。

湘 月

龚自珍

壬申夏泛舟西湖，述怀有赋。时予别杭州盖十年矣。[1]

天风吹我，堕湖山一角[2]，果然清丽。曾是东华生小客[3]，回首苍茫无际。屠狗功名[4]，雕龙文卷[5]，岂是平生意？乡亲苏小[6]，定应笑我非计。　　才见一抹斜阳，半堤香草[7]，顿惹清愁起。罗袜音尘何处觅[8]？渺渺予怀孤寄[9]。怨去吹箫，狂来说剑，[10]两样消魂味。两般春梦，橹声荡入云水。

是词出，歙洪子骏题词序曰："龚子璱人近词有曰：'怨去吹箫，狂来说剑。'二语是难兼得，未尝有也，爱填《金缕曲》赠之。"其佳句云："结客从军双绝技，不在古人之下，更生小会骑飞马。如此燕邯轻侠子，岂吴头楚尾行吟者？"其下半阕佳句云："一棹兰舟回细雨，中有词腔姚冶，忽顿挫淋漓如话。侠骨幽情箫与剑，问箫心剑态谁能画？且付与，山灵诧。"余不录。越十年，吴山人文徵为作《箫心剑态图》[11]。牵连记。

◉ 注释

[1] 壬申，嘉庆十七年（1812），作者年二十一岁。是年，作者全家南下，四月，随母至苏州外祖父段玉裁家探亲。同月，与表妹段美贞在苏州结婚，婚后夫妇同返杭州。夏，泛舟西湖，作此词。词编于《怀人馆词选》。据郭延礼《龚自珍年谱》，作者于嘉庆八年癸亥（1803）七月自杭州赴京，故题有别杭州十年之语。

[2] 湖山一角：《珊瑚网》："世评马远画多残山剩水，不过南渡偏安风景耳。"又称为马一角。

[3] "曾是"句：东华：京都代称，苏轼诗自注云："前辈戏语：有西湖风月，不如东华软红香土。"北京清宫东门名东华门。作者于嘉庆二年（1797）六岁随母段夫人来北京，至六年（1801）十岁始随母返杭州。八年十二岁又随父丽正来京，至本年二十一岁，父出任徽州知府，始全家南下。

[４]屠狗功名：《史记·樊郦滕灌列传》："舞阳侯樊哙者，沛人也，以屠狗为事，与高祖俱隐。"

[５]雕龙文卷：《史记·孟子荀卿列传》："雕龙奭。"裴骃《集解》引刘向《别录》"驺奭修（驺）衍之文饰，若雕镂龙文，故曰雕龙。"刘勰著《文心雕龙》，书名即由此而来。

[６]乡亲苏小：苏小，即苏小小，南齐时钱塘歌妓，见郭茂倩《乐府诗集》卷八五《苏小小歌序》。韩翃《送王少府归杭州》："钱塘苏小是乡亲。"钱塘，即杭州，故作者也称苏小为乡亲。

[７]半堤香草：半堤，指西湖白堤，白居易《钱塘湖春行》有"浅草才能没马蹄""绿杨阴里白沙堤"之句。

[８]罗袜音尘：曹植《洛神赋》："凌波微步，罗袜生尘。"这句承上片"乡亲苏小"句来。

[９]渺渺予怀：苏轼《赤壁赋》："渺渺兮予怀，望美人兮天一方。"

[１０]"怨去"二句：箫、剑在作者诗词中，常对举出现。箫，象征柔怨之情与文才；剑，象征雄壮之志与武略。如"来何汹涌须挥剑，去尚缠绵可付箫"（《又忏心一首》诗）；"绝域从军计惘然，东南幽恨满词笺。一箫一剑平生意，负尽狂名十五年"（《漫感》诗）；"气寒西北何人剑，声满东南几处箫"（《秋心三首》诗）；"按剑因谁怒，寻箫思不堪"（《纪梦七首》诗）；"少年击剑更吹箫，剑气箫心一例消"（《己亥杂诗》）；"沉思十五年中事，才也纵横，泪也纵横，双负箫名与剑名"（《丑奴儿令》）。

[１１]吴文徵：字南芗，安徽歙县人。画山水法元四家，间涉北宋。亦能诗，精篆刻。

◎ 评析

　　这词写泛舟西湖，实是抒怀之作，风景只略点。这时作者乡试还没有中式，功名尚无期望，而且屠狗功名，也不是平生立志所在；这年春末离京之时，由副榜贡生考充武英殿校录，在作者看来，这不过是雕龙文卷的工作，二者都不是平生意。而只有"怨去吹箫，狂来说剑"，才是精神所寄。就艺术风格来说，箫是优美，剑是壮美，这词便能抑扬顿挫，两者兼备，熔雄奇与哀艳于一炉。

鹊踏枝

过人家废园作^[1]

龚自珍

漠漠春芜春不住^[2]，藤刺牵衣，碍却行人路。偏是无情偏解舞，濛濛扑面皆飞絮^[3]。　　绣院深沉谁是主？一朵孤花，墙角明如许。莫怨无人来折取^[4]，花开不合阳春暮^[5]。

◎ 注释

[1] 这词载于《怀人馆词选》，是作者在嘉庆二十年乙亥（1815）六月以前在徽州所作。这年二十四岁。

[2] "漠漠"句：漠漠：密布的样子。春芜：丛生的春草。

[3] "濛濛"句：晏殊《踏莎行》："春风不解禁杨花，濛濛乱扑行人面。"

[4] "莫怨"句：杜秋娘《金缕衣》："花开堪折直须折，莫待无花空折枝。"

[5] 阳春：阳和的春天。《管子·地数》："阳春农事方作。"

◎ 评析

　　这词写废园景色，阴暗中有一丝明亮，寓情于景，情景交融。寄寓的深意，较为明显。废园象征当时的社会；春芜丛生，春光不住，象征清王朝衰败命运；藤刺碍路，飞絮扑面善舞，象征阻碍前进，醉生梦死的腐朽势力；绣院象征毫无主宰命运能力的中枢机关。然后突出一朵孤花、墙角独明隐喻自比，作为前者的对比。然而作者怀才不得施展，嘉庆十五年（1810）应顺天乡试，仅得副榜贡生，十八年（1813）再应顺天乡试未中。这是由于已当春光迟暮，清王朝正走向下坡路的时候，嘉庆十八年九月，天理教在北方数省组织起义，局势不宁。作者这时写过《尊隐》一文，反映其时阶级矛盾的激化，又写《明良论》以抨击君主专制制度，并不引起当局的注视。词中说"不合"，说"莫怨"，是悲愤的倾吐。通篇运用比兴手法。

减字木兰花[1]

龚自珍

偶检丛纸中，得花瓣一包，纸背细书辛幼安"更能消几番风雨"一阕，乃是京师悯忠寺海棠花，戊辰暮春所戏为也，泫然得句。[2]

人天无据，被侬留得香魂住。如梦如烟，枝上花开又十年。　　十年千里[3]，风痕雨点斓斑里。莫怪怜他，身世依然是落花。

◎ 注释

[1] 这词载于《怀人馆词选》，据词题所称"花瓣"一包乃戊辰（嘉庆十三年）所戏为，参以词中"十年千里"语，应为嘉庆二十二年丁丑（1817）在上海作，时年二十六岁。

[2] "更能消几番风雨"一阕：辛弃疾《摸鱼儿·淳熙己亥……》词。悯忠寺：在北京，今名法源寺，相传唐太宗李世民为悼念征辽阵亡将士而修建，清雍正十一年（1733）重修，才改今名。作者有诗题云《丙戌秋日，独游法源寺，寻丁卯戊辰间旧游，遂经过寺南故宅，悯然赋》，知戊辰岁作者居法源寺南宅。此题有"泫然"语，盖作者妻段美贞于嘉庆十八年（1813）病逝于徽州，因见花而及人，故云，但非本词主旨所在。

[3] 十年千里：嘉庆十三年戊辰，作者在北京。十四年、十五年、十六年都在北京。十七年三月出京南下，夏，偕其妻段美贞往安徽歙县其父龚丽正徽州知府任所。十八年在徽州，四月入京，应顺天乡试未中，八月出京返徽州。二十年离徽州到杭州。二十一年在上海，秋应江南乡试未中。二十二年在上海。词所以云"十年千里"。

◎ 评析

这词借落花抒写作者身世之感，表示其在政治上郁郁不得志的心态。十年之中，三应乡试都未售，故有"身世依然是落花"的自伤。人花一体，构思精妙。

台城路[1]

龚自珍

　　赋秣陵卧钟，在城北鸡笼山之麓，其重万钧，不知何代物也[2]。
山陬法物千年在[3]，牧儿叩之声死[4]。谁信当年，犍锤一
发[5]，吼彻山河大地。幽光灵气。肯伺候梳妆，景阳宫里?[6]
怕阅兴亡，何如移向草间置[7]?　　漫漫评尽今古[8]。
便汉家长乐[9]，难寄身世。也称人间，帝王宫殿，也称
斜阳萧寺[10]。鲸鱼逝矣[11]。竟一卧东南，万牛难起[12]。
笑煞铜仙，泪痕辞灞水。[13]

◎ **注释**

[1] 这词载于《庚子雅词》，道光二十年庚子（1840）年作于南京，是年四十九岁。据郭延
礼《龚自珍年谱》，这年八月初，作者来游南京，九月离去。次年病逝。

[2] 秣陵：南京古称。卧钟：此卧钟今置在江苏南京市鼓楼东北大钟亭内。光绪年间建亭
悬挂。钟铜质紫色，高四点二米，重约二十三吨。镌有"洪武二十一年九月吉日铸"
的铭文。为国内罕见大钟。据传可声闻十里。题云"在城北鸡笼山之麓"，岂在太平天
国革命后已移置？且铭刻现存，知铸于明初，亦不得云"不知何代物也"。鸡笼山：即
鸡鸣山，在南京城北，地有鸡鸣寺。钧：古代计量单位名，三十斤为钧。

[3] "山陬"句：山陬：山角落。法物：原指帝王仪仗所用的器物，《后汉书·光武帝纪》李
贤注："法物，谓大驾卤簿仪式也。"亦兼作僧徒所用器物之称。

[4] 声死：声音微弱。常建《吊王将军墓》："军败鼓声死。"

[5] 犍锤：当作"犍槌"。《翻译名义集》："犍椎，《声论》翻为磬，亦翻钟。《资持》云：
'若诸律论，并作犍锤，或作犍椎，今须音槌为地。'"

[6] "伺候"二句：《南齐书·武穆裴皇后传》："上（萧赜）数游幸诸苑囿，载宫人从后车。
宫内深隐，不闻端门鼓漏声，置钟于景阳楼上。宫人闻钟声，早起装饰。"

[7] 移向草间置：与题语合，似作者见到时情况如此。

[8] 漫漫：长远貌。

[9] 汉家长乐：长乐宫，本秦兴乐宫，汉加增饰后更名。见《三辅黄图》。钱起《酬阙下裴
舍人》："长乐钟声花外尽。"

[10] 萧寺：李肇《唐国史补》："梁武帝造寺，令萧子云飞白大书'萧寺'。"

[11]鲸鱼：撞钟之杵。因刻作鲸鱼形，故名。《后汉书·班彪传》附班固《两都赋》："于是发鲸鱼，铿华钟。"李贤注："鲸鱼谓刻杵作鲸鱼形也。……薛综注《西京赋》云：'海中有大鱼名鲸，又有兽名蒲牢。蒲牢素畏鲸鱼，鲸鱼击，蒲牢辄大鸣呼。凡钟欲令其声大者，故作蒲牢于其上，撞钟者名为鲸鱼。'"

[12]万牛难起：谓卧钟重万钧，连万牛也拉他不起。杜甫《古柏行》："万牛回首丘山重。"

[13]"笑煞"二句：见陈维崧《满江红·秋日经信陵君祠》注。

◉ 评析

　　这是作者逝世前一年所写，是他晚年词中的一篇力作。借卧钟这一庞然大物寄寓感慨，思想境界，达到相当高度。写钟即是自写。犍槌一发，要吼彻山河大地，是振聋发聩，召唤九州生气的风雷。不肯伺候梳妆于景阳宫里，目无皇帝，比李白"安能摧眉折腰事权贵"大胆得多。一卧东南，万牛难起，又明显地为自己退隐东南，不能起来担负救亡的重担而自伤。最后对铜仙铅泪中的王朝兴亡，报以一笑，笑中有泪，亦见骨气。词风横放杰出，剑气横秋，心目中何有常州派！

200

项鸿祚
(1798—1835)

原名继章，又改名廷纪，字莲生，浙江钱塘（今杭州）人。道光十二年壬辰（1832）举人，两应进士试，不第。家资本富，中年以后，屡遭变故，以致困顿。自谓"不为无益之事，何以遣有涯之生"（《忆云词丙稿序》），故肆力于词，"当沉郁无憀之极，仅托之绮罗芗泽以泄其思，盖辞婉而情伤矣"（《丁稿序》）！加以"幼有愁癖，故其情艳而苦，其感于物也郁而深"（《甲稿序》）。谭献《箧中词》以与纳兰性德、蒋春霖并举，称为"三百年中，分鼎三足"。又谓："莲生，古之伤心人也！荡气回肠，一波三折，有白石（姜夔）之幽涩而去其俗，有玉田（张炎）之秀折而无其率，有梦窗（吴文英）之深细而化其滞，殆欲前无古人。"推许稍觉过当。又谓："以成容若之贵，项莲生之富，而填词皆幽艳哀断，异曲同工，所谓别有怀抱者也。"著有《忆云词》甲乙丙丁稿。

减字木兰花

春夜闻隔墙歌吹声
项鸿祚

阑珊心绪[1]，醉倚绿琴相伴住[2]。一枕新愁，残夜花香月满楼。[3]　　繁笙脆管，吹得锦屏春梦远[4]。只有垂杨，不放秋千影过墙。[5]

[1]阑珊：衰落，将尽。

[2]绿琴：即绿绮琴，汉司马相如有琴名绿绮。

[3]"一枕"二句：一枕：满枕。残夜：将尽之夜。

[4]锦屏：上官昭容《彩书怨》："月落锦屏虚。"

[5]"只有"二句：反用张先《青门引》："那堪更被明月，隔墙送过秋千影。"

◎ 评析

　　这词收于《忆云词》甲稿，是作者二十五岁前所写。上片写作者的主观情绪与客观环境。下片以隔院笙管的闹腾，衬托自己处境之幽独。以"不放秋千影过墙"，反衬歌吹声之过墙。荡秋千，是古代女郎的游戏。秋千影不过墙，暗示作者所思的女郎不过来，而垂杨的无情封锁，则是障碍物的象征。这正是上片所云满枕新愁、彻夜无眠的来由。小词构思灵巧，婉转入情。

湘　月

项鸿祚

　　壬午九月，避喧于南山之甘露院，就泉分茗，移枕看山，相羊浃旬，尘念都净。出院不百步，越小岭，即虎跑也。尝月夜独游，清寒特甚，赋《念奴娇》鬲指声一阕记之。[1]

绳河一雁[2]，带微云淡月，吹堕秋影。风约疏钟，似唤我、同醉寺桥烟景。黄叶声多，红尘梦断，中有檀栾径[3]。空明积水，诗愁浩荡千顷。　　乘兴欲叩禅关[4]，残萤几点，飐寒星不定。清夜湖山，肯付与、词客闲来消领？跨鹤天高[5]，盟鸥缘浅[6]，心事塘蒲冷。朔风狂啸，满林宿鸟都醒。

[1] 壬午：道光二年（1822），作者是年二十五岁。甘露院：杭州南山幽僻处的小僧寺。相羊：同"徜徉"。浃旬：一旬，即十天。汉《卫尉衡方碑》："受任浃旬。"虎跑：在杭州西湖西南隅的大慈山下。传说唐元和十四年（819）高僧寰中居此，苦于无水。一日，有二虎跑地作穴，泉水涌出，故名虎跑。其泉甘洌醇厚，有天下第三泉之称。《念奴娇》：即《湘月》。

[2] 绳河：即天河。杨慎《艺林伐山》："江淹宗室表（《建平王庆安城王拜封表》）'丽采绳河，映尊璇圃'，见纬书：天子神圣，则天河直如绳。"

[3] 檀栾：竹状。枚乘《梁王兔园赋》："修竹檀栾，夹池水，旋兔园。"

[4] 禅关：僧寺的大门。

[5] "跨鹤"句：古代传说中神仙跨鹤事甚多，这里不专指一事。这句意谓成仙上升的荒诞。

[6] "盟鸥"句：黄庭坚《登快阁》："此心吾与白鸥盟。"取《庄子》佚文及《列子》海上之人好鸥鸟故事。

◎ 评析

　　这词写作者"月夜独游"南山的清兴。上片以写景为主，而红尘梦断，诗愁浩荡，归结到情；下片以抒情为主，而残萤寒星，情景夹写，归宿到"满林宿鸟都醒"的景。通篇以幽闲的避喧生活和清空的自然景色结合描写，构成物我一体、清寒入骨的境界。这词的风格，颇近厉鹗，作者杭人，不能不受厉鹗的影响。

清平乐

池上纳凉

项鸿祚

　　水天清话[1]，院静人消夏。蜡炬风摇帘不下[2]，竹影半墙如画。　　醉来扶上桃笙[3]，熟罗扇子凉轻[4]。一霎荷塘过雨，明朝便是秋声。

[1]"水天"句：李商隐有《水天闲话旧事》诗题，这里取用其语。

[2]蜡炬：蜡烛。

[3]桃笙：左思《吴都赋》刘逵注："桃笙，桃枝簟也。吴人谓簟为笙。"按：指席。

[4]熟罗：罗，轻软而有疏孔的丝织品。织罗的丝有练有不练，因而有熟罗、生罗之别。

◎ 评析

　　上片写景，善于以动写静。竹是静境，而从烛光闪处出现在半墙的竹影摇动来显示自然的画面。下片写纳凉的生活。荷塘点明池上，雨是无情的，一番雨过，明朝便将出现花叶败落、一派秋声的萧条景象了。秋声是预拟的，这一结尾，是作者哀怨心态的表露。而作者此词，还是早期作品，写在道光初年。王朝走向下坡的脉搏，却已不难在此诊出。

百字令

将游鸳湖，作此留别[1]

项鸿祚

啼莺催去，便轻帆东下[2]，居然游子[3]。我似春风无管束，何必扬舲千里[4]？官柳初垂，野棠未落，才近清明耳。[5]归期自问，也应芍药开矣[6]。　　且去范蠡桥边[7]，试盟鸥鹭[8]，领略江湖味。须信西泠难梦到[9]，相隔几重烟水。剪烛窗前[10]，吹箫楼上[11]，明日思量起。津亭回望，夕阳红在船尾。[12]

◎ 注释

[1]鸳湖：即鸳鸯湖，在浙江嘉兴。分东西两湖，相连如鸳鸯交颈，故名。又称南湖。

[2]轻帆东下：轻帆，轻快的帆船。嘉兴在杭州的东北，自杭州前去，故曰东下。

[3] 居然游子：杭州与嘉兴相距不过二百里，算不得远游，对游者来说，更称不上游子。
这里用"居然"一词，是戏语，也是自嘲语。

[4] 扬舲：《楚辞·九歌·湘君》："横大江兮扬灵。"灵，《后汉书·杜笃传》李贤注云：
"作舲。"姜亮夫《屈原赋校注》："舲本字，灵借字也。"又《九章·涉江》："乘舲船余
上沅兮。"王逸注："舲船，船有窗牖者。"洪兴祖补注："舲，音灵。《淮南》云：'越
舲蜀艇。'注云：'舲，小船也。'"

[5] "官柳"三句：官柳：杜甫《西郊》："市桥官柳细。"下二句反用辛弃疾《念奴娇·书
东流村壁》："野棠花落，又匆匆过了，清明时节。"本词所写，是柳初垂、棠未落的早
春之景，故云"才近清明耳"。

[6] 芍药开：芍药于春末夏初开花，这里用以点明归期。

[7] 范蠡桥：朱彝尊《鸳鸯湖棹歌》自注："城西南金铭寺，有范蠡祠，旧并塑西子像。"
按：桥当即在其地，今已无存。

[8] 盟鸥鹭：元人黄庚《渔隐为周仲明赋》诗："惟寻鸥鹭盟。"

[9] 西泠：杭州西湖孤山到北山所经的一座桥，代指杭州。

[10] 剪烛窗前：李商隐《夜雨寄北》："何当共剪西窗烛，却话巴山夜雨时。"

[11] 吹箫楼上：秦穆公时萧史善吹箫，作凤鸣，穆公以女弄玉妻之，筑台使居其上，并仙
去。见《列仙传》。词牌有《凤凰台上忆吹箫》。这里借以写作者夫妻家居相爱情景。

[12] "津亭"二句：津亭：设在渡口上的亭子，常作水路送别之处。"津亭回望"是"回望
津亭"的倒装。此行开船，当在傍晚。船向东北行，回望西南的津亭，所以看到"夕
阳红在船尾"的景象。

◎ 评析

　　这是一首抒情词，抒写因将近游鸳湖而引起的想象与情思，既有对
早春景物的美丽描绘，也有与妻子暂别的怀恋。写得委曲婉转，轻松愉
快，在作者具有愁癖的词作里，这是别调。

三犯渡江云

项鸿祚

　　余今年二月客山阴，三月客禾中，四月七日一再至吴门，遂北渡扬
子，游金、焦两山，留维扬六日。褐来故山，恍焉如梦。尘衣未浣，又
为豫章之行。登舟惘惘，扣舷而歌，弥觉旅怀之凄黯矣。[1]

断潮流月去，舵楼碎语[2]，侵晓挂帆初。一行沙上雁，又被西风，吹影落江湖。红墙渐远[3]，拂征衣、自叹清癯[4]。最凄凉、疏萍剩梗[5]，飘泊意何如？　　愁余[6]！黄花旧径，修竹吾庐。是离魂来处[7]，料此后、诗边酒冷，梦里灯孤。停船莫近投书浦[8]，况路长、容易无书。归便早，今年总负鲈鱼[9]。

⊙ 注释

[1] 山阴：浙江绍兴。禾中：浙江嘉兴。吴门：江苏苏州。扬子：长江下游一段江名。金、焦：见孙尔准《渡江云·登北固亭》注。维扬：江苏扬州。揭来：司马相如《大人赋》："回车揭来兮"。段玉裁《说文解字注》："古人文章多言揭来，犹往来也。"豫章：江西南昌。扣舷而歌：拍着船舷唱起歌来。舷，船边。苏轼《赤壁赋》："扣舷而歌之。"

[2] "舵楼"句：舵楼：见陈维崧《贺新郎·赠苏昆生》注。碎语：琐屑的话，指与其妻临别时的絮语。

[3] 红墙：见龚自珍《桂殿秋》注。

[4] 清癯：清瘦。

[5] 萍梗：浮萍与断梗随风飘荡，比喻行踪无定。

[6] 愁余：《楚辞·九歌·湘夫人》："目渺渺兮愁予。"予，即余、吾。

[7] 离魂：用陈玄祐《离魂记》所述倩女离魂追随其夫故事。

[8] 投书浦：《太平御览》引《晋书》："殷羡建元中为豫章太守。去郡，郡人多附书一百余封。行至江西石头渚岸，以书掷水中，故时人号为投书渚。"作者往南昌，故用此典，就地生发。

[9] 鲈鱼：见周济《渡江云·杨花》注。

⊙ 评析

　　这首词是作者在游历了江浙等地回家以后，又登舟赴南昌起程时所作。上片写登舟时与妻子话别以及对萍梗漂泊的心理感受。下片写对故乡和妻子的怀念和对归期难卜的怅恨。背景是西风秋雁，增加萧瑟气氛的渲染。总的构成一幅凄黯的画面。

水龙吟

秋 声

项鸿祚

西风已是难听,如何又著芭蕉雨?泠泠暗起[1],渐渐渐紧[2],萧萧忽住[3]。候馆疏砧[4],高城断鼓,和成凄楚。想亭皋木落[5],洞庭波远[6],浑不见,愁来处。　　此际频惊倦旅,夜初长、归程梦阻。砌蛩自叹[7],边鸿自唤,剪灯谁语?莫更伤心,可怜秋到,无声更苦。满寒江剩有,黄芦万顷[8],卷离魂去。

◎ 注释

[1] 泠泠:象声词。这里承首句,指风声。陆机《文赋》:"音泠泠而盈耳。"

[2] 渐渐:象声词。这里承第二句,指雨声。李商隐《肠》:"隔树渐渐雨。"

[3] 萧萧:象声词。总写风雨声。荆轲《易水歌》:"风萧萧兮易水寒。"

[4] "候馆"句:候馆:《周礼·地官·遗人》:"市有候馆。"郑玄注:"候馆,楼可以观望者也。"砧:捣练之石。

[5] 亭皋木落:柳恽《捣衣》:"亭皋木叶下,陇首秋云飞。"

[6] 洞庭波:《楚辞·九歌·湘夫人》:"袅袅兮秋风,洞庭波兮木叶下。"

[7] 砌蛩:石阶里的蟋蟀。

[8] 黄芦:见吴伟业《满江红·蒜山怀古》注。

◎ 评析

　　这词通篇紧扣秋声,从风声、雨声、砧声、鼓声到砌蛩声、边鸿声,组成肃杀凄楚的秋声,构思显然从欧阳修《秋声赋》得到启发。但声是从听而来,这里就突出了作者的人及其主观情思,由"已是难听"到"如何又著",由"听"到"想",层层递进。然后归到"莫更伤心,可怜秋到,无声更苦"。境界别开。抒情既入木三分,而于秋声又不脱不粘。歇拍荡魂夺魄，把读者又带进一个开阔而又迷茫的天地。

玉漏迟

冬夜闻南邻笙歌达曙

项鸿祚

病多欢意浅，空簝素被[1]，伴人凄惋。巷曲谁家？彻夜锦堂高宴。一片氍毹月冷[2]，料灯影、衣香烘软。嫌漏短，漏长却在，者边庭院[3]。　　沈郎瘦已经年[4]，更懒拂冰丝[5]，赋情难遣。总是无眠，听到笛慵箫倦[6]。咫尺银屏笑语[7]，早檐角、惊乌啼乱。残梦远，声声晓钟敲断。

◎ 注释

[1]"空簝"句：簝：香笼。古人往往在笼内焚香，将被子等放在笼上熏。空簝：香笼空着，表示作者独卧无人照顾时的情景。王沂孙《天香·龙涎香》："漫惜余熏，空簝素被。"

[2]氍毹：指铺设在锦堂上的毛织地毯。汉乐府《陇西行》："请客北堂上，坐客毡氍毹。"应劭《风俗通》："织毛褥谓之氍毹。"

[3]者边：这边。

[4]"沈郎"句：沈郎：沈约。《梁书·沈约传》："与徐勉素善，遂以书陈情于勉曰：'……百日数旬，革带常应移孔，以手握臂，率计月小半分。'"

[5]冰丝：指琴弦。《杨太真外传》："开元中，中官白秀贞自蜀回，得琵琶以献，弦乃拘弥国所贡，绿冰蚕丝也。"

[6]"听到"句：听隔壁的笛箫演奏直到结束。慵、倦，拟人化的词，谓笛、箫演奏到懒又且倦了。

[7]"咫尺"句：谓隔壁宴会，虽与这边有一定距离，但因其笑语声音之大，故觉得近在咫尺。银屏，镶嵌银丝花纹的屏风。白居易《长恨歌》："珠箔银屏逦迤开。"

◎ 评析

　　这词用对比手法，以隔院箫笛喧闹、银屏笑语的欢娱，来反衬自己长夜无眠、孤独病居的意绪。可与《减字木兰花·春夜闻隔墙歌吹声》小令参读。作者家庭虽然富有，但后来中落，境遇困顿了。这词当是困顿后的作品。这种两方不同环境的对比描写，来源于汤显祖《牡丹亭》："良辰美景奈何天，赏心乐事谁家院。"作者可能受到这种影响。

❀ 顾 春
(1799—1877)

字子春，号太清，本满洲西林觉罗氏，鄂尔泰曾孙女，幼经变故，为荣纯亲王永琪之子荣恪郡王绵亿府上一顾姓包衣人所收养，遂姓顾氏，后嫁绵亿子奕绘贝勒为侧室。夫妇皆才华绝世，闺房韵事，世比之赵孟頫、管道真。贝勒死而家难起，太清携子女移居府外，抚所生子成立，晚境渐佳，至光绪初犹在。其词清隽真淳，王鹏运论满洲词人，有"男中成容若，女中太清春"之语（见冒广生《天游阁诗集跋》）。俞陛云以为"非特八旗之冠，亦清代之名家"（《清代闺秀诗话》）。有诗集《天游阁集》五卷、词集《东海渔歌》四卷。

早春怨

春 夜

顾 春

杨柳风斜，黄昏人静，睡稳栖鸦。短烛烧残，长更坐尽，小篆添些[1]。　　红楼不闭窗纱，被一缕、春痕暗遮[2]。淡淡轻烟，溶溶院落，月在梨花。[3]

[1] 小篆：指盘香，因盘屈如篆文，故名小篆香。秦观《减字木兰花》："断尽金炉小篆香。"亦可指香烟上袅似小篆。苏轼《宿临安净土寺》："闭门群动息，香篆起烟缕。"

[2] 春痕：毛滂《南歌子》："淡烟疏雨冷黄昏，零落酴醾撚花片，损春痕。"

[3] "淡淡"三句：晏殊《寓意》："梨花院落溶溶月，柳絮池塘淡淡风。"

◎ 评析

　　这首小令，写春夜独步怀人的幽静境界。从他化用的晏殊诗句可以悟出。《寓意》诗后四句是："几日寂寥伤酒后，一番萧索禁烟中。鱼书欲寄何由达？水远山长处处同。"不过，晏诗明白说出，顾词则含而不露。

醉翁操

题云林《湖月沁琴图》[1]

顾　春

悠然，长天。澄渊，渺湖烟，无边。清辉灿灿兮婵娟，有美人兮飞仙。悄无言，攘袖促鸣弦。照垂杨、素蟾影偏[2]。　　羡君志在，流水高山[3]。问君此际，心共山闲水闲？云自行而天宽，月自明而露泠。新声和且圆。轻徽徐徐弹[4]。法曲散人间[5]。月明风静秋夜寒。

◎ 注释

[1] 云林：倪瓒，字元镇，无锡人。元代处士，大画家，所居有云林堂、萧闲馆、清闷阁诸胜，人称为云林先生。参见黄景仁《摸鱼子·归鸦》注。

[2] 素蟾：见邓廷桢《月华清》注。

[3] 流水高山：《列子·汤问》："伯牙善鼓琴，钟子期善听。伯牙鼓琴，志在高山。钟子期曰：'善哉，峨峨兮若泰山。'志在流水，钟子期曰：'善哉，洋洋兮若江河。'"

[4] 徽：琴徽，系弦的绳。后以称七弦琴琴面十三个指示音节的标志。

[5] 法曲：道观所奏的乐曲，其声清而近雅。隋时已有之。唐玄宗酷爱法曲，皇宫梨园有
   法部专负责训练与演奏。

◉ 评析

　　这是一阕题画词，不是一般的题画，而是题元代名画家高士倪云林的画，便需要洗尽俗尘的词笔。太清夫妇喜收藏赏鉴古画，所收倪画，除《湖月沁琴图》外，还有《清闷阁图》，也是名作。醉翁是欧阳修的别号，修官滁州知府时，于琅邪山听泉，后沈遵往游，以琴写其声，名之曰《醉翁操》。三十余年后，苏轼应崔闲之请，始创歌词。相沿填写者很少，宋人所作只五首，包括苏轼、辛弃疾各一首。这词牌词调格式特殊，句子长短参差，用韵占十分之九。音繁节促，仿佛听鸣泉泻玉的琴声。太清为此，与苏、辛二词超旷雄肆的风格不同，而以闲淡清幽的新面目出现。词中对高山流水知音的追求，含蓄地表现为追寻理想的寄托。美人飞仙，无疑有太清的身影在。

烛影摇红

听梨园太监陈进朝弹琴[1]

顾　春

雪意沉沉，北风冷触庭前竹。白头阿监抱琴来[2]，未语眉先蹙。弹遍瑶池旧曲[3]，韵泠泠、水流云瀑[4]。人间天上[5]，四十年来，伤心惨目[6]。　　尚记当初，梨园无数名花簇。笙歌缥缈碧云间，享尽神仙福。太息而今老仆，受君恩、沾些微禄。不堪回首，暮景萧条，穷途歌哭[7]。

◎ 注释

[1] 梨园：唐代内宫训练歌妓的教坊，清宫无梨园之名，这里借指当时宫中的乐部。陈进朝：清宫中历经乾隆、嘉庆、道光三朝的太监。奕绘当时有同题《江神子》词云："三朝阿监一张琴，觅知音，少知音。牢记乾隆嘉庆受恩深"；而对于道光朝则写他"借长吟，献规箴""戒荒淫"，终于被放出宫外。

[2] 阿监：原是唐代宫廷中六七品女官名，是皇帝近侍。这里借指太监。

[3] 瑶池：《穆天子传》："乙丑天子觞西王母于瑶池之上。"这里借指清宫内苑。

[4] 泠泠：见项鸿祚《水龙吟·秋声》注。

[5] 人间天上：见纳兰性德《沁园春·丁巳重阳前三日》注。

[6] 伤心惨目：李华《吊古战场文》："伤心惨目，有如是耶！"

[7] 穷途歌哭：《晋书·阮籍传》："时率意独驾，不由径路，车迹所穷，辄恸哭而返。"王勃《秋日登洪府滕王阁饯别序》："阮籍猖狂，岂效穷途之哭。"

◎ 评析

奕绘、太清都擅长音乐，听琴是知音。但这首听琴词，主旨不在写听琴，而是借题发挥。陈进朝太监身历三朝，最后因正直规箴而被放出宫，说明清王朝到道光年代已经不是所谓"盛世"。而太清对这一位"暮景萧条，穷途歌哭"的不幸者所以引起共鸣，一掬同情之泪，还有她自己不幸家世。太清祖父鄂昌任广西巡抚时，乾隆二十年（1755）因胡中藻诗案牵连，被赐自尽。太清以"罪人"之后收养于奕绘府上奴仆顾姓。这是太清对陈进朝不幸身世发生共鸣的基础。也是这首词作境、心、音、词和谐的统一。不仅如此，这词所反映的，远远超越对陈进朝个人遭遇共鸣的范围，而更重要地反映了那"四十年来，伤心惨目"的时代。郭则沄在《知寒轩谈荟》中评云："太清生嘉、道间，其经眼盛衰已如此，盖自宣宗（道光）嗣祚""内忧外患，纷起迭乘，宫府萧然，迥非承平之旧矣。"

江城子

落　花

顾　春

花开花落一年中，惜残红，怨东风。恼煞纷纷，如雪扑帘栊。
坐对飞花花事了，春又去，太匆匆。　惜花有恨与谁同！
晓妆慵，忒愁侬。燕子来时，红雨画楼东[1]。尽有春愁
衔不去，无才思[2]，是游蜂。

◎ 注释

[1] 红雨：见纳兰性德《沁园春·丁巳重阳前三日》注。

[2] 无才思：韩愈《晚春》：“杨花榆荚无才思，惟解漫天作雪飞。”章质夫《水龙吟·杨
　　花》：“燕忙莺懒芳残，正堤上柳花飘坠。轻飞乱舞，点画青林，全无才思。”

◎ 评析

　　咏物词不脱不粘，中有情思，燕子游蜂，岂有所指斥，只应以“无
寄托出”赏之。

蒋敦复
(1808—1867)

原名金和，又名尔锷，字剑人，又字子文、纯甫、克父、超存，号江东老剑，又号麓衣山人，江苏宝山人。诸生。道光二十年（1840）因哄考得祸，削发为僧，自号铁峰、妙尘。二十三年（1843），邑令刘去任，始还俗，更名敦复。尝作万言策，论列时事。同治初，为苏松太道延致幕中。敦复善诗词，并与西人合作译书，与王韬、李善兰并有重名于上海。其诗，黄人《论诗》称之云："惊才绝艳世谁知，推倒何论彼一时。五十年来殊色少，秋波临去尚相思。"词则顾子山评为"凄厉动魄，芬芳竟体，得力在白云（张炎）、白石（姜夔）间。"黄人曾遍和之。著有《啸古堂诗文集》《芬陀利室词集》《芬陀利室词话》。

满江红

北固山题多景楼壁[1]

蒋敦复

第一江山[2]，吊千古、英雄陈迹。凭阑处、秣陵秋远[3]，广陵涛碧[4]。杯酒尚关天下事[5]，笑谈早定风云策。想当年、高会此孙刘[6]，都人杰。　　瓜步垒[7]，京口驿[8]。天堑险，分南北。[9]倚危楼一角[10]。下临绝壁。木叶横飞风雨至，剑花起舞鱼龙出[11]。听大江东去唱坡仙，铜琵裂。[12]

◎ 注释

[1] 北固山：见孙尔准《渡江云·登北固亭》注。多景楼：北固山后峰上有甘露寺，寺后有多景楼。

［2］第一江山：天下第一江山石刻，在甘露寺长廊东壁上。相传梁武帝驾幸北固山，见此
　　　处风光雄伟，写下了"天下第一江山"六字，刻于山门。石毁以后，由宋代淮东总管
　　　吴琚用擘窠书重写上石。至清康熙年间又毁，由镇江通判程康庄重摹。今"一江山"
　　　三字已不存。

［3］秣陵：见孙尔准《渡江云·登北固亭》注。

［4］广陵涛：枚乘《七发》："将以八月之望，与诸侯远方交游兄弟，并往观涛乎广陵之曲
　　　江。"广陵，今江苏扬州。

［5］"杯酒"句：《三国志·蜀书·先主传》："曹公从容谓先主曰：今天下英雄，惟使君与
　　　操耳。本初（袁绍）之徒，不足数也。先主方食，失匕箸。"

［6］高会孙刘：《三国志·蜀书·先主传》："群下推先主为荆州牧，治公安。……（孙）权
　　　稍畏之，进妹固好。先主至京见权，绸缪恩纪。"裴松之注："《山阳公载记》曰：'备
　　　还，谓左右曰：孙车骑长上短下，其难为下，吾不可以再见之。乃昼夜兼行。'"按：
　　　刘备至京见孙权，据《三国志·吴书·孙权传》云："（建安）十六年，权徙治秣陵。
　　　明年，城石头，改秣陵为建业。"知《蜀书》所云刘备"至京见权"，是至建业（南
　　　京）而非京口。此于多景楼想孙、刘高会，并无历史根据。乃是据当地流传刘备在东
　　　吴招亲的故事和遗迹，如狠石、试剑石、走马涧等，而临江观音洞上石壁有"云房凤
　　　窟""勒马"等古代石刻。

［7］瓜步：见吴伟业《满江红·感旧》注。

［8］京口驿：北固山所在地镇江，古称京口，仍为南北交通要驿。

［9］"天堑"二句：见吴伟业《满江红·感旧》注。

［10］危楼：高楼。

［11］"剑花"句：剑花：象征武力。鱼龙出：象征海上英国侵略军的嚣张气焰。

［12］"大江"二句："大江东去"为苏轼《念奴娇·赤壁怀古》首句。坡仙，苏轼。铜琶，
　　　见吴藻《金缕曲·闷欲呼天说》注。

◉ 评析

　　这是怀古而又伤今之词。上片怀古，下片伤今，以下片为主。重
心全在"木叶横飞风雨至"两语，时当道光十九年（1839）左右，广东
抗英战争已爆发，英侵略军继续北上，京口一带，处于"山雨欲来风满
楼"的危境。当时，作者已是三十岁出头的人，在登临怀古之际，盱衡
时局，写出此词，才有词史价值，而不是无的放矢。下片有此铜琶铁
板、裂石穿云的高唱，回头再看上片，也正是因为当时无关心天下事、

早定风云策的英雄而发出悲叹。这样，上片也就不是单纯怀古而是有力地拓出下片了。通篇悲壮激烈的风格，自是苏、辛余响。

❀ 陈 澧
（1810—1882）

字兰甫，号东塾，广东番禺人。道光十二年壬辰（1832）举人。六试礼部，不第。曾官河源县学训导，先后主讲学海堂及菊坡精舍。陈氏出汉学家程恩泽门下，淹通群籍，经学词章以至天文、地理、乐律、算术、书法，无不精究。所著《汉儒通义》《东塾读书记》，力排汉、宋门户之见。工词，曾手批张炎《山中白云词》，并翻姜夔《暗香》《疏影》二曲谱，可见其宗尚。谭献《箧中词续》评曰："兰甫先生，孙卿、（董）仲舒之流，文而又儒，粹然大师，不废藻咏。填词朗诣，洋洋乎会于《风》《雅》，乃使绮靡、奋厉两宗，废然知反。"朱祖谋《望江南·杂题我朝诸名家词集后》题其词云："若举经儒长短句，岿然高馆忆江南。绰有雅音函。"有《忆江南馆词》一卷。

齐天乐

十八滩舟中夜雨[1]

陈 澧

倦游谙尽江湖味[2]，孤篷又眠秋雨[3]。碎点飘灯，繁声落枕，乡梦更无寻处。幽蛩不语，只断苇荒芦，乱垂烟渚[4]。一夜潇潇，恼人最是绕堤树。　　清吟此时正苦。渐寒生竹簟[5]，秋意如许。古驿疏更，危滩急溜，并作天涯

离绪。归期又误。望庾岭模糊[6]，湿云无数。镜里明朝，
定添霜几缕[7]。

◎ 注释

[1] 十八滩：见顾贞观《夜行船·郁孤台》注。

[2] 谙：熟悉。

[3] 孤篷：孤舟。篷，用竹篾、苇席等制成的遮挡风雨、日光等的东西，覆盖船上，故舟
亦可称篷。

[4] 渚：水中的小洲。

[5] 竹簟：竹席。

[6] 庾岭：见邓廷桢《换巢鸾凤》注。

[7] 霜：指白发。

◎ 评析

　　这词把天涯客子旅途夜雨中的种种愁绪层层加叠起来，总的写雨。
听觉方面，包括繁声、幽蛩、堤树潇潇、疏更、急溜；视觉方面，包括
灯、断苇荒芦、烟渚、庾岭湿云；触觉方面，包括寒生竹簟、秋意如许
等。运用"又""更无""只""最是"等虚词，层层转进，加重描写的分
量，化堆垛为烟云。从各方面把秋、夜、雨全力写足产生立体感。抒情
主体与气氛渲染相交融，最后自然归结到镜里明朝、白发增添的主题。

摸鱼儿

陈　澧

　　东坡《江郊》诗序云："归善县治之北，数百步抵江，少西有磐石
小潭，可以垂钓。"余访得之，题以此阕。[1]
绕城阴、雁沙无际[2]，水光摇漾千顷。苍崖落地平于
掌[3]，湿翠倒涵天镜[4]。风乍定，看绝底明漪，曾照东坡影。

林烟送暝。只七百年来，斜阳换尽，一片古苔冷。　幽寻处，付与牧村樵径。江郊诗句谁省？平生我亦烟波客[5]，笠屐倘堪持赠[6]。云水性[7]，便挈鹭提鸥，占取无人境。商量画幅[8]。向碎竹丛边，荒芦叶外，添个小渔艇。

◎ 注释

[1] 归善县：在广东惠州，山城与惠州城仅隔条江，苏轼谪居惠州时所筑的白鹤居，就在距县北城墙不远处。苏轼常来县北江郊垂钓，以散发谪居情怀，写有《江郊》诗，诗云："江郊葱眬，云水茜绚，碕岸斗入，洄潭轮转。先生悦之，布席闲燕。初日下照，潜鳞俯见。意钓忘鱼，乐此竿线。优哉悠哉，玩物之变。"磐石：大石。

[2] 雁沙：古琴曲有《平沙落雁》。雁沙取名于此，谓有雁迹在沙滩。

[3] 平于掌：见曹贞吉《满庭芳·和人潼关》注。

[4] 天镜：宋之问《游禹穴回出若邪》："天镜落湖中。"

[5] 烟波客：《新唐书·隐逸·张志和传》："居江湖，自称烟波钓徒。"

[6] 笠屐：东坡有笠屐图象。

[7] 云水性：陆游《寒夜移疾》："老子已成云水身。"云水，本为禅门术语，取行云流水之意。

[8] 画幅：见顾贞观《青玉案》注。

◎ 评析

　　上片写江郊的幽清景物，并归宿到对东坡的怀念；下片从幽寻转入作者自我抒情，"平生"二句，仍扣住东坡。作者的高情淡韵，从一幅淡墨山水的画卷中展出。

甘　州

陈　澧

　　惠州朝云墓，每岁清明，倾城士女，酹酒罗拜。坡公诗云："丹成逐我三山去，不作巫山云雨仙。"余谓朝云倘随坡公仙去，转不如死葬

218

丰湖耳。[1]

渐斜阳、淡淡下平堤[2]，塔影浸微澜[3]。问秋坟何处[4]？荒亭叶瘦[5]，废碣苔斑[6]。一片零钟碎梵[7]，飘出旧禅关[8]。杳杳松林外，添作霜寒。　须信竹根长卧[9]，胜丹成远去，海上三山。[10]只一抔香冢[11]，占断小林峦。似家乡、水仙祠庙[12]，有西湖为镜照华鬘[13]。休肠断，玉妃烟雨，谪堕人间。[14]

◎ 注释

[1] 惠州朝云墓：在今广东惠州西湖孤山。原墓于宋时已毁，历代均有重修，今墓在新中国成立后亦经两次修建。朝云姓王，字子霞，浙江钱塘人。苏轼于熙宁七年（1074）在杭州任通判，纳朝云为妾。贬官惠州时，侍妾皆散去，独朝云相随。绍圣三年（1096）病故，年三十四岁。苏轼《悼朝云诗》引云："三年七月五日，朝云病亡于惠州。葬之栖禅寺松林中（按：故词中有"松林"语），东南直大圣塔。"三山：海上三神山蓬莱、方丈、瀛洲，见《史记·封禅书》。巫山云雨仙：宋玉《高唐赋》："昔者先王尝游高唐……梦见一妇人曰：'妾巫山之女也……旦为朝云，暮为行雨'……故为立庙，名曰朝云。"丰湖：一称西湖，在惠州城西。

[2] 平堤：苏轼谪官惠州时，助款修筑之堤，名苏堤。

[3] "塔影"句：塔：指西湖西山之泗州塔，又名玉塔。始建于唐代，为纪念泗州大圣僧伽而筑。苏轼谪居时称之为大圣塔，写有"一更山吐月，玉塔卧微澜"的诗句。"玉塔微澜"遂被称为惠州西湖一景。塔外为七层，内十三层，砖木结构。明嘉靖四十三年（1564）塔毁，万历四十六年（1618）重建。

[4] 秋坟：见纳兰性德《蝶恋花·辛苦最怜天上月》注。

[5] 荒亭：朝云墓由僧人筑亭覆盖，名六如亭。朝云生前信佛，临终诵《金刚经》偈语"一切有为法，如梦幻泡影，如露亦如电，应作如是观"而殁，故亭名六如。今亭于新中国成立后修建。

[6] 废碣：指朝云墓碑。清嘉庆年间，伊秉绶修葺朝云墓，并为立碑。碑高几寻丈，上书"苏东坡先生侍妾子霞王夫人之墓"。

[7] 梵：指梵土（印度）的法曲，即梵呗。慧皎《高僧传》："天竺方俗，凡是歌咏法言皆称为呗。至于此土，咏经则称为转读，歌赞则号为梵呗。"

[8] 禅关：寺院山门。宋时之栖禅寺，已不复存，此指墓地附近距离一公里左右两边的佛寺，也已古旧了，所以称"旧禅关"。

[9] 竹根长卧：苏轼《悼朝云诗》："归卧竹根无远近，夜灯勤礼塔中仙。"

[10] "胜丹成"二句：指词题中所引苏轼诗句。

[11] 一抔：见周之琦《惜红衣·访姜白石葬处》注。

[12] 家乡水仙祠庙：家乡，指朝云故乡杭州。杭州西湖旧有水仙王庙，祀龙神。但清人诗
词中，往往以水仙作为花神形象，不作龙神用。

[13] "有西湖"句：西湖：指杭州西湖，但词意是说惠州西湖与杭州西湖一样，可以让朝云
照影梳妆。华鬘：指女子头上的装饰。《一切经音义》载，五天竺（五印度）风俗，取
草木时花，以线贯穿，结为华鬘，不问贵贱，庄严身首，以为饰好。

[14] "玉妃"二句：苏轼《花落复次前韵》："玉妃谪堕烟雨村，先生作诗与招魂。"

◎ 评析

　　这首凭吊朝云墓的词，上片写荒凉景象，伤感情绪，淡淡着笔。下
片抒凭吊之情，而不流于凄迷，朝云出现在烟水空明，花香仙气之中，
其形象得高度升华。兰甫词作境界之高，于此可见。

百字令

陈　澧

　　夏日过七里泷，飞雨忽来，凉沁肌骨。推篷看山，新黛如沐，岚影
入水，扁舟如行绿颇黎中。临流洗笔，赋成此阕。倘与樊榭老仙倚笛歌
之，当令众山皆响也。[1]

江流千里，是山痕寸寸，染成浓碧。两岸画眉声不断[2]，
催送蒲帆风急[3]。叠石皴烟[4]，明波蘸树，小李将军笔[5]。
飞来山雨，满船凉翠吹入。　　便欲舣棹芦花[6]，渔翁借我，
一领闲蓑笠。[7] 不为鲈香兼酒美[8]，只爱岚光呼吸。野
水投竿，高台啸月，[9] 何代无狂客[10]。晚来新霁，一星
云外犹湿[11]。

◎ 注释

[1] 七里泷……众山皆响：见厉鹗《百字令·月夜过七里滩……》注。绿颇黎，即绿玻璃。樊榭老仙：见前厉鹗小传。

[2] 画眉：鸟名。富春江上，此鸟特别多。

[3] 蒲帆：蒲草编织成的船帆。李肇《国史补》："扬子、钱塘二江者，则乘两潮发棹，舟船之盛，尽于江西。编蒲为帆，大者或数十幅。"

[4] 皴：画法之一，中国画的画山石的笔法，用以画出山石的纹理或阴阳面。

[5] 小李将军笔：谓七里泷山水，如李昭道画幅那样精美。《图绘宝鉴》卷二：李思训"画皆超绝，尤工山水林泉"，"用金碧辉映，为一家法"，"其子昭道变父之势，妙又过之，时号曰大将军、小将军。"

[6] 舣棹芦花：系舟停泊于芦花丛中。

[7] "渔翁"二句：柳宗元《江雪》："孤舟蓑笠翁，独钓寒江雪。"领，量词，一领，一件。

[8] "不为"句：鲈香：张翰事见周济《渡江云·杨花》注。酒美：亦是张翰事，故并用之。《世说新语·任诞》："张季鹰（翰）纵任不拘，……或谓之曰：卿乃可纵适一时，独不为身后名耶？曰：'使我有身后名，不如即时一杯酒！'"

[9] "野水"二句：野水：指桐江，严子陵垂钓处。见厉鹗《百字令》注。竿：钓竿。高台：严子陵钓台，在浙江桐庐城西三十里富春山。山半有两磐石，耸立东西，俯瞰桐江，各高七十米。东为严子陵钓鱼台。

[10] 狂客：唐贺知章号四明狂客，此借用。

[11] "一星"句：一星：见厉鹗《百字令》注。这句翻用杜甫《水会渡》："迥眺积水化，始知众星干"意。

◎ 评析

　　这词写七里泷雨中舟行感受。上片一派清光，纸上皆绿，无愧是小李将军画笔。下片抒情，胸襟高旷，透骨俱凉。歇拍仍归结到雨后景色，神境悠远，韵味无尽。樊榭一首，已是崔颢题词在上，此阕乃几欲突过。

蒋春霖

（1818—1868）

字鹿潭，江苏江阴人。少时侍父荆门知州任所，登黄鹤楼赋诗，一时有"乳虎"之目。父殁，家道中落，奉母游京师。连不得志于有司，乃弃举业，就两淮盐官。咸丰元年（1851），权富安场大使，七年（1857）丁母忧去官，挈家居东台。同治七年（1868）冬访友途中，自沉于吴江垂虹桥。少工诗，中岁弃去，专力于词。谭献《复堂日记》以为"婉约深至，时造虚浑，要为第一流矣"。又《箧中词》云："《水云楼词》，固清商变徵之声，而流别甚正，家数颇大，与成容若、项莲生，二百年中，分鼎三足。"陈廷焯《白雨斋词话》云："蒋鹿潭《水云楼词》二卷，深得南宋之妙。于诸家中，尤近乐笑翁（张炎）。竹垞自谓学玉田（张炎），恐去鹿潭尚隔一层也。"王国维《人间词话删稿》云："《水云楼词》小令颇有境界，长调唯存气格，超逸不足，皆不足与容若比，然视皋文、止庵辈，则倜乎远矣。"朱祖谋手批《箧中词》云："水云词，嘉、道间名家，可称巨擘。""顾其气格驳而不纯，比之莲生差近之，正惟其才仅足为词耳。"吴梅《词学通论》谓其"尽扫葛藤，不傍门户"，"词中有鹿潭，可谓止境。"但其大量咏时事之作，暴露出反对太平军起义的政治态度，谭献《箧中词》称为"咸丰兵事，天挺此才，为倚声家老杜"之说，必须批判。著有诗集《水云楼烬余稿》《水云楼词》二卷、《补遗》一卷。

木兰花慢

江行晚过北固山[1]

蒋春霖

泊秦淮雨霁，又灯火、送归船。[2]正树拥云昏[3]，星垂野阔[4]，暝色浮天[5]。芦边、夜潮骤起，晕波心月影荡江圆。[6]梦醒谁歌楚些[7]，泠泠霜激哀弦[8]。　　婵娟[9]，不语对愁眠[10]。往事恨难捐[11]。看莽莽南徐[12]，苍苍北固，如此山川！钩连、更无铁锁[13]，任排空、樯橹自回旋[14]。寂寞鱼龙睡稳[15]，伤心付与秋烟。

◎ 注释

[1] 北固山：见孙尔准《渡江云·登北固亭》注。

[2] "泊秦淮"二句：秦淮：见吴伟业《满江红·感旧》注。二句谓秦淮客舟于两岸灯火中归泊，正值雨霁。

[3] 树拥云昏：这句写岸上的山。杜甫《返照》："归云拥树失山村。"

[4] 星垂野阔：这句写岸上的平野。杜甫《旅夜书怀》："星垂平野阔。"

[5] "暝色"句：这句写江间。水天相接，暝色浮于江，亦即浮于天。

[6] "夜潮"二句：姜夔《扬州慢》："波心荡，冷月无声。"姜词写轻荡，写无声；这里写芦边的夜潮骤起，有声，而且是急荡。

[7] 楚些：些，楚声，语末助词，无义，以《楚辞》中带"些"字句的篇章如《招魂》而得名。

[8] 泠泠：见项鸿祚《水龙吟·秋声》注。

[9] 婵娟：代指月。孟郊《婵娟篇》："月婵娟，真可怜。"

[10] 对愁眠：张继《枫桥夜泊》："江枫渔火对愁眠。"这里承婵娟不语来，愁眠的作者与不语的月儿相对，即相对两无言之意。不语实是有语而恨无人可与说。

[11] 往事：指鸦片战争时期，道光二十二年（1842）六月十四日英军攻陷镇江事。英军在攻陷镇江后，舰船八十余艘长驱直入，于六月二十九日到达南京下关江面。七月二十四日，订立中英《南京条约》。

[12] 南徐、[13] 铁锁：俱见吴伟业《满江红·蒜山怀古》注。

[14]"排空"句：樯橹：船樯与船橹。苏轼《念奴娇·赤壁怀古》："樯橹灰飞烟灭。"（黄冈东坡赤壁石刻东坡此词手迹作"樯艣"，印载于《故宫文物月刊》第二卷第九期。《全宋词》"樯艣"作"强虏"，非是。）这连上句，都谓清军无备无能，一任敌人横行，来去自如。

[15]"寂寞"句：见左辅《南浦·夜寻琵琶亭》注。

◎ 评析

　　这首《木兰花慢》，是伤时感事之作。事是词中点睛之笔"往事恨难捐"的往事，词写在鸦片战争结束以后。地是英侵略军进攻南京先攻陷镇江的地，秦淮、南徐、北固，交代得清楚。描写的重心"钩连、更无铁锁"二句，具体道出了这场战争的结局。因此，对鱼龙睡稳不顾国家命运者流，发出"伤心付与秋烟"和"如此山川"的哀叹。这才是一篇悲壮的词史。谭献《箧中词》评谓"子山（庾信）、子美（杜甫），把臂入林。"陈廷焯《白雨斋词话》谓其"精警雄秀，造句之妙，不减乐笑翁（张炎）"。又《词则》评："'圆'字警绝，不减'平沙（长河）落日圆'也。'看莽莽南徐'以下，淋漓大笔。"

柳梢青

蒋春霖

芳草闲门，清明过了，酒滞香尘[1]。白棟花开[2]，海棠花落，容易黄昏。　　东风阵阵斜曛[3]，任倚遍红阑未温。一片春愁，渐吹渐起，恰似春云。

◎ 注释

[1]"酒滞"句：谓在醉饮时被酒香、花香所沾惹不散。滞，滞留。香尘，六尘之一，佛家语，孙绰《游天台山赋》李善注："《中论》曰：'六尘：色、声、香、味、触、法。'"按《中论》曰："眼、耳及鼻、舌、身、意等六情；此眼等六情，行色等六尘。"香尘是

鼻根所接触。

[2]"白楝"句：楝树暮春开花。楝花风是谷雨节最后的花信风。

[3]曛：夕阳的余辉。

◎ 评析

王国维《人间词话删稿》以为《水云楼词》"小令颇有境界"，当指此种。末三句置之南唐、北宋名篇中，何尝逊色。

卜算子

蒋春霖

燕子不曾来，小院阴阴雨。一角阑干聚落花，此是春归处。　　弹泪别东风，把酒浇飞絮。化了浮萍也是愁[1]，莫向天涯去。

◎ 注释

[1]化了浮萍：《本草纲目》："浮萍……季春始生，或云杨花所化。"苏轼《水龙吟·次韵章质夫杨花词》："晓来雨过，遗踪何在？一池萍碎。"

◎ 评析

这首词与前一首《柳梢青》，都是小令合作。陈廷焯《白雨斋词话》："鹿潭穷愁潦倒，抑郁以终，悲愤慷慨，一发于词。如《卜算子》云……何其凄怨若此！"

清平乐

蒋春霖

琐窗朱户[1]，夜定人初去[2]。满院商声无觅处[3]，梧叶

堆中虫语。　　微寒乍掩屏纱^[4]，西风孤怯灯花。不是
悲秋泪少^[5]，如今住惯天涯。

◎ 注释

[1] 琐窗朱户：贺铸《青玉案》："月桥花院，琐窗朱户，只有春知处。"《后汉书·梁冀传》：
　　"窗牖皆有绮疏青琐。"李贤注："青琐，谓刻为琐文，而以青饰之也。"

[2] 夜定：夜深安息之时。《古诗为焦仲卿妻作》："寂寂人定初。"《后汉书·来歙传》："臣
　　夜人定后，为何人所贼伤。"

[3] 商声：《礼记·月令》："孟秋之月，其音商。"郑玄注："三分微，益一以生商。……秋
　　气和则商声调。"

[4] "微寒"句：化用晏殊《清平乐·金风细细》："银屏昨夜微寒。"屏纱，屏风上施的纱。

[5] 悲秋：见纳兰性德《沁园春·丁巳重阳前三日》注。

◎ 评析

　　这首小令，约写在东台一段时间，故词中有惯住天涯之语。短幅善
于熔铸前人词语。有明用的，也有暗用前人手法的，如末二句的透进一
层写，即本于张炎《清平乐》"三月休听夜雨，如今不是催花"。寄慨深
远，极为沉痛。

琵琶仙

蒋春霖

　　五湖之志久矣，羁累江北，苦不得去。岁乙丑，偕婉君泛舟黄桥，
望见烟水，益念乡土。谱白石自度曲一章，以箜篌按之。婉君曾经丧
乱，歌声甚哀。^[1]

天际归舟^[2]，悔轻与、故国梅花为约。归雁啼入箜篌，
沙洲共飘泊。^[3]寒未减、东风又急，问谁管、沈腰愁削^[4]？
一舸青琴^[5]，乘涛载雪，聊共斟酌。　　更休怨、伤别伤春，

怕垂老心期渐非昨。[6]弹指十年幽恨[7]，损萧娘眉萼[8]。今夜冷、篷窗倦倚[9]，为月明、强起梳掠。怎奈银甲秋声[10]，暗回清角[11]！

◎ 注释

[1] 五湖之志：王维《送丘为落第归江东》："五湖三亩宅，万里一归人。"五湖之志即归乡之情。春霖江阴人，江阴属太湖流域，太湖一称五湖。羁累江北：时春霖挈家居江北之东台。乙丑：同治四年（1865）。婉君：姓黄氏，春霖之姬人。后同治七年（1868）冬，春霖死于吴江垂虹桥时，婉君以身殉。黄桥：镇名，在江苏泰兴东北，与江阴仅一长江之隔，不算远，故云"望见烟水"。白石自度曲：指姜夔《琵琶仙·双桨来时》"双桨来时，有人似、旧曲桃根桃叶"一阕。姜夔此词，亦为其在合肥时所好的情侣而作。箜篌：弦乐器，似瑟而小，七弦。婉君曾经丧乱：婉君随春霖居江北避兵时，是咸丰年代，那时太平天国战事尚在进行。

[2] 天际归舟：谢朓《之宣城郡出新林浦向板桥》："天际识归舟，云中辨江树。"

[3] "归雁"二句：琴曲有《平沙落雁》，箜篌与琴同为弦乐器，故以雁沙并言。从弦声中，引起二人共同漂泊他乡之感。

[4] 沈腰愁削：见项鸿祚《玉漏迟·冬夜闻南邻笙歌达曙》注。

[5] 青琴：古仙女。《汉书·司马相如传》："青琴虙妃之徒，绝殊离俗。"颜师古注："青琴，古神女也。"这里指婉君。

[6] "更休怨"二句：伤别伤春：李商隐《杜司勋》："刻意伤春复伤别，人间惟有杜司勋。"时黄婉君以贫，有不安于室之意，故有心期非昨之语。

[7] 弹指：喻时间之迅速。《俱舍论》："说如壮士一疾弹指顷，六十五刹那。"

[8] 萧娘眉萼：杨巨源《崔娘》："风流才子多春思，肠断萧娘一纸书。"眉萼，犹言"眉花"，《西游记》："眉花眼笑。"

[9] 篷窗：船窗。篷，见陈澧《齐天乐·十八滩舟中夜雨》注。

[10] 银甲：隋炀帝杨广《望江南》："檀板轻声银甲缓。"

[11] 清角：角为五声之一，五音为宫、商、角、徵、羽，以清浊高下分之。角在清浊高下之间。《韩非子·十过》："平公……问曰：'音莫悲于清徵乎？'师旷曰：'不如清角。'平公曰：'清角可得而闻乎？'师旷曰：'不可……听之将恐有败。'平公曰：'寡人老矣，所好者音也，愿遂听之。'师旷不得已而鼓之……晋国大旱，赤地三年。"这时太平天国失败才一年，作者言为心声，归舟中听到歌声，仍是一片离乱之音，即题目中所说"婉君曾经丧乱，歌声甚哀"。

◎ 评析

　　这词作于同治四年，春霖四十八岁，时太平天国已于上年失败。词中写个人的潦倒漂泊，对故乡的怀念，对姬人黄婉君同经丧乱到老共过苦难生活的同情。字里行间，又对婉君因贫而不安于室有怅惘之意。身世之感，一齐迸发，纸上一片秋声。而其描绘婉君形象，尤为高秀绝尘。"今夜冷、篷窗倦倚，为月明、强起梳掠"，运用健笔瘦笔写柔情，与姜夔《暗香》"长记曾携手处，千树压、西湖寒碧"，可谓异曲同工。这也是杜甫《佳人》诗"天寒翠袖薄，日暮倚修竹"境界在词中的再现。谭献《箧中词》评曰："屈曲洞达，齐、梁书体。"

◈ **周星誉**
（1826—1884）

　　字畇叔，一字叔云，号鸥公，又号芝圻。河南祥符（今开封）人。寓居浙江绍兴。道光三十年庚戌（1850）进士。选庶吉士，授编修，累官至两广盐运使，兼署广东按察使。少工诗词，尤能画。与李慈铭等结益社，承浙派绪余。谭仪序其词集，以为"赋物缘情，风人遗则"。有《东鸥草堂词》二卷。

永遇乐

登丹凤楼怀陈忠愍公[1]

周星誉

放眼东南，苍茫万感、奔赴栏底。斗大孤城，当年曾此、笳鼓屯千骑。劫灰飞尽[2]，怒潮如雪，犹卷三军痛泪。满江头，阵云团黑，蛟龙敢啮残垒。　　登临狂客，高歌散发，唤得英雄都起。天意倘教、欲平此虏，肯令将军死。只今回首，笙歌依旧，一片残山剩水[3]。伤心处，青天无语，夕阳千里。

◎ 注释

[1] 丹凤楼：原在旧上海县（今已并入闵行区）县城东北角城墙上，下临黄浦江。陈忠愍公：陈化成，字莲峰，福建同安人。历任总兵、提督。鸦片战争期间，调任江南提督。他在吴淞口铸钢炮，修炮台，练士卒，积极设防。道光二十二年（1842）六月，英舰逼近吴淞口，时两江总督牛鉴向英军求和，他积极主战，十六日晨，他下令向来犯的英舰开炮，击伤英舰八艘。后因牛鉴从宝山溃逃，陈化成孤军奋战，最后与所属官兵壮烈牺牲。谥忠愍。

[2] 劫灰飞尽：李贺《秦皇饮酒》："劫灰飞尽古今平。"

[3] 残山剩水：见顾贞观《青玉案》注。

◎ 评析

　　鸦片战争之役，爱国将领，英勇抗敌，壮烈牺牲，留下可歌可泣的史迹的，自关天培、葛云飞、王锡朋、郑国鸿以至最后的陈化成，人数不少。在诗歌方面，为他们谱写一曲曲赞歌的名篇很多。而在词的领域，所见较少。周星誉这阕，填补了空白，大为词史生色。通篇既非呆板叙事，也非抽象抒情，也不是大发空泛议论，而是通过凭吊，以充沛的激情，熔境与事于一炉，回荡反复，给读者感受到动人心魄的悲剧的崇高美。这是一曲充满爱国主义精神的英雄赞歌。

张景祁

（1827—1899？）

原名左钺，字孝威，一字蘩甫，号韵梅，又号新蘅主人，浙江钱塘（今杭州）人。同治十三年甲戌（1874）进士，改庶吉士。曾官福安、连江知县。晚岁渡海至台湾，宦游淡水、基隆等地。早负盛名，填词用力于姜夔、张炎，精究声律，谭献等六七人奉为导师。其后作品日富，渐入北宋高境。游台时一组纪事之词，尤为中法战争时期的词史。叶衍兰序其词集，称其"选调必精，摛辞必炼，有石帚（姜夔）之清峭而不偏于劲，有梅溪（史达祖）之幽隽而不失之疏，有梦窗（吴文英）之绵丽而不病其秾，有玉田（张炎）之婉约而不流于滑，寻声于清浊高下之别，审音于舌腭唇齿之分，剖析微茫，力追正始"。著有《䎖雅堂诗文集》，词集名《新蘅词》，六卷，外集一卷。

望海潮

张景祁

基隆为全台锁钥。春初，海警猝至，上游拨重兵堵守，突有法兰兵轮一艘，入口游弋，传是越南奔北之师，意存窥伺。越三日始扬帆去，我军亦不之诘也。[1]

插天翠壁，排山雪浪，雄关险扼东溟[2]。沙屿布棋[3]，飙轮测线[4]，龙骧万斛难经[5]。笳鼓正连营，听回潮夜半，添助军声。尚有楼船[6]，瞰帆影里矗危旌[7]。　　追思燕颔勋名[8]，问谁投健笔[9]，更请长缨[10]？警鹤唳空[11]，狂鱼舞月，边愁暗入春城。玉帐坐谈兵[12]，有僮花压酒，引剑风生。甚日炎洲洗甲[13]，沧海浊波倾？

◎ 注释

[1] 基隆：在台湾岛北端，旧名鸡笼，倚山面海，设有炮台，是台湾重要的港口。因为是台北门户，所以题中称为"全台锁钥"。春初：指光绪十年（1884）春初。法兰：旧译法国国名为法兰西。入口游弋：连横《台湾通史》卷十四载，"当是时，法舰辄游弋沿海，以窥台湾。（光绪）十年春三月十八日，法舰一艘入基隆，三人上岸，登山瞭望，似绘地图……"。题中所云，当即指此事。

[2] 东溟：东海。

[3] "沙屿"句：沙屿：有暗沙的岛屿。基隆附近海域中的小岛屿，星罗棋布，有社寮、中山、桶盘等。

[4] "飙轮"句：飙轮：传说中有飞轮的车，此指轮船。《真诰》："茅山天市坛，昔东海青童君，曾乘独轮飞飙之车，通按行有洞天之山，曾来于此山上矣。青童飙轮之迹，今故分明。"测线：谓这些小岛屿的水域或浅或深，明礁暗沙散布其中，应有轮船仔细探测水道，方可航行。

[5] "龙骧"句：晋龙骧将军王睿奉命伐吴，为舟舰，大船连舫，一舟可载二千余人。后因以龙骧称大船。苏轼《大风留金山两日》："龙骧万斛不敢过，渔艇一叶从掀舞。"斛，量词，古以十斗为一斛，后改五斗为一斛。这句总结前六句，谓有此险要据守，敌人纵有万斛巨轮，也难从关前经过。

[6] 楼船：见吴伟业《满江红·蒜山怀古》注。

[7] "鲎帆"句：鲎帆：鲎，介类，腹部甲壳可以上下翘动，上举时，人称鲎帆。叶廷珪《海录碎事》："鲎壳上有物如角，常偃，高七八寸，每遇风至即举扇风而行，俗呼之以为鲎帆。"这里即借以指船帆。矗：挺立。危旌：高高扯起的旗帜。

[8] 燕颔功名：见黄景仁《金缕曲·观剧》注。

[9] 投笔：《后汉书·班超传》："为官佣书以供养，久劳苦，尝辍业投笔，叹曰：'大丈夫无他志略，犹当效傅介子、张骞立功异域，以取封侯，安能久事笔砚间乎？'"

[10] 请长缨：缨：带子。《汉书·终军传》："军自请：'愿受长缨，必羁南越王而致之阙下。'"

[11] "警鹤"句：唳鸟鸣。《晋书·谢玄传》："闻风声鹤唳，皆以为王师已至。"

[12] "玉帐"句：玉帐：主将所居的军帐。李商隐《重有感》："玉帐牙旗得上游。"坐谈兵，谓大吏将帅们沉湎在饮酒欢宴、高谈阔论之中。

[13] "甚日"句：甚日：那一天。炎洲：传说为南海中的洲名，见东方朔的《十洲记》。后

以泛指南方闽粤一带之地。洗甲：《太平御览》引《六韬》："文王问散宜生，卜伐纣吉乎？曰：'不吉。'……将行之日，雨韬车至轸。……散宜生曰：'……不可举事。'太公进曰：'是非子之所知也。祖行之日，韬车至轸，是洗濯甲兵也。'"杜甫《洗兵马》："安得壮士挽天河，净洗甲兵长不用。"

◎ 评析

　　这词写在光绪十年（1884）春三月。其时法军尚未进攻基隆。词人从法人登岸窥测形势而有所预感。上片写基隆的雄壮形势，有足够防守的力量。下片对守台大员，文恬武嬉，高谈阔论，有可能导致偾事的愤慨。全首魄力沉雄，设色妍丽，能以时代的新内容纳入词家的旧风格，可算是词苑的一种新创。

秋　霁

基隆秋感[1]

张景祁

盘岛浮螺[2]，痛万里胡尘，海上吹落。[3]锁甲烟销[4]，大旗云掩[5]，燕巢自惊危幕[6]。乍闻唳鹤[7]，健儿罢唱从军乐[8]。念卫霍，谁是汉家图画壮麟阁？[9]　　遥望故垒[10]，毳帐凌霜[11]，月华当天[12]，空想横槊[13]。卷西风、寒鸦阵黑，青林凋尽怎栖托？归计未成情味恶。[14]最断魂处，惟见莽莽神州[15]，暮山衔照，数声哀角。

◎ 注释

[1] 光绪十年（1884）六月十五日，法海军少将利士比率军舰三艘，炮攻基隆炮台，清兵不能守。十六日，法军四百余人登岸攻基隆营盘，清提督曹志英、章高元带队旁抄，生擒法兵一名，死伤百余，乘势破山顶法兵所据的炮台，得炮四尊。八月十二日，法海军提督孤拔以军舰十一艘攻基隆。十三日，法兵五百由仙洞上岸，提督曹志英拒之，淮军章高元援助，法军败走，迷失道，困至日中，又杀其数百人。法舰队轰击炮台，福建

巡抚刘铭传督战。已而谍报法军五艘犯基隆后路离台北三十里之沪尾，因弃基隆拔队回援。法军三攻沪尾，皆受创去。法军既据基隆，谋取台北，为防军所拒。相持匝月。九月十九日，又攻沪尾，法军大败。孤拔据澎湖，无后援，不久病死。法人气馁。这词写于基隆失陷之后，作者十月内渡之前，居淡水时。

[2]"盘岛"句：形容台湾岛如浮出大海的翠螺。

[3]"万里"二句：指法海军占领基隆。

[4]"锁甲"句：战士的铠甲已在战火中销毁，谓损失惨重。锁甲，即锁子甲，铠甲，其甲五环相互，一环受镞，诸环拱护，故箭不能入。《唐六典》："甲之制十有三……十有二曰锁子甲。"这里代指武器。

[5]"大旗"句：战旗为浓重的战云所掩而黯然无光。杜甫《后出塞五首》："落日照大旗。"

[6]"燕巢"句：燕子在帷幕上面筑窝，比喻身处极危险的境地。当时全台士民在基隆失守以后都有这样的强烈感觉，包括作者在内。《左传·襄公二十九年》："夫子之在此也，犹燕之巢于幕上。"

[7]唳鹤：见上一首《望海潮》注。

[8]"健儿"句：健儿：士兵。从军乐：王粲《从军诗》："从军有苦乐。"连横《清代通史·刘铭传传》载刘铭传于光绪十一年六月奏疏中称："台湾军务弛废已久，湘淮各军皆强弩之末……兵丁半多烟病，将贪兵猾，宽则怠玩不振，积弊难除；严则纷纷告假，去而之他。"这是台湾清军闻警心惊的原因。

[9]"卫霍"二句：卫、霍：卫青、霍去病，汉代与匈奴作战的名将。《汉书·李广苏建传》："甘露三年，单于始入朝。上思股肱之美，乃图画其人于麒麟阁。"颜师古注："张晏曰：'武帝获麒麟时作此阁。图画其象于阁，遂以为名。'"卫、霍二人，并未图画于麒麟阁。

[10]"遥望"句：故垒：指基隆炮台。时作者在淡水，距基隆甚近。说"望"，则只能"遥望"。

[11]氍帐：毡帐。《新唐书·吐蕃传》："有城郭庐舍不肯处，联氍帐以居，号大拂庐，容数百人。"这里借指军帐。

[12]月华：见孙尔准《水调歌头》注。

[13]横槊：苏轼《赤壁赋》："酾酒临江，横槊赋诗，固一世之雄也。"槊，长矛，横着长矛赋诗，指能文能武的英雄豪迈气概。这里指刘铭传。

[14]"青林"二句：青林：春夏时的林木。栖托：承上句西风寒鸦来，秋晚树木已凋落，飞鸦无处可栖身。作者浙江杭州人，宦游千里，如今基隆既已无从栖息，淡水也难以安身。欲返回大陆，却又因法军封港，偷渡为难。故有"归计未成"而"情味恶"的慨叹。

[15]神州：《史记·孟子荀卿列传》："中国号曰赤县神州。"

◎ 评析

　　这词上片写法军侵占基隆，对清军失败、将帅无能的痛心。下片紧承上片结尾语，重点在抒发归计未成的怅惘心情，并对清王朝日薄西山的命运，表示哀伤。全首通过烟、云、霜、月、寒鸦、夕照等暗淡景色的涂染，唳鹤、哀角等凄凉音调的传摹，一海一山，两相对照，悲愤情绪，愈加强烈。谭献《箧中词续》评曰："笛吹频惊，苍凉词史，穷发一隅，增成故实。"

酹江月

张景祁

　　法夷既据基隆，擅设海禁。初冬余自新竹旧港内渡，遇敌艘巡逻者驶及之，几为所困。暴风陡作，去帆如马，始免于难。中夜抵福清之观音澳。宿茅舍，感赋。[1]

楼船望断[2]，叹浮天万里，尽成鲸窟。[3]别有仙槎凌浩渺，遥指神山弭节。[4]琼岛生尘[5]，珠崖割土[6]，此恨何时雪[7]？龙愁鼍愤[8]，夜潮犹助呜咽。　　回忆鸣镝飞空[9]，飙轮逐浪[10]，脱险真奇绝。十幅布帆无恙在[11]，把酒狂呼明月[12]。海鸟忘机[13]，溪云共宿，时事今休说。惊沙如雨[14]，任他窗纸敲裂。

◎ 注释

[1] 法夷既据基隆，擅设海禁：光绪十年八月，法海军攻占我基隆后，"布告封港，北自苏澳，南至鹅鸾鼻，凡三百三十九海里，禁出入，分驻兵船巡缉"（连横《台湾通史·外交志》）。初冬：光绪十年十月。新竹：在台湾岛的西海岸，台北的西南方。旧港：在新竹靠北。福清：县名，在福建福州东南沿海。观音澳：在福清海边，泊船之地。

[2] 楼船：见吴伟业《满江红·蒜山怀古》注。

[3] "浮天"二句：浮天：谓海水与天相接。鲸窟：鲸鱼的窟穴。二句指当时台湾基隆一带

234

海陆尽成为法军的魔窟。

[4]"别有"二句：仙槎：见王夫之《绮罗香·读邵康节遗事》注。浩渺：茫茫无际。山：海上三神山，这里借指福州。福州别称三山，曾巩《道山亭记》："福州治侯官，于闽为土中，所谓闽中也。……城之中三山，西曰闽山，东曰九仙山，北曰粤王山。三山者鼎趾立。……程公（师孟）以谓在江海之上，为登览之观。可比于道家所谓蓬莱、方丈、瀛洲之山。"作者此行，是经福清往福州，至明年秋还在福州，有《马江秋感》词，故这里用神山指福州。弭节：《楚辞·离骚》："吾令羲和弭节兮。"姜亮夫《校注》："弭，止也。节，车行之节也。"

[5]"琼岛"句：琼岛：指台湾，琼为美玉，台湾中部有玉山，为台湾岛上之最高峰，故作者称台湾为琼岛。生尘：即东海扬尘意，见金堡《八声甘州·卧病初起》注。这句谓台湾为法军侵占。

[6]"珠崖"句：《汉书·贾捐之传》："臣愚以为非冠带之国，禹贡所及，春秋所治，皆可且无以为。愿遂弃珠崖，专用恤关东为忧。……从之。……珠崖由是罢。"珠崖，今海南岛。割土，当时清政府并无割台湾给法国之事。这里只是借来指台湾岛暂时的某些失地。

[7]"此恨"句：文天祥《酹江月·驿中言别友人》："铜雀春情，金人秋泪，此恨凭谁雪？"此词一以为邓剡作。

[8]龙愁鼍愤：苏轼《过江夜行武昌山上闻黄州鼓角》："谁言万方声一概，鼍愤龙愁为余变。"

[9]"鸣镝"句：镝：箭头、箭。鸣镝：响箭。《史记·匈奴列传》："冒顿乃作为鸣镝，习勒其骑射。"裴骃《集解》："韦昭曰：矢镝飞则鸣。"这里谓炮弹从空中飞过的声响。

[10]飙轮：见前《望海潮》注。

[11]"十幅"句：《世说新语·排调》："顾长康（恺之）作殷荆州（浩）佐，请假还东。尔时例不给布帆，顾苦求之，乃得发。至破冢，遭风大败。作笺与殷云：'地名破冢，真破冢而出。行人安稳，布帆无恙。'"

[12]"把酒"句：苏轼《水调歌头·明月几时有》："明月几时有，把酒问青天。"

[13]"海鸟"句：见余怀《摸鱼儿·和辛幼安》注。

[14]惊沙：鲍照《芜城赋》："惊沙坐飞。"

◎ 评析

　　这词写光绪十年十月自台湾冲破法军的封港，内渡至福建的惊险历程。词中交错着对暂时失地的愤恨，湔雪国耻的期待，犯险与脱险的心情变换，最后以反语表达对时事的感慨。全首运用成语与典故较多，但挥洒自如，毫无堆砌的毛病。这和前后各首，风格完全一致。

曲江秋

马江秋感[1]

张景祁

寒潮怒激。看战垒萧萧，都成沙碛。[2] 挥扇渡江[3]，围棋赌墅[4]，诧纶巾标格[5]。烽火照水驿。问谁洗、鲸波赤[6]？指点鏖兵处[7]，墟烟暗生[8]，更无渔笛。　　嗟惜，平台献策[9]。顿销尽、楼船画鹢[10]。凄然猿鹤怨[11]，旌旗何在？血泪沾筹笔[12]。回望一角天河，星辉高拥乘槎客。[13] 算只有鸥边，疏莼断蓼[14]，向人红泣。

◎ 注释

[1] 马江：《民国福建通志》："光绪十年，法提督孤拔率兵船来福州马尾，有占据地方为质、索赔兵费之说。七月初三日，马江舰队大败于法，兵轮燔焉。"又：《八闽通志·卷之四·地理》云：'马头江。南台、西峡二江皆汇于此，深广莫测，风雨骤作，波涛汹涌，舟人惮之。中有石如马头，潮退则见。'《福州府志》云：'县之极南，东西北众水悉入焉……下为罗星塔。'按马尾亦名中岐，船政局在焉。"作者自台湾新竹内渡至福建，是光绪十年十月间事，其经过马江，已不是秋天。这词题为《马江秋感》，是光绪十一年（1885）秋，距马江战败，已隔一年。

[2] "战垒"二句：刘禹锡《西塞山怀古》："故垒萧萧芦荻秋。"这二句谓战时的营垒已经摧毁，化为沙石瓦砾堆。

[3] 挥扇渡江：《北堂书钞》引《晋中兴书》："顾荣与甘卓等攻陈敏，于是荣等并登岸上，以白羽扇麾之，敏众皆溃。"

[4] 围棋赌墅：《晋书·谢安传》："苻坚强盛，率众号百万，次于淮、肥。京师震恐，加安征讨大都督。玄入问计，安夷然无惧色，答曰：'已别有旨。'既而寂然。玄不敢复言，乃令张玄重请。安遂命驾出山墅，亲朋毕集。方与玄围棋赌别墅，安常棋劣于玄，是日玄惧，便为敌手，而又不胜。安顾谓其甥羊昙曰：'以墅乞汝。'安遂游涉，至夜乃还。指授将帅，各当其任。玄等既破坚，有驿书至，安方对客围棋。看书既竟，便摄放床上，了无喜色，棋如故。客问之，徐答云：'小儿辈遂已破贼。'既罢还内，过户限，不觉屐齿之折。其娇情镇物如此。"这两句借顾荣、谢安事以刺张佩纶之名士谈兵误国。《清史稿·张佩纶传》："十年……令以三品卿衔会办福建海疆事。佩纶至（马江）船厂，环十一艘自卫。各管带白非计，斥之。法舰集，战书至。众闻警谒佩纶，

236

亟请备，仍叱出。比见法舰升火，始大怖，遣学生魏瀚往乞缓，未至而炮声作，所部五营，溃其三营，歼焉。佩纶遁鼓山麓，乡人拒之。曰：'我会办大臣也。'拒如初。翼日，逃至彭田乡，犹饰词入告。……下吏议……再论戍。"然围棋赌墅者流，实不止张佩纶。萧一山《清代通史》云：七月初三日，法舰派教士递战书于闽督何璟，言本日开战，何秘不以宣？闽绅林寿图知其事，请电知造船厂使前敌备战，何谓前敌应已知之。迁延始发。张佩纶驻船厂，主持防务，译何电未及半，而法舰已开炮轰击我军。

[5] 纶（guān）巾标格：纶巾，青丝带做成的头巾。一称诸葛巾，相传为诸葛亮所戴。苏轼《念奴娇·赤壁怀古》："羽扇纶巾，谈笑间、樯橹灰飞烟灭。"

[6] 鲸波：鲸鱼兴起的海中大浪。杜甫《舟出江陵南浦奉寄郑少尹》："溟涨鲸波动。"

[7] 鏖兵：激烈战斗，《汉书·卫青霍去病传》："合短兵，鏖皋兰下。"颜师古注："鏖谓苦击而多杀也。"

[8] "墟烟"句：王维《辋川闲居赠裴秀才迪》："墟里上孤烟。"

[9] "平台"句：平台：在紫禁城内，明代为皇帝召见群臣之所。《清史稿·张佩纶传》："佩纶成同治十年进士，以编修大考，擢侍讲，充日讲起居注官。时外侮亟，累疏陈经国大政，请敕新疆、东三省、台湾严戒备，杜日、俄窥伺。……琉球已亡，法图越南亟。佩纶曰：亡琉球则朝鲜可危，弃越南则缅甸必失。因请建置南北海防，设水师四大镇。……法越构衅，佩纶章十数上。"

[10] "销尽"句：楼船：见吴伟业《满江红·蒜山怀古》注。画鹢：鹢为古书上说的一种水鸟。画鹢于船头，因作为船的代称。《淮南子·本经训》："龙舟鹢首。"高诱注："鹢，大鸟也。画其像著船头，故曰鹢首。"

[11] 猿鹤：《艺文类聚》引《抱朴子》："周穆王南征，一军尽化，君子为猿为鹤，小人为虫为沙。"

[12] 筹笔：语源本于诸葛亮的筹笔驿。驿在绵州绵谷北九十里。三国时，诸葛亮出兵攻魏，曾驻扎于此，筹划军事，故名。

[13] "回望"二句：天河、乘槎客：见王夫之《绮罗香·读邵康节遗事》注。此二句指何如璋，如璋于光绪初年曾任出使日本大臣，故用乘槎客事，即杜甫《秋兴》诗所云"奉使虚随八月槎"。盖牵合张骞乘槎寻河源故事。《清史稿·何如璋传》："以侍读出使日本，归授少詹事，出督船政。承（李）鸿章旨，狃和议，敌至犹严谕各舰毋妄动。及败，借口押银出奔……士论谓闽事之坏，佩纶为罪魁，如璋次之。如璋亦遣戍。"

[14] 荭：水荭，草名，似蓼而叶大，高丈余，叶色浅红成穗。

◎ 评析

这首慢词，是作者于马江战事失败后一年的秋季，在福州所写。这次战役，由于清方官吏，狃于和议，应敌无方，以致惨败。应负主要罪责的是何璟、张佩纶与何如璋。何璟是闽督，属于围棋赌墅者流。张佩纶、何如璋负船厂防务，首当其冲。张是光绪初期的清流派，何是光绪初期的洋务派，在当时都负有一定声望。这词的鞭挞对象，针对二何一张。词从凭吊被损毁的战垒写入，然后对他们的外似镇定、内实虚怯的实质予以揭露，并分别对张佩纶、何如璋过去的政治生涯做了回顾和对照，以反衬马江失败的可耻，可谓婉而多讽。词品兼姜夔、吴文英之长，结尾凄艳之笔，余音不尽。

齐天乐

张景祁

　　台湾自设行省，抚藩驻台北郡城，华夷辐凑，规制日廓，洵海外雄都也。赋词纪盛。[1]

客来新述瀛洲胜[2]，龙荒顿闻开府[3]。画鼓春城[4]，瑰灯夜市[5]，姹队蛮靴红舞[6]。莎茵绣土[7]。更车走奇肱[8]，马徕瑶圃[9]。莫诩琼仙[10]，眼看桑海但朝暮[11]。　　天涯旧游试数。绿芜环废垒[12]，啼鹃凄苦[13]。绝岛螺盘[14]，雄关豹守[15]，此是神州庭户。惊涛万古。愿洗净兵戈[16]，卷残楼橹[17]。梦踏云峰，曙霞天半吐。

◎ 注释

[1]台湾自设行省：《清史稿·地理志》："台湾……清顺治十八年，郑成功逐荷兰人据之……其子郑经改东都为东宁省。……康熙二十二年讨平之。改置台湾府，属福建省。……光绪十三年，改建行省。"抚藩：指台湾巡抚、台湾布政使。《清史稿·地理志》："台湾府：冲，繁，疲，难。为台湾省治。巡抚、布政使、分巡兵备道兼按察使衔共驻。"台北郡城：指台湾府。

[2]瀛洲：三神山之一，见《史记·封禅书》，借指台湾。但古人实有以台湾为瀛洲者，见连横《台湾通史·开辟纪》。李白《梦游天姥吟留别》："海客谈瀛洲。"

[3]"龙荒"句：龙荒：《汉书·叙传》："龙荒幕朔，莫不来庭。"龙原指匈奴龙城，荒谓荒服，龙荒泛指我国古代北部地区。这里借指台湾。开府：开建府署。汉制，唯三公可开府，后世称总督、巡抚为开府。这里说台湾建省置巡抚。

[4]画鼓：鼓上漆有图画。

[5]瑰灯：瑰，华美奇异。这里瑰灯指电灯。连横《台湾通史·商务志》载，光绪十四年（1888），"设电汽灯，燃煤为之，凡巡抚、布政各署、机器局及大街均点之"。

[6]"姹队"句：姹队：整齐的舞队。蛮靴：舞鞋，用麂皮制成。唐舒元舆《赠李翱》："湘江舞罢忽成悲，便脱蛮靴出绛帷。"红舞：姜夔《石湖仙·寿石湖居士》："我自爱、绿香红舞。"连横《台湾通史·风俗志》："台湾（妇女）以红为瑞，每有庆贺，皆着红裙，虽老亦然。"这句谓整齐的舞队，穿着舞鞋，着上红裙进行跳舞。

[7]"莎茵"句：谓莎草如茵席，把土地铺绣得十分美丽。

[8]奇（jī机）肱：肱，臂。《山海经·海外西经》："奇肱之国，在其北，其人一臂三目。"郭璞注："其人善为机巧，以取百禽，能作飞车，从风远行。"张华《博物志》亦有此记载。这里车走奇肱，指光绪十二年动工兴建的台北至基隆、台北至新竹铁路。当时路上行驶的火车各有名号，"曰腾云，曰御风，曰超尘，曰掣电，言其速也"。见连横《台湾通史·邮传志》。

[9]"马徕"句：马徕：《汉书·礼乐志》："《郊祀歌》十九章，其诗曰：'……天马徕，从西极。涉流沙，九夷服。'《天马》十。"颜师古注："徕，古往来字也。"瑶圃：《楚辞·九章·涉江》："吾与重华游兮瑶之圃。"

[10]琼仙：犹言天仙、玉妃。卢照邻《赠李荣道士》："琼仙驾羽君。"

[11]桑海：见金堡《八声甘州·卧病初起》注。

[12]废垒：指基隆一带与法军作战的营垒。

[13]鹍：即鹈鹕、杜鹃。

[14]"绝岛"句：见《秋霁·基隆秋感》注。

[15]"雄关"句：《楚辞·招魂》："虎豹九关，啄害下人些。"

[16]洗净兵戎：见《望海潮》注。

[17]"卷残"句：自注："近闻坤、南、嘉、彰，土寇窃发。"指当地某些动乱活动。

◎ 评析

　　这词上片写台湾设立行省以来的繁荣景象、奇异风光，已写到光绪十四年有电汽灯之事，知已作于十四年或稍后。下片回忆旧游，告诫人们，不要忘怀与法军作战时期的一段耻辱历史。并强调神州门户的重要性，展望未来，表达了一种美好的祝愿。一结高唱人云，焕发异样神采。

清平乐[1]

张景祁

春雷殷地[2]，玉女投壶戏[3]。一朵红云飞不起[4]，压着
蟠根仙李[5]。　　百年乔木谁栽[6]？迎风帘幕轻开[7]。
燕子不知人世[8]，犹寻旧日楼台。

◎ 注释

[1] 这词是指斥光绪时太监李莲英之作。

[2] "春雷"句：《汉书·叙传》："春雷奋作。"司马相如《上林赋》："车骑雷起，殷天动
地。"郭璞注："殷，犹震也。"

[3] "玉女"句：《艺文类聚》引《庄子》："玉女投壶，天为之笑则电。"投壶，古代宴会时
的游戏。设特制的壶，主客依次投矢于其中，中多者为胜，负者饮。见《礼记·投壶》。
徐珂《清稗类钞·阉寺类》："李莲英者，本为孝钦后之梳头房太监。……及孝贞后殂，
莲英益无忌，由梳头房擢总管，权倾朝右，至与孝钦并坐听戏。"

[4] "一朵"句：苏轼《上元侍饮三首呈同列》："一朵红云捧玉皇。"这里指光绪帝被李莲
英欺压。徐珂《清稗类钞·阉寺类》："李莲英雅善音律……一日，李串黄金台之田单，
当查夜猝见太子时，飞足踢灯笼，用力过猛，致灯笼飞落前庭，中德宗额。帝大怒，命
笞四十。李跪而哭，孝钦后为之缓颊曰：'此误伤也，当曲恕之。'命叩头求主子开恩，
德宗挥手命去，遂不欢而散。由是李深衔德宗。"

[5] "压着"句：谓李莲英压在德宗头上。杜甫《冬日洛城北谒玄元皇帝庙》："仙李盘
根大。"

[6] "百年"句：《孟子·梁惠王下》："孟子见齐宣王曰：所谓故国者，非谓有乔木之谓也，
有世臣之谓也。"赵岐注："乔，高也。"这里谓清王朝不知培养人才。

[7] "迎风"句：张先《天仙子·水调数声持酒听》："重重帘幕密遮灯，风不定，人初静。"

[8] "燕子"句：周邦彦《西河·金陵怀古》："燕子不知何世，入寻常巷陌人家，相对如说
兴亡，斜阳里。"

◎ 评析

　　这短令同情光绪帝的处境，更重要的是揭露清宫廷的荒淫和清政府的不能栽培人才以维护国本，并对当时没落的国运已非乾、嘉"盛世"的忧心。

✧ 庄 棫

（1830—1878）

一名忠棫，字希祖，号中白，又号蒿庵，江苏丹徒（今镇江）人。先世为盐商，少时以输饷得部主事。后家道中落，客游京师，不遇。曾国藩延至淮南书局勘定群籍。自序其词谓"向从北宋溯五代十国，今复下求南宋得失离合之故"。与谭献齐名，为常州派之后劲。谭献《箧中词》评曰："闺中之思，灵均之遗则，动于哀愉而不能自已。"陈廷焯《白雨斋词话》云："余观其词，匪独一代之冠，实能超越三唐、两宋，与风、骚、汉乐府相表里，自词人以来，罕见其匹。"赞扬实嫌过甚。吴梅《词学通论》云："其词深得比兴之旨……先生之词，确自皋文（张惠言）、保绪（周济）出，而更发挥光大之。"庄棫通经学，词甲、乙稿及补遗附于《蒿庵遗集》中，单行者有《蒿庵词》《中白词》等不同名目。

蝶恋花（四首）

庄 棫

城上斜阳依碧树[1]。门外斑骓[2]，见了还相顾。玉勒珠鞭何处住[3]？回头不觉春将暮。　　风里余花都散去。

不省分开[4]，何日能重遇？凝睇窥君君莫误[5]，几多心事从君诉。

百丈游丝牵别院[6]。行到门前，忽见韦郎面[7]。欲待回身钗乍颤，近前却喜无人见。　　握手匆匆难久恋。还怕人知，但弄团团扇[8]。强得分开心暗战，归时莫把朱颜变。

绿树阴阴晴昼午[9]。过了残春，红萼谁为主[10]？宛转花幡勤拥护[11]，帘前错唤金鹦鹉。　　回首行云迷洞户[12]。不道今朝，还比前朝苦。百草千花羞看取[13]，相思只有侬和汝。

残梦初回新睡足。忽被东风，吹上横江曲[14]。寄语归期休暗卜[15]，归来梦亦难重续。　　隐约遥峰窗外绿。不许临行，私语频相属。过眼芳华真太促，从今望断横波目[16]。

◉ 注释

[1] 依碧树：晏殊《蝶恋花》："六曲阑干偎碧树。"

[2] 斑骓：苍白杂色的马。李商隐《无题》："斑骓只系垂杨岸，何处西南待好风。"

[3] "玉勒"句：勒：马络头。欧阳修《蝶恋花·庭院深深深几许》："玉勒雕鞍游冶处，楼高不见章台路。"

[4] 不省：不知。

[5] 凝睇：把目光集中。睇，小视。

[6] 百丈游丝：韩愈《次同冠峡》："游丝百丈飘。"

[7] 韦郎：范摅《云溪友议》：韦皋少游江夏，止于姜使君之馆，有小青衣曰玉箫，常令承侍，因而有情。后皋归省，遂与玉箫言约，少则五载，多则七年来取。因留玉指环，并诗遗之。至八年春不至，玉箫叹曰："韦家郎君一别七年，是不来矣。"姜夔《长亭

怨慢》："韦郎去也，怎忘得玉环分付。"史达祖《寿楼春》："算玉箫犹逢韦郎。"

[8] 团团扇：班婕妤《怨歌行》："新裂齐纨素，鲜洁如霜雪。裁为合欢扇，团团似明月。出入君怀袖，动摇微风发。常恐秋节至；凉飙夺炎热。弃捐箧笥中，恩情中道绝。"古乐府《团扇郎歌》："团扇复团扇，持许自遮面。憔悴无复理，羞与郎相见。"郭茂倩《乐府诗集》引《古今乐录》："《团扇郎歌》者，晋中书令王珉，捉白团扇，与嫂婢谢芳姿有爱，情好甚笃。嫂捶挞婢过苦，王东亭闻而止之。芳姿素善歌，嫂令歌一曲，当赦之。应声歌曰：'白团扇，辛苦五流连，是郎眼所见。'珉闻，更问之，汝歌何遗？芳姿即改云：'白团扇，憔悴非昔容，羞与郎相见。'后人因而歌之。"这里兼两典用之。

[9] 绿树阴阴：晏殊《踏莎行》："高台树色阴阴见。"

[10] 红尊谁为主：姜夔《长亭怨慢》："第一是早早归来，怕红尊无人为主。"

[11] 花幡：见张惠言《木兰花慢·杨花》注。

[12] "回首"句：欧阳修《蝶恋花》："几日行云何处去？"贺铸《浣溪沙》："笑捻粉香归洞户。"洞户，互相通达之户。

[13] 百草千花：欧阳修《蝶恋花》："百草千花寒食路，香车系在谁家树？"

[14] 横江曲：李白《横江词六首》："郎今欲渡缘何事？如此风波不可行。"

[15] "寄语"句：刘鹄《江南曲》："众中不敢分明语，暗掷金钱卜远人。"

[16] 横波目：王筠《秋夜》："泪满横波目。"

◎ 评析

　　这四首《蝶恋花》，代表庄棫词的宗旨，所谓比兴寄托，然容易流为赝体。旧时词论家却多推许。陈廷焯《白雨斋词话》云："蒿庵《蝶恋花》四章，所谓托志帷房，眷怀身世者。首章云'城上斜阳……春将暮'，'回头'七字，感慨无限。下云'风里余花……'，声情酸楚，却又哀而不伤。次章云'百丈游丝……无人见'，心事曲折传出；下云'握手匆匆……朱颜变'，韬光匿采，忧谗畏讥，可为三叹。三章云'绿树阴阴……金鹦鹉'，词殊怨慕。次章盖言所谋有可成之机，此则伤所遇之卒不合也。故下云：'回首行云迷洞户。不道今朝，还比前朝苦。'悲怨已极。结云：'百草千花羞看取，相思只有侬和汝。'怨慕之深，却又深信不疑；想其中或有谗人间之，故无怨当局之语；然非深于《风》《骚》者，不能如此忠厚。四章云'残梦初回……难重续'，决然

243

舍去，中有怨情，故才欲说便咽住；下云'隐约遥峰……横波目'，天长地久之恨，海枯石烂之情，不难得其缠绵沉厚，而难得其温厚和平。"此论全是儒家诗教观点，聊录助理解与批判。陈匪石《旧时月色斋词谭》云："填小令而欲避《花间》途径者，尚有二派：其一，取语淡意远之致，以古乐府之神行之，庄蒿庵《蝶恋花》四阕此其选也。"

⊕ 谭　献
（1832—1901）

原名廷献，字仲修，号复堂，浙江仁和（今杭州）人。同治六年（1867）举人。历署歙县、全椒、合肥、含山知县。晚年告归。张之洞为湖广总督，延主湖北经心书院。献治学宗章学诚，诗文均得古法，颇推尊明七子。于词致力尤深，选清人词为《箧中词》六卷，续三卷，精审为词学界奉为圭臬，又曾评点周济《词辨》，度人金针。陈廷焯《白雨斋词话》曰："复堂词品骨甚高，源委悉达，其胸中眼下，下笔时匪独不屑为陈（维崧）、朱（彝尊），尽有不甘为梦窗（吴文英）、玉田（张炎）处，所传虽不多，自是高境。"叶恭绰《广箧中词》曰："仲修先生承常州派之绪，力尊词体，上溯《风》《骚》，词之门庭，缘是益廓，遂开近三十年之风尚，论清词者，当在不祧之列。"然谭词笃古而几近于赝古，其病一如其诗。著有《半厂丛书》，有《复堂类集》《复堂日记》《复堂词》收在内。

蝶恋花（六首选二）

谭　献

庭院深深人悄悄[1]。埋怨鹦哥，错报韦郎到[2]。压鬓钗梁金凤小[3]，低头只是闲烦恼。　　花发江南年正少，红烛高楼，争抵还乡好？遮断行人西去道，轻躯愿化车前草[4]。

玉颊妆台人道瘦，一日风尘，一日同禁受。独掩疏棂如病酒，卷帘又是黄昏后。　　六曲屏前携素手。戏说分襟[5]，真遣分襟骤。书札平安君信否？梦中颜色浑非旧。

◎ 注释

[1] "庭院"句：欧阳修《蝶恋花》："庭院深深深几许？"

[2] 韦郎：见庄棫《蝶恋花》注。

[3] 钗梁金凤：金钗梁上的凤形饰物。

[4] 车前草：陆玑《毛诗草木鸟兽虫鱼疏》："车前一名当道，喜在牛迹中生，故曰车前当道也。"

[5] 分襟：分别。

◎ 评析

　　谭献《蝶恋花》组诗共有六首，这里选其最后两首。陈廷焯《大雅集》卷六云："美人香草，寓意甚远。"是写闺中思妇怀念他乡作客的爱人而作。如说有寓意，那是他启示人们，有志者应当具有为了美好理想而始终不懈以至甘为舍身的精神。这只能从谭氏《复堂词录序》所说"侧出其言，旁通其情，触类以感，充类以尽；甚且作者之用心未必然，而读者之用心何必不然"的观点去对待。陈廷焯《白雨斋词话》评云："'庭院深深'阕，上半传神绝妙，下半沉痛已极，所谓情到海枯石烂时也。'玉颊妆台'阕，上半沈至语，殊觉哀而不怒；下半相思刻骨，窅眛潜通，顿挫沉郁，可以泣鬼神矣。"叶恭绰《广箧中词》评云："正中（冯延巳）、六一（欧阳修）之遗。"

金缕曲

江干待发[1]

谭　献

又指离亭树[2]。怅春来、消除愁病，鬓丝非故。草绿天涯浑未遍，谁道王孙迟暮？[3]肠断是、空楼微雨。云水荒荒人草草[4]，听林禽、只作伤心语。行不得[5]，总难住。　今朝滞我江头路。近篷窗、岸花自发[6]，向人低舞。裙衩芙蓉零落尽[7]，逝水流年轻负[8]。渐惯了、单寒羁旅。信是穷途文字贱，悔才华、却受风尘误[9]。留不得，便须去。

◎ 注释

[1] 江干：江边。

[2] 离亭：即长亭短亭，见李良年《暗香·绿尊梅》注。

[3] "草绿"二句：见余怀《摸鱼儿·和辛幼安》注。王维《山中送别》："春草年年绿，王孙归不归。"

[4] "云水"句：荒荒：茫茫。杜甫《漫成二首》："野日荒荒白。"人草草：《诗经·小雅·巷伯》："劳人草草。"

[5] 行不得：见曹贞吉《留客住·鹧鸪》注。

[6] 篷窗：船窗。篷，见陈澧《齐天乐·十八滩舟中夜雨》注。

[7] "裙衩"句：衩：衣服旁边开口的地方。李商隐《无题》："裙衩芙蓉小。"这句谓裙子绣有芙蓉的色彩已褪落殆尽，此是比喻语，暗示时光的流失。亦可解作对闺人的怀念，设想对方过着辜负美好时光的生活。

[8] 逝水流年：《论语·子罕》："子在川上曰：逝者如斯夫！不舍昼夜。"何晏《论语集解》："包曰：逝，往也。言凡往去者，如川之流。"

[9]风尘：秦嘉《与妻书》："当涉远路，趋走风尘。"

◎ 评析

　　这首词写江湖倦客对家乡与亲人的留恋，对风尘奔走、时光流逝的痛苦，身处穷途，有才无用的愤慨，心态曲折层迭，抒写自然，深情感人，是谭献的力作。陈廷焯《白雨斋词话》以为"仲修小词绝精，长调稍逊"。像此词便何尝"稍逊"。叶恭绰《广箧中词》评云："如此方可云'清空不质实'。"

桂枝香

秦淮感秋[1]

谭　献

　　瑶流自碧[2]，便作就可怜，如许秋色。只是烟笼水冷，后庭歌歇。[3]帘波淡处留人影，袅西风、数声长笛。彩旗船舫，华灯鼓吹[4]，无复消息。　　念旧事、沉吟省识[5]。问曾照当年，惟有明月。[6]拾翠汀洲[7]，密意总成萧瑟[8]。秦淮万古多情水，奈而今秋燕如客[9]。望中何限，斜阳衰草，大江南北。

◎ 注释

[1]秦淮：见吴伟业《满江红·感旧》注。

[2]"瑶流"句：谓水流如碧玉。鲍照《飞白书势铭》："沾此瑶波。"

[3]"只是"二句：杜牧《泊秦淮》："烟笼寒水月笼沙，夜泊秦淮近酒家。商女不知亡国恨，隔江犹唱后庭花。"《玉树后庭花》，为陈后主之乐曲。

[4]船舫鼓吹：明末秦淮鼓吹极盛。但灯船鼓吹，清初已歇绝，康熙朝禁令尤严。乾隆末，始弛而复盛，然已无鼓吹之俗，鸦片战争后又衰。

[5]省识：察看。

[6]"曾照"二句：刘禹锡《石头城》："淮水东边旧时月，夜深还过女墙来。"

[7]拾翠：曹植《洛神赋》："或拾翠羽。"

[8]密意：亲密的情意。

[9]秋燕如客：杜甫《立秋后题》："秋燕已如客。"

◉ 评析

　　这词写太平天国失败以后，秦淮一带的荒凉景象。湘军攻占天京时，破坏甚大，且屠城三日，弄得全城一片萧条。这词就秦淮一角的繁华非昔寄寄慨，其立场当然不是站在农民军方面，但词中对农民军并无指斥，只是做了一些盛衰的对比，并且视野还扩展到大江南北，一片斜阳衰草。这里有作者的阶级局限，表现为哀叹的情绪，但客观上是清王朝所谓"中兴"以后日薄西山局面的投影。至于这词的抒情角度，则在于写个人在秦淮与歌舫女子往来的旧情今意以及自己客游无定的伤感。词品入南宋高境。

❀ **宝 廷**
（1840—1890）

　　号竹坡，晚年自号偶斋，满洲镶蓝旗人。宗室，郑献亲王济尔哈朗八世孙。同治七年戊辰（1868）进士，选庶吉士，授编修。官至内阁学士兼礼部右侍郎。宝廷为光绪朝初期著名清流，以直谏称。为晚清满族中著名诗人，亦能词。有《偶斋诗草》《偶斋词》。

喝火令

宝　廷

衰草连荒垒，寒林绕故关。角声呜咽晚风酸[1]。遥见征人无数[2]，曝背古城边[3]。　　朔气侵金甲[4]，严霜冷玉鞍。停鞭一望更凄然。几点旌旗，几点夕阳山，几点颓垣断壁，掩映暮云间。

◎ 注释

[1] 晚风酸：李贺《金铜仙人辞汉歌》："东关酸风射眸子。""风酸"字本此。

[2] 征人：远行防边的征夫。

[3] 古城：指长城，即上所云"故关"。长城关口较多，不详这里具体指何段。

[4] "朔气"句：北方冷空气侵入金属铠甲。《木兰辞》："朔气传金柝，寒光照铁衣。"

◎ 评析

　　这首小令，从目见、耳闻、身触各方面描写边城征士的生活，构成寒冷荒凉的画面，语言轻清流利，停鞭以下五句更胜。

冯　煦

（1843—1927）　　字梦华，号蒿盦，自称蒿隐公，江苏金坛（今常州金坛）人。光绪十二年丙戌（1886）第三名进士及第，授翰林院编修，累官至安徽巡抚。休官后卜居宝应，晚寓上海，以遗老终。《光宣词坛点将录》云："蒿盦生早于半塘（王鹏运）、大鹤（郑文焯）、彊村（朱祖谋）诸家，而殁后于半塘、大鹤。词名早著，《蒙香室词》无愧正宗雅音。……选《宋六十一家词选》，可谓总探词坛声息。"著有《蒿盦类稿》。其《蒙香室词》二卷，一名《蒿盦词》。又有《蒿盦词话》一卷。

浣溪沙[1]（四首选二）

冯　煦

琼岛冥冥隔雾中[2]，兰桡去后绿波空[3]，旧溅裙处一相逢[4]。　　化鹤千年无返翼[5]，灵犀一点有心通[6]。莫将消息误东风。

几日偷窥宋玉墙[7]，吴姬学步剧郎当[8]。更扶残梦下潇湘[9]。　　燕外笑桃和雨散，莺边舞絮逐风狂。[10]争知前度有刘郎[11]。

◎ 注释

[1] 这词作于光绪二十一年乙未（1895）春，都是寄慨时事。前一首咏李鸿章使日议和，后一首咏吴大澂与刘坤一。《清史稿·德宗纪》：光绪二十一年春正月辛卯，授李鸿章为头等全权大臣，使日本。三月己亥，李鸿章与日本全权马关会议，和约成。又《吴大澂传》："光绪十八年，授湖南巡抚。朝鲜东学党之乱也，日本与中国开衅，朝议皆主战，大澂因自请率湘军赴前敌，优诏允之。二十一年出关，会诸军规复海城。而日本由间道取牛庄，魏光焘往御，战不利；李光久驰救之，亦败，仅以数骑免。大澂……退入关，奉革职留任之旨，乃还湖南，寻命开缺。"又《刘坤一传》："二十年，日本犯辽东……北洋海陆军皆失利，召坤一至京，命为钦差大臣，督关内外防剿诸军。坤一谓兵未集，械未备，不能轻试。诏促之出关。时已遣使议和。……二十一年春，前敌宋庆、吴大澂复屡败，新募诸军实不能任战。日本议和，要挟弥甚。下坤一与直隶总督王文韶决和战之策。坤一以身任军事，仍主战而不坚执。未几，和议成，回任（两江总督）。"

[2] "琼岛"句：琼岛：即琼华岛，在清宫北海太液池南部。金时名琼华岛，元代为万寿山。清高宗书"琼岛春阴"石碑，立于绿荫深处，为"燕京八景"之一。这句谓李鸿章赴日议和，便与皇帝所在地远隔云雾中了。亦可解释"琼岛"一词是借指日本岛国。隔雾中：即《史记·封禅书》所谓三神山"未至，望之如云"之意。日本岛隔在云雾之中，隐喻此去议和，情况未卜。

[3] "兰桡"句：兰桡：梁简文帝萧纲《采莲曲》："桂楫兰桡浮碧水。"桡，划船的桨，代指船。此处指李鸿章赴日本之舟。绿波：江淹《别赋》："春草碧色，春水绿波，送君南浦，伤如之何！"用此典，切送别。绿波空：谓波远人去。

[4] "湔裙"句：湔裙：《玉烛宝典》：元日至晦日，为酺宴，士女湔裙渡厄。此处活用字面。句意谓李鸿章此去议和约，但以前也已与日本人打过两次议约交道了。《清史稿·李鸿章传》：（同治）九年，调直隶总督兼北洋通商事务大臣。十月，日本请通商，授全权大臣与定约。金天羽《皖志列传稿·李鸿章传》：日本以曩年朝鲜东学党乱故，遣伊藤博文、西乡从道来津议善后，鸿章与订后日彼我出师，必互相通牒之约，隐以朝鲜为共同保护国。旧湔裙处，前在国内，今在日本，已非一处，此处亦活写。一相逢者，前次与今番与鸿章议约者都为伊藤博文。

[5]"化鹤"句：陶潜《搜神后记》："丁令威本辽东人，学道于灵虚山，后化鹤归辽东城门华表柱，时有少年举弓欲射之，鹤乃飞，徘徊空中而言曰：'有鸟有鸟丁令威，去家千年今始归，城郭如故人民非，何不学仙冢累累？'遂高上冲天。"这里指李鸿章与伊藤博文所订和约十一款中，有割让辽南给日本之条，故词中谓"化鹤千年无返翼"，其后俄、德、法三国干涉还辽，已在此词写作之后，词人不能预知。

[6]"灵犀"句：李商隐《无题》："身无彩凤双飞翼，心有灵犀一点通。"冯浩注："《汉书·西域传》：'通犀翠羽之珍。'如淳注曰：'通犀，谓中央色白通两头。'"这句斥李鸿章卖国，其心与日本相通。

[7]"几日"句：宋玉《登徒子好色赋》："臣里之美者，莫若臣东家之子……然此女登墙窥臣三年，至今未许也。"这句谓吴大澂出长城与东邻日本军队作战。

[8]"吴姬"句：吴姬：指吴大澂，大澂是江苏吴县（今苏州）人。李白《金陵酒肆留别》："吴姬压酒唤客尝。"学步剧郎当：谓大澂本为文职官吏，强欲统兵，无异学步，结果以失败革职，狼狈不堪。学步，《汉书·叙传》："昔有学步于邯郸者，曾未得其仿佛，又复失其故步，遂匍匐而归耳。"郎当，衣服宽大不合身，引申为"踉跄"意。杨忆《傀儡诗》："鲍老当年笑郭郎，笑他舞袖太郎当。若教鲍老当筵舞，转更郎当舞袖长。"

[9]"更扶"句：谓大澂兵败还湖南。潇湘，湘江别称，诗文中多代指湖南。潇水本为湘江支流，源出九嶷山，北流至零陵苹州入湘江。

[10]"燕外"二句：谓大澂所统湘军，魏光焘败于牛庄，李光久弃军逃，将士从风而靡。燕外，双关为燕地之外。桃，谐音为逃。

[11]"争知"句：刘郎：指刘坤一。刘禹锡《再游玄都观》："种桃道士归何处？前度刘郎今又来。"

◎ 评析

　　这两首全用比兴，反映甲午、乙未间中日战事与和议，婉而多讽，足称杰构。

齐天乐

三月九日作[1]

冯　煦

庾郎先自伤迟暮，东风又吹羁绪。[2]别屿帆空，孤谯角暗，[3]赢得断萍零絮[4]。鹃啼正苦。奈雨暝烟昏[5]，梦归无据。

双屐才回，李花又送隔墙去。[6]　　弹棋昨经别墅[7]，是谁持急劫[8]，将断还误。客燕无依，群莺自扰，争忍东皇孤负。[9]哀弦漫抚。恁弹彻霜辰，更无人痞。[10]望极扶桑[11]，海天浑未曙[12]。

◎ 注释

[1] 这词写于光绪二十一年乙未（1895）三月九日。二月二十四日，李鸿章在日本马关与伊藤博文开始议和谈判，三月初五，中日双方订立停战协定。至于马关条约的签订，则在三月二十三日，已在这词写作之后。

[2] "庚郎"二句：庚郎：作者自谓。魏家骅《副都御史安徽巡抚兼理提督冯公行状》：（光绪）十二年丙戌成一甲三名进士，授编修。……十年馆职，至乙未，以京察一等，外简安徽凤阳府知府。写此词时，尚在京未外简。庚郎，用庚信典。庚信在梁时曾官尚书度支郎中、通直正员郎，故云庚郎。官北周后作《哀江南赋》，有"藐是流离，至于暮齿"，"下亭漂泊，皋桥羁旅"等语。《楚辞·离骚》："恐美人之迟暮。"姜夔《齐天乐》："庚郎先自吟愁赋，凄凄更闻私语。"此冯词起语所本。

[3] "别屿"二句：上句谓这时海军提督丁汝昌驻守地刘公岛，已于正月十七日陷落。北洋海军已全军覆灭。屿，小岛。孤礁，建有望楼的城门叫谯门。这当是指澎湖。《福建通志》：日本船十二艘，以（二月）二十七日攻妈祖宫拱北炮台，统带官臧某御之甚力，……而日兵已别于文良港登陆，营官林福喜率四百人御之，日兵受创甚，然终不敌。二十八日，日兵入澎湖城。这是"中日停战协定"订立前的最后一次战役。角，军中号角。暗，黯然无声。

[4] 断萍零絮：萍为水中之物，絮，飘荡无归之物。这里指流离失散的士兵。

[5] 雨暝烟昏：史达祖《双双燕·咏燕》："红楼归晚，看足柳昏花暝。"这里指局面的阴沉。

[6] "双屐"二句：《清史稿·邦交志》："二十一年正月，命张荫桓、邵友濂赴日本议和，拒不纳，乃再以李鸿章为全权。"张、邵奉派在光绪二十年十二月十日，与日方会于广岛，被拒，为二十一年正月初七。词中"双屐才回"指张、邵，李花指李鸿章。

[7] "弹棋"句：见张景祁《曲江秋·马江秋感》注。

[8] "是谁"句：《水经注·渠》："《陈留志》：'阮简，字茂弘，为开封令，县侧有劫贼，外白其急数。简围棋长啸，吏云：劫急。简曰：局上有劫亦甚急。其耽乐如是。'"此与上句，究指何人，就词语难以断定。可以指李鸿章，李当时与帝俄有秘密往来，信俄能相助，事见萧一山《清代通史》卷下第三篇第二十一章上。亦可谓指协办大学士翁同龢，萧氏《清代通史》谓：翁同龢之畏葸不敢与闻俄事，非真知俄之不可亲，特恐参与

和议而挨骂耳。所谓领袖清议者，大率类此。作者当时不过官编修，其政治立场站于何方，不甚明朗。然就《浣溪沙》等词语测之，则是站在反李的一方。李、翁主和主战不同，恐词语未必指翁同龢。

[9]"客燕"三句：指清廷群臣，主战主和，纷纷自扰，无妥善的办法，辜负光绪皇帝颇思振作自强的深心。争忍，词中常用词，如姜夔《念奴娇》之"争忍凌波去"。"东皇孤负"为"孤负东皇"的倒装语。

[10]"哀弦"三句：谓自己是众醉独醒，写此感时之词，难以唤起麻木不仁的人心。

[11]扶桑：习惯上指日本。《楚辞·九歌·东君》："暾将出兮东方，照吾槛兮扶桑。"《山海经·海外东经》："汤谷上有扶桑，十日所浴，在黑齿北，居水中。有大木，九日居下枝，一日居上枝。"

[12]"海天"句：谓马关议和谈判的结果如何，这时尚未见一线曙光。

◎ 评析

　　这首慢词，与《浣溪沙》小令，同为甲午、乙未中日战事而写，这一首写作时间，较《浣溪沙》略前。《浣溪沙》通篇用比兴手法，而这首用赋体，中间偶然穿插几句比体的语言。各有长处，可以互参。

黄遵宪
（1848—1905）

字公度，别号人境庐主人，广东嘉应（今梅州）人。同治十一年壬申（1872）拔贡。光绪二年丙子（1876）举人。历任驻日、英诸国使馆参赞及驻美、英总领事等职。归国后任湖南长宝盐法道、湖南按察使，积极协助湖南巡抚陈宝箴厉行新政，成为戊戌变法维新运动的重要人物之一。光绪二十四年（1898），充出使日本大臣，未行而政变作，被革职，放归故里。遵宪政治上主张资产阶级改良主义，逝世前转而倾向民主主义革命。在文学方面，是近代"诗界革命"的主帅，创辟新意境，具有强烈的爱国主义精神。亦工词，不多作。词亦如其诗，以新内容纳入旧格律，为晚清词坛如金天羽、黄人、李叔同等之词界革新风气，开导先路。著有《人境庐诗草》。

双双燕

题兰史《罗浮纪游图》[1]

黄遵宪

罗浮睡了[2]，试召鹤呼龙[3]，凭谁唤醒？尘封丹灶[4]，剩有星残月冷。欲问移家仙井[5]，何处觅、风鬟雾鬓[6]？只应独立苍茫[7]，高唱万峰峰顶。　　荒径。蓬蒿半隐[8]。幸空谷无人[9]，栖身应稳。危楼倚遍[10]，看到云昏花暝[11]。回首海波如镜，忽露出、飞来旧影。[12]又愁风雨合离，化作他人仙境。[13]

◎ 注释

[1] 兰史：潘飞声字，广东番禺人。曾举经济特科。早年在德国讲学，归国后居广州，后终老于上海，著有《说剑堂集》《在山泉诗话》等。《罗浮纪游图》：遵宪自注："兰史所著《罗浮游记》，引陈兰甫先生'罗浮睡了'一语，便觉有对此茫茫，百端交集之感。先生真能移我情矣。辄续成之。狗尾之诮，不敢辞也。又兰史与其夫人旧有偕隐罗浮之约，故风鬟句及之。"这里本事，除自注外，潘飞声和作亦有自注云："昔在菊坡精舍，听陈兰甫先生话罗浮之游，云仅得'罗浮睡了'四字，久之未成词也。壬寅（光绪二十八年，1902）三月，余游罗浮，至东江泊舟望，四百峰横亘烟月中，觉陈先生此四字神妙如绘，故于《游记》中纪其事。而黄公度京卿以飘逸仙才，成词一首见寄。猿惊鹤举，惜不能起陈先生相赏也。"所述较遵宪自注稍详，可以参证。据潘氏自注所云，这首是遵宪晚年所作。陈兰甫，见陈澧小传。

[2] "罗浮"句：罗浮：山名。在广东东江北岸，增城和博罗之间。罗浮睡了：原是写山影横陈，如美人入睡。黄词却是借来做比喻，罗浮暗指旧中国，"睡了"谓国人在沉睡中未醒。曾纪泽曾对欧洲人说："中国一睡狮也。"（见但焘译日本人稻叶君山《清朝全史》）黄词与此同一含义。

[3] 召鹤呼龙：罗浮山有白鹤观、黄龙观等胜迹，故就地生发。鹤和龙，暗喻先进人物。

[4][5] 丹灶、仙井：《晋书·葛洪传》载，葛洪因年老，想炼丹求长生，闻交趾出丹砂，求为句漏令，带了家属同行，到了广州，刺史邓岳留住他，洪便留在罗浮山炼丹。罗浮有葛洪丹灶和仙井。丹灶在惠州罗浮山东麓冲虚古观侧。北宋绍圣元年（1094）苏轼被贬至惠州，游罗浮山时，为之题"稚川丹灶"四字。后屡经兴废，至清乾隆二十年（1755），广东督学吴鸿为此灶重写了苏轼题字。仙井已无可寻。

[6] "何处觅"句：风鬟雾鬓：李清照《永遇乐》："如今憔悴，风鬟雾鬓，怕见夜间出去。"葛洪妻为鲍姑，故写到"风鬟雾鬓"，以关联兰史夫妇偕隐罗浮之约。

[7] 独立苍茫：杜甫《乐游园歌》："独立苍茫自咏诗。"兰史自号独立山人，故用杜甫诗语以贴定其人。

[8] 蓬蒿半隐：汉代张仲蔚隐居不仕，所居之处蓬蒿没人。见《艺文类聚》引《三辅决录》。

[9] 空谷无人：蔡邕《琴操》载，孔子曾经过隐谷，见香兰独茂盛，乃作《猗兰操》。空谷是兰的故事，用此以切兰史之号。

[10] 危楼：高楼。

[11] "看到"句：见冯煦《齐天乐·三月九日作》注。

[12] "回首"二句：飞来旧影：指罗浮山的本来面目。罗浮是二山，浮山相传原是蓬莱仙山之一峰，自海外浮来，与罗山合为一体。这以喻中华古国的大好河山原是这样美好。

[13] "又愁"二句：罗浮是二山合体，风雨中时隐时现，忽合忽离。二句谓生怕罗浮山在风雨中分离，离开祖国怀抱，化为他人的仙境。借喻当时帝国主义列强要瓜分中国，神州大地将为他人所有的奇祸，迫在眉睫。

◎ 评析

　　这首慢词，寄托遥深，但通首仍然是一幅形象美丽生动、仙意盎然的名山图画。周济《介存斋论词杂著》说："感慨所寄，不过盛衰。或绸缪未雨，或太息厝薪，或己溺己饥，或独清独醒，随其人之性情学问境地，莫不有由衷之言。见事多，识理透，可为后人论世之资。诗有史，词亦有史，庶乎自树一帜矣。"可惜常州派词人，知此而不能做到。沈祥龙《论词随笔》说："感时之作，必借景以形之。""不言正意，而言外有无穷感慨。"但是黄氏此词，也不是"不言正意"的，一结便点明了全词的主脑，充满了爱国的热情。它不单是为陈澧的妙语而续写，也不单是为题图而写词。清末词坛，堆砌华藻，成了风气，这词有别开词家疆宇的作用。作者是晚清"诗界革命"的旗帜，这词也可作"词界革命"观。与作者对树"诗界革命"大纛的丘逢甲，在《题兰史〈罗浮纪游图〉》七古中，同样感慨地写着："天公应悔蓬莱割左股，坠落欲界非仙都。迩来仙人所治地益窄，堙山跨海来群胡。各思圈地逞势力，此邦多宝尤觊觎。"结尾云："题君此图正风雨，想见罗浮离合云模糊。"一词一诗，可谓英雄所见略同。但黄词是兴寄，丘诗是直陈，体裁不同，写法亦异。

❖ 王鹏运
（1849—1904）

字幼霞、佑遐，号半塘、骛翁，广西临桂（今桂林）人。原籍浙江山阴（今绍兴）。同治九年庚午（1870）举人，历官内阁中书、内阁侍读、监察御史、礼科给事中。值谏垣十年，疏数十上，皆关系政要，一时权贵，自诸亲王以下，每被弹劾，直声震天下。光绪二十八年壬寅（1902）南归，主扬州仪董学堂。后二年病卒于苏州。鹏运殚精于词，被称为"清季四大词人"之首。尝汇刻《花间集》以迄宋、元诸家词为《四印斋所刻词》。朱祖谋序其词集，谓其"导源碧山（王沂孙），复历稼轩（辛弃疾）、梦窗（吴文英）以还清真（周邦彦）之浑化，与周止庵（济）氏说契若针芥。"又《望江南·杂题我朝诸名家词集后》云："香一瓣，长为半塘翁。得象每兼《花外》（王沂孙）永，起屏差较茗柯（张惠言）雄。岭表此宗风。"可见其倾倒。叶恭绰《广箧中词》云："幼遐先生于词学独探本原，兼穷蕴奥，转移风会，领袖时流，吾常戏称为桂派先河，非过论也。彊村（朱祖谋）翁学词，实受先生引导。文道希（廷式）丈之词，受先生攻错处，亦正不少。清季能为东坡、片玉（周邦彦）、碧山（王沂孙）之词者，吾于先生无间焉。"晚年删定其词为《半塘定稿》。

念奴娇

登旸台山绝顶望明陵[1]

王鹏运

登临纵目[2]，对川原绣错[3]，如接襟袖。指点十三陵树影，天寿低迷如阜[4]。一霎沧桑[5]，四山风雨[6]，王气消沉久[7]。涛生金粟[8]，老松疑作龙吼。　　惟有沙草微茫，白狼终古[9]，滚滚边墙走。野老也知人世换，尚说山灵呵守。平楚苍凉[10]，乱云合沓[11]，欲酹无多酒[12]。出山回望，夕阳犹恋高岫[13]。

◎ **注释**

[1] 旸台山：在北京西北郊，山麓有大觉寺，为游览胜地。明陵：明十三陵，在北京西北约九十里的昌平天寿山下的小盆地上。有长陵（成祖）、献陵（仁宗）、景陵（宣宗）、裕陵（英宗）、茂陵（宪宗）、泰陵（孝宗）、康陵（武宗）、永陵（世宗）、昭陵（穆宗）、定陵（神宗）、庆陵（光宗）、德陵（熹宗）、思陵（思宗）等十三处明代皇帝的陵墓，统称明十三陵。从明永乐七年（1409）修建长陵起到清顺治元年（1644）修建思陵止，凡历二百多年。这首词是光绪十九年癸巳（1893）所作，即甲午战争的前一年。

[2] 登临纵目：王安石《桂枝香》："登临送目，正故国晚秋，天气初肃。"

[3] 川原绣错：《花随人圣庵摭忆》："国中花时讨春最胜之地……以旧都旸台山之杏花为最。连塍漫谷，三四十万株，亘可二十余里。"

[4] "天寿"句：天寿：山名，在昌平北。十三陵所在地。阜：土山，丘陵。

[5] 沧桑：见金堡《八声甘州·卧病初起》注。

[6] 四山风雨：元胡僧杨琏真加发掘越中宋六陵后，义士唐珏收骸葬之，为《梦中作》诗云："亲拾寒琼出幽草，四山风雨鬼神惊。"用此语以切明陵。明陵虽无被发掘事，然朝代更换则同。

[7] "王气"句：王气：天子之气，古代有望气之术，认为某地有天子出，可先见王气。王气消沉：指王朝的气运已尽。庾信《哀江南赋序》："将非江表王气，终于三百年乎？"这里谓明王朝于崇祯十七年甲申（1644）亡于农民军李自成之手，至光绪十九年（1893），历时二百五十年，故曰"久"。

[8] 金粟：唐玄宗泰陵，在陕西省蒲城县东北的金粟山。山因有碎石如金粟得名，玄宗见

金粟山冈有龙盘虎踞之势，遂选定为陵墓之地。

[9] 白狼：河名，见纳兰性德《台城路·塞外七夕》注。作者在旸台山登望，白狼河在沙草微茫之外，非视力所及，只能出之想象。因白狼是河，故下句云"滚滚"，因在长城以外，故云"边墙走"。

[10]"平楚"句：楚：丛木，登高远望，见树梢齐平，故云平楚。谢朓《郡内登望》："寒城一以眺，平楚正苍然。"

[11]"乱云"句：合沓：重叠。谢朓《游敬亭山》："兹山亘百里，合沓与云齐。"

[12] 酹：古代祭奠时把酒洒在地上。

[13] 岫：山峰。

◎ 评析

这词是登临吊古之作。吊近古而非远古，借古慨今，更为警切。从一霎沧桑、王气消沉，表达了作者对腐败没落的清王朝的亡国预感，具有杜牧《阿房宫赋》所云"秦人不暇自哀，而后人哀之；后人哀之而不鉴之，亦使后人而复哀后人也"的告诫。作者写此词时，已是甲午战争的前一年，处在帝国主义侵略中国的时代，内忧外患，国难深重，更非明王朝情况可比。这类吊古词，便非无病而呻。词境莽苍旷远，风格沉郁悲凉，是作者的独到之处。

八声甘州

送伯愚都护之任乌里雅苏台[1]

王鹏运

是男儿、万里惯长征，临歧漫凄然[2]。只榆关东去[3]，沙虫猿鹤[4]，莽莽烽烟[5]。试问今谁健者，慷慨着先鞭？[6]且袖平戎策，乘传行边。[7]　　老去惊心鼙鼓[8]，叹无多忧乐[9]，换了华颠[10]。尽雄虓琐琐[11]，呵壁问苍天[12]。认参差、神京乔木[13]，愿锋车、归及中兴年[14]。休回首、算中宵月，犹照居延^[15]。

◎ 注释

[1] 伯愚都护：《清史稿·志锐传》："志锐，字公颖，他塔拉氏，世居扎库木，隶满洲正红旗，陕甘总督裕泰孙。父长敬，四川绥定府知府。志锐幼颖异，光绪六年成进士，选庶吉士，授编修，与黄体芳、盛昱辈相励以风节，数上书言事。累迁詹事，擢礼部右侍郎。中东事起，上疏画战守策，累万言。虑陪都警，自请募兵设防。称旨。命赴热河练兵。未逾月，以其妹瑾、珍两妃贵人，降授乌里雅苏台参赞大臣，释兵柄。遂迁道出张家口，策马逾天山，西绝幕，所迳台站，辄周咨山川风俗宗教著诗纪事。"据《德宗景皇帝实录》，光绪二十年甲午（1894）十一月初七，礼部右侍郎志锐赏副都统衔出为乌里雅苏台参赞大臣。都护，古官名，汉置西域都护，唐置六大都护府，这里借作副都统之称。乌里雅苏台，地名。清代在外蒙古三音诺颜西境，其义为多杨柳。清雍正间筑城，为定边左副将军和乌里雅苏台参赞大臣驻所。今为蒙古人民共和国扎布汗省会扎布哈朗特。其地距北京极远，志锐此行虽为之官，实同迁谪。伯愚，志锐号。

[2] 临歧：分路惜别。高适《别韦参军》："丈夫不作儿女别，临歧涕泪沾衣巾。"此用其意。

[3] 榆关：见张惠言《风流子·出关见桃花》注。

[4] 沙虫猿鹤：见张景祁《曲江秋·马江秋感》注。

[5] "莽莽"句：这时中日战事的进展情况是：六月二十三日，日舰击沉清运兵船"高升号"，甲午战争爆发。二十七日，日军进攻牙山，清军败走。八月十六日，日军进攻平壤，左宝贵战死。十八日，黄海海战发生，邓世昌等战死。九月二十六日，日军渡鸭绿江，侵入中国边境。二十八日，日军侵占九连城和安东。十月九日，日军陷金州。十日，日军占大连。二十五日，日军占旅顺。这都是志锐赴乌里雅苏台以前发生的事，故词云"莽莽烽烟"。

[6] "试问"二句：健者：雄才大略的人。《后汉书·袁绍传》："绍勃然曰：'天下健者，岂惟董公（卓）？'"着先鞭：《世说新语·赏誉》刘峻注引《晋阳秋》："刘琨与亲旧书曰：'吾枕戈待旦，志枭逆虏，常恐祖生（逖）先吾着鞭耳。'"

[7] "且袖"二句：平戎策：平定外族侵略者的策略，指志锐上疏画战守策事。《新唐书·王忠嗣传》载，王忠嗣曾上"平戎十八策"。乘传：古代驿站用四匹下等马拉的车。《史记·田儋列传》："田横乃与其客二人乘传诣雒阳。"裴骃《史记集解》："如淳曰：'四马下足为乘传。'"

[8] "老去"句：白居易《长恨歌》："渔阳鼙鼓动地来，惊破霓裳羽衣曲。"

[9] 忧乐：范仲淹《岳阳楼记》："其必曰：先天下之忧而忧，后天下之乐而乐乎。"

[10] 华颠：白头。崔骃《达旨》："唐且华颠以悟秦。"

[11] "雄虺"句：虺：毒蛇。《楚辞·天问》："雄虺九首，倏忽焉在？"又《招魂》："雄虺九

首，往来倏忽。"琐琐：卑贱貌。《周易·旅卦》："旅琐琐，斯其所取灾。"这里指清政府中一批权臣奸佞。

[12] 呵壁问天：《楚辞·天问》王逸章句："《天问》者，屈原之所作也。……屈原放逐，忧心愁悴，彷徨山泽……见楚有先王之庙及公卿祠堂，图画天地山川神灵，琦玮倘佹，及古贤圣怪物行事，周流罢倦，休息其下，仰见图画，因书其壁，呵而问之。"

[13] 乔木：《孟子·梁惠王下》："孟子见齐宣王曰：'所谓故国者，非谓有乔木之谓也，有世臣之谓也。'"

[14] "锋车"句：锋车：《晋书·舆服志》："追锋车……驾二。追锋之名，盖取其迅速也。"中兴年：杜甫《喜达行在所》："今朝汉社稷，新数中兴年。"

[15] 居延：古边塞名。汉初，居延为匈奴南下凉州的要道。武帝太初三年（前102），使路博德于此筑塞，以防匈奴入塞，故又名遮卤（虏）障。遗址在今甘肃，南起合黎山麓，北抵居延故城，故城在今额济纳旗西北。这里借指乌里雅苏台。

◎ 评析

　　志伯愚是甲午战争时期的主战派人物，而以慈禧太后为首的一帮人则主和。光绪帝与瑾、珍二妃则是主战派的支柱。主战派的力量，远不比后党主和者的强大，十月二十九日，瑾、珍二妃的降为贵人，志伯愚的被远放乌里雅苏台，便是朝中主战派士大夫大受挫折的契机。伯愚之行，词人王鹏运、盛昱、沈曾植、文廷式都写了《八声甘州》词送别。这里限于篇幅，只选了王鹏运、文廷式两篇，王作沉郁，文作昂扬，旗鼓相当。况周颐《蕙风词话续编》说："伯愚此行虽之官，犹迁谪也。""此等词略同杜陵诗史，关系当时朝局，非寻常投赠之作可同日语。"况氏是就盛昱词说的，无疑也包括了王鹏运等诸家之作。

满江红

送安晓峰侍御谪戍军台[1]

王鹏运

荷到长戈[2]，已御尽、九关魑魅[3]。尚记得、悲歌请剑，更阑相视。[4]惨淡烽烟边塞月，蹉跎冰雪孤臣泪。算名成、终竟负初心[5]，如何是？　　天难问[6]，忧无已[7]。真御史，奇男子。只我怀抑塞[8]，愧君欲死。宠辱自关天下计，荣枯休论人间世。愿无忘、珍惜百年身[9]，君行矣。

◎ 注释

[1] 安晓峰：《清史稿·安维峻传》："安维峻，字晓峰，甘肃秦安人。光绪六年（1880）成进士，改庶吉士，授编修。十九年（1893）转御史。未一年，先后上六十余疏。日、韩衅起，时上虽亲政，遇事必请太后意旨，和战不能独决。及战屡败，世皆归咎李鸿章主款。于是维峻上言：'李鸿章平日挟外洋以自重……事事挟制朝廷，抗违谕旨。唯冀皇上赫然震怒，明正其罪，布告天下。'……疏入，上谕：'军国要事，仰承懿训遵行，天下共谅。乃安维峻封奏，托诸传闻，竟有皇太后遇事牵制之语，妄言无忌，恐开离间之端。'命革职发军台。维峻以言获罪，直声震中外，人多荣之。访问者萃于门，饯送者塞于道，或赠以言，或资以赆。车马饮食，众皆为供应。抵戍所，都统以下，皆敬以客礼，聘主讲抡才书院。二十五年（1899）释还。"按安维峻被谴，在光绪二十年（1894）十二月。其谪发军台地点为张家口。

[2] 荷戈：杜甫《夏夜叹》："念彼荷戈士，穷年守边疆。"

[3] "御尽"句：九关：《楚辞·招魂》："虎豹九关，啄害下人些。"魑魅：《左传·文公十八年》："投诸四裔，以御魑魅。"杜预注："魑魅，山林异气所生，为人害者。"九关魑魅：指当朝的奸恶后党。

[4] "记得"二句：光绪十九年七月，王鹏运任江西道监察御史，与安维峻同事，曾联名弹劾李鸿章。请剑，《汉书·朱云传》载：汉成帝时，槐里令朱云上书请借尚方宝剑，斩安昌侯张禹。成帝怒，欲诛朱云。朱云攀槛，槛折。后世以此来赞美直谏之臣。更阑相视，谓王、安二人，志同道合，夜深共商谏草情事。《庄子·大宗师》："四人相视而笑，莫逆于心，遂相与为友。"

[5] "名成"句：谓虽然成就了个人直谏的好名声，但是要除掉权奸、挽救国运的原来愿望没有达到，因此觉得辜负初心。

[6] 天难问：见上首《八声甘州》注。

[7] 忧无已：范仲淹《岳阳楼记》："居庙堂之高则忧其民；处江湖之远则忧其君。是进亦忧，退亦忧，然则何时而乐耶？"

[8] 抑塞：抑郁不得开展。杜甫《短歌行》："我能拔尔抑塞磊落之奇才。"

[9] 百年身：鲍照《行药至城东桥诗》："争先万里涂，各事百年身。"

◎ 评析

这首送安维峻谪戍军台之作，与前一首送志锐降官赴乌里雅苏台的《八声甘州》，时间仅隔一月。是甲午杰出词史的两阕姊妹篇。抒写抑塞之情，有它的共同点。然而后一篇却有不同于前一首的特点。因为王、安二人是御史同事，曾同劾李鸿章。"真御史，奇男子"，直声震天下的王鹏运，自己也担当得起。二人同心，抒发的抑塞磊落之怀，更不同于寻常。一起"荷到长戈，已御尽、九关魑魅"，足以使鬼魅褫魄，男儿作气。这是辛弃疾、文天祥词作的法乳真传，大为清代词史张目。

浣溪沙

题丁兵备丈画马[1]

王鹏运

苜蓿阑干满上林[2]，西风残秣独沉吟[3]，遗台何处是黄金[4]？　空阔已无千里志[5]，驰驱枉抱百年心[6]。夕阳山影自萧森[7]。

◎ 注释

[1] 丁兵备：名立钧，字叔衡，号恒斋，江苏丹徒人。光绪六年庚辰（1880）进士，选翰林院庶吉士，授编修。后出官山东沂州府知府，擢兵备道。晚得风疾，能以左手作书画，世颇珍之。志锐赴乌里雅苏台，立钧曾绘《萧寺话别图》。

[2] "苜蓿"句：苜蓿：一年或多年生草本植物，原产西域，汉武帝时自大宛传入中土，可喂牲口。《史记·大宛列传》："俗嗜酒，马嗜苜蓿。"阑干：纵横散乱的样子，谓苜蓿种植面之广。上林：苑名，秦旧苑，汉武帝扩建，故址在今陕西长安、鄠邑、周至，周围三百里，汉代有离宫七十所。汉武帝得乌孙、大宛天马，畜于上林。

[3] 秣：牲口的饲料。

[4] "遗台"句：战国时燕昭王筑台置千金于上，以延请天下贤士。后称其台为黄金台，其具体位置有几种说。《上谷图经》云在易水东南十八里。因当时燕的下都在易县，所以很可能。一说在北京朝阳门外东南，还有说在永定门外东南。现在朝阳门外约五里附近

有金台路。据《战国策·燕策》载，昭王求贤，郭隗说之曰：古之人君，有以千金求千里马者，三年不能得。涓人（近侍）以五百金为之买得千里马之骨，反以报言。于是天下皆知人君求马之诚，"不能期年，千里之马至者三"。后以喻黄金台及千金市马骨喻招揽人才之真诚。这里用《战国策》事以切马。

[5]"空阔"句：杜甫《房兵曹胡马》："所向无空阔，真堪托死生。"曹操《龟虽寿》："老骥伏枥，志在千里。"

[6]"驰驱"句：参上首《满江红·送安晓峰侍御谪戍军台》注。

[7]"夕阳"句：龚开《瘦马图》："一从云雾降天关，空尽先朝十二闲。今日有谁怜瘦骨，夕阳沙岸影如山。"萧森，阴沉萧杀的样子。

◉ 评析

　　这首题画马词，是借马以抒发自己在政治上有才不得施展的悲愤不平之鸣。但作者所云"已无千里志""枉抱百年心"，也不过是一点牢骚。在戊戌变法以前，他还代康有为上疏劾徐用仪，参加京师强学会，上疏请讲求商务，奏请开办京师大学堂，可知其意志并没有消沉。这类小令，是辛弃疾一派遗响，与北宋词异趣。

沁园春

王鹏运

　　岛佛祭诗，艳传千古。八百年来，未有为词修祀事者。今年辛峰来京度岁，倡酬之乐，雅擅一时。因于除夕，陈词以祭，谱此迎神，而以送神之曲属吾弟焉。[1]

词汝来前！酹汝一杯，[2]汝敬听之。念百年歌哭，谁知我者？[3]千秋沉滢[4]，若有人兮[5]。芒角撑肠[6]，清寒入骨[7]，底事穷人独坐诗[8]？空中语[9]，问绮情忏否[10]？几度然疑[11]。　　玉梅冷缀莓枝[12]，似笑我吟魂荡不支。叹春江花月[13]，竞传宫体[14]；楚山云雨，枉托微词[15]。画虎文章[16]，屠龙事业[17]，凄绝商歌入破时[18]。长安陌[19]，

264

听喧阗箫鼓，良夜何其？[20]

◎ 注释

[1] 岛佛：《唐才子传》："李洞慕爱贾长江（岛），遂铜写像像，戴之巾中，常持数珠念贾岛佛。"祭诗：《金门岁节》："贾岛尝以岁除，取一年所得诗，以酒酹之，曰：'劳吾精神，以是补之。'"辛峰：作者之弟。

[2] "词汝"二句："词汝来前"句式本于辛弃疾《沁园春·将止酒，戒酒杯使勿近》："杯汝来前。"醑，见《念奴娇·登旸台山绝顶望明陵》注。

[3] "百年"二句：杜甫《南征》："百年歌自苦，未见有知音。"

[4] 沆瀣：喻臭味相投。钱易《南部新书》："又乾符二年，崔沆放崔瀣。谭者称'座主门生，沆瀣一气'。"

[5] "若有"句：《楚辞·九歌·山鬼》："若有人兮山之阿。"连上一句，意谓自己对于词像朋友那样。

[6] "芒角"句：芒角，谓锋芒。苏轼《郭祥正家，醉画竹石壁上，郭作诗为谢，且遗二古铜剑》："空肠得酒芒角出，肝肺槎牙生竹石。"

[7] "清寒"句：韩愈《李花》："清寒莹骨肝胆醒，一生思虑无由邪。"苏轼《栖贤三峡桥》："清寒入山骨。"作者《一丛花》序："窗月邻鸡，清寒入骨。"

[8] "底事"句：为什么把造成人穷的罪责独归之于诗呢？坐，由……而获罪，如坐死、连坐。玄应《一切经音义》："坐，罪也。谓相缘罪也。"《韩非子·定法》："公孙鞅之治秦也，设告相坐而责其实。"《说苑·奉使》："荆王与晏子立语。有缚一人过王而行……王曰：'何坐？'曰：'坐盗。'"欧阳修《梅圣俞诗集序》："予闻世谓诗人少达而多穷，夫岂然哉？盖世所传诗者，多出于古穷人之辞也。"以上三句，谓自己的穷，是由于锋芒毕露、清冷违俗，种种不合时宜，而不应坐罪于作诗。

[9] 空中语：见朱彝尊《迈陂塘·题其年填词图》注。

[10] "绮情"句：绮情即佛家绮语中所指的抒发绮乐心情的东西。《瑜伽师地论》："云何绮语？谓起绮语欲乐，起染污心。"此承上句"空中语"来。忏否，忏悔了吗。

[11] 然疑：将信将疑，是对上提问题不置可否。《楚辞·九歌·山鬼》："君思我兮然疑作。"洪兴祖补注："然，不疑也；疑，未然也。"

[12] "玉梅"句：白玉般的梅瓣点缀在苔枝上。莓，即苔。姜夔《疏影》："苔枝缀玉。"

[13] 春江花月：《春江花月夜》，乐府吴声歌曲，陈后主所作。

[14] 宫体：《大唐新语》："梁简文帝为太子，好作艳诗，境内化之，浸以成俗，谓之宫体。"闻一多《宫体诗的自赎》："宫体诗就是宫廷诗，或以宫廷为中心的艳情诗，它是个有历史性的名词，所以严格的讲，宫体诗又当指以梁简文帝为太子时的东宫及陈后主、隋炀帝、唐太宗等几个宫廷为中心的艳情诗。"这二句谓词坛自《花间集》开始到南唐

后主，竟以艳情入词，实质上和宫体诗是一路货。

[15]"楚山"二句：楚山云雨，见陈澧《甘州·惠州朝云墓》注。李商隐《有感》："非关宋玉有微辞，却是襄王梦觉迟。一自高唐赋成后，楚天云雨尽堪疑。"又《梓州罢吟寄同舍》："楚雨含情皆有托。"宋玉《登徒子好色赋》："大夫登徒子侍于楚王，短宋玉曰：'玉为人体貌闲丽，口多微辞。'"李善注："微，妙也。《公羊传》曰：'定、哀多微辞。'"作者词学承常州派之绪而发扬光大之。比兴寄托，是常州派宗旨。

[16]画虎：《后汉书·马援传》："效（杜）季良不得，陷为天下轻薄子，所谓画虎不成反类狗者也。"比喻好高骛远，一无所成。

[17]屠龙：《庄子·列御寇》："朱泙漫学屠龙于支离益，单（殚）千金之家。三年技成，而无所用其巧。"比喻虽有高超技能，却不切合实用。

[18]"凄绝"句：商歌：商声的歌曲。见厉鹗《齐天乐·秋声馆赋秋声》注。入破：唐、宋大曲的专用语。大曲每套都有十余遍，分别归入散序、中序、破三大段。入破即为破这一段的第一遍。宋李上交《近事会元》："其曲之遍击声处，名入破。"

[19]长安陌：指北京的街道。

[20]"喧阗"二句：谓北京城岁除之夕，终夜音乐合奏得热闹非常，不觉得良夜已到什么时候了。其，语助词。《诗经·小雅·庭燎》："夜如何其，夜未央。"

⊙ 评析

　　这首祭词的词，用拟人化的手法，把词设想为赋有生命、能解人意之物。通过祭词，作者塑造了芒角撑肠、清寒入骨的自我形象，发泄了因不合时宜而抑郁不得志的愤慨。然后作了一番自己写词的回顾：有时用它来吟弄风月，不免步"宫体"一类艳情诗的后尘；有时以绮情寄托微词，但人们不易索解，自己心力枉费；有时难免学古没有到家，画虎类狗；有时好高骛远，成为无用的玩意儿。当商歌入破之时，心情当然凄凉不堪。比起除夕之夜高亮悠扬的街上音乐，恰成为鲜明的对照。后段嘲弄写词的话，可看成是戏语，反语，不要当真以为作者在否定自己写词、否定自己词的内容。

沁园春

代词答

王鹏运

词告主人：釂君一觞[1]，吾言滑稽[2]。叹壮夫有志，雕虫岂屑？[3]小言无用[4]，刍狗同嗤[5]。捣麝尘香[6]，赠兰服媚[7]，烟月文章格本低[8]。平生意，便俳优帝畜[9]，臣职奚辞[10]。　无端惊听还疑，道词亦穷人大类诗[11]。笑声偷花外，何关著作？[12]情移笛里[13]，聊寄相思。谁遣方心[14]，自成沓舌[15]，翻讶金荃不入时[16]。今而后，倘相从未已，论少卑之[17]。

◎ 注释

[1]“釂君”句：饮酒尽曰釂。《礼记·曲礼》：“长者举未釂，少者不敢饮。”觞，酒杯。

[2]滑稽：《楚辞·卜居》：“将突梯滑稽，如脂如韦，以洁楹乎？”姜亮夫《屈原赋校注》：“滑稽，扬雄《酒箴》：‘鸱夷滑稽，腹大如壶，尽日盛酒，人复借酤。’崔浩云‘滑稽，酒器，转注吐酒，终日不已；言出口成章，词不穷竭，若滑稽之吐酒。’《史记·滑稽列传》：‘淳于髡滑稽多辩。’则汉人固以滑稽为善辩说之形容，其义本之于酒器，允为通解。”这句承上“酹君一觞”的酒来，知作者这里用“滑稽”有所本，不仅如通俗语解作俏皮发笑之词。又本篇虽托为代词答，实为作者性格所寄，况周颐《王鹏运传》云：“接物和易，能为晋人清谈，间涉东方滑稽，往往一言隽永，令人三日思不能置。”可以为证。

[3]“壮夫”二句：《法言·吾子》：“或问：‘吾子少而好赋？’曰：‘然。童子雕虫篆刻。’俄而曰：‘壮夫不为也。’”词句作倒装语。岂屑，哪值得。

[4]“小言”句：“小言”含多义。《列子·黄帝》：“彼所小言尽人毒也。”指不入道。《礼记·表记》：“子曰：事君大言入，则望大利；小言入，则望小利。”指谋小利之言。《庄子·齐物论》：“大言炎炎，小言詹詹。”指辩论之辞。宋玉有《小言赋》，指写至微小之事。总的都是指无用或无大用之言。

[5]刍狗：《老子》：“天地不仁，以万物为刍狗；圣人不仁，以百姓为刍狗。”河上公注以“刍狗”为“刍草狗畜”。一解，刍狗，结草为狗，以供祭礼之用。祭终就被抛弃。嗤：讥笑。

[6]“捣麝”句：温庭筠《达摩支曲》：“捣麝成尘香不灭，拗莲作寸丝难绝。”

[7]"赠兰"句:《左传·宣公三年》:"郑文公有贱妾曰燕姞,梦天使与己兰,曰:'……以是为而子,以兰有国香,人服媚之如是。'"

[8]"烟月"句:王世贞《艺苑卮言》:"昌谷(徐祯卿)自选《迪功集》,咸自精美,无复可恨。近皇甫氏为刻《外集》,袁氏为刻五集,即少年所称'文章江左家家玉,烟月扬州树树花'者是已。"王士禛《戏仿元遗山论诗绝句》:"文章烟月语原卑"。原注:"《鹦鹉》五集所谓名句,如'文章江左家家玉,烟月扬州树树花,乃吴派之卑者。"此承上二句来,不是片面排斥写风流韵事的词作,此类作品,有的沉迷于酒色,有的写艳情却真挚,有的又别有寄托,不能一例视之。今统谓之"格本低",有不平之意。况周颐《蕙风词话》云:《花间集》欧阳炯《浣溪沙》云:'兰麝细香闻喘息,绮罗纤缕见肌肤,此时还恨薄情无?'自有艳词以来,殆莫艳于此矣。半塘僧骛(鹏运别号)曰:'奚翅艳而已?直是重且大。苟无《花间》词笔,孰敢为斯语者?'"可知作者不一味反对艳词,其自作之词,如《杨柳枝·拟花间》,即明标"拟花间"。至于艳词而有寄托,则是常州派明标的宗趣,而鹏运正是承常州派之绪而发扬光大者,但王并非专主寄托的论者。

[9]俳优帝畜:司马迁《报任安书》:"文史星历,近于卜祝之间,固主上所戏弄,倡优所畜,流俗之所轻也。"《汉书·严助传》载,对于东方朔、枚皋,"上颇俳优畜之"。俳优,杂戏演员。

[10]"臣职"句:臣:托"词"自称,对主人而言。《汉书·高帝纪》颜师古注:"张晏曰:'古人相与语,多自称臣,自卑下之道也。'"奚辞:何辞。以上三句,谓"词"是作者要托以表达"平生意"的,即便被人轻视作倡优所畜,但自己职责所在,怎么能辞谢而不为呢?这表现为对志向的执着。

[11]"词亦穷人"句:针对上首"底事穷人独坐诗"的回答,"亦"与"独"相对成文。这首谓词和诗一样有感人的功能,也能致人于穷。

[12]"声偷"二句:谓按谱填词,不是著书立说。声偷,填词有偷声减字法,即省略去一声偷渡过去之意。花外,南宋王沂孙有《花外集》,作者词,朱祖谋谓其"导源碧山(王沂孙)"(《半塘定稿序》),又谓其"得象每兼花外永"(《望江南》),故这里兴之所及,借"花外"以泛指一切词作。何关著作,即严羽《沧浪诗话》所云:"夫诗有别裁,非关书也;诗有别趣,非关理也。"因文学创作,不同于经、史、哲学等学术著作。

[13]"情移"句:词是配乐文学,与笛、箫等乐器有关系。故周密词集名《蘋洲渔笛谱》。情移,人的情操为之变易。"移情"的倒装语。《乐府解题》载伯牙学鼓琴于成连,至东海上,成连留伯牙于蓬莱山而去,伯牙闻海水声,群鸟悲号声,怆然而叹曰:"先生将移我情。"乃援琴而歌,曲终;成连回来,与俱归。

[14]方心:方正之心,这里指道学气、头巾气。《管子》:"先王之争天下也以方心。"柳宗元《乞巧文》:"凿成方心,规以大圆。"

[15]沓舌:重复啰唆的话。

[16]"翻讶"句:金荃:温庭筠词集名。这句含意,可与注[8]参看。

[17] 论少卑之：《史记·张释之列传》："释之既朝毕，因前言便宜事，文帝曰：卑之毋甚高论，令今可施行也。"

◎ 评析

　　这首词是代词的答话。反映了作者的词学主张，反对自卑词格，实即同意常州派之尊词体，但并非专从"寄托"着眼，对抒写真情的艳词也加肯定。但反对淫滥，也反对道学气。全词语言幽默，寓庄于谐，表现了作者词学观的圆该。叶恭绰《广箧中词》评这两首词曰："奇情壮采。"

浪淘沙

自题《庚子秋词》后[1]

王鹏运

华发对山青[2]，客梦零星，岁寒濡呴慰劳生[3]。断尽愁肠谁会得？哀雁声声[4]。　　心事共疏檠[5]，歌断谁听？墨痕和泪渍清冰[6]。留得悲秋残影在[7]，分付旗亭[8]。

◎ 注释

[1] 光绪二十六年庚子（1900），帝国主义为镇压义和团运动而组成了侵华联军，主要由英、美、德、法、俄、日、意、奥八个国家的军队参加。七月二十日，联军攻占北京，慈禧太后挟光绪帝西逃。九月四日，太后等逃至西安。和议于八月二十四日开始。二十七年（1901）七月二十五日，清政府与十一国公使签订《辛丑条约》。八月，太后与帝自西安启程回北京。庚子秋，作者在北京，与朱祖谋、刘福姚共集宣武门外教场头条胡同寓宅，相约填词，成《庚子秋词》二卷。

[2] "华发"句：华发：花白头发。吴文英《八声甘州·灵岩陪庾幕诸公游》："问苍波无语，华发奈山青。"

[3] "岁寒"句：濡：湿润。呴：吐出。濡呴：吐沫以相济，比喻人同处困境而互相帮助。《庄子·天运》："泉涸，鱼相与处于陆，相呴以湿，相濡以沫，不如相忘于江湖。"劳生：辛劳的生活。《庄子·大宗师》："夫大块载我以形，劳我以生，佚我以老，息我以死。"

[4] 哀雁：指流离失所的难民。《诗经·小雅·鸿雁》："鸿雁于飞，哀鸣嗷嗷。"小序："《鸿雁》……万民离散，不安其居。"

[5] 疏櫺：雕花灯架，代指灯。

[6] "墨痕"句：渍：沉浸。许浑《盈上人》："双泪枕前冰。"

[7] 悲秋：见纳兰性德《沁园春·丁巳重阳前三日》注。

[8] "分付"句：旗亭：酒亭。薛用弱《集异记》：载王昌龄、高适、王之涣同饮旗亭，有伶官并妓数辈续至。昌龄等私约，视诸伶所讴，若为己诗者，各画壁记之。俄而高适得一，昌龄得二，独遗之涣。之涣指诸妓中最佳者一人曰："如所唱非我诗，即不敢与诸君争衡。"此妓果唱"黄河远上白云间"，正之涣得意之作也。因大谐笑。

◎ 评析

　　上片描述《庚子秋词》写作时的历史背景，下片具体写三人填词时的心境。都不是单纯记事，而是以作者的处境、心态和环境气氛融为一整体，悲凉哀怨，情感真切，是爱国词人忧心国事民生的佳构。

鹧鸪天

王鹏运

　　登玄墓还元阁，用叔问《重泊光福里》韵[1]

云意阴晴覆寺桥[2]，秋声瑟瑟径萧萧。五湖新约尊前订[3]，十月轻寒画里消。　　凭翠槛，数烟桡[4]，一楼人外万峰高[5]。青山阅尽兴亡感，付与松风话市朝[6]。

◎ 注释

[1] 玄墓：苏州西南山名。《吴县志》载：与邓尉山本为一山，北称邓尉，南名玄墓。相传东晋青州刺史郁泰玄葬此，故名。还元阁，在玄墓圣恩寺，旧名还源阁，清顺治五年（1648）建，徐枋题。此词为作者晚年寓居苏州时作，时在光绪二十九年（1903）。叔问，见后郑文焯小传。

[2] 寺桥：圣恩寺前的桥。圣恩寺，《吴县志》载：唐天宝间建天寿禅寺，宋宝祐间又建圣恩禅院，为上、下道场。明初万峰禅师重建。正统八年赐额天寿圣恩禅寺。崇祯间大加扩建，为吴中"丛林冠"。

[3]"五湖"句：五湖：太湖。时作者初客苏州，与词人郑文焯等相见，故云订五湖新约。

[4]桡：船桨，代指船。

[5]万峰：玄墓山又称万峰山，因明万峰和尚居山上圣恩寺而得名。又附近弹山上有石楼，又名万峰台。见《吴县志》。

[6]市朝：《战国策·秦》："臣闻争名者于朝，争利者于市，今三川、周室，天下之市朝也。"

◎ 评析

　　这首小令，是作者晚年客苏州时所作，离逝世前已不久。词作表现了清闲而又萧瑟的心境，与前选几阕，风格又异。

◈**沈曾植**
（1850—1922）

　　字子培，号乙盦、寐叟，浙江嘉兴人。光绪六年庚辰（1880）进士。历任刑部主事、郎中，总理衙门章京、江西按察使、安徽布政使、护理安徽巡抚。甲午战争以后，曾参加强学会，赞助维新。民国后，居上海，为遗老。曾为人挟制至北京参加复辟之役，事败仍归上海。曾植学识淹博，通西北南洋地理、蒙古史、佛典、道藏。号为一代儒宗。诗称大家，艰深奇奥。亦工词，叶恭绰《广箧中词》评云："子培丈词，力矫凡庸，乃词中之玉川（卢仝）、魁纪公（樊宗师）也。"著作宏富，主要有《蒙古源流笺证》《海日楼札丛》《海日楼文集》《海日楼诗》等。词集有《曼陀罗寱词》一卷，商务印书馆排印出版，朱祖谋刊入《沧海遗音集》者，有所删。

渡江云

赠文道希[1]

沈曾植

十分春已去，孤花隐叶，怊怅倚阑心。客游今倦矣[2]。珍重韶光，还共醉花阴。[3]长亭短堠[4]，向从来、雨黯烟沉[5]。人何处？匣中宝剑，挂壁作龙吟。[6] 登临。秦时明月，汉国山河，尽云寒雁噤。[7]行不得、鹧鸪啼晚，苦竹穿林。[8]寻常总道归帆好，者归帆、愁与潮深。苍然暮，高山流水鸣琴[9]。

◎ **注释**

[1] 文道希：名廷式，见后文廷式小传。甲午战事起，廷式主战，屡次上折参北洋大臣李鸿章畏葸挟夷自重。《文廷式年谱》曰："光绪二十一年乙未（1895），正月，授李鸿章为头等全权大臣使日本。""三月二十八日，鸿章所议条约到京，都中多未见其约款，盖总署事极秘密，先生则得闻于一二同志，独先独确，因每事必疏争之，又昌言于众，使共争之。……无如中外之势已成，劫持之术愈固。事遂不可挽矣。而主和之党，遂集恨于先生。……而太后必欲去之之心亦愈急。""李鸿章恨先生甚，欲中以奇祸。盛伯熙（昱）知其谋，劝先生少避。先生遂有乞假南归之意矣。四月，乞假出都，回籍修墓。将扫，沈子培有《渡江云》《永遇乐》二词赠先生。"时三月已过，故《渡江云》开端有"十分春已去"之语，点明时令，亦谓国事已不可挽救。

[2] "客游"句：《史记·司马相如列传》："长卿故倦游。"裴骃《集解》："厌游宦也。"

[3] "珍重"二句：期望廷式还会重返北京，再整旗鼓，大家继续奋斗。《醉花阴》，词调名，这里活用其辞。

[4] "长亭"句：见李良年《暗香·绿萼梅》注。堠，记录里程的土堡，古五里一堠，十里二堠。韩愈《路旁堠》诗："堆堆路傍堠，一双复一只。"

[5] "向从来"句：谓此行途中安危，颇难逆料，希望廷式多加留意。雨黯烟沉，形容黑暗。事情果然不出作者所虑。《文廷式年谱》：本年（1895）秋，先生入都假。道出上海，江海关道黄幼农、上海县知县黄爱棠承暗宴之于静安寺路张氏味莼园。由上海北上，于上轮船时，失去衣箱三只，内有紧要文稿。黄爱棠饬捕严缉未获。此件后入李鸿章之手。因其文指陈时事，语侵鸿章，且涉宫廷。鸿章得之，密白太后。明年御史杨崇伯崇

272

伊泰劾先生，鸿章所授意也。

[6]"匣中"二句：王嘉《拾遗记》："帝颛顼有曳影之剑……未用之时，常于匣里如龙虎之吟。"这里比喻廷式暂时不被重，声名仍洋溢四海。

[7]"登临"四句：王昌龄《出塞》："秦时明月汉时关，万里长征人未还。但使龙城飞将在，不教胡马度阴山。"这里寄寓甲午战争到乙未议和割让台湾一系列国事，总摄于登临顾望之中。云寒雁嗫，形容政局阴暗，志士窒息。

[8]"行不得"二句：行不得：见曹员吉《留客住·鹧鸪》注。苦竹：竹的一种。杆矮小，节长于他竹。四月生笋，味苦。苦竹穿林：暗喻廷式有气骨，兼寓南归避北方权贵迫害之意。李白《山鹧鸪词》："苦竹岭头秋月晖，苦竹南枝鹧鸪飞。嫁得燕山胡雁婿，欲衔我向雁门归。山鸡翟雉来相劝，南禽多被北禽欺。紫塞严霜如剑戟，苍梧欲巢难背违。我今誓死不能去，哀鸣惊叫泪沾衣。"这里全面概括了李白《山鹧鸪词》的内容作为一个典故使用。

[9]"高山"句：见顾春《醉翁操·题云林〈湖月沁琴图〉》注。

◎ 评析

　　这首词，由于作者学问渊博，诗词功柢深厚，活用并化用了许多典实，一气呵成，不着痕迹，格高调响，悲凉激楚，因此表达了送别知心朋友的深厚感情。而两人的这种友谊，却又是建立在共同的政治认识的基础之上。早在光绪十一年（1885），廷式入都，即与曾植定交。曾植在《文云阁墓表》中说："余以文字言议与君契，相识廿年。""上下古今，无所不尽。"甲午七月，康有为被给事中余联沅参劾，两人联同盛昱等奔走援救。清军于辽东战败，北京形势严峻，两人俱主张西狩。京中开强学会，二人俱参加。可见二人高山流水的知心，并非一般。曾植的词，一如其诗，佛典僻典满纸，古奥难解，像西藏曼陀罗画那样光怪陆离，越到晚年，这种趋向越显著。但前期的词作，却还是较为清顺的。如这一首，虽用典，但读者易于理解，是思想性与艺术性达到高水平的上乘之作。

文廷式
（1856—1904）

字道希，号芸阁，一作云阁，又号罗霄山人、纯常子，江西萍乡人。光绪十六年庚寅（1890）进士。由编修历官至翰林院侍读学士。戊戌变法前，劾李鸿章畏葸懦怯，支持康有为发起强学会，赞助光绪帝亲政，被慈禧太后革职。光绪二十六年庚子（1900）春，曾东走日本。归国后，在上海参加筹组爱国会。廷式学问淹博，通经学、史学、哲学、文学以及佛藏、自然科学等。沈曾植《文云阁墓表》称其为"有清元儒，东洲先觉"，"所论内外学术，儒佛玄理，东西教本，人材升降，政治强弱之故，演奇而归平，积微以稽著，于古学无所附，今学无所阿。"尤长于词，朱祖谋《望江南·杂题我朝诸名家词集后》题其词云："闲金粉，曹、邹不成邦。拔戟异军成特起，非关词派有西江。兀傲故难双。"胡先骕《评云起轩词钞》云："《云起轩词》，意气飙发，笔力横恣，诚可上拟苏、辛，俯视龙洲（刘过）。其令词秾丽婉约，则又直入《花间》之室。盖其风骨遒上，并世罕觏，故不从时贤之后，局促于南宋诸家范围之内，诚如所谓美矣善矣。"平生著述宏富，《纯常子枝语》达四十卷之多。其余学术论著以至《文道希先生遗诗》等，达二十三种以外。词集有《云起轩词钞》刻本、《云起轩词手稿》影印本。

蝶恋花[1]

文廷式

九十韶光如梦里[2]，寸寸关河[3]，寸寸销魂地。落日野田黄蝶起，古槐丛荻摇深翠。　　惆怅玉箫催别意，蕙些兰骚，未是伤心事。[4]重叠泪痕缄锦字[5]，人生只有情难死。

◎ 注释

[1] 文廷式《南旋日记》光绪十二年（1886）四月二十八日记云："出都。是日晴。早起发行李，巳刻开车。到志仲鲁（钧）家稍坐。剃头，吃饭，下棋。长乐初（长善）都统出谈，谓余何以急行，自言身衰发白，恐不再见，颇凄然也。午尽，伯愚（锐）回，知仲鲁留饭，颇可喜。知今日朝考题亦太泄漏矣。……出东便门，得词一首：九十韶光如梦里……。"

[2] 九十韶光：整个春天，凡九十日。

[3] 寸寸关河：《金史·左企弓传》："太祖既定燕，企弓献诗，略曰：'君王莫听捐燕议，一寸河山一寸金。'"

[4] "蕙些"二句：蕙些兰骚：《楚辞·招魂》："光风转蕙，氾崇兰些。"些（suō），古代楚人习用的语气词。《楚辞·离骚》："纫秋兰以为佩。""余既滋兰之九畹兮，又树蕙之百亩。"都以兰比喻忠贞之心，其它又有以兰喻子兰或变节之人，则是使忠贞之士受到排挤者。未是伤心事，这句谓蕙兰受害，不是消极伤心之事，而是要与邪恶势力进行斗争的事。廷式在本年出都之前，应会试不第，是由于考卷为人所抑（见《文廷式年谱》）。这是个人小小失意。而当时朝廷，却确有兰蕙受害的大事。在光绪朝前十年，宝廷、张佩纶、张之洞、陈宝琛，都以直谏有声，号为清流，此为前一辈清流。光绪十年（1884）马江战役，张佩纶以兵败获谴，陈宝琛亦被降官斥逐归里，终光绪朝不复出。宝廷则以试士闽中，归途娶江山船女为妾，借以自污，上书自劾去官。前辈清流，至此告一结局。后辈清流，以廷式为中心，这时方继前辈清流而起，故深致同情。

[5] 锦字：《晋书·列女传》载，东晋时前秦女诗人苏蕙，字若兰。夫窦滔，苻坚时为秦州刺史，因罪被戍流沙。苏蕙织锦为《回文璇玑图诗》以寄思念。武则天《璇玑图序》谓其"五色相宣，纵横八寸，题诗二百余首，计八百余言，纵横反复，皆成章句。"

◎ 评析

　　这词上片写出都。下片借美人香草以寄托对国事的关怀。古诗词此类以男女之情喻君臣之义，家国之思，已是常用手法。"人生只有情难死"者，亦指思君忧国之情而言。

水龙吟^[1]

文廷式

落花飞絮茫茫，古来多少愁人意。游丝窗隙，惊飙树底，^[2]暗移人世。一梦醒来，起看明镜，二毛生矣^[3]。有蒲萄美酒^[4]，芙蓉宝剑^[5]，都未称，平生意。　　我是长安倦客^[6]，二十年、软红尘里^[7]。无言独对，青灯一点^[8]，神游天际。海水浮空，空中楼阁，^[9]万重苍翠。待骖鸾归去，层霄回首，又西风起。^[10]

◎ 注释

[1] 这词应是作于光绪十九年（1893）萍乡家中。词中有"二十年、软红尘里"语，软红尘之典，指居京都。廷式于同治十二年（1873）初次入都，应顺天乡试未售。光绪八年（1882）又北来应顺天乡试，中式第三名。十一年（1885）又入都，此后，在都时间较多。由1873年到1893年为二十年足数。词末有"待骖鸾归去，层霄回首"语，指由外地回京。考光绪十九年，廷式充江南乡试副考官，八月初至江宁。典试事毕，十月初返萍乡一行，旋入都。这词有"长安倦客"句，用司马相如倦游归蜀事以指归江西家中。云"待骖鸾归去"，则是将回朝廷而尚未成行。

[2] "游丝"二句：游丝：飘动着的蛛丝。亦有作柳絮解。沈约《三月三日率尔成篇》："游丝映空转。"这里游丝作日光解，李贺《洛姝真珠》："日丝繁散曛罗洞。"惊飙：暴风。张衡《南都赋》："足逸惊飙。"

[3] 二毛：头发黑中发白。《左传·僖公二十二年》："君子不重伤，不禽二毛。"

[4] 蒲萄美酒：王翰《凉州曲》："葡萄美酒夜光杯，欲饮琵琶马上催。醉卧沙场君莫笑，古来征战几人回。"

[5] 芙蓉宝剑：《越绝书》："客有能相剑者，名薛烛。王取纯钩示之，薛烛手振拂扬，其华淬如芙蓉出出。"

[6] 倦客：见沈曾植《渡江云·赠文道希》注。

[7] 软红尘：苏轼《次韵蒋颖叔钱穆父从驾景灵宫》："软红犹恋属车尘。"自注："前辈戏语，有西湖风月，不如东华软红香土。"

[8] 青灯：韦应物《寺居独夜寄崔主簿》："坐使青灯晓。"

[9] "海水"二句：沈括《梦溪笔谈》：登州四面临海，春夏时，遥见空际有城市楼台之状，土人谓之海市。李渔《闲情偶寄》："虚者，空中楼阁，随意构成。"

[10] "骖鸾"三句：江淹《别赋》："驾鹤上汉，骖鸾腾天。"本指神仙乘鸾上天，这里指返回朝廷。西风隐指当时内有西太后那拉氏的专权，外有西方列强的虎视。

◎ 评析

　　这首词上片抒发平生的雄心大志，悲慨之中，有昂扬之气。下片奇情壮采，神气飞扬，勾画出理想天国的形象，极浪漫主义写作的能事。最后又与苏轼《水调歌头》"我欲乘风归去，又恐琼楼玉宇，高处不胜寒"异曲同工。当时陈宝箴读了此词，"谓非文人所能"。（见叶恭绰《文道希先生遗诗序》）王瀣手批《云起轩词钞》评曰："思涩笔超，后片字字奇幻，使人神寒。"叶恭绰《广箧中词》评曰："胸襟兴象，超越凡庸。"这是以李白诗歌的骨采，表达苏轼、辛弃疾之词境者。

八声甘州

文廷式

　　送志伯愚侍郎赴乌里雅苏台参赞大臣之任，同盛伯羲祭酒、王幼霞御史、沈子培刑部作。[1]

响惊飙、越甲动边声[2]，烽火照甘泉[3]。有六韬奇策[4]，七擒将略[5]，欲画凌烟[6]。一枕曹腾短梦，梦醒却欣然。[7]万里安西道[8]，坐啸清边[9]。　　策马冻云阴里，谱胡笳一曲，凄断哀弦。[10]看居庸关外，依旧草连天。[11]更回首、淡烟乔木，问神州、今日是何年？[12]还堪慰，男儿四十，不算华颠。[13]

⊙ 注释

[1] 本事详王鹏运《八声甘州·送伯愚都护之任乌里雅苏台》注。盛伯羲（1850—1900）：名昱，字一作伯熙，清宗室，时官国子监祭酒。王幼霞，即王佑遐，见王鹏运小传。沈子培，见沈曾植小传。

[2] "惊飙"句：惊飙：见上《水龙吟》注。越甲：越国的兵士，借指日本侵略军。刘向《说苑·立节》："越甲至齐，雍门子狄请死之。"

[3] "烽火"句：《史记·匈奴列传》载汉文帝时匈奴犯边，"烽火通于甘泉、长安数月"。甘泉即甘泉宫，在云阳县（今陕西淳化一带），去西汉首都长安不远。连上句总写当时惊风动地，日本军大举进犯，边地号角震天，警报直到北京的危境。

[4] "六韬"句：《六韬》：古代假托吕尚所编的兵书，分《文韬》《武韬》《龙韬》《虎韬》《豹韬》《犬韬》六部分。

[5] "七擒"句：《三国志·蜀书·诸葛亮传》裴松之注引《汉晋春秋》："亮至南中，所在战捷，闻孟获者，为夷汉所服，募生致之。既得，使观于营阵之间，问曰：'此军何如？'获对曰：'向者不知虚实，故败；今蒙赐观看营阵，若只如此，即定易胜耳。'亮笑纵使更战。七纵七禽（擒），而亮犹遣获。获止不去，曰：'公天威也，南人不复反矣。'"以上二句，谓志锐于甲午战事起时"上疏画战守策，累万言"（《清史稿·志锐传》）事。

[6] 凌烟：《旧唐书·太宗纪》载：贞观十七年（643）二月"戊申，诏图画司徒赵国公（长孙）无忌等勋臣二十四人于凌烟阁"。阁在唐长安西内三清殿侧。这里谓志锐有为清朝建立大功的雄心壮志。

[7] "一枕"二句：蕈腾：朦胧迷糊的样子，形容梦短。这二句谓志锐奉旨赴热河练兵，没有过一个月。短梦醒来，突然得降官往乌里雅苏台的新命，却并不感到懊丧，而仍然高兴，因为同样可以为国效力。

[8] 安西：唐代的安西都护府，包括今甘肃、新疆一带。这里借指三音诺颜西境地区。

[9] 坐啸：东汉民歌有"弘农成瑨但坐啸"语，原指成瑨做南阳太守，办事交给下属，自己却闲坐吟啸，自在没事。见《后汉书·党锢传》。这里说志锐到了任所，可以毫不费劲，肃清边尘。

[10] "胡笳"二句：谱奏蔡琰《胡笳十八拍》那样的凄切之音，使弦也为之断绝。《胡笳十八拍》是琴曲，所以这里用"哀弦"字面。

[11] "居庸"二句：居庸关：在北京昌平西北军都山上，亦称军都关，两山夹峙，悬崖峭壁，地势险要，古称九塞之一。关外是内外蒙古地方。草连天：形容荒凉，意谓这就需要志锐去开边拓荒。

[12] "回首"二句：乔木：见王鹏运《八声甘州·送伯愚都护之任乌里雅苏台》注。罗隐《魏城逢故人》："淡烟乔木隔绵州。"这里用其词语。这二句谓乔木风烟依然古老的以京师为首的中国大部分土地，现在是处在怎样危急的年头。说"更回首"，是因志锐北

行出居庸关，北京在南，故北看关外之后，再要回头南望。

[13]"男儿"二句：黄庭坚《答龙门潘秀才见寄》："男儿四十未全老，便入林泉真自豪。"黄诗是退官归里人语。这里用语虽本于黄，而意较积极。算不得老，便还要为国家大干一番有益的事业。华颠，见王鹏运《八声甘州·送伯愚都护之任乌里雅苏台》注。

◉ 评析

　　志锐是在甲午之战，前线失败，廷臣和战二派，议论纷纭，主战派被嫉视的政治环境中，被降官出任边防大员的，故此词充满了抑郁而又慷慨的情调。上片写战局，写志锐的才策与政治上的升降，并激励他为边防效力。下片展开想象的翅膀，描绘志锐到任后的活动场景，悲凉怨愤，几近低沉，最后却以万钧笔力，扛鼎而起，对志锐安慰、鼓舞一番，与上片的结语呼应。王瀣手批《云起轩词钞》评此词曰："后遍豪宕而神色愈凄。"其实是神色愈凄而愈豪宕。与王鹏运之作，风格各异，可以比较。

鹧鸪天

即　事
文廷式

劫火何曾燎一尘[1]？侧身人海又翻新[2]。闲拈寸砚磨砻世[3]，醉折繁花点勘春[4]。　　闻柝夜，警鸡晨。[5]重重宿雾锁重闉[6]。堆盘买得迎年菜，但喜红椒一味辛。[7]

◉ 注释

[1]"劫火"句：《新译仁王经》："劫火洞然，大千俱坏。"一尘，佛家语，即一微尘，为物质之极小者。《大般涅槃经》："一尘一佛。"《大毗婆沙论》："故说极微是最细色。此七极微，成一微尘，是眼识所取色中最微细者。"这里以一尘自喻，表示自己在世界中不过小小的一粒微尘，但是能遭劫火而不灭，即不屈服于恶势力的迫害。同时劫火也可能兼指甲午战争，词大概作于乙未岁初。甲午年中，战事失败，外交丛脞，内政不修，

太后纵欲恣肆，光绪不能自主朝政，廷式屡上封事，事迹详载于《文廷式年谱》。后党及李鸿章辈虽恨之，尚未能奈廷式何，故词语如此。

[2] "侧身"句：侧身人海：黄景仁《都门秋思》："侧身人海叹栖迟。"黄诗"人海"本于苏轼诗"惟有王城最堪隐，万人如海一身藏"。翻新：岁月翻新，指新春到来。"翻新"前着一"又"字，不但状时光的迅速，也表示，年虽翻新，而依然故我，禀性不改。

[3] "闲拈"句："磨"与"砻"皆为磨碎物品的工具，这里作动词用。全句谓在磨墨写作中消磨时间，闲，有打发时间之意，韩愈《答吕翳山人书》："以吾子自山出，有朴茂之厚意，恐未磨砻以世事。"苏轼诗："我生无田食破砚，尔来砚枯磨不出。"王十朋注引赵次公注："此乃唐人云以砚为良田、舌耕而笔耒意。"词语兼本韩文与苏诗。

[4] "醉折"句：点勘：校勘。全句是借酒浇块垒之意。谓要仔细地来观察一下春天。连同上句，是说一个有志之士，不获所用，在这样的悠闲无聊中消磨岁月，是多么使人悲愤。

[5] "闻柝"二句，柝：巡夜时敲击的木梆。《周易·系辞下》："重门击柝，以待暴客。"警鸡晨：《世说新语·赏誉》刘峻注引《晋阳秋》："(祖)逖与司空刘琨俱以雄豪著名。年二十四，与琨同辟司州主簿，情好绸缪，共被而寝。中夜闻鸡鸣，俱起曰：'此非恶声也。'"

[6] "重重"句：重重宿雾：隔夜不散的浓厚的雾气。阓：城曲重门。此处指京城内城外城。全句谓整个京城笼罩在令人窒息的气氛之中。

[7] "堆盘"二句：迎年菜：宗懔《荆楚岁时记》："岁暮，家家具肴蔌，诣宿岁之位以迎新年，相聚醋饮。"红椒一味辛：古代正月初一日用盘进椒，饮酒则取椒置酒中，称椒盘。杜甫《杜位宅守岁》："守岁阿戎家，椒盘已颂花。"作者于众多的迎年菜中"但取"辛辣的红椒，是自况抗直不曲的品格。

◉ 评析

　　这首词写于甲午除夕，战火燎原、京城笼罩在重重迷雾的时候，截取迎接新春的片段，在时事国难背景上寄写身世遭际，题为"即事"，实是言志。词看去闲散淡宕，却处处绵里藏针，孤傲不驯。风格峭拔，高韵独标。

祝英台近[1]

文廷式

剪鲛绡[2]，传燕语[3]，黯黯碧云暮[4]。愁望春归，春到更无绪。园林红紫千千，放教狼藉[5]，休但怨、连番风雨[6]。　谢桥路[7]，十载重约钿车，惊心旧游误。[8]
玉佩尘生，此恨奈何许。[9]倚楼极目天涯，天涯尽处，
算只有濛濛飞絮[10]。

◎ **注释**

[1]《文廷式年谱》："光绪二十一年乙未（1895），四十岁：本年春，先生有《祝英台近》
感春词寄慨时事，王幼遐和之。先生词见《云起轩词》手稿，以王鹏运《半塘定稿》次
韵同作考之，此本年作也。"又："自议款以还，敌人要挟过甚。先生职司记注，一再
陈谏，极言其不可从，有'辱国病民，莫此为甚'等语（《昭萍志略·人物志》）。又有
'何以见列祖列宗于地下'之语。太后怒，投其折于地。议欲重谴（汪曾武《萍乡文道
希学士事略》）。其揭参首辅，语尤激厉。奏稿流传都下，见者以为贾太傅（谊）痛哭
流涕之言，不是过也（《昭萍志略·人物志》）。李鸿章恨先生甚，欲中以奇祸。盛伯熙
（昱）知其谋，劝先生少避（胡思敬《文廷式传》）。先生遂有乞假南归之意矣。"这是廷
式写作此词时的背景。

[2]鲛绡：见金堡《风流子·上元风雨》注。参用鲛人泪事，见曹溶《满江红·钱塘观
潮》注。

[3]燕语：皇甫冉《春思》："莺啼燕语报新年。"

[4]"黯黯"句：江淹《休上人怨别诗》："日暮碧云合，佳人殊未来。"这里冠"黯黯"二
字于"碧云暮"前，用意本于许浑《和刘三复送僧南归》："碧云千里暮愁合，白雪一声
春思长。"

[5]狼藉：欧阳修《采桑子》："狼藉残红。"

[6]"休怨"句：辛弃疾《摸鱼儿·淳熙已亥……》："更能消几番风雨，匆匆春又归去。"

[7]谢桥：晏几道《鹧鸪天》："梦魂惯得无拘检，又踏杨花过谢桥。"谢桥，谢娘家的桥。
唐代有名妓谢秋娘。词中常以谢桥指女子所居之地。张泌《寄人》诗："别梦依依到谢
家，小廊回合曲阑斜。多情只有春庭月，犹为离人照落花。"晏词暗用张诗意。

[8]"十载"二句：钿车：饰以金花之车。白居易《浔阳春来》："曲江碾草钿车行。"旧
游，指旧时朋友。十载：自光绪十一年乙酉至本年乙未为十载。《文廷式年谱》："光绪
十一年乙酉（1885）三十岁：先生入都（据《闻尘偶记》）。在都，名动公卿，有小刘
金门（风诰）之目（汪曾武《萍乡文道希学士事略》）。都中胜流，宗室盛伯熙、桐庐
袁爽秋（昶）、嘉兴沈子培（曾植）、子封（曾桐）、合肥蒯礼卿（光典）诸君，皆与先
生游。"按此十年中，志锐亦在京，安维峻亦在京，但上年甲午十一月，志锐降官赴乌
里雅苏台，安维峻御史奏劾直隶总督李鸿章，廷式实主其事。维峻以此获罪，褫职戍军
台。廷式集银万金以送其行。（见《文廷式年谱》）此云"旧游误"者，不是说旧友负
约，而是说旧游中已开始有人流散至远方。

[9]"玉佩"二句：玉佩：佩带的饰物，作信物用。郭璞《江赋》："感交甫之丧佩。"李善
注引《韩诗内传》："郑交甫遵彼汉皋台下，遇二女，与言曰：愿请子之佩。二女与交
甫，交甫受而怀之，超然而去，十步循探之，即亡矣，回顾二女，亦即亡矣。"奈何
许：《华山畿》："奈何许！天下人何限，慊慊只为汝。"《读曲歌》："奈何许！石阙生口
中，衔碑不得语。"韩愈《感春》："一生长恨奈何许。"许，语气词，表示感叹，相当
于"啊"。

[10]濛濛飞絮：张先《一丛花》："离愁正引千丝乱，更东陌，飞絮濛濛。"欧阳修《采桑
子》："飞絮濛濛，垂柳阑干尽日风。"

◎ 评析

　　借男女离合之情，寄托身世家国之感，全词以女子的情感活动为线
索，深婉有致地传达了女主人的怨情。令人清晰地察觉到作者隐约含蓄
的时事身世之感，从而在怨女伤春的背后，体会到一个维新志士的感情
波澜。这首词的意旨与手法，明显受辛弃疾《祝英台近·晚春》一词影
响，都是以伤春怀人别含寄托。王鹏运手批《云起轩词钞》评曰："此作
得稼轩（辛弃疾）之骨。"又曰："'愁望'以下，其怨愈深。后遍讽刺
不少。"叶恭绰《广箧中词》曰："与稼轩'宝钗分'，同为感时之作。"

摸鱼儿

惜　春[1]

文廷式

怎啼鹃、苦催春去，春城依旧如画[2]。年年芳草横门路，
换却王孙骢马。[3]春思乍，甚絮乱丝繁，又过寒食也[4]。
残阳易下。好飞盖西园[5]，玉觞满引，秉烛共游夜。[6]　　琼
楼迥[7]，孤负缄词锦帕，铜仙铅泪休泻[8]。落红可及庭阴
绿？付与流莺清话。歌舞罢，便熨体春衫，今日从弃舍。[9]
雕鞍暂卸[10]。纵行遍天涯，梦魂惯处，犹恋旧亭榭。[11]

◎ 注释

[1]《文廷式年谱》：光绪二十二年丙申（1896），四十一岁："二月十七日，上谕内阁：'御史杨崇伊奏词臣不孚众望请立予罢斥一折，据称翰林院侍读学士文廷式，遇事生风，常于松筠庵广集同类，互相标榜，议论时政，联名入奏。并有与太监文姓结为兄弟情事等语。文廷式与内监往来，虽无实据，事出有因。且该员于每次召见时，语多狂妄，其平日不知谨慎，已可概见。文廷式著即革职，永不叙用，并驱逐回籍，不准在京逗留。……''"先生既削职，南归至上海。过金陵，旋至汉口。八月，至长沙。"二十三年丁酉（1897），四十二岁："是春，由湘返萍乡。旋往上海。在上海，有《摸鱼儿·惜春》词。（见《云起轩词钞》手稿），王木斋（德楷）和之（见王德楷《娱生轩词》）。"

[2]春城：指上海城，上海有春申浦。

[3]"年年"二句：杜甫《高都护骢马行》："青丝络头为君老，何由却出横门道。"横门，汉代长安城北西头的第一门，是通向西域的大道。《汉书·西域传》："丞相率百官送至横门外。"骢马，青白色的马。王孙，作者自谓。后汉桓典拜侍御史，常乘骢马，执法不阿，京师号曰骢马御史，见《东观汉记》十六《桓典》。作者曾兼起居注官，《文廷式年谱》："先生职司记注，一再陈谏。"今革职，故云"换却"。

[4]寒食：见沈谦《东风无力·南楼春望》注。

[5]飞盖西园：见杜诏《满江红·过渌水亭》注。

[6]"玉觞"二句：玉觞：班固《东都赋》："列金罍，班玉觞。"《古诗十九首》："昼短苦夜长，何不秉烛游。"

[7]"琼楼"句：苏轼《水调歌头·丙辰中秋……》："我欲乘风归去，惟恐琼楼玉宇，高处不胜寒。"迥，远。

[8]"铜仙"句：见陈维崧《满江红·秋日经信陵君祠》注。

[9]"熨体"二句：熨体：《世说新语·惑溺》："荀奉倩与妇至笃，冬月妇病热，乃出中庭自取冷，还以身熨之。"这里引申为熨体春衫，指贴身的春衣。今日从弃舍：一任他们舍弃不用。二句以春衫为喻，谓自己被朝廷革职。

[10]雕鞍暂卸：谓南行在上海暂时止息。雕鞍，见纳兰性德《蝶恋花》注。

[11]"梦魂"二句：见上首《祝英台近》注。

◎ 评析

这首慢词，写革职后南游，暂寓上海，北望京华，感今念往，对"残阳易下"，君上命运的关注；对庭阴用事，邪恶势力为害的愤切，对无辜放逐的不甘忍受，层层深入地写来。最后归结到念念不忘朝廷的寸心。王濬手批《云起轩词钞》评曰："精粹之作，后遍尤深婉。读此，觉北宋稍率，南宋稍弱矣。"叶恭绰《广箧中词》曰："回肠荡气，忠爱缠绵。"作者对光绪帝的忠贞，出于革新政治的共同认识，与一般的封建愚忠思想有区别。

永遇乐

秋 草[1]

文廷式

落日幽州，凭高望处，秋思何限。[2]候雁哀鸣[3]，惊麖昼窜[4]，一片飞蓬卷[5]。西风万里，逾沙越漠，先到斡难河畔。[6]但苍然、平皋接轸[7]，玉关消息初断[8]。 千秋只有，明妃冢上，长是青青未染。[9]闻道胡儿，祁连每过，泪落笳声怨。[10]风霜未改，关河犹昔，汗马功名今贱[11]。惊心是、南山射虎，岁华易晚。[12]

◉ **注释**

[1] 这词写于革职以后数年中，从词中所反映的关外局势及结尾用李广免为庶人后南山射猎故事以自比，可以知之。

[2] "落日"三句：一、二两句是倒装句，谓凭高望幽州落日。幽州落日，象征清国运衰落，亦隐指光绪帝不得势，古诗词往往以日喻君。刘长卿《穆陵关北逢人归渔阳》："幽州白日寒。"

[3] "候雁"句：候雁：《礼记·月令》孔颖达《礼记正义》：故《易》说云："二月惊蛰，候雁北乡（向）。"哀鸣：见王鹏运《浪淘沙·自题庚子秋词后》注。

[4] "惊麖"句：麖：一作"麏"。郝懿行《尔雅义疏》："麏，麇属，盖麏似麖而黄黑色，比鹿为小也。……《诗经·野有死麕》释文引《草木疏》云：'麕，麖也，青州人谓之麇。'……《本草纲目》陶（宏景）注：'俗云白肉是麖，言白胆易惊怖也。'"麖是鹿属，《左传·文公十七年》："不德则其鹿也，铤而走险，急何能择。"故这里指被迫铤而走险之徒。

[5] 飞蓬：《商子》："今夫飞蓬，遇飘风而行千里，乘风之势也。"古人多以飞蓬、转蓬喻

离乡背井，流离失所的人。

[6] "西风" 三句：斡难河：即黑龙江之源。古名黑水，也称鄂伦河。这里是清王朝的北部边疆，也是清王朝先世的创业之地。此处即以泛指东三省广袤地区，满族入中原以前统治之所在。西风万里侵入斡难河畔，谓甲午之战，帝俄曾和德、法二国进行干涉，迫日本归还我辽东，而帝俄自己的势力东南侵，取日本势力而代之。《清史稿·邦交志》："光绪二十三年（1897）十一月，俄以德占胶州湾为口实，命西伯利亚舰队入旅顺口，要求租借旅顺、大连二港。" 而二十二年（1896）六月，李鸿章与帝俄签订《中俄密约》，其主要条款中，有一项是中国允许俄国在黑龙江、吉林地方接造铁路达海参崴（中东铁路），铁道由华俄道胜银行承办经理（见范文澜《中国近代史》）。这就是词句反映的事实。

[7] 平皋接轸：平皋，水边平地。接轸，车辆相衔接而行。《史记·司马相如列传》："是胡越起于毂下，而羌夷接轸也。" 这里暗用《史记》文意，谓东北平原，俄人接踵而来，兼指造中东铁路事。

[8] "玉关" 句：玉关：玉门关，在今甘肃敦煌之西。这里借指边关，如山海关等。王之涣《出塞》："羌笛何须怨杨柳，春风不度玉门关。" 秋草枯黄时候，不可能有春风度关，故云 "消息初断"，意谓边关以外，敌人势力横行，断绝好消息。

[9] "明妃" 二句：见顾贞观《青玉案》注。

[10] "闻道" 三句：祁连：山名。古祁连山在今甘肃张掖西南，汉时是匈奴等少数民族居住的地方。意谓汉代国力强盛之时，胡人不敢深入南犯，故每过祁连山，泪落筮悲。李颀《古从军行》："胡雁哀鸣夜夜飞，胡儿眼泪双双落" 此化用其语。借指清王朝强盛时，敌人畏惧。

[11] "汗马" 句：汗马：将士骑的战马奔驰出汗，比喻征战劳苦。功名：指战功，扩大到一切功业。《韩非子·五蠹》："弃私家之事，而必汗马之劳。" 今贱：现在可不值钱了。

[12] "南山" 二句：《史记·李将军列传》："居右北平，匈奴闻之，号曰汉之飞将军，避之，数岁不敢入右北平。广出猎，见草中石，以为虎而射之，中石没镞。视之，石也。""广所居郡，闻有虎……虎腾伤广，广亦竟射杀之。" 广在为右北平太守之前，曾因与匈奴为遭遇战失利得脱，"汉下广吏，吏当广所失亡多，为虏所生得，当斩，赎为庶人。顷之，家居数岁……屏野居蓝田南山中射猎。" 后又随卫青出塞讨匈奴，广失道而还，卫青责广之幕府对簿，广自到。词句杂用李广本传前后事写之，岁华易晚，则指广之赎为庶人及后来的归宿。作者盖借用李广事以慨叹自己被革职失意，紧承上 "汗马功名今贱" 句来。南山与射虎不是李广同一时事，合用见于杜甫《曲江三章章五句》："故将移住南山边，短衣匹马随李广，看射猛虎终残年。"

◎ 评析

　　这首词，借秋草以寄慨东北国事，同情人民苦难并抒发本人失意、

285

报国无路的愤慨。全篇苍凉悲壮，惊心动魄。王瀣手批《云起轩词钞》评曰："此作极似曹珂雪（贞吉）《和竹垞雁门关》一首，其用意、用笔，各有独到处。"又曰："后遍源出稼轩。"曹贞吉词为《消息》，中有"鱼海冰寒，龙沙戍断，历乱蓬根飞卷。""折戟沉沙，老兵拾得，磨洗前朝辨。""问谁是封侯校尉，虎头仍贱。"可明显看出文、曹二词相似之迹，但曹词是吊古，而文词则伤今，现实意义不同。王瀣谓"后遍源出稼轩"，盖指辛弃疾《八声甘州·夜读李广传》《贺新郎·别茂嘉十二弟》诸作，也运用昭君、李广之典，借以抒写英雄末路的孤愤。

翠楼吟

文廷式

岁暮江湖，百忧如捣，感时抚己，写之以声[1]

石马沉烟[2]，银凫蔽海[3]，击残哀筑谁和[4]？旗亭沽酒处[5]，看大舶、风樯轲峨[6]。元龙高卧[7]，便冷眼丹霄[8]，难忘青琐[9]。真无那，冷灰寒柝，笑谈江左[10]。　　一笴，能下聊城，[11]算不如呵手，试拈梅朵。[12]苕鸠栖未稳[13]，更休说、山居清课。沉吟今我，只拂剑星寒[14]，欹瓶花妥[15]。清辉堕，望穷烟浦[16]，数星渔火。

◎ 注释

[1]《文廷式年谱》："光绪二十三年丁酉（1897），四十二岁：是冬，在上海。时德人侵占胶州湾，先生有《翠楼吟》词感时（见《云起轩词》手稿。叶遐庵［恭绰］云：'原稿注：丁酉作。此感德人占胶澳事。'）。"《清史稿·邦交志》：光绪二十三年十月，山东曹州府巨野县，有人杀德教士二人。德以兵船入胶州湾，逼守将章高元退出炮台，占领之。德使海靖向总署要求六款，议渐就绪，忽曹州有驱逐教士杀害洋人之说，德使复要求租借胶州湾。二十四年，总署与德使海靖订专条三章：一章，胶州湾租界一，湾内各岛屿及湾口与口外海面之群岛，又湾东北岸自阴岛东北角起，划一线东南行，至劳山湾止，湾西南岸自齐伯山岛对岸划一线西南行至笛罗山岛止，又湾内全水面以最高潮为标

之地，皆为租借区域；二，租界区域德国得行使主权，建筑炮台等事；三，租借期限，以九十九年为期。廷式写这词的时候，德军已侵占胶州湾，约款尚未订。

[2]"石马"句：《唐会要》："上欲阐扬先帝徽烈……刻石为常所乘破敌马六匹于昭陵阙也。"李贺《追和何谢铜雀妓》："石马卧新烟，忧来何所似。"词句谓清康熙、乾隆时代的国威已不复存在。

[3]"银凫"句：刘向《论起昌陵疏》："秦始皇帝葬于骊山之阿，下锢三泉……以水银为江海，黄金为凫雁。"陵墓中凫雁，有金制，亦有银制，故李白《襄阳歌》云"金凫银鸭葬死灰"。词意慨想清王朝强盛时，皇帝后妃陵墓殉葬珍宝之富，而今则国运已到被瓜分的末运。

[4]"击残"句：筑：乐器。高渐离击筑荆轲和而歌事见龚鼎孳《贺新凉·和曹实庵舍人赠柳叟敬亭》注。这里作者自指，由上两句的感慨而激起。

[5]旗亭：见龚鼎孳《贺新凉·和曹实庵舍人赠柳叟敬亭》注。此处指上海酒楼。

[6]"大艑"句：大艑：大船。轲峨：高貌。古乐府《估客乐》："大艑轲峨头。"刘禹锡《堤上行》："日晚出帘招估客，轲峨大艑落帆来。"风樯：杜牧《李长吉歌诗叙》："风樯阵马，不足为其勇也。"这句指停泊在上海黄浦江中的商船及外舰。

[7]"元龙"句：《三国志·魏书·张邈传》："陈登者，字元龙。……（许）汜曰：'昔遭乱过下邳，见元龙，元龙无客主之意，久不相与语，自上大床卧，使客卧下床。'（刘）备曰：'……如小人欲卧百尺楼上，卧君于地，何但上下床之间邪？'（刘）表大笑。备因言曰：'若元龙文武胆志，当求之于古耳，造次难得比也。'"

[8]便冷眼对丹霄：意谓即便是看不惯慈禧太后所把持的政治阴暗的朝廷。丹霄，庾阐《游仙诗》："神岳竦丹霄。"这里指朝廷。

[9]"难忘"句：意谓也难忘光绪皇帝。青琐，宫门名，汉官制给事黄门之职，日暮入对青琐门。《汉书·元后传》颜师古注："青琐者，刻为连环文而青涂之也。"

[10]"笑谈"句：笑谈：鲁襃《钱神论》："令闻笑谈。"江左：江东，长江下游的江苏上海一带。晋王朝南迁，都于建康，故称南朝统治区为江左。《世说新语·言语》："于时江左营建始尔，纲纪未举。"

[11]"一笴"二句：笴：箭杆。聊城：市名，在山东。《战国策·齐六》："燕攻齐，取七十余城，惟莒、即墨不下。齐田单以即墨破燕，杀骑劫。初，燕将攻下聊城，人或谗之。燕将惧诛，遂保守聊城不敢归。田单攻之，岁余，士卒多死，而聊城不下。鲁连乃书约之矢以射城中，遗燕将曰……燕将曰：'敬闻命矣。'因罢兵倒韔而去。故解齐之围，救百姓之死，仲连之说也。"这二句谓自己有能力去和德国侵略者办理交涉，以退胶州湾之兵。

[12]"不如"二句：黄庭坚《诉衷情》："珠帘绣幕卷轻霜，呵手试梅妆。"

[13]"苕鸠"句：比喻自己处境甚危。苕，芦苇头部的花。芦苇头大杆细，风吹易折，鸠系巢栖宿于此，很危险。《荀子·劝学篇》："南方有鸟焉，名曰蒙鸠。以羽为巢，而编之以发，系之苇苕。风至苕折，卵破子死。巢非不完也，所系者然也。"

[14]"拂剑"句：崔豹《古今注》："吴大帝有宝刀三，宝剑六……四曰流星。"

[15]"敧瓶"句：龚自珍《午梦初觉怅然诗成》："瓶花帖妥炉香定，觅我童心廿六年。"

[16]烟浦：指上海的黄歇浦，即黄浦江。

◎ 评析

　　这词是因时事而抒愤之作。作者时已罢官近两年，流寓上海。适因发生德军占胶州湾事件，自己有才力无所施展，便写下这词。正面点明胶州事的，仅"一笥，能下聊城"六字，仍然结合自己写。上片从感叹清王朝的"盛世"一去不返写起，接着便写自己的独唱无和，借酒浇愁，心灰意冷等无可奈何的心境以及不能忘怀光绪帝的忠贞。下片从无法为清王朝出力写到自己消沉惆怅，字里行间，呈现着关心国家命运的爱国词人的形象。上下片又都切定上海这一特定环境写，移他处不得。叶恭绰《广箧中词》评曰："气象颖异，彊村（朱祖谋）所谓'兀傲固难双'也。"

鹧鸪天

赠　友[1]

文廷式

万感中年不自由[2]，角声吹彻古梁州[3]。荒苔满地成秋苑[4]，细雨轻寒闭小楼。　　诗漫与[5]，酒新刍[6]，醉来世事一浮沤[7]。凭君莫过荆高市[8]，溅水无情也解愁[9]。

◎ 注释

[1]《文廷式年谱》："光绪二十四年戊戌（1898），四十三岁：有《鹧鸪天》词赠友。见《云起轩词钞》手稿。叶退庵（恭绰）先生云：原注："戊戌年作。""

[2]不自由：柳宗元《酬曹侍御过象县见寄》："春风无限潇湘意，欲采蘋花不自由。"龚自珍《长相思》："好梦如云不自由。"

[3] 梁州：唐曲名，原作"凉州"，为西凉所献。

[4] 成秋苑：李贺《河南府试十二月乐词·三月》："梨花落尽成秋苑。"

[5] 诗漫与：杜甫《江上值水如海势聊短述》："老去诗篇浑漫与。"

[6] 酒新篘：《集韵》："篘，漉取酒也。"苏轼《江城子》："花未落，酒新篘。"

[7] "醉来"句：李远《题僧院诗》："百年如过鸟，万事一浮沤。"

[8] 荆高市：见龚鼎孳《贺新凉·和曹实庵舍人赠柳叟敬亭》注。

[9] 溽水：见朱彝尊《消息·度雁门关》注。

◎ 评析

　　这词写于戊戌政变已发生的秋天。八月初十日，上谕密电："电寄刘坤一等，已革翰林侍读学士文廷式，是否在籍，抑在上海一带？著刘坤一、翁曾桂密饬访拿，押解来京。"廷式匿迹上海，有被捕之谣（《文廷式年谱》）。这词全篇充满忧谗畏讥之感。叶恭绰《广箧中词》评曰："神似稼轩。"

忆旧游

秋雁。庚子八月作[1]

文廷式

怅霜飞榆塞[2]，月冷枫江[3]，万里凄清。无限凭高意，便数声长笛，难写深情。望极云罗缥缈，孤影几回惊。[4]见龙虎台荒，凤凰楼迥，[5]还感飘零。　　梳翎[6]，自来去，叹市朝易改，风雨多经。[7]天远无消息，问谁裁尺帛，寄与青冥？[8]遥想横汾箫鼓，兰菊尚芳馨。[9]又日落天寒，平沙列幕边马鸣。[10]。

◎ 注释

[1]《文廷式年谱》:"光绪二十六年庚子(1900)、四十五岁:七月,八国联军入寇,都城陷。两宫西狩。珍妃殉难于宫井。先生感伤时事,时借诗词以寄意。"时廷式寓居上海。

[2] 榆塞:《汉书·韩安国传》:"累石为城,树榆为塞。"颜师古注:"如淳曰:塞上种榆也。"本指榆林塞,后为边塞通称。骆宾王《送郑少府入辽,共赋侠客远从戎》:"边烽警榆塞。"亦作榆关代称,见张惠言《风流子·出关见桃花》注。

[3]"月冷"句:《新唐书·崔信明传》:"尝矜其文,谓过李百药……(郑世翼)遇信明江中,谓曰:闻公有'枫落吴江冷',愿见其余。信明欣然多出众篇。世翼览未终,曰:所见不逮所闻!投诸水,引舟去。"

[4]"望极"二句:云罗:如云密布的罗网。李商隐《春雨》:"万里云罗一雁飞。"这二句,作者自喻。本年六月,廷式有被湖南巡抚密拿未获之事(《文廷式年谱》)。

[5]"龙虎"二句:龙虎台在居庸关南,凤凰楼在洛阳,此非实指,犹言"龙楼凤阁",谓两宫西狩,京城宫禁荒芜,帝后驻跸的行宫遥远。

[6] 梳翎:温庭筠《游南塘》:"白鸟梳翎立岸莎。"

[7]"自来去"三句:本年六月至八月间,廷式有来往长沙活动之事,被密拿未获(《文廷式年谱》)。市朝,见王鹏运《鹧鸪天·登玄墓还元阁》注。

[8]"谁裁"二句:尺帛:代指书信。《汉书·李广苏建传》:"常惠……教使者谓单于,言天子射上林中,得雁,足有系帛书,言(苏)武等在某泽中。"青冥:天,这里指皇帝所在。

[9]"遥想"二句:汉武帝《秋风辞》:"秋风起兮白云飞,草木黄落兮雁南归。兰有秀兮菊有芳,怀佳人兮不能忘。泛楼船兮济汾河,横中流兮扬素波。箫鼓鸣兮发棹歌。"词句用语都本《秋风辞》。借以表达对光绪的系念。《清史稿·德宗纪》:庚子"八月丙戌,次太原,御巡抚署为行宫"。"闰八月乙巳,沼幸西安。"此词作于八月,光绪帝正在太原。太原为汾水所经,用《秋风辞》之典,切时切地。

[10]"平沙"句:八国联军占领北京后,八月初五日,帝俄军占齐齐哈尔,二十九日,占吉林,故词语云尔。

◎ 评析

这词借秋雁以寄怀身世,寄痛国事。词采凄丽,表情沉厚。词家咏雁,张炎《孤雁》以后,情初屈大均《送雁》、朱彝尊《雁》,都称名作,寄旨遥深。廷式此词,又后胜于前。

贺新郎

文廷式

别拟西洲曲[1]，有佳人、高楼窈窕，靓妆幽独。[2]楼上春云千万叠，楼底春波如縠[3]。梳洗罢、卷帘游目[4]。采采芙蓉愁日暮[5]，又天涯芳草江南绿[6]。看对对、文鸳浴[7]。　　侍儿料理裙腰幅，道带围、近日宽尽[8]，眉峰长蹙[9]。欲解明珰聊寄远[10]，将解又还重束。须不羡、陈娇金屋[11]。一霎长门辞翠辇[12]，怨君王已失苕华玉[13]。为此意，更踟躇。

◉ **注释**

[1] "别拟"句：《西洲曲》本乐府"杂曲歌辞"名，写一个家住西洲的女子思念江北情人之情状。这里云"别拟"，表示与原歌辞有区别，盖原辞单纯写男女之情，此则别有寄托。

[2] "佳人"二句：窈窕：《诗·周南·关雎》："窈窕淑女。"毛传："窈窕，幽闲也。"靓妆：美丽的妆饰。《北堂书钞》引王廙《洛都赋》："丽服靓妆。"左思《蜀都赋》："袨服靓妆。"

[3] 春波如縠：縠：绉纱。用以喻水纹。苏轼《临江仙》："夜阑风静縠纹平。"

[4] "梳洗"句：温庭筠《望江南》："梳洗罢，独倚望江楼。过尽千帆皆不是，斜晖脉脉水悠悠。"卷帘，《西洲曲》："卷帘天自高，海水摇空绿。"游目，纵目观览。王羲之《兰亭集序》："所以游目骋怀。"

[5] "采采"句：《古诗十九首》："涉江采芙蓉，兰泽多芳草。采之欲遗谁？所思在远道。"

[6] "天涯"句：兼用《楚辞·招隐士》及王维《山中送别》诗意，见余怀《摸鱼儿·和辛幼安》注、谭献《金缕曲·江干待发》注。

[7] 文鸳：即鸳鸯。古称羽毛有文采的鸟如鸳鸯、孔雀等为文禽。

[8] "带围"句：柳永《蝶恋花》："衣带渐宽终不悔，为伊消得人憔悴。"词中写的是女子形象，应是用柳永词语，并用其意。又沈约腰瘦事，见项鸿祚《玉漏迟·冬夜闻南邻笙歌达曙》注，则用于男子。

[9] 眉峰：见彭孙遹《柳梢青·感事》注。

[10] 明珰寄远：珰：刘熙《释名·释首饰》："穿耳施珠曰珰。"《广韵》："珰，耳珠。"《古诗为焦仲卿妻作》："耳著明月珰。"李商隐《春雨》："玉珰缄札何由达。"

[11] 陈娇金屋：见金堡《风流子·上元风雨》注。

[12] "一霎"句：司马相如《长门赋》序："孝武皇帝陈皇后，时得幸颇妒。别在长门宫，愁闷悲思。"李善注："《外戚传》曰：'陈皇后者，长公主嫖女也。……元光元年，坐女子楚服等为皇后巫蛊祠祭咒诅，罢退归长门宫。'"辛弃疾《贺新郎·别茂嘉十二弟》："更长门、翠辇辞金阙。"

[13] "君王"句：《竹书纪年》："桀命扁伐山民，山民女于桀二人，曰琬、曰琰。后爱二人，女无子焉。斫其名于苕华之玉。苕是琬，华是琰。"这里借指瑾、珍二妃姊妹。郭则沄《十朝诗乘》：京师陷，两宫将出走。慈圣（那拉太后）召珍妃至，谓国难至此，势无苟全，迫令投井。妃曰："婢子从太后耳。"牵后衣跽泣。慈圣怒，命内竖推之入井。上饮泣，不能顾也。瑾妃虽未被处死，然此时被弃宫中，并未随太后与帝西行。

◎ 评析

　　这首词，可作两层理解。一则词中所云佳人，都是寄托作者自己。托意美人香草，以寓其系心君国的忠悃，缠绵婉转，极为动人。然后幅用君王失苕华玉的琬、琰姊妹故事，则明显为珍、瑾二妃事而发。云"一霎长门辞翠辇"者，盖犹云久处于长门冷宫的珍妃，在帝后西狩的刹那时间，被太后处死。"一霎"二字便非泛设。如此理解，本词是对慈禧暴行的控诉。盖二妃本与作者世交，乃协助光绪帝推行新政之得力者，与作者有共同的政治立场，于其不幸遭遇，更不胜其悲愤，故最后更点明"更踯躅"的原因是"为此意"。屈原之赋《离骚》，既写自身遭遇，也写国家命运。这篇词史，可说是得到楚骚遗意。叶恭绰《广箧中词》评曰："何减东坡'乳燕飞华屋'。"

郑文焯
（1856—1918）

字俊臣，号叔问、小坡，又号大鹤山人，别署冷红词客，奉天铁岭（今属辽宁）人，隶汉军正黄旗，诡托高密郑玄之后。父瑛棨，官陕西巡抚，一门鼎盛。光绪元年乙亥（1875）举人，官内阁中书。戊戌（1898）后旅食苏州，为江苏巡抚幕客，晚筑樵风别墅于苏州。卒葬邓尉山。文焯兼长书画金石，精音律，尤工词。俞樾《瘦碧词序》说："论其身世，微类玉田（张炎），其人与词，则雅近清真（周邦彦）、白石（姜夔）。""君词体洁旨远，句妍韵美。"谭献《箧中词续》引其从兄文焴说："南游十年，学琴于江夏李复翁，讨论古音，乃大悟'四上竞气'之旨，于乐记多所发明。故其为词声出金石，极命风骚，感兴微言，深美闳约。"叶恭绰《广箧中词》说："叔问先生，沈酣百家，撷芳漱润，一寓于词，故格调独高，声采超异，卓然为一代作家。"入民国后为遗老，所作多对清王朝的亡灭，表示怀恋。词学著作甚多，有《绝妙好词校释》一卷、《词源斠律》二卷、批校《花间集》《东坡乐府》《清真集》《梦窗词》《白石道人歌曲》五种及未刊稿数种。自著有《冷红词》四卷、《比竹余音》四卷、《苕雅余集》一卷、《瘦碧词》二卷，晚年删定为《樵风乐府》九卷。

月下笛

郑文焯

戊戌八月十三日宿王御史宅，夜雨，闻邻笛感音而作，和石帚。[1]

月满层城[2]，秋声变了，乱山飞雨。哀鸿怨语[3]，自书空[4]、背人去。危阑不为伤高倚[5]，但肠断、衰杨几缕。怪玉梯雾冷[6]，瑶台霜悄[7]，错认仙路。　　延伫[8]。消魂处，早漏泄幽盟，隔帘鹦鹉。[9]残花过影，镜中情事如许！西风一夜惊庭绿，问天上、人间见否[10]？漏谯断，又梦闻孤管，[11]暗向谁度？

◎ 注释

[1] 戊戌（1898）八月十三日，是戊戌政变发生后的第八天。先是后党密谋于九月初帝后同至天津阅兵时，举行政变，废黜光绪帝。维新派谭嗣同密访统率新建陆军的袁世凯，请他于阅兵时击杀后党直隶总督荣禄，救帝出险，并派兵包围颐和园之议。八月初五日，袁世凯向荣禄告密。荣禄即日入京见慈禧太后。初六日，太后从颐和园赶回紫禁城，囚禁光绪帝于瀛台，自己临朝训政。十三日，谭嗣同、林旭、刘光第、杨锐、杨深秀、康广仁等戊戌六君子被杀。就在这天，作者闻噩耗写下这词抒悲寄愤。王御史即王鹏运，其宅在北京。郑文焯这时官内阁中书，亦在京。康有为《清词人郑大鹤先生墓表》云："及戊戌之变，感愤弃官，游吴而家焉。"知文焯写此词后不久即弃官南游。至于王鹏运之辞官则要在四年以后。邻笛感音：用向秀《思旧赋》事。见纳兰性德《沁园春》注。石帚，这里指姜夔，其实非是，石帚乃吴文英时人，与文英为友。作者亦承袭旧误。今人已有详细辨证。

[2] 层城：《水经注》："昆仑之山三级……上曰层城，一名天庭，是谓太帝之居。"

[3] 哀鸿怨语：见王鹏运《浪淘沙·自题〈庚子秋词〉》注。

[4] 书空：《世说新语·黜免》："殷中军（浩）被废，在信安，终日恒书空作字，扬州吏民寻义逐之，窃视唯作'咄咄怪事'四字而已。"

[5]"危阑"句：欧阳修《踏莎行》："楼高莫近危阑倚。"

[6] 玉梯：毕曜《赠美人王清歌》："玉梯不得踏。"曹唐《小游仙诗九十八首》："羽客争升碧玉梯。"

[7] 瑶台：《楚辞·离骚》："望瑶台之偃蹇兮，见有娀之佚女。"此与上句，都指光绪帝被

幽囚。

[8] 延伫：《楚辞·离骚》："结幽兰而延伫。"

[9] "漏泄"二句：谓谭嗣同与袁世凯的密约，为袁出卖，漏泄给荣禄上报太后事。

[10] "天上"句：白居易《长恨歌》："但教心似金钿坚，天上人间会相见。"

[11] "漏谯"二句：漏：古代报时器。谯：谯楼，城门上的望楼，即鼓楼。唐彦谦《叙别》："谯楼夜促莲花漏。"管：即题中邻笛之笛。

◎ 评析

　　这词实写当天闻到的一场惊心动魄的政变惨剧。表达了词人站在同情维新派立场的悲愤心情。对皇帝幽禁瀛台的关切，对袁世凯出卖维新党人的痛恨，并对生存者与被害者人天永隔的怅惘，层层递进。回肠百折，语欲吐而还吞，也极得向秀《思旧赋》的神理。得此一阕，大为戊戌词史生光。

湘　月

山塘秋集，分题得坏塔[1]

郑文焯

夜铃语断[2]，更斜阳瘦影，谁问今古。独立苍茫[3]，镇占老、一角青山无主。衰草丛生，枯枫倒出，时见归禽度。残烽零劫，仗他半壁支拄[4]。　　长见峭倚荒天[5]，凄凉如笔，写愁边风雨。不许登临，怕倦客、题遍伤心秋句。卧影空丘[6]，招魂破寺[7]，剩有孤云驻。梦痕飞上，故王台榭何处[8]。

◎ 注释

[1] 山塘：在苏州阊门外，全长七千米，直抵虎丘。分题：词人雅集，各咏一题曰分题。坏塔：指虎丘塔，在虎丘山顶。《吴县志》载：塔基为晋王珣琴台故址。隋仁寿中建塔七

层，后毁。五代周显德六年（959）重建，落成于北宋建隆二年（961）。明宣德中火毁木檐，现存砖塔。这里云坏塔，盖写作之时，已在咸丰年间兵火以后。今已修复。

[2] 夜铃语：谓夜风吹塔铃作声。苏轼《大风留金山两日》："塔上一铃独自语。"

[3] "独立"句：见黄遵宪《双双燕·题兰史〈罗浮纪游图〉》注。

[4] 半壁：蒋士铨《冬青树·提纲》："半壁江山，比五季朝廷尤小。"原指国家领土沦陷大半的残局，这里由坏塔的半壁，双关及之。

[5] 荒天：指大而远的天。荒，大。字面从李贺《致酒行》"天荒地老无人识"的"天荒"二字倒转过来。

[6] 空丘：指虎丘山。原名海涌山，在苏州城西北郊。《吴地记》谓"阖闾葬此山中"，"葬经三日白虎踞其上"，故名。

[7] 破寺：指虎丘寺。原为晋司徒王珣、司空王珉别墅。东晋咸和二年（327）舍宅为寺，称东、西虎丘寺。唐会昌灭佛时毁，后人合二寺移建于山上，非北至道中重建，改称云岩禅寺。清康熙时称虎阜禅寺。咸丰兵火后，寺亦残破。今为名胜。

[8] 故王台榭：登虎阜山顶西南望，可见灵岩山，山上有吴王夫差所筑馆娃宫等宫殿游乐之所。姜夔《一萼红·丙午人日……》："野老林泉，故王台榭，呼唤登临。"

◎ 评析

　　这词写荒凉残破的虎丘景色，通过对坏塔的全力描绘，一种阴寒萧瑟的气氛，弥漫纸上。它是烽火以后，清后期残局的侧面反映。招魂、飞梦，对"故王台榭何处"的凭吊，分明是在对垂死的清王朝作送丧曲。全篇语句峭拔清秀，千辟万灌，是作者词作胎息姜夔的特点。

玉楼春

郑文焯

梅花过了仍风雨，着意伤春天不许。西园词酒去年同[1]，别是一番惆怅处。　　一枝照水浑无语[2]，日见花飞随水去。断红还逐晚潮回，相映枝头红更苦。

◎ 注释

[1] 西园：此西园不是用典，郑文焯北京宅中，自有西园，这词填在北京官内阁中书时，约在光绪十八年壬辰（1892）。词集中有《玲珑四犯》一题云："壬辰中秋玩月西园，中夕再起，引侍儿阿怜露坐池阑"云云。其词所写是家园，背景是京城，可以为证。

[2] "一枝"句：周邦彦《花犯》："相将见，翠丸荐酒，人正在、空江烟浪里。但梦想一枝潇洒，黄昏斜照水。"浑，全。周词是借梅以抒情，故作者用其语，非泛设。

◎ 评析

　　这词题旨，是通过一枝残花写伤春之情，托物寄情，人花合一，不即不离，传神而非写貌。

浣溪沙

郑文焯

　　从石楼、石壁往来邓尉山中[1]

一半梅黄杂雨晴[2]，虚岚浮翠带湖明[3]，闲云高鸟共身轻[4]。　　山果打头休论价，野花盈手不知名，烟峦直是画中行。

◎ 注释

[1] 石楼：吴县（今苏州）光福镇西南有西碛山，西碛山东南有弹山，山上有石楼。石壁：西碛山东南有茶山，东邻弹山，西傍蟠螭山，上有石壁。邓尉山：山在光福镇南。《吴县志》载：相传东汉邓尉（一作大司徒邓禹）隐此，故名。邓尉一带居民以园圃为业，尤多种梅，有"香雪海"之称。这词是光绪二十五年己亥（1899）作者与友人张嵚、王善楠同游邓尉时作。

[2] 梅黄杂雨晴：贺铸《青玉案》："梅子黄时雨。"

[3] "虚岚"句：岚：山中的雾气。湖：太湖。

[4] "闲云"句：李白《独坐敬亭山》："众鸟高飞尽，孤云独去闲。"杜甫《送蔡希鲁都尉还陇右因寄高三十五书记》："身轻一鸟过。"

◎ 评析

这首纪游词，词中有画，画中有人。萧闲淡远，风格极类苏轼。

贺新郎

秋　恨[1]（二首选一）

郑文焯

暗雨凄邻笛[2]。感秋魂，吟边憔悴，过江词客。非雾非
烟神州渺[3]，愁入一天冤碧[4]。梦不到、青芜故国[5]。
休洒西风新亭泪[6]，障狂澜、犹有东南壁[7]。空掩袂，
望云北[8]。　　雕栏玉砌都陈迹[9]。黯重扃[10]、夷歌野哭，
晦冥朝夕。十万横磨今安在[11]？赢得胡尘千尺。问天地、
榛荆谁辟[12]？夜半有人持山去，蓦崩舟、坠壑蛟龙泣。[13]
还念此，断肠直。

◎ 注释

[1] 这词写于光绪二十六年庚子（1900）八月以后。

[2] 邻笛：见纳兰性德《沁园春》注。此指八国联军攻入北京之前，徐用仪、许景澄、袁
　　昶、立山、联元等俱被杀。作者和他们是同朝官，与后二人同是旗籍。

[3] "非雾"句：《史记·天官书》："若烟非烟，若云非云，郁郁纷纷，萧索轮囷，是谓卿
　　云。"神州，指北京。左思《咏史诗》："灵景耀神州。"吕向注："神州，京都也。"

[4] 冤碧：即首句"邻笛"所指的人，也包括八国联军入寇时死难的人。《庄子·外物》：
　　"苌弘死于蜀，藏其血，三年而化为碧。"陆德明《音义》："化为碧，《吕氏春秋》：'藏
　　其血，三年化为碧玉。'"

[5] 青芜故国：温庭筠《春江花月夜词》："玉树歌阑海云黑，花庭忽作青芜国。"青芜国原
　　称杂草丛生地区。这里云"故国"，指北京。朱骏声《说文通训定声》："国者，郊内之
　　都也。"

[6] 新亭泪：见吴伟业《满江红·感旧》注。

[7] "狂澜"句：范文澜《中国近代史》："五月二十四日，清政府对外宣战。两江刘坤一、

298

湖广张之洞、两广李鸿章互约，凡二十四日以后之上谕，概不奉行，事实上等于以上各省对清政府宣告独立。这句并指刘、张等议订"东南保护约款"事。《清史稿·张之洞传》：二十六年，京师拳乱时，（刘）坤一督两江，（李）鸿章督两广，袁世凯抚山东，要请之洞同与外国领事定保护东南之约，及联军内犯，两宫西幸，而东南幸无事。又《清史稿·盛宣怀传》："二十六年，拳祸作。各国兵舰，纷集江海各口。宣怀倡互保护，电粤、江、鄂、闽诸疆吏，获同意，遂与各领事订定办法九条，世所称'东南保护约款'是也。"约款予五月三十日由上海道余联沅代表两江总督兼南洋大臣刘坤一、湖广总督张之洞，与各国驻上海领事订定，共九条，主要内容为：上海租界归各国公同保护，长江及苏、杭内地均归各督抚保护，两不相扰，以保全中外商民人命产业为主。障狂澜，韩愈《进学解》："障百川而东之，回狂澜于既倒。"东南壁，东南半壁江山。林景熙诗："东南天半壁。"

[8] 望云北：谓瞻望京都，在白云之北。反用狄仁杰望南云之典。《旧唐书·狄仁杰传》：仁杰赴并州，登太行山，南望见白云孤飞，谓左右曰："吾亲所居，在此云下。"瞻望伫立久之，云移乃行。

[9]《雕栏》句：李煜《虞美人》："雕栏玉砌应犹在，只是朱颜改。"陈迹，王羲之《兰亭集序》："向之所欣，俯仰之间，已为陈迹。"

[10] 重扃：重门。汉武帝《落叶哀蝉曲》："落叶依于重扃。"

[11] 十万横磨：《新五代史·景延广传》："谓契丹使者乔莹曰：'……且晋有横磨大剑十万口，翁要战，则来，佗日不禁孙子，取笑天下。'"

[12] 荆榛谁辟：《左传·襄公十四年》："乃祖吾离被苫盖，蒙荆棘，以来归我先君。"孔颖达《春秋左传正义》："言无道路可从，冒榛薮也。"

[13]"夜半"二句：《庄子·大宗师》："夫藏舟于壑，藏山于泽，谓之固矣。然而夜半有力者负之而走，昧者不知也。"

◎ 评析

　　这首词全面反映了八国联军入寇北京前后的南北局势，抒发了作者对亡国危机的焦虑，对盲目排外者的不满情绪。全词融周邦彦之藻采与辛弃疾、刘克庄的格调于一炉，是庚子词史的上乘。

谒金门 [1]（三首）

郑文焯

行不得。骥地衰杨愁折 [2]。霜裂马声寒特特 [3]，雁飞关月黑^[4]。　　目断浮云西北^[5]。不忍思君颜色。昨日主人今日客^[6]。青山非故国。

留不得。肠断故宫秋色。瑶殿琼楼波影直^[7]，夕阳人独立。　　见说长安如奕^[8]，不忍问君踪迹。水驿山邮都未识。梦回何处觅。

归不得。一夜林乌头白^[9]。落月关山何处笛^[10]，马嘶还向北^[11]。　　鱼雁沉沉江国^[12]，不忍闻君消息。恨不奋飞生六翼^[13]。乱云愁似幂^[14]。

◎ 注释

[1] 这三首词，是八国联军入寇时，作者在苏州怀念北京城中的情况而作。

[2] 黯：黄黑色。指秋风秋雨中柳条上长出的黑斑。这里作动词用。

[3] 特特：马蹄声。温庭筠《常林欢歌》："马声特特荆门道。"

[4] "雁飞"句：卢纶《塞下曲》："月黑雁飞高。"温庭筠《菩萨蛮》："雁飞残月天。"

[5] "目断"句：目断：望尽。浮云西北：《古诗十九首》："西北有高楼，上与浮云齐。"西北，指慈禧太后、光绪帝时逃往西北。

[6] "昨日"句：谓在八国联军未侵占北京时，清帝在北京为主人，现在却反主为客。

[7] "瑶殿"句：李煜《浪淘沙》："想得玉楼瑶殿影，空照秦淮。"琼楼，即玉楼。

[8] 长安如奕：长安，指北京。杜甫《秋兴八首》："闻道长安似奕棋，百年世事不胜悲。"

[9] 乌头白：如作清帝欲归未能解释，则是用马角乌头典，见顾贞观《金缕曲·寄吴汉槎宁古塔》注。如作怀念北京解释，则是用杜甫《哀王孙》："长安城头头白乌，夜飞延秋门上呼。又向人家啄大屋，屋底达官走避胡。"

[10] "落月"句：《关山月》本汉乐府《横吹曲》名。杜甫《洗兵马》："三年笛里关山月，万国兵前草木风。"

[11] "马嘶"句：古诗："代马依北风，越鸟巢南枝。"

[12] "鱼雁"句：鱼、雁旧有传书之说，分别见本选集以前选篇注。鱼雁沉沉，犹言鱼沉雁杳，指音信不通。

[13] 六翼：健羽。犹言六翮。《战国策·楚四》："奋其六翮而凌清风。"

[14] 幂：遮盖东西的巾。

◎ 评析

赵椿年《书大鹤山人〈谒金门〉词后》云："樵风自戊戌后出都，旋卜筑吴门。庚子秋彊村、半塘、伯崇诸君留滞都下，围城中相约填词遣日，日限一阕。脱稿后彊村即分笺抄示夏孙桐闰枝，收入《刻烛零音》，后刊为《庚子秋词》一卷，顾无樵风和章。吟读斯阕，每阕均有'不忍思君颜色''问君踪迹''问君消息'之句，沉郁悲凉，如《伊州》之曲，殆即此时乱中问讯之作。"三首分"行不得""留不得""归不得"三个层次，秩序井然。但三首应该作为怀念光绪帝之作，不是怀友。行不得，谓离京西奔多险艰；留不得，谓留京不走，也不是办法；归不得，谓西奔后，这时和议尚未成，欲归不能，第一首写行，故有马声特特等，浮云西北，指西巡路程由山西向西安。第二首写留不得，渲染故宫被敌占据的一片惨景，长安如奕，下棋为难。第三首写欲归不得，乌头未白，表达自己思君的情感。叶恭绰《广箧中词》评云："沉痛"。

鹧鸪天

郑文焯

余与半塘老人有西崦卜邻之约。人事好乖，高言在昔，款然良对，感述前游，时复凄绝。[1]

谏草焚馀老更狂[2]，西台痛哭恨茫茫[3]。秋江波冷容鸥迹[4]，故国天空到雁行[5]。　　诗梦短，酒悲长。[6]青山白发又殊乡[7]。江南自古伤心地，未信多才累庾郎。[8]

⊙ 注释

[1] 半塘老人：见王鹏运小传。况周颐《半塘老人传》："（光绪）二十八年（1902），得请南归，寓扬州。时艰日亟，愤懑滋甚。三十年（1904）春，以省墓道苏州，病卒。"西崦：在吴县（今苏州）光福，又称下崦。《吴县志》载：光福四面皆山，中有巨浸曰光福崦。虎山桥跨崦上，西称下崦，可通太湖；东称上崦，下连光福塘。这词是王鹏运抵达苏州后，郑文焯与之晤对时作。云"感述前游"，前游时间未详。

[2] "谏草"句：况周颐《半塘老人传》：光绪十九年（1893）七月，授江西道监察御史，奉命巡视中城，转掌江西道监察御史，升礼科给事中，转礼科掌印给事中。二十二年（1896）春，上奉皇太后驻跸颐和园。鹏运上疏云云。疏入，上欲加严谴。王大臣陈论至再，意稍解，徐曰："朕亦何意督过言官，重圣慈或不怿耳。"枢臣于折内夹片附奏，略谓鹏运虽冒昧渎奏，亦忠爱微忱。臣等公同阅看，尚无悖谬字样，可否吁恩免究？意在声叙宽典之邀，出自圣下乞请也。疏留中，即日车驾恭诣请安，面奉懿旨，御史职司言事，余何责焉。王大臣奉谕旨：此后如再有人安奏尝试，即将王鹏运一并治罪，着即传谕知悉。鹏运直谏垣十年，疏数十上，大都关系政要，此尤荦荦大者。杜甫《晚出左掖》："避人焚谏草，骑马欲鸡栖。"又《狂夫》："自笑狂夫老更狂。"

[3] "西台"句：谢翱有《登西台恸哭记》，写登西台为文天祥招魂事。但这里是化用其词，西台是御史台的别称。此句承上句意，"痛哭"者，本于贾谊《陈政事疏》所谓"臣窃惟事势，可为痛哭者一……"。

[4] "秋江"句：秋江：指苏州地区。秋江冷：见左辅《南浦·夜寻琵琶亭》注。鸥迹：指王鹏运。

[5] 雁行：指官员的行列。丘迟《与陈伯之书》："今功臣名将，雁行有序。"戊戌（1898）以前，郑文焯亦在北京官内阁中书，与王鹏运为同朝官。

[6] "诗梦"二句：戴复古诗："江山花草生诗梦。"白居易《答劝酒》诗："如今变作酒悲人。"

[7] "青山"句：青山白发：李攀龙《初春元美席上赠谢茂榛得关字》："客久高吟生白发，春来归梦满青山。"又殊乡，再加上在他乡。殊乡：指苏州。

[8] "江南"二句：见冯煦《齐天乐·三月九日作》注。这句谓王鹏运这番南来，江南本是可哀之地，可以舒发才华写赋。鹏运南行，原是由于对朝政的愤懑，并非因为多才的连累。二句用庾信典，都是活用借用，否则庾信是由南仕北，鹏运是由北回南，不相关联。

⊙ 评析

　　这首词写二词人于戊戌年分别后六年重见时作者的心情，全篇都就鹏运方面着笔，前二句回忆其在朝直谏，"秋江"以下写其南来。二人在政治上有共同认识，故凄怨的词心，便不限于私人的友谊。

安公子[1]

郑文焯

急雨惊鸣瓦，转檐风叶纷如洒。闭户青山飞不去，对沧洲屏画。[2]换眼底、衰红败翠供愁写。窥冷檠、半落吟边炧[3]。正酒醒无寐，怊怅京书题罢。　　到此沉沉夜，为谁清泪如铅泻[4]？梦想铜驼歌哭地[5]，送西园车马[6]。叹去后，阑干一霎花开谢[7]。空怨啼、望帝春魂化[8]。算岁寒南鹤，解道尧年旧话。[9]

◎ 注释

[1] 这词写于光绪三十四年戊申（1908）十月二十一日光绪帝死以后。

[2] "闭户"二句：上句反用王安石《书湖阴先生壁》"两山排闼送青来"句意。青山之所以飞不去，因为那是屏风画面的山。

[3] "冷檠"句：檠：灯架，代指灯。炧：灯芯或蜡烛烧剩的部分。

[4] "为谁"句：见陈维崧《满江红·秋日经信陵君祠》注。

[5] "梦想"句：《晋书·索靖传》："靖有先识远量，知天下将乱，指洛阳宫门铜驼，叹曰：'会见汝在荆棘中耳。'"

[6] 西园车马：典故见杜诏《满江红·过渌水亭》注。此处西园指光绪帝被囚禁而死的瀛台，地在北京西城区的中南海。

[7] 阑干一霎：姜夔《庆宫春·双桨莼波》："如今安在？惟有阑干，伴人一霎。"

[8] "怨啼"句：《华阳国志·蜀志》："七国称王，杜宇称帝，号曰望帝。"《蜀王本纪》："望帝以鳖灵为相……自以为德薄，不如鳖灵，乃委国授之而去。……望帝去时子规鸣，故蜀人悲子规而思望帝。"《禽经》引李膺《蜀志》："望帝修道，化为杜鹃鸟，或云化为杜宇鸟，亦曰子规鸟，至春则啼，闻者凄恻。"《说郛》辑《太平寰宇记》："望帝自逃之后，欲复位不得，死化为鹃。"李商隐《锦瑟》："望帝春心托杜鹃。"这里悼光绪帝之死。

[9] "岁寒"二句：刘敬叔《异苑》："晋太康二年冬，大寒。南州人见二白鹤语于桥下曰：今兹寒不减尧崩年也。于是飞去。"

◎ 评析

这首词，是为痛悼光绪帝之死而作。作为旗人而又同情光绪帝变法及其不幸遭遇者，闻耗哀恸，可以想象而知。词作表达了作者深沉之情。上片渲染了帝亡时候的冬初气氛。下片写帝死及哀悼之情，大量运用了有关典实与词语，浓化了感情色彩，长歌当哭。这是作者所写光绪朝词史的尾声。

❀朱祖谋
（1857—1931）

原名孝臧，字古微，号沤尹，又号彊村，浙江归安（今已并入湖州）人。清光绪九年癸未（1883）进士，选庶吉士，授翰林院编修，累官至侍讲学士、礼部侍郎兼署吏部侍郎。三十年（1904）出任广东学政，满二岁，与两广总督龃龉，引疾去。归寓苏州，与在苏的郑文焯同为晚清吴中词坛盟主。辛亥革命后，寓居上海，以遗老终。祖谋始以能诗名，及官京师，交王鹏运，去而为词，勤探孤造，抗古迈绝。晚岁所作，惜多遗老思想。陈三立《朱公墓志铭》称"其词幽忧怨悱，沈抑绵邈，莫可端倪。太史迁释《离骚》，明其称文小而其指极大，举类迩而见义远，其志洁故其称物芳。固有旷百世与之冥会者，非可伪为也。"张尔田《彊村遗书序》称其"所为词，跨常迈浙，凌厉踔朱"，"深文而隐蔚，远旨而近言"。叶恭绰《广箧中词》曰："彊村翁词，集清季词学之大成。""开来启后，应有继起而负其责者。"祖谋尝校刻唐、宋、金、元人词百六十余家为《彊村丛书》，又辑《湖州词徵》二十四卷、《国朝湖州词征》六卷、《沧海遗音集》十三卷。又选《宋词三百首》以标宗旨。其自为词，晚岁删定为《彊村语业》二卷，他人补刻一卷，入《彊村遗书》中。

长亭怨慢

朱祖谋

　　苇湾重到，红香顿稀，和半塘老人[1]

伫消尽、涉江情绪[2]。风露年年，国西门路[3]。绀海凉云[4]，昨宵飞浣石亭暑。乱蝉高柳[5]，凄咽断、蘋洲谱[6]。莫唱惜红衣，算一例、飘零如雨。[7]　　迟暮[8]，隔微波不恨[9]。恨别旧家鸥侣。青墩梦断[10]，枉赢得、去留无据。试巡遍往日阑干，总无着、鸳鸯眠处[11]。剩翠盖亭亭[12]，消受斜阳如许。

◎ 注释

[1] 这词是光绪二十三年丁酉（1897）夏秋间作。苇湾，在北京宣武门外西南郊区，是清季北京观荷胜地。王鹏运、况周颐、朱祖谋集中都有苇湾观荷词，如王有《高阳台》，况有《莺啼序》长调。半塘老人，见王鹏运小传。

[2] 涉江：见文廷式《贺新郎》注。

[3] 国西门：古代都城称"国"。国西门，指北京西南门宣武门。

[4] 绀海：绀，一种深青带红的颜色。荷叶绿色，荷花红色，交映水中，如一片绀色的海。

[5] "乱蝉"句：姜夔《惜红衣·簟枕邀凉》："高柳晚蝉，说西风消息。"

[6] 蘋洲谱：南宋末年词人周密的词集名《蘋洲渔笛谱》。周密是吴兴人（其先世是济南籍），与朱祖谋是异代同乡，故用其谱名。亦不专指其一家。

[7] "莫唱"二句：姜夔《惜红衣·簟枕邀凉》有"红衣半狼藉"句，故此云"一例飘零"。据赵尊岳《蕙风词史》所说，况周颐"苇湾观荷有所遇，屡作词以纪之"。况氏《南浦·苇湾观荷》词，有"年少冶游心，飘零后，禁得万蝉凄咽"句。朱词盖涉及况事。

[8] 迟暮：《楚辞·离骚》："惟草木之零落兮，恐美人之迟暮。"

[9] 隔微波：曹植《洛神赋》："无良媒以接欢兮，托微波而通辞。"

[10] "青墩"句：谓自己家乡盛开荷花的青墩，现在归梦隔断。南宋陈与义《无住词》中《虞美人》序云："予甲寅岁，自春官出守湖州，秋杪道中，荷花无复存者。乙卯岁，自琐闼以谪得请奉祠，卜居青墩镇。立秋后三日，行舟之前后如朝霞相映，望之不断也。以长短句记之。"词云："扁舟三日秋塘路，平度荷花去。病夫因病得来游，更值满川烟雨洗清秋。去年长恨拏舟晚，空见残荷满。今年何以报君恩，一路繁花相送到

青墩。"姜夔《惜红衣·簟枕邀凉》词题中，亦引陈与义此词语。《正德崇德志》：陈与义宅在青墩广福院后芙蓉浦上。

[11] 鸳鸯眠处：姜夔《念奴娇·予客武陵，湖北宪治在焉。古城野水，乔木参天，予与二三友，日荡舟其间，薄荷花而饮……揭来吴兴，数得相羊荷花中……》："闹红一舸，记来时尝与鸳鸯为侣。"朱词这句，也指况周颐冶游事。况氏《南浦·苇湾观荷》句云："无边春色年年，算鸳鸯惯识，枝交蒂并。"可是事又不谐，故朱词如此说。

[12] 翠盖亭亭：姜夔前题词："日暮青盖亭亭，情人不见，争忍凌波去。"

◎ 评析

这首词编在《彊村语业》卷首，是朱祖谋四十一岁所作，时官侍讲学士。作者于光绪初即随父光第游河南，于光绪九年成进士后为京朝官，盖离乡已近二十年。故这首词作，乃借观荷以寄故乡之思。吴兴自古即以荷花著称，词中融化了陈与义、姜夔有关作品的词语，并引称蘋洲渔笛谱以寄感。上片是对苇湾红情绿意的幽赏和对红香零落的惋惜，下片着重抒发乡情。中间穿插一些况周颐苇湾冶游事，不是主题。全首风格，清丽峭折，明显受姜夔词影响。

鹧鸪天

朱祖谋

九日丰宜门外过裴村别业[1]

野水斜桥又一时，愁心空诉故鸥知。凄迷南郭垂鞭过，清苦西峰侧帽窥。[2]　新雪涕，旧弦诗[3]。惜惜门馆蝶来稀[4]。红萸白菊浑无恙，只是风前有所思。[5]

◎ 注释

[1] 丰宜门：金中都（北京）南门。裴村，刘光第字。刘为戊戌被害六君子之一。《清史稿·刘光第传》："刘光第，字裴村，四川富顺人。光绪九年进士，授刑部主事。"又《德宗纪》："光绪二十四年……秋七月辛未，赏内阁侍读杨锐、中书林旭、刑部主事刘

光第、江苏知府谭嗣同并加四品卿衔，参预新政。八月……丁亥，皇太后复垂帘于便殿训政……辛卯上称疾……甲午，杨深秀、杨锐、林锐、林旭、刘光第、谭嗣同、康广仁俱处斩。"六君子之被害，在八月十三日，此词作于光第死后二十五天。

[2]"凄迷"二句：陆游《定风波》："欹帽垂鞭送客回。"又《满江红》："欹帽闲寻西瀼路，骖鞭笑向南枝说。"欹帽犹云侧帽，骖鞭犹云垂鞭。姜夔《点绛唇》："数峰清苦，商略黄昏雨。"西峰，即西山。张爵《京师五城坊巷胡同集》："西山，府西三十里太行山首，每大雪初霁，积素若画，为京师八景之一，曰西山霁雪。"

[3]弦诗：见厉鹗《忆旧游》注。

[4]愔愔：《文选·琴赋》李周翰注：愔愔，深静也。

[5]"红萸"二句：物在人亡之意。古代重九日有饮菊花酒的习惯，或登高插茱萸的风俗。

◎ 评析

　　这词凭吊死难旧友，掩抑凄怨。通过外景来写，而情在其中。时当忧危之际，如此着笔，是向秀《思旧赋》传统。

乌夜啼

同瞻园登戒坛千佛阁[1]

朱祖谋

春云深宿虚坛，磬初残。步绕松阴[2]，双引出朱栏。吹不断，黄一线，是桑干[3]。又是夕阳无语下苍山。

◎ 注释

[1]此词光绪二十五年己亥（1899）作。瞻园，张仲炘号。仲炘，字慕京，号次册，湖北江夏（今武汉）人。光绪三年丁丑（1877）进士，改庶吉士，授翰林院编修，官至通政司参议。有《瞻园词》二卷，续一卷。戒坛，寺名，在北京门头沟区马鞍山，距市区三十五公里，始建于唐武德五年（622），辽咸雍年间法均在此建坛传戒。清时多次重修扩建。寺坐西朝东，依山势高低而建。戒坛在其内，为汉白玉筑高台，分三层。千佛阁重檐层阁，建筑宏伟，登高可俯视浑河。群岚叠翠，气象万千。今已拆除。

[2]松阴：戒坛寺内有古松，著名的有抱塔松、卧龙松、活动松、自在松、九龙松、莲花松、凤眼松等。

[3]桑干：河名，源出山西管涔山。东入河北及北京郊外，下流入永定河。因水浊而浑，
又称浑河。

◎ 评析

　　这是记游之词，上片写游戒坛寺。下片写登千佛阁遥望，尺幅中有
千里之势。风格雄浑苍老，气魄宏大，是大家手笔。末句是写景，但词
写于戊戌政变后才半年，光绪被幽禁，分明语意双关。

齐天乐

鸦[1]

朱祖谋

半天寒色黄昏后，平林渐添愁点。倦影偎烟，酸声噤月，
城北城南尘满[2]。长安岁晏[3]，又啼入延秋，故家啄
遍。[4]问几斜阳，玉颜凄诉旧团扇。[5]　　南飞虚羡越鸟[6]，
乱烽明似炬，空外惊散[7]。坏阵秋盘，虚舟暝踏[8]，何处
衰杨堪恋？江关梦短，怕头白年年，旧巢轻换。独鹤归
无[9]？后栖休恨晚。

◎ 注释

[1]这词写于光绪二十六年庚子（1900）冬。这时八国联军已侵占北京，作者困守危城未
得南归，词是托兴感时之作。

[2]"城北"句：杜甫《哀江头》："黄昏胡骑尘满城，欲往城南望城北。"

[3]"长安"句：长安：指北京。岁晏：岁晚，《楚辞·九歌·山鬼》："岁既晏兮孰华予。"

[4]"啼入"二句：杜甫《哀王孙》："长安城头头白乌，夜飞延秋门上呼。又向人家啄大
屋，屋底达官走避胡。"

[5]"问几"二句：王昌龄《长信秋词五首》之三："奉帚平明金殿开，且将团扇共徘徊。玉
颜不及寒鸦色，犹带昭阳日影来。"旧团扇，见庄械《蝶恋花》注。这二句寄托瑾、珍
二妃事。《清史稿·后妃传》："端康皇贵妃他他拉氏，光绪十四年选为瑾嫔。二十年进

瑾妃。以女弟珍妃忤太后，同降贵人。二十一年，仍封瑾妃。宣统初，尊为兼祧皇考瑾贵妃。""恪顺皇贵妃他他拉氏，端康皇贵妃女弟，同选为珍嫔，进珍妃。以忤太后……降贵人。逾年，仍封珍妃。二十六年，太后出巡，沉于井。"庚子联军入寇，珍妃之死，史有明文，而瑾妃下落不见于《清史稿》。徐珂《清稗类钞·宫闱类》云："光绪庚子，两宫出狩，宫中秩序顿乱，溥良适入宫，见瑾妃尚在，知为德宗幸妃，挈之至江苏，寓苏州拙政园。当时大吏闻信郊迎，讳言为某公主，实瑾妃也。"可知慈禧出奔时，虽未处死瑾妃，但把她抛置在京，处于危境。

[6]"南飞"句：《古诗十九首》："胡马依北风，越鸟巢南枝。"

[7]"空外"句：杜牧《早雁》："金河秋半虏弦开，云外惊飞四散哀。"

[8]虚舟：《周易·中孚》："利涉大川，乘木舟虚也。"孔颖达《周易正义》："释此涉川所以得利，以中信而济难，若乘虚舟以涉川也。"《志林》："然人知其无心，如虚舟之触物。"

[9]"独鹤"句：何逊《日夕出富阳浦口和朗公诗》："独鹤凌空逝，双凫出浪飞。故乡千余里，兹夕寒无衣。"

◎ 评析

　　黄景仁有《摸鱼儿·昏鸦》词，寄托个人身世之感。而朱祖谋这首《鸦》，却是寄托庚子国难时的大局势，中间有关于八国联军占领下北京的变乱，有关于后妃蒙难的凄诉，有对人民四散流离的同情，最后才归宿到自己的困滞危城，不得南归的怅惘。就境界论，便比黄景仁一词更为开阔。这是由于所处时代环境的不同。朱词呜咽凄怆中有沉雄骨力，尤为词家难到之境。

石州慢

用东山韵[1]

朱祖谋

一枕春醒[2]，相伴画堂，羁绪天阔[3]。江南信息沉沉，水驿芳梅谁折。[4] 荒阑偎久[5]。未信笛里关山[6]，玉龙犹噀黄昏雪[7]。空外暮笳声，送飘灯时节[8]。　　　　歌发，闹红香榭^[9]，归鹤春城^[10]，顿忘离别^[11]。留恋斜阳，只有鹃声凄绝。^[12]不知临镜，画出几许宫眉^[13]，新妆消与愁千结。拥髻已无言^[14]，又窥人黄月。

◎ 注释

[1] 这词作于光绪二十七年辛丑（1901）初春北京城中，时八国联军尚占领北京，辛丑和约尚未订立。东山，北宋贺铸词集名。

[2] 酲：酒喝醉了，神志不清。

[3] "羁绪"句：作客的愁心，像天一样的广阔。

[4] "江南"二句：《太平御览》引《荆州记》：陆凯与范晔相善，自江南寄梅花一枝诣长安，并赠花诗曰："折梅逢驿使，寄与陇头人。江南无所有，聊赠一枝春。"

[5] "荒阑"句：荒阑：犹云"废阑"。偎：紧挨着。

[6] 笛里关山：见郑文焯《谒金门》注。

[7] "玉龙"句：见厉鹗《齐天乐·吴山望隔江霁雪》注。噤，身体受冷而哆嗦，闭口不作声。此句玉龙喻清帝，谓帝后畏惧洋人。

[8] "飘灯"句：指上元灯节。潘荣陛《帝京岁时纪胜》："（正月）十四至十六日，朝服三天，庆贺上元佳节。……而城市张灯，自十三日至十六日四永夕，金吾不禁。"李商隐《春雨》："珠箔飘灯独自归。"

[9] 闹红：姜夔《念奴娇》："闹红一舸。"

[10] "归鹤"句：见冯煦《浣溪沙》注。春城，诗词中用"春城"字，有泛指，有专指，这里指京城。韩翃《寒食》："春城无处不飞花，寒食东风御柳斜。"

[11] "顿忘"句：谓对此春城表面景色，一下忘掉了离别之苦。

[12] "留恋"二句：王夫之《蝶恋花》："阵阵寒鸦飞影乱，总趁斜阳，谁肯还留恋？"鹃声，见郑文焯《安公子》注。

[13] "画出"句：宫眉：《事文类聚》："汉明帝宫人……扫青黛蛾眉，魏武宫人扫连头眉。"这里是作者自比宫女画眉为清帝献策。在北京未沦陷时，作者曾苦谏勿对外启衅。

[14] 拥髻：伶玄《赵飞燕外传》自序："通德占袖顾视烛影，以手拥髻，凄然泣下。"

◎ 评析

这词写作者在北京城沦于八国联军手中后的困顿情态，怀念乡土，系心清帝，复杂的心情，奔进纸上。张尔田序《彊村语业》，以为"其哀感顽艳，《子夜》《吴趋》；其芬芳悱恻，《哀蝉落叶》"所忧者广，发乎一人之本身"。可以评赞此词。

声声慢

朱祖谋

辛丑十一月十九日，味聃赋《落叶词》见示，感和。[1]

鸣蜏颓城[2]，吹蝶空枝[3]，飘蓬人意相怜[4]。一片离魂[5]，斜阳摇梦成烟。香沟旧题红处，拼禁花、憔悴年年。[6] 寒信急，又神宫凄奏，分付哀蝉。[7]　　终古巢鸾无分[8]，正飞霜金井[9]，抛断缠绵。起舞回风，才知恩怨无端。[10] 天阴洞庭波阔，夜沉沉、流恨湘弦。[11] 摇落事，向空山、休问杜鹃。[12]

◎ **注释**

[1] 辛丑：光绪二十七年（1901），是八国联军入北京、珍妃被害后的第二年。这词专为凭吊珍妃而作。事详上《齐天乐·鸦》注及文廷式《贺新郎》注。味聃：洪汝冲字。汝冲，湖南宁乡人，官吉林知府，著有《候蛩词》《蜕庵词稿》。其原唱《声声慢·落叶》云："银瓶堕水，金谷飘烟，西风一叶惊秋。凤宿鸾栖，等闲摇落飕飕。春工翦裁几费，肯随波、流出宫沟。次梦紧，问人间何世，半晌淹留。连理桃根犹在，甚花难羁念，草不忘忧。浸玉寒泉，昭阳往事今休。哀蝉莫弹幽怨，怕稠桑、无语凝眸。谁认取，满荒郊、都是乱愁。"

[2] "鸣蜏"句：蜏、蝉。颓城：坏了的宫殿阶齿。《三辅黄图·汉宫》："青琐丹楔，左城右平。"这里写悲剧的发生地在皇宫内。

[3] "吹蝶"句：谓落叶如同蝴蝶，被风吹下，剩有空枝。

[4] 飘蓬：见文廷式《永遇乐·秋草》注。

[5] 离魂：见项鸿祚《三犯渡江云》注。

[6] "香沟"二句：《太平广记》引《北梦琐言》："进士李茵，襄阳人，尝游苑中，见红叶自御沟流出。上题诗云：'流水何太急，深宫尽日闲。殷勤谢红叶，好去到人间。'后僖宗幸蜀，茵奔窜南山民家，见一宫娥，自云宫中侍书家云芳子，有才思，茵与之款

接，因见红叶，叹曰：'此妾所题也。'同行诣蜀，具述宫中之事。"此类故事，又见孟棨《本事诗》、范摅《云溪友议》、刘斧《青琐高议》。禁花，宫禁中的花，指珍妃。

[7]"神宫"二句：神宫：即《史记·封禅书》所云"神君寿宫"。哀蝉：指落叶哀蝉曲。王嘉《拾遗记》载，汉武帝之爱妃李夫人早卒，帝思念不已，因赋落叶哀蝉之曲。

[8]巢鸾：鸾，似凤多青。《竹书纪年》注：沈约曰："黄帝坐玄扈洛水之上，有凤凰集，或止帝之东园，或巢于阿阁"。

[9]金井：王昌龄《长信秋词五首》："金井梧桐秋叶黄，珠帘不卷夜来霜。"此句点明珍妃死处。

[10]"起舞"二句：宋祁《落花》："将飞更作回风舞。"珍妃姊妹得入宫为贵嫔，升贵妃，又降贵人，又恢复妃号，又处死珍妃于宫井，都出慈禧太后旨意，故云"恩怨无端"。

[11]"天阴"二句：《楚辞·九歌·湘夫人》："帝子降兮北渚，目眇眇兮愁予。袅袅兮秋风，洞庭波兮木叶下。"舜南巡，死于苍梧之野，二妃追之不及。用以比喻珍妃姊妹。《楚辞·远游》："使湘灵鼓瑟兮。"湘弦本此。

[12]"摇落"二句：摇落：见纳兰性德《沁园春·丁巳重阳前三日》注。杜鹃：见郑文焯《安公子》注。

◎ 评析

　　珍妃之死，是庚子国变时骇人听闻的宫廷惨剧。专为哀悼珍妃而写的名篇，长篇歌行则有金兆蕃《宫井篇》，七律组诗则有曾广钧《庚子落叶诗》。词则以文廷式《贺新郎》及朱祖谋这篇为双璧。文氏《贺新郎》是实写人，以明丽高华胜；朱氏此篇是借落叶托兴，以哀怨缠绵胜。至于洪味聃原唱，比朱作何止上下床之别。

浣溪沙[1]（二首）

朱祖谋

独鸟冲波去意闲，坏霞如赭水如牋[2]。为谁无尽写江天[3]。并舫风弦弹月上[4]，当窗山髻挽云还[5]。独经行处未荒寒。

翠阜红厓夹岸迎[6]，阻风滋味暂时生[7]。水窗官烛泪纵横[8]。

禅悦新耽如有会^[9]，酒悲突起总无名^[10]。长川孤月向谁明。

◎ 注释

[1] 这词作于光绪二十九年癸卯（1903）夏初。《彊村语业》卷一这词之前为《烛影摇红·晚春过黄公度入境庐话旧》《摸鱼子·梅州送春时得辇下故人三月几望书》二阕；这词之后为《诉衷情·癸卯七夕和梦窗》。可以推定其写作时间。是时作者方官广东学政，视学至嘉应州（治今梅州），事毕经海道返广州省城，途中作此。

[2] "坏霞"句：坏霞：形容断霞。赭：紫赤色。水如牋：水平如纸。

[3] 江天：江，指韩江，在嘉应州。流经大埔、海阳、澄海等县。

[4] 风弦：谓弦乐器如琴瑟琵琶之类的乐声。

[5] 山鬓：谓山形如女子发鬓。

[6] "翠阜"句：韩江流经万江峡，故有"翠阜红厓夹岸迎"之语。

[7] 阻风：杜牧《郑瓘协律》："自说江湖不归事，阻风中酒过年年。"

[8] "水窗"句：《佩文韵府》引黄庭坚诗："风帘官烛泪纵横。"

[9] 禅悦：《大方广佛华严经》："若饭食时，当愿众生，禅悦为食，法喜充满。"

[10] 酒悲：见郑文焯《鹧鸪天》注。

◎ 评析

　　王国维《人间词话》附录一云："彊村词，余最赏其《浣溪沙》'独鸟冲波去意闲'二阕，笔力峭拔，非他词可能过也。"国维于彊村词有"古人自然神妙处，尚未及见"之不满语，而于此二首颇称许之。可见此二首成就之高。

金缕曲

书感寄王病山秦晦鸣^[1]

朱祖谋

斗柄危楼揭^[2]。望中原、盘雕没处，青山一发。^[3]连海西风掀尘黯，卷入关榆悴叶^[4]。尚遮定、浮云明灭^[5]。

烽火十三屏前路，照巫闾知是谁家月。^[6]辽鹤语^[7]，正呜咽。　微闻殿角春雷发^[8]。总难醒、十洲浓梦^[9]，桑田坐阅^[10]。衔石冤禽寒不起^[11]，满眼秋鲸鳞甲^[12]。莫道是、昆池初劫^[13]。负壑藏舟寻常事^[14]，怕苍黄、柱触共工折^[15]。天外倚，剑花裂。^[16]

◎ 注释

[1] 这词写于光绪二十九年癸卯十二月底。王病山，名乃徵，一字聘三，四川中江人。光绪十六年庚寅（1890）进士，官至贵州布政使。秦晦鸣，名树声，一字右衡，河南固始人。光绪十二年丙戌（1886）进士，官广东提学使。

[2] "斗柄"句：斗柄：《国语·周下》："日在析木之津，辰在斗柄。"韦昭注："斗柄，斗前也。"《鹖冠子·环流》："斗柄北指，天下皆冬。"危楼：高楼。揭：高举，《诗经·小雅·大东》："维北有斗，西柄之揭。"

[3] "望中原"二句：见曹贞吉《留客住·鹧鸪》注。

[4] 关榆：李益《听晓角》："边霜昨夜堕关榆，吹角当城片月孤。"词人因山海关又名榆关，故用"关榆"字。

[5] 浮云：用李白《登金陵凤凰台》"总为浮云能蔽日，长安不见使人愁"意。

[6] "烽火"二句：十三屏：借用明十三陵字面以指关外清帝陵。十三陵，见王鹏运《念奴娇·登旸台山绝顶望明陵》注。亦可径作十三陵解，十三陵在北京西北昌平，昌平境又有居庸关，为长城重要关口，北方屏障，故云屏前路。巫闾：医巫闾山，在辽宁北镇西北五公里处。据《周礼·职方》记载，医巫闾山从古代起就是幽州的镇山。隋代封四大镇山，以此为北镇。唐代为五镇之一。山中有辽代帝王陵墓。这里所说烽火，指日俄战争。自中日甲午之战，帝俄与德、日干涉还辽之后，继而订中俄密约，帝俄势力侵入东北。庚子之役，俄军占领黑龙江、吉林、辽阳、沈阳等处。至二十九年十二月二十三日，日本军突袭旅顺，日俄爆发。战争在中国领土上进行，故云"照巫闾知是谁家月"。

[7] 辽鹤语：见冯煦《浣溪沙》注。

[8] 春雷发：此句以下，追写甲午中日之战，光绪帝主战，战事失败的往事。春雷发者，甲午七月初一德宗下诏对日宣战。《汉书·叙传》："上天下泽，春雷奋作。"《宋史·吴越钱俶传》："春雷发声，兀为聋俗。"

[9] "难醒"句：十洲：《十洲记》载，八方大海中有祖洲、瀛洲、玄洲、炎洲、长洲、元洲、流洲、生洲、凤麟洲、聚窟洲十洲，都是神仙居住的地方。这里借指中国九州。浓梦难醒：犹言睡狮未醒。

[10] 桑田：见金堡《八声甘州·卧病初起》注。

[11] "衔石"句：此句及下句，指甲午海战，中国海军及将领如邓世昌等殉难者，衔石事见孙朝庆《满江红》注。冤禽，任昉《述异记》："昔炎帝女溺死东海中，化为精卫……一名冤禽。"

[12] "满眼"句：杜甫《秋兴八首》之七："昆明池水汉时功，武帝旌旗在眼中。织女丝机虚夜月，石鲸鳞甲动秋风。"

[13] 昆池劫：《初学记》引曹毗《志怪》：汉武凿昆明池极深，悉是灰墨，无复土，以问东方朔。朔曰："臣愚不足以知之，可试问西域胡。"帝以朔不知，难以复问。至后汉明帝时，外国道人来入洛阳，时有忆朔言者，乃试以武帝时灰墨同之。胡人曰："经云，天地大劫将尽，则劫烧。"此劫烧之余。乃知朔言有旨。

[14] 负釜藏舟：见郑文焯《贺新郎·秋恨》注。

[15] "苍黄"句：《淮南子·天文训》："昔者共工与颛顼争为帝，怒而触不周之山，天柱折，地维绝。天倾西北，故日月星辰移焉；地不满东南，故水潦尘埃归焉。"

[16] "天外"二句：宋玉《大言赋》："长剑耿耿倚天外。"

◎ 评析

　　这词写于日俄战争在我国东北领土上爆发之初，悲慨沉郁，为作者继庚子诸作以后，又一重要主题的词史。写在广东学政任上，故从北望中原写入。上片写日俄战争本身事。下片回溯到甲午辛丑中国与日本海战的往事，前鉴犹在，触目惊心，提高了本篇爱国主义精神的浓度。

减字木兰花（八首选一）

朱祖谋

　　舟溯湟江，风雨凄戾，交旧存殁之感，纷有所触，辄缀短韵，适踵《八哀》，非事诠择也。[1]

盟鸥知否[2]？身是江湖垂钓手[3]。不梦黄粱[4]，卷地秋涛殷卧床[5]。　　楚宫疑事[6]，天上人间空雪涕[7]。谁诏巫阳[8]，披发中宵下大荒[9]？（富顺刘裴村光第）

◎ 注释

[1] 这词作于光绪三十年甲辰（1904）春。湟江：在广东连州城南，今称连江。这时作者在广东学政任上，北上到广东省北部视学，行溯湟江。《彊村语业》卷一，这词之前，有《六丑·甲辰元夕舟泊端州郭外》词，端州即高要。这词之后，又有《摸鱼子·清明雨夜泊英德寄弟闰生》词。地皆相近。《八哀诗》：杜甫追悼八位死友之作。本篇悼念刘光第，刘事见上《鹧鸪天·九日丰宜门外过裴村别业》注。

[2] 盟鸥：见余怀《摸鱼儿·和辛幼安》注及项鸿祚《湘月·壬午九日……》注。

[3] "身是"句：杜牧《途中一绝》："惆怅江湖钓竿手，却遮西日向长安。"

[4] "不梦"句：黄粱：小米。卢生在邯郸道客邸，吕翁授以一枕入睡，店家黄米饭尚未蒸熟，卢生一场飞黄腾达做官好梦已经做醒。语本李泌《枕中记》："卢生欠伸而寤，见方偃于邸中，顾吕翁在旁，主人蒸黄粱尚未熟，触类如故，蹶然而兴曰：'岂其梦寐耶？'"连上二句，谓刘光第是一位不干名利、守闲好静的人。陈三立《刘裴村衷圣斋文集序》云：谭、林年少气盛，议论锋出折一世，为最易取忌怒；即杨君差持重，或遇盛时，犹稍自激昂。独君淡泊遗物，不轻与人接，人亦莫由窥其蕴，竟亦偕数子名四章京者骈戮于市，妻孥流离，兹尤为天下后世所极哀者也。

[5] "卷地"句：殷：震动义。此句比喻戊戌政变时，慈禧太后一党的政治黑暗势力。杜甫《大云寺赞公房四首》："钟残仍殷床。"钱谦益《西湖杂感》："梦断潮声夜殷床。"

[6] "楚宫"句：楚宫：比清宫。这句谓刘光第之死、光绪帝之是否真到有病，其内幕确实情令人生疑。杜甫《咏怀古迹五首》："最是楚宫俱泯灭，舟人指点到今疑。"

[7] "天上"句：天上人间：见纳兰性德《沁园春·丁巳重阳前三日》注。雪涕：化用李商隐为"甘露事变"中王涯等人无辜被杀、唐文宗被宦官幽禁而写的《重有感》诗"昼号夜哭兼幽显，早晚星关雪涕收"语。李诗的"星关"，犹云天门，指皇帝的住所。"雪涕"，掉眼泪。李句说短时期内被宦官盘踞的皇宫就会收复，君臣可以化悲为喜。作者用此典以"甘露事变"比喻戊戌政变，很为贴切。但"雪涕"而言"空"，则表示光绪终不能恢复自由，而刘光第也不会被昭雪。

[8] "谁诏"句：巫阳：古代女巫名，传说她能为死者招魂。《楚辞·招魂》："帝告巫阳曰：'有人在下，我欲辅之。魂魄离散，汝筮予之。'"词意谓有谁能诏告巫阳，像上帝命令她一样，来为刘光第招魂呢？

[9] "披发"句：大荒：《山海经·大荒西经》："大荒之中，有山名大荒之山，日月所入。"韩愈《杂诗》："翩然下大荒，被发骑麒麟。"苏轼《潮州韩文公庙碑》："翩然被发下大荒。"被发：同"披发"。

◎ 评析

　　彊村为悲悼刘光第而写短令，这是第二回。第一回是刘光第被害的秋天在北京所写的《鹧鸪天》，那时北京城内，正有"黑云压城城欲摧"

的严峻形势，有正义感的人，也不得不噤若寒蝉。故《鹧鸪天》写悲悼之痛，只能把愤怒抑制在心头，以温婉之辞自掩其迹。现在于广东写此词，已与政变时隔了六年，又远在南方，故这一回所写，便公然为刘光第鸣冤叫屈，尽情发泄胸中的激情，沉着苍劲，篇幅虽小而容量大。艺术特点，与《鹧鸪天》有显著不同。

夜飞鹊

香港秋眺，怀公度[1]

朱祖谋

沧波放愁地，游棹轻回。[2]风叶乱点行杯[3]。惊秋客枕，酒醒后、登临倦眼重开。[4]蛮烟荡无霁[5]，飐天香花木，海气楼台。[6]冰夷漫舞[7]，唤痴龙、直视蓬莱[8]。　　多少红桑如拱[9]，筹笔问何年，真割珠崖？[10]不信秋江睡稳[11]，掣鲸身手[12]，终古徘徊[13]。大旗落日，照千山、劫墨成灰。[14]又西风鹤唳[15]，惊箛夜引，百折涛来。[16]

◎ **注释**

[1] 这首词的题目，潘飞声《在山泉诗话》卷二作"甲辰九月舟过香港倚船晚眺寄公度"。甲辰是光绪三十年（1904）。光绪二十八年秋，朱祖谋受命自礼部侍郎出任广东学政，次年春抵广东，春晚曾到嘉应州（治今梅州），和当时放归在家的黄公度相聚，写下《烛影摇红·晚春过黄公度人境庐话旧》一首词。甲辰秋因事舟经香港，又此词怀念公度。从两首词的内容，可以看到作者和戊戌变法人物的关系。而这一首写得更好。香港，本广州新安县南海中岛，自道光二十二年割于英，到作者写此词时，已经过六十三个年头。公度，见黄遵宪小传。

[2] "沧波"二句：谓沧海横流，浩荡无际，游棹经此，满想一解胸头愁闷。

[3] "风叶"句：秋风飘来落叶，历乱地飞满行客杯觞。以上三句是写愁中的动态。下转到酒后。

[4] "惊秋"二句：客枕上惊到一番凉意，把酒意吹醒，起来登临船的高处，摩挲倦眼，再

周览香港景色一下。这里点明题目中的"倚船晚眺"。

[5]"蛮烟"句：岛烟如雾，摩荡半空，迷漫得把晴空都遮掩了。以下转到开眼时见到的香港总貌。蛮，旧称南方少数民族，这里即以指英。

[6]"飐天香"二句：飐：飘动的样子。天香花木：宋之问《灵隐寺》："桂子月中落，天香云外飘。"这里泛指一切花木。海气楼台：见邓廷桢《月华清》注。这里指岛上大部分是外国人所建的高楼大厦，矗立云霄。

[7]"冰夷"句：《楚辞·远游》："令海若舞冯夷。"冰夷，即冯夷，水神名。漫，义为胡乱。漫舞即乱舞，象征帝国主义列强向中国张牙舞爪。

[8]"痴龙"句：痴龙：神话传说，洛中有洞穴，有人误坠穴中，见有大羊，后出以问张华，华曰："此痴龙也。"见《法苑珠林》引《幽明录》。这里龙指中国，清朝的国旗是黄龙旗。痴龙犹言睡狮。蓬莱：原是海中仙山，近指香港，扩大一些，包括海外各地，南中国海各岛，当时大部分被外敌侵占了。

[9]"多少"句：红桑：用"沧桑"典，见金堡《八声甘州·卧病初起》注。曹唐《小游仙》："海上红桑花已开。"拱：两手围抱。《左传·僖公三十二年》："中寿，尔墓之木拱矣。"那是说历年久了，墓木长大到可以两手合抱。这里说"红桑如拱"，是指香港割给英人，为时已久。"多少"二字，又隐含着自香港割让以来，中国割让给外国侵略者的地方，如台湾割给日本，广州湾给法国为租借地，胶州湾租借给德国等都是。

[10]"筹笔"二句：筹笔：见张景祁《曲江秋·马江秋感》注。割珠崖：见张景祁《酹江月》注。挥笔筹划国家大事，特别是办外交，是公度当行出色的才干，现在他却罢官在家，对着割地瓜分的形势，发出悲愤的提问。

[11]"不信"以下三句：对公度表示无穷期待，不信他会稳睡秋江，永远沉埋乡乡，徘徊不出，不被国家起用。鱼龙睡稳，见左辅《南浦·夜寻琵琶亭》注。

[12]"掣鲸"句：鲸：指外国人。掣鲸身手：指公度有制服外敌的本领。杜甫《戏为六绝句》："未掣鲸鱼碧海中。"

[13]"终古"句：终古：用《楚辞·离骚》"余焉能忍与此终古"意。徘徊：意为踌躇不前。公度自光绪二十五年（1899）以后，蛰居乡里办教育。二十六年（1900）曾一度应两广总督李鸿章邀至广州，李欲委以设巡警、开矿产之事，公度因事无可为，辞归。

[14]"大旗"二句：以下又转到"香港晚眺"。杜甫《后出塞》："落日照大旗，马鸣风萧萧。"劫墨，见《金缕曲·书感寄王病山秦晦鸣》注。此二句写祖国河山黯淡无光。

[15]西风鹤唳：见张景祁《望海潮》注。

[16]"惊笳"二句：引：犹云"吹起"。百折涛来：借海上惊涛，千重百折，拍打船头的景色，隐喻海外的侵略势力进迫中国。

◎ 评析

　　作者是晚清宗法吴文英词的大师。吴词以密丽和潜气内转见称。密丽即所谓"七宝楼台"，潜气内转与"密"有相互关系，体现在转折处除领字外，很少虚词。这首词即具备这种特点。这词又是能以辛弃疾的骨力运用吴文英的藻采的，在吴词中也有《八声甘州·灵岩陪庾幕诸公游》《三姝媚·过都城旧居有感》等篇，于密丽中见遒劲。作者继承了它而又有发展。内容进步，与艺术技巧相结合，是朱词中有代表性的名作。

清平乐

夜发香港[1]

朱祖谋

舷灯渐灭[2]。沙动荒荒月[3]。极目天低无去鹘，何处中原一发？[4]　　江湖息影初程[5]，舵楼一笛风生[6]。不信狂涛东驶，蛟龙偶语分明[7]。

◎ 注释

[1] 这词作于光绪三十一年乙巳（1905）冬。时作者任广东学政已二年，因与两广总督龃龉，本年冬引疾去。取海道北归，夜发香港时写此。

[2] 舷灯：轮船两边的灯光。

[3] "沙动"句：水波所浸及的地方，即岸边的一片平沙，沙上铺满淡白的月色，好像和波光一起摇荡。杜甫《漫成》："野月（一作日）荒荒白，江流泯泯清。"荒荒，不很白，有些阴暗。

[4] "极目"二句：见曹贞吉《留客住·鹧鸪》注。

[5] "江湖"句：江湖：在野人士所居，对朝廷而言。《南史·隐逸传》："或遁迹江湖之上。"息影：身闲影息，指闲居后形不动而影亦随之静息，不使人知其踪迹。白居易《香炉峰下……》："喜入山林初息影，厌趋朝市久劳生。"初程：第一程。离广东北归，香港是第一站路。

[6] "舵楼"句：舵楼：见陈维崧《贺新郎·赠苏昆生》注。一笛风：杜牧《题宣州开元寺水阁……》："落日楼台一笛风。"

[7]"蛟龙"句：蛟龙：指外国人。偶语：相对私语。《史记·秦始皇本纪》："有敢偶语诗书，弃市。"偶语何事，暗示不露。

◎ 评析

这词写香港开船后所见夜景及去官北归时的心情，归宿到对国事的关切。层层深入，由景及情，由近及远。尺幅中纳入丰富的内涵，表示爱国的襟抱。笔力遒劲，语言清奇。

洞仙歌

丁未九日[1]

朱祖谋

无名秋病[2]，已三年止酒[3]，但买萸囊作重九[4]。亦知非吾土，强约登楼，[5]闲坐到、淡淡斜阳时候。　浮云千万态，回指长安，却是江湖钓竿手。[6]衰鬓侧西风[7]，故国霜多[8]，怕明日、黄花开瘦[9]。问畅好秋光落谁家[10]？有独客徘徊，凭高双袖。

◎ 注释

[1] 丁未：光绪三十三年（1907）。作者自光绪三十一年冬自广东学政去官北归后，寓居苏州。当时词人郑文焯、张上和、陈锐、张尔田诸家，都侨寓一城，提倡周邦彦、吴文英词，探讨音律，吴下成了清末词坛的中心。这词即作者寓苏时作。

[2] "无名"句：托言病是"无名"，实是为国事而病，说不出是什么病。

[3] "三年"句：作者北归到丁未已是三年。病所以要止酒。

[4] "但买"句：古人在重阳节作绛囊，盛茱萸系臂，登高饮菊花酒，谓可以避灾。见吴均《续齐谐记》。作者因病戒酒，便只能买茱萸囊以度此佳节。

[5] "亦知"二句：王粲《登楼赋》："虽信美而非吾土兮。"作者是浙江湖州人，苏州不是家乡，故用王粲赋语。明知"非吾土"，还是按旧习惯登高，故说是"强"，是勉强之意。约，是作者约友。大概约而未到，故下片说"独客徘徊，凭高双袖"。

［6］"浮云"三句：浮云、长安：见前《金缕曲·书感寄王病山秦晦鸣》注。"长安"与"江湖钓竿手"，见前《减字木兰花》注。这里作者把蔽日的浮云千万态，比作反动势力猖狂，光绪帝权不在手。在庚子事变以后，慈禧太后一党的顽固派仍然气焰嚣张，光绪帝的政治主张，仍然无从实现。而作者自己则已从宦海中退下来，已成为"江湖钓竿手"了。

［7］"衰鬓"句：此用晋代孟嘉于重阳登高风吹落帽的故事。杜甫《九日蓝田崔氏庄》曾有"羞将短发还吹帽，笑倩旁人为正冠"句，也是活用此事，衰鬓即是老人短发。这里用"衰鬓"代帽，"侧"是侧帽，西风吹帽，所以帽侧。

［8］"故国"句：杜甫《九日》："旧国霜前白雁来。"霜多，显得寒意已深。

［9］"明日"句：兼用苏轼《九日次韵王巩》"明日黄花蝶也愁"及李清照《醉花阴》"莫道不消魂，帘卷西风，人比黄花瘦"两典。怕花瘦，承上句"霜多"而来。

［10］"畅好"句：畅好：元曲中常用语，真好之意。大好秋光落在哪一家，意味着故国大好河山有落入外敌之手的危险。

◎ 评析

作者自官场引退，而对国事的关心，却并未稍减。才不得施，坐视祖国命运的江河日下，情绪上充满抑郁与悲愤。这首小令，即是这种心情的倾吐。然而正如陶渊明的诗篇一样，表面看来，显得平淡，掩盖了愤郁。风格上清新疏宕，绝不重滞，一洗前期梦窗派七宝楼台的密丽词风。诚如王国维《人间词话》所称"济以白石之疏越者"。朱氏后期词作，张尔田《忍寒词序》说他"晚年颇法于苏。"夏敬观《忍寒词序》也说他"晚亦颇取东坡以疏其气"。这首词，可算是作者后期作品风格的代表。

况周颐

（1859—1926） 原名周仪，字夔笙，号玉梅词人，晚号蕙风词隐，广西临桂（今桂林）人。光绪五年己卯（1879）举人，官内阁中书。张之洞、端方督两江，先后邀之入幕府。辛亥革命后，居上海，以遗老终。周颐致力于词五十年，尝与王鹏运同问词于江宁端木埰，又与王氏及朱祖谋相切磋。工于持论，有《蕙风词话》，为时所重。王国维《人间词话》曰："蕙风词小令似叔原（晏幾道），长调亦在清真（周邦彦）、梅溪（史达祖）间，而沉痛过之。彊村虽富丽精工，犹逊其真挚也。"叶恭绰《广箧中词》曰："夔笙先生与幼遐翁（王鹏运）崛起天南，各树旗鼓。半塘气势宏阔，笼罩一切，蔚为词宗；蕙风则寄兴渊微，沉思独往，足称巨匠，各有真价，固无庸为之轩轾也。"曾辑《薇省词钞》《粤西词见》等。自为词有九种，合刊为《第一生修梅花馆词》，后又删定为《蕙风词》一卷。

齐天乐

秋 雨

况周颐

沈郎已自拚憔悴，惊心又闻秋雨。[1] 做冷欺灯[2]，将愁续梦，越是宵深难住。千丝万缕。更换入虫声，搅人情绪。一片萧骚，细听不是故园树。　　沉沉更漏渐咽，只檐前铁马[3]，幽愁如诉。倘是残春，明朝怕有飞花飞絮。天涯倦侣。记滴向篷窗[4]，更加凄苦。欲谱潇湘[5]，黯愁生玉柱[6]。

◎ 注释

[1]"沈郎"二句：起语仿自姜夔《齐天乐·丙辰岁与张功甫会饮张达可之堂……》："庾郎
　　先自吟愁赋，凄凄更闻私语。"沈郎，见项鸿祚《玉漏迟·冬夜闻南邻笙歌达曙》注。

[2]"做冷"句：史达祖《绮罗香·咏春雨》："做冷欺花，将烟困柳。"

[3]铁马：悬于檐下的风铃，风起则琮琤有声。王实甫《西厢记》："莫不是铁马儿檐前
　　骤风。"

[4]篷窗：见陈澧《齐天乐·十八滩舟中夜雨》注。

[5]"欲谱"句：词调有《潇湘夜雨》，故云。

[6]玉柱：琴瑟上的弦枕木名柱。晏殊《蝶恋花》："谁把钿筝移玉柱。"

◎ 评析

　　这词不是咏雨，而是天涯倦客闻雨惊心的抒情之作。上片结尾，以
"不是故园树"点明天涯。下片直接交代天涯倦侣。处处从"听"字传
神，今与昔对照，秋与春对照，层层递进，一气抟控，偶亦借鉴宋人句
调，但能活用，而不粘滞。这是况词长技，继承南宋法乳。

浣溪沙

况周颐

重到长安景不殊[1]，伤心料理旧琴书。自然伤感强欢
娱。　　十二回栏凭欲遍[2]，海棠浑似故人姝[3]。海棠
知我断肠无？

◎ 注释

[1]长安：指北京。

[2]"十二"句：杂曲歌辞《西洲曲》："楼高望不见，尽日栏干头。栏干十二曲，垂手明
　　如玉。"

[3] 故人姝：见屈大均《梦江南》注。

◎ 评析

小令言情，最是况氏擅场。这词回旋往复，极一唱三叹之能事。

凤栖梧

过香炉营故居[1]

况周颐

记得天涯挥手处，梦逐征鸿，绕遍东华路[2]。梁燕可知人在否？相逢也莫凄凉语。　　泪眼更看门外树[3]，欲断无肠，苦恨香骢误。最是不堪回首处，凤城西去棠梨雨[4]。

◎ 注释

[1] 香炉营：张爵《京师五城坊巷胡同集》："南城……宣化坊……香炉营。"

[2] 东华：北京宫城内有东华门。这里代指北京。

[3] 门外树：晏几道《木兰花》："门外绿杨风后絮。"

[4] "凤城"句：凤城：沈佺期《古意呈补阙乔知之》："丹凤城南秋夜长。"后人称京城为凤城。这里指北京。棠梨：《群芳谱》："棠梨，野梨也，《尔雅》所谓'杜甘棠'也。树如梨而小。……二月开白花。"马祖常《杨妃墓》："马嵬坡上棠梨树。"白居易《长恨歌》："玉容寂寞泪阑干，梨花一枝春带雨。"融诸语用之，以切墓。词语是指宣武门西作者亡姬桐娟之墓。其《青衫湿遍》一词中，亦有"料玉扃幽梦凤城西，认伶俜三尺孤坟影，逐吟魂绕遍棠梨"之句可证。

◎ 评析

作者善写抒情小令，此写哀情，尤为回肠寸断，宋人则晏殊，清人则纳兰性德，可以左挹而右拍。

鹧鸪天

况周颐

苦恨花枝照酒杯，名花谁见老风埃。凭伊满地飘红雨[1]，消得春人爱惜来。　　惊岁晚，又春回。伤心长是强颜开。芙蓉城阙知何处，说到神仙事可哀。[2]

◎ 注释

[1] 红雨：见纳兰性德《沁园春·丁巳重阳前三日》注。

[2] "芙蓉"二句：欧阳修《六一诗话》："（石）曼卿卒后，其故人有见之者，云恍惚如梦中，言我今为鬼仙也，所主芙蓉城。"苏轼《芙蓉城》诗："芙蓉城阙花冥冥。"

◎ 评析

此亦哀悼之词。上片从花说人，是兴而比，用"春人"字直说到人。下片实赋。

苏武慢

寒夜闻角

况周颐

愁入云遥[1]，寒禁霜重[2]，红烛泪深人倦[3]。情高转抑，思往难回，凄咽不成清变[4]。风际断时，迢递天涯，但闻更点。枉教人回首，少年丝竹，玉容歌管[5]。　　凭作出、百绪凄凉，凄凉惟有，花冷月闲庭院。珠帘绣幕[6]，可有人听？听也可曾肠断？除却塞鸿，遮莫城乌，替人惊惯。[7]料南枝明日，应减红香一半。[8]

◎ 注释

[1]"愁入"句：含两重意，愁绪如云为一层，如云之深又一层。

[2]"寒禁"句：含两重意，寒不禁霜为一层，要禁受"霜重"更不易又一层。

[3]烛泪：杜牧《赠别二首》之二："蜡烛有心还惜别，替人垂泪到天明。"

[4]"凄咽"句：变：变声，指七音中的变徵变宫。夏侯湛《夜听笳赋》："放《鹍鸡》之弄音，散《白雪》之清变。"此反用赋意，谓角声凄抑梗塞，吹奏不出像笳声的清变之音。

[5]玉容：指美人。

[6]"珠帘"句：珠帘：见朱祖谋《声声慢·辛丑十一月十九日》注。绣幕：刘孝威《望雨》："琼绡挂绣幕。"

[7]"除却"三句：温庭筠《更漏子·柳丝长》："惊雁塞，起城乌。画屏金鹧鸪。"塞鸿，边塞的鸿雁。遮莫，唐、宋时通俗语，义同"尽教"。杜甫《书堂饮既夜复邀李尚书下马月下赋绝句》："久判野鹤如霜鬓，遮莫邻鸡下五更。"

[8]"南枝"二句：南枝：见邓廷桢《换巢鸾凤》注。红香：红梅之类的花。

◎ 评析

这首慢词，是况周颐著名的力作。《蕙风词话》说："余少作《苏武慢·寒夜闻角》云：'凭作出、百绪凄凉，凄凉惟有，花冷月闲庭院。珠帘绣幕，可有人听？听也可曾肠断？'半塘翁最为击节。比阅方壶词《点绛唇》云：'晓角霜天，画帘却是春天气。'意与余词略同，余词特婉至耳。"王国维《人间词话》评曰："境似清真（周邦彦），集中他作，不能过之。"叶恭绰《广箧中词》评曰："'珠帘绣幕'三句，乃夔翁最得意之笔。"赵尊岳《蕙风词史》曰："自谓：'当时笔力千钧，百炼刚化为绕指柔，极词家明转之说，与早岁所作又不相侔矣。'盖早岁《落花词》有云'拥衾不听雨，算作一宵晴'，为硬转法也。"

摸鱼儿

咏　虫[1]

况周颐

古墙阴、夕阳西下，乱虫萧飒如雨。西风身世前因在，尽意哀吟何苦？谁念汝？向月满花香，底用凄凉语？清商细谱[2]。奈金井空寒[3]，红楼自远，不入玉筝柱[4]。　　闲庭院，清绝却无尘土，料量长共秋住。也知玉砌雕栏好[5]，无奈心期先误！愁漫诉，只落叶空阶，未是消魂处。寒催堠鼓[6]。料马邑龙堆[7]，黄沙白草，听汝更酸楚。

◎ 注释

[1] 这词是光绪二十年甲午（1894）八月中秋以后作。

[2] 清商：古五音之一，商声。《韩非子·十过》："师涓鼓究之。（晋）平公问师旷曰：'此所谓何声也？'师旷曰：'此所谓清商也。'"南北朝时，中原旧曲及江南吴歌、荆楚四声，统称清商。见《魏书·乐志》。古人以音乐的五音宫、商、角、徵、羽分配到五行中去，商音属金，属西方，属秋季。故欧阳修《秋声赋》说："夫秋……又兵象也，于行为金。……故其在乐也，商声主西方之音。"虫声是秋声，故《秋声赋》结尾说："但闻四壁虫声唧唧，如助予之叹息。"

[3] 金井：见朱祖谋《声声慢·辛丑十一月十九日》注。

[4] 玉筝柱：晏殊《蝶恋花》："谁把钿筝移玉柱，穿帘海燕双飞去。"

[5] "也知"句：见郑文焯《贺新郎·秋恨》注。

[6] 堠：古代瞭望敌方情况的土堡。《字汇·土部》："堠，斥堠。斥，度也；堠，望也，以望烽火也。"

[7] 马邑龙堆：皇甫冉《春思》："马邑龙堆路几千。"马邑，古县名，战国时赵地。故地在今山西朔州境。龙堆，沙漠名。即白龙堆。《汉书·匈奴传》颜师古注："孟康曰：'龙堆形如土龙身，无头有尾，高大者二三丈，埤者丈余，皆东北向，相似也。在西域中。'"

328

　　这词写虫，凄凉掩抑，满纸秋声。然重心却在结尾，寄慨当时中日战事。甲午七月初一，中日双方同日宣战。八月十六日，日军进攻驻平壤清军，左宝贵战死。小小咏物之题，遂成词史。越尊岳《蕙风词史》："甲午事亟，主和主战者，两不相能，驯至败绩。其于和战纷呶之际，先生咏虫以喻之，作《摸鱼儿》，其结拍云云，则其指战事之必败可知。"

唐多令

甲午生日感赋[1]

况周颐

　　已误百年期，韶华能几时？[2]揽青铜、漫惜须眉[3]。试看江潭杨柳色，都不忍，更依依。[4]　　东望阵云迷，边城鼓角悲。[5]我生初，弧矢何为？[6]豪竹哀丝聊复尔[7]，尘海阔[8]，几男儿。

◎ 注释

[1] 甲午：光绪二十年（1894），时作者年三十六岁。

[2]"已误"二句：鲍照《行药至城东桥》诗有"争先万里途，各事百年身"。百年期，即指自己对百年之身的期望。今年龄已过孔子所说"三十而立"之年，而功业未有成就，故云"已误"，且有"韶华"易逝的感慨。

[3] 青铜：铜锡合金，呈青色，古代用以铸镜，故称镜为青铜。罗隐《伤华发》："青铜不自见，只拟老他人。"

[4]"试看"三句：庾信《枯树赋》："桓大司马（温）闻而叹曰：'昔年移柳，依依汉南。今看摇落，凄怆江潭。树犹如此，人何以堪！'"

[5]"东望"二句：时清军已败于平壤，左宝贵战死，黄海海战，清海军管带邓世昌等战死。阵云：《汉书·天文志》："陈（阵）云如立垣。"鼓角悲，杜甫《绝句》："高楼鼓角悲。"

[6] "我生"二句:《诗经·王风·兔爰》:"我生之初,尚无为。"郑玄笺:"言我幼稚之时,庶几于无所为,谓军役之事也。"弧矢,《礼记·内则》:"国君世子生……射人以桑弧蓬矢六,射天地四方。"古时男子出生,以桑木作弓,蓬草为矢,使射人射天地四方,寓志在四方之意。

[7] 豪竹哀丝:杜甫《醉为马坠诸公携酒相看》:"酒肉如山又一时,初筵哀丝动豪竹。"丝、竹,弦乐、管乐的通称。豪竹,粗大的竹管制成的乐器。豪竹哀丝,形容音乐悲壮动人。

[8] 尘海:见金堡《八声甘州·卧病初起》注。

◎ 评析

　　赵尊岳《蕙风词史》云:"九月一日为先生生日,尝刊小印曰'与欧阳文忠同生辰'。时战事濒溃,京师惊悉其事。先生赋《唐多令》有云'东望……何为',则其忧时之切,慷慨之情,直跃纸上,恨不亲就矢石以策勋授令也。"

水龙吟

二月十八日大雪中作[1]

况周颐

雪中过了花朝[2],凭谁问讯春来未。斜阳敛尽,层阴惨结,暮笳声里。九十韶光,无端轻付,玉龙游戏。[3]向危栏独立,绨袍冰透[4],休道是,伤春泪。　　闻说东皇瘦损[5],算春人、也应憔悴[6]。冻云休卷,晚来怕见,欃枪东指[7]。嘶骑还骄,栖鸦难稳,白茫茫地。[8]正酒香羔熟,玉关消息,说将军醉。[9]

◎ 注释

[1] 这词是光绪二十一年乙未(1895)二月作。

[2] 花朝：花朝有二月初二、二月十二日二说，此词作于北京，按北京习俗，潘兴陛《帝京岁时记胜》："十二日传为花王诞日，曰花朝。"

[3] "九十"三句：九十韶光：春季共九十日。玉龙：见厉鹗《齐天乐·吴山望隔江雪霁》注。

[4] 绨袍：见孙朝庆《满江红·过黄河》注。

[5] 东皇：春神，这里暗指光绪帝。

[6] 春人：作者自谓。

[7] 欃枪：《尔雅·释天》："彗星为欃枪。"光绪二十一年一月十八日，清北洋海军全军覆灭。一月十九日，清政府派李鸿章为头等全权大臣与日本议和。二月十三日，日军陷田庄台。二月十八日，李鸿章离天津去日本。

[8] "嘶骑"三句：嘶骑：骑，名词。张先《一丛花》："嘶骑渐遥。"此指日军。时和议谈判尚未开始，日军尚在进攻。栖鸦：指清政府中主和苟安的人。白茫茫地，《红楼梦》第五回："好一似食尽鸟投林，落了片白茫茫大地真干净。"

[9] "酒香"三句：《事文类聚》：陶谷得党（进）姬，冬日取雪水煎茶，谓姬曰："党家识此风味否？"姬曰："彼粗人安有此，但能销金帐底，浅斟低唱，饮羊羔美酒耳。"玉关，玉门关，借指山海关。这三句指吴大澂。大澂所率湘军，于本年初出山海关与日军作战，二月初七日，日军攻陷牛庄，十三日，日军陷田庄台，大澂奔锦州。旋退入山海关。故词有"玉关消息，说将军醉"之语。

◎ 评析

　　这词通篇扣定大雪着笔，紧切关外战事。对败绩的吴大澂，深致鞭挞。用事不多，而藻采自妍。

水龙吟

况周颐

　　己丑秋夜，赋角声《苏武慢》一阕，为半塘所击赏。乙未四月，移寓校场五条胡同，地偏，宵警呜呜达曙，凄彻心脾。漫拈此解，颇不逮前作，而词愈悲，亦天时人事为之也。[1]

声声只在街南，夜深不管人憔悴。凄凉和井，更长漏短，觳人无寐。灯炧花残[2]，香消篆冷[3]，悄然惊起。出帘枕试望[4]，半圭残月[5]，更堪在，烟林外。　　愁入阵云天末[6]，费商音、无端凄戾[7]。鬓丝搔短[8]，壮怀空付，龙沙万里[9]。莫漫伤心，家山更在杜鹃声里。有啼鸟见我，空阶独立，下青衫泪[10]。

◎ 注释

[1] 此光绪二十一年乙未（1895）四月作。时马关条约已订，而台湾绅民正在酝酿成立台湾民主国拒日。故词有"天末""阵云"之语。《苏武慢·寒夜闻角》选篇见前。半塘：王鹏运。张爵《京师五城坊巷胡同集》："南城……宣化坊：将军教场一、二、三、四、五条胡同。"

[2] 炧：灯芯或蜡烛烧剩的部分。

[3] 篆：弯曲如篆文的香，一称篆香。

[4] 帘栊：李煜《捣练子令》："数声和月到帘栊。"

[5] 半圭：圭，瑞玉，上圆下方。半圭，半圆，此指二十三、二十四日的月。

[6] 阵云：见《唐多令·甲午生日感赋》注。

[7] 商音：见《摸鱼儿·咏虫》注。

[8] "鬓丝"句：杜甫《春望》："白头搔更短，浑欲不胜簪。"

[9] 龙沙：《后汉书·班超传赞》："咫尺龙沙。"李贤注："白龙堆，沙漠也。"在西北塞外，此泛指北方长城以外。

[10] 青衫泪：见陈维崧《贺新郎·赠苏昆生》注。

◎ 评析

　　这词从闻警惊起写起，外界物色，内在心态，回肠九折，刻画细致。体现作者所揭橥的词论"重、拙、大"主张，悲痛之情愈深愈显其沉重。然其真价，仍在对国事的关切。赵尊岳《蕙风词史》评云："盖未能忘情于败绩者也。"

江南好

咏　梅

况周颐

娉婷甚[1]，不受点尘侵。随意横斜都入画[2]，自然香好不须寻。人在绮窗深[3]。

◎ 注释

[1] 娉婷：形容姿态美好。

[2] 横斜：林逋《山园小梅二首》："疏影横斜水清浅，暗香浮动月黄昏。"

[3] 绮窗：雕花的窗。

◎ 评析

这词写梅花的神态和香气，表现其"不受点尘侵"的特征，"随意""自然"，是作者创作主张，与王国维的宗趣相近。

谭嗣同
（1865—1898）

字复生，号壮飞，湖南浏阳人。湖北巡抚谭继洵之子。少年时即胸怀大志，能文章。甲午战争后，提倡新政，为湖南维新运动的中坚。光绪二十四年戊戌（1898）入京，授四品卿衔军机章京，参与康、梁变法，八月政变起，被捕，与林旭、刘光第等人同时被害。为戊戌六君子之一。梁启超《饮冰室诗话》云："谭浏阳志节学行思想为我国二十世纪开幕第一人，不待言矣。其诗亦独辟新界而渊含古声。"词仅存一首。有《谭嗣同全集》。

望海潮

自题小影[1]

谭嗣同

曾经沧海，又来沙漠，四千里外关河。[2] 骨相空谈[3]，肠轮自转[4]，回头十八年过。春梦醒来么[5]？对春帆细雨，独自吟哦。惟有瓶花，数枝相伴不须多。　　寒江才脱渔蓑[6]。剩风尘面貌[7]，自看如何？鉴不因人[8]，形还问影[9]，岂缘醉后颜酡[10]。拔剑欲高歌[11]。有几根侠骨，禁得揉搓？忽说此人是我，睁眼细瞧科[12]。

◎ 注释

[1] 这词光绪八年壬午（1882）所作。《谭嗣同全集·石菊影庐笔识之五十》云："性不喜词，以其靡也。忆十八岁作《望海潮》词自题小照……尚觉微有气骨。"时作者正在甘肃兰州一带。

[2] "曾经"三句：作者是湖南人，小时居北京，十三岁随其父谭继洵至甘肃巩秦阶道任所。十五岁回湖南浏阳从师读书两年余，再返西北，故词语如此。元稹《离思》："曾经沧海难为水，除却巫山不是云。"

[3] "骨相"句：骨相：人的体格及状貌。谈骨相，如《东观汉记》所载相者谈班超为万里侯相即是。

[4] "肠轮"句：古乐府《古歌》："心思不能言，肠中车轮转。"孟郊《远游联句》："别肠车轮转，一日一万周。"

[5] "春梦"句：张泌《寄人》："一场春梦不分明。"苏轼《被酒独行遍至子云威徽先觉四黎之舍》："换扇唯逢春梦婆。"赵令畤《侯鲭录》："东坡老人在昌化，尝负大瓢，行歌于田间。有老妇年七十，谓坡云：'内翰昔日富贵，一场春梦！'坡然之。里中呼此妪为春梦婆。"

[6] "寒江"句：柳宗元《江雪》："孤舟蓑笠翁，独钓寒江雪。"

[7] "风尘"句：杜牧《自贻》："到骨是风尘。"罗隐《途中送人东游有寄》："此处故交谁见问，为言霜鬓压风尘。"

[8] 鉴：镜。

[9]"形还"句：陶渊明有《形赠影》《影答形》《神释》三章，总称《形影神诗三首》。

[10]颜酡：醉后脸色发红。《楚辞·招魂》："美人既醉，朱颜酡些。"

[11]"拔剑"句：杜甫《短歌行赠王郎司直》："王郎酒酣拔剑斫地歌莫哀，我能拔尔抑塞磊落之奇才。"

[12]科：即科介，古典戏剧中指表演动作的用语。

◎ 评析

　　这词表现了作者抑塞磊落的心情，诚如作者所自评："尚觉微有气骨。"而且何止"微有气骨"，直是"颇有气骨"。选此以代表戊戌维新志士的词心。

◈ **黄　人**
（1866—1913）

　　原名振元，字慕庵，字摩西，江苏常熟人。未弱冠，中秀才。光绪二十六年（1900），东吴大学聘为总教习。南社社员。辛亥革命，南京成立临时政府，欲往参加，至火车站，足疾大发，痛哭而返。后发狂疾死。《光宣词坛点将录》："黄摩西，清末奇人也。于书无所不读，自诗词小说以及名学、法律、医药、内典、道笈，莫不穷究。撰《中国文学史》二十九巨册，不特空前，亦恐绝后。为文章千言立就，盖王昙、龚自珍之流。其词遍和定盦，茗柯、芬陀利室三家，才思横溢，荒忽幼眇，究极情状，牢笼物态。吴梅少时，与摩西齐名。金天羽谓黄词"于律度不能沈细，若丰文逸态，往往驾吴梅而上，如饥鹰怒骥，绁勒所加，惟奔放是惧"（《艺中九友歌序》）。曾主编《雁来红》《小说林》，编《国朝文汇》《中国文学史》。自著《石陶梨烟室诗存》《摩西词》。

木兰花慢

黄　人

问情为何物，深似海，几人沉？算麝到成尘[1]，蚕空遗蜕[2]，生死相寻。英雄拔山盖世，也喑哑叱咤变哀吟。[3] 何况痴男怨女，天荒地老惜惜。[4]　　　　沾襟。有千丝万缕系双心[5]。总慧多福少，别长会短，欢浅愁深。[6] 无论人间天上，便一般煮鹤与焚琴[7]。牛女离长间岁[8]，纯狐寡到如今[9]。

◎ **注释**

[1] "麝到"句：见王鹏运《沁园春·代词答》注。

[2] "蚕空"句：谓蚕将丝吐尽，便也只剩了蜕皮，转用李商隐《无题》诗"春蚕到死丝方尽"句意。

[3] "英雄"二句：英雄指项羽。《史记·项羽本纪》载，项羽被汉军围于垓下，自知败局已定，在帐中对虞姬慷慨悲歌："力拔山兮气盖世，时不利兮骓不逝！骓不逝兮可奈何，虞兮虞兮奈若何？"又《淮阴侯列传》载："项王喑噁叱咤，千人皆废之。"两句本此。

[4] "何况"二句：承前二句来，推进一层。李贺《致酒行》："天荒地老无人识。"惜惜，见朱祖谋《鹧鸪天·九日丰宜门外过裴村别业》注。

[5] "千丝"句：此句点明人间情爱的广泛与执着，是宕开一步的写法。

[6] "总慧多"三句：总字横揽三个并列的对句，三句之中，每句皆正反成对，概括人间痴男怨女们普遍性的命运与遗恨。

[7] "一般"句：见郑燮《沁园春·恨》注。孔尚任《桃花扇》第二十四出："煮鹤焚琴宴巨公。"

[8] "牛女"句：见纳兰性德《台城路·塞外七夕》注。

[9] "纯狐"句：《楚辞·天问》："浞娶纯狐。"姜亮夫《屈原赋校注》：纯狐当即羿妻。……纯狐之名，甚为奇觚，他处亦不见，或亦为常仪之演化欤？按纯、常双声，仪古读如娥，故字亦作娥；娥从我声，古在麻韵；古歌麻合韵，故娥、狐为叠韵；娥在疑母，狐在匣母，今方音有读如喻者，则娥、狐又为双声；故常娥、纯狐实一声之转也。按常仪之名，起于汉之后，疑常仪实由纯狐之变，盖古说多以狐代表妇女，如禹妻之为九尾白狐，《诗经》亦以狐比女子是也。王僧达《祭颜光禄文》李善引《归藏》："昔常娥以西

王母不死之药服之，遂奔月为月精。"常娥入月，与夫羿永别孀居，故云"寡"。

◎ 评析

这首词以议论抒情，作者透过时空的悠远与浩渺，探寻情的底蕴，以宇宙间"生死相寻"的自然规律，无情地道出了情的短暂与易逝。作者流露出对美好事物毁灭难再的遗恨，在将情作为客体对象加以剥剖的同时，充分表达了作者主观一面的叹惋和哀伤。全词一反前人写情的俗套，在宇宙、生命、人的本体意义上直溯情的底蕴，遐思奇想，发人所未发。诚如张鸿序其词集时所云："说不可说之言，达不可达之意，寄无可寄之情，如游丝之袅于长空，不知所往，而亦无所不往。"

凤栖梧

自题词集后（二首选一）

黄　人

寸心万古情魔宅，积泪如河，积恨如山叠。[1]愿遣美人都化月，山河留影无生灭。[2]　　月坠西头终费觅，后羿长穷，羞受纯狐忆。[3]飞上青天无气力，彩毫一掷长虹直。[4]

◎ 注释

[1]"寸心"三句：点出词集的创作动机和特点，突出"情"字，"情"而曰"庚"，说明其情的难以自禁的强烈和执着。"情魔"宅居于方寸之心，可见其至性至真。其词集自然是"情动于中而形于言"的产物了。"积泪"二句，用两个比喻极言情的丰富而浓郁。两"积"字既指情感的自始至终的堆积，也包含词集之创作过程，切合编集之事，积泪积恨，恰如积情成集。而这些词的内容，又积满了泪和恨。

[2]"愿遣"二句：遣：表现强烈的主观愿望。美人：借喻自己的词作。化月：因月是永恒长在。美人又是长虹的别称，刘熙《释名·释天》："虹……又曰美人。"而长虹却生命短暂，作者《独坐和宝庵韵》诗有"惊人奇气终须吐，愿化云烟莫化虹"之句，因此

要美人都化为月。"山河"句语本《淮南子》:"月中有物者,山河影也。"表面指自然,实即上面"积泪如河,积恨如山叠"意义上的"山河"。无生灭:佛家常用语,言佛法无生灭变迁,即"常住"之异名。这里说"无生灭",重在无灭。它似已超出了对自己作品不朽的愿望,扩展到对美好事物永存于无限之中的幻想。

[3] "月坠"三句:月亮也终于西落下去,寻找不到了。这一意脉的转折跳跃,从浪漫的幻想回到现实的理性。后羿与纯狐,俱见前首注。嫦娥奔月后因孤独复又后悔,因而思念丈夫后羿,但后羿一直不得意,羞于接受嫦娥的思念。这里作者以后羿自拟,切合自己一生不得志的处境,又显示自己的傲骨和独来独往的个性。

[4] "飞上"二句:谓词集编讫,心力交瘁,将那吐尽了喜怒哀乐,异彩缤纷的词笔奋力掷去,凭自己的力量,希望它至少在短暂的时间里像长虹一样放出瑰丽的光彩横亘碧空,

◉ 评析

《摩西词》初稿编定后,作者对自己心血的凝结物有一种特殊的感情,不甘心任其自生自灭。但永存不朽,谈何容易,作者以为,即使己作不能传之千载,那么至少也应像长虹一现,闪耀出自身的光彩。本篇词旨,大致如此。从对"月"的肯定,对"虹"的否定,跃而为对"月"的否定,对"虹"的肯定,实际体现了作者对自己词作行将问世的复杂心理状态:希冀中有失望,犹豫中有自信。沉挚的抒情性剖白和随意驱遣的神话传说纵横交织,内在的思绪和飘忽的表象若即若离,具有极强的主观感受性,这是本篇艺术特色。

金缕曲

黄 人

双鬓萧萧矣[1]。问千年、古人满眼,疏狂谁似?火色鸢肩空自负,一个布衣而已。[2]算造物、生才多事[3]。云气压头风雨恶,拥琴书、歌哭空山里。泪化作,一江水。 少年旧梦无心理[4]。再休提、龙标画壁[5],羊车过市[6]。李志曹蜍生气绝[7],若辈安能相士[8]?只当

作、挥金荡子。哀乐伤人真不值，剩此身、要为苍生死。[9]
愁万斛，且收起。

◎ 注释

[1] 萧萧：犹言"飘萧"，形容头发稀稀落落的样子。

[2] "火色"二句：火色：比喻人面红光。鸢肩：两肩上耸，像鸢鸟栖止的样子。《旧唐书·马周传》载，"中书侍郎岑文本谓所亲曰：吾见马君（周）论事多矣……然鸢肩火色，腾上必速，恐不能久耳。"作者早年曾有"鸢肩千古担，马革一生心"（《述怀》）的抱负，故云。"空自负"的"空"，是因为仍然是"一个布衣而已"。

[3] 造物：创造万物者。《庄子·大宗师》："伟哉夫造物者，将以予为此拘拘也。"

[4] 理：理会。

[5] 龙标画壁：龙标，王昌龄官龙标尉。画壁事见王鹏运《浪淘沙·自题〈庚子秋词〉后》注。

[6] 羊车过市：羊车，小车。《世说新语·容止》刘峻注引《卫玠别传》：玠"龆龀时，乘白羊车于洛阳市上，咸曰：'谁家璧人?'"此连上句说自己少年时的才华和风流自赏，说"再休提"，语气中表现了对"少年旧梦"的绝望。

[7] "李志"句：《世说新语·品藻》载晋庾和语："廉颇、蔺相如虽千载上死人，懔懔恒如有生气，曹蜍、李志虽见在，厌厌如九泉下人。"

[8] "若辈"句：若辈：他们，指像曹蜍、李志那样毫无生气的平庸之辈。相士：指鉴别人才。词意谓他们怎能识才。

[9] "哀乐"二句：《世说新语·言语》："谢太傅（安）语王右军（羲之）曰：'中年伤于哀乐，与亲友别，辄作数日恶。'"真不值，总收以上所诉，将自我哀怨一笔撇开，从个人的凄婉感伤中解脱出来，要将余生献给人民大众。

◎ 评析

这词以直抒胸臆的手法写自己蹉跎半生、才不获骋的悲哀和愤慨，抒写自己许身苍生、忧乐天下的雄心抱负，调子由凄婉感伤跃而为苍劲壮阔。联系作者所处的时代，不难看出其投身民主革命的意旨所在。结尾的"愁万斛，且收起"，更将个人愁怨一笔勾销，有开创新生活的自信和豪迈，用笔轻松而又厚重，力能扛鼎。有辛弃疾风格。

风流子

城西见杨柳[1]

黄 人

西风添旅感，寻秋去，信步出胥关[2]。看夹道垂杨，悄无生意，丝多仍扰，絮去无还。[3]空移得、章台千万树，毕竟托根难。[4]暗蘸飞尘，乱牵衰草，不知摇落，尚赌眉湾。[5] 凉蝉凄如语，道金销翠减，愁绪难删。[6]从此流莺情薄，系马游阑。[7]只瘦蝶怜伊，奈何频唤[8]，离筵送客，攀折更番[9]。莫把当初眉样，做与人看。

◎ 注释

[1] 城西：苏州城西。时作者任教东吴大学。

[2] "信步"句：信步：随意行走。齐己《游谷山寺》："时复携笻信步登。"胥关：即胥门。卢熊《苏州府志》："胥门，西门也，在阊门南。一曰姑胥门。"以上三句点出时令，扣题目"城西"，规定全词的基调，为正面切入"杨柳"作铺垫。

[3] "看夹道"四句："看"字领起下四句，具体落实"寻秋"的结果，切入题目"杨柳。""夹道垂杨，悄无生意"，写杨柳的总体状态。《世说新语》："大司马府厅前有一老槐，甚扶疏。殷（浩）因月朔，与众在厅，视槐良久，叹曰：槐树婆娑，无复生意！"此典后人常移用于柳。黄遵宪《人境庐杂诗》："门前亲种柳，生意未婆娑。""丝多仍扰，絮去无还"是"悄无生意"的具体化，是说柳树枝条虽然繁密，但杂乱纷扰，春天生意勃勃的柳絮，早已荡然无存，这都是在突出秋天杨柳的生命衰飒。

[4] "空移得"二句：两句写所见杨柳引发的感触，杨柳根茎浅薄，故生命力不强，关合起句"旅感"。章台，见李雯《浪淘沙·杨花》注。

[5] "暗蘸"四句：逆接"看"字，继写"夹道垂杨"状态。说杨柳不但不知抖落"飞尘""衰草"，反而还在那里卖弄弯弯柳叶。杨柳本处于没落状态，却不自觉，还是在枉费多情。这里包含多层意思，既是作者身世的自嘲，也是对当时胥门外一带很多妓院中不幸女子的同情。眉湾，萧绎《树名诗》："柳叶生眉上。"白居易《长恨歌》："芙蓉如面柳如眉。"

[6] "凉蝉"三句：这是以蝉写柳，借秋蝉以泣诉愁苦心情。金，杨柳的金黄色。

[7] "从此"二句：这是写由于"金销翠减"而杨柳受到的冷落。

[8]"奈何"句:《世说新语》:"桓子野每闻清歌,辄呼奈何。"

[9]"攀折"句:敦煌曲子词《望江南》:"莫攀我,攀我太心偏。我是曲江临池柳,者(这)人折了那人攀。恩爱一时间。"

◎ 评析

　　全词以杨柳为观照中心,蕴思遣情,左旋右抽,着意澜翻,在自己的处境心绪和杨柳之间,以悲秋为契合点,将人生感慨打并入自然对象,又在自然对象身上映照自己。又从胥门外妓院林立这一特有环境出发,通过"章台千万树""系马游阛""离筵送客""攀折更番"等明显的典故和话语,深刻地表现了对不幸女子遭遇的同情。笔触细腻,意绪深微。在摩西词中,为又一种风格的代表。

王允晳
(1867—1930)

字又点，号碧栖，福建长乐人。光绪十一年乙酉（1885）举人，屡应进士试不第，选授建瓯教谕，曾应奉天将军依克唐阿之招，出塞参其幕府，晚官婺源知县。少年时在闽，与林纾、陈衍等结支社，为文酒之会。李宣龚《碧栖诗词序》称其"累踬春官，境渐困，悉以其幽忧之疾，发之于倚声，初为王碧山（沂孙），因自署曰碧栖，嗣复出入白石（姜夔）、玉田（张炎）之间，音响凄惋，直追南宋。"又称其"入北洋海军幕府时，密迩畿辅，人物辐辏，与王佑遐（鹏运）给谏、朱沤尹（祖谋）宗伯辈相过从，接其谈论风采，又目睹戊戌庚子之变，孤愤溢怀抱，故其所著，无一非由衷之言。"陈兼与《闽词谈屑》云："其词乃真词人之词，然又点不甘于作词人，'有人以词人称之者，则怫然曰，独不可为诗人乎。'（语见林宰平志钧为梁仲策启勋作《稼轩词疏证》中）""诗与词皆不过四五十首，以少许胜人多许，论者比之姜尧章（夔），殆甚似之。其自号栖碧，但取唐人'问君何事栖碧山'诗意，谓其词宗碧山者，未必然也。"有《碧栖诗》《碧栖词》，俱不分卷。

水龙吟

王允晳

甲午十月，辽沈边报日急，偶过琴南冷红斋闲话，感时忆旧，同赋。[1]

高斋不闭空寒，何人问取垂杨意。清霜未落，北风渐紧，丛丛芳翠。地冷无花，城空多雁，斜阳千里。祇故人此际，萧然语罢，将丝鬓，临流水。　　何限闲愁待寄，有繁华，旧时尘世。斜阶拥叶[2]，危亭欹树，秋来如此。病后逢杯，梦中听角，沉吟暗起。算十年心事，江湖醉约，倦鸥能记。

◎ 注释

[1] 甲午十月，日本侵略军已于初九陷金州，初十占大连，二十五日占旅顺，故云边报日急。辽沈，今辽宁省。林纾，字琴南，号畏庐，福建闽县（今福州）人。光绪八年壬午（1882）举人，官教谕。自号冷红生，故其室名称"冷红斋"。

[2] "斜阶"句：陆游诗："雀噪空困叶拥阶。"

◎ 评析

　　这词清空一气，不使典实，确是得姜夔神理，但又不学其峭拔硬语。陈兼与《闽词谈屑》评云："词自工，'地冷无花'三句，写关外冬景，尤为绝唱。"

赵　　熙

（1867—1948）

字尧生，号香宋，四川荣县人。光绪十八年壬辰（1892）进士，授编修，转江西道监察御史，以抗直敢言著称清季。工诗，以敏捷称。究心戏曲。素不填词，壬子（1912）自沪归蜀后，于六百日中，成《香宋词》三卷，丁巳（1917）刊于成都。夏敬观《忍古楼词话》曰："香宋词芬芳悱恻，《骚》《雅》之遗，固非詹詹小言也。"

三姝媚

下平羌峡[1]

赵 熙

凉烟秋满灞[2]，出平羌、山光水光如画。近绿遥青，衬小滩蓑笠，夕阳桑柘[3]。雁路高寒，闲动了、江湖情话。半世天涯，无福移家，海棠香社。　　前渡嘉州来也[4]！指竹里龙泓[5]，酒乡鸥榭。一段天西，想万苍千翠，定通邛雅。[6]断塔林梢，诗思在乌尤山下。[7]淡淡青衣渔火[8]，寒钟正打。

◎ 注释

[1] 平羌峡：四川乐山有三峡，下峡曰平羌峡，与上峡犁头峡、中峡背峨峡合称三峡。见《嘉庆四川通志》。

[2] 灞：本是灞水专名，这里泛指。

[3] 桑柘：柘，桑类。王驾《社日》："桑柘影斜春社散。"

[4] 嘉州：今四川乐山。

[5] "竹里"句：竹里：王维有《竹里馆》诗。龙泓：陈陶《竹十一首》："啸入新篁一里行，万竿如瓮锁龙泓。"这里俱借用其名。

[6] "一段"三句：邛：旧四川州名，今邛崃。雅：旧四川州名，今雅安。二地俱在乐山之西北，故云"天西"。

[7] "断塔"二句：断塔：指乐山东凌云山上之灵宝塔，塔建于宋，明、清均曾修葺。为砖筑，方形十三层。乌尤山：在乐山东岸，与凌云山并列，即离堆，山上多楼台殿宇，绿瓦红墙，掩映其间，景色佳丽。

[8] 青衣：水名，在乐山西，一名平羌水，即古大渡水。

◎ 评析

赵熙擅长为写景诗，后期所写四川景色特别是峨眉景色，高秀绝尘，诗中有画。这词一如其诗，把读者带进了"万苍千翠"的境界。叶

344

恭绰《广箧中词》评曰："诗人之词。"

甘 州

寺 夜[1]
赵　熙

任西风、吹老旧朝人，黄花十分秋。[2]自江程换了，斜阳瘦马，古县龙游。[3]归梦今无半月，蔬菜满荒丘。[4]一笠青山影[5]，留我僧楼。　　次第重阳近也！记去年此际，海水西流。[6]问长星醉否[7]？中酒看吴钩[8]。度今宵、雁声微雨，赖碧云红叶识乡愁。清钟动，有无穷事，来日神州。

◉ **注释**

[1] 辛亥革命后，甲寅（1914）岁，作者离开重庆由水路经青神、乐山，再改由陆路返回荣县，其秋在荣县某寺院内为此词。

[2] "西风"二句：作者在晚清为官，故云"旧朝人"。这时年将半百，入老境，但自负黄花晚节，故云"黄花十分秋"。

[3] "江程"三句：谓江行至乐山，改换陆行。斜阳瘦马，马远《天净沙》："古道西风瘦马。夕阳西下，断肠人在天涯。"龙游，古县名，隋置，明代废，旧治在乐山。

[4] "归梦"二句：作者故家老屋旁有空地，回家后便常种蔬菜，十多天时间，荒芜地上已种满。表示喜悦的心情。

[5] 一笠：《晋书·天文志》："天形如笠，中央高而四边下。"山亦中央高而四边下，故作者引申为山影如一笠。

[6] "次第"三句：民国二年癸丑（1913）九月七日，袁世凯强迫国会选自己为大总统。四川熊克武、杨庶堪等在重庆举兵讨袁，旋即失败。时作者寓居重庆遗爱祠侧礼园，因其在川东、川南弟子中多是革命党人，而且他曾对讨袁运动表示支持，四川督军胡景伊以为他是谋主，急令逮捕，后经蒲殿俊函告梁启超营救才免于难。袁世凯篡夺国柄，是反动之事，故云"海水西流"。元好问《镇州与文举百一饮》："古今谁见海西流？"

[7] "长星"句：《世说新语》："太元末，长星见，孝武心甚恶之。夜华林园中饮酒，举杯

属星云：'长星劝尔一杯酒，自古何时有万岁天子。'"这里用此典以讽刺袁世凯，命运必然短暂，不会有好下场。

[8] 看吴钩：吴钩，古兵器，形似剑而稍弯曲。辛弃疾《水龙吟·登建康赏心亭》："把吴钩看了，栏干拍遍，无人会、登临意。"用辛词所以表现英雄无用武之地的感叹。

◉ 评析

　　这词以"寺夜"为题，抒写作者一年来多难多事的生活感慨，并对未来的中国包括四川在内可能发生的灾祸表示忧虑，深刻地表现了旧时代有正义感的文人的心态。风格秀雅，不同于豪放派的一泻无余。叶恭绰《广箧中词》评曰："苍秀入骨。"

婆罗门令

赵　熙

　　两月来蜀中化为战场，又日夜雨声不绝，楚人云"后土何时而得干"也。山中无歌哭之地，黯此言愁。[1]

一番雨滴心儿醉，番番雨便滴心儿碎。雨滴声声，都装在、心儿里。心上雨、干甚些儿事[2]？　　今宵滴声又起，自端阳、已变重阳味。重阳尚许花将息[3]，将睡也，者天气怎睡[4]？问天老矣，花也知未？[5]雨自声声未已，流一汪儿水，是一汪儿泪[6]。

◉ 注释

[1] 蜀中化为战场：指熊克武、杨庶堪等在重庆举兵讨伐袁世凯事，见前首注。作者这时在蜀，逢阴雨连绵，为蜀中化为战场而悲愤，遂有此作。《楚辞·九辩》："皇天淫溢而秋霖兮，后土何时而得干。"

[2] 干甚些儿事：马令《南唐书·冯延巳传》："元宗尝戏延巳曰：'吹皱一池春水'，干卿何事？"

[3] 将息：休养。李清照《声声慢》："乍暖还寒时候，最难将息。"

[4]者：同"这"。

[5]"问天"二句：李贺《金铜仙人辞汉歌》："天若有情天亦老。"这里反用李诗意，指责天公已老，全无惜花之情。

[6]一汪儿泪：汪，形容眼泪盈眶。卢纶《与张擢对酌》："汪汪泪盈目。"

◎ 评析

　　这词是感蜀中战火绵延而作，用意在题目中交代。但词作有意隐去了现实背景，只是就阴雨中的愁苦情绪淡淡着笔，通篇围绕听雨而展开，厌乱之情，于字里行间透露。运用口语入词，形成独特风格，细致含蓄，深得李清照"易安体"的法乳。

◈ **陈　洵**

（1871—1942）

字述叔，广东新会（今江门新会）人。少游江西十余年，晚岁任中山大学教授。其词因得朱祖谋推许而显名，朱以与况周颐并称为"并世两雄，无与抗手"。叶恭绰《广箧中词》谓"述叔词固非戮积为工者，读之，可知梦窗真谛。"然张尔田《与龙榆生论词书》则仅谓"述叔、映庵（夏敬观），各有偏胜，无伤词体"，"一则运典能曲，一则下笔能辣耳。"评骘较有分寸。有《海绡词》二卷。

风入松

重　九

陈　洵

人生重九且为欢，除酒欲何言？佳辰惯是闲居觉[1]，悠然想、今古无端[2]。几处登临多事，吾庐俯仰常宽。　　菊花全不厌衰颜，一岁一回看。白头亲友垂垂尽，尊前问、心素应难^[3]。败壁哀蛩休诉^[4]，雁声无限江山。

◎ 注释

[1]"佳辰"句：陶潜《九日闲居》序："余闲居，爱重九之名。"

[2]悠然想：陶潜《饮酒》："采菊东篱下，悠然见南山。山气日夕佳，飞鸟相与还。此中有真意，欲辨已忘言。"

[3]心素：内心的情愫。李白《寄远十一首》："空留锦字表心素。"

[4]蛩：见蒋士铨《水调歌头·舟次感赋》注。

◎ 评析

　　这词貌似闲适，中含悲愤，愈唱愈高。朱祖谋手批《海绡词》，谓其"朴遫之作，在诗家为渊明。"这词达到此境界。叶恭绰《广箧中词》评曰："沉厚转为高浑，此境最不易到。"

✦ 梁启超
（1873—1929）

字卓如，号任公，又号饮冰室主人，广东新会（今江门新会）人。光绪十五年己丑（1889）举人。受业于康有为之门，与师合称康梁，主张变法维新。二十四年（1898）戊戌二月入京，五月，奉旨赏六品衔。政变后亡命日本，漫游欧陆。辛亥革命后，曾任北洋政府司法总长、财政总长。晚年在清华大学研究院讲学。他是近代著名政治家、思想家、文学家。诗文外亦工词。《光宣词坛点将录》："《饮冰室词》，六丑一阕，词评家谓得片玉神味。然其虎步龙腾之作，转失之眉睫。"有《饮冰室全集》，附词一卷。

贺新郎[1]

梁启超

昨夜东风里，忍回首、月明故国[2]，凄凉到此！鹑首赐秦寻常梦，莫是钧天沉醉。[3]也不管、人间憔悴。落日长烟关塞黑[4]，望阴山、铁骑纵横地[5]。汉帜拔[6]，鼓声死[7]。　　物华依旧山河异。是谁家、庄严卧榻，尽伊鼾睡！[8]不信千年神明胄[9]，一个更无男子[10]。问春水、干卿何事[11]。我自伤心人不见，访明夷、别有英雄泪[12]。鸡声乱，剑光起。[13]

◎ 注释

[1] 这词作于光绪二十八年（1902）。是辛丑条约签订后一年。作者时在日本横滨。

[2] 月明故国：李煜《虞美人》："故国不堪回首月明中。"

[3] "鹑首"二句：张衡《西京赋》："昔者大帝悦秦缪公而觐之，飨以钧天广乐，帝有醉焉，乃为金策，锡用此土，而剪诸鹑首。"李善注："虞喜《志林》曰：'谚曰：天帝醉，秦暴金，误陨石坠。'谓缪公梦奏钧天乐已，有此谚。"

[4] "落日长烟"句：落日长烟：范仲淹《渔家傲》："千嶂里，长烟落日孤城闭。"关塞黑：杜甫《梦李白二首》之一："魂来枫林青，魂返关塞黑。"

[5] "阴山"句：阴山：王昌龄《从军行》："但使龙城飞将在，不教胡马度阴山。"阴山即今横亘在内蒙古南境，西起河套，东北接连内兴安岭的阴山山脉。汉时匈奴常据此侵扰汉朝。铁骑：《后汉书·公孙瓒传》："且厉三千铁骑于北隰之中。"

[6] 汉帜拔：《史记·淮阴侯列传》："拔赵帜，立汉赤帜。"此反用其语。黄遵宪《锡兰岛卧佛》亦有"尽拔汉帜赤"语。

[7] 鼓声死：常建《吊王将军墓》："军败鼓声死。"

[8] "庄严"二句：岳珂《桯史》："王师征包茅于李煜，徐骑省铉将命请缓师，其言累数千。上谕之曰：'江南亦何罪，但天下一家，卧榻之侧，岂容他人鼾睡耶？'"

[9] 神明胄：《佩文韵府》引《翰苑新书诞皇太子启》："天命储休，诞启神明之胄。"神明，神圣。胄，后裔。

[10] "一个"句：陈师道《后山诗话》："费氏，蜀之青城人，以才色入蜀宫。后主嬖之，号花蕊夫人，效王建作《宫词》百首。国亡，入备后宫。太祖闻之，召使陈诗，诵其国

亡诗云：'君王城上竖降旗，妾在深宫那得知。十四万人齐解甲，更无一个是男儿。'太祖悦。盖蜀兵十四万，而王师数万尔。"

[11] "春水"句：见赵熙《婆罗门令》注。

[12] "明夷"句：《周易·明夷》："利艰贞，晦其明也，内难而能正其志，箕子以之。"《尚书·周书·洪范》："惟十有三祀，（武）王访于箕子……箕子乃言曰……"黄宗羲有《明夷待访录》。英雄泪，辛弃疾《水龙吟·登建康赏心亭》："红巾翠袖，揾英雄泪。"

[13] "鸡声"二句：见王士禛《蝶恋花·和〈漱玉词〉》注。

◉ 评析

　　这词写在中国处于被列强瓜分的危险时刻，悲慨淋漓，为救亡做出大声的呼喊。感情浓烈，议论深刻，运用典故，自然贴切。上片表现忧伤国事和对清统治者的愤慨；下片抒发拯救祖国的决心。与国家民族命运紧密连在一起的自我形象，矗立纸上，为充满爱国精神的力作。

金缕曲

梁启超

　　丁未五月归国，旋复东渡，却寄沪上诸子[1]

瀚海飘流燕[2]。乍归来、依依难认，旧家庭院。惟有年时芳俦在[3]，一例差池双剪[4]。相对向、斜阳凄怨。欲诉奇愁无可诉，算兴亡、已惯司空见[5]。忍抛得，泪如线。　　故巢似与人留恋。最多情、欲粘还坠，落泥片片。我自殷勤衔来补，珍重断红犹软[6]。又生恐、重帘不卷[7]。十二曲阑春寂寂，隔蓬山、何处窥人面？[8]休更问，恨深浅。

◉ 注释

[1] 丁未：光绪三十三年（1907）。这词作于三十四年戊申（1908）。作者于二十四年戊戌（1898）八月流亡日本，至丁未五月，已历九年半有余。归国后目睹国事日非，戊申又再次东渡日本。这年十月二十一日，光绪帝死，词中所写，是帝未死前事。

[2]"瀚海"句：瀚海：北海，在今蒙古高原东北。这里借作大海的代称，瀚义为浩瀚。周
　　邦彦《满庭芳》："年年，如社燕，飘流瀚海，来寄修椽。"

[3]芳俦：佳侣。指维新运动中志同道合的人。

[4]"一例"句：差（cī）池：燕子起飞时羽毛参差不齐状。《诗经·邶风·燕燕》："燕燕于
　　飞，差池其羽。"双剪：燕尾如双剪。这句谓同伴离散。

[5]"兴亡"句：司空：古代官名。司空见惯，比喻常见之事，不足为奇。语出唐孟启《本
　　事诗·情感》载刘禹锡诗："司空见惯浑闲事，断尽江南刺史肠。"

[6]断红犹软：谓光绪帝的力量还是软弱。

[7]重帘不卷：字面用陆游诗"重帘不卷留香久"。意思是说，这时政权仍在慈禧手中，垂
　　帘听政的局面，并没有改变。

[8]"十二"二句：十二曲阑：见况周颐《浣溪沙》注。春寂寂：杜甫《涪城县香积寺官
　　阁》："小院回廊春寂寂。"隔蓬山：李商隐《无题》："刘郎已恨蓬山远，更隔蓬山一万
　　重。"人面：见余怀《摸鱼儿·和辛幼安》注。这句谓光绪居宫中，与维新派人物相隔
　　遥远，无从见面。

◉ 评析

　　这词用比兴手法写，借燕子为喻，抒写作者感伤时事，述怀明志，
系念故君，回天无力的复杂心情。与"昨夜东风里"一首可比看，前者
是实赋，而此首乃寄托，都是体现爱国精神的好词。

暗　香

梁启超

　　延平王祠古梅，相传王生时物也[1]

东风正恶[2]。算几回吹老，南枝残萼[3]。水浅月黄[4]，
长是先春自开落。二百年前旧梦，早冷却、栖香罗幕。[5]
但剩得、片片倩魂[6]，和雪度溪彴[7]。　　依约。共瘦削。
便撩乡愁[8]，驿使难托[9]。鸾谍写罢[10]，闲煞何郎旧池阁[11]。
休摘苔枝碎玉[12]。怕中有、归来辽鹤[13]。万一向、寒夜里，
伴人寂寞。

⊙ 注释

[1] 宣统三年辛亥（1911）二月，作者有台湾之游，词作于是时。台湾全省纪念郑成功的祠庙不下五六十座，这词写的是历史最早的一座，名延平郡王祠，又称开山王庙或郑成功庙。郑成功为明末的民族英雄，永历帝封为延平郡王，以金门、厦门为根据地，出击闽粤江浙等地的清军。1661年率舰队渡海到台湾，驱逐侵占台湾的荷兰殖民者，次年收复全岛。此延平郡王祠，在台湾台南市东。台南地区是郑氏经营的中心。台湾人民在清初即建开山圣王庙，或云开台圣王庙。清乾隆时扩建。道光二十五年（1845）重修，光绪元年（1875）又扩建，改称延平郡王祠。祠内殿后庭中有古梅一株，传是郑成功手植。

[2] "东风"句：陆游《钗头凤》："东风恶，欢情薄。"

[3] "南枝"句：见邓廷桢《换巢鸾凤》注。

[4] "水浅"句：见况周颐《江南好·咏梅》注。

[5] "二百"二句：约数郑成功植梅之年，在二百年以外，尚不满三百年。栖香罗幕，谓古梅栖托之所。

[6] 倩魂：借用"倩女离魂"字面。

[7] 彴：独木桥。《初学记》引《广志》："独木之桥曰榷，亦曰彴。"

[8] "便撩"句：杜甫《和裴迪登蜀州东亭送客逢早梅相忆见寄》："幸不折来伤岁暮，若为看去乱乡愁。"

[9] "驿使"句：见朱祖谋《石州慢·用东山韵》注。

[10] 鸾牋：名贵纸张。

[11] "闲煞"句：陆游《钗头凤》："桃花落，闲池阁。山盟虽在，锦书难托。"何郎，何逊。杜甫《和裴迪登蜀州东亭送客逢早梅相忆见寄》："东阁官梅动诗兴，还如何逊在扬州。"钱谦益笺："梁天监中，建安王迁都督扬、南徐二州，逊为记室。逊《扬州早梅》诗：'衔霜当露发，映雪凝寒开。枝横却月观，花绕凌风台。朝洒长门泣，夕驱临邛杯。应知早飘落，故逐上春来。'"

[12] 苔枝碎玉：姜夔《疏影》："苔枝缀玉。"范成大《梅谱》：绍兴、吴兴古梅"苔须垂于枝间，或长数寸，风至，绿丝飘飘可玩"。碎玉，梅花白如碎玉。

[13] "归来"句：见冯煦《浣溪沙》注。

⊙ 评析

　　这词不同于一般的咏梅，咏的是古梅，并且是郑成功祠中的古梅，便须不脱不粘地扣住主题写。又须扣住梅，而不是写郑成功，可又有郑成功的影子在内，还有作者的形象在内，所以为佳构。

陈 锐
(1860—1922)

字伯弢，号裻碧，湖南武陵人。光绪十九年癸巳（1893）举人，官江苏试用知县。锐为王闿运门人，久客苏州，与郑文焯、朱祖谋为词甚早。况周颐题其集曰："沉着冲淡，一洗铅华靡丽之习，无矜炼之迹可寻，却无一字不矜炼。格高律细，允称法乳清真，抗手西麓，唯是可为知者道耳。"朱祖谋《望江南·杂题我朝诸名家词集后》云："《秋醒》意，裻碧契灵襟。生长茞兰工杂佩，较量台鼎让清吟。欣戚导源深。"有《裻碧斋词》一卷、《裻碧斋词话》一卷。

水龙吟

题大鹤山人《樵风乐府》[1]

陈 锐

十年雪涕神州，气酣西蹴昆仑倒[2]。素商夜起[3]，潜蛟暗舞[4]，危弦苦调[5]。乱插繁花[6]，时温浊酒，自成凄悄。为一闲放汝[7]，掉头高咏，苍茫处，无人到。 回首东华尘渺[8]，溯题襟旧游都老[9]。尧章歌曲[10]，玉田身世[11]，最伤怀抱。占得吴城，荒园半亩，[12]尽堪愁了。怕茂陵他日，人间流落，有相如稿。[13]

◎ 注释

[1] 大鹤山人，见郑文焯小传。陈锐曾为郑文焯《冷红词》作序，中云："居士于词，导源乐府，振骚雅于微言，掩周、姜而孤上，余读而爱之，未尝释手。"由于知其人，爱其词，故以词来咏其人与其集。

[2] 昆仑：山名，在新疆、西藏之间，西接帕米尔高原，东延入青海境内。

[3]"素商"句：素：即素秋。素商：秋天的商音。指郑文焯夜起高吟商调的词。

[4]"潜蛟"句：苏轼《赤壁赋》："余音袅袅，不绝如缕，舞幽壑之潜蛟，泣孤舟之嫠妇。"

[5]"危弦"：谓危苦的曲调。庾信《哀江南赋》："不无危苦之辞，惟以悲哀为主。"

[6]"乱插"句：杜甫《苏端薛复筵简薛华醉歌》："安得健步移远梅，乱插繁花向晴昊。"

[7]"一闲"句：朱祖谋《望江南·杂题我朝诸名家词集后》题郑叔问一首亦有"天放一闲来"句。俞樾《瘦碧词序》："余每入其室，左琴右书，一鹤翔舞其间，超然有人外之致。"

[8]东华尘：指京师。见文廷式《水龙吟》注。

[9]"题襟"句：俞樾《瘦碧词序》："以贵公子孙鹣滞吴下"，"喜吴中湖山风月之胜，侨居久之，日与二三名俊，云唱雪和，陶写性灵。"二三名俊中即有陈锐。题襟，《新唐书·艺文志》："《汉上题襟集》十卷，段成式、温庭筠、余知古。"

[10]"尧章"句：姜夔，字尧章，其词集名《白石道人歌曲》。郑文焯词规抚白石，平生慕白石为人，又精音律，白石自制曲，其字旁所记音拍，皆能以意通之。

[11]"玉田"句：宋张炎，号玉田，张循王俊的后代。宋亡入元，落魄飘零。郑文焯也是满洲贵公子，流落江南，故陈锐把两人相比拟。易顺鼎《瘦碧词序》也说："论其身世，微类玉田。"

[12]"占得"二句：郑文焯《满江红》词小序云："乙巳（1905）之秋，诛茅吴小城东，新营所住，激流植援，旷若江村。岁晚凄寒，流离世故，有感老杜《卜居》之作，聊复劳者歌其事云。"朱祖谋《西子妆》词小序云："叔问卜筑竹格桥南，水木明瑟，遂营五亩。证以《吴郡图经》，跨流而东，陂陀连蜷，为吴小城故墟。"

[13]"茂陵"三句：茂陵：汉武帝刘彻陵墓，即作汉武帝代称。《史记·司马相如列传》："长卿未死时，为一卷书，曰有使者来求书。奏之，无他书。其遗札书言封禅事。奏所忠（使者姓名），忠奏其书，天子异之。"欧阳修《归田录》："(林逋) 临终，为句云：'茂陵他日求遗稿，犹喜曾无《封禅书》。'"这三句意谓郑文焯不写司马相如那样献媚皇帝的《封禅书》。

◎ 评析

　　这词是用词的形式写的词评。对郑文焯的胸襟、词风、闲散的性情，于上片层层写到。下片着重写其身世，借古人词人相比拟，卜筑隐居，对晚清王朝的不满并不愿为之效力的可贵品质，作了一定的肯定。词笔也在姜夔、张炎之间，疏越中间以凄悄。

麦孟华

麦孟华
（1875—1915）

字孺博，号蜕庵，广东顺德（今佛山顺德）人。光绪十九年癸巳（1893），举人。康有为弟子，列名保国会。政变后，助梁启超在日本办《清议报》。辛亥革命后卒于上海。梁令娴《艺蘅馆词选》多录其词评。《光宣词坛点将录》："《六丑·丁未除夕》句云：'澜翻万态趋残夕，更箭沉沉，群喧向寂。''铜驼梦断消息。倚危阑黯望，浮云西北。'彊村《水龙吟》挽词所以有'京华游侠，山林栖遁，斯人憔悴'之叹。"有《蜕庵诗词》一卷。

解连环

麦孟华

酬任公，用梦窗留别石帚韵[1]

旅怀千结，数征鸿过尽，暮云无极。[2]怪断肠、芳草萋萋，却绿到天涯，酿成春色。[3]尽有轻阴，未应恨、浮云西北。[4]只鸾钗密约，凤靥旧尘，梦回凄忆。[5]　　年华逝波渐掷。叹蓬山路阻[6]，乌盼头白[7]。近夕阳、处处啼鹃，更划地乱红[8]，暗帘愁碧。怨叶相思，待题付、西流潮汐。[9]怕春波、载愁不去，怎生见得？

◎ 注释

[1] 任公：见梁启超小传。梦窗：吴文英。石帚：与吴文英往来的词人，姓姜，不是姜夔，夔与文英，时代不相接。后人常误以石帚称姜夔。光绪三十三年（1907），梁启超自日本归国，后作《金缕曲·丁未五月归国，旋复东渡，却寄沪上诸子》（词见前选篇）。同时，与麦孟华齐名称"粤两生"的南海词人潘博作《解连环·丁未六月，东游扶桑，归国有日，赋此留赠任公》词，麦孟华此阕，当亦同时作于日本。

[2]"征鸿"二句：征鸿：喻流亡在外的戊戌维新运动中人物。李清照《念奴娇》："征鸿过尽，万千心事难寄。"暮云无极：喻以慈禧太后为首的反动势力如乌云笼盖大地。

[3]"断肠"三句：芳草萋萋：见余怀《摸鱼儿·和辛幼安》注。秦观《八六子》："倚危亭、恨如芳草，萋萋铲尽还生。"这三句表示改良派对未来的期望。

[4]"尽有"二句：轻阴：程颢《陈公廙园修禊事席上赋》："未须愁日暮，天际是轻阴。"浮云西北：见郑文焯《谒金门》注。这里指北京的后党势力。

[5]"鸾钗"三句：指过去梁启超与光绪帝的君臣关系。鸾钗，饰鸾之钗，妇女首饰。李商隐《河阳诗》："鸾钗映月寒铮铮。"凤履，绣凤的鞋荐，亦可解作绣凤的鞋履。

[6]"蓬山"句：见梁启超《金缕曲·丁末五月归国……》注。

[7]"乌盼"句：见顾贞观《金缕曲·寄吴汉槎宁古塔……》注。

[8]划地：怎的。辛弃疾《念奴娇》："划地东风欺客梦，一枕云屏寒怯。"

[9]"怨叶"二句：见朱祖谋《声声慢·辛丑十一月十九日》注。潮汐，早潮曰潮，晚潮曰汐。

◎ 评析

　　这词抒发作者对变法维新失败者的同情，并对改良派的前途存在希望，同时又对国运深感忧虑。作者是康有为的学生，这时同梁启超一起在日本宣传改良派主张，写此词，所谓"合志同方，营道同术"，写得情深而文明，格高而韵远，潘博评云："温厚悱恻。(《艺衡馆词选》)"

✦张尔田
(1874—1945)

一名采田，字孟劬，浙江钱塘（今杭州）人。清季官候补知府。辛亥革命后，曾预修清史，先后任交通大学、北京大学教授，燕京大学国学总导师。尔田父上龢，曾从蒋春霖受词学，侨寓苏州，与郑文焯为词画至交，尔田继承其家学。其学术成就，主要为史学。沈曾植曾以尔田与王国维、孙德谦并举，称为"三君"。又通佛学，治《俱舍论》甚深。夏敬观序其《遁庵乐府》曰："君自遭世蹇屯，益励士节，勤撰述。其寓思于词也，时一倾吐肝肺芳馨，微吟斗室间，叩于窈冥，诉于真宰，心瘅而文茂，旨隐而义正，岂余子所能及哉？"叶恭绰《广箧中词》曰："孟劬词渊源家学，濡染甚深，与大鹤研讨，复究极幽微，故所作亦具冷红神理。"《光宣词坛点将录》："《遁庵乐府》，感时抒愤之作，魄力沉雄，诉真宰，泣精灵，声家之杜陵、玉溪也。"著有《史微》《玉溪生年谱会笺》《遁庵文集》等。词集有《遁庵乐府》二卷。

虞美人

张尔田

天津桥上鹃啼苦[1]，遮断天涯路。东风竟日怕凭阑，何处青山一发是中原[2]？　　酒醒梦绕屏山冷[3]，独自恹恹病[4]。故园今夜月胧明，满眼干戈休照国西营[5]。

◎ 注释

[1] "天津"句：见王夫之《绮罗香·读邵康节遗事……》注。

[2] "何处"句：见曹贞吉《留客住·鹧鸪》注。

[3] 屏山：画有山峰的屏风。

[4] 怏怏病：见沈谦《东风无力·南楼春望》注。

[5] "满眼"句：杜甫《月》："干戈知满地，休照国西营。"

◎ 评析

    这词是八国联军入侵后所作，当在光绪二十七年辛丑（1901）春。骨力沉雄，是能以杜甫诗笔为词者。

杨柳枝（八首选二）

张尔田

春风吹满锦障泥[1]，多少行人唱大堤[2]。无情清渭东流尽[3]，送到咸阳却向西[4]。

洛水微波拂苑墙[5]，画屏残蜡照宫黄[6]。东风倾国宜通体，谁赏徐妃半面妆[7]？

◎ 注释

[1] "春风"句：李商隐《隋宫》："春风举国裁宫锦，半作障泥半作帆。"

[2] "多少"句：《襄阳乐》："朝发襄阳城，暮至大堤宿。大宿诸女儿，花艳惊郎目。"

[3] "无情"句：杜甫《秦州杂诗二十首》："清渭无情极，愁时独向东。"

[4] 咸阳：今陕西咸阳。

[5] "洛水"句：曹植《洛神赋》："托微波而通辞。"杜甫《曲江对雨》："城上春云覆苑墙。"

[6] "画屏"句：残蜡：点剩的蜡烛。宫黄：古代妇女额上涂饰的黄色。周邦彦《瑞龙吟》："侵晨浅约宫黄。"

◎ 评析

　　这词写在光绪二十七年辛丑春,慈禧太后与光绪帝已于二十六年九月逃到西安,故前一首有"无情清渭东流尽"之语。时东南各省督抚与英、美等帝国主义搞东南互保,缔结"东南保护约款"于上海,不接受清中央政府命令。名为保护东南,实为中外反动力量的勾结,企图乘机分裂中国。故第二首有"东风倾国宜通体,谁赏徐妃半面妆"的话,作者在当时虽然不能认识反动势力的本质,但站在中国统一的立场上对此事表示反感,有它一定的进步意义。唐人创为"杨柳枝"一词体,其内容或为吊古,或写爱情。作者这一组词,则全是寄慨时事。

金缕曲

闻军中觱栗声感赋[1]

张尔田

何处霜觱彻[2]?望高秋、毡庐四野[3],绣旗明灭。摇动星河三峡影[4],坏垒乌头如雪[5]。听一阵、呜呜咽咽。马上谁携葡萄酒,伴将军醉卧沙场月。[6]冰堕指[7],泪流血。　　男儿到此肝肠裂。拥残灯、吴钩笑看[8],梦魂飞越。日暮金微移营去[9],白羽千军催发[10]。更几点、遥天鸿没[11]。驻马蓬莱传烽小[12],正咸阳桥上人初别[13]。清夜起,唾壶缺[14]。

◎ 注释

[1]觱栗:即觱篥,古乐器,以竹为管,以芦为首,状似胡笳。本出龟兹,后传入内地。

[2]筑：吹器，即笛。《通雅》及《正字通》谓：筑始用筇管，后以铜作器。

[3]"毡庐"句：毡庐：北方游牧民族居住的毡帐，即穹庐。郭茂倩《乐府诗集》："《敕勒歌》：'天似穹庐，笼盖四野，天苍苍，野茫茫，风吹草低见牛羊。'"

[4]"摇动"句：杜甫《阁夜》："五更鼓角声悲壮，三峡星河影动摇。"

[5]"坏垒"句：坏垒：废垒，指北京经联军蹂躏后的旧垒。乌头如雪：用杜甫《哀王孙》语，见朱祖谋《齐天乐·鸦》注。

[6]"马上"二句：见文廷式《水龙吟》注。

[7]冰堕指：李华《吊古战场文》："坚冰在须……堕指裂肤。"

[8]"吴钩"句：杜甫《后出塞五首》："含笑看吴钩。"

[9]"日暮"句：张仲素《秋闺思二首》："梦里分明见关塞，不知何路向金微。"又："欲寄征衣问消息，居延城外又移军。"金微，山名，即今阿尔泰山，是唐代边关要塞所在。

[10]白羽：以白羽为箭。《史记·司马相如列传》："满白羽，射游枭。"这里指传军令的令箭。

[11]遥天鸿没：辛弃疾《贺新郎·赋琵琶》："马上离愁三万里，望昭阳宫殿孤鸿没。"

[12]"驻马"句：蓬莱：杜甫《秋兴八首》："蓬莱宫阙对南山。"《唐会要》：大明宫，龙朔二年，号蓬莱宫，北据高原，南望终南山，如指掌。这句谓太后与帝，逃在西安，前方的烽火传警所不到。

[13]"咸阳桥"句：杜甫《兵车行》："车辚辚，马萧萧，行人弓箭各在腰。耶娘妻子走相送，尘埃不见咸阳桥。"

[14]唾壶缺：见龚鼎孳《贺新凉·和曹实庵舍人赠柳敬亭》注。

◉ 评析

这首慢词，作于光绪二十七年辛丑秋。这年七月二十五日，清政府与十一国公使签订《辛丑条约》，八月二十四日，慈禧太后与光绪帝自西安启程回北京，故词有"移营""催发""咸阳桥上人初别"等句，移营，谓太后移跸。催发，谓自西安出发。咸阳桥上之人相别，谓西安吏民送别帝后，冬十月始行抵开封，在开封停留十余日。这词写作时，盖初闻车驾发自西安之讯。通篇对帝后西逃。充满了悲愤，于结语击碎唾壶的用语中点明。悲歌慷慨，响遏行云，与朱祖谋在庚子、辛丑所作各长调，同为一代词史。

木兰花慢

尧化门外车中赋[1]

张尔田

倚轳天似醉[2]，问何地，著羁才[3]？看乱雪荒壕，春鹃
泪点，残梦楼台。低回笛中怨语，有梅花、休傍故园开。[4]
燕外寒欺酒力，莺边暖阁吟怀[5]。　　惊猜。鬓缕霜埃[6]。
杯暗引，剑空埋。甚萧瑟兰成，江关投老，一赋谁哀？[7]
秦淮。旧时月色，带栖乌、还过女墙来。[8]莫向危帆北睐[9]，
山青如发无涯[10]。

◉ 注释

[1] 尧化门：旧时沪宁铁路火车将要到达南京总站时，有尧化门小站，城门今已无有。《遁庵
乐府》卷上，此首后有《木兰花慢·春来又将北游，赋别海上二三知友》一词，所谓
"北游"，是北上应清史馆之聘，往任纂修。而云"又将"，则前此已有北方之行。清史
馆之建立，在民国三年甲寅（1914），后一首《木兰花慢》为甲寅春作，则前一首应是
癸丑（1913）春过南京时作。按宣统三年辛亥八月十九日（1911年10月10日）武昌
起义，全国各地纷纷响应，各省先后宣告独立，或由革命军攻克，时清江南提督张勋
率巡防营驻南京，顽固抵抗革命军，并屠杀南京民众数千人。直至十月十二日（11月
5日）为徐绍桢等攻克，江苏始成立军政府，宣告独立。南京经战事后，疮痍满目，陈
三立《散原精舍诗续集》中癸丑三月所作《由沪还金陵散原别墅杂诗》就有"青溪绕我
足，犹作呜咽声。前年恣杀戮，尸横山下城""夜楼或来看，月黑磷荧荧"等描写。尔
田这词，同样反映同时的情况。

[2] "倚轳"句：倚轳：《楚辞·九辩》："倚结轳兮长太息，涕潺湲兮下沾轼。"轳，轼较下纵
横木总名。天似醉：见梁启超《贺新郎》注。庾信《哀江南赋》："以鹑首而赐秦，天
何为而此醉。"这里用"天醉"之语，暗藏鹑首赐秦意，指斥袁世凯，时袁已于上年一
月在北京就任临时大总统。

[3] 羁才：司马迁《报任少卿书》："仆少负不羁之才。"不羁，言材质高远，不可羁系。这
里省去"不"字。

[4] "低回"二句：笛中怨语：指《梅花落》，见宋琬《蝶恋花》注。岑参《行军九日思长安
故园》："遥怜故园菊，应傍战场开。"陆游《曳策》："两京梅傍战尘开。"这里参用岑、
陆二诗。

[5] 阁：停辍。

[6] 鬓缕：即鬓丝。霜：指发白。埃：尘埃，指风尘之色。

[7] "萧瑟"三句：见冯煦《齐天乐·三月九日作》注。杜甫《咏怀古迹五首》："庾信平生最萧瑟，暮年诗赋动江关。"《后汉书·侯览传》："苦身投老。"投老，临老。

[8] "秦淮"三句：秦淮：见吴伟业《满江红·感旧》注。月过女墙：见谭献《桂枝香·秦淮感秋》注。栖乌，古乐府《杨叛儿》："暂出白门前，杨柳可藏乌。"此用栖乌事以切南京之所本。

[9] 危帆：高帆。睇：斜视。

[10] 山青如发：见曹贞吉《留客住·鹧鸪》注。

◎ 评析

　　这词写辛亥革命时南京战事所留下的劫火痕迹，交错着作者怀才不遇、投老萧瑟和对世事忧郁的复杂心情。苍凉跌宕，如读《哀江南赋》。

金天羽
（1874—1947）

初名懋基，改名天翮，又名天羽，字松岑，自署天放楼主人，江苏吴江人。光绪二十四年戊戌（1898），荐试经济特科，辞不赴。在乡里创立学校，兴办教育。后至上海，倡言革命，与爱国学社之章炳麟、邹容、蔡元培等交游甚密。入民国，曾任江南水利局长。晚年在苏州创办国学会。抗日战争时期，坚守民族气节。任光华大学教授。天羽出汉学家曹元弼之门，而不从事经学研究，精史学与文学。其诗集中反映中外新事物、新思想之作颇多，艺术上吸取古代名大家之长而自创面目，抨击"同光体"，他是诗界革命在江苏的一面旗帜。所为词，远不如其诗之多。《光宣词坛点将录》曰："天放楼主人才气横溢，诗界革命继入境庐而起。其论词宗旨，于《红鹤词自序》中见之，阐说音理，并针砭晚近声家墨守词律之失，通人之论，振聋发聩。《水龙吟·罗汉观瀑图》《台城路·病起入都会大雪亮吉招游中山陵光景奇绝》《壶中天·灌口二郎神庙》，皆石破天惊之作，足令彊村、大鹤敛手。"著《皖志列传稿》《孤根集》《天放楼诗集》《天放楼文言》等。词有《红鹤词》一卷。

金缕曲

为瞿安题《风洞山传奇》[1]

金天羽

帝子花消歇[2]。莽南天、蛮烟春瘴，杜鹃凄绝。[3]从古流离家国事，偏惹鸾吡凤泣。[4]只难望、将军死贼[5]。汉腊存亡天一角，数降王谱系羞从逆。[6]还夺我，女儿节。[7]　　忠魂碧汉旌幢立[8]。猛回头、残山拱木，血花凝碧。[9]种界灵魂儿女共，埋玉埋名可惜。[10]厮守着、茅庵半壁。后死余生丁末日，一蒲团了却氤氲牒。[11]亡国恨，永难灭。[12]

◎ 注释

[1] 瞿安：吴梅字，见后吴梅小传。风洞山：在今桂林市区偏北，又称桂山，又称叠彩山。山上有一特异的风洞。南明桂王朝的瞿式耜、张同敞守桂林城抗击清帅孔有德，兵败被杀害于风洞山，墓在山下。吴梅于光绪三十一年乙巳（1905）写成《风洞山传奇》剧本，以瞿式耜支撑南明桂王朝、兵败殉节为主线，穿插着青年男女王开宇与于绀珠的爱情悲欢离合故事，歌颂忠烈之士，痛砭变节，体现出强烈的反清倾向，目的即在宣扬反清革命。此剧一出，引起轰动，对清王朝腐朽统治深恶痛绝的文人纷纷题词赋诗。金天羽这词，即是在同一年为此剧而题。

[2] 帝子花：这里指杜鹃花。传说杜鹃为古代蜀王杜宇所化，花的凋谢，象征桂王朝的覆亡。

[3] "南天"二句：形容当时西南滇桂一带，叛徒孙可望及清军铁蹄所向，一片乌烟瘴气，桂王奔走流离的局势。

[4] "从古"二句：概括剧本的主要情节。王开宇、于绀珠这一对作者虚构的钟情男女，幼有婚约，感情深厚，但于父是势利小人，为谋取官位，竟不惜把女儿改配赵姓。赵某后投靠降清的定南王孔有德。然而绀珠是位烈女，在孔有德逼其从婚赵某时，她毅然以自缢来保全节操。王开宇在国破家亡后，也遁入空门。"鸾吡"，语出旧题晋张华《禽经》注："鸾死曰吡。"这里喻绀珠之死。古人区分凤凰，雄曰凤，雌曰凰。"凤泣"，指开宇的悲痛。

[5] "难望"句：谓孔有德军攻桂林时，大兵压境，而包括赵某在内的滇营三将却置国家安

364

危于不顾，为了一些私怨而自相攻击，要指望他们效死战场，保全社稷，实在很难。

[6]"汉腊"二句："腊"本是古代年终祭祀的名称，"汉腊"语本《后汉书·陈宠传》："曾祖父咸，成、哀（西汉两帝名）间为尚书……及（王）莽篡位……闭门不出入，犹用汉家祖腊。人问其故，曰：'我先祖岂知王氏腊乎！'"这里，汉腊指汉族政权的国祚，即指南明桂王朝。存亡：偏义复词，意谓"存在"。天一角：指明王朝仍然统治着的西南地区。虽然瞿式耜在这西南一角竭力维持，无奈力不从心，结果是清兵当前，滇营三将或空关奉敌，或惧不出兵，致使桂林失守。瞿式耜、张同敞誓与桂林同存亡，当孔有德以"先圣之裔"的身份对二公诱降时，他们怒斥有德降清变节，有辱孔门，并表示宁可一死，决不从逆降清。数：责备、数说。《左传·昭公二年》："使吏数之。"杜预注："责数其罪。"谱系：族谱的世系。

[7]"还夺"二句：指于绀珠之死。

[8]"忠魂"句：碧汉：青天。旌：旗。幢：古代作仪仗用的以羽毛为饰的一种旗帜。这句写瞿、张二公英雄飒爽，仿佛大将旌旗，树立在碧空中。

[9]"残山"二句：谓风洞山下瞿、张墓上的墓木已拱抱，他们的血花，也已像周代苌弘死后，其血化为碧玉一样。

[10]"种界"二句：种界：指人种，犹言"人类"。儿女共：在南明国破家亡之时，慷慨就义的爱国人物中，不仅包括瞿、张诸名臣，还包括于绀珠这样的普通女子。这种爱国精神，并无男女之别，所以谓之"儿女共"。埋玉：指绀珠之死，《梁书·陆云公传》张缵与陆襄等书："埋玉之恨，抚事多情。"埋名：指开宇为僧，《汉书·翟方进传》："死国埋名。"

[11]"厮守"三句：写王开宇的结局。他在风洞山下的华严寺皈依佛门，一为母坟在此，二为绀珠坟在此。然而，瞿、张二公之坟同样在此。故尔他在风洞山固守半壁茅庵，也含有为大明忠臣义士守灵之意。厮守，相守，相共在一起。张镃《夜游宫》："到老长厮守。"张相《诗词曲语辞汇释》："厮守，相守也。"蒲团，和尚念经时所用的坐垫。氤氲牒，犹言夫妻因缘的仙册。《周易·系辞下》说绌缊是天地阴阳之气的聚合，用来指男女构精，化生万物。绌缊即氤氲。道教称仙宫之册为牒，词言"了却氤氲牒"，即指王开宇在劫后余生的日子里，以皈依佛门来作为那段爱情因缘的了结。

[12]"亡国"二句：谓托身佛法，儿女私情虽可以了结，但亡国的耻辱与悲愤，永远不能磨灭。这是剧本和题词的主旨所在。

◎ 评析

这词通篇切合剧情，穿插议论，寄寓着作者强烈的共鸣与深沉的感慨，结尾突现了反清革命的主旨。全词写"恨"，并非仅仅在发咏古之幽恨，同时也抒写自己的革命激情。青年时代的作者，积极投身于反清活动，他撰写、翻译了《女界钟》《自由血》《孽海花》（前六回）等著名小说，对当时的进步青年影响很大。而他的词，颇具苏、辛遗响，往往以恢奇奔肆之笔，描绘出种种充满着浪漫主义精神的词境，从中寄托着他的非凡情怀，显示出逼人的气势与感人的力量。这首慢词可以为代表。

水龙吟

金天羽

画师樊少云《罗汉观瀑图》，此大龙湫畔诺讵那应真故事也。[1]九天垂下银虹[2]，悄无声向澄潭底。毒龙潜寐，醒来便到，人间游戏。佛说降龙，戒阿罗汉，来持半偈。[3]到雁山胜处，龙湫瀑下，结四果[4]，安禅地。　　十丈危崖如洗。抱龙都、苍寒水气。朝阳光射，珠玑万斛，幻成霞绮[5]。静极投虚，愔愔天籁，[6]雷霆收起。笑普陀山趾，潮音圣洞，百灵狂沸。[7]

◎ 注释

[1] 樊少云：名浩霖，曾任苏州美术专门学校教授。《罗汉观瀑图》：取材于佛教故事。据朱彝尊《书五百罗汉名后记》载："佛书诺俱那与其徒八百众居震旦国，五百居天台，三百居雁宕。"小序中"此大龙湫畔诺讵那应真故事也"即指"三百居雁宕"事。雁宕山（现称"雁荡山"）位于浙江乐清，大龙湫是雁宕山中最著名的瀑布，四面悬空飞洒而下，高六十余丈。樊少云画的就是诺俱那罗汉来到雁宕山观大龙湫瀑布的场景。应真：佛家罗汉的别称。孙绰《游天台山赋》："应真飞锡以蹑虚。"

[2] "九天"句：九天：《孙子兵法·军形篇》："动于九天之上。"李白《望庐山瀑布》："飞流直下三千尺，疑是银河落九天。"银虹：白银色的虹，形容瀑布。郑珍《白水瀑布》："银虹堕影饮㳠㳠。"

[3] "佛说"三句：承前三句来，因毒龙出来为害，故罗汉来降龙。降龙，十八罗汉中有降龙罗汉，乃后人所附会，佛典中十六罗汉无降龙。阿罗汉，梵语音译，为小乘佛教修证的最高果位。亦作"罗汉"。《大智度论》："阿罗汉名贼，汉名破，一切烦恼破，是名阿罗汉。复次，阿罗汉一切漏尽，故应得一切世间诸天人供养。复次，阿名不，罗汉名生，后世中更不生，是名阿罗汉。"半偈，指《大般涅槃经》所云"诸行无常，是生灭

法，生灭灭已，寂灭为乐"之后半偈。《大般涅槃经》十四谓释迦如来往昔入雪山修菩萨行时，从罗刹闻前半偈；欢喜而欲求后半，罗刹不听，乃约舍身与彼，欲得闻之，故谓之雪山之半偈。这里是说，佛祖要罗汉降龙，于是罗汉以半篇偈言来到雁宕龙湫。

[4] 四果：小乘佛教修行的四种境界。《杂阿含经》："若比丘修习七觉分，多修习已，当得四果，何等为四？谓须陀洹果，斯陀含果，阿那含果，阿罗汉果。"

[5] 霞绮：见周济《渡江云·杨花》注。

[6] "静极"二句：愔愔：见朱祖谋《鹧鸪天·九日丰宜门外过裴村别业》注。天籁：自然界的音响。《庄子·齐物论》："女闻人籁而未闻地籁，女闻地籁而未闻天籁夫。"这里形容静虚的境界。

[7] "笑普陀"三句：普陀山：在浙江舟山群岛内，是东海的一座小岛，为著名的佛教圣地，以供奉观音菩萨为主。潮音洞在普陀山下，海水冲击洞穴，发生轰鸣。菩萨讲究普度众生，罗汉重在自身修行，以"寂灭为乐"。因此，反而要"笑"菩萨没有"静极投虚"的修养。潮音圣洞背后的百灵众，歌舞狂沸，与"愔愔天籁，雷霆收起"，形成鲜明的对照。因而三句之前，冠一"笑"字。

◎ 评析

这是一首题画之作。作者根据画面，描写龙湫瀑布的宏大壮观，借佛典故事传说，表现了"静极投虚"的人生哲理。在画面描写中，将自然景色与佛教传说糅为一体，为全篇蒙上一层扑朔迷离的气氛。作者立足直观，开掘以想象，写瀑布气势场面直逼目前，既自然衔接于佛经传说，又为虚静的主题蓄势，开合收纵之间思致跌宕，有一种雄健洒脱之风。

壶中天

灌口二郎神庙 [1]

金天羽

苍崖壁立，放盘涡、激作蹴天惊浪。[2] 十丈灵旗天半舞 [3]，秦守声威犹壮 [4]。万马嘶空，三犀蹲谷 [5]，风籁绳桥盪 [6]。龙门劈破，禹功崭绝能仿。[7]　　我欲照见重泉，峥嵘水府，桎梏支祈状。[8]西蜀古来神秘国[9]，飒爽英姿在望[10]。玉垒云封[11]，青城月照[12]，法驾长来往[13]。荒祠夺席[14]，封神幻出台榜[15]。

◎ 注释

[1] 灌口：王象之《舆地纪胜》："永康军：灌口，秦蜀守李冰堰流灌平田，因名灌口。"在今四川都江堰。二郎神庙：在都江堰岷江东岸的玉垒山麓，距成都约五十九公里，有纪念李冰及其子二郎的祠庙。本名崇德庙，创建于南北朝，宋以后历朝敕封李冰父子为王，清时遂易名二王庙，现有建筑系清代重修。

[2] "苍崖"二句：李冰率众兴建的都江堰，使汹涌的岷江，经堰化险为夷，变害为利，出宝瓶口流入内江。此堰工程由鱼嘴、飞沙堰、宝瓶口三部分组成。鱼嘴为建于江心的分水堤，形若鱼口。由此把岷江水分导流入内外二江，外江为岷江正流，内江经宝瓶口流入川西平原灌溉农田。飞沙堰在鱼嘴及宝瓶口之间，用于泄洪，调节由鱼嘴流来的水流量，避免过多涌入内江。宝瓶口是人工凿开玉垒山，成离堆，引岷江水入内江的总入水口，形似瓶颈。苍崖壁立，指凿开的玉垒山两崖。盘涡，水流回旋成涡。郭璞《江赋》："盘涡谷转。"蹴天，浪头上踢到天空。

[3] 灵旗：扬雄《甘泉赋》："树灵旗。"古代画日月八斗星辰于旗上称灵旗。

[4] "秦守"句：《史记·河渠书》："蜀守冰（《集解》："《汉书》曰：'冰姓李。'"）凿离碓（《集解》："晋灼曰：古堆字。"），辟沫水之害，穿二江成都之中。此渠皆可行舟，有余则用溉浸，百姓飨其利。"张守节《正义》："《风俗通》云：'秦昭王使李冰为蜀守，开成都县两江，溉田万顷。神须取女二人以为妇，冰自以为女，与神婚径至祠，劝神饮酒，酒杯澹澹，因厉声责之。因忽不见，良久，有两苍牛斗于江岸。有间，辄还流江，谓官属曰：吾斗疲极，不当相助耶？南向腰中正白者，我绶也。主簿刺杀北面者，江神遂死。'"

[5] "三犀"句：都江堰鱼嘴、飞沙堰、宝瓶口各立一石犀。

[6] 绳桥：在四川都江堰城郊二王庙前岷江上，今名安澜桥，古名珠浦桥，俗称索桥，为我国西南山区常见的传统悬桥型式。旧时以竹为缆，木桩为墩，承托竹索，连贯而成；上铺木板行人，旁设拦索。此桥全长五百余米。始建于宋以前，明末毁于战火，清嘉庆间重建。

[7] "龙门"二句：《尚书·夏书·禹贡》："浮于积石，至于龙门，西河。"孔颖达《尚书正义》："《地理志》云：'龙门山在冯翊夏阳县也，此山当河之道，禹凿以通河东郡之西界也。'"《左传·昭公元年》："美哉禹功。"崭绝，超越寻常。钟嵘《诗品》："往往崭绝清超。"

[8] "峥嵘"二句：峥嵘：深邃的样子。《楚辞·远游》："下峥嵘而无地兮。"水府：谓水神

所管辖的区域。木华《海赋》："尔其水府之内，极深之庭。"桎梏：刑具。脚镣手铐。《周礼·秋官·掌囚》："上罪梏拳而桎，中罪桎梏，下罪梏。"这里作动词用，械系。

支祈：即无支祁。《太平广记》引《戎幕闲谈》："李公佐泛洞庭，登包山，入灵洞，得《古岳渎经》第八卷。禹理水三至桐柏山，惊风走雷，石号木鸣，五伯拥川，天老肃兵不能兴。禹怒，召集百灵，搜命夔龙，桐柏千君长稽首请命，禹因囚鸿蒙氏、章商氏、兜卢氏、犁娄氏，乃获淮涡水神，名无支祁，善应对言语，辨江淮之浅深，原隰之远近，形若猿猴，缩鼻高额，青躯白首，金目雪牙，颈伸百尺，力逾九象，搏击腾踔，疾奔轻利，倏忽间，视不可久。禹授之章律不能制，授之乌木由不能制，授之庚辰能制。鸱脾桓木魅水灵山妖石怪，奔号聚遶，以数千载，庚辰以战遂去。颈锁大索，鼻穿金铃，徙淮阴之龟山之足下，俾淮水安流注海也。"这里用此典以指李冰父子缚锁孽龙故事。王象之《舆地纪胜》："伏龙观，在离堆上。按李膺《治水记》载蜀守父子擒健蛟囚于离堆之趾，谓之伏龙潭，后立观于其上。"范成大《吴船录》："登怀古亭，俯观离堆。……怀古对崖有道观，曰伏龙，相传李太守锁孽龙于离堆之下。"今伏龙观在都江堰离堆北端。有伏龙潭。范成大《离堆行》："潭渊油油无敢唾，下有猛龙跧铁锁。"

[9]"西蜀"句：左思《三都赋》：若乃卓荦奇谲，倜傥罔已。一经神怪，一纬人理。远则岷山之精，上为井络，天帝运期而会昌，景福盼蚃而兴作。碧出苌弘之血，鸟生杜宇之魄。安变化，方非常，嗟见伟于畴昔。此即所谓"古来神秘国"。

[10]"飒爽"句：范成大《吴船录》："(伏龙)观有孙太古(知微)画李氏父子像。"飒爽英姿，谓其豪迈飞动，威风凛凛。杜甫《丹青引》："褒公(段志玄)鄂公(尉迟敬德)毛发动，英姿飒爽来酣战。"

[11]"玉垒"句：玉垒：山名，在四川都江堰西北。杜甫《登楼》："玉垒浮云变古今。"

[12]青城：山名，在四川都江堰城西南约三十里，古称丈人山，道教称为"第五洞天"。历来为蜀中名山，风景胜地。

[13]法驾：古代天子车驾的一种，《史记·吕太后本纪》："乃奉天子法驾，迎代王于邸。"这里指神灵的车驾。

[14]夺席：《东观汉记》："上令群臣能说经者，更相难诘，义有不通，辄夺其席，以益通者。"

[15]"封神"句：作者自注："今所祀者，乃封神榜之杨戬也。"杨戬为小说《封神演义》中的二郎神，《西游记》中亦有之。《封神演义》载姜太公封神筑台，神有榜。

◎ 评析

　　这首词写得魁伟奇谲，健笔擎云。上片颂扬李冰开都江堰，兴利除害的万世功勋，有壁立千仞之势。下片描绘李冰降龙异迹，幽灵惝恍，奇气满纸。全篇充分体现金天羽独创的词风。

❀ 沈鹊应
(1877—1900)

字孟雅，福建侯官（今福州）人。林旭室。鹊应为两江总督沈葆桢孙女，闽派著名诗人沈瑜庆之女，林则徐之外曾孙女。渊源家学，工诗词。有《崦楼遗稿》。

浪淘沙

悼晚翠[1]

沈鹊应

报国志难酬，碧血谁收。箧中遗稿自千秋[2]。肠断招魂魂不到，云暗江头。　　绣佛旧妆楼，我已君休。[3]万千悔恨更何尤。拼得眼中无限泪，共水长流。

◎ 注释

[1] 晚翠：作者之夫林旭（1875—1898），福建侯官（今福州）人。字暾谷，号晚翠。光绪十九年癸巳（1893）解元，官内阁中书。参与戊戌新政，授四品卿衔军机章京。政变时被捕，与谭嗣同等同时被害，为"戊戌六君子"之一。

[2] 遗稿：林旭著《晚翠轩诗集》，收于《戊戌六君子遗集》中。其诗学陈师道，为闽派著名诗人。

[3] "绣佛"二句：谓林旭被害后，自己奉佛，林旭固已千秋，自己也已完了。绣佛，杜甫《饮中八仙歌》："苏晋长斋绣佛前。"

◎ 评析

　　悼夫之词，不施一些粉饰，全是朴素之词，为血泪所凝成。历代女词人悼夫之事，从未有如作者所写那样，丈夫是陷于不测之祸，为国事而死者。此词便自树一帜。

菩萨蛮

沈鹊应

旧时月色穿帘幞[1]，那堪镜里颜非昨。掩镜检君诗，泪行沾素衣。　　明灯空照影，幽恨无人省。辗转梦难成，漏残天又明。

◎ 注释

[1] 旧时月色：姜夔《暗香》："旧时月色，算几番照我，梅边吹笛。"

◎ 评析

这词亦为悼林旭而作。较前一首更为凄婉。陈声聪《闽词谈屑》曰："寡鹄哀音，闻之惨沮。"

◈ 秋　瑾

（1875—1907）

原名闺瑾，字璿卿，号旦吾，别署鉴湖女侠，后易名瑾，号竞雄，又号汉侠女儿，浙江山阴（今绍兴市）人，生于福建，曾随父居台湾、湖南。光绪二十九年（1903）随夫王廷钧由湖南移居北京。三十年（1904）赴日本留学，次年加入光复会、同盟会，被推为同盟会评议员和浙江省主盟人。三十一年（1905）年底归国，继续从事革命活动。三十三年（1907）在绍兴组织起义，被捕就义。秋瑾早年在湖南随曾广钧学，诗词亦受其影响。投身革命后，意境更为广阔。有《秋瑾集》。

昭君怨

秋 瑾

恨煞回天无力[1]，只学子规啼血。愁恨感千端，拍危栏[2]。　枉把栏干拍遍，难诉一腔幽怨。残雨一声声，不堪听！

◎ 注释

[1] 回天：语出《新唐书·张玄素传》。唐贞观四年，太宗皇帝欲兴修洛阳乾元殿，为给事中谏止。魏征叹曰："张公遂有回天之力。"

[2] 拍危栏：辛弃疾《水龙吟》："江南游子，把吴钩看了，栏干拍遍，无人会，登临意。"

◎ 评析

　　这词不详其写作年月，大致在庚子前后。抒发报国无路的幽怨，措语委婉，表现其对祖国命运的关注，具有爱国热情。

满江红

秋 瑾

小住京华[1]，早又是、中秋佳节。为篱下、黄花开遍，秋容如拭。四面歌残终破楚[2]，八年风味徒思浙[3]。苦将侬、强派作蛾眉，殊未屑。　身不得，男儿列。心却比，男儿烈。算平生肝胆、常因人热[4]。俗子胸襟谁识我？英雄末路当磨折。莽红尘、何处觅知音？青衫湿[5]。

◎ 注释

[1] "小住"句：光绪二十九年春夏之交，秋瑾的丈夫王廷钧捐官为户部主事，秋瑾自湘潭迁居北京。

[2]"四面"句：《史记·项羽本纪》："夜闻汉军四面皆楚歌，项王乃大惊，曰：'汉皆已得楚乎？是何楚人之多也！'"这里借项羽故事，指斥清政府腐败而招致帝国主义列强对我国蚕食瓜分，我国处于孤立无援、四面受敌的困境中，危亡无日。

[3]"八年"句：据郭延礼《秋瑾年谱简编》，秋瑾于光绪二十二年（1896）二十二岁时出嫁，到迁居京师之日，恰为八年。不说思湘而云"徒思浙"者，秋瑾婚后，与王廷钧感情不睦，故觉得未婚前浙中生活的可念。

[4]"平生"句：《东观汉记》："（梁鸿）常独坐止，不与人同食。比舍先炊已，呼鸿及热釜炊。鸿曰：'童子鸿不因人热者也！灭灶更燃火。'"原是指梁鸿为人孤傲，不依靠别人。这里反用其语。秋瑾《致琴文书》中曾言自己"于时世而行古道，处冷地而举热肠"，即是此意。

[5]青衫湿：见陈维崧《贺新郎·赠苏昆生》注。这里借用白居易诗字面，自写痛苦。

◎ 评析

这词是光绪二十九年秋瑾随夫作客北京时所作。表现了作者为国家前途和民族命运担忧的深心，为身为巾帼而烈比男儿的雄心而奋斗，为肝胆照人，因人常热而自期，为与不幸地位的家庭处境与命运而抗争。最后又因知音难得而悲叹。作者的具体形象，矗现于纸上，全词表现了她在彷徨中的反思和探索。悲歌慷慨，亦是长歌当哭，这难以得之于其他女词人的作品中。第二年，她便冲破封建罗网，只身东渡日本。这词可说是启行的前奏曲。

鹧鸪天

秋 瑾

祖国沉沦感不禁，闲来海外觅知音。金瓯已缺终须补[1]，为国牺牲敢惜身[2]。　　嗟险阻，叹飘零。关山万里作雄行。休言女子非英物，夜夜龙泉壁上鸣。　[3]

◎ 注释

[1]金瓯缺：《南史·朱异传》："我国家犹若金瓯，无一伤缺。"金瓯乃一种盛酒的贵重器

皿，古人常以其完好无损来比喻国家领土完整。秋瑾写此词时，我国不少地方已被列强强行租借，香港早被割给英国，台湾割给日本了。

[2]敢：岂敢，怎敢。

[3]"休言"二句：英物：英俊的人物、英雄人物，一般用以赞誉男子。这里说"休言"，表现了作者的丈夫气概，主观上将压在女性头上的男权中心思想打倒在地，批判了当时社会的世俗观点。龙泉：宝剑名。《晋书·张华传》载：张华见斗牛二星间有紫气，后使人于丰城狱中掘地得二剑，一曰龙泉，一曰太阿。后泛指宝剑。剑鸣见沈曾植《渡江云·赠文道希》注。秋瑾爱剑，吴芝瑛《记秋女侠遗事》曾说她"在京师时，摄有舞剑小影，又喜作《宝刀歌》《剑歌》等篇"。

◎ 评析

光绪三十年（1904）六月，秋瑾冲破封建家庭的罗网，东渡日本，寻找救国真理。这首《鹧鸪天》，即东渡后不久所作。"金瓯已缺终须补，为国牺牲敢惜身"一联，为全篇主干，表明了她为国难而勇于献身的精神，风格慷慨豪壮，语言爽朗，是表现秋瑾一生的代表作。此词原稿当秋案发生时，为清绍兴府搜去，竟作为"罪状"公布。

夏敬观
（1875—1953）

字剑丞，号盦人、映庵，江西新建人（今南昌新建）。光绪二十年甲午（1894）举人，官浙江提学使。辛亥革命后，曾任浙江教育厅厅长。后寓居上海。能画，工诗，学梅尧臣。叶恭绰《广箧中词》曰："鉴丞平生所学，皆力辟径涂，词尤颖异，三十后已卓然成家。"《光宣词坛点将录》："剑丞诗词俱绝世，诗承散原，词继王、朱之后，称为尊宿。孟劬称为词家之郑子尹，又谓其'取径自别'，'下笔能辣'，一言论定，见其偏胜独至之光价。"著有《忍古楼词话》《映庵词》。

石州慢

自题填词图

夏敬观

花底清歌，尊畔坠欢，那与头白？谁呼醉席魂馨[1]？起拂砚埃教惜[2]。笺天有恨[3]，试遣谱入宫商[4]，娲皇弦竹皆陈迹[5]。宛转诉愁环[6]，听秋虫虚织。　　岑寂[7]！好山来梦[8]，荒谷行吟[9]，念中泉石。凭仗吴装[10]，替写林岚苍碧。敲残柳瘿[11]，送老久厌名场[12]，闲讴莫付南楼笛[13]。曙海荡行襟，澹丛悲余忆[14]。

◎ 注释

[1]"谁呼"句：韩愈《答张彻》："怪花醉魂馨。"

[2]砚埃：砚上的灰尘。

[3]笺天：《初学记》："刘谧之《与天公笺》。"又："乔道元《与天公笺》。"苏舜钦《爱爱歌》："此乐亦不可笺天公。"黄庭坚《次韵石七三六言》："此事可笺天公。"

[4]"试遣"句：宫、商为五音中之二，这里指代五音。宋人为词，能谱入宫商歌唱，如姜夔《白石道人歌曲》，自制曲的词调名下，注有"中吕宫""仙吕宫""无射宫""黄钟角""仙吕调犯商调"等；吴文英《梦窗词集》中，亦注有"无射商，俗名越调犯仲吕宫，又犯正宫""夹钟商""中吕商""黄钟商""林钟羽""夷则宫，俗名仙吕宫""夷则商"等。张炎《词源》论此甚详。

[5]娲皇弦竹：黄庭坚《武昌松风阁》："风鸣娲皇五十弦。"弦，弦乐器如琴、瑟；竹，管乐器，如箫、笛。《帝王世纪》："女娲氏，风姓，承庖牺制度，始作笙簧。"《三礼图》云："庖牺氏作瑟五十弦。"马缟《中华古今注》云："女娲，伏羲之妹。"黄庭坚因以作瑟之事亦归于娲皇。

[6]愁环：李商隐《戏赠张书记》："心知两愁绝，不断若寻环。"

[7]岑寂：冷清，寂寞。鲍照《舞鹤赋》："去帝乡之岑寂。"

[8]来梦：来入梦中。

[9]荒谷：庾信《哀江南赋序》："余乃窜身荒谷。"

[10]吴装：郭若虚《图画见闻志·论吴生设色》："尝观（吴道子）所画墙壁，卷轴、落笔

雄劲，而傅彩简淡……至今画家有轻拂丹青者，谓之吴装。"

[11]"敲残"句：柳：同"瘤"。《庄子·至乐》："俄而柳生其左肘。"王先谦《集解》："柳、瘤字，一声之转。"瘿：这里指树木外部隆起如瘤之物。庚信《枯树赋》："载瘿衔瘤。"柳瘿：有瘿瘤的木制成的酒具，如瘿樽之类。词云"敲残柳瘿"，其意与"击碎唾壶"略同。

[12]"送老"句：送老：杜甫《秦州杂诗》："何时一茅屋，送老白云边。"名场：李咸用《临川逢陈百年》："利路名场多忌讳。"

[13] 南楼笛：见宋琬《蝶恋花·旅月怀人》注。

[14] 澹：消除。

◉ 评析

这词苍老中有色泽，颇能体现映庵词的颖异风格。字里行间，隐约透露对时事的悲郁心情。

❖ 高 旭

（1877—1925）

字天梅，江苏金山（今属上海）人。早年留学日本，加入同盟会。回国后曾任同盟会江苏支部部长。宣统元年己酉（1909）与柳亚子、陈去病等创立南社。辛亥革命后，被举为众议院议员。曹锟贿选总统，天梅不能拔污泥而不染，后郁郁死。早期以诗歌宣传革命，词以婉约胜。认为"新意境、新理想、新感情的诗词，终不若守旧体的用陈旧语句为愈有味也"（《愿无尽庐诗话》）。有《萧心剑胆词》《沧桑红泪词》《鸳鸯湖上词》等，有八种之多。

蝶恋花

高 旭

芳华满眼，而旧时双燕迟迟未来，书以讯之

多谢好风传一语，觅到乌衣，定在斜阳处。[1]纵使天涯抛别绪，也应怜我无俦侣。　　祗怕海东波浪阻，卷上珠帘[2]，终日劳延伫。风景南朝留几许？主人情重难忘汝。

◎ 注释

[1]"觅到"二句：刘禹锡《乌衣巷》："朱雀桥边野草花，乌衣巷口夕阳斜。旧时王谢堂前燕，飞入寻常百姓家。"

[2]"卷上"句：杜牧《赠别二首》之一："春风十里扬州路，卷上珠帘总不如。"

◎ 评析

　　词是咏燕，语殊凄怨，从乌衣在斜阳处及"风景南朝留几许"诸语观之，似有感于壬子年（1912）正月袁世凯在北京就任临时大总统后，二月中旬，南京临时政府及参议院迁往北京，革命果实落入北洋军阀手中而作。

桃源忆故人

和无闷韵即答

高 旭

斜阳影里伤心赋，默数痴天无语。泪湿暮云春树[1]，重认分携处。　　东风无赖添愁绪，零落乱红难数[2]。落时犹自争飞舞[3]，青鸟休衔去[4]。

◎ 注释

[1] 暮云春树：杜甫《春日忆李白》："渭北春天树，江东日暮云。"

[2] 乱红：欧阳修《蝶恋花》："乱红飞过秋千去。"

[3] "落时"句：宋祁《落花》："将飞更作回风舞。"

[4] "青鸟"句：杜甫《丽人行》："杨花雪落覆白苹，青鸟飞去衔红巾。"

◎ 评析

　　词意似指同心者异趋之事。叶恭绰《广箧中词》评曰："如怨如慕。"

王国维

（1877—1927） 字静安，亦作静庵，又字伯隅，号观堂，浙江海宁人。以诸生留学日本，究心自然科学与哲学等，受德国叔本华唯心主义哲学影响。光绪二十九年（1903）起，任通州、苏州师范学堂教习，三十三年（1907）赴京，任学部所属图书局编译名词馆协修。辛亥（1911）冬，因革命军起，避居日本。丙辰（1916）回国，癸亥（1923）充溥仪南书房行走。后任清华大学研究院教授。自沉于颐和园昆明湖。王氏为近代开风气之学者。经学、史学、文字学、音韵学无不精，尤以殷墟甲骨文研究的贡献为最突出。早年研究小说、戏曲、词俱有创见新解。曾撰《人间词话》提倡"境界"说，主张"自然"。自为词取径南唐、北宋。署名樊志厚者序其词集曰："君词往复凄咽，动摇人心，快而能沉，直而能曲，不屑屑于言词之末，而名句间出，往往度越前人。至其言近而旨远，意决而辞婉，自永叔以后，殆未有工如君者也。"生平著作共六十二种，收入《海宁王静安先生遗书》者凡四十二种。有《人间词甲稿》《人间词乙稿》，朱祖谋删定为《观堂长短句》，刊入《沧海遗音集》。

蝶恋花

王国维

昨夜梦中多少恨，细马香车[1]，两两行相近。对面似怜人瘦损，众中不惜搴帷问。　　陌上轻雷听渐隐[2]，梦

里难从，觉后那堪讯。蜡泪窗前堆一寸[3]，人间只有相
思分。

◎ 注释

[1]细马香车：分指男女双方，男骑细马，女乘香车。

[2]轻雷：喻车声。

[3]"蜡泪"句：陆游《秋风亭拜寇莱公遗像》："蜡泪成堆又一时。"

◎ 评析

　　光绪三十二年（1906），作者辞家赴北京，这词是记梦忆内之作。
同时所作之《清平乐》有"当时草草西窗，都成别后思量"之句，同样
是忆内之作。上片写梦中相遇，下片醒后相念。一往情深，感染力强。
樊志厚序《人间词甲稿》《人间词乙稿》，称其词"意深于欧"，所举代
表作数首中，此首在内。

蝶恋花

王国维

百尺朱楼临大道，楼外轻雷[1]，不问昏和晓。独倚阑干
人窈窕，闲中数尽行人小。　　一霎车尘生树杪，陌上
楼头，都向尘中老。薄晚西风吹雨到，明朝又是伤流潦[2]。

◎ 注释

[1]轻雷：见前一首注。

[2]"明朝"句：周邦彦《大酺》："行人归意速，最先念、流潦妨车毂。"

◎ 评析

　　这首词，写居者之相思和行者之旅愁，但他已超越了一时一地一

事，写的不是个人的，而是带有普遍性的悲剧。《人间词话》区分词人的观照为"以我观物"和"以物观物"两者，前者，"物皆着我之色彩"，为"有我之境"；后者，"不知何者为我，何者为物"，为"无我之境"。樊志厚所写的词集序，把这词归入后者，称其为"意境两忘，物我一体"的"合作"，合审美主客体为一，以纯客观的观照来写此人间悲剧。然而，这词的境界内涵，是人生即痛苦的哲理。分明具有浓厚的愁苦感情色彩，这不可能是纯客观的。

少年游

王国维

垂杨门外^[1]，疏灯影里，上马帽檐斜^[2]。紫陌霜浓^[3]，青松月冷，炬火散林鸦^[4]。　　酒醒起看西窗上，翠竹影交加。跌宕歌词^[5]，纵横书卷^[6]，不与遣年华。

◎ 注释

[1]"垂杨"句：晏几道《木兰花》："门外绿杨风后絮。"

[2]"上马"句：陆游《花时遍游诸家园》："翩翩马上帽檐斜，尽日寻春不到家。"

[3]紫陌：有紫花的美丽街道。谢庄《烝齐应诏诗》："紫阶协笙镛。"

[4]"炬火"句：杜甫《杜位宅守岁》："列炬散林鸦。"

[5]"跌宕"句：江淹《恨赋》："跌宕文史。"张铣注："跌宕，放逸也。"

[6]"纵横"句：陆游《书怀》："万卷纵横只自愚。"

◎ 评析

此词是学者而兼词人的传神写照。上片写游，下片写息，充满青春气息，体现了一代大师的发奋精神和心灵之美。

蝶恋花

王国维

窗外绿阴添几许？剩有朱樱[1]，尚系残春住。老尽莺雏无一语[2]，飞来衔得樱桃去。　　坐看画梁双燕乳。燕语呢喃，似惜人迟暮[3]。自是思量渠不与[4]，人间总被思量误。

◎ 注释

[1] 朱樱：即樱桃。

[2] 老尽莺雏：周邦彦《满庭芳·夏日溧水无想山作》：“风老莺雏，雨肥梅子。”

[3] 人迟暮：《楚辞·离骚》：“惟草木之零落兮，恐美人之迟暮。”

[4] 思量：即相思。渠：第三人称。

◎ 评析

　　此词从春残写到美人迟暮，相思恨别，极深情婉转之致。

浣溪沙

王国维

掩卷平生有百端，饱更忧患转冥顽[1]。偶听啼鴂怨春残[2]。坐觉无何消白日[3]，更缘随例弄丹铅[4]。闲愁无分况清欢。

◎ 注释

[1] 冥顽：顽钝无知。韩愈《祭鳄鱼文》：“不然则是鳄鱼冥顽不灵。”

[2] “偶听”句：啼鴂，即鴂、杜鹃。《楚辞·离骚》：“恐鹈鴂之先鸣兮，使夫百草为之不芳。”

[3] “坐觉”句：坐：正、恰。无何：没有什么方法。语本《史记·淮南衡山列传》：“王自度无何。”

［4］丹铅：丹砂铅粉，古人用以校勘文字。韩愈《秋怀诗十一首》："不如觑文字，丹铅事
　　点勘。"

◎ 评析

　　这词作于光绪三十三年（1907）年底。前两年中，作者之父母与
妻相继去世，故上片开头有"平生有百端""饱更忧患"之沉痛语。听杜
鹃鸣而深感时光之流逝，为"冥顽"下一转语。下片进一层写，于"无
可奈何花落去"的处境中，以校订古籍以排遣愁闷，外似旷达，内更沉
痛，全篇工于转折，常透过一层写。"饱更忧患"而"转冥顽"，听啼鴂
而云"偶听"，"闲愁"尚且"无分"，何况"清欢"。语言自然浑朴，不
假一毫粉泽。

点绛唇

王国维

屏却相思，近来知道都无益。^[1]不成抛掷^[2]，梦里终相
觅。　　醒后楼台，与梦俱明灭。^[3]西窗白，纷纷凉月^[4]，
一院丁香雪。

◎ 注释

［1］"屏却"二句：屏：去声，放弃。见朱彝尊《忆少年》注。
［2］不成：难道。宋人方言。
［3］"醒后"二句：梦里所见的楼台，醒后还若明若灭，迷离惝恍。晏幾道《临江仙》："梦
　　后楼台高锁。"
［4］"纷纷"句：杜甫《陪郑广文游何将军山林》："凉月白纷纷。"

◎ 评析

　　这是一首写相思的情词。用笔也是层递转折。知相思无益，但仍不

能抛却，而去梦中寻觅。梦里寻觅而醒后仍然惝恍迷糊。这种写法，是作者的长技。最后以凉月与白丁香相互衬托，烘染成凄冷的氛围，托出人的孤寂怅惘，表现了词中主人公的内心世界。这正是作者在《人间词话》所云："一切景语皆情语也。"

蝶恋花

王国维

阅尽天涯离别苦。不道归来，零落花如许。花底相看无一语，绿窗春与天俱暮。　　待把相思灯下诉。一缕新欢，旧恨千千缕。最是人间留不住，朱颜辞镜花辞树[1]。

◎ 注释

[1]"朱颜"句：以人与花对照写。作者《鹊桥仙》词中有"霎时送远，经年怨别，镜里朱颜难驻"句，专就人写，意亦相同。

◎ 评析

　　此词光绪三十一年（1905）春暂归海宁时作。作者长期在外工作、求学，至是暂回与夫人莫氏相见。后作者又北行，于三十三年夏闻莫夫人病危讯而返，抵家旬日而夫人病逝。三十一年返家时，可能夫人体力已不支，容颜憔悴，如词语所云。此词直抒所感，自然能真挚动人。当然，词境所托，展示的是有普遍意义的人间悲剧而不限于个人，但正因有个人切身感受的根源，才能扩大观物，不限于一隅。这词的特点，在于不写归来之喜，而写归来之恨，归来并不能解除痛苦，反而增加痛苦，显示了浓厚的悲剧色彩。通篇写花即写人，上下片都有透过一层的转笔，但上片明用"不道"字面，下片却是暗转。具见匠心。

蝶恋花

王国维

独向沧浪亭外路[1]，六曲阑干，曲曲垂杨树。[2]展尽鹅黄千万缕[3]，月中并作蒙蒙雾。　　一片流云无觅处，云里疏星，不共云流去。闭置小窗真自误，人间夜色还如许！

◎ 注释

[1] 沧浪亭：在苏州南门内，三元坊附近。五代末年为吴越中吴军节度使孙承祐别墅。北宋庆历年间，苏舜钦购下别墅临水筑亭，命名为沧浪亭。南宋初年韩世忠辟为住宅，大加扩建，历代屡有兴修。作者当时任教于苏州师范学堂，与沧浪亭只隔着一条护龙街（今人民路），地相邻近。

[2] "六曲"二句：晏殊《蝶恋花》："六曲阑干偎碧树，杨柳风轻，展尽黄金缕。"

[3] 鹅黄：幼鹅毛色黄嫩，故以喻娇嫩淡黄之物。古人用以喻杨柳。前已有注。

◎ 评析

　　此词是作者在光绪末年任教于苏州师范学堂时所作。前半写在沧浪亭外独步时所见地上夜景，后半写回到居室后天空的夜色。前后联成一个整体，表示夜色之美的可爱。上片写杨柳在微微月光的笼罩下，交凝成一片朦胧的雾，表现了朦胧之美的词境。下片写作者对夜色的留恋和对美景的观察，并唤醒自己，不要闭置小窗之中，白白地耽误对夜景的欣赏。

蝶恋花

王国维

窈窕燕姬年十五，惯曳长裾，不作纤纤步，[1]众里嫣然通一顾，人间颜色如尘土。[2]　　一树亭亭花乍吐，除却天然，欲赠浑无语。当面吴娘夸善舞，可怜总被腰肢误。

◎ 注释

[1]"窈窕"三句：窈窕：包涵美好与幽静、容态与品德多层次的意义。燕姬：燕为河北一带地方，燕姬谓北方女子，与下片的"吴娘"作对照。辛延年《羽林郎》："胡姬年十五，春日独当垆。长裾连理带，广袖合欢襦。头上蓝田玉，耳后大秦珠。两鬟何窈窕，一世良所无。"纤纤步：《古诗为焦仲卿妻作》："纤纤作细步，精妙世无双。"按：《羽林郎》所写胡姬是北方女子，以曳长裾为美。《古诗为焦仲卿妻作》是为南方庐江府吏妻而作，是写南方女子，故以纤纤步为美。作者在这里是写燕姬，故肯定"曳长裾"而不要"纤纤步"。

[2]"众里"二句：众里：一群人之中。辛弃疾《青玉案·元夕》："众里寻他千百度。"嫣然：女子笑的样子。宋玉《登徒子好色赋》："嫣然一笑，惑阳城，迷下蔡。"通一顾：陈师道《小放歌行》："春风永巷闭娉婷，长使青楼误得名。不惜卷帘通一顾，怕君着眼未分明。"这里并用杨贵妃事。白居易《长恨歌》："回眸一笑百媚生，六宫粉黛无颜色。"陈鸿《长恨传》："顾左右前后，粉色如土。"辛弃疾《摸鱼儿》："君莫舞，君不见，玉环飞燕皆尘土。"

◎ 评析

这词的主要命题，在于主张"天然"，亦即"自然"。上片对燕姬的肯定，是肯定其不为矫揉造作，亦即肯定其自然；下片否定吴娘的自夸善舞，亦即否定其不自然。这当然可以从人格修养这一含义较广的方面去理解，但从王氏论元曲论词颇多主张自然的方面考察，还是收缩在论诗词的范围内为好。钱振锽《谎语》云："案静安言词之病在隔，词之高处为自然。予谓隔只是不真耳。真则亲切有味矣，真则自然矣。静安有《蝶恋花》，下半阕云：'一树亭亭花乍吐，除却天然，欲赠浑无语。当面吴娘夸善舞，可怜总被腰肢误。'此亦静安之论词也。当面两字，狼藉时贤多矣。"狼藉时贤，并非无的放矢，《人间词话》论朱祖谋词，赞扬了一阵子之后，忍俊不禁地说："然古人自然神妙处，尚未见及。"岂非明证。

浣溪沙

王国维

本事新词定有无[1]？斜行小草字模糊。灯前肠断为谁书？　　隐几窥君新制作[2]，背灯数妾旧欢娱。区区情事总难符。

◎ 注释

[1] 本事：古人指一首诗或词的故事背景为"本事"，唐人孟启有《本事诗》一卷，清人叶申芗有《本事词》二卷。

[2] 隐几：靠着桌子。《庄子·齐物论》："南郭子綦隐几而坐。"

◎ 评析

　　读诗词一味考索本事，近于近人所说的"索隐派"的赏鉴方法。诗词有没有本事，要分别观之，不可偏执。诗之有本事考述，作俑于"诗三百篇"的毛诗说与韩诗说，其中有的确存在本事，有的一般地写爱情，并无本事。唐人李商隐诗，也是这样。王国维论词，有"写境"与"造境"之分，"然二者颇难分别：因大诗人所造之境，必合乎自然；所写之境，亦必邻于理想故也"（《人间词话》）。写眼前寻常的景与情，自然属于"写境"之作，然而若就其给人的丰美联想而言，则又含有深远的意蕴。而那种"索隐派"的赏鉴方法，是与此无缘的。这首词是以言情之词的面貌出现的论词之作，塑造一个痴情女子偷看其所爱者信件时的生动形象，并描写这一女子当时的心理活动，趣味盎然。它启示我们读诗诵词，要得意忘言，不应像考据家那样每一件作品都去落实本事。本篇第一句即开门见山，提出了这点。但确实要考证清楚的东西，也还得要考订，不可因噎废食。

陈曾寿
(1878—1949)

字仁先，号苍虬居士，湖北蕲水（今浠水）人。光绪二十九年癸卯（1903）进士，官至都察院广东道监察御史。辛亥革命后，筑室杭州小南湖，以遗老自居。后曾参与张勋复辟、伪满组织等。他是清代名诗人陈沆的曾孙，为近代宋诗派的后起名家，兼学唐人韩愈、李商隐、宋人黄庭坚、陈师道而自创面目，极为陈三立所推许。亦工词，叶恭绰《广箧中词》曰："仁先四十为词，门庑甚大，写情寓感，骨采骞腾，并世殆罕俦匹，所谓文外独绝也。"张尔田《与龙榆生论词书》曰："苍虬颇能用思，不尚浮藻，然是诗意，非曲意，此境亦前人所未到者。"然作品中遗老心情，常有流露。有《苍虬阁诗》十卷、《旧月簃词》一卷，并有《旧月簃词选》选宋人词以标宗趣。

踏莎行

白堂看梅

陈曾寿

石叠蛮云[1]，廊栖素雪[2]，锁愁庭院苔綦涩[3]。无人只有暮钟来，定中微叩春消息[4]。　　冷雾封香，绀霞迷色[5]。慵妆悄泪谁能惜？一生长伴月昏黄[6]，不知门外泠泠碧[7]。

◎ 注释

[1] 石叠蛮云：用太湖石叠起来像烟云一般的假山。太湖石出吴地，吴于古代称荆蛮，故云蛮云。

[2] 素雪：白雪，指白梅。

[3] 苔綦：綦，脚印。涩，阻塞之意。因无人到庭院，青苔上没有脚印，好像是人被阻隔。

[4] 定：佛教用语，指一种无念无欲的坐禅境界。《五灯会元》："六根涉境，心不随缘名定。"

[5] 绀：见朱祖谋《长亭怨慢·苇湾重到》注。

[6] 月昏黄：林逋《山园小梅二首》："暗香浮动月黄昏。"

[7] 泠泠：冷清的样子。宋玉《风赋》："清清泠泠。"

◎ 评析

　　此词写白梅，佳处不在于一些美丽的辞藻。上片后二句，下片后二句，虚处传神，词家写梅，很少有此高秀绝尘的境界。

浣溪沙

孤山看梅[1]

陈曾寿

心醉孤山几树霞[2]，有阑干处有横斜[3]，几回坚坐送年华[4]？　　似此风光惟强酒，无多涕泪一当花，笛声何苦怨天涯[5]。

◎ 注释

[1] 孤山：孤峙在杭州西湖的里湖与外湖之间，故名孤山。又因多梅花，一名梅屿。

[2] 霞：红霞，指红梅。

[3] 横斜：林逋《山园小梅二首》："疏影横斜水清浅。"

[4] 坚坐：形容久坐。韩愈《赠侯喜》："晡时坚坐到黄昏。"

[5] "笛声"句：谓不必为远客他乡而烦恼。作者是湖北人。黄鹤楼在湖北，李白有"黄鹤楼中吹玉笛，江城五月落梅花"之句，故联想及之。

◎ 评析

　　同一作者，同为看梅，此首与前一首不同。前首写芳洁之怀，闲定之境。此首重在抒凄抑之情，对美好的风光而云"强酒"，当花而云"无多涕泪"，作者对军阀统治时的社会，显然有所不满。作者湖北人，而筑室在杭州南湖，故有"笛声何苦怨天涯"之结语，亦是与"强酒"同意。

临江仙

陈曾寿

修得南屏山下住[1]，四时花雨迷濛。溪山幽绝梦谁同？人间闲夕照，消得一雷峰。[2]　　极目寒天沉雁影[3]，断魂凭证疏钟[4]。淡云来往月朦胧。藕花风不断，三界佛香中[5]。

◎ 注释

[1] 南屏山：杭州西湖南山名，山下有净慈寺。

[2] "人间"二句：西湖南岸夕照山有雷峰，上有雷峰塔，一名黄妃塔，吴越国王钱弘俶王妃黄氏建。塔身三级。明代嘉靖年间被倭寇纵火焚烧，仅存赭色塔身。旧时夕阳西照，宝塔金碧与山光辉映。"雷峰夕照"是西湖十景之一。民国十三年（1924）八月二十七日倒塌。作者此词，作于雷峰塔倒塌以前。

[3] 寥天：太虚寂寥之境。《庄子·大宗师》："乃入于寥天一。"此截用其辞。

[4] "断魂"句：疏钟指西湖十景之一的"南屏晚钟"。有"南屏晚钟"碑亭在净慈寺前。唐、宋时有铜钟，明太祖时重铸大钟一口，传声极远。

[5] 三界：《显扬圣教论》："欲等三界者：一、欲界，谓未离欲地杂众烦恼诸蕴差别；二、色界，谓已离欲地杂众烦恼诸蕴差别；三、无色界，谓离色欲地杂众烦恼诸蕴差别。"

◎ 评析

　　此首颇能代表陈苍虬词"骨采骞腾"的风格。寓情于景，自掩其怨抑之迹。叶恭绰《广箧中词》评曰："凄丽入骨。"

◈ **李 息**
(1880—1942)

字息霜，号叔同，名曾屡易，初名成蹊，继名岸，直隶天津（今天津）人，原籍浙江平湖。戊戌政变，当道目为康、梁同党，遂南下赁居上海。入南洋公学肄业。毕业后与友设沪学会于南市，倡爱国。光绪三十一年（1905），赴日本留学，入东京美术专门学校，专攻西洋绘画和音乐。与在日同学创组"春柳剧社"。同时加入同盟会。归国后，为南社社员，辛亥革命后，在上海主编《太平洋报》的画刊。民国七年（1918）出家为僧，法名演音，字弘一，专修律宗。李息多才艺，通四国语文，诗、词、戏剧、音乐、图画俱工妙，尤以篆刻名家。其词兼擅豪壮与缠绵两种风格。没后其弟子李芳远辑刊《弘一法师文钞》，其中存诗二十七首、词十一首。

金缕曲

留别祖国[1]

李 息

被发佯狂走[2]。莽中原、暮鸦啼彻，几枝衰柳。[3]破碎山河谁收拾？零落西风依旧。便惹得、离人消瘦。行矣临流重太息，说相思、刻骨双红豆[4]。愁黯黯，浓于酒。　漾情不断淞波溜[5]。恨年年、絮飘萍泊，遮难回首[6]。二十文章惊海内[7]，毕竟空谈何有。听匣底、苍龙狂吼[8]。长夜凄风眠不得，度群生那惜心肝剖[9]。是祖国，忍孤负。

◎ 注释

[1] 这词是光绪三十一年赴日本留学前所作。时年二十六岁。题目据《弘一法师文钞》。陈封雄《热爱祖国的弘一法师》文中引此词，题作《金缕曲·留别祖国并呈同学诸子》。陈封雄文以此词为作"自二十岁时"，误。

[2] "被发"句：被发：散发。佯狂：装疯。《史记·宋微子世家》："（箕子）乃被发佯狂而为奴。"

[3] "暮鸦"二句：李商隐《隋宫》："终古垂杨有暮鸦。"

[4] "相思"句：刻骨：感受深切入骨。曹植《上责躬应诏诗表》："刻肌刻骨。"相思红豆，王维《相思》："红豆生南国，春来发几枝？愿君多采撷，此物最相思。"

[5] "漾情"句：淞：上海的吴淞江。作者东赴日本，从上海出发，故云尔。溜：水流貌，这里即作"水"解。

[6] 遮：代词，相当于"这"。

[7] "二十"句：二十：约数，作者本年已二十六岁，但未满三十岁，故仍云"二十"。杜甫《宾至》："岂有文章惊海内。"

[8] "匣底"句：苍龙：指剑。故事见沈曾植《渡江云·赠文道希》注。

[9] "群生"句：吴伟业《贺新郎·病中有感》："剖却心肝今置地。"

◎ 评析

  这是一首热血沸腾充满爱国激情的青年志士的词。然通篇于慷慨中交错着凄抑，这是由于：这次东渡，尚是属于向他邦寻求救国真理的活动，出路何在，尚未明朗，有待于到达彼处后见分晓，作者加入同盟会，是到日本以后的事；再是当时不少国人尚未觉醒，故作者有"破碎山河谁收拾，零落西风依旧"的感伤。作者在东渡前夕所作之《喝火令·哀国民之心死》一词云："故国鸣鹧鸪，垂杨有暮鸦。江山如画日西斜。新月撩人，透入碧窗纱。 陌上青青草，楼头艳艳花。洛阳儿女学琵琶。不管冬青一树，属谁家。不管冬青树底，影事一些些。"便是最好的说明。当然，这词的主旋律在于后半的"苍龙狂吼"，"度群生那惜心肝剖"，这又早有他的思想基础，他在本年出国前，曾为"沪学会"补习学校创作《祖国歌》的词和曲。歌词为："上下数千年，一脉延，文明莫与肩。纵横数万里，膏腴地，独享天然利。……呜呼，唯我大国民，幸生珍世界，琳琅十倍增声价。我将骑狮越昆仑，驾鹤飞渡太平洋，谁与我仗剑挥刀？呜呼，大国民，谁与我鼓吹庆升平！"这又是一个最好的说明。

满江红

李　息

皎皎昆仑[1]，山顶月、有人长啸。看囊底、宝刀如雪，恩仇多少。双手裂开鼷鼠胆[2]，寸金铸出民权脑[3]。算此生、不负是男儿，头颅好。　　荆轲墓，咸阳道。[4]聂政死，尸骸暴。[5]尽大江东去[6]，余情还绕。魂魄化成精卫鸟[7]，血花溅作红心草[8]。看从今、一担好山河[9]，英雄造。

◎ 注释

[1] 昆仑：见陈锐《水龙吟·题大鹤山人〈樵风乐府〉》注。

[2] 鼷鼠：小鼠，《魏书·汝阴王天赐传》："言同百舌，胆若鼷鼠。"

[3] 民权：作者为同盟会成员，故"民权"字用孙中山学说。孙中山于1905年在《〈民报〉发刊词》中阐明民族、民权、民生"三民主义"。

[4] "荆轲"二句：宋敏求《长安志》卷十六《县》六《蓝田县志》："荆轲墓，在县西北三十里。"词言"咸阳道"，泛言之耳，统指关中。

[5] "聂政"二句：《史记·刺客列传》载聂政刺死韩相侠累后自屠死，"韩取聂政尸暴于市"。

[6] 大江东去：苏轼《念奴娇·赤壁怀古》："大江东去，浪淘尽、千古风流人物。"

[7] "魂魄"句：见朱祖谋《金缕曲·书感寄王病山秦晦鸣》注。

[8] 红心草：见朱彝尊《高阳台》注。

[9] 一担山河：俗传明建文帝出家为僧后，有"收拾起大地山河一担挑"的诗句。

◎ 评析

这首词作于辛亥革命成功以后。作者感到中国有了希望，表现在词中的是一种再造乾坤的信心与决心。词笔雄壮，有穿云裂石之声。

❀ 吕碧城
（1883—1943）

字圣因，一字明因，安徽旌德人。姊妹三人俱工文藻，碧城与长姊湘兼擅填词。中年去国，卜居瑞士山中，宣扬佛法，仍不废倚声。第二次世界大战中归香港，病逝。《光宣词坛点将录》："圣因为近代女词人第一，不徒皖中之秀。早岁为樊增祥所激赏。中年游瑞士后，慢词《玲珑玉》《汨罗怨》《陌上花》《瑞鹤仙》诸阕，俱前无古人之奇作。'休愁人间途险，有仙掌为调玉髓，迤逦填平。'（《阿尔伯士雪山》）'鄂君绣被春眠暖，谁念苍生无分。'（《木棉花》）杜陵广厦，白傅大裘，有此襟抱，无此异彩。《晓珠词》中，杰构尚多，'明霞照海，渲异艳，远天外'（《瑞鹤仙》）。其自处如是。"初刊《信芳词》行世，晚年手自增删，汇印为《晓珠词》四卷。

祝英台近

吕碧城

缒银瓶[1]，牵玉井[2]，秋思黯梧苑[3]。蘸渌搴芳[4]，梦堕楚天远。最怜娥月含颦[5]，一般消瘦，又别后、依依重见。　　倦凝眄，可奈病叶惊霜，红兰泣骚畹[6]。滞粉粘香，绣屟悄寻遍。小阑人影凄迷，和烟和雾，更化作、一庭幽怨。

◎ 注释

[1] 縆银瓶：白居易《新乐府·井底引银瓶》："井底引银瓶，银瓶欲上丝绳绝。"

[2] 牵玉井：花蕊夫人《宫词》："玉井金床转辘轳。"

[3] "秋思"句：《古乐府》："梧宫秋，吴王愁。"

[4] 搴芳：搴，拔。《楚辞·离骚》："朝搴阰之木兰兮。"

[5] 娥月：月中有嫦娥，故云娥月。古人又以月比作后妃。

[6] "红兰"句：红兰：江淹《别赋》："见红兰之受露。"骚畹：《楚辞·离骚》："余既滋兰之九畹兮，又树蕙之百亩。"王逸注："十二亩曰畹。"

◎ 评析

　　此词用事，多涉宫廷、后妃、佳人遭殃各方面，"银瓶""玉井"，尤为明显，疑是伤悼庚子年珍妃被那拉后命崔太监推坠井中死难事。庚子年作者十八岁，词如作于辛丑，则年十九，所以为早岁之作。樊增祥评曰："稼轩'宝钗分，桃叶渡'一阕，不得专美于前。"辛弃疾《祝英台近》"断肠片片飞红，都无人管，更谁劝啼莺声住"，张惠言《词选》固以为："点点飞红，伤君子之弃；流莺，恶小人得志也。"圣因此作，何妨作比兴观。

汨罗怨

过旧都作[1]

吕碧城

翠拱屏嶂[2]，红逦宫墙[3]，犹见旧时天府[4]。伤心麦秀[5]，过眼沧桑，消得客车延伫。[6] 认斜阳、门巷乌衣，匆匆几番来去？[7] 输与寒鸦，占取垂杨终古。[8]　　　闲话南朝往事[9]，谁踵清游[10]，采香残步[11]。汉宫传蜡[12]，秦镜荧星[13]，一例秾华无据[14]。但江城、零乱歌弦，哀入黄陵暮雨[15]。还怕说、花落新亭[16]，鹧鸪啼苦[17]。

◎ 注释

[1] 旧都：指南京。因南京是三国时东吴、南朝东晋、宋、齐、梁、陈、五代南唐，明太祖、建文帝、南明福王的都城，故称为旧都。

[2] 翠拱屏嶂：指南京城外的钟山，翠色屏嶂，拱卫都城。

[3] 宫墙：想象中旧时宫阙的红墙。

[4] 天府：有多种意义，这里指朝廷。《隶释·汉平都相蒋君碑》："功列天府。"

[5] 麦秀：《史记·宋微子世家》："其后箕子朝周，过故殷墟，感宫室毁坏生禾黍，箕子伤之……乃作麦秀之诗以歌咏之，其诗曰：'麦秀渐渐兮，禾黍油油。彼狡童兮，不与我好兮。'所谓'狡童'者，纣也。"

[6] "过眼"二句：沧桑：见金堡《八声甘州·卧病初起》注。延伫：久立等待。《楚辞·离骚》："结幽兰而延伫。"

[7] "斜阳"二句：见朱彝尊《卖花声·雨花台》注。

[8] "输与"二句：见李息《金缕曲·留别祖国》注。

[9] 南朝：一般称东晋、宋、齐、梁、陈为南朝。

[10] 踵：继续。

[11] 采香：借用采香泾事。范成大《吴郡志》："采香泾，在香山之傍小溪也。吴王种香于香山，使美人泛舟于溪以采香。今自灵岩山望之，一水直如矢，故俗又名箭泾。"

[12] "汉宫"句：韩翃《寒食》："日暮汉宫传蜡烛，轻烟散入五侯家。"

[13] "秦镜"句：杜牧《阿房宫赋》："明星荧荧，开妆镜也。"

[14] 秾华：《诗经·召南·何彼秾矣》："何彼秾矣，华如桃李。"

[15] 黄陵：在湖南湘阴湘水入洞庭处，相传为娥皇、女英葬地。

[16] 新亭：见吴伟业《满江红·感旧》注。

[17] 鹧鸪：见曹贞吉《留客住·鹧鸪》注。

◎ 评析

　　这词表面是过南京的吊古之作。如果单纯吊古，意义就不大。实际上是借今古沧桑变革之无常与快速，以寄慨清王朝的覆灭，甚至可能有给袁世凯想复辟帝制敲警钟之意。这位女词人不是前清遗老，不能说这词是属于遗老思想类型。但人生浮脆的哀感，也在词中流露，这正是她中年以后皈依佛法的原因。词笔清丽，作者本色。

❀庞树柏
（1884—1916）

字檗子，号芑庵，江苏常熟人。早年即具有革命思想，肄业于江苏师范学堂。历任江宁、上海、木渎、常熟各学堂教习。南社发起人之一，被推为《南社》词集编辑。尝主讲上海圣约翰大学。辛亥革命时，和宋教仁等参与上海光复事宜。常熟光复，他是主要筹划者。事定，返圣约翰大学，任沪军都督文牍，兼任教于爱国、竞雄诸女校。其为词受业于朱祖谋之门。祖谋为删定其词集，没后为题词并助资刊行。《光宣词坛点将录》云："叶玉森《鹧鸪天·题檗子词》云：'绝代才人不碍狂，鹿门月色称萝棠。苦吟舌底参黄檗，散尽天花悟道场。'檗子瓣香疆村，为南社词流眉目。《玉玎玖馆词》趋向南宋，得白石之警秀，其稿为疆村删定。中年伤于哀乐，谢世过早。其《莺啼序·壬子三月劫后过吴阊感赋步梦窗韵》，邵次公题词所谓'吴波荡春千里'者，词家之《哀江南赋》也。"著《玉玎琮馆词》《龙禅室诗》，合刊为《庞檗子遗集》。

惜红衣

庞树柏

读王半塘《庚子秋词》感赋，仍用白石韵[1]

画角吹尘[2]，狂花卷日，俊游无力。独上高楼，千山暮云碧。歌离吊远，空老却、京华词客[3]。凄寂。肠断楚兰[4]，问夫君消息[5]。　　秋风九陌[6]。落叶哀蝉[7]，深宫乱芜碧。霓旌翠辇去国。指西北。[8]往事怕谈天宝[9]，多少鬓丝经历。剩墨华和泪，难辨旧时颜色。

◎ 注释

[1] 王半塘：见王鹏运小传。《庚子秋词》：见王鹏运《浪淘沙·自题〈庚子秋词〉后》注。白石韵：用姜夔自度曲《惜红衣》韵。

[2] 画角：见朱彝尊《消息·度雁门关》注。

[3] 京华词客：与上面的"独上高楼"，都指王鹏运。

[4] 楚兰：《楚辞》中很多写到"兰"，除少数外，大都以兰草象征仁人君子的高尚品质。这里指王鹏运。

[5] 问夫君消息：指怀念光绪帝之意。《楚辞·九歌·湘君》："望夫君兮未来，吹参差兮谁思！"

[6] 九陌：原指汉代长安城内的九条大道，这里泛指北京城内的大街。

[7] 落叶哀蝉：指珍妃之死。见朱祖谋《声声慢·辛丑十一月十九日》注。

[8] "霓旌"二句：霓旌：皇帝仪仗中的一种彩旗。杜甫《哀江头》："忆昔霓旌下南苑。"翠辇：见文廷式《贺新郎》注。去国、指西北：谓慈禧太后与光绪帝逃往西安。国，古代指国都，这里指北京。

[9] 谈天宝：王士禛《秦淮杂诗》之二："樽前白发谈天宝。"天宝，唐玄宗年号。

◎ 评析

这词就读王半塘《庚子秋词》着笔，通篇笼罩"凄寂"的基调。虽说是为读王词而感赋，实际上也是庞氏自己感伤国事心情的表露。用不长的篇幅，展示了庚子国难中的京师荒芜的图卷，又把作者的悲愤心情和忧患意识，表现得深沉，渲染得浓烈。黍离悲愤，却以含蓄之笔出之，深得姜夔词的法乳。

水调歌头

和鹤公《夜梦登黄鹤楼》韵[1]

庞树柏

喝起汉时月[2]，还照旧江山[3]。不知今夕何夕[4]，同舞剑华寒。难得牙旗玉帐，据此上游形胜，[5]警燧尚连天[6]。骑鹤会飞去[7]，云外一凭栏。　　茫茫看，楼阁下，水光连。漫歌崔颢题句[8]，重谱大刀环[9]。为想西风破帽[10]，与子谈兵呼酒，何日此身闲？回首梦游事，双鬓恐苍然。

◎ 注释

[1] 鹤公：金鹤翔，字病鹤，江苏常熟人。诸生。南社社员，工诗词，有《病鹤遗稿》行世。黄鹤楼：在武昌，相传建于三国孙吴黄武二年（223），后各代屡毁屡修，仅清代重修、补葺即有八次。有许多神话附会，如王子安乘鹤由此经过；费文伟驾鹤返憩于此等。楼于光绪十年（1884）又焚毁。现在新建的黄鹤楼，位于蛇山之巅。此词作于宣统三年辛亥（1911）八月十九日武昌起义以后。

[2] "喝起"句：李贺《秦王饮酒》："酒酣喝月使倒行。"

[3] "还照"句：江山本是汉族统治的，而被清王朝占领了二百多年，所以说"还照旧江山"，即还照汉族原来统治的江山，"旧"，意为"旧有"。这里暗含"驱除鞑虏，恢复中华"（孙中山提出的革命口号）之意。

[4] "不知"句：见孙尔准《水调歌头·月夜登包山》注。《诗经·唐风·绸缪》："今夕何夕。"

[5] "难得"二句：牙旗玉帐：见张景祁《望海潮》注。玉帐，谓主将出征时军帐。牙旗，谓主将的帅旗。这里指武昌起义军的阵容。上游形胜：形胜指地理位置上的优越便利。上游形胜即指武汉三镇。武汉位于长江中上游，为中国东西南北水陆交通枢纽，占据武汉，有中间突破、震撼全局的重大战略意义。

[6] "警燧"句：警燧：即烽火。此句谓起义军当时同清军作战，烽火连天，胜负仍未见最

后分晓。

[7]"骑鹤"句：指自己设想与金病鹤梦游事。

[8]"漫歌"句：见黄景仁《贺新郎·太白墓》注。

[9]"重谱"句：汉乐府："藁砧今何在，山上复有山。何当大刀头，破镜飞上天。"吴兢
《乐府古题要解》卷下："'藁砧'，趺也，问夫何处也；'山上复有山'，重山为'出'
字，言夫不在也；'何当大刀头'，刀头有环，问夫何时当还也；'破镜飞上天'，言月半
当还也。"这里借用汉乐府语，表示要推翻清王朝。

[10]"为想"句：词作于八月下旬以后，正金风送爽之时，故用孟嘉九日西风落帽故事，见
陈维崧《满江红·秋日经信陵君祠》注。

◉ 评析

　　这词写于宣统三年辛亥八月十九日武昌起义信息到达上海常熟一
带以后，从一个侧面反映出作者向往革命的激情。不久，他就积极参与
了家乡常熟的光复事业。这词是一曲高亢激昂的志士之歌，有扭转乾坤
的气概。金鹤翔的原唱是《水调歌头·夜梦登黄鹤楼》："秋冷洞庭水，
目断楚江山。一楼千古奇绝，人去月光寒。鹃血峨嵋啼尽，雁信衡阳愈
紧，歌响遏云天。旧梦尽抛却，乘醉倚危栏。　敝袍客，烽烟路，甚流
连。乾坤旋转谁手，请听唱刁环。高会簪裾先散，孤艇蓑纶难理，何地
是宽闲。长笛激风起，与尔共泠然。"也可说是高唱入云。

孙景贤

（1880—1919）

字希孟，号龙尾，江苏常熟人。张鸿弟子。清末，张鸿为驻日本长崎领事，景贤从之往。回国后至北京，官检察庭。以病肺卒于乡。景贤工诗，专宗李商隐，与曹元忠、汪荣宝为吴中三鼎足。亦工词。《光宣词坛点将录》："《梅边乐府》一卷，出龙尾手订，篇章少而甄录严。徐兆玮撰序，称其'雕肝琢肾，研精洞微，究极尺寸声律之正变''迈往之气，清隽之才，身丁世变，出其所学法家言以从事于检察之庭，亦既有所表襮矣，终不获尽展其长而抑郁以死'亦可惜矣。"著有《轰天雷》传奇、《龙吟草甲》《龙吟草乙》《梅边乐府》。

念奴娇

孙景贤

倚虹丈归自京师，邀同闲话[1]

小窗情话，倩池波、深照随鸥纱帽[2]。我亦春明门外客[3]，乍听秋风归早[4]，画省香炉[5]，青楼弦管[6]，梦里容西笑[7]。金銮莫问[8]，近来愁事多少[9]。　　闻道酒劝长星，万年天子，[10]玉几眠初觉[11]。告急床头如火急，不待银虬催晓[12]。解甲男儿[13]，签名臣妾[14]，吟尽伤心稿[15]。石城佳气，坐看葱郁江表。[16]

◎ 注释

[1] 倚虹：徐兆玮，字少逵，号倚虹，江苏常熟人。光绪十六年庚寅（1890）进士，官翰林，工诗词。于景贤为长辈，故题中称之为丈。

［2］随鸥纱帽：李嘉祐《寄王舍人竹楼》："纱帽闲眠对水鸥。"纱帽，泛指官帽。徐兆玮官翰林，是清闲之职，今又归乡，故称"随鸥"。

［3］"我亦"句：《唐六典》："京城东面三门，中曰春明。"后代诗词常以"春明"代指京师城门。说自己是门外客，即指自己已经弃官离开了京城。

［4］"乍听"句：见周济《渡江云·杨花》注。

［5］"画省"句：杜甫《秋兴八首》："画省香炉违伏枕。"汉代尚书省曾以胡粉涂壁，壁间又画古烈士像，故有"画省"之别称。此句指徐兆玮官清廷。

［6］"青楼"句：李商隐《风雨》："青楼自管弦。"指歌馆妓院内的弹唱歌舞。此句作者概括在京师的生活。

［7］"梦里"句：西笑，桓谭《新论·琴道》："人闻长安乐，则西向而笑。"有仰慕怀念京都生活之意。这里说"梦里容西笑"，是言外之意，谓京都生活已不值得钦慕，像梦一样已过去了。

［8］金銮：金銮坡，翰林院的代称。苏易简《翰林续志》："唐德宗移学士院于金銮坡上。"徐兆玮为翰林，故用此事以切其身份。

［9］"近来"句：暗指下片所说的事。

［10］"酒劝"二句：见赵熙《甘州·寺夜》注。

［11］"玉几"句：《魏书·咸阳王禧传》："金床玉几不能眠。"这里化用其语，连上二句谓清朝皇帝身处危境，如大梦初醒。

［12］银虬：古代宫廷计时器。王勃《乾元殿颂序》："虬箭司更，银漏与三辰合运。"

［13］"解甲"句：见梁启超《贺新郎》注。

［14］"签名"句：南宋末元兵围临安，谢太后道清签名于降表，率幼帝降元，汪元量《醉歌》有"侍臣已写归朝表，臣妾金名谢道清"之句。这里指清隆裕太后命宣统帝于宣统三年辛亥（1911）十二月二十五日宣布退位。

［15］"吟尽"句：伤心稿谓花蕊夫人及汪元量诗，"吟"是作者在吟他们的伤心稿。

［16］"石城"二句：石城：石头城，即南京。佳气：王充《论衡》："王莽时，谒者苏伯阿能望气，使过春陵城郭，郁郁葱葱。及光武到河北，与伯阿见，问曰：'卿前过春陵，何用知其气佳也？'伯阿对曰：'见其郁郁葱葱耳。'"江表：原指三国时孙吴及南朝统治的长江中下游一带地方，主要指南京。《三国志·吴志》裴松之注引书中有《江表传》，即记载孙吴史事的书。庾信《哀江南赋序》有"江表王气"一语。这里指当时中华民国临时政府所在地，孙中山正在南京任临时大总统。二句词写临时政府呈现的新气象，寄寓着作者对新兴政权的赞扬与期望。

◉ 评析

　　这首词，反映了作者对辛亥革命时期清帝退位，南京成立临时政府的态度，客观上反映出清王朝灭亡的历史必然，从颂扬革命的结尾看，表明了作者认为民国取代清王朝是符合人心天意的。因而前面所写清王朝的大量词句，不是在给封建王朝唱挽歌。最后两句一反振，有化堆垛为烟云之妙。作者于词学造诣颇深，斟词选句，精雕细琢，运用典故，语语贴切。词采明丽，收纵自如，雄而不放，密而不晦，辞雅意深，独具面目，这篇是《梅边乐府》的代表作。

❀吴　梅
（1884—1939）

字瞿安，号霜厓，江苏长洲（今苏州）人。南社社员。曲学专家，专究南北曲，制谱、填词、按拍，一身兼擅。先后在东吴大学、北京大学、中山大学、中央大学任教授，主讲词曲二十余年。在抗日战争期间，转徙于武汉、湘潭、桂林、昆明等地，卒于云南大姚。《光宣词坛点将录》："瞿安曲学大师，严于持律。早年讲学吴门，与黄摩西游，后掌教南雍，门下士遍天下，名乃出摩西上。词笔高逸，不让东塘（孔尚任）、昉思（洪昇）擅美于前。"著有《霜厓三剧》《南北词简谱》《词学通论》《霜厓诗录》《霜厓词录》。

临江仙
吴　梅

短衣羸马边尘紧[1]，五年三渡桑干[2]。漫天晴雪扑归鞍。旗亭呼酒[3]，黄月大如盘[4]。　　苦对南云思旧雨[5]，杏花消息阑珊[6]。新词琢就付双鬟。紫箫声里[7]，看遍六朝山[8]。

[1] 嬴马：瘦马。

[2] "五年"句：刘皂《旅次朔方》："客舍并州已十霜，归心日夜忆咸阳。无端更渡桑干水，却望并州是故乡。"桑干，见朱祖谋《乌夜啼》注。这里是用典，指自己频年旅外，如刘皂的渡桑干一样。

[3] "旗亭"句：见龚鼎孳《贺新凉·和曹实庵舍人赠柳叟敬亭》注。

[4] 黄月：月在黄沙飞扬中升起，也呈现黄色，故云黄月。

[5] 旧雨：杜甫《秋述》："秋，杜子卧病长安旅次，多雨生鱼，青苔及榻，常时车马之客，旧，雨来；今，雨不来。"后人把"旧""雨"二字相连，指老朋友。

[6] 杏花消息：陈与义《怀天经智老因访之》："客子光阴诗卷里，杏花消息雨声中。"

[7] 紫箫：戴叔伦《相思曲》："紫箫横笛寂无声。"

[8] 六朝山：指南方的山。主要指南京，是六朝建都之地。六朝，见归庄《锦堂春·燕子矶》注。

◎ 评析

　　这词是作在北方幕游时思归之作。通过上下片北方荒凉景物和家乡浪漫生活的对照，突出了辞幕思归之情。全篇浑厚中有潇洒，词如其人。

翠楼吟

秦淮遇京华故人[1]

吴　梅

月杵声沉[2]，霜钟响寂[3]，今宵故人无寐。湖山沦小劫[4]，正风鹤、长淮兵气[5]。南云凝睇[6]，又水国阴晴，千花弹泪[7]。情难寄，庾郎凭处[8]，自伤憔悴。　　可记，残粉宫城[9]？指暮虹亭阁[10]，冶春车骑[11]。玉京芳信阻[12]，怕丝管、经年慵理。人间何世[13]？待冷击珊瑚[14]，西台如意[15]。秋心碎，板桥衰柳[16]，莫愁愁未[17]？

⊙ 注释

[1] 秦淮：见吴伟业《满江红·感旧》注。京华：指北京。

[2] 月杵：月夜的捣杵声。

[3] 霜钟：李白《听蜀僧濬弹琴》："余响入霜钟"。

[4] 小劫：《妙法莲华经》："六十小劫，身心不动。"佛教以劫纪时，从十岁增至八万，减至十岁，经二十返为一小劫。这里不是作为纪时解，而是一般所谓劫数、灾难。

[5] "风鹤"句：长淮指皖北一带，民国二年（1913）七月，"二次革命"战争爆发，黄兴就任江苏讨袁军总司令于南京，安徽等省相继独立，至八月而取消。九月，袁军攻陷南京，"二次革命"结束。接着，白狼起事于河南，至年底，白狼声势渐大，游弋于湖北、安徽、河南境。民国三年（1914）初，白狼攻及安徽六安，袁世凯令湖北、河南、安徽三省会同镇压。八月，白狼败入河南，旋阵亡。长淮兵气指此两年安徽战事。风鹤，见张景祁《望海潮》注。

[6] 凝睇：见庄棫《蝶恋花》注。

[7] "千花"句：杜甫《春望》："感时花溅泪"。

[8] 庾郎：指庾信。见冯煦《齐天乐·三月九日作》注。

[9] 残粉宫城：指雪后的南京城。

[10] 暮虹亭阁：意本杜牧《阿房宫赋》："复道行空，不霁何虹。"词意谓暮虹一样的复道，通达于亭阁之间。

[11] 冶春车骑：王士禛《冶春绝句》有"闲送游人骑马回"之句。

[12] 玉京：见孙尔准《水调歌头·月夜登包山翠峰绝顶望太湖》注。这里借指北京。

[13] 人间何世：庾信《哀江南赋序》："日暮途远，人间何世。"

[14] 冷击珊瑚：《世说新语·汰侈》："石崇与王恺争豪……武帝，恺之甥也，每助恺。尝以一珊瑚树，高二尺许赐恺。枝柯扶疏，世罕其比。恺以示崇。崇视讫，以铁如意击之，应手而碎。"

[15] 西台如意：西台：在浙江桐庐富春江上，有东西二台，各高十余丈，为东汉严子陵故迹。宋末，文天祥就义后，其幕客谢翱登西台设主恸哭招魂吊祭。谢翱并作《登西台恸哭记》以抒哀，记中有"乃以竹如意击石，作楚歌招之"语。如意：器物名，梵语意译，柄端作手指形，用以搔痒，可如人意，故名。古时又以指划敲击。

[16] 板桥衰柳：板桥，余怀《板桥杂记》："长板桥在院（妓女所居的曲院）墙外数十步……鹫峰两寺夹之，中山东花园亘其前，秦淮朱雀桁绕其后。"王士禛《秦淮杂诗十四首》："十里清淮水蔚蓝，板桥斜日柳毵毵。"

[17] 莫愁：见余怀《桂枝香·和王介甫》注。

405

此词以怀人为经，感时为纬。长淮兵气，反映民初乱事，可补近代词史之空白。通篇雄奇跌宕，壮浪幽咽，所谓"分其余事，足了十人"者。

清平乐

吴 梅

题郑所南画兰，次玉田韵[1]

骚魂呼起，招得灵均鬼。[2]千古伤心留一纸，认取南朝天水[3]。 北风吹散繁华[4]，高丘但有残花[5]。花是托根无地[6]，人还浪迹无家。

◎ 注释

[1] 郑所南画兰：陶宗仪《南村辍耕录》：郑所南先生思肖，福州连江人。宋太学上舍，应博学宏词科，刚介有立志。会天兵南，叩阙上流，犯新禁，由是遂变今名曰肖曰南，义不忘赵北面他姓也。隐居吴下，一室萧然，坐必南向，岁时伏腊，望南野哭而再拜乃返。督不与朔客交往，或于朋友坐上，见有语音异者，便引去。工画墨兰，不妄与人。次玉田韵：次张炎《清平乐·题处梅家藏所南翁画兰》韵。

[2] "骚魂"二句：《楚辞》有《离骚》《招魂》。其中都有"兰"的词句。灵均：见陈维崧《念奴娇·读屈翁山诗有作》注。《楚辞·九歌》有《山鬼》，王逸于"山中人兮芳杜若"下注云："山中人，屈原自谓也。"山中人即灵均，故此云"灵均鬼"。

[3] 天水：赵姓郡望。蔡絛《铁围山丛谈》："昔江南李重光染帛，多为天水碧。天水，国姓也。当是时，艺祖方受命，言天水碧者，世谓逼迫之兆。未几，王师果下建业。及政和之末，复为天水碧，未几，金人寒盟，岂亦逼近之兆欤？"

[4] "北风"句：郑所南兰诗有"宁可枝头抱香死，不曾吹落北风中"句。北风，指元统治者。刘因《白雁行》："北风初起易水寒，北风再起吹江干，北风三吹白雁来，寒气直薄朱崖山。乾坤噫气三百年，一风扫地无留残。"

[5] 高丘：《楚辞·离骚》："忽反顾以流涕兮，哀高丘之无女。"王逸注："楚有高丘之山。"屈原以"高丘"象征楚国。这里以高丘象征宋王朝。

[6] 托根无地：卢熊《苏州府志·郑思肖传》："自更祚后，为兰不画土，根无所凭借。或

问其故，则云：'地为番人夺去，汝犹不知耶？'"

◎ 评析

这词不是专为咏古题画，实借古以抒怀。民初袁世凯窃国，南京临时政府北迁，作者有托根无地，浪迹无家之感。此种词作，才算得楚骚神理。

桂枝香

登扫叶楼倚王介甫体[1]

吴　梅

凭高岸帻[2]。爱面郭小楼，红树林隙。妆点晴峦古画，二分秋色。高人去后阑干冷[3]，笑斜阳、往来如客。野花盈路，当时俊侣[4]，梁燕能识。　　但破屋、西风四壁。对如此江山[5]，谁伴幽寂？湖海元龙未老[6]，醉嫌天窄。笛中唱到《渔歌子》[7]，剩无多、金粉堪惜[8]。暮寒人远，何时重认，旧家裙屐[9]。

◎ 注释

[1] 扫叶楼：在江苏南京城西清凉山之西南麓。是明末清初著名画家龚贤居住遗址。龚贤曾画一和尚，手持扫帚，作扫落叶状，其居处扫叶楼，因此得名。王介甫体，指王安石《桂枝香》"登临送目"一首。此题从《霜厓词录》。《广箧中词》题作《题龚半千画》。词中字句两者多异同，此从《广箧中词》。

[2] 岸帻：推起头巾，露出前额。形容态度潇洒。孔融《与韦端书》："不得复与足下岸帻广坐，举杯相于，以为邑邑。"

[3] 高人：指龚贤。龚贤（1618—1689）字半千，昆山人。移居上元县，少时曾学画于董其昌。南京陷于清人前已去扬州，后来应聘到海安任家馆，五年后返扬州，住了十多年，约在顺治末康熙初（1660年代中期）迁居钟山，寄居钟山。康熙七年（1668）置半亩园清凉山下，此后画作渐多，成就独特的个人风格。

[4] 俊侣：才智杰出的同伴、朋友。陈维崧《沁园春·客陈州使院花朝作》："俊侣相嘲甚意儿。"

[5] 如此江山：陆游《剑门城北回望剑关诸峰，青入云汉，感蜀亡事，慨然有赋》："如此江山坐付人。"

[6] "湖海"句：《三国志·魏书·张邈传》："陈登者，字元龙。"又："许汜与刘备并在荆州牧刘表坐，表与备共论天下人。汜曰：'陈元龙湖海之士，豪气不除。'"

[7] 渔歌子：词调名，一名《渔父》，唐人张志和所作，共五首，写渔翁的乐事。

[8] 金粉：王实甫《西厢记》："香消了六朝金粉。"

[9] 裙屐：见吴伟业《满江红·蒜山怀古》注。

◎ 评析

　　这词是登临寄慨之作，题画仅点染及之。词境达南宋高处，不必同于王安石体。夏敬观《忍古楼词话》曰："近得其《霜厓读画录》，《题郑所南画兰次玉田韵·清平乐》《题龚半千画·桂枝香》《题王东庄画·长亭怨慢》诸词，豪宕透辟，气力可举千钧。"

❖ 黄　侃
（1886—1935）

字季刚，又字季子，湖北蕲春人。早岁入武昌文华普通学堂，倡言种族革命。后留学日本，参加同盟会。回国发动革命并参与武昌起义。民国后退出政界，潜心治学，历任北京大学、武昌高等师范、中央大学教授。侃为章炳麟高第弟子，精文字音韵考证之学。余事为词，不徒小令高华，慢词亦有家数。有《携秋华室词》。

寿楼春

黄　侃

　　去国已将一年，故乡秋色，未知何似。登楼眺远，万感填匈。古人有言：悲歌当哭，远望当归。无聊之极，赖有此耳。[1]

看微阳西斜。倚层楼醉起，秋在天涯。怎奈乡关千里，断云犹遮。悲寄旅，思年华。问浪游、何时还家。想故国衰芜、长亭旧柳[2]，惟有数行鸦。　　摧蓬鬓[3]，惊尘沙。听寒风野哭，荒戍清笳。换尽人间何世[4]，海桑堪嗟[5]。凉露下。沧波遝。澹一江、凄凄蒹葭。[6]但遥想苍茫，招魂路赊愁转加。[7]

◎ 注释

[1] 此词约作于民国元年（1912）秋。辛亥（1911）武昌起义，作者与黄兴、居正等人聚于武昌，其时汉口空虚，作者倡议渡江，于是汉口光复，军政分府成立。清政府震恐，命冯国璋率军南下，作者返蕲春谋聚义师以拒之。未果，汉口失陷，作者迁道黄梅至九江而走上海，主办《民声日报》。至1912年秋，作者离开故乡恰近一年。题中"去国"之"国"，特指故乡，《晋书·陶侃传》："（侃）欲逊位归国，佐吏等苦留之。"

[2] 长亭：见李良年《暗香·绿萼梅》注。

[3] 蓬鬓：庾信《谢滕王赉巾启》："蓬鬓松飒，衰容耆朽。"

[4] 人间何世：见吴梅《翠楼吟·秦淮遇京华故人》注。

[5] 海桑：见金堡《八声甘州·卧病初起》注。

[6] "凉露"三句：《诗经·秦风·蒹葭》："蒹葭萋萋，白露未晞。所谓伊人，在水之湄。溯洄从之，道阻且跻。溯游从之，宛在水中坻。"

[7] "遥想"二句：暗用《诗经·秦风·蒹葭》："蒹葭苍苍，白露为霜。所谓伊人，在水一方。溯洄从之，道阻且长。溯游从之，宛在水中央。"招魂，本《楚辞·招魂》。

◎ 评析

　　乐府《悲歌行》："悲歌可以当泣，望远可以当归。"题目中揭示了写词的起因。通篇以乡思为线索，以国忧为核心。由眼前写到家乡，又回到眼前，再写到家乡，层次清楚，风调凄婉。以许多荒寒的外景，渲染成富有特征的画面，把读者吸引住。《寿楼春》为南宋词人史达祖的自度曲，前后段多拗句，有全句用平声字的，填此调难度较大。作者挥洒自如，字字合律，可见其音韵的熟谙和填词的功力。

✿邵瑞彭

（1888—1938）

字次公，浙江淳安人。清季入浙江优级师范学堂。南社社员。民国初，被选为众议院议员，后以反对曹锟贿选大总统，著声于时。历任北京师范大学、河南大学教授。精研《尚书》、齐诗、《淮南子》及古历算学。夏敬观《忍古楼词话》曰："次公为词，宗尚清真（周邦彦），笔力雄健，藻采丰赡。"叶恭绰《广箧中词》曰："次公词清浑高华，工于熔剪。"有《扬荷集》四卷、《山禽余响》一卷。

绮罗香

邵瑞彭

晚过神武门，残荷欲尽，秋意可怜[1]
汜瑟烟昏[2]，欹盘露冷[3]，一镜愁满低护。梦堕瑶台[4]，长恐万妆争妒。念佳人、路隔西风，思帝子、讯沉北渚[5]。怕相逢、恨井秋魂，月明遥夜耿无语。　　宫沟谁写泪叶[6]？回首霓裳换叠[7]，繁华轻误。玉簟香消[8]，零落袜尘残步[9]。便立尽门外斜阳，又暗惊、晚来疏雨。问涉江、此际闻歌[10]。断肠君信否？

[1] 神武门：北京紫禁城（今故宫）北门。这词为吊珍妃而作。因过宫门观残荷而引发。

[2] 汎瑟：奏瑟。李白《感兴六首》："泛瑟窥海月。"

[3] "欹盘"句：指荷。《三辅黄图》引《汉书故事》："（汉武帝时）祭泰乙……升通天台以候天神……上有承露盘，仙人掌擎玉杯以承云表之露。"

[4] 瑶台：美玉砌成之台。《楚辞·离骚》："望瑶台之偃蹇兮，见有娀之佚女。"

[5] "帝子"句：《楚辞·九歌·湘夫人》："帝子降兮北渚，目眇眇兮愁予。"王逸注："帝子，谓尧女也。降，下也。言尧二女娥皇、女英，随舜不反，没于湘水之渚，因为湘夫人。"用此典以切珍妃姊妹。珍妃死于宫井，其姊瑾妃未死。

[6] "宫沟"句：见朱祖谋《声声慢·辛丑十一月十九》注。

[7] 霓裳换叠：霓裳羽衣，唐乐曲名，属商调曲，自西凉传来，名《婆罗门》，经玄宗润色，于天宝十三载改为《霓裳羽衣曲》。白居易《长恨歌》："渔阳鼙鼓动地来，惊破霓裳羽衣曲。"珍妃死于庚子八国联军入寇时，故用此典。沈括《梦溪笔谈》：《霓裳曲》凡十二叠，前六叠无拍，至第七叠方谓之叠遍，自此始有拍而舞。

[8] 玉簟：韦应物《马明生遇神女歌》："石壁千寻启双检，中有玉床铺玉簟。"

[9] 袜尘残步：见龚自珍《湘月》注。

[10] 涉江：见文廷式《贺新郎》注。

◎ 评析

　　此词吊珍妃，可与朱祖谋《声声慢》比着。朱词凄苦，而此词稍华艳。盖朱是清臣，写于事发的当时；而邵是革命者，写在清亡后不久，稍涉追悼。就词笔论，绵丽幽艳，在周邦彦、吴文英之间。吴文英《高阳台》所谓"宫粉雕痕，仙云堕影"，可以移评此词。

汪　东
（1890—1963）

初名东宝，后改名东。字旭初，号寄庵、寄生、梦秋，江苏吴县（今苏州）人。早年曾肄业于震旦学院。光绪三十年（1904）赴日本留学，毕业于早稻田大学。在东京，参加同盟会。归国后，参加辛亥革命。民国建立后，历任北京政府官职，先后任中央大学文学院院长、中文系主任、教授。新中国成立后，历任新职。汪氏为章炳麟高足，长期从事音韵、训诂、文字诸方面研究。工词，夏敬观称其"善学周（邦彦）、柳（永），其最上乘者，泯绝蹊径，直入堂奥，意到辞谐，超然神理。"（见《梦秋词》题识）有《梦秋词》二十卷、《旭翁壬寅词》《旭翁癸卯词》。

忆旧游 [1]

汪　东

记熏炉永昼 [2]，露槛娇春 [3]，帘影偎花 [4]。断角吹离恨，甚孤帆箭激 [5]，万里江涯 [6]。旧欢更入遥梦，寒雨忽欹斜。算过翼华年 [7]，流云胜赏 [8]，两鬓堪嗟。　　思家。路迢递，且唤酒旗亭 [9]，重醉琵琶。拟访鸥夷去 [10]，过吴王宫畔，犹认莲娃。[11] 倦途顿感兴废，潮尾咽蒹葭 [12]。试缓引孤吟，凭高纵目唯暮鸦。

◎ 注释

[1] 作者于光绪三十年去日本留学，在东京早稻田大学读书至毕业，又参加同盟会，并任《民报》编辑、主编，追随孙中山先生从事民主主义革命。其在日本，盖多历年。《梦秋词》存词始于宣统元年己酉（1909），此词列在第二首，当是己酉年在日本所作。

[2] 熏炉：用来熏香与取暖的炉子。谢惠连《雪赋》："燎熏炉兮炳明烛。"

[3] 露槛：槛，阑干。李白《清平调》有"春风拂槛露华浓"句，露槛取名于此。

[4] 偎：依。

[5] 孤帆箭激：韩愈《祭河南张员外文》："追程盲进，帆船箭激。"

[6] "万里"句：江：指日本东京之墨江，江自西北来，下达于海。

[7] 过翼：周邦彦《六丑·蔷薇谢后作》："愿春暂留，春归如过翼。"过翼，飞鸟。

[8] 流云：颜延之《直东宫答郑尚书道子诗》："流云蔼青阙，皓月鉴丹宫。"范晔《乐游应诏》："流云起行盖，晨风引銮音。"这里借用其字面，胜赏的背景，与古不同。

[9] 唤酒旗亭：见龚鼎孳《贺新凉·和曹实庵舍人赠柳敬亭》注。周邦彦《琐窗寒》："旗亭唤酒，付与高阳俦侣。"

[10] 鸱夷：范蠡《史记·货殖列传》："范蠡既雪会稽之耻……乃乘扁舟浮于江湖。变名易姓，适齐，为鸱夷子皮。"后人附会，乃有西施随鸱夷浮于五湖之事。

[11] "吴王"二句：春秋时，吴王夫差为西施于灵岩山上建馆娃宫，下有采香泾。今存遗迹，地属苏州。莲娃，采莲少女。

[12] 蒹葭：蒹，荻；葭，芦苇。

◎ 评析

这词写在异国思乡之感，掩抑凄切。风格上密致中有疏荡，能兼柳永、周邦彦之长。作者在清末所为词，仅一二首，选此以存一家。

❀ **汪文溥**　字幼安，号忏庵，江苏武进（今常州）人。南社社员。

大江东去

吊广州死难七十二烈士[1]

汪文溥

歼良胡酷[2]，刹那成宿草[3]，痛哉英物[4]！风马云车来往处[5]。磷火宵飞石壁。碧血殷山，赤虹贯日[6]，白骨皑皑雪[7]。九京游想[8]，鬼雄还是人杰[9]。　　回忆电掣雷轰，犁庭扫穴[10]，叱咤暗鸣发[11]。大纛高牙空眼底[12]，拉朽摧枯齐灭[13]。天妒奇功，问天不语，怒指冲冠发[14]。毋忘在莒[15]，年年记取今月。

◎ 注释

[1] 清宣统三年（1911）三月二十九日，同盟会在广州发动武装起义，进攻两广总督署等军政机关，不幸失败，喻培伦、林文等八十六人（一说一百余人）英勇牺牲。后由善堂收敛，得死难者遗骸七十二具，同盟会会员潘达微以自己的房屋作押，购得墓地，葬于红花岗，后改名黄花岗，史称"黄花岗七十二烈士"。

[2] 歼良句《诗经·秦风·黄鸟》："彼苍者天，歼我良人。"毛传："歼，尽。良，善也。"胡：为什么。

[3] 宿草：见黄景仁《贺新凉·太白墓》注。

[4] 英物：杰出人物。《晋书·桓温传》："真英物也。"

[5] 风马云车：《汉书·礼乐志》载《郊祀歌》："灵之车，结玄云。""灵之下，若风马。"曹植《洛神赋》："载云车之容裔。"

[6] "赤虹"句：化用"白虹贯日"语。

[7] 皑皑雪：班彪《北征赋》："涉积雪之皑皑。"皑皑，洁白的样子。

[8] 九京：《礼记·檀弓》："是全要领以从先大夫于九京也。"郑玄注："晋卿大夫之墓地在九原，京盖字之误，当为原。"

[9] "鬼雄"句：鬼雄：《楚辞·九歌·国殇》："子魂魄兮为鬼雄。"人杰：《史记·高祖本纪》："皆人杰也。"

[10] 犁庭扫穴：庭，龙庭，古代匈奴统治者的军政中心所在。穴，巢穴。铲平其龙庭，扫荡其巢穴，比喻彻底摧毁对方。《汉书·匈奴传》："固已犁其庭，扫其闾，郡县而置之。"后多作"犁庭扫穴"，王夫之《宋论》："即不能犁庭扫穴，以靖中原，亦何至日敝月削，以迄于亡哉。"

[11] 叱咤暗鸣：见黄人《木兰花慢》注。

[12] 大纛高牙：指清总督衙门前牙旗大纛。空眼底：不放在眼底。

[13] 拉朽摧枯：枯、朽，枯草朽木。比喻极容易将敌人摧毁。《晋书·甘卓传》："将军之举武昌，若摧枯拉朽。"

[14] "怒指"句：《史记·廉颇蔺相如列传》："相如因持璧却立倚柱，怒发上冲冠。"

[15] "毋忘"句：不要忘掉前事之意。《吕氏春秋》："齐桓公、管仲、鲍叔、宁戚相与饮酒

酣，桓公谓鲍叔曰：'何不起为寿？'鲍叔奉杯而进曰：'使公毋忘出奔在于莒也。'"

◎ 评析

黄花岗七十二烈士的死难，是辛亥武昌起义前一支壮烈的前奏曲，给清王朝唱响了挽歌。这首《大江东去》，气壮河山，辞铿金石，本书取以结束，作为三百年词史的一座丰碑。

"三百名篇收拾起，放他光焰惊天地"
——钱仲联先生的清词研究及其对清词经典的体认

沙先一（江苏师范大学文学院）

许颐玉（广州医科大学马克思主义学院）

　　文学经典的生成与确立受多种因素的影响，其中，经典批评家对创作文本的多元阐释，是文学经典化的重要建构方式之一。相对于唐宋词而言，清词经典化还不够充分，但是也不可否认，由清代以迄当代，许多词学家从不同方面表达了对清词经典的看法。当代清词研究者中，钱仲联先生无疑是值得重视的词学大家之一。

　　钱先生笃好词学，"尤嗜清词"[1]，与新旧词坛名家张尔田、谢玉岑、金天羽、夏敬观、夏承焘和廖恩焘等多有交往，因此，对清词尤其是晚清词坛的认识更为深切。钱先生擅长创作，成就颇高，沈轶刘《繁霜榭词札》曾云："民初四词家外，尚有三大名家，窃准汉末成例，拟为一龙。以夏承焘为龙头，钱仲联为龙腹，龙榆生为龙尾。"[2]把钱先生与专治词学的夏承焘、龙榆生两位先生相并列，足见对其创作成就的肯定。加之钱先生对中国古代文学研究的卓识，使得他能对清代文学提出客观

---

[1]钱仲联：《全清词序》，《全清词·顺康卷》，中华书局2002年版，第3页。

[2]钱仲联：《钱仲联学述》，浙江人民出版社1999年版，第45页。

而富有建设性的意见。

"若无新变，不能代雄"[1]，清词既然号称"中兴"，其依据和表现，即清词的成就与创新特色体现在何处？既然清词有诸多创新，又是何种原因导致学界对其有所忽视？钱先生对此做出了较为系统的探讨，他首先在文学史观上进行反思，从一定意义上说，文学史观念的变更，正是重新体认清词文学史评价的前提和基础。

一、对"一代有一代之文学"观念的质疑与批评

"一代有一代之文学"的观念可谓渊源有自，从元代的虞集、罗宗信、明代的王骥德等，到清代的焦循，直至王国维，一脉相承。王国维《宋元戏曲史自序》云："凡一代有一代之文学：楚之骚，汉之赋，六代之骈语，唐之诗，宋之词，元之曲，皆所谓一代之文学，而后世莫能继焉者也。"[2]《人间词话》和《文学小言》中也有相关论述，从文体与时代关系来探讨文学发展的规律，为这一传统观念注入了现代意义。之后，"一代有一代之文学"成为现当代学术史上最强势的文学史观念之一，直接影响到 20 世纪文学史观的建构和文学史的书写。不过，这一观念也给文学史研究带来诸多误区，董乃斌曾指出："脱离中国古典文学的实际，把中国人对文学特质的传统看法搁置一边，以'纯文学'和突出'一代之胜'作为作家作品入史的标准，使大量有用的、应该注意的文学史料被舍弃，从而严重地削弱了中国文学史的丰富性……有些本不该遗忘的，如明清诗歌，特别是号称'中兴'的清词，也一刀割去，

---

[1] 萧子显：《南齐书》，中华书局 1987 年版，第 908 页。
[2] 王国维：《宋元戏曲史》，上海古籍出版社 2011 年版，第 1 页。

不能不令人感到遗憾和不妥。"[1]可以说，"一代有一代之文学"在很大程度上影响了学界对清词的文学史价值的评价，以至于清词在整个词史研究甚至文学史研究格局中处于非常薄弱的环节。

作为清词"知音"的钱先生，不甚赞同"一代有一代之文学"及其所衍生出的"宋后无词"的观念。他在《全清词序》中指出："夫一代之文学，后世果不能继之乎？清词不足以继宋词乎？抑不徒能继之且能超越之乎？是皆不可以无说。"[2]钱先生从宋词之病和清词之胜两个方面，论述了清词不仅上承唐宋词且有了进一步发展甚至超越宋词的观点。

第一，是宋词之病。钱先生认为宋词题材上多为一己生活，局限于相思、惜春、粉饰太平的主题，虽有苏轼以及辛弃疾等词人的开拓，但也改变不了整体趋向。在思想内容上，宋词的致命弱点是反映的社会生活过于狭隘，成就不如唐宋诗。清词并非没有这些弊病，但是清人能够自觉意识到，并且努力去克服这些弊病。

第二，清词在继承宋词艺术的基础上，努力开拓，形成诸多创新特色。"以言夫词，其在宋，犹人之少壮，生机方盛，而未必无疾疢。其在清，犹人之由中身而趋老，老当益壮，则因其生机之未澌灭熄，光焰犹万丈也，斯善变之效也。"[3]清词的创新光焰表现在以下五个方面：其一，"清词者，拓境至宏，不拘于墟，其内涵之真善美者，至夥颐乎！此清词之缵宋之绪而后来居上者一也"；其二是"清词人之主盟坛坫或以词雄者，多为学人……盖清贤惩明人空疏不学之敝，昌明实学，迈

[1] 董乃斌：《论文学史范型的新变》，《文学遗产》2000 年第 5 期。
[2] 钱仲联：《全清词序》，《全清词·顺康卷》，中华书局 2002 年版，第 1 页。
[3] 钱仲联：《全清词序》，《全清词·顺康卷》，中华书局 2002 年版，第 1 页。

越唐、宋。诗家称学人之诗与诗人之诗合，词家亦学人之词与词人之词合。而天水词林则不尔……以视清词苑之学人云集者，庸非曹邻之望大国楚乎？此则清词根茂实遂、膏沃光晔高出于宋者二也"；其三是清代"各派词流之众多"，从清初的浙西、阳羡词派，到中叶的常州词派，到晚清的彊村词派，层出不穷，反观宋词，尚未形成严格意义上的流派；其四，"抑清词于宋词之后，所以能变而益上，则因有词论为之启迪……多采入其阻，发前人所未发……惟清人词论之邃密高卓，词乃不复蒙小道之讥，词体益尊，词坛益崇"；其五是"词人之数，宋亦非清敌。《全宋词》作者一千三百三十余人而已。清词仅以《全清词钞》初选作者计，已达四千余家，此第选录而已，视宋倍三，今《全清词》之纂，则不待言而数必倍十，宋词视之，绝尘莫躔，将叹河汉而无极矣"[1]。通过以上五个方面的比较，钱先生得出了"词至于清，生机犹盛，发展未穷，光芒犹足以烛霄，而非如持一代有一代文学论者所断言宋词之莫能继也，此世论之所以有清词号称中兴之誉也（见梁启超《清代学术概论》）""何止中兴，且又胜之"[2]的结论。

在《清代诗词二十名家评述》《清词三百首前言》《清八大名家词选前言》《中国文学大辞典清代卷序》《元明清词鉴赏辞典序》《清代词人十大家评述》[3]等重要论述中，钱先生也一再反思"一代有一代之文学"的观念，多次强调清词在继承宋词的基础上，有发展、超越宋词之处。

---

[1] 钱仲联：《全清词序》，《全清词·顺康卷》，中华书局 2002 年版，第 2—3 页。

[2] 钱仲联：《全清词序》，《全清词·顺康卷》，中华书局 2002 年版，第 3 页。

[3]《清代诗词二十名家评述》刊于《苏州大学学报》2004 年第 1 期、《清词三百首前言》写于 1990 年 11 月、《清八大名家词选前言》写于 1990 年 12 月、《中国文学大辞典清代卷序》写于 1994 年 6 月、《元明清词鉴赏辞典序》写于 2002 年 1 月、《清代词人十大家评述》写于 2002 年 4 月。

钱先生为何要对此反复申言？原因大概有以下两点：其一，钱先生十分重视清词研究，他的质疑和反思以及对于清词"中兴"的看法，皆非一时之见。从1988年到2003年钱先生去世，其间他并未修改自己的这一观点，而是一再强调，并从选本、鉴赏辞典和评述等多方面予以强化，足见钱先生对清词的欣赏与推重。反之，若从钱先生深厚的国学功底、丰富的创作经验以及积累愈加厚重、见识愈加深刻的晚年一再申言清之胜来看，清词应确有发展、超越宋词之处。其二，"一代有一代之文学"的观念影响深远，想要摆脱这一文学史演进观念的束缚，彰显清词的文学史成就，必须反复申说。受"一代之文学"的观念影响，似乎只有成为一代文学的代表性文体，才可以成为经典。"然而，从文学发展的观点考察，如果不能超越，甚至不过是初、盛期词作的复制品。那么，这个'中兴'，就没甚意义，可有可无"[1]，而且"现在已有愈来愈多的学者，通过自己深入的研究雄辩地证明：……至于清词，无论在题材上、风格流派上、艺术技巧上，特别是词学理论的建设上，都有新的发展。比之于宋词也毫不见得有任何逊色"[2]。钱先生就是这些学者中重要的一位，他系统总结清词的创作成就，积极挖掘清词的新变特色，对清词研究及其经典化建构做出了重要贡献。

实际上，钱先生对"一代有一代之文学"观念的反思，并不仅仅体现在清词研究上，这是他对清代文学的一个整体性的认识。钱先生在《清诗三百首前言》中指出："穷则变，变则通，'望今制奇，参古定法'（《文心雕龙·通变》）。清诗正是适应此规律，在总结明代复古逆流

[1] 钱仲联：《清词三百首前言》，见本书卷首，不再出注。
[2] 齐森华、刘召明、余意：《"一代有一代之文学"论献疑》，《文艺理论研究》2004年第5期。

经验教训的基础上，在继承发展前代遗产的实践中，在二百六十多年的社会现实的土壤上，开出了超明越元、抗衡唐宋的新局面。"[1]《梦苕庵诗话》的简短序言中也体现出钱先生对清诗的经典化意识："余撰诗话，与前人诗话不同，重点在于系统详论清代名家与作品，介绍与考订有诗史价值之杰构，而一般诗话之摘句与记述友朋间琐事者，余仅附带及之。"[2]对于清文也是如此，钱先生编《清文举要》有云："清初诸老之文，本于学而能宣其学者也，岂徒度越元明，亦且远过唐、宋之初矣。"[3]由此可见钱先生对清代诗文创作成就的肯定。正因为如此，钱先生通过编选清代诗词文选本，挖掘、阐释其创新特色与文学史意义。他对清代诗词文的经典化建构，意在带动文学史观念的转变，使得古代文学研究冲破"一代有一代之文学"的局限，从而推动、深化清代诗词文的研究。

钱先生对文学史观念的反思、对清词的文学史地位的体认，为今后清词研究提供了理论依据与观念支撑。更为重要的是，在钱先生看来，清词研究需要结合具体词作文本挖掘其创新特色，阐明其词史贡献，彰显清词对前代创作的超越。

二、清词创新特色的揭示

清词的创新特色是指它在继承唐宋词基础上所进行的开拓与创新。钱先生对此加以系统研究，《清词三百首》有注有评，选评结合，对清

---

[1]钱仲联选，钱学增注：《清诗三百首》，岳麓书社1985年版，第3页。

[2]钱仲联：《梦苕庵诗话》，齐鲁书社1986年版，第1页。

[3]《清文举要序》，此序为钱仲联先生门人吴孟复撰，但钱先生在重版后记中说，此序已经把其选文之旨阐述綦详。参见《清文举要》，安徽教育出版社1996年版，第294页。

词的创新发展做了深入的挖掘与阐发。

《清词三百首》的选词标准是：其一，"所选作家、作品，尽可能顾及清代各种流派及流派外名家、名篇，体现作家的各种风格，部分佳作，则不限于名家"；其二，"坚持思想性与艺术性统一的标准，所选作品，力求内容健康，而又确为艺术上的上乘，各种题材，全面照顾，词调的大、中、小各类型，基本平衡。凡内容反动或艺术性差的一律不选"。简言之，一是作品第一位，流派、地位等仅是参考因素；二是作品兼具思想性和艺术性，思想性是基础，艺术性是保证；三是风格、题材、词调基本平衡，不偏不倚。由此可见钱先生的选词理念，意在从多角度、多层面展示清词的开拓与创新特色。清词的开拓创新，正是其具备文学经典美质的重要条件之一。文学作品内在的经典的美质，是其之所以能成为经典的最为重要的因素，那些思想与艺术完美结合的作品总能代代相传。钱先生所强调的也正是清词的思想性与艺术性。值得注意的是，《清词三百首》不同于以往的清词选本，突出了崭新的时代观念。"它们（指选清词规模最大的《全清词钞》和选本较精的《箧中词》《广箧中词》）都是旧时代的选本，观点与我们有一定距离……与上述选本，同其所不得同，异其所不得异。"可知《清词三百首》中注入了新时代的选词观念与视角，是一种现代意识对清词经典的反观与选择。

选本主要体现的是选家手眼，钱先生通过《清词三百首》重点揭示了有清一代词作所包蕴的具有创新意味的时代因素与美学因素。

首先，钱先生肯定了清代词人在词体创作题材上的开拓与贡献，具体表现为：

其一，反映重大社会历史事件。宋代南渡词人在这方面已有开拓，但尚未达到以词写史、以词存史的"词史"高度。清词，尤其是晚清词坛，外族入侵、社会变革等所带来的时代之音被自觉地注入词体。如邓廷桢《月华清》（岛列千螺）一词写禁烟运动，邓廷桢与林则徐在广州禁烟，此乃近代史上之壮举。二人于中秋之夜同登沙角炮台，巡视海防，体现出禁烟成功的喜悦与战胜外侮的信心。钱先生称此词："正是当时历史事迹的见证，也是铙歌奏捷的先声。全词气魄雄壮，设色华丽，为近代词史的不朽篇章。"再如郑文焯《月下笛》（月满层城）写戊戌政变，文廷式《忆旧游》（怅霜飞榆塞）写八国联军入侵北京、珍妃殉难于宫井诸事，朱祖谋《夜飞鹊》（沧波放愁地）写租让香港岛给英国，张尔田《金缕曲》（何处霜筇彻）写《辛丑条约》签订后帝后西逃之事等，皆称一代词史。

其二，关注生民疾苦。如孙朝庆《满江红》（怒浪如山）激烈鞭挞了由于无能而致使百姓痛苦的河吏，表达了满腔悲愤之情。陈维崧《贺新郎》（战舰排江口）上片写朝廷抓壮丁的原因以及抓壮丁时的种种暴行，下片写被迫充军的纤夫临行前与病妻诀别的悲惨场景以及对平安归家的无限祈祷。词中描述的夫妻对话，如泣如诉，使得叙述有声有泪，感人至深。钱先生指出："这是运用杜甫《新安吏》《石壕吏》的乐府精神与艺术手法以入词，前此词坛所不多见。"曹寅《浣溪沙》（曲曲蚕池数里香）写织女生活的悲苦，通过昭阳殿贵人们的清闲、尊贵与织女们的卑微、劳碌的对比，贵人锦衣华服与边防士兵无衣御寒的对比，揭示社会矛盾，讽刺贵人，而对织女、士兵等底层劳动人民表示同情，"寥寥短章，内涵却十分深刻"。

其三，思考哲理人生。钱先生指出黄人《木兰花慢》（问情为何物）："以议论抒情，作者透过时空的悠远与浩渺，探寻情的底蕴，以宇宙间'生死相寻'的自然规律，无情地道出了情的短暂与易逝。作者流露出对美好事物毁灭难再的遗恨，在将情作为客体对象加以剖剖的同时，充分表达了作者主观一面的叹惋和哀伤。全词一反前人写情的俗套，在宇宙、生命、人的本体意义上直溯情的底蕴，邃思奇想，发人所未发。"金天羽《水龙吟》（九天垂下银虹）是一首题画词，据图想象并描摹出瀑布的壮观雄阔，通过讲述画中佛典故事，表达"静极投虚"的人生哲理。王国维《蝶恋花》（百尺朱楼临大道）："写居者之相思和行者之旅愁，但他已超越了一时一地一事，写的不是个人的，而是带有普遍性的悲剧……这词的境界内涵，是人生即痛苦的哲理。"厉鹗《忆旧游》（溯溪流云去）表现了深秋游览西溪时，人景合一的空灵境界，词中的佛禅意象比如"禅扉""一声弹指"，更加深了此作的哲理意蕴。

其四，重视女性词作。相比李清照书写南渡之苦痛，清代女性词人更是勇敢地走出闺阁，发议论，话真情，思人生，体验更加广阔的社会生活。钱先生指出吴文柔《谒金门》（情恻恻）："婉转而又劲直地抒发了怀兄之情，为历来女词人怀念兄弟之作所未有。"女词人对兄长被流放原因的控诉，矛头直指统治者，铿锵有力，掷地有声。秋瑾《满江红》（小住京华）抒发了女词人对国家和民族前途的深沉忧患，对自身不幸家庭遭遇的悲慨，显示出那个时期女性所特有的复杂内心和无奈状态；《鹧鸪天》（祖国沉沦感不禁）则反映出秋瑾大胆冲破封建家庭的限制，东渡日本，寻求治国和解放自身之真理。

以上四个方面，可以说是清词在思想内容方面的新开拓与新成就。此外，钱先生还特别强调清词的"最基本的一面"，他指出："清代，作为中国封建社会的最后历程，基于其特定的政治、经济、文化关系，产生了具有鲜明时代特色的文学艺术……清词的优秀篇章，植根于社会现实生活的土壤，其思想内容的进步性和艺术技巧的独创性，都已达到了很高的水平，不愧为深刻反映中国封建社会末期到半封建半殖民地这一历史过程的词史，是进行历史唯物主义和爱国主义教育的生动教材、有声图画"，"这是清词的主流、主线"。

其次，清词在创作艺术上也多有发展创新。一方面，新内容需要随之而变的新形式加以呈现，面对清词崭新的时代因素，艺术表现也必然要随之发展、变化；另一方面，面对唐宋词产生的"影响的焦虑"，使清代词人在继承前人的基础上不断开拓创新，他们或是深化情韵，或是转换视角，或是熔铸风格，或是翻新结构，表现出超越与创新的自觉意识。如纳兰性德的悼亡词《金缕曲》（此恨何时已），情感真挚，哀思绵绵，主观抒情浓烈，哀怨至极。相比苏轼《江城子·记梦》，纳兰此词不仅有人物活动，更突出了主观抒情，具有更加浓厚的抒情色彩，情韵得到进一步的深化与升华，淋漓尽致地表达了对亡妻的深深怀恋。如果说，苏轼的表达是平实真切的，那么纳兰的表达则是浪漫刻骨的。纳兰的另一首《沁园春》（瞬息浮生）更是把苏轼的梦中相见变为梦后初醒的回忆，钱先生指出："性德这词，也说'梦好难留'，不是说梦，而是指过去团圆日子，即'记绣榻闲时'四句所写的情景，一去不返。全首都是就醒时说，情词深挚。"较东坡更转一层。钱先生十分推赏清词中的悼亡之作，还特别选取了周之琦《青衫湿遍》（瑶簪堕也），指出："古来悼亡之词，自苏轼《江城子》、贺铸《半死桐》以后，清代词人写得多而且好的，首推纳兰性德，性德以后，便推周之琦所作为绝唱。这词在周氏的悼亡词作中，最有代表性……全篇抒情深曲，音调抑扬，扣人心弦。"再如咏杨花词，清人能在继承前人的基础上，转换视角，翻新出奇。如张惠言《木兰花慢·杨花》，钱先生评云："杨花词，前代作者已多。要超越前人，并非易事，特别是被张炎《词源》评为'压倒古今'的苏轼《水龙吟》一首，更使后人有'崔颢题诗在上头'之感。苏词主要融合闺情写，张氏这词则借以寄托自己的人生感慨，物我一体，表现了鲜明的个性特征，基本上脱去了苏词的窠臼，翻出新意。谭献《箧中词》评云：'撮两宋之菁英。''撮'字说到了点子上。"周济《渡江云·杨花》，钱先生评云："这首咏杨花词，与前人所咏及本书前面选到各篇，都不相同。前人咏杨花，大抵怜惜她飘零的遭遇。这一首，却以豪壮语及开朗的心情写。"此词与苏轼、张惠言的角度都不同，由杨花的飘零无果，直接类比及人，谭献《箧中词》评曰"怨断之中，豪宕不减"[1]，以豪壮语与开朗心直面杨花的飘零。还有张尔田《杨柳枝》，视角更是特别，"唐人创为'杨柳枝'一词体，其内容或为吊古，或写爱情。作者这一组，则全是寄慨时事"。周济《介存斋论词杂著》云："叔夏所以不及前人处，只在字句上著功夫，不肯意……近人喜学玉田，亦为修饰字句易，换意难。"[2]所谓"换意"，可以理解为对未有词境的开拓和对前人已有境界的深化和提升，正体现出清人在艺术创新上的自觉与努力。

清词创新之处不仅表现在情韵和视角上，而且在风格上也往往超越前人。清人"不仅追求风格的多样化，更进一步追求多种风格的熔铸，从而创造了更广泛、深微的艺术境界"[3]。如龚自珍《湘月》(天风吹我)记泛舟西湖，写景只是点缀，重在抒情，志不在功名，"怨去吹箫，狂来说剑"，才是真寄托，"箫是优美，剑是壮美……熔雄奇与哀艳于一炉"，别有情致。张惠言《风流子·出关见桃花》由暮春之景，生惜春

[1] 谭献编选，罗仲鼎、俞浣萍点校：《箧中词》，人民文学出版社2015年版，第162页。
[2] 周济：《介存斋论词杂著》，唐圭璋编：《词话丛编》，中华书局1986年版，第1635页。
[3] 张宏生：《清代词学的建构》，江苏古籍出版社1998年版，第3页。

之情，苍凉关外与一树桃花对比，寂寞京城桃花与关外灼华桃花对比，"风格壮健与幽美兼具，极见匠心"。朱祖谋《洞仙歌》（无名秋病）平淡中蕴沉郁，"风格上清新疏宕，绝不重滞，一洗前期梦窗派七宝楼台的密丽词风"，王国维评云"济以白石之疏越者"[1]，夏敬观评云"取东坡以疏其气"[2]。朱氏融多家风格之长，在继承的基础上发展创新，达到了最佳艺术效果。这种风格的多样熔铸使得抒情更加深幽婉致、疏密相间，增加了词作的延宕感与空间感。

构思上的翻新也是清词创新的重要体现。如朱彝尊《卖花声》（哀柳白门湾）这首怀古词，谭献评云"声可裂竹"[3]。金陵向来是咏史怀古的重要题材，王安石《桂枝香》（登临送目）、萨都剌《满江红》（六代繁华）都是题咏金陵的佳作，两位词人构思时把胸中各有的六朝兴亡史注于描摹景物之中，皆用虚笔，重在抒发主观感受；而朱彝尊则是实写登临之事，景物皆触目所见，"不是一般的登临怀古，而是借古以伤今"，构思上翻新变化，"视野开阔，意蕴无尽"。

由上可知，清词艺术手法的创新，是继承传统，又超越传统，并通过与思想内容的完美结合，共同催生了清词中兴的繁荣景象。这些方面，钱先生通过《清词三百首》的选评，都加以系统而细微的阐发与揭示。

三、清词经典的当代建构

清词的经典化包括两个层面的建构：一是词坛名家，一是清词名

---

[1] 王国维：《人间词话》，上海古籍出版社1998年版，第32页。
[2] 夏敬观：《风雨龙吟室词序》，转引自张晖《龙榆生先生年谱》，学林出版社2001年版，第265页。
[3] 谭献编选，罗仲鼎、俞浣萍点校：《箧中词》，人民文学出版社2015年版，第66页。

篇。值得重视的是，钱先生在充分认识清词新变的基础上，积极地进行清词经典化的尝试，并从上述两方面加以具体的建构。

（一）对清代词坛名家的体认

对于词坛名家的筛选，钱先生进行了多方努力与建构，编选有《清八大名家词集》，八位重要词家分别是阳羡派陈维崧，浙派朱彝尊和厉鹗，流派外的纳兰性德、龚自珍、项鸿祚和文廷式，还有晚清彊村派的领袖朱祖谋。钱先生在序中具体说明了之所以没有选择常州词派张惠言的原因，是该派创作成就不能与阳羡派等相比，故未录。可见钱先生对清词名家的精心选择和中肯、持平的态度。

《清词三百首》中，选词数量排在前11位的分别是纳兰性德（13首）、朱祖谋（13首）、陈维崧（11首）、文廷式（11首）、况周颐（10首）、王国维（10首）、郑文焯（10首）、王夫之（8首）、朱彝尊（8首）、王鹏运（8首）、项鸿祚（7首）。这11位词人的词作共109首，已达三分之一之多。选厉鹗词5首，排在13位，名次可算靠前。龚自珍选词亦5首，与厉鹗同。而仅选张惠言4首，从选词数量的排名看相对靠后。相比于《清八大名家词集》，《清词三百首》一是继续推许陈维崧、朱彝尊、纳兰性德、朱祖谋、文廷式，对项鸿祚、厉鹗、龚自珍的看法则较为持平；二是仍然不太看好常州词派的词人，选常州派张惠言等人词数量和排名都不太理想；三是较为推许的清词名家中还突出了王夫之、况周颐、王国维、郑文焯、王鹏运等，已隐约体现出钱先生对于清初和晚清词坛名家较为推重的倾向。

而后在《清代诗词二十名家评述》中，钱先生对清名家的人选有所修正。选出了阳羡派的陈维崧，不列宗派的王夫之、屈大均，浙派的朱彝尊、厉鹗，流派外大家纳兰性德，常州派张惠言，不列宗派的项鸿祚、蒋春霖，还有彊村派的朱祖谋。《清词三百首》与《清八大名家词集》为钱先生同一时期编选，如果将《清代诗词二十名家评述》与前两者相比较，便可得出以下三点认识：首先，最大的不同在于将常州词派张惠言纳入清词名家的行列，并从多方面肯定了其词学贡献："他以儒学见解论词，强调比兴寄托、意内言外之旨，上接《风》《骚》。与弟琦合辑《词选》，选唐宋词四十四家，一百十六首，示人以准则。常州派出，浙派末流的弊病，有所纠正。清词至此，体格一变，其影响直至清后期。"[1]钱先生将张惠言列入清词名家，比较符合清词发展的历史实际，是较为公允的评价。其次，陈维崧、朱彝尊、纳兰性德和朱祖谋一直都是钱先生所认可的清词名家，从未改变。最后是钱先生比较看重清初和晚清词坛，所举名家所占比重较大。

需要指出的是，钱先生对于清名家的建构形式是多样的，除了选本，还有点将录。点将录作为一种特殊的文学批评形式，虽属游戏之笔，实际上也体现出点将者对于一代或一类作家的品评。相比于评点的重视文本阐释，点将录则偏重词人的词史地位，分高下，排座次，以一种通俗、直观的形式，推举出一代或一类之主流词人。钱先生于"点将录"一体用力最勤[2]，其中涉及清词的主要是《光宣词坛点将录》和《近百年词坛点将录》。相对而言，清代前、中期词家的经典化程度高于晚清词坛，钱先生所撰晚清词坛点将录，对晚清词的经典化具有重要推动作用。

这里有必要交代一下两种点将录之间的关系。《近百年词坛点将

<hr>

[1] 钱仲联：《清代诗词二十名家评述》，《苏州大学学报》2004年第1期。
[2] 除词坛点将录外，钱先生还撰有《近百年诗坛点将录》《道咸诗坛点将录》《顺康雍诗坛点将录》《浣花诗坛点将录》《南社吟坛点将录》等。

录》撰于 1977 年，收入 1983 年出版的《梦苕庵清代文学论集》；《光宣词坛点将录》写于 1981 年，发表于 1985 年的《词学》第 3 辑。钱先生说，"我曾写《光宣词坛点将录》(后增补为《近百年词坛点将录》) 以阐明我的词学主张"[1]，可能记忆有误。《近百年词坛点将录》相对于《光宣词坛点将录》，时间上向光宣之后略有扩展，"点将限于其人殁在光绪初元以后，生于宣统辛亥以前而今已谢世者"[2]，内容上也有调整和更换。下面以《近百年词坛点将录》为切入点，探究钱先生对于晚清民国词人的看法。

钱先生在前言中说："此百年间，词人甚多，不能遍及，聊作隅举。生存人概不阑入，宁贻遗珠之憾，庶避标榜之嫌。世有解人，谓为石碣碑文也可，谓为封神榜也亦无不可。"[3]可见，钱先生点将的原则是宁缺毋滥、择优点录。《近百年词坛点将录》收录词人 109 人，按照《水浒传》第七十一回英雄榜贯次而下。需要说明的是，在 108 将之外单出的一位，即词坛旧头领谭献，不属于 108 位词坛名家之列。谭献是进入晚清词坛之前常州词派的最后一位领袖人物，接力张惠言、周济，力尊词体，在晚清彊村派之前久执词坛之牛耳，故被列为词坛旧首领。从点将录中 108 位词坛名家来看，钱先生排列座次时有三个方面的考虑：

其一，广罗名家。即不仅考虑到晚清词坛以朱祖谋为中心的彊村派极盛的事实，同时还遴选流派外的杰出词人。按照《水浒传》的传统，分为三十六天罡、七十二地煞，天罡居上，地煞居下。天罡之列就有很

---

[1] 钱仲联：《钱仲联学述》，浙江人民出版社 1999 年版，第 46 页。
[2] 钱仲联：《近百年词坛点将录》，《梦苕庵清代文学论集》，齐鲁书社 1983 年版，第 159 页。
[3] 钱仲联：《近百年词坛点将录》，《梦苕庵清代文学论集》，齐鲁书社 1983 年版，第 159 页。

多派别之外的词坛名家，比如处于大刀关胜之位的文廷式，居词坛五虎将之首，传稼轩之法乳；居于行者武松之位的金天羽，自成风格，才气冲天；处于黑旋风李逵之位的黄人，词坛奇人，才思横溢，风格别致。此外，还有居插翅虎雷横之位的梁启超，居赤发鬼刘唐之位的易顺鼎，处于拼命三郎石秀之位的杨圻等。

其二，层级分明。点将录的主要批评特点就是通过直观形象的方式，品第作家，给出高下之座次、排位。钱先生从这一点出发，描绘出了明晰的晚清词坛群貌。首先是处于核心领袖地位的词坛都头领二员和机密军事二员，即所谓"清末四大家"朱祖谋、王鹏运、况周颐和郑文焯，这四人又是以呼保义宋江——朱祖谋为中心，朱氏地位早成定论，"实集天水词学大成，结一千年词史之局"[1]。后面是晚清词坛的第一流词人，即马军五虎将五员，分别是大刀关胜——文廷式、豹子头林冲——张尔田、霹雳火秦明——陈洵、双鞭呼延灼——夏敬观和双枪将董平——陈曾寿。而后是晚清词坛的名家，即处于马军八骠骑兼先锋使八员的小李广花荣——李绮青、金枪手徐宁——张上龢、青面兽杨志——张仲炘、急先锋索超——夏孙桐、没羽箭张清——赵熙、美髯公朱仝——梁鼎芬、九纹龙史进——张景祁、没遮拦穆弘——陈锐。而后的马军小彪将兼远探出哨头领一十六员、步兵头领一十员和步军将校一十七员为一组，四寨水军头领八员为一组，分属晚清词坛的强大两翼。剩下的基本上属于词坛的附属，也许不是词坛专家，但是都为词坛做出了一定贡献或者在词坛有一定影响。比如掌管钱粮头领二员，小旋风柴进——盛昱和扑天雕李应——叶恭绰，一个是"意园主人，曼殊贵胄，

[1] 钱仲联：《近百年词坛点将录》，《梦苕庵清代文学论集》，齐鲁书社 1983 年版，第 160 页。

学苑祭尊";一个"词学世家,席丰履厚"[1],且担任政要,财力雄厚。二人虽未处于核心名家地位,但在创作上都有可称赞之处,且叶恭绰还用力于清词选本,编选《广箧中词》和《全清词钞》,有功于词苑。总之,从核心领袖到一流词人到词坛名家到词坛两翼再到词坛附属,客观地勾勒出晚清词坛的整体群相,使得各层次名家一目了然。

其三,力展全貌。从地域看,考虑到了小区域中的名家,比如李绮青居于小李广花荣之位,被称为"岭表词场之射雕手"[2];病尉迟孙立——曾习经,也是岭表名家;鬼脸儿杜兴——沈宗畸,也蜚声于岭表。女词人吕碧城处于母大虫顾大嫂之位,评语中说其不仅仅是皖中之秀,更是近代第一女词人;于母夜叉孙二娘之位的左又宜,也是挺秀于湘西。从民族来看,不仅有汉族的词坛名家,活闪婆王定六——者龄则是满洲正红旗人,著有《消闲词》。

点将录自身具有通俗、直观的形式特点,钱先生从晚季众多词人中点出一百单八将,并巧妙布列,使得名家座次一目了然,经典化意味十分鲜明。

(二)对于清词名篇的遴选

名家并非定有名篇,名篇并非一定出自名家,所以二者皆不可偏废,因此,清词名篇的建构就成为清词经典化的另一重要方面。钱先生探寻清词名篇的努力主要集中在《清词三百首》之中,其中体现了他自觉地将清词加以经典化的意识和精益求精的选家手眼。选本是文学经典

---

[1]钱仲联:《近百年词坛点将录》,《梦苕庵清代文学论集》,齐鲁书社1983年版,第161页。

[2]钱仲联:《近百年词坛点将录》,《梦苕庵清代文学论集》,齐鲁书社1983年版,第162页。

得以确立和修正的最基本方式之一，也是文学作品经典化最公开而显著的一种表现形态。《清词三百首》也不例外，它作为当代词坛大家编选的清词选本，对于清词的经典化具有重要意义。

《清词三百首》与前代选本"同其所不得不同，异其所不得不异"。"同其所不得不同"是对有清以来词坛公认的名篇进一步确认，体现出当代与前代对清词名篇的共性意见。《箧中词》"是清人选清词的一部很权威的选本，也是晚清时期词坛流传甚广的词选"[1]，甚至影响了20世纪以来人们对于清词经典的接受；《广箧中词》"虽然编于民国年间，但其编选体例等则是自觉继承了《箧中词》，所以可将这两部词选作为旧时代清词选本的典范来看"[2]，与这两部清词选相较，会发现《清词三百首》选词人94家，见于两选者77家，所选词作相同者118首，超过三分之一。再与民国以来的清词选本进行比较，《清词三百首》与龙榆生《近三百年名家词选》相同者170首，与夏承焘等《金元明清词选》相同者140首，与严迪昌《金元明清词精选》所选清词（82首）相同者56首。诸如陈维崧《虞美人》（无聊笑捻花枝说）和《贺新郎》（战舰排江口）、朱彝尊《桂殿秋》（思往事）和《卖花声》（衰柳白门湾）、顾贞观《金缕曲》二首、厉鹗《忆旧游》（溯溪流云去）、文廷式《蝶恋花》（九十韶光如梦里）和《翠楼吟》（石马沉烟）以及朱祖谋的《鹧鸪天》（野水斜桥又一时）、《乌夜啼》（春云深宿虚坛）等，在上述经典选本中的复选率高，说明得到选家们的公认。

值得注意的是，即便是认同他人遴选的清词名篇，钱先生也对这些作品何以成为名篇佳作提出自己的看法，他或认同、接续既有观点，加

---

[1] 严迪昌：《清词史》，人民文学出版社2011年版，第534页。
[2] 沙先一、张宏生：《论清词的经典化》，《中国社会科学》2013年第12期。

以深化与细化；或另辟蹊径，发掘作品的艺术美质。清人对本朝词作多有评点，不过，这类评点带有较强的概括性、跳跃性和感悟性，考虑到现代读者的阅读和接受，钱先生在评述词作时一方面加以借鉴、引述，同时，又细致解读，深化、细化前人的评点。譬如谭献《箧中词》指出纳兰性德《台城路》（白狼河北秋偏早）一词"逼真北宋慢词"[1]，钱先生则分别从感情内容、结构和语言等方面细致分析此词的艺术魅力，指出直逼北宋慢词之所在；再如文廷式《祝英台近》（剪鲛绡），王鹏运手批《云起轩词钞》云："此作得稼轩之骨。"[2]叶恭绰《广箧中词》亦云："与稼轩'宝钗分'，同为感时之作。"[3]为了说明此词与辛词的关系，钱先生从思想内容、艺术手法等方面，指出此词与稼轩词的具体联系。另如，樊志厚在《人间词甲乙稿》序言中总评王国维词"意深于欧"[4]，钱先生则具体分析《蝶恋花》（昨夜梦中多少恨）的词旨和艺术感染力，说明什么叫"意深于欧"。这些评析，进一步阐发了清词创作的艺术特质，有助于读者的阅读赏析。钱先生还注意从前人不曾关注的角度，挖掘清词的创新特色。如朱彝尊《解佩令》（十年磨剑），前人多把这首词视为以词论词的词论，钱先生则慧眼独具，指出它"是一首慷慨愤激、自抒怀抱的词，而不仅是表明词风追踪张炎'清空'一派的旨趣。《云韶集》评云：'字字精警而夭矫。幻影空花，《离骚》变相。眼光如炬，不独秦、黄避席，即玉田亦当却步。'是就艺术特色立论，但说是'《离骚》变相'，似疑词别有深意"。钱先生指出朱彝尊与张炎的经历相似，

[1] 谭献编选，罗仲鼎、俞浣萍点校：《箧中词》，人民文学出版社 2015 年版，第 42 页。
[2] 龙榆生：《近三百年名家词选》，上海古籍出版社 1979 年版，第 158 页。
[3] 叶恭绰选辑，傅宇斌点校：《广箧中词》，人民文学出版社 2011 年版，第 94 页。
[4] 王国维：《人间词话》，上海古籍出版社 1998 年版，第 77 页。

因而"空中传恨"的"所谓恨，也不仅是个人失意之恨，失意之恨是与亡国之恨联系在一起的。倚新声而玉田差近，也与这一问题相关联"，如仅把此词看作以词论词的词论，不免失之皮相。再如，陈廷焯《白雨斋词话》从语言和声情方面赞赏顾贞观《金缕曲》（季子平安否、我亦飘零久），推为千秋绝调，而钱先生则从体式创新的角度，指出其"用词代言"的艺术创新价值。对于厉鹗《忆旧游》（溯溪流云去），《箧中词》评云"白石却步"[1]，从艺术上给予高度肯定，钱先生则从空寂意境、清空词笔、肃杀苍白的基调和寂寥的感情内容等方面揭示其魅力所在。蒋春霖《木兰花慢》（泊秦淮雨霁），陈廷焯《白雨斋词话》称其"精警雄秀，造句之妙，不减乐笑翁"[2]，又《词则》评云："'圆'字警绝，不减'平沙落日圆'也。淋漓大笔。"[3]从造句、炼字等方面肯定作品的艺术价值，而钱先生则从文、史互动的角度，讨论这篇作品的词史价值，分析其内容上的深厚意蕴。钱先生的这些评语皆有助于从多角度阐发清词名篇的创新特色，更好地说明其之所以成为经典名篇的原因。

"异其所不得不异"，更能体现钱先生独到的选词眼光。《清词三百首》中，仅被其他选本收录一次的词作约有119首，不见于其他经典选本，仅见于《清词三百首》的有80余首。在这些"首次曝光"的词作中，有的题材别具新意，如吴锡麒《满江红》（百结鹑衣）是一首特别的题画词，所题之画是唐寅取材于小说戏剧人物的画作。上片生动描述了画中的戏曲故事，下片融入词人愤世之情，全词妙趣横生，"题

---

[1] 谭献编选，罗仲鼎、俞浣萍点校：《箧中词》，人民文学出版社2015年版，第103页。
[2] 陈廷焯：《白雨斋词话》卷五，唐圭璋编：《词话丛编》，中华书局1986年版，第3871页。
[3] 陈廷焯：《词则·大雅集》卷六，上海古籍出版社1984年影印本。

新而词亦新"，为词苑中别开生面之作。有的在艺术上独具特色，如黄人《凤栖梧》(寸心万古情魔宅)把深挚的抒情性剖白和随意驱遣的神话传说交织在一起，使得内在思绪和飘忽表象若即若离，表现出极强的主观抒情性，独具艺术魅力。有的在境界上自开新面，如朱祖谋《齐天乐·鸦》相比于黄景仁《摸鱼儿·昏鸦》，不仅寄托了个人身世之感，而且包含着对乱世的无奈凄诉、对人们流离失所无家可归的同情，感情更加沉厚，境界也更为开阔，呜咽、凄怆中蕴沉雄骨力，这是词家极难达到的境界。有的表现了思想进步，如文廷式《摸鱼儿》(恁啼鹃)所表达的忠贞于光绪帝的情怀，则是出于革新政治的共识，远非封建愚忠。有的是内容与艺术完美结合的杰作，如陈维崧《贺新郎》(古碣穿云罅)通过一组组的对比，歌颂维护正义的底层人民，抑扬纵横，气势宏腾，于莽苍中见骨力，是思想性与艺术性高度融合的杰作。总之，钱先生从数量庞大的清词中重新发现思想性和艺术性相统一的鲜为人关注的名篇佳作，为清词经典化的动态进程注入了新鲜活力，这充分体现了他独到的选家眼光。

如果说"同其所不得不同"体现的是清词经典建构的累积性，那么，"异其所不得不异"则代表着经典建构的生成性。《清词三百首》在注重累积性的基础上，更加措意于经典建构的生成性，努力发掘清词中符合时代需求的所谓"新经典"，不仅丰富了清词经典的筛选，更为清词经典化注入新鲜元素，体现出时代因素对于经典作品的刷新作用，同时，也验证了钱先生的发展的文学史观念。经典是累积的，开放的，也是发展的。

（原刊《江苏师范大学学报》2014 年第 4 期）